Alexander Ziegler

Die Zärtlichen

SV INTERNATIONAL
SCHWEIZER VERLAGSHAUS ZÜRICH

Die Handlung des vorliegenden Romans beruht auf einer authentischen Begebenheit; Namen und Örtlichkeiten wurden jedoch verändert, die handelnden Personen unkenntlich gemacht. Das Schicksal der Hauptfiguren indessen ist nicht frei erfunden, ebensowenig wie die Darstellung der Justizbeamten, die über Schuld und Unschuld zu befinden haben, oder das Verhalten der Psychiater, die zu wissen glauben, was krank und gesund, was Gut und Böse ist. Ihnen allen, den scheinbar Wissenden und ewig Schuldlosen, sei dieses Buch gewidmet.

Printed in Switzerland
by Druckerei Carl Meyers Söhne AG, CH-8645 Jona
3-7263-6341-6

Leicht zerbrechlich sind die Zärtlichen

Hölderlin

1

Der 28. November, ein Freitag, sollte Ilona Neidhards Leben ohne ihr Zutun von Grund auf verändern.
Zwei Tage zuvor war Ilona zum Begräbnis ihres Vaters nach Jugoslawien gereist. Unmittelbar nach den Bestattungsfeierlichkeiten flog sie wieder in die Schweiz zurück, wo sie pünktlich um 17.30 Uhr in Zürich-Kloten landete.
Der plötzliche Tod ihres Vaters, der als Hochschulprofessor in Ljubljana sehr angesehen war, jedoch schon seit längerer Zeit an einer heimtückischen Herzkrankheit gelitten hatte, vermochte Ilona längst nicht so zu erschüttern wie ihre Mutter und die sechs zum Teil noch halbwüchsigen Geschwister, die dem Verstorbenen, trotz seines autoritären Charakters, eng verbunden gewesen waren. Allein aus Gründen der Pietät, und um ihre Familienangehörigen nicht zu kränken, war Ilona überhaupt zum Begräbnis gereist.
In Ljubljana hatte sie ihre Jugendzeit verbracht und, bevor sie in die Schweiz gekommen war, fast drei Jahre lang als Reiseleiterin gearbeitet. Nun mußte sie mit Verwunderung und einer gewissen Enttäuschung feststellen, daß es heute kaum noch etwas gab, was sie mit ihrer Heimat verband. Immerhin lebte sie schon seit dreizehn Jahren in der Schweiz. Hier war sie, so hatte es zumindest für ihre nächste Umgebung den Anschein, mit dem Architekten Richard Neidhard glücklich verheiratet.
Neidhard und Ilona lebten zurückgezogen in ihrem Landhaus in Thorhofen, einem Vorort von Zürich mit knapp zweihundert Einwohnern, vorwiegend Bauern; ihre Ehe war kinderlos geblieben. Vor zehn Jahren hatten die beiden anläßlich ihres dritten Hochzeitstages den damals gerade fünfjährigen Leander adoptiert, nachdem Ilona von ihrem Hausarzt erfahren mußte, daß sie nie eigene Kinder haben könne. Aufgrund der politischen Aktivität von Richard Neidhard — er gehörte dem Vorstandsgremium der freisinnig-liberalen Partei an — sowie seines überdurch-

schnittlichen Einkommens konnte die Adoption ohne besondere Formalitäten abgewickelt werden, und die zuständige Sachbearbeiterin beim Sozialamt nahm, entgegen den sonst üblichen Gepflogenheiten, auch keinen Anstoß daran, daß Neidhards Frau Ausländerin war, die Schweizer Mundart nur mangelhaft beherrschte und obendrein aus dem Ostblock stammte. Streng genommen wäre dies ein ausreichender Grund gewesen, die Adoptionsvoraussetzungen etwas genauer zu prüfen, doch im Falle der Neidhards verzichtete man auf weitere Nachforschungen, denn immerhin war der Architekt, auch wenn er sich nie damit brüstete, viele Jahre Mitglied des Kantonsrates gewesen und als solcher, zumindest aus der Sicht der Behörden, über jeden Zweifel erhaben.
Der kleine Leander wuchs also, das durfte man mit gutem Gewissen behaupten, in geordneten Verhältnissen auf. Obschon Ilona und ihr Mann durch eine peinliche Indiskretion der Vormundschaftsbehörde erfahren hatten, daß Leander das uneheliche Kind einer Dirne war, betrachteten sie ihn wie einen eigenen Sohn und bemühten sich fast krampfhaft, etwaigen negativen Erbanlagen durch einen vorbildlichen Einfluß rechtzeitig entgegenzuwirken.
Erst als der Knabe ins Flegelalter kam, mit gleichaltrigen Mädchen herumzuziehen begann und gelegentlich sogar mit seinen Schulkollegen Haschisch rauchte, hielt Richard Neidhard es für angebracht, übrigens gegen den Willen seiner Frau, den mittlerweile vierzehnjährigen Leander über seine tatsächliche Herkunft aufzuklären und ihn, weil der Junge nun plötzlich auch in der Schule Schwierigkeiten machte, bis zum Abschluß des Abiturs nach Zuoz ins Internat zu schicken. Ilona mißbilligte diese Entscheidung ihres Mannes, denn sie hing an Leander, der ein hübscher und feinfühliger Junge mit oft eigenwilligen Ideen war, doch dann beruhigte sie sich mit dem Gedanken, daß es bestimmt nicht schaden könne, wenn ihr Sohn unter strenger Aufsicht auf seinen Schulabschluß vorbereitet würde. Sie freute sich, daß Leander, wenn er zu Hause anrief, immer zuerst nach ihr verlangte, und ganz besonders natürlich darüber, daß ausgerechnet sie es war, der er in einem aufgewühlten, fünfseitigen Brief in allen Einzelheiten sein erstes intimes Erlebnis mit einem Mädchen anvertraute;

davon durfte sie ihrem Mann nichts erzählen. Richard Neidhard war zwar ein besorgter, großzügiger Vater, der für seinen Sohn keinerlei Anstrengungen scheute, doch in seinem Wesen war er konservativ und wäre nie bereit gewesen, auch nur darüber zu diskutieren, ob ein Fünfzehnjähriger bereits eine Freundin haben dürfe oder nicht. Ilona wußte aber auch, daß ihr Mann seinen Adoptivsohn liebte. Es verging kein Tag, an dem er sich nicht nach Leanders Befinden erkundigt hätte, und es kam mitunter sogar vor, daß er seinem Sohn von Hand ein paar Zeilen schrieb und dazu einen Fünfzigfrankenschein in den Briefumschlag steckte. Auch wenn Richard Neidhard nie darüber sprach, so glaubte Ilona doch zu wissen, weshalb er so konsequent auf strenge Erziehung und auf fundierte Ausbildung seines Sohnes bedacht war: Seit vor anderthalb Jahren sein Geschäftspartner Felix Kuser, Mitinhaber des Architekturbüros Neidhard & Kuser, auf einer Safarireise in Kenia tödlich verunglückt war, gab es für Richard Neidhard keinen Zweifel mehr daran, daß Leander einmal sein Nachfolger werden müsse. Zwar hatte er bis jetzt mit seinem Sohn nie über seine Pläne gesprochen, doch Ilona spürte, daß alle erzieherischen Bemühungen ihres Mannes nur darauf ausgerichtet waren, Leander auf seinen künftigen Beruf als Architekt und Firmeninhaber vorzubereiten. Erst vor wenigen Tagen hatte sie ein Telefongespräch mitangehört, in welchem Richard Neidhard den Schulvorsteher seines Sohnes ziemlich unmißverständlich gebeten hatte, Leander neben dem obligatorischen Unterricht auch noch zum Besuch der wichtigsten kaufmännischen Wahlfächer anzuhalten. Insgeheim fürchtete Ilona, der sensible Leander, der oft stundenlang vor sich hinträumen konnte und noch keine ausreichende Beziehung zur Realität hatte, könnte sich durch die Erwartungen seines Vaters überfordert fühlen. Denn wenn es um die berufliche Zukunft seines Sohnes ging, war Richard Neidhard, der es als Kind eines Arbeiters zum erfolgreichen Unternehmer gebracht hatte, oft allzu unnachgiebig. In diesem Punkt kam es deshalb zwischen Ilona und ihrem Mann häufig zu Meinungsverschiedenheiten.

Daran mußte Ilona jetzt denken, als die Swissair-Maschine auf dem Rollfeld aufsetzte. Sie nahm sich vor, mit ihrem

Mann einmal in aller Ruhe über Leander zu sprechen, vielleicht heute abend noch, wenn sich eine Gelegenheit dazu ergab.
Nachdem die Maschine auf dem Flugfeld ausgerollt war, fuhr Ilona, zusammen mit den übrigen Passagieren, im Bus zum Ankunftsgebäude und begab sich von dort aus zur Paßkontrolle, wo sie, weil sie sich beeilt hatte, als erste abgefertigt wurde. Während der Beamte, ein älterer Mann mit müdem Blick hinter dicken Brillengläsern und mausgrauem Bürstenschnitt, auffallend lange in dem Schweizerpaß blätterte, den Ilona als geborene Srbinovic durch ihre Heirat mit Neidhard erworben hatte, musterte er die großgewachsene, attraktive Frau, die ungeduldig vor ihm am Schalter stand, über seine Brillengläser hinweg nachdenklich. Das schwarze, straff nach hinten gekämmte Haar, das sie zu einem Knoten zusammengebunden hatte, die tiefliegenden, dunklen Augen mit den überlangen Wimpern und die breiten Backenknochen verrieten auf den ersten Blick ihre slawische Abstammung. Ilona verabscheute die aufdringlichen Blicke einer gewissen Sorte von Männern, denn es verging kaum ein Tag, an dem sie nicht irgendeinen plumpen Annäherungsversuch abwehren mußte. Doch nun bekam sie plötzlich Herzklopfen, fühlte sich mit einem Male unsicher, weil der Beamte ihren Paß so lange in der Hand behielt und sie dabei unablässig ansah, als würde er sie eines Verbrechens verdächtigen. Als er ihr den Paß endlich zurückgab und dabei den Mund zu einem zweideutigen Grinsen verzog, bedankte sie sich rasch mit einem stummen Kopfnicken und konnte, nachdem sie ihr Gepäck in Empfang genommen hatte, die Zollsperre unbehelligt passieren.
In der Ankunftshalle ging sie durch die Menschenmenge zum Zeitungskiosk, wo sie sich mit ihrem Mann verabredet hatte. Als Richard Neidhard nach einer Viertelstunde noch immer nicht da war, rief Ilona von einer Telefonzelle aus in seinem Büro an und erfuhr von der Telefonistin, der einzigen Person, die um diese Zeit noch im Haus war, daß der Chef bereits kurz nach drei Uhr weggegangen sei, weil er eine auswärtige Verabredung gehabt habe. Mehr könne sie leider auch nicht sagen.
Ilona war verärgert. Sie vermutete, daß ihr Mann bei einer

geschäftlichen Besprechnung mit einem Auftraggeber zuviel getrunken und schließlich vergessen hatte, sie am Flughafen abzuholen. Es regnete und war kalt. Ilona fror. Sie hatte wenig Lust, mit dem Bus in die Stadt zu fahren und von dort aus den Pendelzug nach Thorhofen zu nehmen. Obschon sie in der Regel mit dem Geld ihres Mannes keineswegs verschwenderisch umging, entschloß sie sich, mit dem Taxi nach Hause zu fahren. Noch einmal blickte sie sich in der Ankunftshalle suchend um, hoffte, ihr Mann könnte sich vielleicht bloß verspätet haben, dann verließ sie das Gebäude. Zu Fuß schleppte sie ihren Koffer zum nächstgelegenen Taxistandplatz, wo sie fast zehn Minuten lang warten mußte, bis sie endlich ein freies Taxi besteigen konnte.
«Nach Thorhofen bitte», seufzte sie resigniert. Sie konnte sich nicht entsinnen, daß ihr Mann in den dreizehn Jahren ihrer Ehe zu einer Verabredung nicht oder auch nur unpünktlich erschienen war. Im Stoßverkehr fuhr das Taxi durch den Nieselregen in Richtung Stadt, fast nur im Schrittempo, von Ampel zu Ampel, die Fahrt nach Thorhofen konnte eine Stunde dauern. Ilona lehnte sich ins Polster zurück und schloß die Augen. Für den Fall, daß Richard noch nicht zu Hause war, nahm sie sich vor, ihre Freundin Gerda Roth anzurufen und sie zu bitten, nach Thorhofen zu kommen; Ilona konnte jetzt nicht allein sein. In den letzten Tagen fühlte sie sich oft depressiv. Es war nicht das Begräbnis ihres Vaters und schon gar nicht sein Tod, was sie so stark mitgenommen hatte, sondern die widrigen Begleitumstände der Trauerfeierlichkeiten. Die überstürzte Reise nach Jugoslawien und die damit verbundenen nervlichen Strapazen; das sinnlose Palaver ihrer Geschwister, die Ilona nie verziehen hatten, daß sie im kapitalistischen Westen lebte und obendrein noch mit einem Kapitalisten verheiratet war; dann aber auch die Vorwürfe der Mutter, weshalb sie Leander nicht zum Begräbnis seines Großvaters mitgebracht habe; Miloslav Srbinovic hatte seinen Enkel, den er nur von Fotos her kannte, sehr geliebt. Er wußte nicht, daß der Junge adoptiert war.
Ilona empfand plötzlich das Bedürfnis, sich auszusprechen. Sie entschloß sich spontan, Gerda einen kurzen Besuch abzustatten, bevor sie nach Hause fuhr. Wenn ihr

Mann sie schon nicht am Flughafen abholte, sollte er ruhig auf sie warten. In nebensächlichen Belangen empfand Ilona es als Genugtuung, rachsüchtig zu sein. Sie bat den Taxichauffeur, über die Quaibrücke in Richtung Waffenplatz zu fahren.

Gerda Roth war nicht nur Ilonas beste Freundin, sie besaß auch die Fähigkeit, zuzuhören. Ihre ruhige Art, die Dinge aus der Distanz zu analysieren, war ein gesunder Gegenpol zu Ilonas lebhaftem, mitunter fast zügellosem Temperament.

Ilona ließ sich an die Waffenplatzstraße 22 fahren, wo Gerda in einem Hochhaus eine kleine Eigentumswohnung besaß. Gerda war Sekundarlehrerin in Zürich und mit ihren sechsunddreißig Jahren genau zwei Jahre älter als Ilona. Sie hätte es nicht nötig gehabt zu arbeiten, denn sie hatte von ihren Eltern ein beträchtliches Vermögen geerbt, das sie von einer Privatbank verwalten ließ und das eine monatliche Rendite abwarf, von der sie gut hätte leben können. Doch Gerda liebte ihren Beruf. Obschon sie nie darüber sprach, so erfüllte es sie mit einem geheimen Stolz, daß sie, ihrer Aufgeschlossenheit und ihrer unkonventionellen Denkensart wegen, sowohl bei ihren Schülern als auch bei deren Eltern ungewöhnlich beliebt war. Dafür nahm sie gerne in Kauf, daß einige ihrer Kollegen sie nicht mochten und sie, wenn auch nur hinter ihrem Rücken, als «Emanze» bezeichneten. Solche Äußerungen, von wem sie auch immer stammten, ließen Gerda kalt. Sie hatte gelernt, mit der Rivalität einiger Kollegen und den damit oftmals verbundenen Intrigen zu leben.

Als das Taxi in die Waffenplatzstraße einbog, sah Ilona schon von weitem, daß in Gerdas Wohnung Licht brannte. Sie fuhr mit dem Lift in den achtzehnten Stock hinauf und betrat die Wohnung ohne zu klingeln.

«Bist du's, Ilona?» hörte sie Gerda rufen, die im Wohnzimmer am Schreibtisch saß und Schularbeiten korrigierte. Ilona ließ ihr Gepäck im Korridor stehen, ging rasch ins Wohnzimmer und setzte sich, nachdem sie Gerda auf beide Wangen geküßt hatte, auf die Schreibtischkante. Sie fuhr ihrer Freundin mit der Hand durch das kurzgeschnittene, blonde Haar und meinte schließlich, weil Gerda auf die als Liebkosung gedachte Geste kaum reagierte: «Ich mußte

dich unbedingt sehen, Gerda. Hast du mein Telegramm bekommen?»
«Natürlich habe ich es bekommen.» Gerdas Stimme klang gereizt. Sie stand auf und ging an Ilona vorbei zum gegenüberliegenden Sofa. Sie setzte sich, schlug die Beine übereinander und steckte sich eine Zigarette an. Sie blickte erwartungsvoll auf Ilona. «Und? Wie war's in Jugoslawien?» fragte sie.
«Scheußlich. Aber Begräbnisse sind wohl immer scheußlich.»
«Und sonst?»
«Was meinst du?» Ilona stellte sich naiv. Sie kannte den vibrierenden Tonfall in der Stimme ihrer Freundin; so sprach Gerda nur, wenn sie eifersüchtig war.
«Hast du Bekannte von früher getroffen?» wollte Gerda wissen.
Ilona schüttelte verwundert den Kopf. «Du vergißt, Liebling», sagte sie ironisch, «daß ich am Begräbnis meines Vaters war. Außerdem hättest du ja mitkommen können.»
«Schon gut.» Gerda drückte nervös ihre Zigarette aus, die sie kaum zur Hälfte geraucht hatte. «Ich mache mir eben Sorgen um dich, wenn du fort bist. Zwei Tage und zwei Nächte lang habe ich ununterbrochen an dich gedacht, und jetzt bist du hier, und ich bin aggressiv.»
«Sag, daß es dir leid tut», meinte Ilona herausfordernd und setzte sich neben Gerda auf das Sofa.
«Es tut mir leid», sagte Gerda leise. Dann drückte sie Ilona fest an sich und küßte sie auf die Lippen.
Auf dem Schreibtisch neben den unkorrigierten Schulheften lag das Telegramm, das Ilona ihrer Freundin tags zuvor aus Ljubljana geschickt hatte:
SEI NICHT ABERGLÄUBISCH STOP DREIZEHN JAHRE MÜSSEN NICHT UM JEDEN PREIS UNGLÜCK BEDEUTEN STOP FÜREINANDER ZU STERBEN IST KEINE KUNST STOP LASS UNS FÜREINANDER LEBEN STOP I NEED YOU STOP ILONA.
Ilona wunderte sich, daß ihre Freundin sich nicht für das Telegramm bedankt hatte. Wenn sie sich zwei oder drei Tage nicht gesehen hatten, war Gerda immer seltsam. Das hing wohl mit ihrer fast schon krankhaften Eifersucht zusammen und all den phantastischen Vorstellungen, die ihr

während Ilonas Abwesenheit durch den Kopf gingen. Sie vermochte dann nicht mehr zu unterscheiden zwischen Phantasie und Wirklichkeit, sie redete sich Dinge ein, die nicht im entferntesten zutrafen, und wenn Ilona zurückkehrte, machte sie ihr, wenn auch nur unterschwellig, geradezu lächerliche Vorwürfe.
Auf Menschen, die Gerda Roth nicht kannten, wirkte sie kühl und unnahbar, resolut und selbstsicher, was nicht zuletzt wohl mit ihrem Beruf zu tun hatte: Es war alles andere als leicht, sich tagtäglich gegen zwei Dutzend halbwüchsige Burschen und Mädchen durchzusetzen.
Gerda war keine attraktive Frau. Sie war eher klein und mollig, besaß aber eine starke, sympathische Ausstrahlung, die von ihren Augen ausging. Diese Augen waren von einem unvergleichlich klaren Blau, wie man es nur selten sieht, und übten eine beinahe magische Faszination auf jene Menschen aus, die mit Gerda in Berührung kamen. Trotz ihrer burschikosen und oft fast verletzend offenen Wesensart wurde Gerda von ihren Schülern häufig auch bei privaten Problemen ins Vertrauen gezogen, und es kam nicht selten vor, daß konfliktbeladene Eltern ihre Lebenserfahrung in Anspruch nahmen. Gerda nahm zwar keine Rücksicht auf die Meinung anderer Leute, sie redete nie jemandem nach dem Munde, selbst wenn ihr dadurch Nachteile entstanden, aber auf ihr Wort war Verlaß.
Sie lebte allein in ihrer Dreizimmerwohnung an der Waffenplatzstraße. Zu den übrigen Hausbewohnern hatte sie kaum Kontakt, von den meisten wußte sie nicht einmal, wie sie hießen. Privaten Besuch erhielt sie nie, wenn man von den kurzen Visiten Ilona Neidhards absah, die zwei oder dreimal in der Woche auf einen Sprung hereinschaute, so unauffällig jedoch, daß kein Mensch in der Umgebung sich irgendwelche Gedanken über diese Beziehung machte.
Ilona spürte, daß Gerda in einer schlechten seelischen Verfassung war. Deshalb unternahm sie gar nicht erst den Versuch, mit ihr ein Gespräch zu beginnen, wie sie es ursprünglich vorgehabt hatte. Es fiel ihr aber auch schwer, jetzt mit Gerda zärtlich zu sein, obwohl dies die einzige Möglichkeit gewesen wäre, ihre Freundin aus der fatalen Isolation herauszulotsen, in die ihre Eifersucht sie stets aufs neue hineindrängte.

«Ich habe dich sehr vermißt», sagte Gerda und begann Ilonas Haar zu streicheln, zaghaft zuerst, dann immer zärtlicher und zugleich auch heftiger, bis der Haarknoten sich löste und die dunklen Locken auf Ilonas Schulter herabfielen.
«Nicht jetzt», sagte Ilona abweisend und wich zurück. «Du hast mir die Freude über das Wiedersehen vermasselt. Du, mit deiner ewigen Eifersucht! Eigentlich wollte ich mit dir feiern, aber du hast ...»
«Was wolltest du mit mir feiern?» fiel ihr Gerda ins Wort. «Findest du wirklich, wir haben Grund, zu feiern? Wir? Ausgerechnet wir?»
Ilona spürte wieder einmal, wie verletzlich ihre Freundin war, wenn man ihr die Zuneigung verweigerte, die sie erwartete, aber niemals erbat.
«Unser Jubiläum wollte ich mit dir feiern», sagte Ilona versöhnlich, aber es half nichts.
«Das war gestern», meinte Gerda zynisch. «Gestern war der 27. November. Gestern waren es dreizehn Jahre. Heute sind es dreizehn Jahre und ein Tag, das ist nichts Besonderes.»
Sie stand auf und ging zum Schreibtisch zurück. «Entschuldige bitte», sagte sie fast förmlich. «Ich muß noch zwei Prüfungen vorbereiten.»
Ilona war gekränkt. Sie fühlte sich in eine Rolle hineingedrängt, die ihr widerstrebte. Es fiel ihr schwer, die Launen ihrer Freundin ohne Gegenwehr zu ertragen. Sie ging zur Wohnungstür und wollte grußlos hinausgehen, doch dann drehte sie sich trotzdem noch einmal um.
«Tschüs!» rief sie Gerda zu, die bereits wieder am Korrigieren ihrer Schulhefte war. «Ich hab dich lieb.»
«Ich dich auch», sagte Gerda. Es hörte sich an, als sei zwischen den beiden alles in bester Ordnung.
Als Ilona das Hochhaus an der Waffenplatzstraße verließ und erneut ein Taxi bestieg, fühlte sie sich frustriert und unverstanden. Sie machte sich Vorwürfe, daß sie etwas hatte erzwingen wollen, was sich nicht erzwingen ließ. Und sie bereute es, daß sie überhaupt bei Gerda vorbeigefahren war.
Kurz vor acht kam Ilona in Thorhofen an. Sie erklärte dem Taxifahrer, der noch nie hier draußen gewesen war, den

Weg zu ihrem Landhaus, das außerhalb des Dorfkerns auf einer Anhöhe direkt am Waldrand lag. Bei klarem Wetter sah man von der Gartenterrasse der Neidhards bis zu den Voralpen hinüber. Richard Neidhard war stolz auf seinen Besitz, um den manche seiner Bekannten ihn beneideten, und zu dem er, wie er gelegentlich zu betonen pflegte, keineswegs durch Fleiß oder Geld, sondern nur durch einen «unverdient glücklichen Zufall» gekommen war. Vor genau zehn Jahren hatte er für Willi Rüdisühli, den reichsten Bauern in Thorhofen, ein feudales Gästehaus gebaut, und Rüdisühli hatte ihm, weil er so geizig war, statt die Rechnung für die Architekturarbeiten zu bezahlen, ein Stück Bauland am Waldrand für die Dauer von neunundneunzig Jahren verpachtet. So kam es, daß Ilona und ihr Mann in völliger Abgeschiedenheit ein Haus bewohnten, das so traumhaft arkadisch gelegen war, daß sie es in der euphorischen Stimmung des Richtfestes ZUM PARADIES tauften.
Während das Taxi auf dem Privatweg, der am Waldrand entlang führte, zum Landhaus fuhr und der Chauffeur über die schlechte Zufahrt — damit meinte er wohl den Kiesweg — schimpfte, stellte Ilona verwundert fest, daß sämtliche Fenster im Haus hell erleuchtet waren. In allen Zimmern brannte Licht. So etwas war, soweit sie sich zu erinnern vermochte, noch nie vorgekommen. Vor der Garage stand der silbergraue Volvo ihres Mannes, daneben, direkt an der Hauseinfahrt, ein beiger VW und ein Streifenwagen der Polizei. Ilonas erster Gedanke: Jemand war, wie sie es schon immer befürchtet hatte, während ihrer Abwesenheit ins Haus eingebrochen. Jetzt konnte sich Ilona auch erklären, weshalb Richard nicht zum Flughafen gekommen war.
Erst als sie aus dem Taxi stieg und mit dem Gepäck in der Hand auf das Haus zuging, sah sie, daß vor dem Hauptportal einige Männer standen, die sich miteinander unterhielten. Als sie ihr Kommen bemerkten, brachen sie das Gespräch brüsk ab. Einer der Männer trat auf Ilona zu. Er war groß und hager, sicher einsneunzig, trug einen langen Mantel aus grünem, filzähnlichem Stoff und hatte auffallend abstehende Ohren. Seine Stimme hatte einen tiefen, beinahe schroffen Klang, sie paßte nur schlecht zu der

schlaksigen Erscheinung. Er blickte Ilona fragend an, zögerte einen Moment und sagte: «Oberleutnant Honegger von der Kantonspolizei. Sind Sie Frau Neidhard?»
Ilona nickte. «Ja, natürlich.»
Honegger drehte sich zu den anderen Männern um, dann zuckte er mit den Achseln, als sei er unschlüssig, was er nun tun solle. Mit einem Male überkam Ilona eine fürchterliche Ahnung. Intuitiv spürte sie plötzlich, daß es sich hier nicht um einen Einbruch handeln konnte.
«Was ist geschehen?» fragte sie mit krampfhaft gespielter Beherrschung. Dabei starrte sie auf Honegger, bis dieser sein Gesicht — aus Verlegenheit, vielleicht auch aus Furcht vor der Wahrheit — von ihr abwandte. Er sah hilfesuchend zu seinen Kollegen hinüber, die noch immer beim Hauseingang standen und ihren Blick alle auf Ilona gerichtet hatten, als sei sie die Urheberin dessen, was hier passiert war. Ein älterer, weißhaariger Mann mit einer wuchtigen Hornbrille kam auf Ilona zu. Er trug einen dunkelblauen Nadelstreifenanzug und eine helle Seidenkrawatte, als wäre er soeben von einem festlichen Anlaß hierher beordert worden. Er sah nicht aus wie ein Polizeibeamter, er wirkte gepflegt und väterlich.
«Ich bin Doktor Obrist», sagte er freundlich und streckte Ilona seine Hand hin. «Ich bin der Polizeiarzt.»
Er räusperte sich und machte eine Pause, die zwar nur kurz war, die jedoch ausreichte, um Ilona ihre Nerven verlieren zu lassen; die Spannung in ihr war ins Unerträgliche gewachsen. Sie packte den Polizeiarzt am Revers seines Anzugs, so daß Obrist erschrocken einen Schritt zurückwich. «Nun erklären Sie mir endlich, was hier gespielt wird!» schrie sie dem alten Mann ins Gesicht. «Oder ich verliere den Verstand.»
«Beruhigen Sie sich», meinte Honegger. Er war schon mit ganz anderen Situationen fertiggeworden. Schützend stellte er sich vor den Polizeiarzt, der um fast zwei Köpfe kleiner war als er, wenn auch um einiges korpulenter. Dann vergrub er die Hände in den Manteltaschen und sagte mit scheinbar unbewegter Stimme: «Es geht um Ihren Mann . . er ist tot.»
Er wartete auf eine Reaktion: ein Schluchzen, einen Schrei, einen Weinkrampf, irgendeine Gefühlsregung, die

zeigte, was in Ilona vorging, und als er sah, daß sie ihn nur anstarrte, regungslos, ein Monument aus Stein, fügte er leise hinzu: «Frau Neidhard, Ihr Mann ist heute nachmittag ermordet worden.»

2

Honegger erkundigte sich bei Ilona, ob sie ihren Mann noch einmal sehen möchte. Als sie dies bejahte, meinte der Polizeiarzt besorgt, sie solle sich nicht zuviel zumuten, das Gesicht des Toten sei schrecklich zugerichtet. Für Ilona war das jedoch kein Grund, ihren Mann nicht mehr sehen zu wollen. Oberleutnant Honegger begleitete sie ins Haus. Neidhard lag im Wohnzimmer auf dem Fußboden, direkt vor dem Kamin. Am hinteren Teil des Schädels klaffte eine große Wunde, aber auch sein Gesicht war blutverkrustet. Ilona hätte ihren Mann fast nicht wiedererkannt.
Neben der Leiche knieten zwei Kriminalbeamte auf dem Teppich, der mehrere Blutflecken aufwies. Die beiden waren mit der Spurensicherung beschäftigt und nahmen von Ilona keinerlei Notiz. Auf dem Boden lagen Scherben. Neidhard sei mit einer Tonvase erschlagen worden, meinte Honegger. Ilona kannte die Vase. Gerda hatte sie von einer Studienreise durch Ostasien mitgebracht. Daß ihr Mann einen Anzug und eine Krawatte trug, war für Ilona ein untrügliches Zeichen dafür, daß er noch kurz vor seinem Tod eine geschäftliche Besprechung gehabt haben mußte. Wenn er nach Hause kam, pflegte er sich sonst sofort umzuziehen. Richard haßte Anzüge und Krawatten; sie waren für ihn eines jener wenigen Übel, die mit seinem Beruf als Inhaber eines florierenden Architekturbüros verknüpft waren.
«Wie lange ist er schon tot?» erkundigte sich Ilona bei Honegger. Der Oberleutnant stand dicht neben ihr, als befürchte er, es könnte ihr jeden Moment übel werden.
«Ungefähr zwei Stunden», sagte er. «Genau wissen wir das noch nicht.»
«Ja, ungefähr zwei Stunden, das ist richtig», wiederholte

Obrist und pflichtete dem Oberleutnant durch ein Kopfnikken bei.
Ilona bemerkte, daß zwei Beamte in Zivil das Bücherregal an der Wand durchstöberten. Sie nahmen einige Ordner heraus, blätterten kurz darin und ließen sie in einer Kartonschachtel verschwinden. Dann gingen sie zum Schreibtisch, der ganz vorne beim Fenster stand, und leerten den Inhalt sämtlicher Schubladen in eine zweite Kartonschachtel.
«Was machen Sie da?» rief Ilona empört. Sie hatte gesehen, wie einer der Männer in ihrem Tagebuch blätterte und dieses dann ebenfalls in die Schachtel warf.
«Ich heiße Schlumpf», antwortete der Kerl abweisend. «Und ich tue nur meine Pflicht. Wenn Sie Lust haben, können Sie sich bei ihm dort beschweren.» Er deutete mit dem Ellbogen auf Honegger.
«Keine Angst, Sie bekommen alles wieder zurück», beschwichtigte sie der Oberleutnant. «Wir müssen nur einige Gegenstände auf Fingerabdrücke und sonstige Spuren untersuchen, das ist eine reine Formsache. Aber schließlich geht es ja auch darum, den Mörder Ihres Mannes zu finden.»
«Ja, ja, ich verstehe schon», entschuldigte sich Ilona und fügte als zusätzliche Rechtfertigung hinzu: «Wissen Sie, ich bin etwas verwirrt.»
«Soll ich Ihnen eine Beruhigungsspritze geben?» erkundigte sich Obrist besorgt.
Ilona schüttelte den Kopf. «Nein, danke, ich bin nicht aufgeregt, ich bin nur etwas durcheinander.» Sie wandte sich an den Arzt: «Sagen Sie, Herr Doktor, war mein Mann eigentlich sofort tot?»
Obrist sah Ilona so überrascht an, als hätte sie eine sehr dumme oder eine sehr gescheite Frage an ihn gerichtet. Er nahm seine Hornbrille ab, kramte umständlich ein großes, kariertes Taschentuch hervor und begann damit die Brillengläser zu putzen. Mehr zu sich selbst als zu Ilona, meinte er: «Ja, ja, Ihr Mann war sofort tot. Schauen Sie doch einmal seinen Kopf an. Die Blumenvase hat ihn seitlich getroffen, mit großer Heftigkeit. Wahrscheinlich wollte er ihr noch ausweichen, aber das gelang ihm nicht mehr, weil alles sehr schnell ging. Er erlitt eine Schädel-

fraktur, und beim Hinfallen brach er sich das Genick. Er war auf der Stelle tot, daran besteht kein Zweifel.»
Ein nervöser junger Mann betrat das Wohnzimmer; in der Hand trug er eine Fotoausrüstung. Als er Ilona sah, sagte er rasch: «Oh, ich will nicht stören.» Er schnalzte verlegen mit der Zunge, blickte zu Honegger und fuhr fort: «Peter Spörri, Polizeifotograf.» Er war eher klein, hatte jedoch eine athletische Figur und einen dunklen Schnurrbart. Mit seinen schnellen, frechen Augen sah er Ilona herausfordernd an. «Wollen Sie meinen Ausweis sehen?» fragte er sie. Als Honegger ihn daraufhin anwies, keinen Quatsch zu reden, sondern endlich die Leiche zu fotografieren, meinte Spörri beleidigt: «Frauen wollen immer meinen Dienstausweis sehen. Ich bin eben nicht der Typ, dem man ansieht, daß er bei der Polizei ist.»
Er fing an zu knipsen und stolperte dabei über die Füße der Leiche.
«Idiot!» herrschte ihn Honegger an, dann ließ er sich in einen Sessel fallen. Er wies Ilona mit einer Handbewegung an, sich ebenfalls zu setzen und entnahm seiner Mappe einen Kugelschreiber und einen Block.
«Fangen wir an», sagte er ruhig und schlug die Beine übereinander.
«Brauchen Sie mich noch lange?» Ilona sah den Oberleutnant verunsichert an.
«Warum? Wollen Sie weggehen?» Honegger zeigte sich überrascht, er spielte mit seinem Kugelschreiber und meinte: «Sie wohnen doch hier. Wo wollen Sie denn jetzt noch hin?»
«Ich fahre zu einer Freundin. Ich kann nicht hier bleiben, das verstehen Sie sicher.» Sie zeigte mit dem Kopf zu der Stelle, wo die Leiche lag.
«Ach so.» Honegger schien zu begreifen. Er massierte sich bedächtig mit dem Daumen und dem Zeigefinger der rechten Hand die Nasenflügel. «Sie können ruhig hier bleiben, Frau Neidhard. Ihr Mann wird noch heute ins Gerichtsmedizinische Institut gebracht, dort nimmt man die Obduktion vor. Der Leichenwagen ist schon unterwegs, er müßte jeden Augenblick hier sein.»
Ilona preßte ein gequältes Lächeln über die Lippen. «Trotzdem, ich möchte heute nicht hier übernachten.»

Honegger sah Ilona lange an, so lange, bis sie seinem Blick auswich. «Sie haben Angst, Frau Neidhard», sagte er dann. «Möchten Sie, daß einer von unseren Leuten bei Ihnen bleibt?»
Bevor Ilona antworten konnte, kam Spörri auf Honegger zu. «Bis wann brauchen Sie die Bilder?» wollte er wissen.
«Bis morgen früh.»
«Morgen ist doch Samstag, da arbeitet kein Mensch.»
Honegger wurde ungeduldig. «Wer befiehlt hier? Sie oder ich? Staatsanwalt Zbinden will morgen früh um acht sämtliche Unterlagen auf seinem Schreibtisch haben. Dazu gehören auch die Bilder der Leiche! Kapiert?»
Man sah dem Oberleutnant an, daß er sich zusammennehmen mußte; nur Ilonas Gegenwart hielt ihn davon ab, Spörri anzubrüllen. Der Fotograf erwiderte nichts mehr. Er packte kleinlaut seine Apparaturen ein und verließ, zusammen mit den beiden Beamten von der Spurensicherung, das Wohnzimmer. Honegger wandte sich erneut an Ilona.
«Frau Neidhard, ich will Sie nicht quälen, aber ich habe ein paar Fragen an Sie, die Sie mir unbedingt beantworten sollten.» Er sprach behutsam und langsam, als müßte er sich jedes Wort ganz genau überlegen.
Ilona stand auf und setzte sich Neidhard gegenüber, so daß ihr Blick nicht mehr unablässig auf die Leiche gerichtet war. «Bitte fragen Sie», sagte sie mit müder Stimme. Es fiel ihr plötzlich schwer, sich zu konzentrieren.
«Sie sind eben erst nach Hause gekommen. Wann sind Sie denn heute von hier weggegangen?»
«Heute?»
«Ja. Ich meine, wann haben Sie das Haus hier verlassen?»
Ilona sah den Oberleutnant verwundert an. «Ich war zwei Tage in Jugoslawien. Zum Begräbnis meines Vaters.»
Honegger horchte auf. «Sie sind Ausländerin?» fragte er rasch und hob seinen Kopf. Ilona sah seinen langen, dünnen Hals mit dem herausstehenden Adamsapfel, der ununterbrochen auf und ab turnte.
Sie nickte. «Ja, ich bin Jugoslawin.»
«Und durch Ihre Heirat mit Herrn Neidhard sind Sie Schweizerin geworden?»
«Ja.»

Obschon Honegger keine Reaktion zeigte, kam es Ilona so vor, als hätte sie durch die Tatsache, daß sie gebürtige Ausländerin war, bei ihm an Ansehen verloren.
«Wann haben Sie zum letzten Mal mit Ihrem Mann gesprochen?» wollte er wissen.
«Am Mittwochnachmittag, als er mich zum Flughafen brachte.»
Honegger kritzelte etwas auf seinen Block. Dann meinte er: «Ist Ihnen dabei nichts aufgefallen? War Ihr Mann vielleicht anders als sonst? Hatte er zum Beispiel Angst? Fühlte er sich in letzter Zeit von jemandem bedroht?»
«Nein», meinte Ilona nachdenklich. «Bedroht fühlte er sich nicht, das hätte ich bestimmt gemerkt.»
Der Oberleutnant kaute nervös an seiner Unterlippe. «Sind Sie da auch ganz sicher, Frau Neidhard?»
«Natürlich bin ich sicher, sonst würde ich es nicht sagen.» Ilonas Stimme klang gereizt, als sie hinzufügte: «Richard hatte keine Feinde.»
«So?» erwiderte Honegger trocken. «Dann ist Ihr Gatte der erste Mensch, von dem ich höre, daß er keine Feinde hatte. Und deshalb wurde er wohl auch umgebracht?»
Ilona sprang auf und ging zum Fenster. Sie schwieg, doch man sah ihr an, daß sie wütend war. Nach einer Weile drehte sie sich zu Honegger um und sagte mit beherrschter Stimme: «Was wollen Sie von mir? Können Sie mich nicht endlich in Ruhe lassen? Ich weiß doch nicht mehr als Sie.»
«Bitte setzen Sie sich wieder hin.» Honegger wurde plötzlich zuvorkommend. «Ich will Sie nicht mehr lange aufhalten», sagte er beinahe schon liebenswürdig. «Ich selber möchte auch nach Hause. Ich hätte schon vor zwei Stunden Feierabend gehabt. Meine Frau wartet auf mich. Im Rollstuhl. Meine Frau ist gelähmt.» Er bemerkte, daß Ilona ihn entgeistert ansah. «Stört es Sie, wenn ich rauche?» meinte er freundlich und zog, ohne Ilonas Einverständnis abzuwarten, eine Packung Zigarillos aus seiner Manteltasche.
Erst jetzt begriff Ilona, daß diese hagere Gestalt im grünen Lodenmantel auch ein Mensch mit Gefühlen war und nicht einfach ein lebendiger Paragraph, wie sie geglaubt hatte.
«Ich weiß, das wird Sie nicht interessieren», fuhr Honegger fort, «aber ich erzähle es Ihnen trotzdem.» Er sog be-

dächtig an seiner Zigarillo und starrte dabei auf die Tischplatte. «Ich bin seit siebzehn Jahren verheiratet. Drei Wochen nach unserer Hochzeit bekam meine Frau Kinderlähmung. Sie war acht Monate im Krankenhaus und nochmals zehn Monate zur Erholung in einem Bergsanatorium in Montana. Und als sie wieder nach Hause kam, konnte sie trotzdem nicht gehen. Sie saß den ganzen Tag nur im Rollstuhl und brütete vor sich hin. Wir mußten beide auf vieles verzichten, was wir uns gewünscht hatten, auf Kinder zum Beispiel. Aber ich liebe meine Frau, und ich darf von mir behaupten, daß ich sie in all diesen Jahren, die manchmal weiß Gott nicht leicht waren, nicht ein einziges Mal betrogen habe.» Honegger blickte auf und sah zu Ilona hinüber, dann sagte er fast beiläufig, als handle es sich dabei um eine ganz banale Frage: «Haben Sie Ihren Mann betrogen?»
Ilona war irritiert. «Wie kommen Sie darauf? Wir führten eine glückliche Ehe.»
«Das freut mich für Sie. Dann werden Sie Ihren Mann in guter Erinnerung behalten, das ist wichtig. Und wenn Sie nun die paar Fragen, die ich noch an Sie habe, rasch beantworten, braucht meine Frau nicht mehr lange auf mich zu warten.»
Ilona hatte dem Oberleutnant aufmerksam zugehört. Sie lehnte sich in ihrem Sessel zurück, verschränkte die Arme und sagte: «Was möchten Sie noch von mir wissen?»
Honegger beugte sich zu ihr vor. «Sie kennen also wirklich keinen Menschen, der ein Interesse daran gehabt haben könnte, Ihren Mann zu töten?»
Ilona schüttelte abermals den Kopf. «Nein», sagte sie überzeugt. «Mein Mann war viel zu korrekt, zu anständig. Er war auch in der Firma beliebt, weil er sich nie als Chef aufgespielt hat.»
Honegger kritzelte erneut etwas auf seinen Block, dann stand er auf und ging gedankenverloren im Zimmer auf und ab. Schließlich blieb er direkt vor Ilona stehen. Er sagte: «Könnte Ihr Mann das Opfer eines Raubmords geworden sein? Hatten Sie viel Geld im Haus? Wertgegenstände, Schmuck, Aktien vielleicht?»
Ilona zuckte ratlos mit den Schultern. «Mein Mann besitzt einen Safe bei seiner Bank und einen kleinen Tresor im

Büro. Wir haben hier nie viel Geld oder Wertgegenstände aufbewahrt. Das Haus ist sehr abgelegen, und wir haben eigentlich immer damit gerechnet, daß hier einmal eingebrochen werden könnte.»
«Ach, haben Sie das?» Honeggers Stimme klang verwundert. Er ging aus dem Zimmer und kam gleich darauf mit einer Brieftasche in der Hand wieder zurück.
«Ist das die Brieftasche Ihres Mannes?» fragte er.
«Ja, natürlich.»
«In dieser Brieftasche befanden sich genau dreißig Franken. Eine Zwanzigfrankennote und eine Zehnfrankennote. Pflegte Ihr Gatte immer so geringe Beträge an Bargeld mit sich herumzutragen?»
Ilona dachte einen Moment angestrengt nach. «Es könnte sein, daß er heute noch zur Bank gehen wollte. In der Regel hatte er mehr Geld bei sich.»
«Wieviel?» Honeggers Stimme klang plötzlich scharf und eindringlich.
«Zweihundert Franken, vielleicht auch dreihundert. Manchmal auch mehr, je nachdem, was er vorhatte.»
Honegger setzte sich wieder in seinen Sessel. «In der Brieftasche», sagte er langsam, «befanden sich außerdem noch eine Diner's Club-Karte, ein paar Visitenkarten und das Foto einer Frau.»
Honegger räusperte sich und machte eine lange Pause. Erst als er merkte, daß Ilona überhaupt keine Reaktion zeigte, meinte er: «Bedauerlicherweise muß ich Ihnen sagen, daß die Frau auf dem Foto nicht Sie sind.»
Er machte abermals eine Pause. Als Ilona auch jetzt noch nicht reagierte, wurde Honegger direkt: «Es drängt sich also der Verdacht auf, daß Ihr Mann eine Freundin hatte, eine Geliebte. Wußten Sie davon etwas?»
Ilona wandte ihren Kopf ab und meinte gelassen: «Nein, davon ist mir nichts bekannt.»
Honegger nahm aus der Brieftasche ein winziges Paßbild und streckte es Ilona hin. «Kennen Sie diese Frau?»
«Nein», log Ilona und schloß die Augen. Eine Reaktion, folgerte der Oberleutnant, die Schmerz oder Eifersucht ausdrücken konnte, oder beides zusammen. Er hatte während seiner Ausbildung zum stellvertretenden Chef der Mordkommission einen Psychologiekurs besucht.

«Nein», wiederholte Ilona unaufgefordert. «Ich habe diese ... diese ... Person noch nie gesehen.»
Die Frau auf dem Paßfoto war Gerda Roth.
In diesem Moment klingelte das Telefon. Honegger gab Ilona mit der Hand ein Zeichen, sie solle sitzenbleiben, dann ging er zum Apparat und hob den Hörer ab. Seine Stimme bekam, ohne daß er sich dessen wahrscheinlich bewußt war, einen gänzlich veränderten Tonfall. «Ach, Sie sind es, Herr Staatsanwalt», sagte er fast devot. «Nein, wir sind gleich soweit. Ich habe die Frau des Ermordeten kurz vernommen, wir warten noch auf den Leichenwagen.»
Er sprach noch eine Weile weiter, im gleichen unterwürfigen Tonfall, der Ilona sofort aufgefallen war, und als er das Gespräch schließlich beendet hatte, meinte er gönnerhaft: «So, Sie sind erlöst, Frau Neidhard. Ich brauche Ihnen heute keine Fragen mehr zu stellen, der Chef nimmt die Sache selber in die Hand. Bitte kommen Sie morgen früh um acht auf die Staatsanwaltschaft. Melden Sie sich bei Staatsanwalt Zbinden, er leitet die Ermittlungen.»
Ilona stand auf und ließ sich gleich darauf wieder erschöpft in den Sessel fallen.
«Ist Ihnen nicht gut?» fragte Honegger.
«Mir ist plötzlich schwindlig geworden, das ist die nervliche Belastung. Kann ich jetzt gehen?»
Honegger schien ihre Frage zu überhören. «Wissen Sie, wo die Staatsanwaltschaft ist?» meinte er väterlich.
«Woher soll ich das wissen?»
«Florhofgasse zwei. Direkt hinter dem Kunsthaus. Und seien Sie pünktlich. Staatsanwalt Zbinden schätzt es nicht, wenn man zu spät kommt.»
Der Oberleutnant ging mit Ilona hinaus in den Flur. Neben einer Lithographie von Dali, einem Motiv aus Dantes «Göttliche Komödie», blieb er stehen. «Wenn Sie so nett wären und mir einen Hausschlüssel anvertrauen würden. Ich muß ja noch hierbleiben, bis die Leiche abtransportiert ist.»
Ilona gab Honegger ihren Schlüssel und war froh, daß sie das Haus verlassen konnte.
Vor dem Eingang stand Obrist. Er blickte gedankenverloren in die Nacht hinaus. Es hatte aufgehört zu regnen, dafür war es kälter als zuvor, doch der Himmel war noch im-

mer bedeckt. Als der Polizeiarzt Ilona wahrnahm, kam er auf sie zu und meinte: «Warum gehen Sie weg? Haben Sie Angst?»
Er sprach mit ihr, als würde er sie schon lange kennen.
«Angst? Wovor soll ich Angst haben?» Ilona merkte, daß ihre Stimme aggressiv klang. Dieser Obrist kam ihr unheimlich vor. Wie ein Schatten stand er neben dem Hauseingang, unbeweglich und stumm blickte er gegen den Himmel, als halte er hier Totenwache.
Ilona wollte weggehen, aber sie blieb stehen.
Nach einer Weile hörte sie Obrist hinter sich sagen: «Sie sind eine Frau, in der viel vorgeht. Bitte widersprechen Sie mir nicht, Sie müßten mich sonst anlügen, und das wollen Sie doch nicht.»
Ilona drehte sich zu dem Alten um. Er sprach mit ihr, ohne sie dabei anzuschauen. Er sagte: «Ich bin ein alter Mann, vierundsechzig. Nächstes Jahr gehe ich in Pension. Glauben Sie mir, ich habe viele Frauen gekannt in meinem Leben. Ich bin Junggeselle, aber Frauen haben mein Leben bestimmt. Alles, was ich tat oder nicht tat, entschied immer eine Frau. Es waren so viele, daß ich aufgehört habe zu zählen, schon vor langer Zeit. Mir kann keine Frau mehr etwas vormachen.»
Er hielt einen Moment inne, und Ilona kam es so vor, als sei sein Blick plötzlich von Mißtrauen geprägt. Vielleicht lag das auch an seinen seltsamen Äußerungen. Nach einer Weile fuhr er fort: «Vielleicht wäre es gut für Sie, wenn Sie sich mir anvertrauen könnten, dann hätten Sie nämlich keine Angst mehr. Ich verspreche Ihnen, daß ich niemandem etwas davon erzähle, keinem Menschen. Ich bin zwar Polizeiarzt, aber im Grunde genommen bin ich nur Arzt, die Arbeit der Polizei interessiert mich überhaupt nicht. Mich interessieren nur Menschen. Und ganz besonders Menschen, die auf irgendeine Weise mit der Polizei in Berührung kamen, sei es als Opfer — oder als Täter.»
Mit einem Male kam Ilona auf den Gedanken, daß Obrist sie bloß aushorchen wollte. Vielleicht war er gar nicht der sensible Menschenfreund, für den er sich ausgab, sondern ein raffinierter Schnüffler.
«Sie glauben doch nicht etwa, daß ich mit dem Tod meines Mannes etwas zu tun habe?» sagte sie rasch und wunderte

sich, daß der Polizeiarzt ihre Vermutung nicht sogleich in Abrede stellte.
Er sah sie durch seine dicken Brillengläser nachdenklich an und sagte erst nach einer langen Pause: «Ich habe mir längst abgewöhnt, irgend etwas zu glauben, sonst müßte ich mit dem Irrtum leben, und das wäre auf die Dauer unerträglich. Ich habe mir aber auch abgewöhnt, Menschen zu verurteilen, was diese Menschen auch immer getan haben mögen. Ich glaube ebensowenig an das Böse wie ich an das Gute glaube, und für mich gibt es auch keine Schuld. Für mich gibt es nur den Menschen, der verstrickt ist in sein Schicksal.»
«Ich gehe jetzt», sagte Ilona. Die Gegenwart des Alten wirkte beklemmend auf sie. Zwar erkannte sie in seinen Äußerungen eine Spur Weisheit, hinter dieser Weisheit jedoch spürte sie Unberechenbares, Gefährliches. Sie ging zum Wagen ihres Mannes, doch plötzlich blieb sie wie erstarrt stehen. Sie sah, daß Honegger aus dem Haus getreten war; er stand neben dem Polizeiarzt und blickte ihr nach.
«Haben Sie etwas vergessen?» hörte sie Honegger fragen.
«Nein, nein, vergessen hat sie nichts», kicherte der Polizeiarzt leise. «Aber es ist ihr etwas Wichtiges in den Sinn gekommen. Nicht wahr, Frau Neidhard?»
Ilona hätte den Alten erdrosseln können. Sie fühlte sich von ihm durchschaut, er schien ihre geheimsten Gedanken zu kennen. Sie ging die paar Meter zurück zum Haus und blieb vor Honegger stehen, der wieder an seiner Unterlippe kaute. Sie sagte mit gepreßter Stimme, als fiele es ihr schwer, zu atmen: «Wie sind Sie überhaupt hierhergekommen? Es muß Sie doch jemand verständigt haben.»
Ilonas Frage schien den Oberleutnant nicht zu erstaunen.
«Das ist richtig», sagte er langsam. «Jemand hat uns angerufen und uns mitgeteilt, daß hier in Ihrem Haus ein Mann ermordet wurde.»
«Wer hat Sie angerufen?»
«Das wissen wir nicht. Die Person, die uns verständigt hat, wollte uns ihren Namen nicht nennen.»
«Der Mörder!» meinte Ilona spontan. «Nur der Mörder konnte wissen, daß mein Mann umgebracht worden war. Das ist doch logisch, oder etwa nicht?»

Der Oberleutnant verzog keine Miene. Wenn er aus Ilonas Äußerung irgendeine Folgerung zog, so ließ er sich nichts anmerken. «Vielleicht war es der Mörder», sagte er ruhig. «Vielleicht auch nicht. Aber Sie können beruhigt sein, Frau Neidhard, wir werden das bestimmt herausfinden. Dazu sind wir ja da.»
Auf dem Kiesweg nahte aus der Dunkelheit der Leichenwagen, er hatte die Scheinwerfer voll eingeschaltet. Der Waldweg war hell beleuchtet, er sah aus wie eine Filmkulisse, grell und unnatürlich.
«Endlich», brummte Obrist. «Die Kerle haben vermutlich wieder Karten gespielt, sonst wären sie früher hier gewesen.»
Er verschwand im Haus, ohne sich von Ilona zu verabschieden.
Ilona fror plötzlich. Sie blieb neben dem Oberleutnant stehen, bis der Leichentransporter vor dem Haus anhielt.
«Mein aufrichtiges Beileid», sagte Honegger rasch und fügte fast beiläufig hinzu: «Den Hausschlüssel lege ich in Ihren Briefkasten.»
Ilona nickte ihm zu und ging zum Wagen. Bevor sie einstieg, sah sie, wie die beiden Leichenträger, zwei weißgekleidete Gestalten, mit einer Tragbahre das Haus betraten und der Oberleutnant hinter ihnen die Tür schloß.

3

Gerda Roth reagierte auf die Nachricht von Richard Neidhards Ermordung mit seltsamer Gleichgültigkeit.
Nachdem Ilona ihr erzählt hatte, was in Thorhofen geschehen war, schüttelte Gerda bloß den Kopf und meinte, so etwas könne doch nur ein Verrückter getan haben, alles sei einfach unfaßbar. Dann verschwand sie in der Küche, um Kaffee zu kochen. Als sie ein paar Minuten später ins Wohnzimmer zurückkam, sah sie, daß Ilona während ihrer Abwesenheit eingeschlafen war. Sie stellte das Tablett mit dem Kaffee auf den Tisch und setzte sich zu Ilona auf das Sofa.

Das Gesicht der Schlafenden glich dem einer Toten, so regungslos war es. Die ruhigen Züge strahlten im Übermaß jene Wärme aus, die Gerda schon seit jeher fasziniert hatte. Ilonas Lippen waren leicht geöffnet, sie atmete durch den Mund. Gerda mußte sich beherrschen, um ihre Freundin jetzt nicht zu küssen oder zumindest ihr Gesicht mit einer zärtlichen Handbewegung zu liebkosen, aber sie wollte Ilona nicht wecken; so ausgeglichen hatte sie ihre Freundin lange nicht gesehen.
Die vergangenen Monate waren voller Aufregung gewesen. Heimliche Mißverständnisse, die sich im Laufe der Zeit häuften, aber auch offene Auseinandersetzungen drohten die enge Bindung zwischen den beiden Frauen ernsthaft zu gefährden. Nun schienen, völlig unverhofft, wenn auch auf schreckliche Weise, sämtliche Probleme auf einen Schlag gelöst zu sein. Man brauchte plötzlich keine Rücksicht mehr zu nehmen, es würde kein Versteckspielen und keine Eifersucht mehr geben. Wenn Gerda zu sich selber ehrlich war, und darum bemühte sie sich in diesem Moment, so mußte sie sich eingestehen, daß sie diese Stunde der totalen Freiheit während der vergangenen dreizehn Jahre unzählige Male herbeigesehnt hatte, und ihrer Freundin mußte es genauso ergangen sein, auch wenn Ilona, aus Dankbarkeit gegenüber ihrem Mann, vielleicht aber auch aus angeborener Scham, nie hatte offen darüber sprechen können.
Gerda fühlte sich erlöst. Es überkam sie ein nie zuvor empfundenes Gefühl der inneren Befreiung, und nachdem ihr dies bewußt wurde, wunderte sie sich lediglich darüber, daß sie angesichts der fürchterlichen Ereignisse, die dieses Gefühl in ihr ausgelöst hatten, keine Gewissensbisse empfand. Zwar wurde ihr etwas unbehaglich, wenn sie daran dachte, daß Richard Neidhard tot war und sie ihn nie wiedersehen würde, gleichzeitig jedoch fühlte sie sich unbeschwert und voller Tatendrang, und sie verglich ihre Empfindungen mit denjenigen eines Häftlings, der nach jahrelangem Zwangsaufenthalt im Gefängnis ganz unerwartet freigelassen wird.
Während Gerda Roth wie verklärt auf das Gesicht ihrer schlafenden Freundin blickte, wurde ihr bewußt, daß sie Richard Neidhard nie in ihrem Leben gehaßt, sondern

höchstens hin und wieder verachtet hatte. Gerda und Richard hatten in den sechziger Jahren an der gleichen Universität studiert. Zum erstenmal begegneten sie sich in der Mensa, später lernten sie sich bei einer Gastvorlesung von Professor Staiger über Rilke näher kennen, und Gerda fragte sich verwundert, weshalb ein angehender Architekt einen Vortrag über Rilke besuchte. Sie konnte sich damals noch nicht vorstellen, daß ein Mann Interessen hatte, die über sein eigentliches Studienfach hinausgingen. Im Laufe der Zeit freundeten sich die beiden miteinander an; irgendwie zog Richard Gerda in seinen Bann, und sie fühlte sich sogar geschmeichelt, als Richard ihr einmal eine Liebeserklärung machte und ihr, ziemlich verwirrt und weit ausschweifend, auseinandersetzte, daß er ohne sie nicht mehr leben könne. Obschon Gerda zwei Jahre jünger war als Richard, fühlte sie sich ihm überlegen, zumindest was Gefühle betraf. Sie ging gar nicht erst auf seine Annäherungsversuche ein, sondern vertröstete ihn immer wieder auf später. Als er sich schließlich mit ihren langsam doch sehr offensichtlichen Ausflüchten nicht mehr zufriedengeben wollte, gestand sie ihm nach einigem Zögern, daß sie nur Frauen lieben könne.
Entgegen allen Erwartungen war Richard von diesem Geständnis keineswegs schockiert. Statt dessen begann er Gerda auf später zu vertrösten. Er versuchte, ihr mit seinen dürftigen psychologischen Kenntnissen klarzumachen, daß jede Frau latente lesbische Neigungen habe, die jedoch überwindbar seien. Man dürfe sich bloß nicht in etwas hineinsteigern, und vor allem müsse man Geduld haben. Er habe diese Geduld, so betonte er immer wieder, und er sei bereit, auf Gerda zu warten.
Gerda hatte zu jener Zeit keine Ahnung, ob Richard sich mit anderen Frauen tröstete. Jedenfalls gab es dafür keinerlei Anhaltspunkte, sah man den Architekturstudenten doch kaum je in weiblicher Begleitung. Gerda wußte natürlich, daß Richard bei den Frauen Chancen hatte. Sie kannte einige Studentinnen, die sich um seine Gunst bemühten, allerdings mit den falschen Mitteln, indem sie mit Richard ein belangloses Gespräch begannen und dabei kokettierten. Neidhard empfand das als Zeitverschwendung. Er hatte es immer eilig. Denn wie keiner von seinen Kolle-

gen verstand er es, seine Zeit genau einzuteilen. Hatte er sich mit jemandem verabredet, so kam er nie zu spät, jedoch auch nie zu früh. Er war immer pünktlich auf die Minute.
Obschon Richard in Gerda verliebt war und auch gegenüber seinen Kommilitonen aus dieser Zuneigung bald keinen Hehl mehr machte, tolerierte er dennoch Gerdas intime Bindung zu Marion Ehrat, einer Studienkollegin, mit der Gerda nach dem Tod ihrer Eltern zwei Jahre lang die Wohnung teilte.
Richard besuchte die beiden Frauen regelmäßig. Fast immer hatte er ein kleines Geschenk bei sich, mit dem er, stets aufs Neue und mit unerschütterlicher Beharrlichkeit, seine tiefen Gefühle für Gerda bezeugte. Im Laufe der Zeit fing Gerda an, Richards Liebe zu erwidern, wenn auch nur platonisch. Aber sie hatte nichts dagegen, daß Richard von Zeit zu Zeit, wenn sie viel getrunken hatten, gemeinsam mit ihr und Marion im gleichen Bett schlief. In einer solchen Nacht — sie hatten alle drei bis zum Morgengrauen über die politische Situation in der Bundesrepublik diskutiert — schliefen Gerda und Richard zum erstenmal miteinander. Als Gerda nämlich begann, mit ihrer Freundin Zärtlichkeiten auszutauschen, sah sie im halbdunklen Raum, daß Richard vom Bettrand aus mit einer Mischung aus Traurigkeit und hilflosem Verlangen ihr Liebesspiel mit Marion verfolgte und dabei onanierte. Da bekam sie Mitleid mit ihm und ließ es sich gefallen, daß Richard immer näher an sie heranrückte, die Freundin von ihr wegschob und schließlich, ziemlich gewaltsam und mit ungestümem Aufschrei, in sie eindrang. Es war nicht besonders angenehm für sie, aber es tat auch nicht weh. Gerda war sich an schmerzhaftere Hilfsmittel gewöhnt, an mächtige Kunstglieder aus Hartgummi und spitze Vibratoren aus Plastik, die sie und Marion immer dann zu Hilfe nahmen, wenn sie auch durch endlose Zungen- und Fingerspiele nicht zum Orgasmus kamen, weil ihre Körper überreizt waren.
Gerda suchte bei jeder Partnerin vor allem Zärtlichkeit. Raschen, brutalen Sex verabscheute sie ebenso wie jene flüchtigen erotischen Begegnungen, die nur auf einen schnellen Höhepunkt hinausliefen. Viel lieber erforschte

sie stundenlang den nackten Körper ihrer Freundin. Jeder Zentimeter Haut der Geliebten mußte ihr vertraut sein, jede Pore wollte sie allein schon mit ihrem Geruchsinn erkennen. Ein männliches Glied vermißte sie dabei eigentlich nie, und sie konnte sich nicht entsinnen, jemals in ihrem Leben von einem Phallus geträumt zu haben, auch nicht während ihrer Kindheit.
Dennoch störte sie in jener Nacht mit Neidhard nicht sein Penis, der so brutal und hemmungslos in ihrer Vagina herumwühlte, sondern sein Bart. Denn während Richard auf ihr lag, preßte er gleichzeitig sein Gesicht zwischen ihre Brüste, und dieses Kratzen seines Barthaars war es, was Gerda ekelte. Erst später auch der schleimige Samen, den er rücksichtslos in sie hineinspritzte, so daß sie auch noch zwei Wochen lang mit der quälenden Angst leben mußte, sie könnte von Richard ein Kind bekommen.
Gerda genügte dieser eine vergebliche Versuch, bei einem Mann sexuelle Erfüllung zu finden. Auch wenn so manche Kumpanei und Gedankenfreundschaft sie mit Richard verbanden, blieb er ihr sexuell dennoch fremd, weil er ein Mann war.
Um so mehr schmerzte es sie, daß ausgerechnet Marion, mit der sie sich geistig *und* sexuell eng verbunden fühlte, ihr nach jener Nacht mit Richard eine Eifersuchtsszene machte und sie ein paar Tage später für immer verließ. Sie konnte es offenbar nicht überwinden, daß ihre Freundin mit einem Mann geschlafen hatte. Besitzgier und Egozentrik sind eben stärker als Liebe, folgerte Gerda.
Richards krampfhafte Bemühungen, Gerda mit tröstenden Worten über ihr moralisches Tief nach der Trennung von Marion hinwegzuhelfen, bewirkten eher das Gegenteil. Je häufiger er Gerda besuchte, um so überflüssiger kam er sich dabei vor, und Gerda gab ihm das, weil sie sich nur schlecht verstellen konnte, oft auch ganz direkt zu verstehen, indem sie ihn wieder fortschickte. Der Versuch, ihr zu helfen und sie von ihrem privaten Kummer abzulenken, war zwar gut gemeint, aber zwecklos. «Du kommst mir vor wie ein Chirurg, der einer gemütskranken Patientin helfen möchte», warf Gerda ihm einmal an den Kopf, als er mit einer Schachtel Pralinen vor ihrer Wohnungstür stand — und Richard begriff endlich. Er war zwar nicht intuitiv,

mitunter sogar schwerfällig, wenn es darum ging, bei seinen Mitmenschen Empfindungen wahrzunehmen, aber er fühlte sich von Gerdas unberechenbaren Launen und ihren immer häufiger auftretenden Depressionen überfordert. Richard Neidhard war ein Mann des praktischen Denkens. Die Abgründe der menschlichen Psyche waren ihm ebenso fremd wie alles Metaphysische, mit dem er, wenn man ihn bei gelegentlichen Diskussionen darauf ansprach, beim besten Willen nichts anzufangen wußte. Sein Platz war am Schreibtisch. Dort konnte er praktische Vorstellungen durchaus mit kreativen Ideen verbinden. Im Umgang mit Menschen jedoch blieb er stets introvertiert und wortkarg, was ihm seine Gegner, nicht zuletzt wegen seines gelegentlichen Zynismus, als Überheblichkeit auslegten.
Richard war durchaus bereit, für einen Menschen, den er achtete oder gar liebte, Opfer zu bringen, doch er besaß auch die Fähigkeit, einzusehen, wenn seine eigenen Grenzen erreicht waren. Dann zog er sich zurück, wortlos und konsequent, allein vom Verstand geleitet und ohne dabei länger auf seine Gefühle Rücksicht zu nehmen.
So schwer es ihm auch fiel, Gerda sich selbst zu überlassen, zumal er sich für ihre Situation mitverantwortlich fühlte, so erkannte er doch ganz klar, daß er ihr nicht helfen konnte. Gerda wiederum wußte seine Entscheidung, ihr seinen moralischen Beistand nicht mehr länger aufzudrängen, zu schätzen. Ein anderer Mann, sagte sie sich, hätte ihre Lage vielleicht zu seinen eigenen Gunsten auszunützen versucht, wenn auch erfolglos, denn zwei Einsamkeiten ergeben nun einmal keine Zweisamkeit.
Weil Richard Neidhard sich ihr jedoch nicht aufdrängte, obschon sie genau wußte, daß sich an seinen Gefühlen zu ihr nichts geändert hatte, war sie gezwungen, aus eigener Kraft etwas zu unternehmen, um die Trennung von ihrer Freundin zu überwinden. Dabei kam ihr zu Hilfe, daß sie wenige Wochen, nachdem Marion sie verlassen hatte, ziemlich überraschend als Sekundarlehrerin nach Zürich gewählt wurde. Der neue Aufgabenbereich nahm sie so sehr in Anspruch, daß ihr kaum noch Zeit blieb, über ihre Vergangenheit nachzudenken. Sie freute sich darüber, daß ihre Schüler und auch deren Eltern sie akzeptierten, denn

in ihrem Unterbewußtsein war Gerda, obwohl sie dies nie zugegeben hätte, mit einem starken Minderwertigkeitskomplex behaftet, der wohl in erster Linie auf ihre gleichgeschlechtlichen Neigungen zurückzuführen war, den sie aber im Alltag durch ihre burschikose, freimütige Art gekonnt zu überspielen vermochte.
Niemand von den Leuten, die zu jener Zeit mit Gerda beruflich zu tun hatten, ahnte etwas von ihren Selbstzweifeln, die an ihr nagten und nicht selten dazu führten, daß sie ihre Lebensbedingungen allzu radikal in Frage stellte. Dann wollte Gerda von einem Tag auf den anderen ihre Stelle als Lehrerin aufgeben und nach Neuseeland auswandern, oder sie zog, ins andere Extrem verfallend, ganz ernsthaft in Erwägung, eine nationale Vereinigung emanzipierter Lesben zu gründen und für die gesellschaftlichen Rechte dieser benachteiligten Frauen auf die Barrikaden zu steigen. Schließlich tat sie weder das eine noch das andere, sondern konzentrierte sich auf ihre Arbeit, die ihr Befriedigung verschaffte, weil sie allmählich die zahlreichen Möglichkeiten erkannte, mit denen sie ihre Schüler auch menschlich beeinflussen konnte. Daß sie durch ihre fortschrittliche und unkomplizierte Haltung bei ihren Lehrerkollegen mitunter Anstoß erregte, nahm sie gelassen in Kauf. Für sie war dies der Preis, daß sie als Lehrerin nicht nur den trockenen Unterrichtsstoff vermittelte, sondern auch das uneingeschränkte Vertrauen ihrer Schüler besaß. Darin glaubte sie lange Zeit den einzigen Sinn ihres Daseins zu erkennen.
So kam es, daß Gerda Roth ihren früheren Studienkollegen Richard Neidhard fast zwei Jahre lang nicht mehr sah und auch nichts mehr von ihm hörte, obschon die beiden in der gleichen Stadt lebten und Gerda oft in die Zentralbibliothek ging, wo auch Richard, der zu jener Zeit gerade sein Studium abschloß, regelmäßig verkehrte. Auch wenn sie nie die Absicht hatte, Richard gezielt auszuweichen, so kam es Gerda doch so vor, als würden sie sich beide gegenseitig bewußt aus dem Weg gehen. Erst im Frühjahr 1967 trafen sie sich zufällig in einer Cafeteria in der Altstadt wieder, und Richard setzte sich zu Gerda an den Tisch. Für Gerda war es, als hätten sie sich erst vor kurzem zum letzten Mal gesehen, so vertraut kam ihr Richards Gegenwart

vor; dabei waren seit ihrer letzten Begegnung beinahe zwei Jahre vergangen.
Richards Gesichtszüge waren markanter geworden. Unter seinen Augen lagen tiefe Schatten, er sah übernächtigt und abgekämpft aus, doch er besaß nach wie vor eine starke, sympathische Ausstrahlung. Gerda mußte unwillkürlich daran denken, daß sie einmal mit Richard geschlafen hatte, doch gleichzeitig erschien ihr dieser Gedanke absurd und unangebracht.
Richard war noch genauso scheu und zurückhaltend wie früher. Er sprach kaum von sich selbst und getraute sich zunächst nicht einmal danach zu erkundigen, ob Gerda in der Zwischenzeit die Trennung von Marion seelisch verkraftet habe. Erst nach und nach wurde er etwas gesprächiger, und als Gerda, die sich ganz unbeschwert gab, ihn schließlich einlud, mit ihr im nahegelegenen «Franziskaner» eine Flasche Veltliner zu trinken, taute er vollends auf und gestand ihr nach dem vierten Glas Wein, daß er sie nach wie vor liebe und sich im Innersten wohl nie von ihr würde loslösen können. In den verflossenen zwei Jahren sei er oftmals versucht gewesen, sie anzurufen, mindestens dreimal sogar im Suff, doch habe er immer gerade noch rechtzeitig die Sinnlosigkeit seines Unterfangens erkannt und Zuflucht im Zürcher Dirnenmilieu gesucht. Aber die sexuelle Ablenkung gegen Bezahlung hätte ihm die eigene Lächerlichkeit nur noch stärker ins Bewußtsein gerufen, und so habe er sich in den letzten Monaten eigentlich bloß auf seinen Studienabschluß konzentriert. Dabei sei es ihm erstaunlicherweise sogar gelungen, die quälenden Gedanken an Gerda mindestens zeitweise aus seinem Leben zu verdrängen.
Es überraschte Gerda, wieviel Wein Richard vertrug, ohne daß er davon betrunken wurde. Nach der zweiten Flasche bestellte er gleich eine dritte, doch der Alkohol machte sich nicht bemerkbar. Richard hatte sich nach wie vor unter Kontrolle, nur wurde er im Laufe des Abends immer redseliger und ehrlicher.
Zu vorgerückter Stunde, als Gerda bereits ans Aufbrechen dachte, begann Richard ihr vorzuschwärmen, daß er Gelegenheit hätte, als gleichberechtigter Partner in das alteingesessene Architekturbüro Kuser & Co. einzusteigen, doch

benötige er dazu fünfzigtausend Franken, und diesen Betrag könne er zurzeit unmöglich auftreiben.
Gerda war davon überzeugt, daß Richard völlig arglos und ohne hintergründige Absichten mit ihr über seine Zukunftspläne sprach, und dies veranlaßte sie, ihrem früheren Freund ganz spontan den Vorschlag zu machen, ihm ein zinsloses Darlehen über die benötigte Summe zu gewähren. Gerda war dazu mühelos in der Lage. Sie besaß aus der Hinterlassenschaft ihrer Eltern ein beträchtliches Vermögen, das nicht nur Erträge abwarf, sondern sich auch noch von Monat zu Monat vermehrte, weil Gerda meist über die Hälfte ihres Gehalts zinstragend anlegte. Sie lebte äußerst sparsam, um nicht zu sagen spartanisch. Bei kleineren, alltäglichen Ausgaben konnte man sogar leicht den Eindruck gewinnen, sie sei geizig, denn sie pflegte überall Preisvergleiche anzustellen und brachte es ohne weiteres über sich, den Kauf einer Handtasche oder eines Pullovers bis zum nächsten Räumungsverkauf hinauszuschieben, wenn sie dadurch ein paar Franken einsparen konnte. Anderseits fiel es ihr leicht, als anonyme Spenderin dreitausend Franken an das Kinderhilfswerk «Terre des hommes» einzuzahlen oder einer in Bedrängnis geratenen Nachbarin finanziell unter die Arme zu greifen. Gerda selbst sah es wohl richtig, wenn sie von sich sagte, daß sie zum Geld eine labile Beziehung habe.
Nun kannte sie Richard jedoch viel zu gut, um nicht zu wissen, daß er ein redlicher Mensch war. Er liebte materielle Unabhängigkeit, aber er wäre trotz seines stark entwickelten Ehrgeizes nie fähig gewesen, einen ihm nahestehenden Bekannten um finanziellen Beistand zu bitten. Hier stand ihm sein angeborener Stolz im Weg.
So wunderte sich Gerda denn zuerst auch, daß Richard ihren Vorschlag nicht sogleich ausschlug. Insgeheim hatte sie beinahe damit gerechnet, ihn überreden zu müssen, ihr Geld überhaupt anzunehmen. Erst als er ihr erzählte, bei wie vielen Banken er bereits erfolglos vorgesprochen habe, begriff sie, daß ihr Entgegenkommen für ihn im Augenblick wohl die einzige Möglichkeit war, sich beruflich selbständig zu machen, und eine solche Chance ließ man sich auch dann nicht entgehen, wenn man von Natur aus stolz war.

Als Richard daraufhin sein Glas hob, um mit Gerda anzustoßen, meinte er: «Du bist die verrückteste Frau, die ich kenne. Aber ich werd' es dir nie vergessen, was du für mich getan hast.»
Am darauffolgenden Nachmittag traf man sich in der Schalterhalle am Hauptsitz der Schweizerischen Bankgesellschaft. Gerda überreichte Richard einen Umschlag mit dem Geld, und obschon Richard darauf bestand, einen Darlehensvertrag zu unterzeichnen, der ihn zu regelmäßigen Rückzahlungen verpflichtete, begnügte sich Gerda mit einer Quittung.
«Warum tust du das für mich?» fragte Richard mit gequältem Gesichtsausdruck. Man sah ihm an, wie unangenehm es für ihn war, das Geld anzunehmen.
«Weil ich mich endlich von dir loskaufen will», grinste Gerda und fügte gleich darauf hinzu: «Im Ernst, ich hab' nun mal das Geld, und du brauchst es, also gebe ich es dir.»
Richard steckte den Umschlag ein. Er sah Gerda nachdenklich an, dann nahm er ihren Kopf zwischen beide Hände und gab ihr einen Kuß auf die Lippen. Dann sagte er: «Nun bin ich dir in doppelter Hinsicht ausgeliefert. Gefühlsmäßig, weil ich dich liebe, und materiell, weil ich dein Schuldner bin.»
«Nun red' keinen Unsinn!» lachte Gerda. Während sie zusammen die Bahnhofstraße hinuntergingen, hängte sie sich bei Richard ein und sagte: «Du bist der einzige Mann, mit dem ich geschlafen habe. Manchmal tut es mir fast leid, daß ich sexuell mit dir nichts anfangen kann, unser Leben wäre viel einfacher. Ich spüre, daß wir einander brauchen, aber wir sind nicht füreinander bestimmt.»
Sie blieben bei einem Würstchenstand stehen und kauften eine Tüte Pommes frites mit Ketchup. Während sie die Pommes frites verschlangen, grinsten sie sich gegenseitig an und schwiegen. Dann begleitete Gerda den Freund zur nächsten Tramhaltestelle, wo sie sich trennten. Gerda ahnte nicht, daß sie bereits kurze Zeit später auf die Gunst von Richard Neidhard angewiesen sein würde.
Darüber mußte sie jetzt nachdenken, während sie neben Ilona auf dem Sofa saß und dabei die schlafende Freundin nicht aus den Augen ließ.
Vielleicht war es verkehrt gewesen, Ilona zwei Seresta zu

geben, überlegte Gerda, doch Ilona hatte, nachdem sie hereingestürmt war, einen so aufgeregten und verwirrten Eindruck gemacht, daß Gerda nur den einen Wunsch hatte, sie vorerst einmal zu beruhigen. Die Tabletten hatten Ilona schläfrig gemacht. Der Schlaf tat ihren Nerven sicher gut, trotzdem mußte Gerda die Freundin jetzt aufwecken. Sie wollte endlich in Erfahrung bringen, was sich in Thorhofen zugetragen hatte. Bis jetzt wußte sie lediglich, daß Richard Neidhard umgebracht worden war, sonst nichts.
Sie beugte sich über Ilona und strich ihr mit einer sanften Handbewegung eine Haarsträhne aus der Stirn. Ohne daß Gerda etwas sagen mußte, schlug Ilona die Augen auf und sah sie erschrocken an. Sie schien sich sogleich zu vergegenwärtigen, wo sie sich befand und was geschehen war.
«Mein Gott, ich bin eingeschlafen», murmelte sie verstört und setzte sich dabei auf.
«Mach dir keine Sorgen, ich bin bei dir. Nun wird alles gut.» Gerda versuchte zu lächeln, doch es gelang ihr nicht.
«Wie spät ist es?» wollte Ilona wissen.
«Halb zwölf.»
«Ich muß morgen früh um acht beim Staatsanwalt sein.» Ilona streckte beide Arme aus, als wolle sie sich vom letzten Rest Müdigkeit befreien. Dann sagte sie: «Wenn ich nur wüßte, wie das passieren konnte.»
Gerda zuckte die Achseln. «Für uns beide ist es doch ein Glück», sagte sie leise, doch bevor sie den Satz zu Ende gesprochen hatte, wurde ihr klar, daß sie dies jetzt nicht hätte sagen dürfen, jetzt nicht.
«Was redest du da?» fuhr Ilona sie an. «Du weißt doch, was Richard für uns getan hat.»
«Entschuldige», meinte Gerda und schwieg.
Ilona starrte vor sich hin, nahm von Zeit zu Zeit einen Schluck Kaffee, und Gerda wagte es nicht mehr, etwas zu sagen. Erst nach einer Weile, als Ilona sich offenbar beruhigt hatte, meinte sie zögernd: «Soll ich morgen früh mit dir kommen?»
Ilona sah sie geistesabwesend an. «Wohin?» fragte sie tonlos.
«Zum Staatsanwalt. Ich kann mich in der Schule krank melden. Vielleicht fühlst du dich sicherer, wenn ich bei dir bin.»

Gerda wußte, daß ihrer Freundin solch überbetonte Anteilnahme verhaßt war, denn Ilona war gern selbständig; in dieser ungewöhnlichen Situation glaubte sie jedoch, ihr diesen Vorschlag machen zu dürfen. Sie versuchte Ilona zu umarmen, doch die Freundin wich zurück. «Du brauchst nicht mitzukommen», meinte sie entschlossen. «Das würde die Sache nur komplizieren. Es geht die Leute schließlich nichts an, was zwischen uns ist. Sie würden es ja doch nicht verstehen.»
Mit einer abrupten Handbewegung stellte Ilona ihre Kaffeetasse auf die Tischplatte zurück, sah Gerda ins Gesicht und meinte mit erzwungener Beherrschung: «Gerda, warst du in Kontakt mit Richard, während ich in Jugoslawien war?»
Gerda spürte Ilonas Augen, die plötzlich einen lauernden Ausdruck bekamen, unentwegt auf sich gerichtet, sie konnte ihnen nicht ausweichen. «Ja», sagte sie rasch. «Ich habe vor zwei Tagen mit ihm telefoniert.»
«Weshalb?» Ilona hatte ihre Lippen zusammengepreßt, als wolle sie Gerda anlächeln.
«Wir wollten uns treffen», fuhr Gerda fort, «um uns endlich einmal auszusprechen. Du weißt doch selbst, daß es so nicht mehr weitergehen konnte mit uns.»
«Aha», meinte Ilona. Ihre Stimme klang gelangweilt. «Und? Habt ihr euch getroffen?»
«Nein. Wir waren auf heute nachmittag verabredet. Um drei wollten wir uns in der Stadt treffen, im Café Mandarin, doch kurz nach zwölf rief Richard an und sagte, es sei etwas dazwischengekommen, wir müßten unser Treffen verschieben.»
Ilona stand auf. Sie ging quer durch den Raum zum Fenster und blickte in die Nacht hinaus. Minutenlang blieb sie bewegungslos stehen und schien nachzudenken, dann erst drehte sie sich zu Gerda um und fragte: «Ist das die Wahrheit?»
«Natürlich! Weshalb sollte ich ausgerechnet dir etwas verheimlichen?»
«Ich dachte nur.» Diesmal lächelte Ilona tatsächlich.
Gerda sprang auf und ging auf ihre Freundin zu. Behutsam legte sie die Arme um Ilonas Schultern und meinte zärtlich: «Liebes, du bist nervlich überanstrengt, das ist auch

verständlich, kein Mensch steht solche Strapazen unbeschadet durch.»
Mit einer unerwarteten Körperbewegung riß Ilona sich aus der Umarmung los. Sie sah Gerda entsetzt ins Gesicht und sagte langsam, als müsse sie sich dazu überwinden: «Du hast doch nicht etwa ...?»
So ungeheuerlich diese Vermutung auch war, sie war naheliegend. Gerdas Gesicht zeigte keinerlei Anzeichen von Furcht, nicht einmal von Verwunderung. Sie legte erneut ihre Hand um Ilonas Schultern und sagte ruhig: «Nein, ich habe Richard nicht umgebracht.»
Als sie spürte, wie der Oberkörper ihrer Freundin zu zukken begann, drückte sie Ilona noch fester an sich. Die Antwort war ein kurzes, verhaltenes Schluchzen.
«Ich habe Richard wirklich nicht umgebracht, du mußt es mir glauben», wiederholte Gerda leise. Doch nach einer Weile fügte sie hinzu: «Aber ich bin froh, daß es jemand für uns getan hat.»

4

Staatsanwalt Zbinden war schlecht gelaunt, aber er ließ sich nichts anmerken.
Immer wenn er «Brandtour» hatte, das heißt, wenn er sich über das Wochenende für Noteinsätze bereithalten mußte, ereignete sich im Kanton Zürich irgendein Kapitalverbrechen, und zwar mit so verläßlicher Regelmäßigkeit, daß ihm Max Spalinger, der Erste Staatsanwalt, am Freitagabend beim Weggehen bereits zublinzelte und ihm hinterherrief, er sei gespannt, wo an diesem Wochenende der Teufel los sei — irgend etwas werde bestimmt passieren.
Tatsächlich hatte sich vor einem Monat, als Christian Zbinden ebenfalls im Bereitschaftsdienst gewesen war, am Samstagnachmittag kurz vor Ladenschluß in einer Bijouterie am Limmatquai ein bewaffneter Raubüberfall ereignet, und vor zwei Monaten hatte am frühen Sonntagmorgen im Zürichbergquartier ein Germanistikprofessor seine Geliebte erschossen. Da konnte man wirklich langsam

abergläubisch werden. Als ihn am Freitagabend die Kantonspolizei über den Mord in Thorhofen informierte, wunderte sich Zbinden schon gar nicht mehr, er ärgerte sich nur noch und nahm sich vor, den Ersten Staatsanwalt zu bitten, ihn für die nächste Zeit vom Wochenenddienst zu dispensieren, weil sonst allmählich alle großen Fälle auf seinem Schreibtisch landen würden.
Oberleutnant Honegger hatte Zbinden am Samstagmorgen kurz vor sechs telefonisch geweckt. Punkt sieben trafen sich die beiden im Café Neumarkt, das nur wenige Gehminuten von der Staatsanwaltschaft enfernt war, um gemeinsam den aktuellen Stand im Mordfall Neidhard zu erörtern. Zbinden sprach nicht viel, er hörte Honegger bloß zu und trank einen Espresso nach dem anderen.
Oberleutnant Honegger hatte die ganze Nacht durchgearbeitet. Auch wenn niemand dies von ihm verlangt hatte, fühlte er sich dennoch verpflichtet, Staatsanwalt Zbinden den Weg für die weiteren Ermittlungen wenigstens vorzuebnen, so gut er es eben vermochte. Er hatte nicht nur einen elfseitigen Rapport über die Ereignisse am Tatort geschrieben, sondern anhand der beschlagnahmten Gegenstände auch bereits verschiedene Indizien zusammengetragen, die seiner Meinung nach zur raschen Ermittlung der möglichen Täterschaft beitragen konnten.
Honegger und Zbinden verstanden sich prächtig. Sie hatten schon zusammengearbeitet, als Zbinden noch Bezirksanwalt war, und Honegger war es denn auch, der Zbinden im Kollegenkreis bei der Kantonspolizei immer wieder in Schutz nahm. Der Staatsanwalt war nämlich nicht unumstritten. Bei seinen engsten Mitarbeitern, aber auch bei seinen Vorgesetzten, galt er als Verfechter der harten Linie bei der Verbrechensbekämpfung. Die ihm anvertrauten Strafuntersuchungen führte er zielstrebig und mit unerbittlicher Hartnäckigkeit. Für Zbinden gab es, was die Verantwortlichkeit für eine strafbare Handlung betraf, keine beschönigenden Ablenkungsmanöver. Seiner Auffassung nach war jeder Rechtsbrecher für das von ihm begangene Delikt weitgehend selbst verantwortlich. Hinweise der Verteidigung auf eine schlimme Jugend oder einen psychischen Defekt tat er im Gerichtssaal jeweils als «irrelevante Ausflüchte» ab. Verständlich, daß Zbinden mit solcher Ar-

gumentation, auch bei seinen Kollegen von der Staatsanwaltschaft, nicht nur Beifall fand.
Die Schweizerische Volkspartei hatte ihn vor drei Jahren für das Amt eines öffentlichen Anklägers aufgestellt, weil ihr Zbindens Popularität, die dieser sich mit einem Referat über die Einführung der Todesstrafe für Geiselnehmer und Terroristen erworben hatte, eine gute Chance auf einen Wahlerfolg versprach. Dieses Referat war zwar von den meisten Schweizer Zeitungen eher kritisch aufgenommen worden, doch Zbindens Forderungen zur rigorosen Bekämpfung der Terroristenszene durch prophylaktische Maßnahmen wurden auch unter der Bevölkerung heftig diskutiert und schließlich von einem der SVP nahestehenden Verlag sogar als Lernbroschüre für angehende Juristen veröffentlicht.
Nachdem die Staatsanwaltschaft in den letzten Jahren ihrer liberalen Tendenzen wegen häufig angegriffen worden war, kam Zbindens Kandidatur der Justizdirektion nicht ungelegen. Trotz seines jugendlichen Alters wurde Christian Zbinden im Sommer 1977 vom Regierungsrat einstimmig zum Staatsanwalt gewählt. Mit seinen knapp sechsunddreißig Jahren war er der jüngste Ankläger im Kanton Zürich.
Zbinden war klein und rundlich, er wirkte eher unscheinbar. Sein aschblondes, an beiden Stirnecken schon etwas schütteres Haar trug er stets ordentlich gekämmt, auch war er immer glatt rasiert. Seine Wimpern waren so blond, daß man auf den ersten Blick annehmen mußte, er sei wimpernlos. Die Augen verbarg er hinter einer randlosen Brille, von der einige Leute behaupteten, sie sei für Zbinden lediglich ein Requisit, um während eines Verhörs damit zu spielen. Keiner seiner Kollegen hatte ihn jemals ohne Anzug und Krawatte gesehen. Wenn er jemandem zuhörte, pflegte er seine Lippen anzuspannen, wodurch sich seine Mundwinkel weit auseinanderzogen, so daß Leute, die den Staatsanwalt nicht kannten, annehmen mußten, er mache sich über sie lustig, was jedoch kaum der Fall war: Zbinden nahm alles, was er zu hören bekam, bitter ernst.
So war es auch an diesem Samstagvormittag, dem 29. November 1980, als er mit dem Oberleutnant im Cafeé Neumarkt frühstückte. Er hörte Honeggers Ausführungen auf-

merksam zu, machte sich von Zeit zu Zeit ein paar Notizen in ein kleines Büchlein, das er stets bei sich trug, und meinte zum Abschluß des Gespräches anerkennend: «Du hast wieder einmal ganze Arbeit geleistet, Georg. Eines Tages wirst du eben doch noch Chef der Mordkommission.»
Honegger schüttelte resigniert den Kopf, während Zbinden ihm auf die Schulter klopfte und hinzufügte: «Also wenn es an mir läge, wärst du es schon längst.»
Es lag in der Tat nicht an Staatsanwalt Zbinden, daß Georg Honegger seit neun Jahren nur stellvertretender Chef der Mordkommission war und es wohl auch in Zukunft bleiben würde. Für Honegger, das wußten nur Eingeweihte, gab es nämlich keine berufliche Aufstiegsmöglichkeiten mehr. Er war auf der ganzen Linie ein Pechvogel. Nicht nur, daß er zu Hause eine gelähmte Frau hatte, auch er selber war seinerzeit gezwungen gewesen, sein auf dem zweiten Bildungsweg begonnenes Jura-Studium wieder abzubrechen: Ein tuberkulöses Leiden hatte es ihm verunmöglicht, neben seiner beruflichen Tätigkeit jeden Tag bis tief in die Nacht am Schreibtisch zu büffeln. Trotz diesem Schicksalsschlag, den Honegger nie ganz überwunden hatte, arbeitete er sich vom Polizeigefreiten bis zum Oberleutnant hoch, durch Gewissenhaftigkeit und unermüdlichen Einsatz, nicht zuletzt aber auch durch seine Bemühungen, es jedermann recht zu machen. Dennoch waren mit dieser Position als Nichtjurist seine beruflichen Chancen weitgehend erschöpft. Das wußte Honegger nur allzugut, und es bereitete ihm oft Mühe, sich innerlich damit abzufinden. Um so größer war denn auch seine Bewunderung für Zbinden, der in seinen Augen das geschafft hatte, was er selbst trotz allen Anstrengungen und zahllosen unbezahlten Überstunden nicht mehr schaffen würde. Er war stolz darauf, daß er sich mit Zbinden duzte. Aus verschiedenen Gründen neigte er dazu, sich mit dem Staatsanwalt gutzustellen. Zunächst einmal teilte er Zbindens kritische Einstellung gegenüber der geltenden Rechtsordnung. Auch Honegger, dem es in seiner langjährigen Praxis bei der Kantonspolizei nicht an Erfahrung im Umgang mit Verbrechern fehlte, setzte sich für ein härteres Strafrecht ein und begegnete allen Liberalisierungen im Strafvollzug mit größter Skepsis. Seiner Meinung nach konnte eine Frei-

heitsstrafe auf den Delinquenten nur dann abschreckend wirken, wenn sie mit militärischer Disziplin, Demütigungen und Verzicht verbunden war, sonst käme der Aufenthalt im Gefängnis — so schrieb der Oberleutnant einmal in einem Leserbrief an die «Schweizerische Polizeizeitung» — «einem Ferienaufenthalt in einem guten Hotel» gleich und würde dadurch die Rückfälligkeit einer gewissen Sorte von Straftätern nachgerade provozieren.
Auch ihre Weltanschauung verband Honegger und Zbinden: Beide Männer waren tief religiös, beide waren sie praktizierende Katholiken. Hin und wieder kam es vor, daß der Oberleutnant und der Staatsanwalt sich am Sonntagmorgen bei der Frühmesse in der St. Antoniuskirche begegneten. Dann pflegten sie die Zeit im Anschluß an den Gottesdient zu einem kurzen Spaziergang durchs Doldertal zu nutzen. Dabei konnten sie berufliche Erfahrungen austauschen oder sich gegenseitig Informationen über pendente Fälle zuspielen, die irgendein linkslastiger Bezirksanwalt, wie sie leider in jüngster Zeit immer häufiger in Erscheinung traten, wohl absichtlich schubladisiert hatte. Zbinden schreckte in solchen — selbstverständlich streng vertraulichen — Gesprächen mit Honegger auch nicht davor zurück, einige Untersuchungsrichter bei der Bezirksanwaltschaft freimütig als «Gesinnungsgenossen von Straftätern» zu bezeichnen.
Es gab aber einen weiteren Grund, warum der Oberleutnant sich mit Staatsanwalt Zbinden gutstellen wollte. Er wußte, daß Zbinden bei der Justizdirektion in hohem Ansehen stand und daß Regierungsrat Bissegger bei personellen Entscheidungen gelegentlich sogar seinen Rat beanspruchte. So war es für Honegger zumindest nicht auszuschließen, daß ihm durch die vermittelnde Gunst des Staatsanwalts vielleicht eines Tages doch noch eine berufliche Beförderung zuteil würde. Über vertrauliche Kanäle hatte der Oberleutnant erst kürzlich erfahren, daß im Kanton Zürich die Absicht bestand, die Planstelle für einen Ombudsmann in Rechtsfragen zu schaffen. Honegger wußte aus erster Hand, daß aus finanziellen Gründen kein ausgebildeter Jurist für diesen Posten in Frage kam, deshalb hoffte er insgeheim, Zbinden würde ihn zu gegebener Zeit dafür empfehlen. Immerhin war der Staatsanwalt ei-

ner jener wenigen Kollegen, die Honeggers fachliche Kompetenz nie angezweifelt und auch seine konservative Lebensanschauung nie ins Lächerliche gezogen hatten. Auf Christian Zbinden war Verlaß.
So scheute Honegger denn auch keine Mühe und keinen Zeitaufwand, wenn es darum ging, dem ohnehin schon überlasteten Staatsanwalt die Ermittlungsarbeit zu erleichtern. Im Fall Neidhard sah Honegger einigermaßen klar. Er hatte es in der vergangenen Nacht auf sich genommen, Ilonas Tagebuchnotizen zu überfliegen; daraus konnte man immerhin schon einige recht interessante Schlüsse ziehen. Er hatte aber auch — und das war viel gewichtiger — aus dem beschlagnahmten Beweismaterial verschiedene Tatmotive konstruiert, die Zbinden im Verlauf seiner Untersuchungen bloß noch genau zu überprüfen brauchte. Honegger war davon überzeugt, daß Neidhards Mörder innerhalb von drei Tagen stichhaltig überführt sein würde.
Mit einem seltenen Gefühl von Zufriedenheit begleitete Honegger den Staatsanwalt nach dem Frühstück noch ein paar Schritte. Als sie die Florhofgasse hinaufgingen, sagte er zu Zbinden, daß er ihn auch über das Wochenende jederzeit anrufen könne, falls er seine Hilfe benötige, sicherheitshalber werde er zu Hause bleiben. Der Staatsanwalt wollte etwas einwenden, doch Honegger bremste ihn mit der Bemerkung, bei diesem Wetter würde sich ja doch kein Mensch aus dem Hause wagen; er werde wieder einmal mit seiner Frau Karten spielen oder etwas für seine Weiterbildung tun, Fachliteratur gebe es ja genug. Während er auf Zbinden einredete, kam es ihm plötzlich so vor, als hörte der Staatsanwalt ihm gar nicht zu.
Vor dem Hauptportal der Staatsanwaltschaft wartete eine Frau. Von weitem sahen die beiden Männer, wie sie nervös auf und ab ging und dabei immer wieder auf die Uhr schaute.
«Das ist die Neidhard», raunte Honegger dem Staatsanwalt zu. «Wenigstens ist sie pünktlich. Bei Frauen ist das keine Selbstverständlichkeit.»
Während Zbinden sich Ilona Neidhard vorstellte, suchte er in den Taschen seines Regenmantels nach dem Hausschlüssel. «Wir gehen durch den Hintereingang», sagte er

freundlich. «Am Samstag sind unsere Büros normalerweise geschlossen.»
Der Staatsanwalt ging voran zu seinem Büro im ersten Stock, Honegger und Ilona folgten ihm. Der Oberleutnant begann unaufgefordert die Fensterläden zu öffnen, die das Haus über das Wochenende aus Sicherheitsgründen verbarrikadierten. Angesichts der ständig wachsenden anarchistischen Tendenzen unter der jugendlichen Bevölkerung konnte man nicht vorsichtig genug sein. Schlimm genug, daß einige Fanatiker mit roter Farbe den Spruch NIEDER MIT DER STAATSWILLKÜR auf die Hausmauer der Staatsanwaltschaft geschmiert hatten.
«Nehmen Sie Platz, Frau Neidhard», begann Zbinden, während er sich an seinen Schreibtisch setzte und sämtliche Unterlagen, die Honegger mitgebracht hatte, vor sich ausbreitete. Sogar die Fotografien der Leiche waren schon hier, der Oberleutnant war auf dem Weg zum Café Neumarkt noch rasch bei Spörri vorbeigefahren.
Ilona setzte sich auf einen Holzstuhl. Der Staatsanwalt saß auf einem mit grünem Velours bezogenen Louis-Quinze-Sessel.
«Übrigens habe ich Ihren verstorbenen Gatten gekannt», meinte Zbinden, während er seine Akten überflog. «Er hat das Einfamilienhaus meines Schwagers in Bonstetten gebaut. Ein phantastischer Bau, hervorragend isoliert. Ihr Mann war ein Könner.» Dann fragte er abrupt: «Weshalb tragen Sie keine Trauer?»
Ilona erschrak. Sie hatte die Nacht bei Gerda verbracht und war nicht mehr dazu gekommen, noch einmal nach Thorhofen zu fahren. Außerdem befand sich das einzige schwarze Kleid, das sie besaß, zerknittert in ihrem Koffer, den sie noch gar nicht ausgepackt hatte.
«Ich habe in der Aufregung vergessen, mich umzuziehen», meinte sie verlegen.
«Schon gut», beschwichtigte sie Zbinden, ohne Ilona dabei anzusehen. «Ich kann mir vorstellen, daß der plötzliche Tod Ihres Gatten für Sie ein harter Schlag war, eine Art Schock. Oder irre ich mich?»
Jetzt erst richtete er seine Brillengläser auf Ilona, die ihm zunickte. «Ja, so ist es. Ich beginne erst allmählich zu begreifen, was gestern abend geschehen ist. Im ersten Mo-

ment war ich einfach fassungslos. Nicht wahr?» Sie sah zu Honegger hinüber, der noch immer am Fenster stand und ihr durch ein Kopfnicken zustimmte.
Zbinden sah auf die Uhr. «Bonsaver kommt wieder einmal zu spät», meinte er verärgert. «Wahrscheinlich hat er sich verschlafen.» Er wandte sich an den Oberleutnant: «Georg, könntest du solange das Protokoll schreiben?»
Noch bevor der Staatsanwalt ausgesprochen hatte, saß Honegger schon an der Schreibmaschine.
«Tüchtig, tüchtig», meinte Zbinden und schnalzte dabei mit der Zunge. Honegger überhörte den zynischen Unterton in der Stimme des Staatsanwalts. Er war bereits damit beschäftigt, das Verhörprotokoll und drei Kopien in die Maschine einzuspannen. Dann sah er auf und blickte erwartungsvoll auf Zbinden.
«Wer hat Ihren Mann umgebracht?» fragte der Staatsanwalt Ilona Neidhard ganz direkt. Es war eine bewährte Taktik von ihm, Angeschuldigte, die ihm gegenübersaßen und keine Erfahrung im Umgang mit Strafverfolgungsbehörden hatten, gleich zu Beginn der Einvernahme zu verunsichern. Wer verunsichert ist, kann nicht mehr lügen, oder er lügt so auffällig, daß man es sogleich merkt: Berufserfahrung.
«Das weiß ich doch nicht», konterte Ilona. Sie war weniger verwirrt, als Zbinden es sich erhofft hatte. Er überlegte, ob sie wohl schon so abgebrüht war, daß sie sich nicht mehr verunsichern ließ, dann meinte er ungeduldig: «Reden Sie weiter. Sie haben doch sicher irgendwelche Anhaltspunkte.»
«Ja», sagte Ilona rasch. «Es war ein Raubmord.»
Honegger, der alles, was die beiden sprachen, sogleich mittippte, wenn auch nur mit zwei Fingern, blickte überrascht auf. «Das ist mir aber neu!» mischte er sich ein. «Mir haben Sie doch gestern abend erzählt, daß Sie keine Wertgegenstände im Haus aufbewahrten. Was stimmt denn jetzt?»
Er sprach unwirsch. Er ärgerte sich darüber, daß Ilona Neidhard ihm offenbar doch nicht die Wahrheit erzählt hatte. Am Ende kam Zbinden noch auf den Gedanken, Honegger habe die Voruntersuchung zu wenig gewissenhaft geführt, das wäre ihm denkbar unangenehm gewesen.

«In der ersten Aufregung habe ich meine Schmuckschatulle im Schlafzimmer vergessen», erwiderte Ilona ruhig. «Darin befanden sich zwei Brillantohrringe und mein Diamantcollier. Ich bewahre nur den Schmuck zu Hause auf, den ich gerade tragen will.»
«Wann haben Sie den Verlust festgestellt?» wollte Honegger wissen. Erst jetzt bemerkte er, daß ja nicht er das Verhör führte, sondern Staatsanwalt Zbinden, doch dieser schwieg und blickte erwartungsvoll auf Ilona.
«Ich habe mich heute nacht im ganzen Haus ein wenig umgesehen», begann sie. «Im Wohnzimmer fehlte wirklich nichts. Aber als ich den Schlafzimmerschrank öffnete, merkte ich sofort, daß der Schmuck weg war.»
Der Oberleutnant schrieb alles mit. Nachdem er Ilonas Aussagen Wort für Wort protokolliert hatte, sah er zu Zbinden hinüber, der sich in seinem Sessel zurücklehnte und noch immer schwieg.
«Dann sind Sie also heute nacht noch einmal nach Thorhofen zurückgefahren?» erkundigte sich Honegger bei Ilona.
«Ja, zusammen mit einer Freundin. Allein hätte ich mich wahrscheinlich nicht getraut. Aber es ließ mir einfach keine Ruhe. Ich wollte wissen, warum mein Mann sterben mußte.»
«Und? Wissen Sie's jetzt?»
Zbindens Stimme klang gelangweilt. Er nahm seine Brille ab und wischte sich mit der Hand über die Augen, als wäre er müde. Er schien auf Ilonas Antwort zu warten.
Endlich sagte sie: «Es kann nur ein Raubmord sein.»
«Dann ist es ja gut», meinte Zbinden trocken, und seine Mundwinkel schnellten auseinander. Es sah wirklich so aus, als würde er sich amüsieren. In diesem Moment betrat Bonsaver das Zimmer. Ein kleines, graues Männchen mit einem Vogelgesicht, das nicht lachen konnte. Deshalb nannten ihn die Staatsanwälte «Buster Keaton», obschon sie sicher waren, daß Bonsaver selbst gar nicht wußte, wer Buster Keaton war.
Der Sekretär stellte seine riesige Aktentasche neben den Schreibtisch des Staatsanwalts und blickte irritiert auf Honegger, der sich sogleich erhob und Bonsavers Platz freigab. Das Männchen setzte sich beflissen an die

Schreibmaschine, dann flüsterte es heiser zu Zbinden hinüber, daß die Straßenbahn fast zwanzig Minuten Verspätung gehabt habe, an einem Samstagmorgen sei so etwas unbegreiflich.
«Schon gut, Keaton», meinte der Oberleutnant mit einem Schmunzeln und gab Zbinden mit einem diskreten Kopfnicken zu verstehen, er solle ihn aus dem Zimmer begleiten. Draußen im Korridor blieb er stehen.
«Die Neidhard lügt», sagte er.
«Weshalb?» erkundigte sich der Staatsanwalt, den Honeggers Äußerung plötzlich neugierig machte.
«Ich habe Neidhards Haus gestern abend um Viertel nach zehn verlassen. Aber Menzi und Haubensak blieben die ganze Nacht dort, um die Gegend zu observieren. Es hätte ja immerhin sein können, daß der Täter noch einmal zurückkommt. Deshalb erschien es mir gerechtfertigt, die beiden Beamten in Thorhofen zu belassen, ich wollte kein Risiko eingehen.»
«Vernünftig, ich hätte genauso gehandelt», meinte Zbinden. Dann fuhr Honegger fort: «Heute früh um halb sieben rief Menzi mich an und rapportierte, in Thorhofen habe sich nichts mehr ereignet. Niemand sei gekommen oder weggegangen. Mit anderen Worten, Christian: Ilona Neidhard ging gar nicht in ihr Haus zurück. Die Geschichte mit dem Schmuck ist frei erfunden.»
Der Staatsanwalt stimmte Honegger zu. «Dann hat sie also tatsächlich gelogen. Aber warum? Ob sie auf einen kleinen Versicherungsbetrug hinaus will? Der angeblich gestohlene Schmuck war doch bestimmt versichert.»
Honegger schüttelte den Kopf. «Glaube ich nicht. Neidhard war stinkreich. Das Haus müßtest du sehen! Seine Frau erbt doch den ganzen Plunder, weshalb soll sie da noch rasch eine Versicherung übers Ohr hauen? Hat sie doch gar nicht nötig!»
Zbinden überlegte einen Moment, dann sagte er nur: «So, nun weiß ich wohl etwas mehr.»
Er verabschiedete sich mit einem kurzen Händedruck von Honegger und ging ins Zimmer zurück, wo Bonsaver sich mit Ilona Neidhard über das scheußliche Novemberwetter unterhielt und ihr ein Hustenbonbon zusteckte.
Die Einvernahme dauerte knapp zwei Stunden. Zbinden

erkundigte sich bloß nach Nebensächlichkeiten, die er auch auf anderem Weg hätte in Erfahrung bringen können. Er fragte Ilona, ob ihr Mann viel verdient habe, fragte nach seinen Lebensgewohnheiten, aber er wollte auch wissen, ob Ilona glücklich verheiratet gewesen sei, was sie erwartungsgemäß bejahte.
Wenige Minuten nach zehn erklärte Zbinden die Einvernahme für beendigt. Er gab Ilona einen Zettel mit seiner Telefonnummer, damit sie ihn jederzeit erreichen könne, falls ihr noch etwas Wichtiges einfallen sollte. Im übrigen, meinte er, während er Ilona hinausbegleitete, wolle er sich natürlich bemühen, den Mörder ihres Mannes bald zu fassen. Erst draußen vor dem Portal fügte er beiläufig hinzu: «Oder die *Mörderin.* Theoretisch könnte es ja auch eine Frau gewesen sein.»
Dann wünschte er Ilona Neidhard ein schönes Wochenende.

5

Ilona hatte ihren Wagen in einer Seitenstraße hinter dem Schauspielhaus geparkt; sie mußte ein paar Minuten zu Fuß gehen. Es war kälter als noch vor zwei Stunden, trüb und eisig, Novemberwetter, und es sah aus, als könnte es jeden Moment anfangen zu schneien.
Ilona hatte den Kragen ihres Wintermantels hochgeschlagen und die Arme über der Brust verschränkt, als könnte sie sich dadurch vor der beißenden Kälte schützen. So ging sie, leicht vornübergebeugt, durch die Straßen, den Blick gedankenverloren auf den Gehsteig gerichtet.
Nicht nur die Kälte trug Schuld daran, daß Ilona fror, sondern auch die allmählich über sie kommende Müdigkeit, die beinahe schon quälende Formen annahm, zumal sie von Kopfschmerzen begleitet war. Ilona hatte in der vergangenen Nacht kaum geschlafen. Stundenlang hatte sie mit ihrer Freundin über den Mord diskutiert, stundenlang gerätselt, wer wohl der Täter sein könnte, und Gerda war es schließlich gewesen, die ihr geraten hatte, einen Raubmord

vorzutäuschen, damit sich das Tatmotiv in ganz bestimmten Grenzen halte. Nun zweifelte Ilona plötzlich daran, ob es richtig gewesen war, den Staatsanwalt anzulügen, doch Gerda hatte zu ihr gesagt: «Wer auch immer Richard umgebracht haben mag, der Verdacht wird zuerst auf uns fallen. Auf uns beide.»
Ilona versuchte ihre Gedanken zu verscheuchen. Es war nun zu spät, um etwas zu bereuen, sie hatte ihre Aussage bereits gemacht, das Protokoll war unterschrieben, es gab kein Zurück mehr. Dennoch wurde sie das unbehagliche Gefühl, das sie plötzlich zu quälen begann, nicht mehr los. Sie fühlte sich aggressiv, ohne zu wissen, weshalb. Die Hektik der vorbeihastenden Passanten ging ihr auf die Nerven. Sie ärgerte sich über eine Gruppe von Schulkindern, die mit ausgelassenem Gejohle die Straße hinunterrannten, und sie regte sich über eine alte Frau so sehr auf, daß sie Herzflattern bekam, bloß weil die Alte ihren Rehpinscher an die Schaufensterscheibe eines Blumenladens pinkeln ließ. Ilona konnte mit einem Male den Anblick von unbekümmerten Menschen nicht mehr ertragen. Sie vermochte sich aber auch nicht auf ihre eigenen Probleme zu konzentrieren, die Gedanken in ihrem Kopf schossen wirr durcheinander, und es fiel ihr unendlich schwer, etwas zu Ende zu denken. Jeder Einfall wurde überrollt von einer nächsten Vorstellung, einer neuen Angst; sie fühlte sich wie nie zuvor den enervierenden Zwängen ihrer Phantasie ausgeliefert.
In Gedanken sah sie Richards Leiche vor sich, sein blutverschmiertes Gesicht, ein unerträglicher Anblick. Und sie hörte Gerda flüstern: «Liebes, nun ist alles gut.»
Auch körperlich fühlte sich Ilona schwach und elend, sie hatte keinen Appetit. Der Gedanke, etwas essen zu müssen, ekelte sie; zum Frühstück hatte sie nur eine Tasse Schwarztee getrunken. Die beiden Stückchen Knäckebrot, von Gerda für sie zubereitet, hatte sie unberührt liegengelassen.
Die vergangenen sechzehn Stunden hatten für Ilona etwas Gespenstisches, Unwirkliches. Sie konnte es immer noch nicht fassen, daß ihr Mann tot war, und sie sträubte sich gegen die beklemmende Vorstellung, daß sie in den kommenden Tagen den unbarmherzigen, zynischen Fragen von

Staatsanwalt Zbinden wehrlos ausgeliefert sein würde. Was wollte er von ihr? Sie hatte mit der Ermordung ihres Mannes nichts zu tun, ebensowenig wie ihre Freundin Gerda. Warum hatte er sich wohl nach Gerdas Adresse erkundigt? Ob er sie auch vorladen würde? Und weshalb? Wie sollten sie sich verhalten, wenn tatsächlich der Verdacht auf sie fallen würde? Dreimal hatte der Staatsanwalt ihr die Frage gestellt, ob jemand ein Interesse daran gehabt haben könnte, ihren Mann umzubringen, und dreimal hatte sie diese Frage verneint.
Sie mußte zugeben, daß Zbinden sich ihr gegenüber absolut korrekt verhalten hatte. Zeitweise war er sogar ausgesprochen höflich gewesen. Dennoch empfand sie für den Mann keinerlei Sympathie, irgend etwas in seinem Blick verriet Hinterhältigkeit. Über Honegger konnte sie lächeln, vor Zbinden hatte sie Angst.
Die Begegnung mit den beiden Männern, von deren Existenz sie bis vor wenigen Stunden nicht einmal etwas geahnt hatte, kam ihr vor wie ein gräßlicher Alptraum, aus dem sie jeden Augenblick erwachen mußte.
In Gedanken versunken ging Ilona auf ihren Wagen zu, als sie hinter sich plötzlich Schritte vernahm. Erschrocken drehte sie sich um. Sie sah einen jungen Mann auf sie zukommen. Er war vielleicht fünfundzwanzig, hatte hellbraunes, gewelltes Haar und einen gepflegten Schnurrbart. Seinen beigen Regenmantel hatte er nicht zugeknöpft, so daß Ilona auch seinen eleganten grauen Anzug und die modisch getupfte Krawatte sehen konnte.
«Frau Neidhard, kann ich Sie einen Augenblick sprechen», rief er ihr zu.
Ilona blieb verwundert stehen. «Wer sind Sie?» fragte sie. Der junge Mann kam auf sie zu. Er streckte ihr seine Hand hin, als wären sie alte Bekannte. An seiner rechten Hand entdeckte Ilona einen auffallend protzigen Siegelring.
«Ich bin Aldo Fossati», grinste er. Sein Gesicht hatte einen jungenhaften, aufgeweckten Ausdruck, doch seine grünen Katzenaugen wirkten draufgängerisch und verwegen.
«Was wollen Sie von mir?» erkundigte sich Ilona abweisend. Ohne seine Antwort abzuwarten, ging sie zu ihrem Wagen und wollte die Tür aufschließen, als Fossati sich ihr frech in den Weg stellte.

«Ich bin Reporter beim MORGENEXPRESS», sagte er mit einem breiten Lachen und blieb dicht vor Ilona stehen. «Darf ich Ihnen rasch ein paar Fragen stellen?» Er nahm aus seiner Manteltasche ein winziges Diktiergerät und hielt es Ilona vor das Gesicht.
Sie ließ sich nicht anmerken, daß sie erschrak. Das hatte ihr gerade noch gefehlt, daß Zeitungsleute hinter ihr her waren. Dazu noch vom MORGENEXPRESS, der für sie das schlimmste Blatt überhaupt war, weil es ausschließlich von Sensationen lebte und es immer wieder fertigbrachte, die Wahrheit nach den jeweils gerade aktuellen Bedürfnissen seiner Leser zurechtzubiegen. Als die Russen in Afghanistan einmarschierten, war die Scheidung eines amerikanischen Sexstars für den MORGENEXPRESS und seine Leser wichtiger: Das Ereignis wurde auf der Titelseite in riesigen Lettern angekündigt, während man den Geschehnissen in Afghanistan im Innenteil der Zeitung ganze neun Zeilen widmete. Aus dem MORGENEXPRESS erfuhr man, wenn im Entlebuch ein Bauer seine minderjährige Magd geschändet hatte, doch über Zusammenhänge im politischen Weltgeschehen informierte das Blatt kaum, weil sich seine Leser, wie Chefredaktor Vinzenz Füllemann einmal in einem Kommentar betonte, für Politik nicht interessierten. Der MORGENEXPRESS wurde von allen Bevölkerungsschichten gelesen, doch von niemandem wirklich ernst genommen. Trotzdem war nicht zu bestreiten, daß die Zeitung, nicht zuletzt auch wegen ihrer überregionalen Verbreitung, in der ganzen Schweiz eine fast beängstigende Machtstellung einnahm. Schlagzeilen im MORGENEXPRESS konnten einem unbekannten Bürger über Nacht zu nationaler Berühmtheit verhelfen, aber sie konnten ebenso schnell Menschen gesellschaftlich vernichten. Was auf den Verkaufsplakaten des MORGENEXPRESS großlettrig angekündigt wurde, nahm man unweigerlich zur Kenntnis. Nicht zu Unrecht war die Berichterstattung des Blattes gelegentlich als reißerisch oder gar als tendenziös verschrien, denn es war nicht wegzuleugnen, daß die Zeitung sich nicht selten das Recht herausnahm, über das Schicksal von Menschen, nur um der Sensation willen, zu entscheiden. Umfragen hatten immer wieder gezeigt, daß der Einfluß des MORGENEXPRESS auf die Meinungsbil-

dung gewisser Bevölkerungsschichten keineswegs unterschätzt werden durfte. Das war wohl auch der Grund, weshalb kein Politiker, der Politiker bleiben wollte, oder kein Künstler, der auf Popularität angewiesen war, es sich leisten konnte, sich mit der Redaktion des MORGENEXPRESS anzulegen.
Es war Ilona ein Rätsel, weshalb Fossati sie erkannt hatte, und noch viel weniger wußte sie, was er von ihr wollte. Weil der Reporter ihr noch immer im Weg stand, sagte sie: «Es tut mir leid, ich habe keine Zeit. Bitte lassen Sie mich jetzt gehen.»
Fossati wich keinen Schritt zurück, im Gegenteil, er hielt Ilona sein Aufnahmegerät direkt vor den Mund.
«Nun seien Sie nicht so zugeknöpft, Frau Neidhard», meinte er mit gespieltem Entsetzen. «Ich will Ihnen doch nur helfen. Ihr Mann war schließlich nicht irgend jemand, er war einer unserer fähigsten Architekten, und er saß mehrere Jahre im Kantonsparlament. Seine Ermordung ist durchaus von öffentlichem Interesse, wir müssen in jedem Fall darüber berichten. Das sind wir unseren Lesern schuldig.»
«Dann wenden Sie sich an die Polizei.»
Fossati schüttelte den Kopf, als wolle er seinem Mißfallen über Ilonas Naivität Ausdruck verleihen. «Frau Neidhard, das haben wir doch längst getan», sagte er mit einem fast mitleidigen Unterton. «Die Polizei kann uns nicht weiterhelfen. Wir wollen mehr bringen als andere Blätter. Unser Motto heißt: Mehr Exklusivität! Das hat uns zur größten Zeitung gemacht. Vielleicht können wir sogar etwas dazu beitragen, den Mörder Ihres Mannes zu finden. Daran müßte Ihnen doch gelegen sein, oder etwa nicht?»
Ilona wich einen Schritt zurück, weil der Reporter ihr sein Diktiergerät beinahe auf den Mund drückte.
«Ich kann keine Erklärung abgeben, weil ich nichts weiß», sagte sie nach einer Pause, nachdem sie festgestellt hatte, daß Fossati beharrlich neben ihr stehen blieb.
Er grinste sie überlegen an: «Was glauben Sie, wie viele Briefe Sie bekommen werden, so wie Sie aussehen!»
Er blickte Ilona einen Moment lauernd an, als rechne er mit jeder nur denkbaren Reaktion, und als er merkte, daß sie ihn bloß ansah, stumm und verächtlich, meinte er nur:

«Wie fühlt man sich denn so als Frau, deren Mann ermordet wurde? Haben Sie zum Beispiel Haßgefühle gegen den Mörder Ihres Gatten?»
Fossati drückte die Aufnahmetaste an seinem Kassettengerät und sagte rasch: «Jetzt! Sprechen Sie bitte, Frau Neidhard.»
Ilona drehte den Kopf abweisend zur Seite.
«Bitte wenden Sie sich an die Polizei und lassen Sie mich jetzt gehen», sagte sie so entschieden, daß der Reporter sich gezwungen sah, andere Mittel einzusetzen.
«Frau Neidhard», begann er geduldig wie ein Lehrer, der seinem Schüler die gleiche Aufgabe bereits zum fünftenmal erklärt. «Wir können Sie natürlich nicht zwingen, uns Auskunft zu geben. Aber etwas muß ich Ihnen fairerweise doch sagen: Wir bekommen unsere Informationen in jedem Fall. Nur tut es Ihnen dann später vielleicht leid, daß Sie die Gelegenheit nicht wahrgenommen haben, auch Ihren Standpunkt zu äußern. Sieht doch beinahe so aus, als hätten Sie ein schlechtes Gewissen.»
Ilona preßte die Lippen zusammen, dann sagte sie tonlos: «Ihre Methoden sind widerlich. Aber ich habe es nicht anders erwartet. Schreiben Sie, was Sie wollen.»
«Das tun wir ganz bestimmt, Frau Neidhard», grinste Fossati.
Ilona stieg wortlos in ihren Wagen und ließ den Motor an. Sie zitterte am ganzen Körper vor Wut und Empörung über Fossatis Verhalten. Bevor sie aus dem Parkplatz hinausfahren konnte, sah sie, wie der Reporter sich vor ihre Windschutzscheibe stellte. Bevor sie in irgendeiner Weise reagieren konnte, hatte er eine Kamera gezückt und ein Bild von ihr geknipst. Dann hob er die Hand hoch, winkte ihr lässig zu und grinste: «Bis später, Frau Neidhard! Wetten, daß wir uns bald wiedersehen?»

6

Aldo Fossati ging zu Fuß zum Haus der Staatsanwaltschaft zurück, wo er zuvor auf Ilona Neidhard gewartet und sie bis zu ihrem Parkplatz verfolgt hatte.
Fossati wußte genau, wie er nun weiter vorgehen würde. Gott sei Dank hatte er Zeit. Heute war Samstag, der Bericht über den Mord an Richard Neidhard war für die Montagausgabe des MORGENEXPRESS vorgesehen. Bis Sonntagnachmittag um vier konnte er recherchieren, spätestens um sechs mußte er den fertigen Artikel auf der Redaktion abliefern. Wenn über das Wochenende nichts Bedeutendes mehr passierte — kein Doppelmord und kein Sittlichkeitsverbrechen —, so würde der Bericht am Montag mit größter Wahrscheinlichkeit auf die Titelseite kommen; der Chef hatte Fossati provisorisch hundertzwanzig Zeilen zugesichert.
Aldo Fossati war schon seit fast fünf Jahren beim MORGENEXPRESS. Er hatte eine kaufmännische Lehre absolviert und war anschließend als Volontär auf der Redaktion der Boulevardzeitung gelandet, weil er sich, so erzählte er Chefredakteur Füllemann beim Eintrittsgespräch, für alles, was mit Menschen zu tun hat, brennend interessierte. Für Vinzenz Füllemann und den MORGENEXPRESS war der damals knapp zwanzigjährige Fossati genau der richtige Mann: Aufgeweckt, aber nicht so intelligent, daß er an der Gesellschaftsordnung kritische Vorbehalte anbrachte; dynamisch, jedoch nicht so aktiv, daß er allzu flüchtig recherchierte, bloß um eine fertige Story abzuliefern. Fossati hatte, das mußten selbst jene Kollegen in der Redaktion einräumen, die gelegentlich neidisch auf ihn waren, den seltenen Mut, eine durchaus brauchbare Geschichte, wie man im Fachjargon sagt, «zu Tode zu recherchieren», das heißt: solange den Fakten nachzuspüren, bis sich schließlich herausstellt, daß an einer Geschichte zu wenig Interessantes oder zu wenig Wahres daran ist, um sie publikumswirksam an den Leser zu bringen.
Für den Mordfall Neidhard jedoch traf dies mit Sicherheit nicht zu. Auch wenn das offizielle Telexbulletin der Kantonspolizei eher dürftig gewesen war, so hatte Fossati doch

gleich gespürt, daß es sich hier um ein ungewöhnliches Tötungsdelikt handeln mußte. Der ermordete Architekt gehörte einer gehobeneren sozialen Schicht an, er war aktiv in der Politik tätig, reich und angesehen, das alles weckte die Neugier der MORGENEXPRESS-Leser, daraus ließ sich eine brisante Geschichte machen, wenn man genügend Hintergrund-Informationen bekam und sie mit einigen pikanten Einzelheiten ausschmücken konnte. Fossati nahm sich vor, einmal mehr seinem journalistischen Spürsinn und seinen persönlichen Beziehungen zu vertrauen.
Es war kein Zufall, daß Vinzenz Füllemann den Mordfall Neidhard Fossati anvertraut hatte. Fossati war der einzige Reporter beim MORGENEXPRESS, der über einen verläßlichen Kanal verfügte, um an vertrauliche Informationen aus erster Hand heranzukommen. Das war übrigens, wenn man ganz ehrlich sein wollte, zumindest teilweise auch Füllemanns Verdienst.
Ziemlich genau vier Jahre zuvor, im Spätherbst 1976, ereignete sich auf der Ausfahrtstraße von Zürich nach Birmensdorf eines Nachts bei dichtem Nebel ein schwerer Verkehrsunfall, bei dem zwei Menschen getötet und eine dritte Person lebensgefährlich verletzt wurden. Alle drei waren Insassen eines in Stadtrichtung fahrenden Mercedes. In einer Kurve bei Uitikon kam ihnen aus dem Nebel ein Peugeot entgegen, der, weil er mit stark übersetzter Geschwindigkeit fuhr, plötzlich ins Schleudern geriet und dabei mit dem korrekt entgegenkommenden Mercedes frontal zusammenstieß; es war einer der schrecklichsten Verkehrsunfälle im Kanton Zürich seit langem.
Der schuldige Lenker des Peugeot war ein gewisser Luzius Nägeli, ein junger Rechtsanwalt aus Ebertswil. Der Name seines Beifahrers, der auch Besitzer des Wagens war, wurde im polizeilichen Pressebulletin nicht erwähnt. Die Leute vom MORGENEXPRESS fanden jedoch ohne große Mühe heraus, daß es sich dabei um Christian Zbinden handelte, der damals noch Bezirksanwalt war.
Beide Wageninsassen blieben auf rätselhafte Weise unverletzt, wenn man von einigen Schrammen absah. Nägeli wurde eine Blutprobe entnommen, deren Ergebnis allerdings negativ ausfiel, so daß der Rechtsanwalt mit einem zweimonatigen Führerausweisentzug wegen fahrlässigem

Verhalten am Steuer eines Personenwagens davonkam. Ein Strafverfahren wegen fahrlässiger Tötung, das die zuständigen Polizeibehörden gegen Nägeli einleiteten, wurde kurze Zeit darauf wieder eingestellt, weil es an der betreffenden Unfallstelle bereits mehrmals zu schweren Autokollisionen gekommen war, was man in guten Treuen auf mangelnde Signalisierung der scharfen Rechtskurve zurückführen konnte. Jedenfalls, so stand es wörtlich im Einstellungsbeschluß der Untersuchungsbehörde, ließ sich Nägeli kein «strafrechtlich relevantes Fehlverhalten» nachweisen, so daß der Fall, mochte er auch noch so tragisch gewesen sein, bald ad acta gelegt wurde.
Fast ein halbes Jahr nach dem Unfall, den die Öffentlichkeit längst vergessen hatte, erhielt die Chefredaktion des MORGENEXPRESS von unbekannter Seite einen Hinweis, wonach in der fraglichen Nacht nicht, wie bisher angenommen, Luzius Nägeli, sondern Bezirksanwalt Christian Zbinden am Steuer gesessen habe. Zunächst tat Füllemann diese Information als «dumme Intrige» ab, zumal sich der Informant um keinen Preis namentlich zu erkennen geben wollte, doch dann beauftragte er — eher widerwillig und nur, weil gerade ein ausgesprochener Mangel an zugkräftigen Stories herrschte — Aldo Fossati damit, in dieser seltsamen Angelegenheit ein wenig zu recherchieren. Dabei stellte sich heraus, daß Luzius Nägeli und Christian Zbinden am Abend des Unfalls im Zunfthaus zur Meisen bis kurz nach Mitternacht zusammensaßen, und zwar mit einigen anderen Juristen, die zuvor ebenfalls, wie Nägeli und Zbinden, an einer Podiumsdiskussion über Schwangerschaftsabbruch teilgenommen hatten. Zbinden, das ließ sich durch einen glückhaften Zufall noch genau eruieren, hatte im Verlauf des Abends zweimal einen halben Liter Rotwein bestellt und den Wein ganz allein getrunken. Zwei Zeugen, beide Juristen im Staatsdienst, hatten schließlich gesehen, wie Zbinden sich ans Steuer des alten Peugeots setzte, um seinen Kollegen Luzius Nägeli nach Hause zu fahren. Da es unwahrscheinlich war, daß die beiden Männer auf der verhältnismäßig kurzen Fahrstrecke die Plätze noch einmal getauscht hatten, konnte man annehmen, daß der Unfall in Wirklichkeit nicht von Nägeli, sondern von Christian Zbinden verursacht worden

war. Auch für die im Polizeiprotokoll erwähnte Version, Luzius Nägeli sei gefahren, gab es eine sehr einleuchtende Erklärung: Für Bezirksanwalt Zbinden hätte ein Unfall unter Alkoholeinfluß ohne Zweifel das Ende seiner Laufbahn als Untersuchungsrichter bedeutet.
Gegenüber Aldo Fossati behauptete Zbinden zwar mit Nachdruck, er sei in jener Nacht keinen Meter gefahren, es müsse sich hier um eine perfide Verleumdungskampagne gegen ihn handeln. Gleichzeitig beschwor er Fossati jedoch fast unter Tränen, mit Rücksicht auf seine Frau und seine Tochter nichts über die ganze Sache zu veröffentlichen, weil letzten Endes durch eine Veröffentlichung in der Boulevardpresse eben doch die wildesten Gerüchte geschürt würden, auch wenn an der ganzen Geschichte kein wahres Wort sei.
Nach einigem Hin und Her erklärte sich Füllemann, wenn auch nur widerwillig, bereit, auf eine Publikation dieser an sich zugkräftigen Skandalaffäre zu verzichten. Er tat dies nicht nur, weil man Zbindens Schuld nicht hieb- und stichfest beweisen konnte, sondern vor allem, weil der Bezirksanwalt in einem vertraulichen Gespräch mit dem Chefredakteur und Fossati freiwillig den Vorschlag gemacht hatte, sich gegenüber der MORGENEXPRESS-Redaktion erkenntlich zu zeigen — selbstverständlich immer nur im Rahmen der Legalität.
Dies bedeutete nicht mehr und nicht weniger, als daß Aldo Fossati bei Kapitalverbrechen, mit deren kriminalistischer Aufklärung Zbinden beauftragt worden war, jeweils einen winzigen, jedoch ausreichenden Informationsvorsprung gegenüber den Konkurrenzblättern für sich in Anspruch nehmen durfte. Er tat es ohne moralische Skrupel und ohne die Hilfsbereitschaft des Anklägers — Zbinden war in der Zwischenzeit zum Staatsanwalt befördert worden — ungebührlich zu strapazieren. Es genügte Fossati vollauf, daß er von Zbinden jeweils sofort und ohne die üblichen bürokratischen Formalitäten empfangen wurde, wann immer er bei der Staatsanwaltschaft vorsprach und mit dezenter Höflichkeit um eine kleine Auskunft bat.
So war es auch an diesem Samstagvormittag. Staatsanwalt Zbinden hatte, nachdem Ilona Neidhard weggegangen war, noch ein längeres Telefongespräch mit Krummenacher,

dem Kommandanten der Kantonspolizei geführt, und gemeinsam hatten sie beschlossen, auf drei Uhr nachmittags eine Stabssitzung mit den Leuten von der Spurensicherung und Hauptmann Betschart von der Mordkommission einzuberufen. Dann wollte Zbinden eigentlich nach Hause fahren. Er hatte seiner jüngsten Tochter Marisa versprochen, mit ihr auf der Hausorgel ein Oratorium von Marcel Dupré zu üben. Orgel spielen war eine seiner wenigen Leidenschaften.

Doch plötzlich stand Fossati vor ihm. Ohne anzuklopfen war der Reporter in das Büro des Staatsanwalts eingetreten. Fossati klopfte nie irgendwo an; zu häufig hatte er schon die Erfahrung machen müssen, daß man ihm als MORGENEXPRESS-Mitarbeiter den Zutritt verweigerte. «Eine gesunde Portion Frechheit ist für einen guten Journalisten genauso wichtig wie Notizblock und Kugelschreiber.» So stand es wörtlich in den von Füllemann verfaßten «Leitlinien für MORGENEXPRESS-Reporter», die jedem Mitarbeiter bei Stellenantritt in die Hand gedrückt und zum gründlichen Studium empfohlen wurden.

Bonsaver, der noch mit dem Aussortieren von Protokolldurchschlägen beschäftigt war, schreckte bei Fossatis Anblick von seinem Sessel hoch und wollte den Reporter sogleich wieder zur Tür hinausdrängen.

«Was fällt Ihnen ein, hier einfach einzudringen?» rief er empört. «Ihr Zeitungsfritzen kennt wirklich keine Grenzen, wenn ihr auch nur die kleinste Spur von Brutalität wittert.»

«Lassen Sie nur, Buster Keaton!» beschwichtigte Zbinden den aufgebrachten Sekretär. «Herr Fossati hat sich telefonisch bei mir angemeldet, völlig korrekt. Wenn Sie heute früh nicht zu spät gekommen wären, wüßten Sie das.»

Es klang wie ein versteckter Vorwurf. Bonsaver wurde blaß und griff sich ans Herz. Er litt seit Jahren an Angina pectoris; der kleinste Ärger löste bei ihm sofort Atembeschwerden und die geringste Aufregung sogar Herzkrämpfe aus.

«Dann darf ich jetzt wohl gehen?» fragte er kleinlaut. Es hörte sich an, als wäre er gekränkt, doch im Innersten war er dankbar, daß ihm sein Chef beim Weggehen freundlich zunickte.

Fossati blickte dem Sekretär grinsend nach. Natürlich war er mit Zbinden nicht verabredet gewesen, vielmehr hatte er von Franz Mangold, dem Pressesprecher der Kantonspolizei, einen «heißen Tip» erhalten, und nun stellte er mit großer Genugtuung fest, daß der Staatsanwalt, offenbar wie er selbst, in heiklen Situationen durchaus erfinderisch sein konnte.
«Eure Geheimniskrämerei ist zum Kotzen!» fing er an zu lästern, während er auf dem Stuhl gegenüber Zbindens Schreibtisch Platz nahm. «Was soll ich mit dem Wisch hier anfangen? Können Sie mir das vielleicht sagen?»
Mit einer abschätzigen Handbewegung warf er den Telexstreifen der Kantonspolizei auf die Tischplatte und meinte: «Denkt doch um Himmels willen auch ein wenig an unsere Leser, die zahlen nämlich eure Gehälter, also haben sie auch ein Recht auf Information; das scheint ihr immer wieder zu vergessen.»
«Hören Sie auf mit Ihren Sprüchen, die hängen mir allmählich zum Hals heraus», erwiderte Zbinden gelassen und nahm den Telexstreifen in die Hand. Er überflog die Meldung und kam zum Schluß, daß die Presseinformation, zumindest wenn er sich in Fossatis Lage versetzte, in der Tat dürftig war.

KAPO ZÜRICH 29-11-80 0618 / PRESSECOMMUNIQUE GESTERN ABEND ZWISCHEN 1600 UND 1800 UHR WURDE IN SEINEM HAUS BEI THORHOFEN DER 39JÄHRIGE ARCHITEKT RICHARD NEIDHARD DAS OPFER EINES TÖTUNGSDELIKTES. NÄHERE EINZELHEITEN ÜBER DAS TATMOTIV UND DEN TÄTER SIND BIS ZUR STUNDE NICHT BEKANNT. DIE PRESSE WIRD ZU GEGEBENER ZEIT WEITER INFORMIERT. SACHDIENLICHE HINWEISE AUS DEM PUBLIKUM SIND ZU RICHTEN AN DIE STAATSANWALTSCHAFT DES KANTONS ZÜRICH, DR. CHRISTIAN ZBINDEN, ODER AN DEN NÄCHSTEN POLIZEIPOSTEN. GEZ. KAPO ZÜRICH ZENTRALE.

Nachdem Zbinden die Mitteilung durchgelesen hatte, nahm Fossati ihm den Telexstreifen sogleich wieder aus der Hand. Er sagte: «Sie glauben nicht, wie ich frohlockt

habe, als ich Ihren Namen las. Das war für mich die einzig brauchbare Information.»
Als er sah, daß Zbinden keine Miene verzog, fügte er mit scheinheiligem Ernst hinzu: «Spaß beiseite, ich frage Sie: Wo müssen wir den Täter suchen? Im Schwulenmilieu wohl kaum, bei der hübschen Mieze, die dieser Neidhard als Frau hatte.»
«Ach, der haben Sie auch schon aufgelauert?»
«Logisch!» grinste Fossati den Staatsanwalt an. «Irgendwo muß unsereiner ja anfangen zu recherchieren, wenn ihr sturen Brüder schon nichts ausspucken wollt.»
Zbinden blieb ernst. Er lehnte sich in seinen Louis-Quinze-Sessel zurück und steckte sich eine Camel Filter an. Es war seine erste Zigarette an diesem Vormittag, er rauchte sonst nie im Büro, aus Prinzip. Fossati gab ihm Feuer.
«Wir wissen im Augenblick überhaupt noch nichts Konkretes», begann der Staatsanwalt umständlich und blickte an Fossati vorbei zur gegenüberliegenden Wand, wo ein gerahmter Kunstdruck von Hodler hing. «Es scheint ein komplizierter Fall zu werden. Bis jetzt kennen wir weder ein Tatmotiv, noch besitzen wir irgendwelche Spuren, die auf eine mögliche Täterschaft hinweisen.»
Zbinden sprach langsam. Er überlegte sich genau, was er sagte. Sein Mißtrauen gegenüber Presseleuten war groß. Es tat ihm jetzt sogar insgeheim leid, daß er Bonsaver noch den Auftrag gegeben hatte, die Verhörprotokolle auszusortieren. Wäre er nämlich nur fünf Minuten früher weggegangen, hätte Fossati ihn verpaßt, und er säße jetzt in seinem Musikzimmer an der Orgel. Statt bei den Klängen des Dupré-Oratoriums einen natürlichen Ausgleich zu seiner oft so unbarmherzigen Arbeit zu finden, mußte er nun versuchen, mit diesem Schlitzohr von Journalisten eine Einigung zu erzielen, ohne freilich dabei irgendwelche Risiken einzugehen, denn bei Leuten vom Schlage eines Aldo Fossati, die ihr Geld mit Sex und Leichen verdienten, wußte man nie, woran man war. Dennoch würde er wohl nicht darum herumkommen, Fossati Einblick in ein paar harmlose Unterlagen zu geben, damit der Kerl sich privilegiert vorkam.
«Ich habe nicht von Ihnen erwartet, daß Sie mir bereits die Personalien des Mörders mitteilen», hörte er den Reporter

sagen. «Aber Sie wissen mehr als ich, Doktor Zbinden. Und mit dem, was Sie *mehr* wissen, kann ich eine Woche lang unser Blatt füllen.» Er blickte erwartungsvoll auf Zbinden.
Der Staatsanwalt drückte seine Zigarette aus. Er bereute es, daß er geraucht und damit einen der wenigen Grundsätze, die er kannte, gebrochen hatte, und er ärgerte sich vor allem darüber, daß nur dieser Fossati daran schuld war.
Der Reporter stand auf und ging im Zimmer auf und ab. Er überlegte krampfhaft, wie er vorgehen konnte, um dem Staatsanwalt vielleicht doch noch eine brauchbare Information zu entlocken.
«Haben Sie zufällig ein Foto von der Leiche?» fragte er dann.
Zbinden nickte. Er suchte aus den Akten einige Polizeibilder heraus und zeigte sie Fossati, der erfreut in die Hände klatschte.
«Phantastisch!» rief er voller Begeisterung. «Die Fotos wären für uns ein Knüller! Könnten Sie nicht ...?»
Er sah bittend zu Zbinden hinüber, doch der Staatsanwalt schüttelte den Kopf. Er blickte Fossati lange an, als müßte er sich erst eine Ausrede einfallen lassen, dann sagte er kühl: «Nein, mein Lieber, das geht wirklich nicht. Das wäre nicht nur verboten, es wäre auch äußerst geschmacklos.»
«Nicht für unsere Leser», grinste der Reporter. «Die mögen Blut und zertrümmerte Schädel. Die wollen, daß etwas läuft. Wenigstens im Leben anderer Leute. Das eigene Leben ist ihnen zu fad, zu langweilig — da geschieht nie etwas. Unsere Leser müssen nun mal mit Sensationen aus dem Busch gelockt werden.»
«Ja, ja», meinte der Staatsanwalt müde. «Wahrscheinlich haben Sie recht. Aber die Bilder kann ich Ihnen trotzdem nicht geben.» Er sah auf die Uhr und begann aus dem vor ihm liegenden Dossier einige Akten herauszusuchen.
«Kommen Sie, Fossati», sagte er mit ruhiger Stimme. «Wir gehen in den Fotokopierraum.»

7

Als Ilona nach Thorhofen zurückkam, wunderte sie sich, daß die Haustür nicht verschlossen war.
Im Arbeitszimmer ihres verstorbenen Mannes traf sie auf Gerda, die mit dem Entwerfen der Todesanzeigen und Beileidskarten beschäftigt war. Gerda machte einen gelösten Eindruck. Erleichtert ging sie auf ihre Freundin zu und umarmte sie.
«Da bist du ja endlich», sagte sie. «Ich hab mir schon Sorgen um dich gemacht. Ist alles gut gegangen?»
Ilona ließ sich erschöpft auf das antike englische Ledersofa sinken, das Richard erst vor ein paar Wochen an einer Auktion erworben hatte.
«Der Staatsanwalt war sehr nett zu mir», sagte sie und hielt dabei die Hand ihrer Freundin.
«Das heißt überhaupt nichts», meinte Gerda. Sie schien sich über Ilonas Naivität einmal mehr zu wundern, denn sie sagte fast vorwurfsvoll: «Vor netten Menschen mußt du dich immer in acht nehmen, sie sind gefährlich. Wahrscheinlich gibt es keinen Staatsanwalt, der nicht nett ist. Nur so kann er den Leuten Fallen stellen, auf die sie nicht gefaßt sind.»
Ilona sah ihre Freundin erstaunt an. «Er hat mir nur ein paar Fragen gestellt und gesagt, ich müsse mich zu seiner Verfügung halten.»
Ilona fiel auf, daß Gerda feierlich gekleidet war. Sie trug ausnahmsweise keinen Hosenanzug, sondern das dunkelviolette, zweiteilige Velourskleid, das sie sich für das Schulexamen im vergangenen Frühjahr nach Maß hatte anfertigen lassen, dazu ein weißes Halstuch aus Seide. Gerda wirkte gefaßt und überlegen. Ihrer Freundin kam es so vor, als hätte sie sich mit den widrigen Gegebenheiten der augenblicklichen Situation bereits abgefunden.
«Ich hielt es einfach nicht mehr aus in der Schule», meinte sie, als sie bemerkte, wie überrascht Ilona über ihre Anwesenheit war. «Um zehn Uhr brach ich den Unterricht ab und schickte die Schüler nach Hause, sie waren nicht unglücklich darüber.»
Gerda lachte gequält und legte beide Arme um Ilonas

Schultern. Sie sah der Freundin fest ins Gesicht. «Du mußt jetzt Vertrauen zu mir haben, Ilona», sagte sie entschlossen. «Wir müssen beide sehr stark sein und uns alles, was wir tun, genau überlegen. Wir dürfen nichts verkehrt machen.»

«Du sprichst so, als ob *wir* Richard umgebracht hätten», unterbrach Ilona ihre Freundin. «Wenn ich dich so reden höre, wird mir unheimlich zumute. Wir haben doch beide nichts zu verbergen. Im Gegenteil, ich finde, wir sollten alles tun, um der Polizei bei der Aufklärung des Verbrechens zu helfen. Je rascher man den Mörder gefaßt hat, um so eher werden wir beide endlich frei sein und so leben können, wie wir es uns schon immer gewünscht haben.»

«Was willst du tun?» fragte Gerda schroff. Dann fügte sie, weil sie merkte, wie entsetzt Ilona sie anstarrte, etwas versöhnlicher hinzu: «Du wirst sehen, wie machtlos wir sind. Es ist doch völlig klar, daß der Staatsanwalt zuerst nach einem Tatmotiv suchen wird. In spätestens vierundzwanzig Stunden wird er alles über unsere Beziehung in Erfahrung gebracht haben. Und was ist dann?»

Ilona blickte Gerda ratlos an.

«Du siehst», fuhr ihre Freundin fort, «es bleibt uns gar keine andere Wahl, als jeden Verdacht von vornherein von uns abzulenken. Wie hat übrigens der Staatsanwalt reagiert, als du ihm sagtest, daß dein Schmuck gestohlen wurde? Du hast es ihm doch gesagt, oder etwa nicht?»

Gerdas Stimme schlug plötzlich jenen schulmeisterlichen Befehlston an, den Ilona nicht ertragen konnte. «Natürlich habe ich es ihm gesagt», rief sie aufgebracht. «Er hat alles protokolliert, Wort für Wort, und ich habe alles unterschrieben. Aber ich habe ein verdammt ungutes Gefühl. Wenn er herausbekommt, daß ich ihn angelogen habe, wird er erst recht Verdacht schöpfen.»

«Er wird es nicht herausbekommen», sagte Gerda so überzeugt, daß Ilona sie verblüfft ansah. Mit einem Mal glaubte sie ihrer Freundin. Sie war sicher, daß Gerda recht hatte, und sie nahm sich vor, alles zu tun, was sie von ihr verlangen würde. Sie waren zu zweit, und zu zweit konnte ihnen nichts passieren. Sie würden sich gegenseitig Mut machen und alles miteinander besprechen. Ilona war plötzlich nicht mehr müde. Auch körperlich fühlte sie sich etwas

besser. Gerdas Gegenwart, das war nicht zum erstenmal so, machte sie stark. Im Innersten schöpfte sie sogar Hoffnung. Vielleicht würde sich alles noch zum Guten wenden, wenn es ihnen gelänge, die Probleme und Schwierigkeiten, die Richards Ermordung heraufbeschworen hatte, auf irgendeine Weise zu bewältigen. Sie wußte zwar nicht, was im einzelnen alles auf sie zukommen konnte, und diese Ungewißheit machte ihr auch am meisten zu schaffen. Aber gleichzeitig ahnte sie, daß sie, gemeinsam mit Gerda, die Kraft aufbringen würde, um allen Unannehmlichkeiten zu trotzen. Auch der Haß, den sie in den zwölf Jahren ihrer Ehe mitunter für ihren Mann empfunden hatte, war jetzt einem unerklärlichen Gefühl von Ohnmacht und befreiender Traurigkeit gewichen. Jetzt, wo nichts mehr zwischen ihnen stand, wo Richards Tod, so grausam er auch gewesen sein mochte, sie von einer jahrelangen Tortur erlöst hatte, war sie fest entschlossen, für die Freiheit an der Seite ihrer Freundin zu kämpfen.
Ilona spürte plötzlich nichts mehr von den Nachwehen körperlicher Erschöpfung, die sich noch während der Fahrt hierher durch heftige Schüttelfrostanfälle bemerkbar gemacht hatten. Als sie etwas später im Wohnzimmer die Blumen entdeckte, die Gerda ihr trotz allen äußeren Widrigkeiten mitgebracht hatte, dreizehn langstielige, rote Baccararosen, glaubte sie wieder mit unbeirrbarer Überzeugung an den Sieg ihrer Liebe, und sie fand den Vorschlag ihrer Freundin, jetzt gemeinsam ein Glas Champagner zu trinken, überhaupt nicht verwegen, sondern geradezu angebracht.
Sie ging in den Keller und holte einen Vierundsiebziger Dom Pérignon herauf. Richard hatte ein paar Dutzend Flaschen davon gekauft, um mit seinen Geschäftspartnern jeweils beim Richtfest eines von ihm fertiggestellten Hauses anzustoßen. Mit ihr hatte er davon nie getrunken.
Gerda entfernte den Korken so geräuschlos, als wäre sie Bardame in einem Luxushotel. Dann stießen sie miteinander an.
«Auf dich, Liebes», sagte Gerda zärtlich.
«Auf uns», antwortete Ilona leise. Sie legte liebkosend ihre Hand auf Gerdas Knie und meinte nach einer Weile: «Ich glaube, jetzt haben wir alles überstanden. Jetzt wird alles

so werden, wie wir es uns vor dreizehn Jahren erträumt haben.»
«Hoffentlich», meinte Gerda, ohne ihre Freundin dabei anzusehen. Dann nahm sie ihr Glas und trank es in einem Zug leer.
Am Nachmittag rief Ilona ihren Sohn im Internat an, um ihn vom Tod seines Vaters zu benachrichtigen. Sie ärgerte sich darüber, daß der diensthabende Erzieher sich weigerte, Leander ans Telefon zu rufen, und so verlangte sie, mit Pfeutzer, dem Internatsvorsteher, verbunden zu werden. Bevor Ilona auch nur ein Wort über den Grund ihres Anrufes sagen konnte, beschwerte sich Pfeutzer über die schlechten Schulleistungen ihres Sohnes und meinte, er könne nicht einmal mehr seine Promotion im kommenden Frühjahr garantieren. Als Ilona endlich dazukam, dem Schulleiter von der Ermordung ihres Gatten zu berichten, stammelte Pfeutzer, hörbar verlegen, eine umständliche Entschuldigung, dann wiederholte er einige Male, das sei ja alles grauenvoll und unvorstellbar, um sich abschließend zu erkundigen, ob denn unter diesen Umständen ein weiterer Verbleib ihres Sohnes auf seiner Schule, vom finanziellen Standpunkt aus betrachtet, überhaupt noch gewährleistet sei. Ilona empfand diese Bemerkung als taktlos, erwiderte aber nur, sie könne im Augenblick dazu noch nichts sagen, weil sie bis jetzt nicht dazugekommen sei, sich um finanzielle Belange zu kümmern. Pfeutzer versprach ihr dann, ihren Sohn, der im Moment an einem Tischtennisturnier teilnehme, mit dem nächsten Zug nach Hause zu schicken. Eine Viertelstunde später rief der Schulleiter zurück und teilte Ilona mit, daß Leander um zwölf Minuten nach neun in Thorhofen ankommen werde. Anschließend tranken die beiden Frauen noch ein Glas Champagner.
«Im Grunde genommen war Richard ein guter Mensch», meinte Gerda unverhofft. «Wir haben ihn nur überfordert. Du ahnst nicht, wie oft ich ein schlechtes Gewissen hatte, wenn wir uns begegneten. Ich spürte immer, was in ihm vorging, auch wenn er nie darüber sprechen konnte. Ich ahnte, daß er weit mehr litt, als er sich anmerken ließ, aber ich vermochte ihm nicht zu helfen.»
Ilona lehnte ihren Kopf an Gerdas Schulter und sagte:

«Niemand konnte ihm helfen. Du brauchst dir keine Vorwürfe zu machen, ich war ja genauso machtlos wie du. Richard war eben ein Masochist. Er konnte nur glücklich sein, wenn er unglücklich war.»
Auch wenn Ilona es nicht aussprach, so kam es Gerda doch so vor, als wolle ihre Freundin mit dieser Bemerkung die Ermordung ihres Mannes beinahe rechtfertigen.
Während Gerda sich erneut ins Arbeitszimmer begab, um an der kleinen Olivetti-Maschine jenen vordringlichen Schreibkram zu erledigen, den ein so unerwarteter Todesfall mit sich bringt, nahm Ilona ein heißes Bad. Sie stellte ihr Transistorradio ein und hörte, während sie mit geschlossenen Augen im Wasser lag, das Erste Klavierkonzert von Tschaikowskij, dirigiert von Bernstein. Als sie nach einer halben Stunde aus dem Badezimmer kam, fühlte sie sich erholt und in bester Stimmung.
Weil Ilona Trauerkleidung haßte und überzeugt war, daß Richard auf derartige Äußerlichkeiten keinen Wert gelegt hätte, bemühte sie sich um einen Kompromiß und zog dunkelgraue Jeans und einen schwarzen Pullover an, der die markanten Konturen ihres Gesichtes noch verdeutlichte. In diesem Aufzug würde sie auch Besucher, die streng auf Pietät achteten, und mit denen schlimmstenfalls zu rechnen war, nicht allzusehr schockieren.
Als Ilona ins Arbeitszimmer zurückkehrte, klingelte das Telefon. Obschon sie vom Champagner noch ein wenig beschwipst war und sich ungemein gelöst fühlte, erschrak sie. Am liebsten wäre ihr gewesen, wenn Gerda den Hörer abgehoben hätte, anderseits konnte es sich bei dem Anrufer um jemanden handeln, den es nichts anging, daß sie mit ihrer Freundin zusammen war, um Staatsanwalt Zbinden zum Beispiel. So ging Ilona selber ans Telefon, und sie fühlte sich erleichtert, als Balz Moser, der Ochsenwirt aus Thorhofen, am Apparat war. Er wollte wissen, ob es tatsächlich zutreffe, was die Leute in der Umgebung sich erzählten, und als Ilona ihm bestätigte, daß ihr Mann ermordet worden sei, zeigte sich Moser nicht nur entsetzt, sondern warnte sie zugleich, sie solle sich in acht nehmen, ein Zeitungsreporter schleiche durchs Dorf, ein ganz junger Lümmel, der Mann mache gar keinen guten Eindruck. Im Augenblick sitze er noch bei ihm in der Gaststube und

mache sich geheimnisvolle Notizen. Er sei ungewöhnlich freigiebig und versuche die Leute auszuhorchen. Sogar der sonst so schweigsame Rüdisühli und Gemeindepräsident Mauch hätten sich fast eine halbe Stunde mit ihm unterhalten.

Ilona bedankte sich bei Moser und legte den Hörer auf. Gedankenverloren blickte sie zu Gerda hinüber, die von ihr wissen wollte, was los sei.

«Das kann nur dieser Fossati sein», sagte Ilona leise. «Wahrscheinlich will er mir heimzahlen, daß ich ihm heute morgen keine Auskunft geben wollte. Dafür macht er jetzt hier im Dorf die Bauern verrückt.»

Gerda stand abrupt auf und kam hinter dem Schreibtisch hervor. Sie kaute nervös an ihren Fingernägeln und ging im Zimmer auf und ab. Sie, die sonst jeder noch so verworrenen Lage gewachsen war, schien plötzlich die Beherrschung zu verlieren. Ilona sah, wie die Backenknochen ihrer Freundin zu vibrieren begannen. Das bedeutete, daß Gerda angestrengt nachdachte. Sie ging zum Fenster und starrte in den Garten hinaus, wo es um diese Jahreszeit nur ein paar kahle Sträucher zu sehen gab. Dahinter die endlosen Kartoffeläcker von Rüdisühli, und weit in der Ferne der Kirchturm von Thorhofen.

Nach einer Weile drehte sich Gerda zu ihrer Freundin um und sagte entschlossen: «Wir müssen mit dem Mann reden, um jeden Preis.»

«Bist du verrückt geworden?» rief Ilona aufgebracht. «Dieser Fossati ist ein Schlitzohr, ein übler Schwätzer, der bloß hinter seinen Sensationen herjagt. Der Kerl kennt keine Skrupel, er wird uns ans Messer liefern.»

«Eben», meinte Gerda kühl. «Und genau das müssen wir verhindern. Wenn mein Name im MORGENEXPRESS erscheint, bin ich meine Stelle als Lehrerin los und kann auswandern.»

«Was willst du tun?» fragte Ilona zögernd.

Statt ihr zu antworten, ging Gerda zum Telefon. Sie suchte im Ortsverzeichnis die Nummer des Gasthauses zum Ochsen heraus und verlangte, nachdem sie die Verbindung hergestellt hatte, einen Gast namens Fossati zu sprechen. Noch bevor sie ihr Anliegen richtig vorgebracht hatte, war der Reporter am Apparat.

Als Gerda nach ein paar Minuten den Hörer wieder auflegte, nickte sie Ilona zufrieden zu.
«Fossati kommt bei uns vorbei», meinte sie mit einem hintergründigen Lächeln. «Dieser Reporter ist für uns viel gefährlicher als dein Staatsanwalt. Der Staatsanwalt braucht Beweise, um gegen uns etwas zu unternehmen, dem Reporter genügen ein paar haltlose Verdächtigungen, und schon hat er seine Schlagzeilen. Er braucht bloß ein Fragezeichen dahinter zu setzen, dann kann keiner ihm etwas antun. Am besten läßt du mich mit Fossati allein.»
Ilona starrte ihre Freundin mit weit aufgerissenen Augen an. «Sei vorsichtig, der Kerl kennt bestimmt alle nur denkbaren Tricks ...»
Gerda blinzelte ihrer Freundin so siegesbewußt zu, als wüßte sie jetzt schon, daß sie dem Reporter gewachsen sein würde. «Beruhige dich, Ilona, ich bin in meinem Leben schon mit ganz anderen Leuten fertiggeworden.»
Dann nahm sie aus der Zigarrenschachtel auf Neidhards Schreibtisch eine Havanna Deckblatt und steckte sie gekonnt in Brand. Zum erstenmal in den dreizehn Jahren ihrer Freundschaft hatte Ilona vor Gerda Angst.

8

Es war zehn Minuten nach drei, als Aldo Fossati an diesem Samstagnachmittag im Wirtshaus zum Ochsen eine Portion heißen Beinschinken, die Spezialität des Hauses, und noch ein Bier bestellte.
Er war jetzt allein im Lokal. Die paar Dorfbauern und Gemeindepräsident Mauch, die bis vor einer Viertelstunde am Stammtisch Karten gespielt und sich mit dem Reporter unterhalten hatten, waren gegangen. Außer dem wortkargen Wirt, der den Fremdling von der Theke aus unablässig beobachtete, und einer matronenhaften Serviererin, die jedermann duzte, hielt sich um diese Zeit niemand mehr in der Gaststube auf.
Fossati konnte mit sich selbst zufrieden sein. Er hatte viel erreicht an diesem Samstag und war, so schien es ihm je-

denfalls, in der Mordsache Neidhard ein gutes Stück weitergekommen. Er hatte von den Dorfbewohnern, denen sein Presseausweis offenbar Eindruck gemacht hatte, einige Neuigkeiten erfahren, die, ohne Übertreibung, bereits verbindliche Schlüsse zuließen.
So konnte es Fossati verschmerzen, daß die fotokopierten Unterlagen, die Staatsanwalt Zbinden ihm zur vertraulichen Einsichtnahme überlassen hatte, nicht besonders aufschlußreich gewesen waren; er hatte sie in knapp zehn Minuten gelesen. Es war dennoch keine Zeitverschwendung gewesen, daß er sich mit den Fotokopien beschäftigt hatte, denn sie enthielten präzise Angaben über die Witwe des Ermordeten, ihr Geburtsdatum, ihre Herkunft und, was besonders wichtig war, über die genauen Vermögensverhältnisse der Neidhards. Fossati wußte jetzt, daß der ermordete Architekt Millionär gewesen war, hatte er doch, wenn man seinen privaten Liegenschaftenbesitz in mehreren Schweizer Städten miteinbezog, ein Vermögen von annähernd sechs Millionen Franken versteuert. Diese Tatsache würde den Mord für die Leser des MORGENEXPRESS noch um einiges interessanter machen.
Am aufschlußreichsten fand Fossati das Protokoll, das Oberleutnant Honegger während der vergangenen Nacht zuhanden der Staatsanwaltschaft mit bewundernswerter Genauigkeit abgefaßt hatte. Honegger schien einen Blick für alles Wesentliche zu haben. So nahmen in dem Protokoll einige handschriftliche Notizen aus dem beschlagnahmten Tagebuch von Ilona Neidhard viel Raum ein. Diese Aufzeichnungen waren aus der Sicht des Reporters geradezu pikant. Sie wiesen nicht nur auf eine unglückliche Ehe zwischen dem Ermordeten und seiner Frau hin, sondern auch auf ein lesbisches Verhältnis der Neidhard zu einer Sekundarlehrerin aus Zürich, von der — bis vor kurzem — lediglich der Vorname bekannt gewesen war. Erst jetzt, nachdem die Frau ihn hier im Ochsen ans Telefon verlangt und höchst aufgeregt um eine persönliche Unterredung gebeten hatte, wußte Fossati, daß die Freundin von Ilona Neidhard Gerda Roth hieß und sich zurzeit in Thorhofen aufhielt.
Der unerwartete Anruf dieser Gerda Roth und ihre spürbare Nervosität bestätigten Fossati, daß er mit seiner

Einschätzung der Sachlage wohl ziemlich richtig lag. Ohne daß er bereits jetzt eine verbindliche Hypothese über ein mögliches Tatmotiv aufzustellen wagte, stand für ihn doch mit großer Wahrscheinlichkeit fest, daß die beiden Frauen in irgendeiner Weise mit dem Mord an Neidhard zu tun haben mußten. Auch wenn Fossati sich kaum je mit Psychologie beschäftigte, so hatte er doch im Verlauf seiner Tätigkeit als MORGENEXPRESS-Reporter ein fast schon intuitives Gespür für menschliche Fehlreaktionen entwickelt. Wenn jemand ihm allzu bereitwillig Auskünfte erteilte, so sah er sich den betreffenden Informanten ganz genau an: Entweder war er, so etwas kam leider auch vor, ganz einfach publicity-süchtig, dann mußte man die Angaben mit äußerster Vorsicht aufnehmen, oder er war ein verläßlicher Helfer, der etwas zur Wahrheitsfindung beisteuern wollte. Wenn jemand eine so abweisende Haltung einnahm wie diese Ilona Neidhard, dann konnte man sicher sein, daß die betreffende Person ein schlechtes Gewissen hatte oder Angst, oder beides. In jedem Fall aber machte sie sich verdächtig. Diese Erkenntnisse gehörten für Aldo Fossati zu den elementarsten Spielregeln im Boulevardjournalismus, der ja fast ausschließlich vom Kontakt zu Personen lebt.
Fossatis Vermutungen wurden aber auch durch die Tatsache untermauert, daß von den Dorfbewohnern über Ilona Neidhard kaum Gutes zu hören war. Obschon der Reporter, wenn er Fremdinformationen einholte, sich stets um Ausgewogenheit bemühte, also keineswegs — wie dies einige seiner Kollegen in ihrem Dilettantismus taten — nur negative Eigenschaften in Erfahrung bringen wollte, so war die allgemeine Meinung in Thorhofen über die Frau des Architekten denkbar schlecht.
So hatte zum Beispiel Emma Dürmüller, die Inhaberin des einzigen Lebensmittelgeschäftes im Ort, Ilona Neidhard als «arrogante Modepuppe» bezeichnet, die sogar zu eingebildet sei, um die anderen Dorfbewohner anständig zu grüßen. Außerdem sei sie geizig, fügte die Dürmüller zum Schluß noch hinzu. Das sei kein Vorwurf und nicht etwa aus Mißgunst gesagt, aber die Neidhard fahre doch tatsächlich zum Einkaufen immer nach Affoltern in den Supermarkt. Hier im Dorf kaufe sie höchstens einmal eine

Büchse Ravioli oder eine Packung Knäckebrot, das sage eigentlich alles.
Etwas zurückhaltender, wenn auch nicht unbedingt freundlicher, hatte sich der Gemeindepräsident gegenüber dem Reporter geäußert. Gustav Mauch war Besitzer einer Schreinerei und hatte vor rund zehn Jahren die Innenausstattung von Neidhards Landhaus übernommen. Damals sei er, so berichtete er Fossati, mit dem Architekten immer gut ausgekommen, Neidhard sei loyal und korrekt gewesen, außerdem habe man ihn in Thorhofen als prompten Steuerzahler geschätzt. Seine Frau dagegen, diese Jugoslawin — Mauch begann plötzlich ganz vorsichtig zu formulieren —, die sei völlig unnahbar und überheblich, sie habe in all den Jahren nie den Kontakt zur Dorfbevölkerung gesucht, wie dies doch eigentlich in einer so kleinen Gemeinde wünschenswert wäre. Er selber, gab Mauch dem Reporter vertraulich zu verstehen, habe sich häufig gefragt und auch mit seiner Frau oft darüber gesprochen, warum ein so angesehener und reicher Mann wie Neidhard eine dahergelaufene Jugoslawin zur Frau genommen habe. So etwas könne er, obschon er aufgeschlossen und keineswegs fremdenfeindlich eingestellt sei, beim besten Willen nicht begreifen.
So oder ähnlich tönte es auch von anderer Seite. Wen auch immer Fossati befragte, niemand schien Ilona Neidhard zu mögen, niemand schien sie näher zu kennen. Nur Alphons Siegenthaler, der Chef der landwirtschaftlichen Genossenschaft Thorhofen, wo Ilona Neidhard Milch und Butter einkaufte, meinte kurz und bündig, die Frau des Architekten sei eben zu hübsch und zu gescheit für die Thorhofener, die — das sagte er freilich bloß hinter vorgehaltener Hand — «allesamt Inzüchtler seien», denn hier im Dorf sei jeder mit jedem verwandt, da vertrage man in Gottes Namen keine Ausländer.
Die wichtigste Information hatte Fossati von Willi Rüdisühli bekommen. Dieser kannte die Neidhards besser als alle anderen Dorfbewohner, denn er hatte dem Architekten das Bauland für sein Haus verpachtet.
Willy Rüdisühli war klein von Gestalt, hatte aber starke, sehnige Hände, die harte Arbeit gewohnt waren, und er besaß auffallend wache Augen in einem zerfurchten Gesicht,

dessen Haut so braun und zäh aussah, als hätte man sie gegerbt.
Es war für Fossati schwer gewesen, mit Rüdisühli ins Gespräch zu kommen und sein Vertrauen zu gewinnen. Erst nachdem er dem Bauern mit weit ausschweifenden Worten erzählt hatte, daß demnächst im MORGENEXPRESS eine große Serie beginnen würde, die den harten Überlebenskampf der schweizerischen Landwirtschaftsbetriebe zum Thema habe, war Rüdisühli etwas aufgetaut. Er betonte mehrmals, daß Richard Neidhard ein hochanständiger Kerl gewesen sei, einer von den ganz wenigen Leuten in seinem Bekanntenkreis, auf deren Handschlag man sich habe verlassen können. Als der Bauer endlich begriffen hatte, daß Fossati sich mehr für Ilona Neidhard interessierte, meinte er barsch, über diese hochnäsige Ziege sage er am liebsten gar nichts, die Frau sei abartig veranlagt, man habe sie immer nur mit einer anderen Frau zusammen gesehen und höchst selten mit ihrem eigenen Mann. Im Dorf sei viel gemunkelt worden über die Jugoslawin, auch wenn er sich nie eingemischt habe in das Gerede, denn schließlich sei er mit Neidhard immer gut ausgekommen. Dann wollte Rüdisühli von Fossati wissen, wann Neidhards Begräbnis sei, er wolle mit seiner Familie unbedingt daran teilnehmen. Bevor der Bauer aufstand und wegging, holte er ein großkariertes Taschentuch hervor, schneuzte sich kräftig und wischte sich umständlich die feucht gewordenen Augen ab.
Fossati nahm sich vor, Ilona Neidhard und ihre Freundin ein wenig zappeln zu lassen. Schließlich hatte er viel Zeit. Je länger die beiden Frauen auf ihn warten mußten, desto ungeduldiger und verunsicherter mußten sie werden. Dann brauchte er ihnen vielleicht höchstens noch zwei oder drei Fangfragen zu stellen, und mit ein bißchen Glück würde die Falle zuschnappen. Für Fossati gehörte es zu den wichtigsten Grundsätzen im Leben eines erfolgreichen Journalisten, mißtrauisch, zugleich aber auch optimistisch zu sein.
Noch bevor der Beinschinken serviert wurde, rief er in der Redaktion an und erfuhr mit Genugtuung, daß bis jetzt nichts hereingekommen war, was auch nur annähernd seinen Knüller über den Mordfall Neidhard in der Montags-

ausgabe des MORGENEXPRESS von der Titelseite hätte verdrängen können. Zwar ärgerte es Fossati ein wenig, daß Füllemann über das Wochenende frei hatte und ausgerechnet Kämpf, mit dem er sich nicht besonders gut verstand, Chef vom Dienst war, aber er machte — auch darin besaß er Übung — gute Miene zum bösen Spiel und versprach Kämpf, er werde noch am Samstagabend rasch auf der Redaktion hereinschauen und ihm ausführlich über den weiteren Verlauf seiner Recherchen berichten.
Es blieb Fossati keine andere Wahl, als sich mit Kämpf gutzustellen, sonst würde dieser unter Umständen seine Mordgeschichte selbstherrlich in den Innenteil verbannen und, weil er selber ein leidenschaftlicher Fußballfan war, irgendein blödsinniges Sportereignis auf der Titelseite groß herausbringen. Diese Möglichkeit war keineswegs auszuschließen, zumal es in der MORGENEXPRESS-Redaktion einige Leute gab, die Fossati seinen Erfolg mißgönnten und jedesmal, wenn Füllemann abwesend war, gegen ihn zu opponieren versuchten. Damit war schlimmstenfalls auch jetzt zu rechnen. Deshalb mußte Fossati sich bemühen, eine Geschichte abzuliefern, zu der es — sowohl von der Brisanz des Themas wie auch von der Exklusivität des Inhalts her — keine brauchbare Alternative geben würde, selbst wenn der FC Zürich am Sonntag das Meisterschaftsspiel gegen den FC Basel mit 13 : 0 Toren gewänne.
Während er genüßlich den Beinschinken mit Kartoffelsalat verzehrte — beides schmeckte in der Tat hervorragend —, mißfiel dem Reporter insgeheim das Benehmen des Wirts, der wie ein Koloß hinter der Theke stand und seine beiden sommersprossigen Arme auf den Bierausschank stemmte. Er starrte Fossati so feindselig an, als hätte er etwas gegen ihn. Dabei war der Reporter schließlich sein Gast, und für den Beinschinken, so gut er auch schmeckte, mußte er ja bezahlen.
Fossati kam sich plötzlich durchschaut vor. Er fühlte sich eingeengt. Nicht in seinem Handeln, sondern in seinem Denken. Das war ein beinahe unerträglicher Zustand für ihn. So verzichtete er darauf, nach dem Essen einen Kaffee zu bestellen. Er wollte dem Wirt gerade zurufen, er solle sich, statt die Gäste anzugaffen, lieber um eine etwas at-

traktivere Serviererin kümmern, dann wäre sein Lokal an einem Samstagnachmittag mit Sicherheit nicht leer, als die Tür von außen aufgerissen wurde und Rüdisühli in die Gaststube stürmte.
«Hören Sie, Zeitungsmensch, ich habe eine Neuigkeit für Sie!» rief er stolz und kam auf Fossati zu. Erst jetzt bemerkte der Reporter, daß Rüdisühli ein weibliches Wesen hinter sich herzerrte. Ein vielleicht dreizehnjähriges Mädchen mit roten Pausbacken, einem altmodischen Haarkranz auf dem Kopf und fetten Waden.
«Das ist Lisa, meine jüngste Tochter», sagte Rüdisühli und drückte das Mädchen auf einen Stuhl. Er selber setzte sich neben Fossati. Bevor der Bauer weiterreden konnte, standen bereits der Wirt und die Serviererin hinter ihm; beide lauerten gespannt darauf, eine Neuigkeit zu erfahren.
«Was wollt ihr?» fuhr Rüdisühli die beiden an. «Ihr seht doch, daß wir etwas Geheimes zu besprechen haben, der Mann von der Zeitung und ich.»
Enttäuscht schlurfte der Wirt zur Theke zurück, die Matrone folgte ihm zögernd, und beide begannen miteinander zu flüstern. Dabei hatten sie ihren Blick unentwegt auf Fossatis Tisch gerichtet, als könnten sie etwas verpassen.
«Also, was gibt's?» erkundigte sich Fossati, der inzwischen ebenfalls neugierig geworden war.
Rüdisühli rückte nahe an ihn heran, dann sagte er leise: «Wann wurde Architekt Neidhard umgebracht?»
«Gestern nachmittag. Warum wollen Sie das wissen?»
«Gestern nachmittag», wiederholte der Bauer bedächtig, dann beugte er sich noch näher zu Fossati herüber und meinte: «Um welche Zeit?»
«Das weiß man noch nicht so genau. Irgendwann zwischen vier und sechs Uhr nachmittags.»
Rüdisühli sah dem Reporter ins Gesicht. Seine Wangen waren gerötet, seine Augen glänzten vor Eifer. Er hob langsam den Zeigefinger seiner rechten Hand empor, wie ein Lehrer, der seine Schüler zum Gehorsam ermahnt, und sagte triumphierend: «Lisa hat ihn gesehen.»
«Wen hat sie gesehen?» fragte Fossati ungeduldig. Die Schwerfälligkeit des Bauern strapazierte seine Nerven.
Rüdisühlis Mund spitzte sich zu einer Rundung, während er fast unhörbar sagte: «Den Mörder hat sie gesehen.»

«Ach?»
Fossatis Stimme klang plötzlich ernüchtert. Er war beinahe enttäuscht. Er hatte sich darauf eingestellt, ein paar Tage an diesem Fall zu arbeiten, unbeirrbar und unbestechlich zu recherchieren. Er wollte Fakten zusammentragen und aneinanderreihen, er liebte es, Aussagen auf ihren Wahrheitsgehalt zu überprüfen und Hintergründe aufzudecken — darin war er ein wahrer Meister —, und nun kam dieser verrückte Bauer mit seinem Wurzelgesicht und sagte ihm, er wisse, wer der Mörder sei.
«Und? Wer war es?» fragte er fast gelangweilt.
Rüdisühli schüttelte verwundert den Kopf. «Sie glauben mir wohl nicht? Aber ich werde es Ihnen beweisen.»
Er dämpfte seine Stimme wieder, als wolle er ganz sicher sein, daß außer seiner Tochter und dem Reporter ihn niemand verstehen konnte. «Gestern nachmittag», begann er langsam, sich jedes Wort sorgfältig überlegend, «etwa um halb fünf, es kann vielleicht auch etwas später gewesen sein, hat unser Schafbock auf der Wiese hinter dem Stall den Zaun durchbrochen und ist gegen den Waldrand hinaufgerannt. Lisa hat ihn verfolgt.»
Der Bauer hielt plötzlich inne und schaute Fossati forschend ins Gesicht. «Kennen Sie sich hier in der Gegend aus?» fragte er, und als der Reporter dies verneinte, fuhr er fort: «Oben auf der Zufahrtsstraße, die zu Neidhards Haus führt, ist das Tier plötzlich stehengeblieben. Keinen Wank hat es mehr getan.»
Rüdisühli begann sich mit dem Zeigefinger und dem Daumen der rechten Hand an der Nasenspitze zu reiben und kicherte leise: «Schafböcke sind nun einmal stur, noch sturer als manche Menschen. Da hilft kein Zureden, da helfen keine Schläge, da hilft gar nichts.»
Lisa, die ihrem Vater gar nicht zuzuhören schien, sondern unablässig mit gierigen Augen auf einen Teller mit Salzbrezeln am Nebentisch spähte, begann plötzlich heftig zu nicken.
«Was ist denn, Lisa?» fragte Rüdisühli irritiert.
«Böcke sind gefährlich», verkündete das Mädchen mit dumpfer Stimme. «Ein Schafbock ist viel kleiner als ein Stier, aber er ist gefährlicher . . .»
«Schon gut», unterbrach der Bauer seine Tochter. «Du

hast recht, Lisa, aber das interessiert den Mann von der Zeitung nicht.» Er hüstelte verlegen, dann wandte er sich wieder an den Reporter: «Also, passen Sie auf! In dem Moment, als der Schafbock nicht vorwärts und nicht zurück wollte und Lisa hilflos danebenstand, kam ein Wagen die Straße heruntergefahren, der Volvo von Architekt Neidhard. Der Wagen hupte ein paar Mal, der Bock erschrak und rannte plötzlich wie besessen querfeldein zum Waldrand hinauf, Lisa immer hinter ihm her.»
«So?» meinte Fossati trocken. «Das ist ja alles sehr interessant, aber was hat das mit dem Mord zu tun?»
«Verdammt noch mal, nun lassen Sie mich doch ausreden!» fuhr der Bauer ihn an, dann blinzelte er dem Reporter mit dem linken Auge listig zu, als wolle er ihm die Pointe eines obszönen Witzes erklären. Bedächtig fuhr er fort: «Vom Waldrand aus hat Lisa gesehen, wie Neidhard zusammen mit einer Frau aus seinem Wagen stieg und ins Haus ging. Begreifen Sie nun endlich: Diese Frau muß Neidhard umgebracht haben.»
Fossati kniff seine Augen zusammen und blickte ungläubig auf Rüdisühli. Er versuchte, gelassen zu bleiben und sich seine Überraschung nicht anmerken zu lassen. «Hat Ihre Tochter die Frau erkannt?» fragte er mit gespielter Ruhe.
Das Mädchen, das noch immer zu den Brezeln hinüberschielte, sah ängstlich auf den Vater, und erst, als dieser ihr aufmunternd zunickte, sagte sie rasch: «Die Frau war blond und hatte ganz kurzgeschnittenes Haar.»
«Ist das alles?» fragte Fossati ungeduldig. Seine Stimme klang enttäuscht. «Sonst ist dir nichts aufgefallen?»
Lisa sah den Reporter ernst an. Jetzt erst bemerkte Fossati, daß das Mädchen ungewöhnlich schöne Augen hatte. Dunkelbraune, traurige Rehaugen, die nicht zu ihrer plumpen Erscheinung paßten; er hatte die Kleine für einen Bauerntrampel gehalten. Ohne eine Miene zu verziehen blickte Lisa dem Reporter ins Gesicht und sagte leise: «Eine grüne Stoffjacke trug sie, und Jeans. Enge, verwaschene Blue-Jeans.»
«Hast du die Frau früher schon einmal hier gesehen?» bohrte Fossati weiter.
Lisa nickte, aber sie schwieg. Fossati wurde noch ungeduldiger. Er mußte sich zusammenreißen, damit er das Mäd-

chen nicht anschrie, doch er gab sich den Anschein größter Gelassenheit. Mit einem verständnisvollen Lächeln, hinter dem sich eine fast unerträglich gewordene Spannung verbarg, fragte er: «Hast du die Frau vielleicht sogar erkannt?»
Das Mädchen starrte auf die Tischplatte und schwieg. Erst nachdem Rüdisühli zu ihr sagte, sie dürfe ruhig sprechen, der Mann von der Zeitung sei in Ordnung, meinte sie: «Die Frau war manchmal bei Neidhards zu Besuch. Ich habe sie schon dort gesehen.»
Jetzt mischte sich Rüdisühli wieder ein. Er sagte: «Die Beschreibung, die meine Tochter Ihnen gegeben hat, paßt haargenau auf die Freundin von Frau Neidhard, auf diese Lehrerin, mit der die Neidhard angeblich ein Verhältnis haben soll.»
Fossati biß sich nachdenklich auf die Lippen. Er schien krampfhaft zu überlegen, dann rief er: «Zahlen!»
Er bestellte bei der Serviererin noch zwei Salzbrezel für Lisa und einen Steinhäger für ihren Vater, dann beglich er die Rechnung, gab gutgelaunt ein beträchtliches Trinkgeld und stand auf. «Herr Rüdisühli», meinte er gönnerhaft und klopfte dem Bauern dabei auf die Schulter. «Sie haben mir einen großen Dienst erwiesen, dafür danke ich Ihnen! Aber was noch viel wichtiger ist: Wahrscheinlich haben Sie zur Aufklärung eines Gewaltverbrechens beigetragen. Darauf dürfen Sie besonders stolz sein! Leute wie Sie kann man brauchen!»
Während er zum Ausgang ging, fühlte er sich plötzlich peinlich berührt, weil er so geschwollen dahergeredet hatte, aber Leute wie dieser Rüdisühli waren für solchen Schmus empfänglich. Unter der Tür wandte er sich noch einmal um. «Herr Rüdisühli», rief er freundlich. «Ich kann mich doch darauf verlassen, daß Sie Ihre Aussage jederzeit wiederholen würden, auch vor der Polizei?»
Der Bauer trank seinen Schnaps aus, wischte sich umständlich mit der Hand über den Mund und meinte grob: «Für wen halten Sie mich eigentlich? Wenn Willy Rüdisühli etwas sagt, dann steht er dazu, jederzeit! Das müssen Sie sich merken, junger Mann!»
«Danke!» rief Fossati ihm zu. «Von Ihnen hab ich das auch nicht anders erwartet, Sie sind ein Ehrenmann!»

Pfeifend verließ er das Lokal und ging zu seinem hellblauen Porsche Turbo, der draußen auf dem Parkplatz vor dem Gasthaus stand. Während er in den Wagen stieg, kam ihm in den Sinn, daß er vergessen hatte, seine Freundin anzurufen. Er hatte keine Lust, noch einmal in den Gasthof zurückzugehen, und eine Telefonzelle zu suchen war ihm zu umständlich. Der Besuch bei Gerda Roth war jetzt wichtiger als alles andere. Susanne würde sich eben wieder mal gedulden müssen. Schließlich wußte sie, daß er einen Beruf hatte, bei dem man den Feierabend nicht im voraus bestimmen konnte. Das sagte er ihr jede Woche mindestens zweimal, aber sie schien es einfach nicht begreifen zu wollen.
Fossati schob eine Musikkassette in den Autorecorder, James Last. Davon wollte er sich jetzt berieseln lassen, um sich zu entspannen. Er gab Gas und fuhr los. Unterwegs hielt er Ausschau nach jemandem, den er nach dem Weg hätte fragen können, doch das Dorf schien ausgestorben, kein Mensch weit und breit. Während er in die Hauptstraße einbog, mußte er erneut an Susanne denken. Wahrscheinlich würde sie ihm eine Szene machen, doch das kümmerte ihn nicht groß. Wenn er es sich auch nicht eingestehen wollte, so wartete er doch im Grunde genommen nur darauf, daß Susanne von sich aus die Beziehung zu ihm abbrechen würde. Er selber konnte es nicht tun, weil er sich seiner Freundin gegenüber in mancher Hinsicht verpflichtet fühlte.
Susanne Korber war Deutsche, doch sie arbeitete seit vielen Jahren als Laborantin am Kantonsspital Zürich und sprach sogar fast akzentlos schweizerdeutsch. Sie kam aus Bruchsal, wo ihr Vater eine Arztpraxis für orthopädische Leiden besaß und, so hatte es Susanne ihrem Freund jedenfalls erzählt, in der Bundesrepublik als führende Kapazität auf seinem Fachgebiet galt. Fossati kannte den alten Korber nicht persönlich, und er hatte eigentlich auch gar keine Lust, ihn kennenzulernen, obwohl Susanne schon mehrmals den Versuch unternommen hatte, ihren Freund übers Wochenende zu sich nach Hause einzuladen; Bruchsal lag schließlich nur drei Autostunden von Zürich entfernt. Bis jetzt hatte sich Fossati jedoch immer mehr oder weniger glaubwürdig mit irgendwelchen beruflichen Ver-

pflichtungen herauszureden vermocht. Zwar wußte er genau, wie sehr es Susanne schmerzte, daß er sich in den letzten Monaten so wenig Zeit für sie nahm, aber er wollte in seiner Freundin, gerade weil er spürte, wie sie ihm hörig war, keine übertriebenen Hoffnungen auf eine gemeinsame Zukunft wecken.
Susanne Korber war fünfundvierzig, also genau zwanzig Jahre älter als Fossati, und sie war immer geil. Als die beiden sich vor vier Jahren kennengelernt hatten, war das ein ganz angenehmer Zustand gewesen, doch jetzt brachte es Probleme mit sich, von denen sich Aldo Fossati nicht selten überfordert fühlte. Zugegeben, Susanne sah nicht schlecht aus für ihr Alter, das mußte er einräumen, auch wenn sie sich für seine Begriffe allzu jugendlich kleidete und ihr Haar viel zu auffällig färbte. Aber sie hatte ungewöhnlich lange, wohlproportionierte Beine, an denen kein Mann vorbeisehen konnte, und sie besaß einen aufregend straffen Busen, um den manches junge Mädchen sie beneidet hätte.
Eine Eigenschaft in Susannes Charakter überschattete aber all ihre Tugenden: Sie wollte Fossati ganz allein für sich besitzen und, vor allem seit sie in den Wechseljahren war, am liebsten dreimal am Tag mit ihm schlafen. Sie bekam einfach nie genug, sie war im wahrsten Sinne des Wortes unersättlich.
Wenn er bei Susanne übernachtete, was in letzter Zeit freilich seltener vorkam, so stand für ihn zum vornherein fest, daß sie sich am nächsten Morgen noch während der Dunkelheit ins Badezimmer schleichen und dort vor dem Spiegel heimlich zurechtmachen würde, um sich wieder neben ihn ins Bett zu legen und solange an seinem Schwanz herumzulutschen, bis er, meist gleichzeitig mit dem Orgasmus, aufwachte und dann seltsamerweise nicht etwa befriedigt, sondern den ganzen Tag müde und mürrisch war. Auch wenn er über Mittag vor der Redaktionsbesprechung schnell auf einen Sprung bei seiner Freundin hereinschaute, so war für ihn klar, daß man, wenn auch bloß für ein paar Minuten, im Schlafzimmer landen würde.
Bei seiner beruflichen Beanspruchung — immerhin war er oft bis zu zwölf Stunden am Tag unterwegs — fühlte sich Fossati den sexuellen Ansprüchen seiner Freundin einfach

nicht mehr gewachsen, und er hatte, wenn er ganz ehrlich mit sich selber war, auch keine Lust mehr, sich von Susanne ununterbrochen beherrschen zu lassen. Das war auch der Grund, weshalb er sich in den vier Jahren ihrer Bekanntschaft nie dazu hatte überreden lassen, mit ihr eine gemeinsame Wohnung zu beziehen: Die Vorstellung, sich von Susanne pausenlos herumkommandieren zu lassen und zum Befriediger ihrer ständigen Geilheit zu werden, war ihm ein Greuel. Mochte seine Freundin auch, wie Füllemann nach seiner Begegnung mit ihr am Presseball zutreffend bemerkt hatte, eine prachtvolle Fickstute sein, für Fossati war ihre Herrschsucht im Laufe der Zeit zur Qual geworden, und er hatte im Innersten längst erkannt, daß Susanne ihn keineswegs nur aus Zuneigung mit teuren Geschenken überhäufte, sondern vor allem mit der Absicht, ihn an sich zu binden. So hatte er sich über die Cartier-Uhr, die sie ihm zum Geburtstag schenkte, ebensowenig freuen können wie über die luxuriöse Stereoanlage, die eines Tages plötzlich vor seiner Wohnungstür stand. Mit jedem Geschenk, das Susanne ihm machte, kam er sich ein bißchen mehr verkauft vor, verlor er ein weiteres Stück seiner Unabhängigkeit, ohne die er sich ein glückliches und unbeschwertes Leben gar nicht vorstellen konnte. So hatte er sich denn auch schon oft vorgenommen, diese mühselige Liebesbeziehung abzubrechen. Er würde Susanne ihre teuren Geschenke zurückgeben und auch den kostspieligen Porsche vor ihre Haustür stellen, um endlich seine Freiheit wiederzuerlangen. Aber im letzen Augenblick kam immer etwas dazwischen. Dann fühlte er sich, aus unerklärlichen Gründen und gegen seinen Willen, bei Susanne plötzlich wieder geborgen, und er freute sich sogar darüber, wenn sie ihn bei ihr zu Hause im Negligé erwartete, um ihn behutsam, wie einen unerfahrenen Schuljungen, an der Hand ins Schlafzimmer zu ziehen und dort mit zügelloser Leidenschaft, als wäre es das erste Mal, zu verführen. Am nächsten Tag ärgerte er sich, daß er erneut schwach geworden war, doch mit der Zeit brachte er schon gar nicht mehr den Mut auf, von sich aus eine Trennung ins Auge zu fassen. Dabei hatte ihn am Anfang die erotische Ausstrahlung seiner Freundin geradezu fasziniert. Damals hatte er sich in der Redaktion, wenn seine Kollegen sich über ihre frigi-

den und lustlosen Weiber beklagten, mit den außergewöhnlichen Fähigkeiten seiner Partnerin gebrüstet und es richtiggehend ausgekostet, wenn Susanne ihn, wovon er bislang immer nur geträumt hatte, zwischen ihre prallen Brüste ficken ließ und anschließend seinen Samen genüßlich wie eine Schönheitslotion auf ihrem ganzen Oberkörper verrieb. Drei- oder sogar viermal nacheinander konnte er damals ficken, und jetzt schaffte er es höchstens noch einmal. Selbst dann mußte er an ein junges hübsches Mädchen denken.
So kam sich Fossati jedesmal ungemein fies vor, wenn er Susannes Wohnung verließ, mitunter sogar als Ausbeuter, dann nämlich, wenn seine Freundin ihm noch einen Hunderter für die Benzinrechnung zusteckte und er den Schein annahm, obschon er genau wußte, daß Susanne keineswegs im Geld schwamm, daß sie seinetwegen sogar einen fünfstelligen Kredit aufgenommen hatte, um den Wagen bezahlen zu können, den sie ihm geschenkt hatte.
Mitunter fragte sich Fossati, weshalb er Susanne Korber eigentlich treu war, wo es ihm, allein schon durch seine berufliche Tätigkeit, am Umgang mit attraktiven Mädchen keineswegs mangelte, doch sträubte sich etwas in ihm, nach einer ehrlichen Antwort zu forschen. Die Beziehung zu Susanne hatte ja keineswegs nur Nachteile. So war es durchaus angenehm, eine Freundin zu haben, die man jederzeit nach Herzenslust ficken konnte; viele seiner Kollegen hätten ihn darum beneidet. Außerdem stärkte Susanne sein Selbstvertrauen. Bei jeder Begegnung sagte sie ihm, wie gut er aussah, und sie bekräftigte ihn auch immer wieder in seinem Glauben, daß er mit seinem unwiderstehlichen Lausbubencharme jedes Mädchen glücklich machen und mit seinem Prachtsschwanz jede noch so liebestolle Frau befriedigen könne. In solch gehobener Stimmung nahm er die Geschenke, mit denen seine Freundin ihn überhäufte, immer mit einer gewissen Selbstgefälligkeit hin, und er verstand seine Haltung geschickt damit zu rechtfertigen, daß es wohl keinen Menschen gebe, der sich nicht gern verwöhnen ließ. Deswegen brauchte er noch lange keine Gewissensbisse zu haben, schließlich geschah alles, was Susanne für ihn tat, aus freien Stücken; er hatte sie nie um etwas gebeten, geschweige denn etwas von ihr

gefordert. Außerdem war ihr Verhalten nicht ganz so selbstlos, wie sie immer wieder vorzugeben pflegte, verlangte sie doch von ihrem Freund, zumindest indirekt, daß er sie jederzeit bumsen mußte, wenn ihr danach zumute war.
Eigentlich hielt Fossati es für unnütz, allzuoft über die Hintergründe seiner Beziehung zu Susanne Korber nachzudenken. Das Verhältnis zwischen ihnen bestand nun eben einmal. Zugegeben, in einer etwas schwierigen Konstellation, aber im Innersten war Fossati davon überzeugt, daß die Zeit für ihn arbeitete, ohne daß er etwas dazu beitragen mußte. Erst kürzlich hatte ihm nämlich sein Kollege Bertschi, dessen geschiedene Frau eine krankhafte Nymphomanin war, prophezeit, daß sich Susanne bestimmt schon bald von ihm trennen werde, weil alle Frauen mit einem so ausgeprägten sexuellen Verlangen über kurz oder lang von ein und demselben Mann genug bekommen würden. Auf diesen Augenblick hoffte er nun, und bis es soweit sein würde, mußte er in Gottes Namen noch durchhalten.
Fossati fuhr an der Post von Thorhofen vorbei. Als er bemerkte, wie einige halbwüchsige Burschen, die mit ihren Mopeds am Straßenrand standen, ihm zuwinkten und voller Begeisterung auf seinen Sportwagen zeigten, faßte er dies als Wink von oben auf und hielt vor dem Eingang zur Post an. Mit unverhohlener Genugtuung stellte er fest, wie die einheimischen Burschen sich um seinen Wagen scharten, während er zur Telefonzelle ging und Susannes Nummer wählte. Er ließ ein paarmal klingeln, doch im Grunde fühlte er sich erleichtert, als sich niemand meldete. Anscheinend war Susanne noch nicht zu Hause. Die üblichen Vorwürfe, so sagte er sich, brauchte sie ihm diesmal nicht zu machen, er hatte seine Pflicht getan.
Bei einem der Burschen erkundigte er sich nach dem Landhaus der Neidhards.
Der Junge musterte den Reporter kritisch. Er war höchstens fünfzehn, hatte stechende Augen und ein Gesicht voller Sommersprossen. Bevor er etwas sagte, blickte er zu seinen Kollegen hinüber, dann meinte er spöttisch: «Zu Neidhard wollen Sie? Da sind Sie aber zu spät, den hat man nämlich gestern abend gekillt.»

«Ich möchte zu Frau Neidhard», sagte Fossati gelassen, als hätte er die Bemerkung des Jungen überhört.
«Zu der möchte ich auch», grinste der Bursche zweideutig. «Die Neidhard ist die geilste Frau hier in der Gegend.»
Als der Reporter erwähnte, er sei vom MORGENEXPRESS, anerbot sich der Junge mit den Sommersprossen spontan, ihm den Weg zu zeigen. «Einen tollen Schlitten haben Sie», meinte er und nahm mit sichtlichem Stolz auf dem Nebensitz Platz.
Fossati nickte dem Jungen gefällig zu, dann drückte er aufs Gaspedal und raste mit neunzig die Hauptstraße hinunter.
«Was wollen Sie von der Neidhard?» erkundigte sich der Bursche während der Fahrt. Er war offensichtlich neugierig. Seine Nasenspitze glänzte, und die dunklen Schatten unter seinen Augen verliehen ihm einen Anstrich von Verdorbenheit. Als Fossati nicht sogleich antwortete, sagte er mit einem verstohlenen Grinsen: «Anfangen können Sie mit der bestimmt nichts.»
«Wie meinst du das?»
Fossati sah, wie der Junge sich langsam mit der Zunge über die Lippen fuhr und ihn dabei beobachtete. «Die macht sich nämlich nichts aus Männern», meinte er schließlich, «die ist 'ne Lesbe, wenn Sie's genau wissen wollen.»
«Und woher weißt du das?»
Der Bursche lachte verlegen. «Das weiß jeder hier im Dorf.» Er machte eine Pause, dann nahm er all seinen Mut zusammen und fragte: «Wissen Sie eigentlich, wie's zwei Frauen miteinander machen? Das würde mich echt interessieren.»
«Mich auch», sagte Fossati und hielt an der Kreuzung am Dorfrand an. Er ließ den Jungen aussteigen und bog in die Seitenstraße ein, die zum Landhaus ZUM PARADIES hinaufführte. Es war jetzt genau halb fünf, und über den Waldrand senkten sich wie ein durchsichtiger Vorhang gräuliche Nebelschwaden.

9

Ausnahmsweise fuhr Christian Zbinden an diesem Samstagnachmittag nicht mit der Straßenbahn, sondern mit seinem Privatwagen in die Stadt. Sofern es sich einrichten ließ, benützte er immer die öffentlichen Verkehrsmittel, schließlich war er aktives Mitglied der Umweltschutzorganisation «Grüne Natur», deren Bemühungen er auch mit einem monatlichen Geldbeitrag unterstützte. Doch heute hatte seine Frau den Vorschlag gemacht, sie wolle mit der Tochter einkaufen gehen. Deshalb hatte er die beiden mit seinem Wagen bis zum Bellevue mitgenommen, von wo aus er auf direktem Wege zum Hauptgebäude der Kantonspolizei an der Kasernenstraße fuhr.
Entgegen seiner ursprünglichen Absicht hatte sich Staatsanwalt Zbinden während der Mittagspause nicht beim Orgelspiel mit seiner Tochter erholt. Vielmehr hatte er sich, einem inneren Zwang folgend, sogleich nach seiner Heimkehr in sein Arbeitszimmer zurückgezogen und dort noch einmal in Ruhe die Untersuchungsakten im Fall Neidhard durchgesehen.
Noch während der Mittagsnachrichten im Radio, die den Mordfall mit keinem Wort erwähnten, hatte Oberleutnant Honegger angerufen, um sich nach dem gegenwärtigen Stand der Ermittlungen zu erkundigen. Als Zbinden beiläufig erwähnte, Kommandant Krummenacher habe auf drei Uhr nachmittags eine Stabssitzung einberufen, an der auch Betschart, der Chef der Mordkommission, teilnehmen werde, war Honegger nicht mehr davon abzubringen, an der Zusammenkunft ebenfalls teilzunehmen, denn schließlich hatte er ja die ersten Ermittlungen am Tatort durchgeführt, und — wer weiß? — vielleicht war seine Anwesenheit an der wichtigen Kadersitzung sogar ausdrücklich erwünscht. Zbinden ließ Honegger in seinem Glauben, auch wenn er die fast schon rührend anmutende Einsatzbereitschaft des Polizeibeamten in seinem Innern belächelte. Außerdem war er über Honeggers Anwesenheit nicht unglücklich. In der Zwischenzeit war Zbinden nämlich, genau wie der Oberleutnant, zu der festen Überzeugung gelangt, daß im Fall Neidhard keineswegs, wie die

Witwe des Ermordeten sehr bestimmt behauptet hatte, ein Raubmord vorlag, sondern mit größter Wahrscheinlichkeit ein leicht durchschaubares Beziehungsdelikt, wie man sich im Polizeijargon ausdrückte.
Aufgrund der zahlreichen Indizien, die sich Zbinden allesamt notiert hatte, und die — in ihrer Gesamtheit gesehen — schon beinahe erdrückend waren, würde er den einzig denkbaren Vorschlag machen, die Neidhard und ihre Freundin noch heute abend in Polizeigewahrsam zu nehmen. Mit Flucht war zwar nicht zu rechnen, aber dennoch bestand mit Sicherheit höchste Kollusionsgefahr. Die beiden abartig veranlagten Frauen — an ihren lesbischen Neigungen gab es für Zbinden inzwischen keine Zweifel mehr — könnten sich sonst miteinander absprechen, falls sie es nicht bereits getan hatten, und dies zu verhindern, war seine Pflicht. Insgeheim machte sich Zbinden jetzt sogar Vorwürfe, weil er die Witwe des Ermordeten mitsamt ihrer Freundin nicht bereits heute vormittag im Anschluß an ihr Verhör hatte festnehmen lassen. Die Kompetenz dazu hätte er ohne weiteres gehabt, doch er rechtfertigte seine vorsichtige Haltung damit, daß er zu jenem Zeitpunkt von einer möglichen Komplizenschaft der Neidhard noch keineswegs so fest überzeugt gewesen war wie jetzt, nachdem er sämtliche Akten und auch die beschlagnahmten Tagebuchnotizen in Ruhe studiert hatte.
Trotzdem fragte sich Zbinden, selbstkritisch wie er nun einmal war, ob er sich nicht auch ein wenig von der attraktiven Erscheinung dieser Ilona Neidhard hatte beeinflussen lassen. Dies wäre immerhin verständlich gewesen; Sympathie und Antipathie spielten für jeden Untersuchungsrichter eine nicht zu unterschätzende Rolle, vor allem dann, wenn es reine Ermessensentscheidungen zu treffen galt. Doch im gleichen Augenblick wischte Zbinden diese Selbstvorwürfe weg.
Schließlich war er nicht erst seit gestern Staatsanwalt, und er hatte in all den Jahren seiner erfolgreichen beruflichen Tätigkeit häufig mit gutaussehenden Frauen zu tun gehabt, ohne daß es deswegen auch nur ein einziges Mal zu Interessenkonflikten zwischen seinen persönlichen Empfindungen als Mann und seinen beruflichen Pflichten als öffentlicher Ankläger gekommen wäre. In diesem Punkt,

das durfte Christian Zbinden mit gutem Gewissen von sich behaupten, war er über jeden Zweifel erhaben. Und dies konnte man, auch das wußte er natürlich, keineswegs von all seinen Kollegen behaupten.
Auf der breiten Steintreppe, die zum Haupteingang des Polizeigebäudes hinaufführte, begegnete dem Staatsanwalt Justizdirektor Bissegger, mit dem er seit Jahren befreundet war. Gerhard Bissegger, den man in Polizeikreisen nur «Biss-Biss» nannte, weil er mit einer geborenen Bissig, der Tochter des bekannten Kunstmalers Rudolf Bissig, verheiratet war, hatte seinen dunkelgrünen Datsun direkt neben die Einfahrt zur Polizeikaserne gestellt, wo sonst nur Streifenwagen stehen durften. Um derart nebensächliche Vorschriften hatte sich Bissegger allerdings noch nie gekümmert.
Der Justizdirektor kam auf Zbinden zu und schüttelte ihm kräftig die Hand. Dabei strahlte er den Staatsanwalt an, wobei er sein makelloses Gebiß zeigte, das auf einen vorzüglichen Zahnarzt schließen ließ.
Bisseggers Anwesenheit schien, so kam es Zbinden zunächst jedenfalls vor, keine dienstliche Ursache zu haben, denn der Justizdirektor, der sonst als äußerst konservativ galt und, was seine Kleidung betraf, sogar zu Recht als pingelig verschrien war, trug ein blaukariertes, offenes Sporthemd und eine saloppe Lederjacke.
«Meine Frau und ich wollten das Wochenende in Wildhaus bei meinen Schwiegereltern verbringen», meinte er zu Zbinden, während die beiden das Polizeigebäude betraten. «Doch heute früh rief Krummenacher mich an und berichtete mir von dem scheußlichen Verbrechen an Neidhard.»
Zbinden blieb stehen und sah den Justizdirektor erstaunt an. Es war kein Geheimnis, daß Gerhard Bissegger nicht zu jenen Beamten gehörte, die ihre Freizeit dem Beruf opferten. Es war auch bekannt, daß der Justizdirektor meist schon am Freitagnachmittag ins Toggenburg fuhr und in der Regel nicht vor Montagmittag zurückkehrte. Bissegger verstand es, auch wichtige Aufgaben zu delegieren, und einer der Hauptgründe für seinen politischen Erfolg war wohl, daß er die richtigen Leute am richtigen Ort einzusetzen vermochte: Bissegger besaß Menschenkenntnis. Er hatte einen riesigen Stab von Juristen, die ihn bei

allen Regierungsgeschäften berieten und, außer im Kantonsparlament natürlich, bei den meisten Sitzungen auch vertraten. Es gab nur wenige Amtshandlungen, die Bissegger persönlich ausführte. Trotzdem war er über sämtliche Vorkommnisse in der Justizdirektion stets auf dem laufenden, denn er verfügte über ein fabelhaftes Gedächtnis. Im Kantonsrat konnte er stundenlang aus dem Stegreif auf die Argumente seiner politischen Gegner antworten, und wenn seine Ansichten meist auch reaktionär waren, so trug er das, was er zu sagen hatte, immer gescheit und brillant vor. Gerhard Bissegger gehörte seit fast zwei Jahrzehnten zu den Stützen der Freisinnig-Demokratischen Partei. Eine seiner hervorstechendsten Eigenschaften war, neben der überdurchschnitlichen Menschenkenntnis, seine starke Überzeugungskraft. Er verfocht, ebenso mit List wie mit sachlicher Argumentation, eine harte Linie beim Strafvollzug, und er war stolz darauf, daß in den elf Jahren, seit denen er der Justizdirektion vorstand, noch kein Gesetzesbrecher begnadigt worden war. Zbinden betrachtete es als eine der erfreulichsten Gewohnheiten des Justizdirektors, daß dieser sich niemals in die Arbeit der Strafverfolgungsbehörden einmischte, obwohl er dazu befugt und mitunter sogar verpflichtet gewesen wäre. Bissegger unterhielt zu seinen engsten Mitarbeitern ein ungetrübtes Vertrauensverhältnis. Dies war nicht zuletzt darauf zurückzuführen, daß der Justizdirektor sich die Mühe machte, seine Kaderleute vor ihrer Einstellung einem graphologischen und psychologischen Test zu unterziehen, dessen Aufgabe es unter anderem auch war, opportunistische Neigungen festzustellen. Die Testergebnisse verliehen dem Justizdirektor die Gewißheit, daß er sich auch in kritischen Situationen, etwa bei einer Gefängnismeuterei, jederzeit auf seine Mannschaft verlassen konnte, auch wenn er selbst sich nicht in Zürich aufhielt, was ja häufig der Fall war.
Um so mehr überraschte es Zbinden, daß der Justizdirektor an diesem Samstagnachmittag an einer ganz alltäglichen Stabssitzung der Mordkommission teilnehmen wollte. So etwas war — soweit sich der Staatsanwalt erinnern konnte — überhaupt noch nie vorgekommen.
Bissegger schien Zbindens Erstaunen bemerkt zu haben. «Richard Neidhard war ein Parteifreund von mir», begann

er dem Staatsanwalt die Beweggründe für seine Anwesenheit zu erläutern. «Wir waren auch miteinander im Rotary-Club, so etwas verbindet. In meinen Augen war Neidhard ein begnadeter Politiker. Ich persönlich habe es außerordentlich bedauert, daß er bereits nach zwei Amtsperioden aus dem Kantonsrat zurücktreten mußte, weil er von seinem Beruf buchstäblich aufgefressen wurde. Sein plötzlicher Rücktritt aus der Politik war für die Partei ein großer Verlust.»

Der Justizdirektor blickte Zbinden bekümmert ins Gesicht. «Und jetzt auch noch dieser schreckliche Tod», fügte er mit einem nachdenklichen Kopfschütteln hinzu. «Stellen Sie sich vor, der Mann war in den besten Jahren, jünger noch als ich, glücklich verheiratet, und von einer Integrität, wie man sie heutzutage selbst bei einem engagierten Politiker nur noch höchst selten antrifft. Sie können sich gar nicht vorstellen, Zbinden, wie nahe mir sein Tod ging.»

Der Justizdirektor zuckte nervös mit dem rechten Mundwinkel, eine Streßerscheinung, an der er schon seit Jahren litt. Immerhin hatte Bissegger fast zwei Jahrzehnte harte Regierungsarbeit an der vordersten Front hinter sich, und für so manche umstrittene Entscheidung hatte er mutig seinen Kopf hingehalten, im Interesse der Sache und für das Gemeinwohl. Daß linke Gruppierungen ihn deshalb schon in aller Öffentlichkeit als Faschisten bezeichnet und ein sozialistisches Propagandablatt ihn als «reaktionären Maulwurf» beschimpft hatte, nahm er als Politiker zwar mit stoischer Gelassenheit hin, doch es war nicht wegzuleugnen, daß die durch derartige Angriffe ausgelösten nervlichen Belastungen kaum spurlos an ihm vorbeigegangen waren. Nervöse Zuckungen, neuerdings nicht bloß an den Mundwinkeln, sondern auch an beiden Augenlidern, Schlaflosigkeit, Kreislaufstörungen und chronische Verstopfung waren der bittere Tribut, den er für seine undankbare Arbeit zu entrichten hatte. Hätte ihn seine Agathe, die geborene Bissig, nicht immer wieder zum Weitermachen angehalten, um das Vertrauen seiner Wähler nicht zu enttäuschen, so wäre der Justizdirektor, das wußte er genau, längst den Weg des geringsten Widerstandes gegangen und hätte sich auf einen Beraterposten in der Privatwirtschaft zurückgezogen.

Während die beiden Männer die Treppe zum Zimmer 212, dem Konferenzraum der Kantonspolizei, hochgingen, begegneten ihnen Betschart und Honegger von der Mordkommission; auch sie waren auf dem Weg zur Stabssitzung.

Godi Betschart, seit vier Jahren Leiter der Abteilung Kapitalverbrechen, war der Prototyp des korrekten Beamten. Er verfügte über einen stark ausgeprägten Ehrgeiz, aber auch über ein großes Fachwissen und hatte deshalb rasch Karriere gemacht. Stets höflich, zurückhaltend und in jeder Beziehung kooperativ, erfreute er sich einer im Kader der Kantonspolizei eher seltenen Beliebtheit. Betschart war einer der ganz wenigen Chefbeamten, von denen man den Eindruck bekommen konnte, sie hätten keine Feinde. Es gab — und das war tatsächlich eine Seltenheit — sogar Mörder, die von ihm überführt worden waren und ihm nach ihrer Verurteilung aus dem Gefängnis Blumen zum Geburtstag schickten. Auf solche Vorkommnisse war Betschart denn auch sichtlich stolz.

Er war immer tadellos gekleidet, kaufte seine Anzüge bei Cardin an der Bahnhofstraße und benützte ein so ausgefallenes, süß-herbes Eau de Cologne von Aramis, daß man ihm fälschlicherweise schon unterstellt hatte, er sei ein «Dampf», zumal an der Kasernenstraße nichts über sein Privatleben bekannt war. Man wußte lediglich, daß Betschart unverheiratet war und in einem bescheidenen Junggesellen-Appartement an der Weinbergstraße wohnte.

Auch Godi Betschart schien über die Anwesenheit des Justizdirektors, den man sonst bei der Kantonspolizei kaum anzutreffen pflegte, erstaunt zu sein, aber er ließ sich nichts anmerken. Auf dem Weg zum Sitzungszimmer sprach man jetzt nicht mehr über den Fall Neidhard, sondern über das triste Herbstwetter und die in diesem Jahr besonders ungünstig gelegenen Weihnachtsfeiertage.

Im Korridor vor dem Konferenzraum kam ihnen Krummenacher entgegen, der Kommandant der Kantonspolizei. Er gab dem Justizdirektor die Hand, die übrigen Mitarbeiter, auch Zbinden, begrüßte er lediglich mit einem flüchtigen Kopfnicken.

Krummenacher war aus seinem Büro im fünften Stock heruntergekommen und atmete so schwer, daß man das

Gefühl hatte, er sei Asthmatiker und röchle. Im Gegensatz zu Godi Betschart und Justizdirektor Bissegger machte Krummenacher auf seine Umgebung einen eher ungepflegten Eindruck. Sein dunkelgrauer Anzug wies mehrere speckigglänzende Stellen auf, er war offensichtlich seit Wochen nicht mehr gebügelt worden. Die riesige schwarze Samtfliege, die der Kommandant während des ganzen Jahres trug, hing wie immer schief am Hemdkragen. Die Absätze an seinen altmodischen Schuhen waren schiefgetreten.
Krummenacher warf dem Justizdirektor einen grimmigen Blick zu. «Jetzt kommt gleich die Geschichte mit dem Lift», raunte Betschart Honegger zu, und in der Tat polterte der Kommandant im selben Moment los, es sei eine schamlose Zumutung, daß es in der Polizeizentrale einer Weltstadt, und als solche wolle Zürich sich ja verstanden wissen, nicht einmal einen Fahrstuhl gebe. Er begreife jeden Ganoven, der auf dem Weg zum Verhörzimmer abzuhauen versuche, in diesem Haus werde man ja geradezu zur Flucht ermuntert.
Der Justizdirektor zuckte erneut mit dem Mundwinkel, diesmal mit dem linken, doch er nahm sich zusammen und sagte nichts. Einmal abgesehen von seiner schlampigen Erscheinung, war Krummenacher für den Justizdirektor ein skurriler alter Kauz, mit dem man sich auf keine Diskussionen einlassen durfte, weil er viel zu verschrobene Ansichten vertrat. Aus Bisseggers Sicht war der Polizeikommandant ein notorischer Querschläger und ein Eigenbrötler dazu; es mußte alles immer nach seinem Willen geschehen.
Krummenacher war vor rund zwei Jahren dem Justizdirektor auf eine geradezu unverschämte — und dadurch unverzeihliche — Weise in den Rücken gefallen. Bissegger hatte damals beim Gesamtregierungsrat einen Kredit zur Errichtung eines Kriminalmuseums beantragt, und die 1,5 Millionen Franken waren so gut wie genehmigt gewesen. Nach Auffassung des Justizdirektors hätte man mit diesem Museum jungen Leuten Gelegenheit geben müssen, alte Polizeiwaffen, Handschellen und Fluchtwerkzeug, aber auch modernste Fahndungsmittel zu besichtigen, doch dann hatte dieser senile Trottel von Krummenacher — an-

ders konnte sich Bissegger in diesem speziellen Fall wirklich nicht ausdrücken — völlig unerwartet gegen den geplanten Museumskredit opponiert. Weil er taktisch raffiniert vorgegangen war, hatte er natürlich sofort breite Unterstützung bei den Sozialdemokraten gefunden. In einer Hetzschrift gegen Bisseggers Pläne, die von mehreren Zeitungen abgedruckt worden war, hatte der Polizeikommandant die abstruse Behauptung aufgestellt, es sei blanker Unsinn, für ein Kriminalmuseum anderthalb Millionen auszugeben. Man solle das Geld besser für prophylaktische Maßnahmen gegen den ständig wachsenden Drogenkonsum verwenden, als ob das eine mit dem anderen etwas zu tun hätte! Dennoch erreichte Krummenacher schließlich, daß die Mehrheit im Regierungsrat unter dem Druck verschiedener Zeitungselaborate den Kredit ablehnte. Für Justizdirektor Bissegger war diese öffentliche Niederlage nicht nur eine fatale Schlappe gewesen, er hatte auch die geradezu einmalige Gelegenheit verpaßt, sich selbst mit dem geplanten Kriminalmuseum ein eindrückliches Denkmal zu setzen. Seit jenem peniblen Vorfall, der von den Zeitungen ungebührlich hochgespielt worden war, ging Bissegger dem Polizeikommandanten aus dem Weg, er wollte mit Krummenacher nichts mehr zu tun haben. Wenn eine persönliche Begegnung dennoch unvermeidlich war, so gab sich der Justizdirektor äußerst zurückhaltend und ging auf das rüpelhafte Benehmen Krummenachers gar nicht erst ein, zumal er den Alten ohnehin für einen hoffnungslosen Choleriker hielt.
Josef Krummenacher war von großer, kräftiger Statur. Er hatte buschige Augenbrauen in einem rötlich aufgedunsenen Gesicht, das auf den ersten Blick grobschlächtig und beinahe brutal wirkte. In der Polizeikaserne munkelte man sich gelegentlich zu, das Gesicht des Alten sähe einem nackten Affenarsch zum Verwechseln ähnlich, und daran war tatsächlich etwas Wahres. Gleichzeitig aber war die markante Physiognomie des Kommandanten eine optische Täuschung, weil sie auf einen derben, gewalttätigen Charakter schließen ließ, was in Wirklichkeit überhaupt nicht zutraf. Krummenacher war nämlich gutmütig, hilfsbereit und sensibel. Seine engsten Mitarbeiter im Kader der Kantonspolizei hätten es oft sogar gern gesehen, wenn er ge-

wissen Delinquenten gegenüber etwas weniger nachsichtig gewesen wäre.
So war es schon vorgekommen, daß der Polizeikommandant zu einem Untersuchungshäftling gesagt hatte, bei dem in der Schweiz geltenden Gesetz und dessen Handhabung sei es purer Zufall, ob jemand im Knast lande oder nicht. Eine derartige Äußerung, dazu einem Häftling gegenüber, ging selbst nach Auffassung des sonst eher liberal denkenden Betschart doch etwas zu weit.
Nach dem Tod seiner Frau, die vor dreizehn Jahren, einen Tag vor der Silbernen Hochzeit, an einer Lungenembolie gestorben war, wurde der Kommandant immer schrulliger. Oft blieb er die ganze Nacht über in der Polizeikaserne und besuchte die Häftlinge in ihren Zellen. Dann sprach er mit ihnen über Gott und die Welt und schenkte ihnen sogar Zigaretten. Justizdirektor Bissegger war im Besitz eines ganzen Dossiers mit Beschwerden über den Kommandanten, und wenn er bis heute gegen ihn noch nichts unternommen hatte, so nur deshalb, weil man Krummenacher weder die fachlichen noch die menschlichen Qualifikationen, die zur Ausübung seines Amtes erforderlich waren, absprechen konnte. Er war eben ein Sonderling, über den die Meinungen auseinandergingen, aber man mußte ihm auch attestieren, daß es bei der Kantonspolizei unter seiner Führung nie zu irgendwelchen peinlichen Zwischenfällen gekommen war. Außerdem wurde Krummenacher in knapp drei Jahren pensioniert, dann würde man ihn endgültig los sein. Dieser Gedanke hatte für Bissegger etwas Wohltuendes und Befreiendes.
Zwischen Zbinden und dem Polizeikommandanten bestand keinerlei offene Feindschaft, auch wenn der Staatsanwalt aus seiner Abneigung gegen die Humanitätsduseleien des «Feldpredigers von der Kasernenstraße» — als solchen betitelte man Krummenacher in den Räumen der Staatsanwaltschaft — keinen Hehl machte. Zbinden selbst hatte mit dem Alten bis jetzt immer problemlos zusammengearbeitet. Deshalb tolerierte er den Kommandanten als unbequemen Zeitgenossen, mit dem man wohl oder übel in den nächsten drei Jahren noch irgendwie fertigwerden mußte. Es gab jedoch in der Polizeikaserne auch ein paar Beamte, die ihren Chef nicht bloß respektierten, sondern zu ihm

aufblickten, weil sie ihn für einen wirklich weisen Mann hielten.
Krummenacher war Humanist. Er hatte sein Studium der Rechtswissenschaften mit einer Doktorarbeit über die Gesetzgebung während der Weimarer Republik abgeschlossen und gleichzeitig noch eine zweite Dissertation über Hölderlin verfaßt, den er als Dichter leidenschaftlich verehrte, und von welchem er in seinem privaten Arbeitszimmer einige kostbare bibliophile Erstausgaben besaß.
Seit dem Tode seiner Frau lebte der Kommandant allein mit seiner Boxerhündin Mischa in einer Dreizimmer-Mietwohnung auf dem Hönggerberg. Seine Mitarbeiter lud er nie zu sich nach Hause ein. Er empfing überhaupt keine Besucher, sondern lebte in völliger Abgeschiedenheit.
Am Morgen erschien der Kommandant, pünktlich auf die Minute, in seinem Büro und ließ sich über alle wichtigen Vorfälle informieren. Wenn er über Nacht nicht im Haus blieb, so verließ er die Polizeikaserne abends meist vorzeitig, als habe er plötzlich erkennen müssen, daß seine Anwesenheit an den mitunter fatalen Geschehnissen im Alltag der Polizei nichts zu ändern vermochte. Erst kürzlich hatte Martha Beutler, Krummenachers langjährige Sekretärin, im ganzen Haus herumposaunt, sie wisse, daß der Chef innerlich resigniert habe. Er habe einsehen müssen, daß das System, welches Gut und Böse gegeneinander ausspiele und wahllos mit Werturteilen jongliere, stärker sei als seine eigenen Ideen, an deren Verwirklichung er annähernd drei Jahrzehnte lang geglaubt habe. Jetzt arbeite der Chef, so wußte die Beutler weiter zu berichten, an einer Kleist-Biographie, die er nach seiner Pensionierung zu veröffentlichen gedenke.
Ob es sich um ein Gerücht der geschwätzigen Beutler handelte oder ob tatsächlich etwas Wahres daran war, wußte an der Kasernenstraße niemand, und nicht einmal die engsten Mitarbeiter wagten es, sich bei Krummenacher im Gespräch danach zu erkundigen: seine Einsamkeit hatte den Polizeikommandanten im Lauf der Jahre sowohl für seine Widersacher als auch für seine Freunde unnahbar gemacht.
Nachdem die Männer das Sitzungszimmer betreten hatten, schob Honegger dem Kommandanten beflissen seinen

Lehnstuhl an der oberen Seite des Konferenztisches zurecht, und erst als Krummenacher sich gesetzt hatte, nahmen auch Justizdirektor Bissegger und seine Begleiter Platz.
Staatsanwalt Zbinden begann seine Akten vor sich auszubreiten: sämtliche Polizeirapporte und die Verhörprotokolle, daneben den Terminkalender des Ermordeten und das beschlagnahmte Tagebuch seiner Frau. Er wollte eben damit beginnen, die Anwesenden im einzelnen über den Mord an Neidhard zu orientieren, als Bissegger ihn bat, ihm den Aschenbecher herüberzureichen.
«Es stört Sie doch nicht, meine Herren, wenn ich rauche?» meinte er mit verdächtiger Liebenswürdigkeit und steckte sich eine Stuyvesant an; er wußte ganz genau, daß der Kommandant Zigarettenqualm wie die Pest haßte. Doch Krummenacher tat ihm nicht den Gefallen, etwas dagegen einzuwenden. Er saß stumm und regungslos wie ein Buddha mit gefalteten Händen in seinem Ohrensessel und blickte erwartungsvoll auf Zbinden.
Dieser suchte umständlich aus seinen Unterlagen die Polizeifotos der Leiche heraus und ließ sie unter den Anwesenden herumreichen. Keiner der Männer sagte etwas, alle schwiegen, auch wenn ihr Schweigen kaum ein Ausdruck von Betroffenheit, sondern viel eher von Gleichgültigkeit war. Nur Justizdirektor Bissegger gab sich entsetzt. Er warf lediglich einen kurzen Blick auf eines der Bilder, das den blutverschmierten Kopf des Toten in einer Großaufnahme zeigte, dann reichte er das Bild rasch an Betschart weiter.
«Ein scheußlicher Anblick», seufzte er. «Ich hätte dem guten Neidhard einen würdigeren Abgang gegönnt, weiß Gott.»
Niemand ging auf seine Äußerung ein. Krummenacher hatte die Augen geschlossen und schwieg so beharrlich, als hätte er die Absicht, während der ganzen Sitzung kein Wort zu reden. Betschart zeichnete Männchen auf seinen Block, der noch leer war, und Honegger blickte gespannt in die Runde.
Zbinden suchte aus den Akten zwei karierte Blätter heraus, die mit handschriftlichen Notizen vollgekritzelt waren. Er hatte über Mittag, statt mit seiner Tochter das

Dupré-Oratorium zu üben, eine fast lückenlose Indizienkette zusammengetragen, die auf überzeugende Weise seine These untermauerte, daß es sich bei der Ermordung des Architekten um ein Beziehungsdelikt handeln mußte. Auch das einzig mögliche Motiv stand für den Staatsanwalt bereits fest: Eifersucht. Interessanterweise hatte er erst unlängst in der Juristenzeitung über einen fast analogen Fall in Norddeutschland gelesen, wo eine Lesbierin in rasender Eifersucht die heimliche Geliebte ihrer Lebensgefährtin erschossen hatte. Auch daraus ließen sich, ohne Neigung zu Vorurteilen, einige Schlüsse ziehen, die für den Fall Neidhard möglicherweise klärend sein konnten.
Doch bevor Zbinden den Anwesenden seinen Standpunkt darlegen konnte, hörte er, wie der Kommandant leise etwas vor sich hinbrummte. Als Honegger blitzartig hochschnellte und sich zaghaft die Frage erlaubte, ob etwas nicht in Ordnung sei, brüllte ihn Krummenacher an: «Es zieht!»
Justizdirektor Bissegger, der direkt neben dem Kommandanten saß, zuckte zusammen. Er war es nicht gewohnt, daß in seiner Gegenwart gebrüllt wurde. In den Räumen der Justizdirektion herrschten Disziplin und Anstand. Doch der Kommandant polterte rücksichtslos weiter: «Herrgott noch mal, merkt denn hier niemand, daß das Fenster da drüben offen ist?»
Tatsächlich war das äußerste Fenster einen Spalt weit geöffnet; Oberleutnant Honegger sprang auf und schloß es, während Betschart, der nach Zbindens Dafürhalten heute wieder einmal besonders aufdringlich nach Aramis duftete, mit der rechten Hand ungeduldig auf die Tischplatte trommelte.
Der Kommandant lehnte sich zufrieden in seinen Sessel zurück und meinte: «Na also, Honegger, Sie hätten das Fenster doch gleich schließen können, bevor unsereiner sich eine Lungenentzündung holt.»
Dann wandte er sich, plötzlich sehr sachlich, an Zbinden und sagte: «Schießen Sie los, mein Lieber, ich bin neugierig, was Sie uns zu berichten haben.»
Der Staatsanwalt räusperte sich verlegen. Er spürte, wie ihm das Blut ins Gesicht schoß. Darunter hatte er schon als Kind gelitten, wenn er in der Schule vor der versammel-

ten Klasse ein Gedicht aufsagen mußte. Er hätte viel dafür hergegeben, um in Gegenwart mehrerer Leute ohne Hemmungen reden zu können, doch das lag ihm einfach nicht. Selbst ein teurer Fernkurs zur Steigerung des Selbstbewußtseins, den er sich einmal mit seiner Weihnachtsgratifikation gekauft hatte, war wirkungslos geblieben. Seine Plädoyers im Gerichtssaal mußte er jeweils Wort für Wort ablesen; dadurch hatte er sich schon vor so manchem Verteidiger lächerlich gemacht.
«Meine Herren», begann er verunsichert und spielte dabei mit seinem Notizzettel. «Wir können es kurz machen. Nach dem Ergebnis der Obduktion, das man uns heute vormittag aus dem gerichtsmedizinischen Institut übermittelt hat, wurde Richard Neidhard gestern zwischen 16.00 und 18.00 Uhr ermordet. Der ausführliche Obduktionsbefund, der auch über die genaue Todesursache Auskunft geben wird, dürfte am Montag vorliegen. Als Tatwerkzeug wurde, das steht nachweislich fest, eine Blumenvase aus glasiertem Tonmaterial verwendet. Der oder die Täter haben damit den Schädel des Ermordeten zertrümmert. Nach Ansicht von Polizeiarzt Doktor Obrist könnte es zwischen Neidhard und dem Täter zu einem Disput gekommen sein, in dessen Verlauf der Mörder, vielleicht sogar im Affekt, die Blumenvase seinem Opfer mit großer Wucht an den Kopf geworfen hat.»
Zbinden machte eine kurze Pause.
«Interessant», meinte der Kommandant und schloß wieder die Augen.
Justizdirektor Bissegger holte aus seinem Anzug einen dikken Taschenkalender hervor und begann, sich darin etwas zu notieren.
«Was wollen Sie eigentlich hier?» fragte ihn der Kommandant unvermittelt.?
Bissegger fiel es schwer, sich zu beherrschen. Er zuckte gleich zweimal mit dem rechten Mundwinkel, doch dann überspielte er seine Verblüffung über Krummenachers Frechheit gekonnt, indem er sich den Anschein größter Gelassenheit gab.
«Ich bin privat hier», sagte er ruhig. «Der Ermordete war ein Parteifreund von mir.»
«Aha», meinte der Kommandant und gab dem Staatsan-

walt mit einem Kopfnicken zu verstehen, daß er mit seinem Referat fortfahren könne.
«Ich habe heute morgen die Gattin des Ermordeten einvernommen. Frau Neidhard behauptet, es müsse sich bei der Tat um einen Raubmord handeln, weil ihr wertvoller Schmuck abhanden gekommen sei. Diese Behauptung ist jedoch, wie die Ermittlungen von Oberleutnant Honegger ergeben haben, mit größter Wahrscheinlichkeit unrichtig.»
Der Oberleutnant nickte dem Staatsanwalt beipflichtend zu und meinte: «Es steht für mich außer Zweifel, daß Frau Neidhard in diesem Punkt gelogen hat.»
Und weil keiner der Anwesenden etwas sagte, doppelte er nach: «Und mit dieser Falschaussage hat sie sich natürlich verdächtig gemacht.»
«Verdächtig, verdächtig! Was heißt hier verdächtig?» erkundigte sich der Justizdirektor plötzlich gereizt. «Können Sie nicht etwas konkreter werden?»
Zbinden wurde es immer unbehaglicher zumute. Er konnte sich beim besten Willen nicht vorstellen, warum Bissegger mit einem Male so heftig reagierte, deshalb meinte er vermittelnd: «Wir haben inzwischen herausgefunden, daß Ilona Neidhard eine unglückliche Ehe führte, und wir wissen darüber hinaus, daß sie auch noch ein lesbisches Verhältnis hat.»
Der Staatsanwalt bemühte sich, ruhig und selbstsicher zu sprechen. Dies gelang ihm offenbar auch, denn alle Anwesenden hörten ihm aufmerksam zu.
«Frau Neidhard hat allerdings für die Tatzeit ein unumstößliches Alibi», fuhr er fort. «Wir haben es genau überprüft, und es läßt sich daran nicht rütteln. Die Neidhard flog nämlich gestern nachmittag von Zagreb nach Zürich, und sie landete genau um 17.34 Uhr mit dem Swissairkurs 457 in Kloten. Von Kloten nach Thorhofen wiederum sind es gut zwanzig Kilometer, sie hätte also unmöglich ...»
«Wir haben kapiert, Zbinden», sagte der Kommandant ungeduldig. «Ich nehme an, daß keiner von uns schwachsinnig ist.»
Dabei blickte er, scheinbar zufällig, auf den Justizdirektor, dem es ganz offensichtlich immer schwerer fiel, sich zu beherrschen.

Er senkte den Kopf und vertiefte sich in seinen Taschenkalender.
«Reden Sie ruhig weiter!» forderte Krummenacher den Staatsanwalt auf.
Zbinden lächelte gequält, dann sagte er: «Wir haben im Terminkalender, den der Ermordete auf sich trug, einen Eintrag gefunden, wonach Richard Neidhard gestern nachmittag um drei Uhr mit einer gewissen Gerda Roth verabredet war. Diese Gerda Roth wiederum ist erwiesenermaßen die intime Freundin von Ilona Neidhard.»
«Was Sie nicht sagen», meinte der Kommandant, und Zbinden hätte gerne in Erfahrung gebracht, ob sein Erstaunen tatsächlich ernst gemeint oder ob es bloß gespielt war. Er entnahm seinen Akten den erwähnten Terminkalender, öffnete ihn an einer bestimmten Stelle und reichte ihn dem Kommandanten hinüber. Unter dem Datum des 28. November 1980 fand sich der handschriftliche Eintrag: *15.00, Café Mandarin, Gerda.*
«Darf ich auch einmal sehen?» fragte Betschart interessiert. Er kam sich anscheinend überflüssig vor. Er warf einen kurzen Blick in den Kalender und meinte dann skeptisch: «Das will natürlich überhaupt nichts heißen. Neidhard wurde ja nicht um drei Uhr im Café Mandarin ermordet aufgefunden, sondern am Abend in seinem Haus in Thorhofen. Würde man den Eintrag als Belastungsmoment werten, so käme ja theoretisch jede Person, die mit dem Ermordeten gestern noch zusammen war, als potentieller Täter in Frage.»
Zbinden nickte gegen seinen Willen. «Jedenfalls müssen wir diesem Hinweis nachgehen», meinte er.
«Vielleicht darf ich dazu auch etwas sagen», schaltete Honegger sich erneut ein. «Ich habe mir die Mühe gemacht, einige Tagebuchnotizen dieser Ilona Neidhard zu lesen. Daraus geht klipp und klar hervor, daß die Neidhard mit der genannten Gerda Roth ein Verhältnis hat — ich betone: ein unsauberes Verhältnis —, und daß der Ermordete den beiden Frauen ganz offensichtlich im Wege stand. Moment mal ...»
Er blickte zu Zbinden, und dieser reichte ihm unaufgefordert das Tagebuch hinüber. Der Oberleutnant blätterte eine Weile darin und hüstelte dabei nervös, als befürchte

er, er könnte die gewünschte Stelle nicht mehr finden. Endlich begann er vorzulesen: «Hier auf Seite elf heißt es wörtlich, ich zitiere:
Kein leichtes Leben, aber ein schönes. Gerda und ich müssen im Augenblick noch auf manches verzichten, doch eines Tages werden wir unser Ziel erreicht haben. Nur wer den Mut hat, zu träumen, hat auch den Mut, zu kämpfen.»
«Hübsch gesagt, und gar nicht so unrichtig», entfuhr es Krummenacher. Die Bemerkung ließ den Justizdirektor pikiert aufblicken und veranlaßte Betschart zu einem unverhohlenen Schmunzeln.
«Es kommt noch viel dicker», fuhr der Oberleutnant fort. «Unter dem 9. August 1980 steht nämlich:
Liebe ist fast immer das Gegenteil dessen, was wir uns darunter vorstellen. Statt sich in den Partner einzufühlen, versucht man ihn zu unterdrücken und klein zu machen, auf die eigenen Bedürfnisse zurechtzuschneiden. Und wenn dies nicht gelingt, weil die Persönlichkeit des Partners zu stark ist, oder weil er um deren Erhaltung kämpft, so schlägt man ihn eben, sei es mit Worten oder mit der Faust. Auf die Dauer werde ich so nicht leben und nicht lieben können. Ich bin sicher, daß Richard mir nicht weh tun möchte, aber diese Erkenntnis ist in unserer Zwangssituation fast banal, sie ist kein wirklicher Trost. Wenn er meine Persönlichkeit zu unterdrücken versucht, wenn er mich quält, ohne es zu wissen, so könnte ich ihn umbringen. Dann fürchte ich mich vor mir selbst.»
«Das ist ja unglaublich!» rief der Justizdirektor und drehte dabei den Ehering an seinem Finger, als wolle er ihn abziehen. Dann herrschte für einen Moment völlige Stille im Raum, bis Zbinden dem Oberleutnant das Tagebuch aus der Hand nahm und sagte: «Ja, meine Herren, meine Vermutungen sind eben doch nicht so ganz aus der Luft gegriffen. Es spricht einiges dafür, daß Ilona Neidhard gemeinsam mit ihrer Freundin den Mord geplant, und daß Gerda Roth dann die Tat während der Abwesenheit der Neidhard ausgeführt hat. Lesbierinnen sind nun einmal krankhaft eifersüchtig.»
«Woher wollen Sie das wissen?» fragte ihn der Kommandant erstaunt. Er haßte Behauptungen, die ihm aus der Luft gegriffen schienen und sich durch keine konkreten

Argumente beweisen ließen. Zbinden wurde verlegen, doch Betschart, der früher einige Jahre beim Sittendezernat gearbeitet hatte, kam ihm zu Hilfe.
«Ich muß dem Herrn Staatsanwalt recht geben», fing er an. «Es ist eine alte Erfahrungstatsache, daß Lesbierinnen, wie die Schwulen bekanntlich ja auch, fast immer ein gestörtes Verhältnis zu ihren Sexualpartnerinnen haben. Meist erblicken sie in jedem männlichen Wesen einen potentiellen Rivalen. Daraus wiederum resultiert eine krankhafte Eifersucht, die häufig in Tötungsdelikte ausartet; das beweist übrigens auch die Kriminalstatistik.»
«Ich danke Ihnen für die interessante Belehrung, Betschart. Auch unsereiner lernt offenbar nie aus», sagte der Kommandant mit so ernster Miene, daß niemand im Raum auf den Gedanken gekommen wäre, die Äußerung könnte zynisch gemeint sein. Dann wandte sich Krummenacher an Zbinden: «Und wie stellen Sie sich das weitere Vorgehen vor?»
«Ich meine, daß wir die beiden Frauen am Montag festnehmen sollten, damit zumindest einmal die Kollusionsgefahr beseitigt wird. Wir werden die beiden unabhängig voneinander ins Dauerverhör nehmen, dann sehen wir weiter.»
Krummenacher zog seine buschigen Augenbrauen zusammen und blickte finster vor sich hin.
«Und was geschieht, wenn an der ganzen Geschichte nichts dran ist?» fragte er nach einer Weile. «Was Sie uns erzählt haben, sind doch reine Hypothesen. Die Tatsache, daß zwei Frauen miteinander befreundet sind, heißt doch noch lange nicht, daß sie jemanden umbringen.»
«Aber die Tatsache, daß Ilona Neidhard uns brandschwarz anlog, ist ein klares Indiz dafür, daß sie etwas zu verbergen hat», schaltete sich Honegger ins Gespräch ein. Dann fügte er, durch das ratlose Schweigen in der Runde plötzlich mutig geworden, rasch hinzu: «Weil mir die ganze Sache keine Ruhe ließ, habe ich heute vormittag, obschon ich eigentlich dienstfrei hatte, mit Doktor Graber telefoniert, dem städtischen Schulvorsteher. Er ist der Vorgesetzte dieser Gerda Roth, die im Schulhaus Gießhübel unterrichtet. Graber fiel aus allen Wolken, als ich ihm erzählte, daß Gerda Roth lesbisch veranlagt ist ...»
«Das haben Sie dem Mann wahrhaftig gesagt?» unter-

brach ihn der Kommandant wütend. «Sind Sie eigentlich wahnsinnig geworden?»
Krummenacher schlug mit der Faust so heftig auf die Tischplatte, daß der Justizdirektor samt seinem Stuhl zurückwich.
«Ich dachte, es sei im Interesse der laufenden Ermittlungen», meinte Honegger verdattert. «Schließlich geht es um einen Mord.»
«Aus dem schließlich ein Rufmord wird», fiel ihm Krummenacher, noch immer empört, ins Wort. «Sind Sie sich eigentlich darüber im klaren, was geschieht, wenn diese Gerda Roth mit dem Mord an Neidhard nichts zu tun haben sollte? Die Frau ist doch erledigt. Natürlich wird kein Mensch zu ihr sagen: Gutes Kind, als Lesbierin sind Sie für uns untragbar geworden, vielmehr wird man die Frau unter irgendeinem blödsinnigen Vorwand aus ihrem Beruf hinausekeln, und dann kann sie sich bei Ihnen bedanken, Sie schwachsinniger Arsch!»
Honegger wurde leichenblaß. Er war sprachlos. In diesem Ton und vor allem unter Verwendung eines so erniedrigenden Vokabulars hatte Krummenacher, den er eigentlich als Chef immer gemocht hatte, bis heute noch nie zu ihm gesprochen.
«Nun ereifern Sie sich nicht, mein Lieber», versuchte Bissegger den Kommandanten wie einen psychisch Kranken zu besänftigen. «Honegger hat doch nur seine Pflicht getan. Wenn diese Gerda Roth tatsächlich lesbisch ist, dann soll sie eben zu ihrer Veranlagung stehen. Wo kämen wir hin, wenn die Ermittlungsbehörden bei ihren Nachforschungen auf alle nur denkbaren privaten Interessen Rücksicht nehmen müßten. Dann würden überhaupt keine Verbrechen mehr aufgeklärt.»
Staatsanwalt Zbinden unterstützte die Ausführungen des Justizdirektors, der seiner Meinung nach ohnehin schon zu lange geschwiegen hatte, durch ein deutliches Kopfnicken.
Der Kommandant wandte sich an Bissegger. «Wenn diese Gerda Roth unschuldig sein sollte und man sie als Lehrerin absägt, dann können Sie sich bei Ihrem Kollegen von der Erziehungsdirektion für die Frau einsetzen.» Seine Stimme wurde schneidend, und er sagte so laut, daß die üb-

rigen Männer sich betroffen ansahen: «Aber ich bin ganz sicher, daß Sie es nicht tun werden, weil Sie nämlich auch zu denen gehören, die am Schreibtisch theoretisieren und von der Wirklichkeit keine Ahnung haben. Ich will Ihnen etwas sagen, Bissegger: Ich kenne in diesem Land keinen einzigen schwulen Lehrer, geschweige denn eine lesbische Lehrerin, die es sich leisten könnten, zu ihren Neigungen zu stehen, weil sie sonst ihre Existenz aufs Spiel setzen würden. Erinnern Sie sich an den Fall Peter Grünfelder, diesen jungen Primarlehrer aus Eglisau? Der stand im Verdacht, etwas mit einem seiner Schüler gehabt zu haben, und als sich dann seine Unschuld herausstellte, hat man ihm zum Dank die Stelle gekündigt, weil er für seine vorgesetzten Behörden, diese verfluchten Tugendbolde, untragbar geworden war. Und nun kommen Sie und palavern großkotzig, die Roth solle im Falle ihrer Unschuld eben zu ihren lesbischen Neigungen stehen.»
Der Gorillaschädel des Kommandanten färbte sich vor Zorn dunkelrot.
Zbinden unternahm den Versuch, die Kontroverse durch ein Ablenkungsmanöver zu schlichten, schließlich waren beide Männer seine Vorgesetzten.
«Wenden wir uns doch wieder der Sache zu», begann er mit gespielter Ruhe, und plötzlich kam er sich überlegen vor. «Es ist unsere Aufgabe, den Mord an Neidhard aufzuklären, und dabei müssen wir sämtliche Spuren verfolgen. Es gibt in der Praxis kein Kapitalverbrechen, bei dem nicht auch ein paar Unschuldige in die Ermittlungen miteinbezogen werden müssen. Mich würde interessieren, ob der Schulvorsteher vielleicht im Zusammenhang mit der Persönlichkeit von Gerda Roth noch irgendwelche Angaben machte, die uns nützlich sein könnten. Immerhin, und dies bitte ich auch den Herrn Kommandanten zu bedenken, ist die Roth im Moment unsere Hauptverdächtige. Es kann nicht bestritten werden, daß es mehrere voneinander unabhängige Anhaltspunkte dafür gibt, daß sie den Architekten Neidhard umgebracht hat. Ob vorsätzlich oder nur im Affekt, das wird sich noch herausstellen.»
«Sie befinden sich noch nicht im Gerichtssaal, Zbinden», meinte der Kommandant. Er schien sich wieder beruhigt zu haben.

Honegger kramte eine Zigarillo aus seiner Manteltasche und steckte sie umständlich in Brand. Nachdem Krummenacher gegen ihn persönlich geworden war, sah er keinen Grund mehr, auf dessen Abneigung gegen Zigarettenqualm noch länger Rücksicht zu nehmen. Er sagte möglichst kühl, damit jedermann spürte, daß er gekränkt war: «Gerda Roth hat als Lehrerin einen denkbar schlechten Ruf. Wegen ungebührlichen Verhaltens mußte sie von der Kreisschulpflege bereits mehrmals disziplinarisch bestraft werden. So vertraute mir Doktor Graber an, daß er sich erst vor wenigen Wochen mit einer krassen Beschwerde gegen die Sekundarlehrerin zu beschäftigen hatte, weil Gerda Roth sich weigerte, ihre Schüler Strafarbeiten machen zu lassen. Dabei hatte sie die Unverfrorenheit, sich auf das geltende Schulgesetz zu berufen, das solche Strafarbeiten zwar nicht ausdrücklich vorsieht, aber vernünftigerweise in der Praxis durchaus toleriert. Graber erzählte mir, es sei damals zu einem Rieseneklat zwischen Gerda Roth und ihren Lehrerkollegen gekommen, bei dem sie leider die Unterstützung ihrer Schüler und einiger Eltern gehabt habe. Nur deswegen seien schwerwiegende Konsequenzen ausgeblieben. Aber auch sonst gab mir der Schulvorsteher zu verstehen, daß Gerda Roth unter ihren Kollegen sehr umstritten sei, weil sie zu einigen ihrer Schüler einen verdächtig freundschaftlichen Kontakt pflege.»
«Wohl eher mit ihren Schülerinnen», betonte Betschart mit einem hinterhältigen Grinsen. «Mir brauchen Sie über Lesben nichts zu erzählen. Ich habe lang genug bei der Sitte gearbeitet. Es ist eine alte Erfahrungstatsache . . .»
«Hören Sie bloß auf mit Ihren Erfahrungstatsachen», knurrte ihn der Kommandant an. «Ihre Vorurteile sind manchmal zum Kotzen! Wir brechen hier den Stab über Menschen, die keiner von uns auch nur ein einziges Mal gesehen hat. Wenn Gerda Roth diesen Neidhard umgebracht hat, reicht es völlig, wenn sie vor Gericht zur Rechenschaft gezogen wird.»
«Entschuldigen Sie, Herr Kommandant, aber so war es nicht gemeint», sagte Betschart höflich. Er wollte es sich mit seinem Chef nicht unbedingt verscherzen.
Justizdirektor Bissegger schaltete sich abermals ins Gespräch ein. «Meine Herren», sagte er mit der ihm eigenen

Überlegenheit, «die Lage ist zwar etwas verzwickt, aber wir müssen allmählich zu einem Schluß kommen. Dabei gilt es auch die Person des Ermordeten zu berücksichtigen, davon hat bis jetzt niemand gesprochen. Neidhard war ein angesehener, ehrenhafter und unbestechlicher Politiker, eine absolut integre Persönlichkeit. Er hat sich bei uns im Kantonsparlament, sogar bei seinen politischen Gegnern, durch selbstloses Engagement und politische Fairneß die allergrößte Hochachtung erworben.»
«Sie reden wie ein Pfaffe, der die Abdankung hält», unterbrach Krummenacher den Justizdirektor. «Wir sind hier nicht im Krematorium.»
Zum erstenmal an diesem Samstagnachmittag verlor Bissegger seine Ruhe. «Lassen Sie mich gefälligst ausreden, Herr Krummenacher», sagte er mit schneidender Stimme. «Wir können nicht die Angehörigen eines Menschen in den Dreck ziehen und dadurch indirekt auch unsere Partei ins Zwielicht bringen, ohne daß wir ganz konkretes Belastungsmaterial gegen die beiden verdächtigten Frauen vorzuweisen haben. Und dies ist im Augenblick überhaupt noch nicht der Fall.»
«Da sind wir ja ausnahmsweise einer Meinung», brummte der Kommandant und lehnte sich wieder in seinen Sessel zurück.
Zum erstenmal in ihrer langjährigen und freundschaftlichen Zusammenarbeit fühlte sich Staatsanwalt Zbinden von Justizdirektor Bissegger vor den Kopf gestoßen.
«Ich frage Sie nun ganz im Ernst, meine Herren, gilt es nun ein Kapitalverbrechen aufzuklären, oder sollen wir den Fall Neidhard gleich ad acta legen?»
Der Justizdirektor blickte Zbinden verwundert an. So aggressiv hatte er den jungen Kollegen sonst nur im Gerichtssaal reden gehört.
«Nun seien Sie nicht so empfindlich», meinte er versöhnlich. «Ich will Ihnen bestimmt nicht ins Handwerk pfuschen, so etwas stünde mir auch gar nicht zu. Ich meine es doch bloß gut mit Ihnen — ich mahne zur Vorsicht! Sie wissen doch selber auch, wie sensibel die Presse manchmal reagiert, von der Öffentlichkeit ganz zu schweigen. Sie müßten mich wirklich gut genug kennen, um zu wissen, daß ich Ihnen nicht in Ihre Ermittlungen hineinreden will. An-

derseits sollten wir das Andenken eines Mannes wie Neidhard auch nicht durch voreilige Verdächtigungen beschmutzen. Wenn ein Gerücht erst einmal im Umlauf ist, läßt es sich nur schwer wieder stoppen. Die Familie des Ermordeten würde sich einen so schwerwiegenden Verdacht bestimmt nicht gefallen lassen. Die Neidhards sind vermögend. Die Justizbehörden müßten unter Umständen sogar mit rechtlichen Gegenmaßnahmen rechnen. Deshalb gebe ich Ihnen den freundschaftlichen Rat: Ermitteln Sie in aller Ruhe und mit größtmöglicher Sorgfalt weiter, aber überstürzen Sie nichts! Zum jetzigen Zeitpunkt, wo wir noch keine rechtlich relevanten Beweise in der Hand haben, müßte ich gegen eine Verhaftung energisch protestieren.»
Zbinden vermutete, daß es dem Justizdirektor nur darum ging, das Ansehen seiner Partei zu schonen. Er zuckte unschlüssig mit den Achseln. «Ist das nun eine Weisung von oben oder nur ein Ratschlag?» wollte er wissen.
«Das eine schließt das andere nicht aus, mein Lieber», meinte Bissegger mit einem salbungsvollen Lächeln. «Ich bin sicher, daß wir uns verstanden haben. Halten Sie mich bitte auf dem laufenden! Und unternehmen Sie um Himmels willen nichts, womit Sie sich selber schaden könnten.»
Dann stand er auf, nickte jedem der Anwesenden freundlich zu und verließ rasch das Konferenzzimmer.
Nachdem der Justizdirektor gegangen war, erhob sich auch Krummenacher aus seinem Sessel. Er ging zu Zbinden und klopfte ihm väterlich auf die Schulter. Dann sagte er: «Es gibt ein Sprichwort, das Sie sich merken sollten. Es lautet: Hüte dich vor deinen Freunden, deine Feinde kennst du.»
Zbinden ging anschließend in die Polizeikantine; er wurde von Betschart und Honegger begleitet. Bei einem Glas Apfelsaft beschlossen die drei, am morgigen Sonntag zu arbeiten, um die Ermittlungen im Fall Neidhard voranzutreiben. Eine Entscheidung über das weitere Vorgehen wurde nicht gefällt.

10

Aldo Fossati hatte nicht damit gerechnet, daß Ilona Neidhards Freundin ihn so zuvorkommend empfangen würde; am Telefon hatte die Frau einen eher abweisenden Eindruck gemacht.
Gerda Roth führte den Reporter ins Wohnzimmer und entschuldigte sich zunächst dafür, daß ihre Freundin an der Unterredung nicht teilnehme: Sie sei im Augenblick sowohl psychisch als auch körperlich viel zu sehr mitgenommen, um einem Journalisten Auskünfte zu geben. Mit ihrer schlechten seelischen Verfassung, fügte Gerda Roth rasch hinzu, lasse sich vielleicht auch das etwas seltsame Verhalten ihrer Freundin von heute vormittag erklären. Ilona sei nämlich sonst recht umgänglich.
Dann erkundigte sich Gerda Roth, ob Fossati etwas zu trinken wünsche. Sie ging, ohne seine Antwort abzuwarten, zu einem antiken Wandregal, auf dem ein paar Flaschen standen, drehte sich zu Fossati um und meinte liebenswürdig: «Vielleicht einen Cinzano?»
Der Reporter nickte. Er fühlte sich von dem überaus freundlichen Empfang zwar etwas überrumpelt. Gleichzeitig aber rief er sich ins Bewußtsein, daß das beinahe schon schmeichelhafte Benehmen seiner Gastgeberin bloß eine raffinierte Taktik sein könnte, um den gefürchteten Journalisten für sich zu gewinnen. Als Reporter beim MORGENEXPRESS gab es für ihn im Umgang mit Menschen keine Reaktion, auf die er nicht gefaßt war; wirklich zu überraschen oder gar zu erschüttern vermochte ihn eigentlich längst nichts mehr.
Nachdem Gerda Roth den Vermouth eingeschenkt hatte, sagte sie: «Ich hole uns noch etwas Eis.»
Sie stellte die beiden Gläser auf den Klubtisch beim Ledersofa, auf dem Fossati es sich inzwischen bequem gemacht hatte. Während Gerda Roth das Zimmer verließ, sah der Reporter ihr nach und kam zu dem Schluß, daß die Frau eigentlich gar nicht so schlecht aussah, wie er es sich vorgestellt hatte. So erstaunte es ihn beispielsweise, daß Gerda Roth keine Hosen trug. Er war bis jetzt immer im Glauben gewesen, alle Lesben würden sich wie Männer

kleiden, maskulin vom Zweizentimeterhaarschnitt bis zu den hohen Lederstiefeln. Offenbar hatte er sich geirrt. Diese Gerda Roth sah in ihrem zweiteiligen Velourskleid beinahe graziös aus.
Gut, ihre Beine waren für seinen Begriff etwas zu kurz geraten und vielleicht etwas zu stämmig, aber ihren kräftig entwickelten Busen und auch ihre sonstige Erscheinung fand er durchaus attraktiv und begehrenswert. Jedenfalls konnte Fossati sich mühelos vorstellen, die Frau einmal nach Herzenslust durchzuficken, stundenlang und immer wieder, wie er es anfänglich mit seiner Freundin gemacht hatte. Vielleicht würde dies Gerda Roth sogar gut bekommen, denn er hatte einmal gelesen, alle Lesbierinnen seien irgendwann in ihrem Leben von einem Mann sexuell enttäuscht worden. Mitunter erschrak Fossati über seine Phantasie. Sein Verhältnis zu Susanne Korber hatte ihn im Laufe der Zeit, was die Sexualität anging, zur Zügellosigkeit erzogen, es gab für ihn im erotischen Bereich keine Grenzen mehr. Allerdings bloß in seiner Phantasie, denn er war seiner Freundin ja treu. Aber wenn er tagsüber, während er seinem Beruf nachging, zum Beispiel auf der Straße oder in einem Café einer Frau begegnete, die ihn anmachte, so mußte er sich nicht selten beherrschen, um seinen Gedanken nicht freien Lauf zu lassen.
Schon oft hatte Fossati es als ungerecht empfunden, daß ein Mensch während seines Lebens vielleicht höchstens fünf oder zehn Prozent all seiner sexuellen Sehnsüchte und Erwartungen zu verwirklichen vermochte, die übrigen neunzig Prozent der erotischen Phantasien, wie sie wohl jeder Mensch hatte, nur lebenslängliche Illusion blieben. Damit konnte Fossati sich nur schwer abfinden. Neben seinem Beruf, in dem er Erfolg und Anerkennung suchte, bedeutete ihm Sex ungemein viel. Mehr als er sich selbst gegenüber zugeben wollte. Die ständig wiederkehrende Versuchung, es einmal mit einer anderen Frau zu versuchen, unterdrückte er jeweils, indem er zu sich selber sagte, mehr als zweimal am Tag könne er ohnehin nicht, und schließlich habe er ja Susanne, also brauche er sich gar nicht erst die Mühe zu machen, anderen Weibern nachzustellen, es genüge vollkommen, von ihnen zu träumen. Während er jetzt im Wohnzimmer des ermordeten Architekten Neid-

hard darauf wartete, daß Gerda Roth mit den Eiswürfeln aus der Küche zurückkehrte, kam diese Versuchung, aus einer längst zur Gewohnheit gewordenen Beziehung auszubrechen, erneut in ihm auf. Im Grunde genommen hatte Fossati schon immer den Wunsch gehabt, einmal mit einer Lesbierin zu schlafen. Anderen Männern, so rechtfertigte er sich vor sich selbst, würde es wahrscheinlich genauso ergehen. Schon als Vierzehnjähriger hatte er sich manchmal beim Onanieren die kühnsten Dinge vorgestellt und ganz fest daran geglaubt, daß er solche Exzesse eines Tages tatsächlich erleben werde. Bis jetzt war es freilich noch nie dazu gekommen. Dies war wohl darauf zurückzuführen, daß er so selten mit lesbischen Frauen in Berührung kam, vielleicht lag es aber auch an seinem mangelnden Mut, im entscheidenen Augenblick zuzugreifen.
So erinnerte sich Aldo Fossati noch genau an einen stets wiederkehrenden Traum aus seiner Bubenzeit, in welchem zwei lesbische Mädchen sich gegenseitig mit der Zunge befriedigten und dabei vor Lust so laut schrien, bis er selbst von einer unheimlichen Kraft dazu getrieben wurde, in den Liebestaumel der beiden einzugreifen. Und jedesmal erwachte er an derselben Stelle. Dann nämlich, wenn die beiden Mädchen ihn festhielten und gleichzeitig mit ihren Zungen so lange bearbeiteten, bis seine Pyjamahose naß war. Und immer wenn er aufwachte — auch das war in seiner Erinnerung geblieben —, klopfte sein Herz so rasch wie das eines sterbenden Wellensittichs, und er hoffte jedesmal, daß sein Bruder, der im gleichen Zimmer schlief, kein verdächtiges Geräusch gehört hatte.
Das kam ihm jetzt nach langer Zeit wieder in den Sinn. Damals hatte er sich geschämt für einen Traum, den er vielleicht heute würde verwirklichen können. An seinem guten Willen sollte es nicht fehlen. Gerda Roth gefiel Fossati. Ganz besonders beeindruckt hatte ihn ihr Gesicht mit den beiden Wangengrübchen und der makellos hellen, ungeschminkten Haut. Von ihren Augen ging eine eigenartige Faszination aus, die etwas Beglückendes und zugleich etwas Beklemmendes an sich hatte. Das Blau dieser Augen war so klar, wie er es noch nie zuvor bei einem anderen Menschen wahrgenommen hatte. Fossati glaubte in diesen Augen ein Anzeichen von Furcht, gleichzeitig aber auch

einen Ausdruck von Überheblichkeit und Sinnlichkeit zu entdecken.
Der Reporter stellte sich in Gedanken gerade die Frage, was wohl geschehen würde, wenn er Gerda Roth ganz gezielt darauf anspräche, ob er sie bumsen dürfe, doch er kam nicht mehr dazu, sich eine Antwort zu geben, weil die Frau, an die er eben noch auf so verwegene Weise gedacht und in seiner erotischen Phantasie bereits ausgezogen hatte, plötzlich wieder neben ihm stand. Er war von seinen Gedanken so abgelenkt gewesen, daß er nicht einmal gehört hatte, wie Gerda Roth ins Zimmer zurückgekehrt war.
Sie lächelte ihn an und wollte mit einer silbernen Zange die mitgebrachten Eiswürfel in die beiden Vermouthgläser verteilen, doch es mißlang ihr, ein Eiswürfel fiel auf den Teppich. Fossati hob ihn auf, legte ihn in den Aschenbecher und sagte: «Warum auch so kompliziert? Machen wir's doch von Hand.»
Er nahm mit zwei Fingern behutsam ein paar Eiswürfel und warf sie in die bereitstehenden Gläser.
«Prost!» sagte er dann und hob sein Glas hoch.
«Prost!» wiederholte Gerda Roth leise und setzte sich dem Reporter gegenüber auf einen niedrigen Lederhocker. Sie blickte Fossati erwartungsvoll an. An der verkrampften Haltung erkannte er, daß sie verunsichert war. Vielleicht hatte sie sogar Angst vor ihm, denn sie hielt ihre Beine so fest zusammengepreßt, als hätte sie die Gedanken erraten, die Fossati während ihrer kurzen Abwesenheit durch den Kopf gegangen waren. Auch sonst war Gerda Roth wie verändert. Sie schien auf einmal unnahbar. Fossati wäre sich geradezu lächerlich vorgekommen, wenn er auch nur den leisesten Versuch einer körperlichen Annäherung riskiert hätte.
Gerda Roth nippte kurz an ihrem Vermouth, dann stellte sie das Glas auf die Tischplatte und sagte kühl: «Also, was kann ich für Sie tun?»
Fossati war durch die plötzliche Förmlichkeit der Frau derart verblüfft, daß er sich zuerst überlegen mußte, wo er überhaupt mit seinen Fragen anfangen sollte. Auf der Fahrt hierher hatte er seine Gedanken geordnet, hatte er sich vorgenommen, diese Gerda Roth auf geradezu inquisitorische Weise auszuquetschen, ohne dazu natürlich auch

nur im entferntesten berechtigt zu sein, doch nun fiel es ihm plötzlich schwer, seine Absicht in die Tat umzusetzen. Er mußte sich gewaltsam ins Bewußtsein rufen, daß die Frau, die ihm hier gegenübersaß und ihm Teilnahmslosigkeit vorgaukelte, eine eiskalte Mörderin war, die den Mann ihrer Freundin umgebracht hatte. Das war für ihn seit seinem Gespräch von heute nachmittag mit Rüdisühli und dessen Tochter eine unumstößliche Tatsache. Zwar fiel es dem Reporter keineswegs leicht, jetzt gegen diese Gerda Roth, die ihm irgendwie sogar sympathisch war, mit schwerem Geschütz aufzufahren, aber es blieb ihm gar keine andere Wahl. Schließlich hatte er sich seinen Beruf selbst ausgesucht, und die Story über den Mord an Neidhard mußte am Montag im Blatt stehen.
Aldo Fossati bekam mit einem Mal wieder Mut. Er war fest entschlossen, alles auf eine Karte zu setzen, um zu seinem Knüller zu kommen. Wie schon so oft würde er eine klare Grenze zwischen seinem Beruf und seinen privaten Bedürfnissen ziehen müssen, das war alles. Mit einer Lesbe würde er auch irgendwann später ins Bett gehen können — und wenn er dazu nach Bangkok fliegen mußte. Im Augenblick stand für ihn mehr auf dem Spiel als ein kurzes Sexvergnügen. Jetzt konnte er nämlich Füllemann wieder einmal beweisen, daß Aldo Fossati aus einem simplen Mord, der den zuständigen Polizeibehörden ganze acht Telexzeilen wert war, eine sensationelle Story zu machen verstand, deren Hintergründe all das enthielten, was den MORGENEXPRESS-Leser interessieren würde: Ein prominentes Mordopfer, die verhängnisvolle Beziehung zwischen zwei attraktiven Frauen, und vielleicht, wenn es sich machen ließ, noch ein paar pikante Einzelheiten über die abartigen Sexpraktiken, wie sie von Lesbierinnen bekanntlich betrieben wurden.
Mit dieser Geschichte würde er mit Sicherheit einen Volltreffer landen, das stand für Fossati fest. Er sah in Gedanken jetzt schon das enttäuschte Gesicht von Kämpf, wenn er ihm morgen nachmittag an der Redaktionssitzung seinen Artikel auf den Tisch knallen würde. Das einzige, was ihm noch Sorgen machte, war eine möglichst effektvolle Schlagzeile. Davon hing in der Boulevardpresse eigentlich alles ab. Doch darüber würde er sich morgen vor der Re-

daktionsbesprechung mit Schaub von der Lokalredaktion unterhalten, der war ein Könner auf diesem Gebiet.
Fossati spürte instinktiv, wie Gerda Roth darauf lauerte, mehr über die Gründe zu erfahren, die ihn dazu bewogen hatten, sich mit dem Mord an Architekt Neidhard so ausgiebig zu befassen. Es war nur verständlich, daß sie daran herumrätselte, wieviel er wohl bereits wußte. Er durfte jetzt nichts verkehrt machen. Eine falsche Reaktion, eine verletzende Äußerung über ihr Privatleben oder sonst eine taktlose Bemerkung — und sie würde ihn aus dem Haus weisen, das war dem Reporter klar. Aber selbst dann, so tröstete er sich im stillen, wußte er immer noch einiges mehr als alle anderen Zeitungen. In jedem Fall, auch wenn noch einiges schieflaufen sollte, würden die MORGENEXPRESS-Leser einige Exklusivitäten zu lesen bekommen.
Er nahm sich vor, möglichst ungezwungen mit Gerda Roth ins Gespräch zu kommen. «Frau Roth», begann er freundlich, ohne der Frau jedoch zu schmeicheln, «es hat mich offen gestanden etwas überrascht, daß Sie mich vorhin im ‹Ochsen› angerufen haben, nachdem mir Frau Neidhard heute morgen keinerlei Auskünfte geben wollte. Obschon ich sie, das möchte ich doch betonen, äußerst höflich darum gebeten hatte. Weshalb denn dieser plötzliche Gesinnungswandel?»
Von Fossatis Warte war dies bereits die erste Fangfrage. Deshalb war er gespannt, was Gerda Roth darauf antworten würde, doch sie meinte nur: «Ich sagte Ihnen doch, daß meine Freundin mit ihren Nerven völlig am Ende ist. Immerhin hat sie auf die brutalste Weise, die man sich vorstellen kann, ihren Mann verloren.»
«Da haben Sie allerdings recht», sagte der Reporter kühl. Er bemühte sich, sachlich zu bleiben und vorerst keinerlei Emotionen durchschimmern zu lassen. «Auf grausamere Art hätte Herr Neidhard wirklich nicht sterben können.»
Gerda Roth blickte Fossati herausfordernd an. Ihr Gesicht bekam plötzlich einen haßerfüllten Ausdruck. Die makellos helle Haut wirkte käsig blaß, die Grübchen auf ihren Wangen waren verschwunden. Das strahlende Blau ihrer Augen hatte sich innerhalb von Sekunden in den mattgrauen Farbton eines schmutzigen Tümpels verwandelt. Sie sah jetzt auf einmal zehn Jahre älter aus. Mit demsel-

ben Haß im Gesicht, so ging es Fossati durch den Kopf, würde die Lesbe demnächst vor dem Geschworenengericht stehen, nur kam dann vielleicht noch eine Spur mehr Furcht und Entsetzen hinzu. Auf jeden Fall war es das Gesicht einer überführten Mörderin. Diesen Anblick durfte er seinen Lesern nicht vorenthalten. Bevor Gerda Roth auch nur in der Lage war, sich von ihm abzuwenden, hatte er seine Minox gezückt und ein Bild geknipst.
Jetzt entdeckte der Reporter in ihrem Gesicht auch das zuvor vermißte Entsetzen.
«Was fällt Ihnen ein?» sagte sie, nicht etwa laut oder gar hysterisch, sondern sehr still und beinahe tonlos. «Sie können mich doch nicht einfach fotografieren.»
«Warum nicht? Wer so hübsch aussieht wie Sie, braucht doch nichts zu verbergen.»
«Lassen Sie Ihre Witze», sagte sie abweisend. «Ich verbiete Ihnen, das Bild zu veröffentlichen.»
«So? das verbieten Sie mir?» Fossati grinste hämisch. «Darf ich vielleicht auch noch erfahren, *warum* Sie mir das verbieten wollen? Bei uns rennen die Mädchen die Redaktionstüren ein, damit ihr Bild im MORGENEXPRESS veröffentlicht wird, und Sie führen hier ein solches Theater auf. Da stimmt doch was nicht. Das muß einem ja direkt verdächtig vorkommen.»
Insgeheim hoffte der Reporter, daß Gerda Roth nun endlich ihre Beherrschung verlieren und sich durch eine unkontrollierte Äußerung verraten würde, aber nichts dergleichen geschah. Die Frau blieb regungslos auf ihrem Hocker sitzen und starrte abwesend auf das Vermouthglas in ihrer Hand. Erst nach einer Schweigepause, als Fossati bereits mit dem Gedanken spielte, sie erneut zu provozieren, sagte sie ruhig und ohne sich dabei irgendeine Gemütsregung anmerken zu lassen: «Was wollen Sie eigentlich von uns? Warum lassen Sie uns nicht in Ruhe?»
Fossati nickte ihr zu, als wolle er ihr beipflichten, dann meinte er: «Schauen Sie, Frau Roth, so einfach, wie Sie sich das vorstellen, ist es nun auch wieder nicht. Wenn eine so bekannte Persönlichkeit wie Herr Neidhard umgebracht wird, dazu noch auf so mysteriöse Weise, ist es eben die verdammte Pflicht einer Zeitung, ihre Leser über die genauen Umstände, die zu dem Mord führten, aufzuklären.

Weil jedoch über diese Umstände zurzeit noch nichts bekannt ist, müssen wir Journalisten uns eben bemühen, auf eigene Faust die Wahrheit herauszufinden.»
Er machte eine Pause und sah Gerda Roth nachdenklich an. So nachdenklich blickte er sonst nur selten. Eigentlich nur, wenn seine Freundin ihm wieder einmal ein größeres Geschenk gemacht hatte und es ihm bewußt wurde, daß er ihr nun einige Wochen lang zu Dankbarkeit verpflichtet sein würde.
Bevor er weitersprechen konnte, merkte er, wie Gerda Roth seinem Blick auswich. Ganz offensichtlich war ihr unbehaglich zumute. «Sie müßten uns im Grunde genommen dafür dankbar sein, daß wir auf unsere Kosten in dieser Sache ermitteln und der Polizei dabei behilflich sind, den Mörder zu finden.»
Plötzlich bereitete es dem Reporter sadistischen Spaß, mitanzusehen, wie seine Gesprächspartnerin innerlich zu verzweifeln begann. Es gab jetzt auch äußere Anzeichen für ihre Erregung. Mehrmals fuhr sie sich hastig mit der Hand über die Stirn, als wolle sie den unsichtbaren Angstschweiß abwischen. Und als sie einen Schluck Vermouth trank, bemerkte Fossati, wie ihr Glas an den Lippen zitterte. Nun war für ihn der Moment gekommen, Gerda Roth aus der Fassung zu bringen.
«Ich habe noch eine ganz persönliche Frage an Sie», begann er seelenruhig und ohne sich dabei seine Überlegenheit anmerken zu lassen. «Selbstverständlich brauchen Sie mir darauf nicht unbedingt zu antworten, wenn Sie nicht wollen.»
Er sah, wie Gerda Roth aufhorchte und ihn dann ängstlich anstarrte. Sie mußte wohl erkannt haben, daß sie ihm ausgeliefert war. Nun konnte er die entscheidende Frage riskieren: «Stimmt es, daß Sie mit Frau Neidhard ein lesbisches Verhältnis haben?»
Ihre Reaktion enttäuschte ihn. Gerda Roth biß sich nur kurz auf die Lippen, dann sagte sie beinahe hochmütig: «Das geht Sie nichts an. Ich bin Ihnen über mein Privatleben keine Rechenschaft schuldig.»
«Das ist eine sehr interessante Antwort», meinte Fossati und lächelte Gerda Roth an. «Nun könnten Sie mir eigentlich auch noch erzählen, ob Herr Neidhard von Ihrer inti-

men Beziehung zu seiner Gattin Kenntnis hatte. Oder ist das vielleicht ein Geheimnis?»
Statt zu antworten, senkte Gerda Roth ihren Kopf und blickte auf den Teppich. «Wollen Sie mich fertigmachen?» fragte sie nach einer Weile. Ihre Stimme klang plötzlich müde und resigniert.
«Weshalb stehen Sie nicht zu Ihrer Veranlagung?» erkundigte sich Fossati vorwurfsvoll. «Wenn Sie und Frau Neidhard sich lieben, so ist das doch nichts Verwerfliches. Aber Sie haben ja nicht einmal den Mut, einzugestehen, daß Sie lesbisch sind, verflucht noch mal! Und ich dachte immer, Lesben seien selbstbewußt und emanzipiert. So kann man sich täuschen! Also wenn ich Sie jetzt hier so sehe, ein hilfloses Frauenzimmer, so kommen Sie mir vor wie ein Backfisch, der Liebeskummer hat.»
«Hören Sie auf mit Ihrem blödsinnigen Gerede!» fuhr Gerda Roth den Reporter an. Fossati frohlockte innerlich. Der unverhoffte Ausbruch der Frau war das erste Anzeichen dafür, daß sie ihm gleich noch mehr Dinge an den Kopf werfen würde. Mit größter Wahrscheinlichkeit würde sie, wenn er sie bloß noch ein wenig mehr reizte, völlig die Kontrolle über sich verlieren. Er verzog sein Gesicht zu einem spöttischen Grinsen. Damit konnte er vielleicht ihren Zorn noch mehr schüren. Dann lehnte er sich auf dem Sofa zurück und schlug die Beine übereinander.
«Reden Sie weiter, ich bin ganz Ohr.» Er sagte es freundlich und ohne jeden Anflug von Zynismus.
Gerda Roth schüttelte den Kopf. «Nein, ich sage gar nichts mehr.»
«Das müssen Sie entscheiden. Ich kann Sie nicht zwingen, mir irgendwelche Auskünfte zu geben.»
«Aber ich verbiete Ihnen, meinen Namen in Ihrer Zeitung zu veröffentlichen.»
«Ob wir Ihren Namen veröffentlichen», meinte der Reporter geduldig, «hängt nicht von mir ab, das entscheidet allein unser Rechtsanwalt. Doktor Bollag ist ein sehr rücksichtsvoller Mensch, aber auch ein erfahrener Jurist. Er würde uns niemals zubilligen, etwas zu tun, wozu wir kein Recht haben.»
Gerda Roth stand auf und ging zur Tür. Mit Genugtuung stellte Fossati fest, daß ihre Beine wirklich nicht seinen

erotischen Vorstellungen entsprachen, sie waren viel stämmiger, als er im ersten Moment geglaubt hatte.
Er hörte die Frau, die ihren Blick von ihm abgewandt und gegen die Tür gerichtet hatte, plötzlich wie aus weiter Ferne zu ihm sagen: «Sie denken wahrscheinlich, meine Freundin und ich hätten mit dem Mord an Richard ... ich meine an Herrn Neidhard etwas zu tun. Vielleicht glauben Sie sogar, wir hätten ihn umgebracht. Ich weiß ja nicht, was im Gehirn eines Journalisten alles vorgeht. Aber ich schwöre Ihnen: Ilona und ich, wir haben mit der ganzen Sache nichts zu tun. Das müssen Sie mir glauben.» Sie drehte sich um, ging auf Fossati zu und blieb dicht vor ihm stehen. «Bitte gehen Sie jetzt», sagte sie mit gepreßter Stimme. «Ich hoffe, Sie sind sich darüber im klaren, daß Sie mit jeder Zeile, die Sie über uns schreiben, eine ungeheure Verantwortung auf sich laden.»
«Wir sind es gewohnt, Verantwortung zu tragen», meinte Fossati höflich und erhob sich. Aber er ging nicht, sondern blieb neben Gerda Roth stehen.
«Worauf warten Sie noch?» fragte sie ihn ungeduldig. Er spürte, daß sie sich kaum noch zu beherrschen vermochte.
«Sie sagten vorhin, daß Sie mit der Ermordung von Herrn Neidhard nichts zu tun hätten, und Sie baten mich, es Ihnen zu glauben. Nun frage ich Sie, Frau Roth: Würden Sie es mir denn erzählen, wenn Sie mit dem Mord etwas zu tun hätten?»
«Das ist eine unfaire Frage.» Sie ließ sich erschöpft auf den Hocker sinken. «Ich kann bloß wiederholen, daß Ilona und ich ... Sie machte eine Pause und schien nach den richtigen Worten zu suchen.
Fossati kam ihr zu Hilfe. «... unschuldig sind. Das wollten Sie doch sagen, oder nicht?»
Er blickte auf Gerda und wartete vergeblich auf eine Reaktion. Dann sagte er so beiläufig, als würde er sich bei ihr nach der Wetterlage erkundigen: «Wo waren Sie eigentlich gestern nachmittag?»
«Ich?»
«Ja, Sie! Wer denn sonst?»
Fossati gefiel sich in seiner Rolle. Er kam sich vor wie ein Kriminalkommissar im Fernsehen, selbstsicher, geistreich und überlegen.

Gerda Roth schien angestrengt nachzudenken. Nach einer Weile meinte sie: «Ich weiß natürlich, daß ich Ihnen keine Auskunft geben müßte, und trotzdem tue ich es. Sonst denken Sie am Ende, ich hätte etwas zu verbergen.»
Der Reporter blickte sie erwartungsvoll an. «Also, wo waren Sie gestern nachmittag?»
«Bei mir zu Hause. Ich habe Schulhefte korrigiert und eine Prüfung vorbereitet.»
«Den ganzen Nachmittag?»
Sie nickte. «Ich kam um zwölf Uhr nach Hause und ging den ganzen Tag nicht mehr weg. Warum wollen Sie das wissen?»
Fossati fuhr sich nachdenklich mit dem Zeigefinger über die Lippen. Er kam sich plötzlich einfältig vor. Er konnte von Gerda Roth sicher nicht erwarten, daß sie ihm auf den Kopf zusagte, sie sei gestern nachmittag in Thorhofen gewesen. Dennoch hatte er insgeheim gehofft, sie würde sich auf irgendeine Weise verraten.
«Kennen Sie ein Mädchen, das Lisa heißt?» fragte er weiter.
«Nein», meinte sie entschieden. Doch dann fügte sie rasch hinzu: «Es könnte sein, daß ich einmal eine Schülerin gehabt habe . . .»
«Das meine ich nicht», sagte Fossati. «Ich möchte von Ihnen wissen, ob Sie Lisa Rüdisühli kennen. Die Tochter des Bauern Rüdisühli.»
Sie schüttelte den Kopf. Es schien ihm, als hätte sie ihre Fassung wiedererlangt. «Woher sollte ich die kennen?» fragte sie erstaunt. «Rüdisühli hat zwölf oder dreizehn Kinder, der Mann ist ein Kaninchen. Seine Kinder sehen alle gleich aus.»
Fossati blieb ernst. «Aber Lisa kennt Sie», sagte er ruhig.
Gerda Roth lachte verlegen. Es klang irgendwie gekünstelt.
«Das ist schon möglich. Ich bin oft hier in Thorhofen. Vielleicht hat das Mädchen mich mal gesehen.»
«Zum Beispiel gestern nachmittag.»
«Wann?»
Die Frau blickte den Reporter nicht etwa entgeistert, sondern viel eher belustigt an. «Ich sagte Ihnen doch, daß ich gestern nachmittag zu Hause war.»
«Das ist aber seltsam», meinte Fossati. «Lisa Rüdisühli be-

hauptet nämlich, Sie gestern nachmittag ungefähr um halb fünf hier vor dem Haus gesehen zu haben, und zwar in Begleitung von Richard Neidhard.»
Gerda Roth sah den Reporter ungläubig an. «Das muß eine Verwechslung sein», sagte sie dann. «Oder wollen Sie mir am Ende vielleicht eine Falle stellen?»
Fossati grinste abschätzig. «Wofür halten Sie mich eigentlich? Ich spiele nie mit gezinkten Karten. Ich versuche nur die Wahrheit herauszufinden. Das ist mein Job, damit verdiene ich mein Geld.»
Gerda Roth schwieg. Sie nahm ihr Vermouthglas und leerte es in einem Zug, dann stellte sie es lautstark auf die Tischplatte zurück. Sie schien verwirrt zu sein. Fossati hätte gerne den Grund dafür gewußt. Es gab zwei Möglichkeiten: Entweder weil ihr klar geworden war, daß er sie überführt hatte — oder weil sie tatsächlich unschuldig war. Letzteres war unwahrscheinlich, denn was für einen Grund hätte Lisa Rüdisühli gehabt, Gerda Roth durch ihre Aussage zu belasten. Das Mädchen hatte auf ihn einen eher unbeholfenen, beinahe beschränkten Eindruck gemacht. Es fehlte ihr nicht nur die Intelligenz zu lügen, sondern auch das Motiv dafür.
Fossati nahm sich vor, es mit einer List zu versuchen. Es war, das wußte er, keine redliche Methode, aber in seinem Beruf heiligte der Zweck beinahe immer die Mittel.
«Wissen Sie, Frau Roth», begann er in scheinheiligem Tonfall. «Wir Journalisten sind im Grunde genommen arme Teufel. Wir jagen unentwegt unseren Zeilen nach, manch einer von uns ist mit fünfundvierzig eine Ruine. Ich könnte Ihnen mindestens drei Kollegen aufzählen, die mit knapp dreißig ihren ersten Herzinfarkt hatten. Das macht dieser ständige Leistungszwang aus. Glauben Sie ja nicht, wir hätten kein Gewissen. Aber ich muß nun einmal jede Gelegenheit wahrnehmen, wenn sich mir eine gute Story anbietet.»
Während er sprach, beobachtete er Gerda Roth unablässig. «Sie sollten sich auch in meine Situation versetzen», fuhr er fort. «Ich muß eine gute Geschichte abliefern. Aber deshalb brauchen Sie sich keine Sorgen zu machen. Im MORGENEXPRESS wird nichts über Sie zu lesen sein, was nicht den Tatsachen entspricht. Dafür verbürge ich mich.»

Er ging auf Gerda zu und streckte ihr seine Hand hin. «Ich wünsche Ihnen trotzdem noch einen schönen Abend», sagte er. «Denken Sie daran, Frau Roth, wenn Sie ein gutes Gewissen haben, brauchen Sie sich wirklich keine Sorgen zu machen.»
Er drehte sich um, als wolle er gehen, doch sie hielt ihn zurück. «Bleiben Sie noch einen Moment!» rief sie. Er sah ihr an, daß sie angestrengt nachdachte.
«Weshalb?», fragte Fossati erstaunt. Er gab sich ahnungslos. Im stillen freute er sich, daß sie auf seinen Trick hereinzufallen schien. Sie blieb unschlüssig neben ihm stehen.
«Ich will nicht in diese Sache hineingezogen werden», meinte sie schließlich.
«Das wird sich nicht vermeiden lassen», sagte der Reporter. «Wir haben eine Verpflichtung der Öffentlichkeit gegenüber. Aber Sie dürfen mir glauben: Ich werde kein Wort über Sie schreiben, das nicht der Wahrheit entspricht. Sie unterschätzen meine journalistische Fairneß.»
«Ich kann es mir nicht leisten, daß mein Name in diesem Zusammenhang in Ihrer Zeitung steht», sagte sie langsam. Er merkte, wie schwer es ihr fiel, offen mit ihm zu sprechen. Sie ging zum Schreibtisch und setzte sich. Sie starrte geistesabwesend vor sich hin. Nach einer Weile begann sie: «Sie sagten doch vorhin, Sie seien auf Ihren Verdienst angewiesen. Dafür habe ich Verständnis. Wenn es nur daran liegt ...»
Sie rang nach Worten, die ihr nicht einfielen, doch Fossati kam ihr nicht zu Hilfe. Er beobachtete unablässig ihr Gesicht, verfolgte jede ihrer Regungen. Er sah, wie sie einen Brieföffner in die Hand nahm und gedankenverloren damit spielte. Ein riesiges Ding aus Holz, lang und spitzig, beinahe ein Mordinstrument. Es hätte ihn keineswegs gewundert, wenn sie jetzt aufgestanden und mit dem Brieföffner in der Hand auf ihn losgegangen wäre, aber sie sagte bloß: «Wenn Sie Ihre Geschichte nur schreiben, um Geld zu verdienen, könnte ich mich Ihnen gegenüber erkenntlich zeigen.»
Als sie sein verblüfftes Gesicht sah, fügte sie rasch hinzu: «Verstehen Sie mich bitte nicht falsch. Ich habe nichts zu verbergen. Nur kann ich mir in meinem Beruf als Lehrerin keinen Skandal leisten.»

«Was wollen Sie damit sagen?» fragte Fossati mit gespielter Ahnungslosigkeit.
«Ich mache Ihnen einen Vorschlag», sagte Gerda Roth plötzlich entschlossen. Es kam ihm einen Augenblick lang so vor, als wolle sie alles auf eine Karte setzen, weil sie in ihrer Situation nur noch gewinnen konnte. «Ich bin bereit, Ihren Verdienstausfall zu ersetzen», fuhr sie fort. «Ich will nicht, daß Sie einen Schaden erleiden, bloß weil Sie auf meine Lage Rücksicht nehmen wollen.»
Fossatis Rechnung war aufgegangen. Er hatte genau das zu hören bekommen, worauf er gehofft hatte. Wenn die Frau ihm Geld anbot, bedeutete dies nichts anderes, als daß sie bis zum Hals im Schlamassel steckte. Er erinnerte sich an den Seidenfabrikanten Brack, der Wechsel gefälscht und ein paar Großbanken um mehrere Millionen Franken betrogen hatte. Dieser Brack hatte ihm damals, als Fossati ihm in seinem feudalen Büro seine schmutzigen Machenschaften schwarz auf weiß beweisen konnte, winselnd eine fünfstellige Summe als Schweigegeld angeboten, um einen Skandal zu vermeiden, doch Fossati hatte, charakterfest wie er nun einmal war, nur mitleidig gelächelt.
Auch jetzt lächelte er, als er sagte: «Sie scheinen zu vergessen, Frau Roth, daß wir die Pflicht haben, unsere Leser zu informieren. Der MORGENEXPRESS ist unbestechlich. Stellen Sie sich vor, wir würden, im Gegensatz zu allen übrigen Zeitungen, nicht über den Mord an Architekt Neidhard berichten.»
«Das verlangt ja kein Mensch von Ihnen», meinte Gerda Roth rasch. «Sie haben mich mißverstanden. Ich bitte Sie doch bloß darum, meinen Namen nicht zu erwähnen.»
Der Reporter ging auf den Schreibtisch zu und blickte, ohne sich dabei eine Gefühlsregung anmerken zu lassen, auf die Frau hinunter, deren Gesicht von grenzenloser Furcht gezeichnet war.
«Sie haben Angst», meinte er langsam..
Zu seiner Verwunderung nickte Gerda Roth. «Ja», sagte sie, «ich habe Angst, das gebe ich zu. Aber ich kann Ihnen nicht erklären, warum. Ich kann Ihnen nur versichern, daß ich mit Richards Ermordung nichts zu tun habe. Und ich bitte Sie, meinen Namen in Ihrem Artikel nicht zu erwähnen. Dafür gebe ich Ihnen fünftausend Franken.»

Sie nannte die Summe ohne zu zögern, was in Fossati sofort den Verdacht hochkommen ließ, daß sie über deren Höhe schon seit geraumer Zeit nachgedacht haben mußte. «Einverstanden», sagte Fossati. Er bemühte sich, besonders zuvorkommend zu sein und erkundigte sich deshalb höflich, ob sie denn soviel Bargeld im Haus habe.
Gerda Roth schüttelte den Kopf. «Nein, natürlich nicht», sagte sie beinahe etwas verlegen. «Ich möchte auch nicht, daß Frau Neidhard etwas von unserer Abmachung erfährt. Sie würde sich sonst bloß unnötig aufregen. Ich gebe Ihnen das Geld am Montag. Ich muß ja auch zuerst sehen, ob Sie sich an Ihr Versprechen halten werden.»
«Sie haben kein Vertrauen zu mir», meinte der Reporter. Er gab sich den Anschein, als sei er zutiefst gekränkt. Im Grunde genommen ärgerte er sich darüber, daß die Frau intelligenter war, als er zunächst angenommen hatte. «Ich habe noch nie von jemandem Schmiergeld angenommen», sagte er ernst. «Ich tue es auch jetzt nur, um Ihnen zu helfen. Aber ich will das Geld sofort haben. Heute noch. Haben Sie verstanden?»
«Es ist Samstag. Die Banken haben geschlossen.»
Der Reporter beugte sich über den Schreibtisch und flüsterte Gerda Roth so leise zu, als wolle er ihr ein Geheimnis anvertrauen: «Es gibt auch Schecks.»
Sie zog ihre Stirn in Falten, als würde sie plötzlich stutzig, und Fossati fürchtete einen Moment lang, sie hätte seine Absicht durchschaut. Doch nach kurzem Nachdenken meinte sie zu seiner Erleichterung: «Sie versprechen mir, daß Sie mit niemandem darüber reden werden?»
«Worüber?»
«Daß ich Ihnen das Geld gegeben habe.»
«Damit würde ich mir doch nur selber schaden», wich Fossati ihr aus. Er gab nicht gern Versprechen ab, an die er sich nicht halten konnte. «Wenn ich die Fünftausend von Ihnen annehme, habe ich mich, mal ganz brutal ausgedrückt, von Ihnen bestechen lassen. Wenn mein Chefredakteur das wüßte, würde er mich auf der Stelle feuern.» In Gedanken sah er bereits, wie Füllemann ihm auf die Schulter klopfen und zu ihm sagen würde: «Gut gemacht, mein Junge! Hast dir wieder mal im richtigen Moment was einfallen lassen!»

Dann bat Gerda Roth den Reporter, er möchte sie für ein paar Minuten entschuldigen, sie müsse sich noch mit ihrer Freundin unterhalten.
«Worüber?» rutschte es Fossati heraus. «Ich dachte, Frau Neidhard soll von der ganzen Sache nichts erfahren?» Im geheimen fürchtete er bereits, Ilona Neidhard könnte seine Pläne durchkreuzen, indem sie ihre Freundin auf die mit dem geplanten Vorhaben verknüpften Risiken aufmerksam machen würde.
Gerda Roth schien seine Gedanken zu erraten.
«Ich möchte nur schauen, wie es Ilona geht», sagte sie. «Noch vor einer Stunde war sie so aufgeregt, daß ich glaubte, ich müsse ihren Hausarzt rufen.»
Nachdem die Frau den Raum verlassen hatte, wurde der Reporter durch einen dumpfen Glockenschlag erschreckt. Die alte französische Standuhr in der Ecke des Arbeitszimmers schlug fünfmal nacheinander; Fossati störte sich an dem feierlichen Klang, der nicht zu seiner augenblicklichen Stimmung paßte.
Er blickte zum Fenster hinaus auf die umliegenden Felder. Die Abenddämmerung brach herein, es war draußen schon beinahe dunkel. Der Reporter sah sich ein wenig im Zimmer um. Die eine Wand war überfüllt mit Büchern, darunter viele Klassiker, von denen er sich fragte, ob sie jemals gelesen worden waren, aber auch viele Namen von Autoren, die Fossati noch nie in seinem Leben gehört hatte.
Neben der Tür hing ein Bild von Hundertwasser. Man sah ihm an, daß es sündhaft teuer gewesen war und Neidhard offenbar als Kapitalanlage gedient hatte. Schön war es nicht, auch nicht ästhetisch, vielmehr erinnerte es den Reporter an die Schmierereien seiner eigenen Schulzeit. Er hatte immer gern mit grellen Farben gemalt, die er dann willkürlich ineinanderlaufen ließ und sich lausbübisch freute, wenn sein Zeichnungslehrer die irrsinnigsten Gedanken in seine Werke hineininterpretierte, obwohl sie von Hilflosigkeit nur so strotzten.
Es fiel Fossati auf, daß der Schreibtisch so ordentlich aufgeräumt war, als hätte sein Besitzer geahnt, daß er nie mehr an seinen Arbeitsplatz zurückkehren würde: außer einem Zeichnungsblock, auf dem drei Bleistifte nebenein-

ander lagen, waren auf dem Tisch nur noch eine Tabakspfeife und ein Aschenbecher aus Messing zu sehen. Der Architekt mußte ein Pedant gewesen sein, ging es dem Reporter durch den Kopf; nur ein Pedant konnte sich an einem so aufgeräumten Schreibtisch wohlfühlen.

Gerda Roth kam lange nicht zurück. Der Reporter hoffte, daß sie ihre Freundin nicht um Geld bitten würde, und, wenn sie es dennoch tun sollte, daß die Neidhard nicht fünftausend Franken im Haus hatte. Was er für seine Zwecke brauchte, war kein Bargeld, sondern ein von Gerda Roth unterschriebener Scheck. Wenn er den erst einmal in der Hand hielt, durfte er mit gutem Gewissen davon ausgehen, daß die Lehrerin den Mann ihrer Freundin wirklich umgebracht hatte — wer verschenkt schon grundlos fünftausend Franken?

Nach einigen Minuten kam Gerda Roth ins Arbeitszimmer zurück. Ihr Gesicht war nicht mehr so ungesund blaß wie zuvor, auch wirkte sie ruhiger und gelöster.

«Darf ich mit Ihnen in die Stadt fahren?» fragte sie den Reporter.

«Aber sicher dürfen Sie das», antwortete Fossati überrascht. «Was wollen Sie denn in der Stadt?»

«Sie fahren mich zu meiner Wohnung an der Waffenplatzstraße, damit ich Ihnen den Scheck ausstellen kann.»

«Ach so!» meinte Fossati erleichtert. Er hatte schon mit unvorhergesehenen Schwierigkeiten gerechnet. Schließlich konnte man ja als Mann nie wissen, was in einer Frau wirklich vorging. In dieser Beziehung hatte er mit Susanne Korber schon die schlimmsten Erfahrungen gemacht. Er hielt es auch jetzt noch für denkbar, daß die Lesbierin ihn auf irgendeine perfide Weise zu überlisten versuchte. Deshalb erkundigte er sich behutsam, ob sie ihre Freundin einfach alleinlassen könne.

«Oh ja, es geht ihr etwas besser. Sie hat sich beruhigt. Außerdem wäre ich ohnehin in die Stadt zurückgefahren, weil heute abend Ilonas Sohn aus dem Internat nach Hause kommt.»

«Frau Neidhard hat einen Sohn?» fragte der Reporter verblüfft.

«Leander ist ihr Adoptivsohn. Sie hängt übrigens sehr an dem Jungen. Er wird ihr in dieser schweren Zeit sicherlich

in mancher Hinsicht behilflich sein können. Er ist intelligent und aufgeweckt, auch ich mag ihn sehr.»
Dann fuhren die beiden mit Fossatis Wagen in die Stadt. Unterwegs sprach Gerda Roth kein Wort. Der Reporter spürte, daß sie nervös war, denn sie rieb unentwegt ihre Hände oder starrte so angestrengt aus dem Fenster, als suche sie in der Dunkelheit nach einem Wunder.
Noch während der Fahrt nahm sich der Reporter vor, die Frau in ihre Wohnung zu begleiten, denn er war plötzlich wieder geil geworden. Auch wenn die Beine der Lesbierin nicht unbedingt seinen Vorstellungen entsprachen, so war Gerda Roth doch sonst recht attraktiv. Wenn sie sich vielleicht auch nicht bumsen ließ, so war sie bestimmt für einen aufregenden Tittenfick zu haben, zumal sie ihm ja in gewisser Hinsicht verpflichtet war. Wenn es um Sex ging, kannte Fossati keine Skrupel.
Um so enttäuschter war der Reporter, als Gerda Roth ihn vor ihrer Haustür bat, in seinem Wagen solange zu warten, bis sie den Scheck für ihn ausgestellt habe.
Verärgert blieb Fossati am Steuer sitzen und blickte ihr nach. Durch die Glastür am Hauseingang sah er, wie Gerda Roth im Fahrstuhl verschwand. Er sinnierte, ob er wohl durch seine Handlungsweise die Grenzen der Legalität überschritten habe, doch dann kam er zu dem einleuchtenden Schluß, daß seine unkonventionelle und vielleicht auch etwas unfaire Methode ja lediglich ein Mittel zum Zweck war; deswegen würde man sein Verhalten noch lange nicht als illegal einstufen können. Im Gegenteil: Chefredakteur Füllemann würde ihm für sein geschicktes Vorgehen bestimmt ein Kompliment machen.
Fossati drehte das Autoradio an. Er lehnte sich ins Polster zurück und hörte mit geschlossenen Augen die Schlager-Hitparade; dabei konnte er sich immer gut entspannen.
Nach ein paar Minuten klopfte es an die Wagenscheibe.
Er schrak hoch und kurbelte das Fenster herunter. Wortlos überreichte ihm Gerda Roth einen Scheck der Schweizerischen Bankgesellschaft mit der Nummer YKX087 132498734. Der Scheck war über fünftausend Franken ausgestellt und von Gerda Roth unterzeichnet.
Fossati mußte sich anstrengen, um sich sein Unbehagen nicht anmerken zu lassen.

«Das ist wirklich nett von Ihnen», meinte er freundlich und steckte den Scheck ein. Für einen kurzen Moment tat ihm die Frau plötzlich leid, weil sie ihm vertraute.
Er hörte sie noch sagen: «Ich hoffe, daß Sie kein Schwein sind. Ich zähle auf Ihr Wort.» Dann wandte sie sich brüsk von ihm ab.
Fossati blieb gedankenverloren sitzen, bis Gerda Roth im Hausflur verschwunden war. Dann ließ er den Motor an. Er fragte sich, wieso eine so intelligente Frau nur so dumm sein konnte, sich selbst auf so plumpe Weise ans Messer zu liefern. Gerda Roth mußte doch in jedem Fall damit rechnen, daß er sie verraten würde, und dann käme wohl niemand auf den Gedanken, ihr Verhalten als Zeichen ihrer Unschuld zu werten. Er hätte viel dafür gegeben, um zu erfahren, was in der Frau vorging.
Während Fossati, wie immer mit leicht übersetzter Geschwindigkeit, durch die Innenstadt zur MORGENEXPRESS-Redaktion fuhr, rechtfertigte er sein Handeln sich selbst gegenüber mit der Erkenntnis, daß es ihm gelungen war, eine gemeine Mörderin zu überführen.
Er steckte sich eine Zigarette an, zur Abwechslung eine mit Menthol, wie er sie in einer Seitentasche seines Regenmantels immer bei sich trug. Dann drehte er die Musik noch lauter an und ließ durch das halbgeöffnete Fenster frische Luft in den Wagen.
Er fühlte sich unbeschwert, und er war nach langer Zeit wieder einmal mit sich zufrieden.

11

Das Wiedersehen mit ihrem Sohn war für Ilona Neidhard eine große Enttäuschung.
Nachdem sie den Jungen kurz nach neun mit dem Wagen vom Bahnhof in Thorhofen abgeholt hatte, wollte Leander, kaum zu Hause angelangt, gleich ein Bad nehmen. Anschließend setzte er sich ins Wohnzimmer und verschlang die belegten Brote, die Ilona für ihn zubereitet hatte.
In den ältesten Jeans, die er in seinem Schrank hatte fin-

den können, hockte er schweigend auf dem Sofa und blickte mürrisch vor sich hin. An seinem gelb-blau gestreiften Pullover, den Ilona zuvor noch nie gesehen hatte, war auf der Vorderseite eine winzige Wäscheklammer aus giftgrünem Plastik befestigt.
«Woher hast du den hübschen Pullover?» erkundigte sich Ilona, bloß um ein Gespräch anzufangen.
«Gudrun hat ihn mir gestrickt. Zum Geburtstag.»
«Und die Wäscheklammer? Hat die etwas zu bedeuten?»
«Die gehört nun eben mal dazu. Gudrun hat die gleiche Klammer an ihrem Pullover, sie ist so etwas wie ein Symbol für unsere Zusammengehörigkeit.»
Leander war nicht sehr gesprächig. Er schien sich nicht einmal dafür zu interessieren, wie sein Adoptivvater ums Leben gekommen war, denn er erkundigte sich mit keinem Wort nach den näheren Umständen. Er meinte nur: «Jetzt müssen wir eben sehen, wie wir ohne Richard zurechtkommen.»
Seit jenem Augenblick, als Leander erfahren mußte, daß Richard Neidhard nicht sein richtiger Vater war, hatte er ihn, mit geradezu auffallender Hartnäckigkeit, nie mehr mit «Papa», sondern stets nur noch mit seinem Vornamen angeredet.
Weil ihr Sohn offensichtlich keine Lust hatte, sich mit ihr zu unterhalten, stellte Ilona den Fernsehapparat ein. Sie durfte jetzt nicht mehr länger über die Ereignisse der letzten vierundzwanzig Stunden nachdenken, sie brauchte Ablenkung und Entspannung.
Auf dem Bildschirm sang Anneliese Rothenberger im Duett mit Peter Alexander ein Lied von ewigwährender Liebe.
Leander war nicht nur schweigsam, er hatte sich auch äußerlich stark verändert.
Seit Ilona ihn vor zweieinhalb Monaten zum letzten Mal gesehen hatte, war er um einige Zentimeter gewachsen. Er überragte jetzt seine Mutter, die auch nicht gerade klein war, um fast einen halben Kopf.
Auch sein Körper erschien Ilona um einiges kräftiger als noch vor ein paar Monaten. Das hing vermutlich mit dem obligatorischen Sportunterricht im Internat zusammen, an dem sämtliche Schüler teilnehmen mußten, auch jene, die

für Sport nicht viel übrig hatten, wie bis vor kurzem auch Leander.
Ilona hatte ihren Sohn eher als verweichlicht in Erinnerung, jetzt kam er ihr plötzlich robust und abgehärtet vor. Als der Junge vorhin, nur mit der Unterhose bekleidet, im Badezimmer verschwunden war, hatte seine Mutter mit einem einzigen Blick festgestellt, daß seine Schultern breiter geworden waren; auch seine Oberarme und seine Schenkel kamen ihr muskulöser vor als früher. Er sah aus wie ein junger Athlet, der ins Sportstadion einzieht, hübsch und stattlich.
Obschon es ihr im Augenblick schwerfiel, den Zugang zu ihrem Sohn zu finden, war Ilona auf Leander stolz. Sie liebte ihn, und sie ahnte, daß sie Leander jetzt nötiger hatte als jemals zuvor. Den enervierenden Gedanken, daß sie Leander nicht selber geboren hatte, versuchte sie einmal mehr — und wie immer unter seelischen Qualen — zu verdrängen.
Plötzlich erinnerte sich Ilona daran, daß Leanders Kopf, als sie den Jungen nach den Sommerferien ins Internat zurückgebracht hatte, noch voller Locken gewesen war. Nun trug er das einst wilde, haselnußfarbene Haar kurzgeschnitten und ordentlich gekämmt wie ein Rekrut.
Obschon Ilona jede Form von Militarismus und Drill verhaßt war, fand sie, daß der neue Haarschnitt ihrem Sohn gut stand. Leanders ausgeglichene Gesichtszüge, ganz besonders jedoch die breite Augenpartie und seine ungewöhnlich hohe Stirn kamen dadurch besser zur Geltung. Der blonde Flaum auf Leanders Oberlippe, den Ilona ebenfalls heute zum erstenmal entdeckte, mahnte sie daran, daß ihr Sohn allmählich erwachsen wurde.
Sie wußte nicht recht, ob der Junge auf sie so männlich und überlegen wirkte, weil sie sich im Augenblick selbst schwach fühlte, oder ob dieser Eindruck vielleicht damit zusammenhing, daß auch Leanders Stimme tiefer klang als noch vor ein paar Monaten.
Während der Sommerferien hatte ihr der Junge bei einem Waldspaziergang von seiner Bekanntschaft mit Gudrun Zahnd erzählt, einer Kunstgewerbeschülerin aus Zürich, die jetzt — nachdem er mit seiner ersten Liebe, der Bankierstochter Eveline Natter, von einer Stunde auf die an-

dere Schluß gemacht hatte — seine feste Freundin war. Etwas wehmütig hatte Ilona damals der nüchternen Schilderung ihres Sohnes zugehört. Sie vermißte in seiner Stimme auch nur den leisesten Anstrich jener natürlichen Schwärmerei und Begeisterung, die er während seiner Liebschaft mit Eveline noch zum Ausdruck gebracht hatte. Was ihr der Junge nun erzählte, klang beängstigend rational und sachlich, als wäre die körperliche Vereinigung zweier Menschen ein Vorgang, der nur vom Verstand her gesteuert würde.

Dennoch war Ilona stolz darauf gewesen, daß ihr Sohn sich ihr auf so zwanglose und freimütige Weise anvertraut hatte. Sie selber hätte dies bei ihrer Mutter nie gekonnt, und noch weniger bei ihrem verstorbenen Vater. Miloslav Srbinovic war für sie bis zu seinem Tod eine unnahbare Autoritätsperson geblieben. Zwar hatte Ilona, soweit sie sich erinnern konnte, stets respektvoll zu ihrem Vater aufgeblickt, und sie war sicher, daß er sie trotz seiner beherrschenden Art geliebt hatte, aber sie konnte sich nicht entsinnen, mit ihrem Vater auch nur ein einziges bedeutsames Gespräch geführt zu haben. Trotz seiner vermeintlichen Menschenkenntnis, die der Hochschulprofessor stets für sich in Anspruch genommen hatte, waren ihm die gleichgeschlechtlichen Neigungen seiner Tochter zeit seines Lebens verborgen geblieben. Ilona hatte ihm ihre Empfindungen — wie übrigens auch ihren Geschwistern und ihrer Mutter — ganz bewußt verschwiegen. Ihr Vater war ein gläubiger Katholik gewesen, der jede Form von sexueller Betätigung nur zu Fortpflanzungszwecken duldete. Mit einer Offenbarung ihrer Neigungen hätte sie ihn nur in einen Gewissenskonflikt gebracht und wohl bei jeder Begegnung Vorwürfe von ihm zu hören bekommen. Mit stillschweigendem Einverständnis oder gar mit moralischer Unterstützung hätte sie zu keiner Zeit rechnen dürfen.

Während Ilona ihrem Sohn zusah, wie er gierig seine belegten Brote verschlang, noch genauso hungrig wie früher, wenn er jeweils vom Schwimmen nach Hause gekommen war, drang ihr plötzlich ins Bewußtsein, daß nun wahrscheinlich der Zeitpunkt gekommen war, wo sie mit ihrem Sohn nicht nur über seine Probleme, sondern auch einmal über ihr eigenes Leben würde sprechen müssen.

Was wußte der Junge überhaupt von ihr?
Hatte er sich je Gedanken über ihre enge Beziehung zu Gerda Roth gemacht? Die Tiefe dieser Bindung konnte ihm unmöglich verborgen geblieben sein. Oder hatte er vielleicht sogar etwas von dem Geheimnis geahnt, das seinen Vater mit dem Leben von Gerda Roth und demjenigen seiner Mutter über so viele Jahre hinweg verbunden hatte?
Ilona wußte es wirklich nicht.
Sie wußte zwar, daß Leander ungemein hellhörig und sensibel war, aber sie hatte eigentlich immer den Eindruck gehabt, als betrachte er das innige Verhältnis zwischen Gerda Roth und seiner Mutter als eine selbstverständliche Gegebenheit, ohne einen Gedanken darüber zu verlieren. Dennoch war Ilona überzeugt davon, daß Leander ihre Freundin vermißt hätte, wenn sie eines Tages plötzlich nicht mehr in Thorhofen erschienen wäre.
Für Ilona Neidhard bestand kein Zweifel, daß Leander ihre Gefühle würde verstehen können. Schließlich war er mit seinen sechzehn Jahren kein Kind mehr. Sie mußte nur endlich den Mut aufbringen, den sie als Mutter brauchte, um mit ihrem halbwüchsigen Sohn über ihre geheimsten Empfindungen und die damit verknüpften Konsequenzen ganz offen sprechen zu können.
Sie hätte es sich auch einfach machen und diese Aufgabe ihrer Freundin überlassen können, Gerda Roth war schließlich als Lehrerin den Umgang mit Heranwachsenden gewöhnt. Diese Möglichkeit, von der auch Gerda wahrscheinlich nicht sehr angetan wäre, widerstrebte Ilona. Sie wollte in den Augen ihres Sohnes nicht als feige erscheinen, indem sie einem unbequemen, vielleicht sogar peinlichen Gespräch einfach aus dem Wege ging und die Verantwortung auf eine Drittperson abschob. Außerdem war Ilona sich darüber im klaren, daß von dem Verlauf ihrer Unterredung mit Leander auch ihre gemeinsame Zukunft an der Seite von Gerda abhängen würde. Sie mußte erreichen, daß ihr Sohn Gerda Roth akzeptierte.
Gerade weil Ilona während ihrer Jugendzeit bei ihren Eltern so wenig menschliche Anteilnahme gefunden hatte, war sie später in besonderem Maße bemüht gewesen, ihrem eigenen Sohn eine verständnisvolle und wache Mutter zu sein. So hatte sie Leander, als er noch nicht im Internat

war, nicht nur jeden Tag ein frisches Taschentuch unter sein Kopfkissen gelegt, sondern sie hatte auch mit fast rührender Beharrlichkeit immer wieder den Versuch unternommen, ihren Sohn in gemeinsamen Gesprächen so herauszufordern, daß er von sich aus ganz offen über seine Probleme sprechen konnte. Dies war ihr, soweit sie es selbst zu beurteilen vermochte, auch immer gelungen.
Während Leander sich in seiner frühesten Kindheit eher zu seinem Vater hingezogen fühlte, begann er mit elf oder zwölf Jahren plötzlich den Kontakt zu seiner Mutter zu suchen. Zwischen Ilona und ihrem Sohn entstand eine enge, freundschaftliche Bindung, die auch während der Zeit, die der Junge im Internat verbrachte, niemals abbrach. Auf diese tiefe Bindung zwischen ihr und ihrem Sohn führte es Ilona denn auch zurück, daß Leander die für ihn wohl außerordentlich schockierende Nachricht über seine tatsächliche Herkunft fast mühelos hatte verkraften können.
Ilona war nicht unglücklich darüber, daß Leander reifer geworden war. Aus den zahlreichen Briefen, die er ihr aus dem Internat geschrieben hatte, wußte sie, daß ihr Sohn allmählich anfing, gesellschaftliche Zusammenhänge etwas kritischer zu sehen, und daß er sich über manches, was ihn noch vor einem Jahr kaum bewegt hätte, plötzlich eine eigene Meinung zu bilden begann. Und aus ihr machte er dann auch kein Hehl, sondern verteidigte seinen oft eigenwilligen Standpunkt sowohl seinen Lehrern als auch seinem Vater gegenüber mit viel Mut und Engagement.
Längst nahm der Sechzehnjährige nicht mehr alles kritiklos hin, was man ihm erzählte, und er wagte es auch, offen zu widersprechen, wenn man etwas von ihm verlangte, das er aus innerer Überzeugung nicht gutheißen konnte. Auf gewisse Leute — zum Beispiel auf Pfeutzer, seinen Internatsvorsteher — machte es mitunter den Eindruck, als suche Leander geradezu die Konfrontation, um sich dadurch seine geistige Eigenständigkeit selbst unter Beweis zu stellen. Für Ilona indessen war das provokative, manchmal fast renitente Verhalten ihres Sohnes ein ganz natürlicher und gesunder Entwicklungsprozeß, um den sie Leander sogar beneidete, weil sie selbst während ihrer Jugendzeit nie Gelegenheit hatte, eine andere Ansicht als die ihrer Eltern offen zu äußern.

Ihr Mann war in diesem Punkt allerdings anderer Meinung gewesen. Er hatte Ilonas oft schier grenzenlose Toleranz dem Jungen gegenüber mit wachsendem Mißbehagen verfolgt. Zwar hatte Richard anfänglich noch die unsachlichen Äußerungen seines Sohnes als «pubertäres Weltverbesserer-Geschwätz» abgetan, doch als der Junge schließlich anfing, seinen eigenen Vater als «kapitalistischen Leuteschinder» zu titulieren, bloß weil er selbständiger Unternehmer war, fühlte sich Neidhard doch zu stark herausgefordert und in seiner Ehre gekränkt. Er vertrat die Auffassung, daß er den Jungen nicht adoptiert und großgezogen hatte, um sich von ihm, bloß weil er in den Flegeljahren war, beschimpfen lassen zu müssen.
Neidhard war von Natur aus eher introvertiert. Er ging den Diskussionen mit seinem Sohn aus dem Weg, statt sie zu suchen, wie Ilona es tat. Weil Leander jedoch für alles eine Erklärung verlangte und sich nie mit Gemeinplätzen abfinden wollte, war es zwischen dem Jungen und seinem Vater häufig zu Streitigkeiten gekommen, bei denen Ilona immer geduldig und immer möglichst salomonisch zu vermitteln suchte.
Sie wußte nur allzugut, daß ihr Mann seinen Sohn niemals verletzen oder gar demütigen wollte, doch es fehlte ihm einfach die notwendige Geduld, um auf die ständigen Fragen und Provokationen seines Sohnes einzugehen. Statt dessen beging Neidhard immer wieder den Fehler, seinen Sohn mit einem einzigen barschen Satz abzuwimmeln, entweder gab er vor, keine Zeit für sinnlose Diskussionen zu haben, oder er forderte — nicht ohne zynischen Unterton — seinen Sohn auf, zunächst einmal aus eigener Kraft Geld zu verdienen und dann erst kritische Fragen zu stellen.
Leander wiederum zeigte äußerst wenig Bereitschaft, sich mit solchen Antworten, die er unverblümt als Phrasen bezeichnete, zufrieden zu geben. Er fühlte sich von seinem Vater nicht richtig ernst genommen, und darunter litt er. Immer häufiger und immer unverhohlener begann er gegen die weltanschaulichen Vorstellungen seines Vaters zu opponieren.
Im festen Glauben, man wolle seine Meinung um keinen Preis gelten lassen, ging Leander schließlich soweit, daß er

seinen Vater beim Mittagstisch absichtlich provozierte. So konnte er sich, während er seine Suppe aß, scheinbar arglos nach dem Sinn des Lebens erkundigen, um sich dann die Antwort gleich selbst zu geben und seinem Vater an den Kopf zu werfen, er renne doch bloß dem Geld nach, statt sich um jene wirklichen Werte zu kümmern, die das Leben ausmachten. Bevor man jedoch darauf zu sprechen kommen konnte, wo diese wirklichen Werte denn zu finden seien, war zwischen Richard und seinem Sohn meist schon ein lautstarker Streit ausgebrochen, bei dem selbst Ilona nicht mehr vermitteln konnte. Sie mußte hilflos mitansehen, wie ihr Mann sich mehr und mehr von seinen väterlichen Pflichten und der damit verbundenen Verantwortung überfordert fühlte. Anderseits war Richard aber auch nicht bereit, ihr die Erziehung des Jungen allein zu überlassen. Wenn er es auch nie aussprach, befürchtete er insgeheim doch, daß Ilona Leander gegenüber zu nachgiebig sein könnte, und dies wiederum würde dem Jungen letzten Endes nur schaden.
Ilona bemühte sich noch einige Male, Richard davon abzubringen, Leander ununterbrochen zu kontrollieren und dadurch in seiner geistigen Entwicklung einzuengen, aber es half nichts: Neidhard hielt stur an seinen Erziehungsgrundsätzen fest und ließ sich auch mit seiner Frau auf keine Diskussionen ein.
So war Ilona eigentlich fast erleichtert, als ihr Mann eines Tages unverhofft den Vorschlag machte, Leander einer etwas strengeren Obhut anzuvertrauen und in ein Internat zu schicken. Ilona war es dann auch, die mit Gerda über ein Dutzend Internate besichtigte, zahllose Gespräche mit Schulvorstehern, Erziehern und Sozialpädagogen führte und sich schließlich für ein angesehenes Institut in den Bündner Bergen entschied. Es erstaunte Ilona keineswegs, daß ihr Mann mit keiner Wimper zuckte, als sie ihm die horrende Höhe des Schulgeldes nannte. Sie wußte, daß ihm nichts zu teuer war, wenn es um die Ausbildung seines Sohnes ging.
Weil Leander sich zunächst beharrlich weigerte, von zu Hause wegzuziehen, fuhr Ilona ein zweites Mal nach Zuoz, diesmal mit ihrem Sohn, um in ihm den Eindruck zu wekken, er könne sich selber dafür entscheiden, wo er den Rest

seiner Schulzeit verbringen wolle; bis zum Abitur waren es immerhin noch fast fünf Jahre.
Während die beiden das Internat besichtigten, merkte Ilona rasch, daß der Schulbetrieb und auch die Freizeitgestaltung durchaus Leanders Vorstellungen entsprachen. Wenn der Junge es auch nicht offen aussprach, so ließ er doch durchblicken, daß ihm etwas ganz anderes zu schaffen machte: Es störte ihn, daß er, wenn er erst einmal in Graubünden wohnen würde, kaum mehr die Möglichkeit haben würde, seine Freundin Gudrun regelmäßig zu sehen. Nachdem ihm Internatsleiter Pfeutzer jedoch die Zusicherung gab, daß er jedes zweite Wochenende nach Hause fahren könne, und daß seine Freundin ihn selbstverständlich auch in Zuoz besuchen dürfe, willigte Leander schließlich in den Vorschlag seines Vaters ein.
In den folgenden Wochen bis zum Schulbeginn im Frühjahr kam es seltsamerweise zwischen Neidhard und seinem Sohn kaum mehr zu irgendwelchen Reibereien. Im Wissen um die bevorstehende Trennung schienen die beiden sich plötzlich näher zu kommen, schienen sie sich mit einem Male zu verstehen.
Leander besuchte seinen Vater mehrmals aus eigenem Antrieb in dessen Büro. Er unterhielt sich mit den Angestellten, studierte Baupläne und betrachtete mit offensichtlichem Interesse die zahlreichen Wettbewerbsmodelle, mit denen das Architekturbüro seines Vaters schon Preise errungen hatte.
Eines Abends, nachdem Leander am Nachmittag wieder einmal unverhofft bei ihm im Büro aufgekreuzt war, erzählte Richard seiner Frau fast enthusiastisch, er habe sich über den Charakter seines Sohnes getäuscht. Leander sei keineswegs ein Taugenichts und Tagträumer, wie er hin und wieder gedacht habe, sondern ein intelligenter und aufgeschlossener Bursche, den seine engsten Mitarbeiter auf Anhieb als ihren künftigen Vorgesetzten akzeptiert hätten. Sein Prokurist Edgar Zurkirchen, der fremden Leuten gegenüber sonst eher eine skeptische Haltung einnehme, finde seinen Sohn ungewöhnlich talentiert. Und dies nur, weil Leander dem Prokuristen einige Fragen gestellt habe, die Zurkirchen äußerst diskussionswürdig erschienen seien. Neidhard schlug von sich aus vor, man

müsse mit dem Jungen eben in Zukunft etwas mehr Geduld haben und sich vermehrt mit seinen Problemen auseinandersetzen, als ob es an Ilona gelegen hätte, wenn Leander in dieser Hinsicht oft nicht genügend beachtet worden war.
Knapp zwei Wochen, bevor Leander ins Internat eintreten mußte, ereignete sich ein Zwischenfall, der das fast schon harmonische Verhältnis zwischen dem Jungen und seinem Vater wieder kraß verschlechterte.
Eines Nachts wurde über die ganze Breite von Rüdisühlis Scheunentor mit weißer Leuchtfarbe und in riesigen Buchstaben die Frage WARUM? gemalt.
Willi Rüdisühli, in Thorhofen als reaktionär und geizig bekannt, schaltete nicht nur sofort die Polizei ein, er ließ auch im Bezirksanzeiger ein Inserat erscheinen, in welchem er für Hinweise auf die Täterschaft eine Belohnung von fünfhundert Franken versprach.
Durch diesen Zeitungsaufruf gewann die nächtliche Aktion, hinter der man in Thorhofen einen Lausbubenstreich vermutete, noch zusätzliche Publizität; die fünf anderthalb Meter hohen Buchstaben auf Rüdisühlis Scheunentor begannen über das Dorf hinaus die Gemüter zu erhitzen. Ein mit A.H. gezeichneter Leserbrief im Bezirksanzeiger verkündete sogar, hier seien wieder einmal Terroristen am Werk gewesen, die unser freiheitliches Gesellschaftssystem in Frage stellen wollten.
Ein paar Tage später erhielt der Bauer einen Hinweis, wonach Leander Neidhard und einige seiner Kollegen für die Tat verantwortlich seien. Daraufhin erschien Dorfpolizist Hausheer bei Richard Neidhard. Leander unternahm nicht einmal den Versuch, seine Tat zu leugnen, obwohl Hausheer ausdrücklich betont hatte, daß er überzeugt sei, es handle sich bei dem Hinweis lediglich um ein Gerücht. Vielmehr gab er zu Protokoll, daß durchaus ernste Absichten ihn und seine Kollegen zu dieser Aktion bewogen hätten. Neidhard war vollkommen sprachlos, als sein Sohn schließlich sogar noch behauptete, daß es in ganz Thorhofen keinen geeigneteren Platz für das Anbringen einer solchen Schmiererei gegeben hätte als Rüdisühlis Scheune. Diese befinde sich nicht nur im Besitze eines übermächtigen Dorfbonzen, sondern sei auch noch direkt an der Hauptstraße gelegen, so daß jedermann das Wort WARUM

erkennen und sich die Frage stellen könne, weshalb ein einziger Bauer eine ganze Dorfgemeinschaft beherrschen dürfe, bloß weil er viel Land und Geld besitze.
Neidhard tobte. Doch weder das Zureden seiner Mutter noch die angekündigten Sanktionen seines Vaters konnten Leander dazu bewegen, sich bei Rüdisühli zu entschuldigen. Er meinte nur: «Wenn ich den Gang nach Canossa antrete, gegen meine Überzeugung, so waren unsere ganzen Bemühungen umsonst. Wir haben schließlich nicht zufällig oder aus Jux das Wort WARUM auf das Scheunentor geschrieben.»
So war Richard Neidhard gezwungen, persönlich bei Rüdisühli vorzusprechen und das verunstaltete Scheunentor auf seine Kosten säubern zu lassen. Dabei gab ihm der Bauer ganz unverhohlen zu verstehen, daß er die Auflösung des Landpachtvertrages ernsthaft in Erwägung ziehen müsse, wenn sich ein solcher Vorfall wiederholen sollte. Als Hauptsteuerzahler von Thorhofen lasse man sich nicht gern von einem halbwüchsigen Lümmel zu einer Karikatur abstempeln, und genau dies sei doch mit dieser unflätigen Schmieraktion geschehen.
Als Leander ein paar Tage darauf seine Koffer packte, mußte ihn Ilona mit ihrem Wagen ins Internat bringen; sein Vater weigerte sich, ihm zum Abschied die Hand zu geben.
In den darauffolgenden Wochen und Monaten wuchs zwar über die leidige Scheunentor-Affäre, wie man den Vorfall in Thorhofen nannte, allmählich wieder Gras, und auch Rüdisühli fing an, sich zu beruhigen. Dennoch blieb es Ilona nicht verborgen, wie ihr Mann jeweils gleich das Thema wechselte, wenn jemand in ihrem Bekanntenkreis auf Leander zu sprechen kam.
Während der Sommerferien kam es zwischen Richard und seinem Sohn zwar kaum mehr zu offenen Streitigkeiten, vielmehr ging man einander aus dem Weg: Auch Leander schien die Konfrontation mit seinem Vater zu scheuen. Als er wieder im Internat war, verbrachte er zum erstenmal seine freien Wochenenden nicht mehr im Elternhaus, sondern bei seiner Freundin in Zürich. Auch wenn Ilona mit ihm telefonierte, verlangte er seinen Vater nie an den Apparat; er bestellte ihm nicht einmal mehr Grüße.

Je länger Ilona Neidhard über die Beziehung zwischen Leander und ihrem verstorbenen Mann nachdachte, desto mehr fiel ihr auf, daß der Junge den plötzlichen Tod seines Vaters kühl und ohne jede sichtbare Gefühlsregung aufgenommen hatte.

Leander riß sie aus ihren Gedanken. Er sagte unvermittelt: «Stell den Fernseher ab, ich will schließlich nicht verblöden!»

Es hörte sich an wie ein Befehl. Ilona war es nicht gewohnt, daß ihr Sohn in diesem Ton mit ihr sprach. Als sie nicht sogleich reagierte, sondern Leander bloß erstaunt ansah, rief er zornig: «Merkst du eigentlich nicht, wie diese Typen uns zu manipulieren versuchen, indem sie uns am Samstagabend eine möglichst heile Welt vorgaukeln? Eine Welt, die es in Wirklichkeit gar nicht gibt.»

Ilona wollte den Jungen beruhigen. Sein Gesicht war zorngerötet, seine Augen funkelten wild. Sie stand auf und stellte den Fernseher ab. Dann meinte sie besänftigend: «Nun reg dich nicht auf, Leander! Ein bißchen Ablenkung würde uns in unserer Verfassung nur guttun.»

«Ablenkung nennst du das?» begann der Junge sich erneut zu ereifern. «Weißt du, was das ist, wenn die Rothenberger ihre verlogenen Liedchen zwitschert und der Peter Alexander seine blöden Späßchen runterhobelt, daß die Zuschauer am Bildschirm vor Lachen brüllen und an ihren Salzstangen fast ersticken? Bevölkerungsmanipulation ist das!»

«Hör auf mit dem Quatsch!» rief Ilona aufgebracht. Jetzt war auch sie wütend. «Für dich ist alles Manipulation! Damit hast du schon deinen Vater ständig geärgert, und jetzt, wo er tot ist, willst du mit deinem ideologischen Geschwätz anscheinend auch mich ins Grab bringen.»

Leander starrte sie einen Moment an, als zweifle er ernsthaft an ihrem Geisteszustand, dann wurde er plötzlich blaß.

«Ist das vielleicht eine Antwort?» rief er empört. «Fängst du jetzt auch an zu kneifen, wie Richard es immer getan hat? Gehörst du tatsächlich auch zu denen, die sich von den Mächtigen, ohne daß sie es merken, das Denken abgewöhnen lassen? Hast du denn noch nie darüber nachgedacht, warum man uns am Samstagabend, wenn alles vor

dem Bildschirm hockt, so gefährlich harmlose Geschichten ins Haus sendet?»
Leanders Augen bekamen einen fast fanatischen Ausdruck, als er fortfuhr: «Ich will es dir sagen: damit wir den Glauben an unsere intakte Welt nicht verlieren! Damit wir über andere Leute lachen, statt über uns selber, und uns mit allem zufriedengeben! Wenn wir nämlich schön still sind und kuschen, braucht man uns das Maul nicht zu stopfen, weil wir es gar nicht erst aufreißen. Und genau das nenne ich Manipulation, ob es dir paßt oder nicht!» Er sprang mit einem Satz vom Sofa auf und ging zum Fernseher. Er stellte den Apparat wieder ein, und als Peter Alexander in Sängerpose auf dem Bildschirm erschien, verbeugte sich Leander mit einer weit ausholenden Handbewegung vor seiner Mutter, als wolle er sie zum Tanz auffordern. «Bitte sehr!» meinte er. «Hier hast du dein Samstagabendvergnügen zurück. Ich will dir den Abend nicht länger vermiesen. Es reicht ja, wenn du dir selbst dein Leben vermiesest.»
«Komm, nun werd' nicht zynisch», sagte Ilona. Sie mußte plötzlich lachen, weil Leander sich überhaupt nicht verändert hatte. Es fehlte ihr die Kraft, sich mit dem Jungen herumzustreiten. Sie nickte ihm versöhnlich zu und meinte: «Mach uns etwas zu trinken.»
Leander schien zu verstehen. Er ging wortlos zur Hausbar, dann drehte er sich zu ihr um.
«Whisky? So wie früher?» fragte er. Am Schalk in seinen Augen bemerkte sie, daß auch er ein Lachen verkneifen mußte. Sie fand plötzlich, daß der strahlende Ausdruck in seinem Gesicht nur schlecht zu seiner pessimistischen Weltanschauung paßte.
«Ich weiß nicht so recht», zögerte sie einen Moment. «Eigentlich dürfte ich ja gar keinen Alkohol trinken.»
«Wieso? Hast du Tabletten geschluckt?» Seine Stimme klang vorwurfsvoll.
Ilona nickte. «Zwei Valium. Ich mußte mich heute mittag für ein paar Stunden hinlegen. Ich war mit den Nerven völlig am Ende.»
Leander blieb unschlüssig mit der Whiskyflasche in der Hand bei der Hausbar stehen. «Ein kleiner Ballantine's wird dir sicher nicht schaden», sagte er und nickte ihr

aufmunternd zu. «Da kannst du nachher sicher gut schlafen.»
Ilona fand es rührend, wie Leander sich um sie sorgte. Schon als Junge hatte er immer den Wunsch gehabt, sie vor Unannehmlichkeiten zu bewahren und sie in Schutz zu nehmen. Jetzt goß er ihr, ohne ihr Einverständnis abzuwarten, einen winzigen Schluck Whisky ein; sein eigenes Glas füllte er über die Hälfte.
«Cheerio!» grinste er lausbübisch und reichte Ilona ihr Glas. Dann ließ er sich wieder auf das Sofa fallen. Während er es sich in den weichen Kissen bequem machte und dabei die Beine anwinkelte, blickte er plötzlich wieder ganz ernst zu seiner Mutter hinüber. «Wer hat eigentlich Richard umgebracht?» fragte er so beiläufig, als erkundige er sich nach der Uhrzeit.
Ilona zuckte ratlos die Achseln. «Das wissen wir im Moment noch nicht», sagte sie.
«Glaubst du, daß man den Mörder finden wird?»
«Bestimmt. Die Polizei ist heutzutage mit allen nur denkbaren Mitteln ausgerüstet. Der Staatsanwalt hat mir gesagt, daß neun von zehn Gewaltverbrechen dank der modernen kriminalistischen Möglichkeiten aufgeklärt werden können. Übrigens, damit du's gleich weißt: Man hat sogar mich verdächtigt.»
Leander blickte ihr forschend in die Augen und sagte: «So unwahrscheinlich ist das doch gar nicht.»
«Wie meinst du das?»
Ohne daß sie es wollte, wurde Ilona plötzlich nervös. Leander trank einen Schluck Whisky, dann meinte er gelassen: «Ich könnte mir gut vorstellen, daß *du* Richard gekillt hast.»
Für den Bruchteil eines Augenblicks entstand eine betretene Stille, die schließlich von Ilonas Stimme durchbrochen wurde. «Hör auf!» rief sie erregt. Ihre Stimme klang plötzlich schrill, beinahe hysterisch. «Für derartige Späße fehlt mir im Moment der Humor. Du weißt gar nicht, was ich in den vergangenen Stunden durchzustehen hatte!»
Leander sagte nichts. Schweigend hockte er auf dem Sofa und trank von Zeit zu Zeit einen Schluck Whisky, dabei blickte er nachdenklich vor sich hin.
Ilona wurde immer unruhiger.

«Wie kommst du auf so absurde Gedanken?» fragte sie mit einem vorwurfsvollen Unterton.
Statt auf ihre Frage zu antworten, meinte Leander nur: «Wird Gerda nun eigentlich zu uns nach Thorhofen ziehen?»
«Gerda? Warum ausgerechnet Gerda?»
Ilona spürte selber, wie schlecht es ihr gelungen war, ihre übertriebene Verwunderung zum Ausdruck zu bringen.
«Ihr liebt euch doch», sagte Leander. «Oder liebt ihr euch vielleicht nicht?»
Noch einmal herrschte betretene Stille, diesmal länger als zuvor. Ilona spielte einen Augenblick lang mit dem Gedanken, aus dem Zimmer zu fliehen, doch dann empfand sie plötzlich ein Gefühl von Befreiung, wie sie es noch selten zuvor erlebt hatte.
«Du hast es also gewußt?» stammelte sie. Sie gab sich Mühe, beherrscht zu sprechen, doch es gelang ihr nicht. Sie mußte die Lippen zusammenpressen, weil sie gegen die Tränen anzukämpfen hatte. Es war das erste Mal seit langem, daß sie mit jemandem über ihre Gefühle sprechen konnte.
Leander trank sein Glas in einem Zug leer.
«Ich weiß es schon seit drei Jahren», sagte er. «Ich habe dich und Gerda nie absichtlich bespitzelt, aber manchmal ließ es sich eben nicht vermeiden, daß ich dabei war, wenn ihr euch angesehen habt. Ich bin ja nicht blind. So wie ihr euch hin und wieder aufgeführt habt, mußte es eigentlich jeder merken.»
«Wirklich?»
Diesmal war das Entsetzen in Ilonas Gesicht echt.
Leander nickte mit dem Kopf. «Mich hat es nie gestört, was zwischen euch war. Mir hat nur Richard leid getan. Einmal hab ich ihn beobachtet, wie er vor der Wohnzimmertür wartete und sich nicht getraute, ins Zimmer zu gehen, weil er wußte, daß du und Gerda euch im Zimmer aufhieltet. Damals hab ich sein Gesicht genau angesehen. Er hatte Angst. Und er wirkte irgendwie hilflos, als hätte er den Mut verloren. In meinen Augen stand Richard immer irgendwie daneben. Deshalb hat er vermutlich vor mir den harten Mann gespielt, den strengen Vater, der sich durchsetzen wollte. Wenigstens mir gegenüber wollte er Rückgrat zei-

gen. Aber sein Auftreten war gekünstelt. Er war eben ein Schwächling.»
«Sag so etwas nicht! Richard ist tot.»
«Na und? Soll ich deshalb vielleicht Lobsprüche von Himmel runterheucheln? *Ich* war immer ehrlich zu ihm, also bin ich es auch jetzt. Und er wollte immer nur stark sein. Bloß keine Schwäche zeigen. Dabei wußte ich, daß er ein viel größeres Chaos mit sich herumtrug als ich. Ich wußte es, aber ich konnte es ihm nicht sagen, weil ich dich nicht bloßstellen wollte. Mir wäre es lieber gewesen, wenn er mit mir über seine Probleme gesprochen hätte, statt mich ständig anzubrüllen und herumzukommandieren.»
«Du irrst dich, Leander», sagte Ilona so überzeugt, als glaubte sie selber daran. «Wir hatten keine Probleme, Richard und ich. Auf unsere Weise waren wir ... glücklich verheiratet.»
«Das glaub ich dir nicht. Papa hat irgend etwas gefehlt.»
Es war das erste Mal seit über einem Jahr, daß Ilona ihren Sohn das Wort «Papa» aussprechen hörte.
«Du *mußt* es mir glauben. Unsere Ehe war bestimmt nicht unglücklicher als andere Ehen. In mancher Hinsicht war sie vielleicht etwas komplizierter und ein bißchen unkonventioneller als die meisten Partnerschaften, aber sie war möglich, und es gab sogar Momente, in denen wir auf unsere Art sehr glücklich waren.»
Leander blickte seine Mutter zweifelnd an. Er schien krampfhaft darüber nachzudenken, ob er ihren Worten Glauben schenken könne. Nach einer Weile meinte er: «Dann hast du Richard also nicht umgebracht.»
Ilona sah Leander fassungslos an. «Du hast doch nicht etwa im Ernst geglaubt, daß ...?»
Leander verzog keine Miene.
«Doch», sagte er ganz ruhig. «Als du heute mittag mit Pfeutzer telefoniertest und er mich zu sich ins Büro kommen ließ und mir erzählte, Richard sei ermordet worden, da war mein erster Gedanke, daß du und Gerda ihn loswerden wolltet.»
Ilona schlug mit einer theatralischen Geste die Hände vor ihr Gesicht und begann zu schluchzen. «Mein Gott!» rief sie. «Das darf nicht wahr sein!»
Die Vorstellung, daß ihr Sohn sie für eine Mörderin hielt

oder allenfalls auch nur für eine Komplizin, war für sie unerträglich. Leander sagte nichts mehr.

Nach einer Weile spürte Ilona plötzlich, daß der Junge neben ihr stand und ihr mit der Hand unbeholfen über den Kopf strich.

«Es tut mir leid», sagte er mit gepreßter Stimme. «Ich wollte dir nicht weh tun. Ich glaube dir jetzt auch. Aber selbst wenn du es getan hättest, so könnte ich es verstehen. Wahrscheinlich hättest du ihn gar nicht töten können, auch wenn du ihn umgebracht hättest.»

Sie sah durch einen Tränenschleier zu ihm hoch.

«Wie meinst du das?» fragte sie.

Er schwieg, als scheute er sich, mit ihr darüber zu sprechen.

«Hast du denn kein Vertrauen mehr zu mir?» wollte sie wissen.

«Für mich war Richard schon lange tot, innerlich. Seine Gefühle waren verdorrt. Er kam mir so vor, als ob er ununterbrochen hinter einem Phantom herjage, ohne einzusehen, wie sinnlos diese Jagd war. Deshalb war er so ungerecht zu mir und stellte sich mir ständig in den Weg. Ich durfte keinen Gedanken zu Ende denken, ohne daß er mich dabei korrigierte. Zu dir und Gerda dagegen sagte er nie etwas, er schluckte alles und blieb immer still. Doch sobald ich ihm begegnete und den Mund aufmachte, begann sich der ganze Widerstand, der sich in ihm angesammelt hatte, plötzlich auf mich zu konzentrieren. Jetzt war *ich* es, der alles verkehrt machte. Jetzt war *ich* der Versager, nicht mehr er. Es muß für ihn eine irrsinnige Erleichterung gewesen sein, wenn er sich an mir abreagieren konnte. Wenn ich das nicht gespürt hätte, so wäre wahrscheinlich irgendwann mal was ganz Scheußliches passiert.»

Er verstummte und blickte zu Ilona, als wollte er sich vergewissern, ob sie ihm noch zuhörte, dann sagte er leise: «Dann hätte *ich* ihn vielleicht eines Tages umgebracht.»

«Du hast deinen Vater gehaßt?»

Er nickte und starrte vor sich hin ins Leere.

«Ja, manchmal schon. Wenn er von der Arbeit nach Hause kam, flüchtete ich freiwillig in mein Zimmer, damit ich mir seine Phrasendrescherei nicht anhören mußte. Er hatte ja immer recht. Sein ganzes Leben bestand aus festgefügten

Normen: Alles mußte stimmen, und alles mußte so bleiben, wie es schon immer gewesen war. Ich fühlte mich von seinem Schatten an die Wand gedrückt. Ich kam mir vor wie eine Pflanze, auf der man jeden Tag mit Füßen herumtritt und von der man dennoch verlangt, daß sie wächst und gedeiht. Ich habe mir oft Gedanken über Richard gemacht, und ich kam zu dem Schluß, daß er so krankhaft auf äußerliche Ordnung bedacht war, weil in seinem Innenleben eine fürchterliche Unordnung herrschte. Er war mit sich selber verfeindet. Er wußte, daß sein wirkliches Ich stärker war als all die Kräfte, die er ihm mit dem Verstand entgegenzustellen versuchte. So blieb er vor sich selber stets ein Verlierer.»
Ilona fuhr sich mit dem Ärmel über die verweinten Augen. Es wurde ihr bewußt, daß sie ihren Sohn unterschätzt hatte. Sie war sich jedoch auch darüber im klaren, daß sie Leander nicht zu verstehen geben durfte, wie recht er mit seinen Vermutungen hatte. Deshalb sagte sie nur: «Später einmal werde ich dir über deinen Vater und mich etwas mehr erzählen, im Augenblick fehlt mir die Kraft dazu. Du mußt dich damit begnügen, wenn ich dir sage, daß dein Vater ein anständiger und fairer Mensch war. In zehn Jahren hat er sein Geschäft aufgebaut. Er hat für seine Arbeit gelebt, das kann man ihm nicht zum Vorwurf machen. Du am allerwenigsten, denn du hast ja auch davon profitiert. Schließlich hat Richard dein Internat bezahlt, und er hat es gern getan für dich.»
«Das hab ich auch nie bestritten», meinte Leander kleinlaut. «Aber deswegen hätte er mich ja nicht auf Schritt und Tritt zu schikanieren brauchen.»
«Sicher hat er dich ein paar Mal hart angefaßt. Du warst eben auch ein schwieriges Kind. Wie oft hast du rebelliert und wolltest keine andere Meinung gelten lassen als deine eigene? Denkst du vielleicht, Richard hat darunter nicht gelitten? Wenn du jetzt über ihn herziehst, finde ich das ungerecht. Ich weiß am besten, daß er es nur gut gemeint hat mit dir.»
«Amen», rief Leander spöttisch. «Jetzt ist es dir doch tatsächlich gelungen, in zwei Minuten mein ganzes Weltbild zu verändern! Dank deiner herzergreifenden Rede werde ich Richard in bester Erinnerung behalten. Ich habe be-

reits vergessen, wie er mich jahrelang unterdrückt hat. Und jetzt werde ich meinen dunklen Konfirmationsanzug anziehen und ein paar Krokodilstränen aus mir herauspressen, damit du endlich zufrieden bist.»

«Ich finde, du gehst sehr weit. Ich verlange ja nicht von dir, daß du die Meinung über deinen Vater änderst, aber du solltest vielleicht doch daran denken, daß er dich adoptiert und großgezogen hat.»

«Das mußte ja kommen!»

Leanders Gesicht nahm für den Bruchteil einer Sekunde einen maskenhaften Ausdruck an. Es wirkte plötzlich verzerrt, wie eine abscheuliche Grimasse.

«Jetzt fängst du also auch noch damit an, mir unter die Nase zu reiben, was ihr beide alles für mich getan habt? Weißt du, wie oft ich schon zu hören gekriegt habe, daß ich nicht euer Sohn bin? Aber ich will dir auch mal was sagen: Ich habe euch nicht gebeten, mich zu adoptieren! Ich konnte euch damals nicht aussuchen, ich hatte kein Mitspracherecht! Sonst hätte ich mich nämlich dagegen gewehrt, daß Richard Neidhard mein Vater wird.»

Leanders Stimme überschlug sich vor Wut. Ilona sah ein, daß sie den Jungen mit ihrer Äußerung verletzt hatte.

«Ich wollte dich nicht kränken», sagte sie rasch.

Der Zwischenfall war ihr peinlich; sie konnte sich nicht entsinnen, mit ihrem Sohn jemals eine so heftige Auseinandersetzung gehabt zu haben. Und die Folgen der ständigen Kontroversen zwischen Leander und ihrem verstorbenen Mann hatte sie in denkbar schlechter Erinnerung. Es brauchte viel, bis ihr Sohn, der sonst eher ruhig und bedächtig war, aus sich herauskam und anfing zu schreien, doch wenn er einmal die Nerven verlor, weil er sich ungerecht behandelt fühlte, so konnte er wochenlang nachtragend sein.

«Du hast mich aber gekränkt!» schrie Leander sie an. «Das war doch schon immer so: Wenn ich etwas zu sagen wagte, was euch nicht in euer stures Konzept paßte, wurde mir sogleich vorgehalten, daß ich ja nur adoptiert sei und daß ihr mit mir gewissermaßen die Katze im Sack gekauft habt.»

«Leander, bitte beruhige dich! Wir wollen uns nicht streiten. Wir können doch auch vernünftig miteinander reden.

Es gibt genügend andere Probleme, mit denen wir uns in nächster Zeit zu beschäftigen haben.»
Sie nahm seine Hand und fügte fast zärtlich hinzu: «Denk doch einmal daran, wie gut wir zwei immer miteinander ausgekommen sind.»
Sie sah, wie Leander aufhorchte. Dann grinste er sie verschämt an und sagte: «Das weiß ich doch. Bis ich Gudrun kennenlernte, warst du für mich der einzige Mensch, zu dem ich Vertrauen haben konnte.»
«Na siehst du», meinte Ilona versöhnlich. «Wir haben eben beide die Nerven verloren, Schwamm drüber! Nun wollen wir diesen dummen kleinen Streit vergessen und in die Zukunft schauen. Es wird noch viel zu besprechen geben, und ich bin ganz sicher, daß wir sehr aufeinander angewiesen sein werden.»
Sie unternahm den Versuch zu lächeln, doch es mißlang ihr. An Leanders finsterem Blick und seiner verkrampften Körperhaltung merkte sie, daß die Atmosphäre im Raum noch keineswegs entspannt war. Deshalb versuchte sie dem Gespräch eine Wendung zu geben, indem sie sagte: «Schenk uns noch einen Whisky ein.»
Leander schüttelte bloß den Kopf und blieb trotzig sitzen. Er kaute an seinen Fingernägeln und sah sie dabei so durchdringend an, daß sie seinem Blick unweigerlich ausweichen mußte.
«Ich gehe nicht mehr ins Internat zurück», hörte sie ihn nach einer Weile sagen.
«Darüber mag ich jetzt nicht diskutieren. Es ist nicht der richtige Zeitpunkt dazu. Außerdem bin ich zu müde.»
Er lachte resigniert. «Das hätte ich eigentlich wissen müssen!» rief er plötzlich wieder aufgebracht. «Immer wenn in diesem Haus etwas Unbequemes zur Sprache kommt, heißt es gleich: Kopf in den Sand! Darüber reden wir später oder gar nicht! — Aber du brauchst dir keine falschen Hoffnungen zu machen, Mam! An meinem Entschluß wird dies nichts mehr ändern, der steht nämlich fest.»
Ilona stand auf und ging zum Fenster. Es war ihr klar, daß sie sich beherrschen mußte, um eine neue Konfrontation zwischen ihr und ihrem Sohn zu vermeiden; sie spürte, wie gereizt Leander war. Freilich hielt sie den Gedanken, er werde nicht mehr ins Internat zurückkehren, für so ausge-

fallen, daß es ihm damit unmöglich ernst sein konnte. Sie nahm an, daß ihr Sohn sie zu provozieren versuchte. Oder dann wollte er einfach herausfinden, ob sie seine Ausbildung genauso autoritär im Auge behalten würde wie sein verstorbener Vater. Weil sie vermutete, daß Leander nur prüfen wollte, wie sie auf seine Äußerung reagieren würde, meinte sie mit gespielter Ruhe: «Du mußt selbst entscheiden, was du tun willst. Ich mache dir keine Vorschriften.»
Er strahlte sie erleichtert an und sagte: «Wirklich? Du verlangst also nicht von mir, daß ich ins Internat zurückgehe?»
Jetzt wagte sie an der Ernsthaftigkeit seiner Absichten nicht mehr zu zweifeln.
«Was hast du im Sinn?» wollte sie wissen. Sie war plötzlich beunruhigt.
«Ich werde eine Arbeit annehmen», sagte er mit einer fast umwerfenden Selbstverständlichkeit.
«Was für eine Arbeit? Du hast doch überhaupt nichts gelernt.»
«Irgendeinen Halbtagsjob. Damit ich noch Zeit finde, um zu leben. Das ist für mich wichtiger, als mich acht Stunden am Tag abzurackern und am Freitagabend schon wieder Angst vor dem Montagmorgen zu kriegen, weil dann die ganze «Leben-nach-Plan»-Scheiße von neuem anfängt. Schau dir doch mal diese Typen an, die jeden Tag mit dem Sechsuhrzehn-Zug von Thorhofen in die Stadt zur Arbeit fahren und nur noch übers Wetter reden können. Denkst du vielleicht, ich will auch so eine Marionette werden, die bloß nickt und kuscht und zufrieden ist, wenn sie am Monatsende möglichst viel kassieren kann?»
Ilona ging auf Leander zu und schlug die Hände zusammen. «Menschenskind, bist du übergeschnappt?» rief sie entgeistert. «Du weißt doch gar nicht, wovon du redest!»
«Logisch weiß ich das. Ich habe genügend Zeit gehabt, darüber nachzudenken. Es ist mir jetzt auch völlig egal, ob du mich verstehen kannst oder nicht. Für mich zählt nur noch, daß ich weiß, was ich will. Alles andere ist mir gleichgültig.»
Ilona setzte sich neben Leander auf das Sofa, nahm seine Hand und blickte ihm fest in die Augen. Dann sagte sie ganz ruhig: «Ich habe mich immer bemüht, deine Ansich-

ten zu respektieren, und ich habe dich, so oft es nur ging, in Schutz genommen, wenn Richard an dir etwas auszusetzen hatte. Aber nun bin ich ganz allein für dich verantwortlich. Ich bin verpflichtet, weiterzudenken, als du es im Augenblick vielleicht vermagst. Es war der Wunsch deines Vaters, daß du eines Tages sein Geschäft übernimmst. Das ist eine Chance für dich, um die dich deine Kollegen wahrscheinlich beneiden. Stell dir doch bitte mal vor: Du kannst dich in ein gemachtes Nest setzen und einen Lebensstandard genießen, von dem andere junge Leute in deinem Alter nur träumen.»

«Genau das will ich *nicht*. Ich bin kein Architekt, und schon gar keiner, wie Richard einer war. Es liegt mir nicht, Betonklötze aufzustellen und saftige Provisionen zu kassieren, weil es mir gelungen ist, auf nur sechzig Quadratmetern Fläche eine Vierzimmerwohnung zu planen, die zwanzig Prozent Rendite abwirft. Glaub mir, ich weiß Bescheid, wie Richard sein Geld verdient hat. Ich hab mich oft genug bei ihm im Büro umgesehen.»

«Deshalb also hast du deinen Vater ein paar Mal im Geschäft besucht. Und er glaubte schon . . .»

Es kam Ilona plötzlich in den Sinn, wie erfreut sich Richard über das vermeintliche Interesse Leanders an seinem Beruf gezeigt hatte. Jetzt fand sie das Verhalten des Jungen wirklich niederträchtig. Außerdem war sie überzeugt davon, daß Leander auf dem besten Weg war, sich auf ein Abenteuer einzulassen, das ihm vielleicht schon in kurzer Zeit leid tun würde. Als Mutter fühlte sie sich deshalb verpflichtet, ihren Sohn von seinem unbedachten Vorhaben abzuhalten.

«Es verlangt kein Mensch von dir, daß du Architekt wirst», begann sie auf Leander einzureden. «Aber ich habe ein Recht, von dir zu verlangen, daß du dir die Zeit nimmst, über deinen künftigen Beruf nachzudenken, und daß du dir alle nur denkbaren Türen offenhältst. Deshalb wirst du nach Zuoz ins Internat zurückgehen und dein Abitur machen. Mit zwanzig ist es noch früh genug, um endgültige Entscheidungen zu fällen. Wenn du dann immer noch als Gelegenheitsarbeiter herumgammeln willst, werde ich dir sicher nicht im Weg stehen. Im Moment jedoch bestehe ich darauf, daß du deinen Schulabschluß machst.»

«Ich tu's aber nicht», sagte Leander mit zusammengepreßten Lippen. «Ich will mich nämlich nicht kaputtmachen lassen von all den täglich wiederkehrenden Zwängen, denen ich auf der Schule wehrlos ausgeliefert bin. Fast jeden Morgen wache ich auf mit der Angst, ich könnte bei einer Prüfung schlecht abschneiden, und am Abend gehe ich ins Bett mit der Angst, daß ich die fünfzig französischen Vokabeln, an denen ich drei Stunden lang büffelte, bis am nächsten Morgen wieder vergessen haben könnte. So geht das Tag für Tag, Jahr für Jahr, und wir fangen selber schon an daran zu glauben, daß es nur ein Ziel für uns gibt: ein fleißiger und williger Schüler mit guten Noten zu sein. Dabei bringen wir schon gar nicht mehr die Kraft und den Willen auf, über jene Dinge nachzudenken, die unser Leben wirklich lebenswert machen. Das sind keine Lateinverben, keine Algebraformeln und keine Zeugnisnoten! Aber wir haben uns schon so an die permanente Angst gewöhnt, daß wir uns gar nicht mehr vorstellen können, was wir eigentlich sein könnten, wenn wir uns nicht von der grausamen Schulmaschinerie zerstören ließen. Meine Freunde und ich haben ausgerechnet, daß wir über neunzig Prozent von dem Blödsinn, den man uns auf der Schule unter den fürchterlichsten Bedingungen einzuhämmern versucht, in unserem späteren Leben nie wieder brauchen werden. Dann beherrschen wir zwar die kompliziertesten Rechenoperationen, zahllose physikalische Formeln, und wir wissen auf den Quadratmeter genau, wieviel Trockenfläche die Wüste Sahara hat, aber wir haben nicht die leiseste Ahnung von den Dingen, die den Menschen wirklich ausmachen. Trotzdem werden wir unter Androhung von Strafen gezwungen, unsere Energie für Unsinn zu verschwenden. Wenn wir es wagen, uns aufzulehnen, so wirft man uns sofort vor, wir seien renitent, oder man droht uns mit Sanktionen. Keiner von den Leuten, die uns als Vorbilder hingestellt werden, bringt auch nur eine Spur Bereitschaft mit sich, neue Lebensmöglichkeiten auszukundschaften und sich auch gesellschaftlich neu zu orientieren. Es zählen bloß die gegebenen Verhältnisse, die sich ja angeblich bewährt haben, und jeder von uns Jungen, der einen etwas ausgefallenen Gedanken riskiert, läuft unweigerlich Gefahr, zum Außenseiter gestempelt zu werden. Be-

greifst du jetzt vielleicht, warum ich nicht mehr ins Internat zurückgehen möchte?»
Ilona hatte ihrem Sohn aufmerksam zugehört. Sie begriff durchaus, was er ihr hatte erläutern wollen. Seine Gedankengänge waren ihr aus ihrer eigenen Jugend nur allzu vertraut: Wie oft hatte sie festgefahrene Normen, die ihr lächerlich erschienen, in Frage gestellt und war deswegen bei ihren Lehrern wie bei ihrem Vater immer wieder angeeckt. Sie hatte viel Verständnis für Leanders Ungeduld und sein stürmisches Verlangen nach gesellschaftlichen Veränderungen. Doch zunächst schien es ihr wichtiger, daß sich ihr Sohn nicht aus einer augenblicklichen Aussteigerlaune heraus die eigene Zukunft verbaute. Dies mußte sie ihm klarzumachen versuchen, und zwar auf die Gefahr hin, daß er sie ebenfalls als reaktionär und hinterwäldlerisch einstufen würde. Sicherlich würde sie nicht darauf bestehen, daß Leander gegen seinen Willen einmal das Architekturbüro seines Vaters übernehmen müßte, dies ließe sich schon gar nicht mit ihrer Auffassung von freier Persönlichkeitsentfaltung vereinbaren. Dennoch war sie fest davon überzeugt, daß sich ihrem Sohn mit einem Abitur später ganz andere Möglichkeiten bieten würden, als wenn er jetzt vor sich selber kapitulierte. Leanders augenblickliche Weltanschauung kam ihr keineswegs abwegig vor, sie fand sie nur unrealistisch. Dagegen schätzte sie die Offenheit ihres Sohnes und seine rigorose Art, mit der er sich ihrem Widerspruch entgegenzustellen versuchte. Spontane Menschen, die zu sagen wagten, was sie dachten, hatte Ilona eigentlich schon immer gemocht. Im Gegensatz zu der überwiegenden Anzahl von Leuten, die sich von der Umwelt sogar für ihr Denken Richtlinien vorschreiben ließen.
Auch wenn Ilona Neidhard den Ambitionen ihres Sohnes im Augenblick nicht aus vollem Herzen beipflichten konnte, so war sie über seine kritische Einstellung keineswegs unglücklich. Zwar würde sie den Jungen von der Verwirklichung seiner Pläne abhalten, doch wenn sie zu sich selber ehrlich war, mußte sie sich eingestehen, daß auch ihr Vater während ihrer Jugendzeit Entscheidungen über ihren Kopf hinweg getroffen hatte, für die sie ihm heute eigentlich dankbar war. Gleichzeitig mit der Erkenntnis, daß Er-

fahrungen eben unmittelbar sind, wurde Ilona auf schmerzliche Weise bewußt, daß sie bereits auf die vierzig zuging und in der Lage war, ihrem Sohn sogenannte Lebenserfahrungen zu vermitteln.
Sie entschloß sich, einer erneuten Konfrontation mit Leander aus dem Weg zu gehen und vorerst einmal abzuwarten. In ein paar Tagen schon würde ihr Sohn seinen jetzigen Standpunkt neu überdacht haben, und dann würde er vielleicht eher mit sich reden lassen. Doch bevor Ilona einlenken konnte, fuhr Leander fort: «Übrigens ziehe ich von zu Hause aus. Aber du kannst beruhigt sein: Ich brauche kein Geld von dir. Ich möchte in jeder Beziehung unabhängig sein.»
«Und wovon willst du leben?» erkundigte sich Ilona fast schon belustigt. Sie fand die Äußerungen ihres sechzehnjährigen Sohnes geradezu rührend, weil sie aus ihrer Sicht so grenzenlos weltfremd waren.
«Ich kann bei Gudrun wohnen, ihr Zimmer ist groß genug für uns beide. Wenn ich will, kann ich fünf Stunden am Tag bei Gudruns Vater im Geschäft arbeiten. Damit würde ich gerade soviel Geld verdienen, wie ich zum Leben brauche, und mehr will ich gar nicht. Ich will bloß Zeit haben für mich und Gudrun und all die Dinge, die Spaß machen im Leben.»
Es fiel Ilona schwer, sich ihr Entsetzen nicht anmerken zu lassen. Sie kannte Gudrun Zahnd, und sie hatte auch schon einige Male mit den Eltern des Mädchens gesprochen. Diese besaßen an der Bullingerstraße in Zürich eine kleine Quartiermetzgerei, in der es auch Pferdefleisch zu kaufen gab. Es war ein winziger Laden, wo fast nur Gastarbeiter aus Italien und Spanien ihre Einkäufe tätigten. Wie gut man davon leben konnte, entzog sich Ilonas Kenntnis, doch sie konnte sich ihren Sohn in dieser Umgebung unmöglich vorstellen. Außerdem hatte ihr Gudrun selber einmal erzählt, daß ihr Vater jähzornig sei und fast jeden Abend betrunken nach Hause komme. Das war auch der Grund, weshalb das Mädchen nicht mit ihren Eltern in der engen Parterrewohnung hinter dem Laden lebte, sondern im fünften Stock eine Mansarde bewohnte, die sie sich nach ihrem eigenen, etwas ausgefallenen Geschmack eingerichtet hatte.

Gudrun Zahnd war ein hübsches, ausgeflipptes Mädchen mit kurzgeschnittenem blonden Haar und verträumten Augen. Sie war ein ständiges Opfer ihrer eigenen verrückten Ideen, von denen sie beinahe täglich überrollt wurde, und sie schien über unerschöpfliche Kraftreserven zu verfügen. Tagsüber besuchte Gudrun die Abschlußklasse der Kunstgewerbeschule, daneben arbeitete sie zwei Stunden als Volontärin bei einem Grafiker und half während den abendlichen Stoßzeiten auch noch im Laden ihres Vaters aus. Dennoch wirkte sie immer frisch und unbeschwert, Ilona hatte Gudrun noch nie mürrisch erlebt. In den paar kurzen Gesprächen, die sie im Laufe der Zeit mit dem Mädchen geführt hatte, war ihr aufgefallen, daß Gudrun offenbar genau wußte, was sie wollte, und sich auch gegen die bürgerlichen Ansichten ihrer Eltern durchzusetzen verstand. Auf Leander hatte das Mädchen einen starken Einfluß. Wichtige Entscheidungen pflegte der Junge immer erst zu treffen, wenn er sich mit seiner Freundin abgesprochen hatte.
Nur etwas mißfiel Ilona an der Freundin ihres Sohnes: Gudrun rauchte mehr oder weniger regelmäßig Haschisch. Als Ilona ihr dies einmal vorgeworfen und sie um eine Erklärung für ihr Verhalten gebeten hatte, war das Mädchen ziemlich ausfallend geworden und hatte ihr schnippisch erwidert, Shit sei nicht gefährlicher als eine gewöhnliche Zigarette, dies sei wissenschaftlich längst erwiesen. Zum Entsetzen von Richard Neidhard, der bei jenem Gespräch zugegen war, behauptete sie sogar, wer im Zusammenhang mit Haschisch von Rauschgiftkonsum oder gar von Drogenabhängigkeit spreche, sei ein Neandertaler.
Ilona hatte die enge Beziehung zwischen Leander und Gudrun eigentlich stets unterstützt. Sie wäre sich lächerlich vorgekommen, wenn sie versucht hätte, sich in die freundschaftlichen Belange der beiden jungen Menschen einzumischen. Statt dessen hatte sie sich mit viel psychologischem Feingefühl bemüht, das Vertrauensverhältnis zu ihrem Sohn noch zu vertiefen. Nur so konnte sie die beruhigende Gewißheit haben, daß Leander ihr weiterhin alles anvertrauen würde, was sich zwischen ihm und seiner Freundin zutrug.
Etwas konnte Ilona sich freilich nicht vorstellen: daß

Leander, der seit seiner Kindheit alle nur denkbaren Annehmlichkeiten für sich beanspruchen durfte, in der düsteren Metzgerei von Gustav Zahnd als Schlächtergeselle sein Glück finden würde. Dafür war er zu wenig abgehärtet und viel zu sensibel.
«Stört es dich, wenn ich noch weggehe?» wollte Leander unvermittelt wissen.
Ilona blickte erstaunt auf und sah auf die Uhr. Es war wenige Minuten vor elf.
«Wo willst du um diese Zeit noch hin?»
«Zu Gudrun.»
«Aber doch nicht jetzt. Mitten in der Nacht.»
«Doch. Ich habe das Bedürfnis, bei ihr zu sein und mit ihr über alles zu reden. Spielt es dabei eine Rolle, ob es mitten in der Nacht ist?»
«Ach? Du willst mich also jetzt einfach allein lassen?» Ilonas Stimme klang plötzlich vorwurfsvoll.
«Ja», sagte Leander. «Wir haben uns doch nichts zu sagen, wir reden nur aneinander vorbei. Ich spüre zwar, wie du dir Mühe gibst, mich nicht zu verärgern, aber gleichzeitig spüre ich auch, daß du mich im Grunde genommen nicht verstehst.»
«Das stimmt nicht, Leander! Das darfst du dir nicht einreden!»
«Bitte keine Phrasen! Du glaubst nicht, wie allein ich mir in deiner Gegenwart vorkomme. Deshalb gehe ich jetzt zu Gudrun, und du wirst mich nicht davon abhalten können.»
Ilona erhob sich und ging im Zimmer auf und ab. Es wurde ihr plötzlich bewußt, daß die Kluft zwischen ihr und ihrem Sohn anscheinend doch tiefer war, als sie angenommen hatte, sonst wäre er niemals auf den Gedanken gekommen, sie in ihrer jetzigen Verfassung allein zu lassen.
Sie ließ sich auf einen Sessel fallen und begann still vor sich hinzuweinen. Vergeblich wartete sie darauf, daß Leander sie erneut trösten würde. Er blieb auf dem Sofa sitzen, und sie hörte ihn wie aus weiter Ferne sagen: «Ich finde es ziemlich mies von dir, daß du mich mit deinem sentimentalen Geplärre zu erpressen versuchst. Aber bitte, wenn du unbedingt willst, so bleibe ich eben bei dir.»
Er legte sich der Länge nach hin und starrte regungslos gegen die Decke.

Kurz nach elf stand plötzlich Gerda Roth im Zimmer. Sie hatte es zu Hause nicht mehr ausgehalten und war deshalb nach Thorhofen gekommen.
«Du bist ja richtig erwachsen geworden», rief sie, als sie Leander sah, der sie um fast zwei Köpfe überragte. Sie umarmte den Jungen zur Begrüßung so herzlich, wie wenn er ihr eigenes Kind wäre.
«Habt ihr Streit gehabt?» fragte sie besorgt, als sie Ilonas verweinte Augen bemerkte.
Ilona schüttelte müde den Kopf, und Leander sagte nur: «Ich geh schlafen.» Dann verließ er das Zimmer.
Bevor die beiden Frauen, lange nach Mitternacht, schließlich auch zu Bett gingen, verspürte Ilona plötzlich den Wunsch, sich jetzt gleich mit Leander auszusöhnen. Auf dem Weg zu ihrem Schlafzimmer im Obergeschoß blieb sie vor seiner Zimmertür stehen.
«Vielleicht ist Leander noch wach», sagte sie zu ihrer Freundin. Sie hatte Gerda von ihrem Wortwechsel mit dem Jungen erzählt. Behutsam öffnete sie die Tür und machte Licht. Das Zimmer war leer. Alles lag ordentlich an seinem Platz. Der Raum schien so unbewohnt, als ob Leander gar nicht hier gewesen wäre.
Auf dem Bett schlief der schwarze Kater «Tarzan», den Leander bei einem Schulausflug in Italien auf der Straße aufgelesen und in die Schweiz geschmuggelt hatte.
Dennoch gab es ein Indiz dafür, daß Leander sich vor kurzem noch in seinem Zimmer aufgehalten hatte: Das Tonbandgerät lief noch. Ilona vernahm ein Lied von Graham Nash, das ihr Sohn nur hörte, wenn es ihm schlecht ging: *You'll never be the same.*
Dann entdeckte sie auf dem Schreibtisch ein Blatt Papier. Es war von oben bis unten eng beschrieben, und Ilona erkannte sogleich Leanders zackige Handschrift mit den steilen Unterlängen.
Sie klammerte sich an ihrer Freundin fest und flüsterte: «Er ist weg. Er hat mich im Stich gelassen.»
«Nur keine Panik, Liebes», meinte Gerda ruhig. «Was ist schon dabei, wenn ein Junge in seinem Alter mal von zu Hause abhaut?»
Sie ging zum Schreibtisch und überflog den Brief.

30—11—80 0020 Uhr

Mam!
Es ist Zeit, daß ich gehe.
Jeder Versuch, mich zu halten oder gar an Dich zu binden, wäre sinnlos. Das Leben ist zu kurz, um ständig Kompromisse zu schließen.
Wenn Gerda nicht gekommen wäre, so hätte ich vielleicht noch zugewartet mit der Verwirklichung meiner Absichten, weil ich Dich im Moment ungern Deinem Schicksal überlassen hätte.
Ich kann keine Trauer heucheln.
Als Kind habe ich meinen Vater geliebt. Als er dann später versuchte, mich in das Korsett seiner Grundsätze zu pressen, flauten meine Empfindungen für ihn immer mehr ab, wurde er mir als Mensch immer fremder.
Mag sein, daß Richard manchen Leuten etwas bedeutet hat. Ich kann leider nur beurteilen, was er für mich war: Eine Art überragende Goliath-Figur, die mich, den elenden kleinen David, ununterbrochen dazu anhielt, dankbar zu sein. Dankbarkeit ist eine schreckliche Verpflichtung. Für mich war sie immer mit Angst verknüpft, weil sie letztlich doch nur zum Ziel hatte, meinen Stolz zu brechen.
Wäre ich nicht ins Internat gegangen, so hätte Richard sein Ziel erreicht. Gebrochener Stolz aber ist schlimmer als der allmählich abflauende Schmerz über den Verlust eines Menschen, der einem nahestand. Gebrochener Stolz knickt das Selbstbewußtsein, gebrochener Stolz demütigt.
Es klingt in Deinen Ohren vielleicht blasphemisch und einmal mehr undankbar, aber ich bin glücklich darüber, daß es Richard nicht gelungen ist, meinen Stolz zu brechen.
Ich fühle mich allein, aber ich bin nicht unglücklich. Irgend etwas in mir befiehlt mir, von nun an nur noch auf mich selbst zu hören und nur noch das zu tun, wozu ich selbst aus innerer Überzeugung ja sagen kann.
Ich zweifle daran, ob Du mich verstehen kannst.
Du gibst mir zahlreiche Rätsel auf, die ich wohl nie werde lösen können, weil Dir der Mut fehlt, ehrlich zu sein. Du sagst zu Dir selbst nicht ja.

Gudrun hört mir zu. Ich weiß nicht, ob sie mich verstehen kann, aber ich hoffe es.
Es genügt vollkommen, wenn man von einem einzigen Menschen verstanden wird.
Die Frage nach dem Ursprung meines Ichs überrennt mich. In den letzten Wochen bekam im von Stöberle, meinem Erzieher im Internat, oft zu hören, ich sei einsam. Es klang stets wie ein Vorwurf, der mit unterschwelligem Mitleid vermischt war. Nie war aus dieser simplen Feststellung jene unabänderliche Realität herauszuspüren, an die ich mich zu gewöhnen habe, so wie andere Menschen auch, sofern sie die grauenhaft beglückende Fähigkeit besitzen, ihre eigene Einsamkeit bewußt zu erleben.
Meine Einsamkeit ist der Wegweiser für meine Zukunft. Ich muß nur noch Rücksicht auf mich selbst nehmen, auf meine Gedanken, meine Vorstellungen, meine Träume und Ideale. Ich habe nur das eine Ziel, frei zu werden von äußeren und inneren Zwängen, die uns mit sanfter Gewalt auferlegt werden, damit wir uns ohne Widerstand einfügen in die Reihe jener, die verlernt haben zu leben und längst nicht mehr wissen, was Leben überhaupt bedeutet.
Ich möchte keine Maschine werden.
Deshalb ist bedingungslose Aufrichtigkeit für mich die wichtigste Voraussetzung, um mich in der geschilderten Absicht verwirklichen zu können.
Ich werde an Richards Begräbnis nicht teilnehmen.
Undankbar sein ist besser als unehrlich sein.
Für mich ist jedes Begräbnis ein lächerliches Ritual, ein Leerlauf, der niemandem nützt, ein absurdes Zeremoniell, das die tiefe Verlogenheit der meisten Menschen überdeutlich zum Ausdruck bringt.
Bitte laß mich leben!
Eines Tages hörst Du wieder von mir.
Tschau.

Leander

PS. Alles, was ich geschrieben habe, gilt auch für Dich und für Deine Zukunft. Nimm bitte nicht länger Rücksicht auf andere Leute, sondern versuche Deine Gefühle für Gerda so zu verwirklichen, daß Du vor Dir selber bestehen kannst. Nur das ist entscheidend.

Nachdem Gerda den Brief zu Ende gelesen hatte, reichte sie ihn wortlos ihrer Freundin hinüber, die noch immer im Türrahmen stand und gedankenverloren ins Zimmer starrte.

12

Oberleutnant Honegger fühlte sich von einer seltsamen Unruhe gequält, als er am Sonntagmorgen wie gewohnt um halb sechs aufstand, kurz duschte und dann, so leise wie möglich, aus der Wohnung schlich, damit seine Frau nicht aufwachte.
Erst im Treppenhaus fiel ihm ein, daß er nach der Frühmesse mit Staatsanwalt Zbinden verabredet war. Er kehrte deshalb ins Wohnzimmer zurück, um seine Aktentasche zu holen, in der sich die Ermittlungsunterlagen des Mordfalls Neidhard befanden.
Im Wohnzimmer roch es nach abgestandenem Zigarrenqualm; Honegger hatte vor dem Schlafengehen vergessen, das Fenster zu öffnen. Darüber ärgerte er sich jetzt so sehr, daß er einen Hustenanfall bekam; er litt schon seit geraumer Zeit an chronischer Bronchitis.
Es gab im Leben von Honegger Momente, in denen ihm auf unheimliche Weise bewußt wurde, daß ihm etwas fehlte. Was er dann auch tat, kam ihm sinnlos vor, und wohin er sich in seiner Verzweiflung auch umsah: Er blickte nur noch ins Leere und fand nirgendwo Halt.
An diesem Sonntagmorgen erging es ihm ähnlich. Er fühlte sich plötzlich verloren. Heftige Schuldgefühle bedrückten ihn, und er kam sich, wie so oft in jüngster Zeit, einmal mehr als Versager vor, als einer von denen, die dazu verurteilt waren, auf der Strecke zu bleiben. Zwar machte ihm deshalb kein Mensch Vorwürfe, auch seine Frau nicht, und dennoch war ihm in seiner Haut nicht mehr wohl. Er fragte sich, weshalb er überhaupt zu dieser Herrgottsfrühe

aufgestanden war, er hatte ja keinen Dienst, und der Besuch der Frühmesse war auch nicht obligatorisch. Aber eben: Er hatte seinen Kollegen versprochen, ihnen bei den Ermittlungen in dieser leidigen Mordgeschichte behilflich zu sein. Schließlich konnte man, allein schon aus Pflichtgefühl, einen Vorgesetzten wie Zbinden nicht einfach auf der Arbeit sitzenlassen.
Eigentlich hatte er sich fest vorgenommen, die Untersuchungsakten in der Sache Neidhard gestern abend noch einmal gründlich durchzusehen, um dem Staatsanwalt heute morgen einen Schlachtplan vorlegen zu können, aber dann hatte ihm seine Frau einen Strich durch die Rechnung gemacht. Hedwig hatte ihn nämlich gestern nach seiner Heimkehr mit einem phantastischen Käsefondue überrascht, und sie waren bis tief in die Nacht aufgeblieben und hatten zwei Flaschen Riesling getrunken. Zum erstenmal seit langer Zeit war es zwischen ihm und seiner Frau zu einem ehrlichen Gespräch gekommen. Hedwig hatte ihm voller Begeisterung erzählt, sie wolle an einem Modellierkurs für Körperbehinderte teilnehmen, der ab nächster Woche jeden Dienstagabend im Kirchgemeindehaus Hottingen durchgeführt werde, konfessionell streng neutral natürlich.
Der Oberleutnant hatte sich stets im Glauben gewähnt, daß es zwischen ihm und seiner Frau keinerlei Geheimnisse gebe. Um so unbegreiflicher erschien es ihm nun, daß Hedwig es kaum wagte, ihn darum zu bitten, sie jeweils am Dienstagabend mit seinem Wagen zu dem Kurslokal zu bringen und zwei Stunden später wieder abzuholen. Hedwig gestand ihm sogar, sie habe sich mit diesem Problem schon seit Tagen beschäftigt. Schließlich wisse sie doch, wie sehr sein Beruf ihn beanspruche, deshalb sei es doch beinahe eine Zumutung, ihn auch noch mit ihrem Anliegen zu behelligen.
Honegger verschlug es zunächst die Sprache, denn es kam ihm so vor, als wäre er in den Augen seiner Frau ein Fremder, doch dann erklärte er sich sogleich bereit, ihrem Wunsch zu entsprechen. Er tat es gern, denn er wußte nur allzugut, wie verlassen sich Hedwig fühlte, wenn er bei der Arbeit war, und es schmerzte ihn immer, wenn er beim Weggehen tatenlos zusehen mußte, wie sie ihren Rollstuhl

zum Fenstererker im Wohnzimmer rückte, von wo aus sie das Geschehen auf der Straße mitverfolgen konnte. Dort blieb sie stundenlang sitzen und häkelte Kissenbezüge, die sie zu Weihnachten wahllos an ihre Bekannten verschenkte, oder sie ließ ihren Blick hilfesuchend an den Fenstern der gegenüberliegenden Häuser entlangschweifen und machte sich dabei Gedanken, von denen der Oberleutnant wohl nie etwas erfahren würde. Manchmal blieb sie den ganzen Tag über im Bett, trank literweise Nescafé und las Liebesromane, die ihr Alice Plüss, eine befreundete Kioskverkäuferin, gelegentlich vorbeibrachte, um sie von ihrem trostlosen Alltagsdasein im Rollstuhl ein wenig abzulenken.
Umsonst stellte sich der Oberleutnant stets aufs neue die Frage, wie er seiner Frau dabei behilflich sein könnte, ihr hartes Leben etwas sinnvoller zu gestalten, aber er suchte vergeblich nach einer Antwort. So mußte er sich wohl oder übel darauf beschränken, Hedwig jeden Tag seine Zuneigung spüren zu lassen, indem er besonders aufmerksam und nett zu ihr war. Mehr konnte er für seine Frau nicht tun. Er litt oft unter diesem quälenden Dauerzustand und war in solchen Augenblicken froh, daß sein Beruf ihn im Laufe der Zeit abgehärtet hatte.
Während Honegger den Inhalt seiner Aktentasche nochmals pedantisch kontrollierte, obschon er die Unterlagen gar nicht mehr angerührt hatte, dachte er angestrengt über die möglichen Ursachen jener Schuldgefühle nach, die sich seiner an diesem Morgen bemächtigt und eine fast fieberhafte Unruhe in ihm ausgelöst hatten.
Der Riesling allein, auch wenn er gut anderthalb Flaschen davon getrunken hatte, war für Honegger nicht Grund genug, um das merkwürdige Ereignis der vergangenen Nacht sich selbst gegenüber zu rechtfertigen. Während in seiner Erinnerung alles noch einmal lebendig wurde, was sich an Ungewohntem, Fatalem und Verabscheuungswürdigem ereignet hatte, überkam den Oberleutnant ein starkes Unbehagen. Seit jeher verstand er sich als Mensch mit moralischen Grundsätzen, die er hartnäckig verteidigte und an denen niemals gerüttelt werden durfte. Und genau das war heute nacht geschehen.
Seit seine Frau vor siebzehn Jahren an Kinderlähmung er-

krankt war, hatte sich Honegger längst daran gewöhnt, daß zwischen ihm und Hedwig kein sexueller Verkehr im eigentlichen Sinne mehr möglich war. Zwar hatte man anfänglich noch hin und wieder Zärtlichkeiten ausgetauscht, die sich jedoch auf ein paar Küsse oder gegenseitiges Streicheln und Abtasten der empfindlichen Körperstellen des Partners beschränkten. Auf wirklichen Geschlechtsverkehr hatte der Oberleutnant stets rücksichtsvoll verzichtet, zumal er wußte, daß Hedwig schon seit Jahren vor jeder sexuellen Betätigung einen fast krankhaften Ekel empfand. Vorschriften über sein Sexualleben hatte sie ihm zwar nie gemacht, das mußte er einräumen, aber sie setzte es wohl als selbstverständlich voraus, daß er sie nicht mit einer anderen Frau betrügen würde.
So hatte Honegger sich jahrelang damit begnügt, am Morgen unter der Dusche rasch zu onanieren, um sich dadurch wenigstens körperliche Entspannung zu verschaffen, was in seinem schwierigen Beruf ja nicht unwichtig war. Doch mit der Zeit fühlte er sich durch diesen täglich wiederkehrenden Vorgang dermaßen erniedrigt, daß er schließlich auch darauf fast ganz verzichtete.
Während der vergangenen Nacht hatte er zum ersten Mal wieder ein starkes sexuelles Verlangen gespürt. Als Hedwig vor dem Einschlafen wie immer ihre Hand auf seine Brust legte, wurde er plötzlich erregt, so erregt wie nie zuvor in seinem Leben. Je mehr er sich zu beherrschen versuchte, um so schneller und heftiger begann sein Herz zu schlagen, und seine Begierde nach einer Frau wurde immer stärker. Er spürte, wie er allmählich die Kontrolle über seinen Verstand und seinen Körper verlor, und er kapitulierte schließlich vor sich selber, vor seinem übermächtigen Trieb.
In einem nie zuvor erlebten Rausch von Sinnlichkeit ergriff er plötzlich die Hand seiner Frau, die noch immer auf seiner Brust ruhte, und führte sie entschlossen zwischen seine Schenkel. Mit einem taumelnden Gefühl von Befreiung spürte er, wie Hedwig seinen Penis zu kneten begann. Unbeholfen und zaghaft zunächst, denn es war das erste Mal seit Jahren, daß sie seine Genitalien berührte. Dann jedoch wurde ihr Griff, mit dem sie sein steifes Glied umschlang, immer kräftiger, und die schnellen, rhythmischen

Handbewegungen paßten sich immer einfühlsamer seinen erotischen Phantasien an.
Während er sich hemmungslos treiben ließ und mit der Zunge gierig über seine eigenen Lippen kreiste, hörte er eine Frauenstimme, die ihm sanft zuflüsterte: «Ich tu's gern für dich, Georg! Keine Angst, ich schaff dich bestimmt. Bist du vielleicht noch keusch? Ich liebe keusche Männer.»
Aber es war nicht Hedwigs Stimme, die ihn so rasend machte, daß er glaubte, wahnsinnig zu werden. Und es war auch nicht Hedwigs Hand, die so gekonnt seinen Penis massierte: Es war Ilona Neidhard, die neben ihm lag, nackt und begehrenswert. Ihr Körper war um einiges aufregender, als er während seiner ersten Begegnung mit ihr vermutet hatte. Damals war ihm vor allem ihr rundlicher Po aufgefallen, und er hatte sich für einen Moment gefragt — das konnte er jetzt ja zugeben — ob Ilona Neidhard wohl zu jenen Frauen gehörte, die sich auch in den Arsch ficken ließen; davon hatte er schon oft geträumt.
Nun war er überrascht, daß ihre Schamhaare nicht rasiert waren. Irgend jemand hatte ihm einmal erzählt, alle Lesben seien zwischen den Beinen rasiert, das mußte ein Banause gewesen sein, oder aber, auch das war natürlich denkbar, die Neidhard war gar keine richtige Lesbierin. Während er sie mit seiner Zunge zu lecken begann, spürte er an beiden Wangen die feuchte Haut ihrer makellosen Schenkel, mit denen sie seinen Kopf zusammenpreßte.
Sekunden bevor der erlösende Wahnsinn ihn überwältigte, ließ er sich mit einem Aufschrei ins Kissen zurückfallen, und er nahm gerade noch wahr, wie Ilonas langes, schwarzes Haar wie ein dunkler Vorhang auf ihn herabfiel und sein Gesicht zudeckte.
Während sein Samen mit solcher Kraft herausschoß, als hätte er die Ladung siebzehn Jahre lang eigens für diesen Moment aufgespart, verkrampfte sich sein Körper so stark, daß Honegger sich auf die Zunge biß.
Er schreckte hoch.
Sofort schloß er wieder die Augen. Klebriger Schweiß rann in kleinen Bächen über sein Gesicht. Er atmete schwer. Erst als er nach einer Weile vernahm, wie eine energische Frauenstimme immer wieder seinen Namen rief, kam er

endlich ganz zu sich. Er sah, daß die gelbe Nachttischlampe mit dem geblumten Rüschenschirm brannte. Hedwig saß aufrecht im Bett und stützte sich mit dem rechten Arm auf die Matratze. Dann beugte sie sich über seinen Unterleib und wischte mit einem Frottiertuch seine Spermien weg. Er hörte sie fragen: «Willst du noch duschen?» Aber er gab keine Antwort, denn er begriff nicht, was sie mit dieser Frage bezwecken wollte.
Hedwigs Gesicht war erhitzt und leicht gerötet. Die dick aufgetragene Nachtcreme glänzte fettig. Sie war über die ganze Gesichtsfläche verschmiert und wies an mehreren Stellen Fingerabdrücke auf.
Erst jetzt wurde Honegger richtig bewußt, was geschehen war. Er räusperte sich und wollte etwas sagen, doch er brachte keinen Ton heraus. Es kam ihm vor, als wäre sein Mund mit einem breiten Heftpflaster verklebt. Müde war er nicht mehr, aber er war froh, als Hedwig die Nachttischlampe wieder löschte. Im Dunkeln hörte er sie sagen: «Wir sollten öfter lieb zueinander sein. Ich habe das Gefühl, du brauchst es.»
«Kann sein», antwortete er und drehte sich zur Seite.
Er lag noch lange wach. Seine letzte Empfindung, bevor er beim Morgengrauen endlich einschlafen konnte, war tiefe Selbstverachtung.
Der Oberleutnant schüttelte heftig den Kopf, als wollte er seine Gedanken gewaltsam verdrängen, dann nahm er rasch seine Aktentasche. Während er zur Wohnungstür ging, hörte er aus dem Schlafzimmer die Stimme seiner Frau.
«Georg, gehst du schon weg?»
Er blieb unschlüssig einen Moment stehen, dann betrat er das Schlafzimmer und setzte sich zu Hedwig auf die Bettkante.
«Ich gab mir soviel Mühe, leise zu sein», meinte er verlegen. «Ich weiß doch, wie schwer es dir fällt, wieder einzuschlafen.»
Er küßte sie rasch auf die Stirn und wollte wieder aufstehen, doch Hedwig nahm seine Hand und hielt ihn zurück. Mit einem verklärten Lächeln im Gesicht meinte sie: «Es war schön heute nacht. Ich glaube, du warst sehr glücklich.»

«Sicher», sagte Honegger. «Warum hätte ich unglücklich sein sollen?» Er drehte sich brüsk um und ging aus dem Zimmer.

Als der Oberleutnant kurze Zeit später das Haus verließ, war er noch unruhiger als zuvor. Er spürte plötzlich Haß in sich hochsteigen. Für Honegger eine ungewohnte Empfindung, denn als praktizierender Christ bemühte er sich, die Menschen so zu nehmen, wie sie nun einmal waren — Haß war ihm fremd.

Er mußte lange nachdenken, bis er endlich herausfand, daß sein Haß nur gegen eine einzige Person gerichtet war: gegen Ilona Neidhard. Er konnte ihr nicht verzeihen, was sie während der vergangenen Nacht mit ihm getrieben hatte.

Die Frühmesse war an diesem Sonntag nur spärlich besucht. Knapp drei Dutzend Menschen, vorwiegend ältere Frauen und ein paar Kinder, waren in der St. Antoniuskirche versammelt. Der Oberleutnant führte dies auf das schlechte Wetter zurück; er selbst war ja auch nicht unbedingt gern aufgestanden.

Pfarrer Kalbermatten hielt die Predigt. Er sprach langsam und kaum verständlich; seine Worte waren vom Walliserdialekt geprägt, was das Zuhören stark erschwerte. Honegger wurde bald schon ungeduldig. Er trommelte mit der rechten Hand auf die Vorderbank, bis eine Frau sich entrüstet zu ihm umdrehte und ihm etwas zumurmelte. Dann ließ der Oberleutnant seinen Blick durch die fast leeren Bankreihen schweifen, doch er suchte vergeblich nach Zbinden, der sonst um diese Zeit regelmäßig hier anzutreffen war. So nahm er an, daß der Staatsanwalt sich verschlafen hatte.

Nach der letzten Strophe des Schlußchorals, der an diesem Morgen recht dürftig klang, verließ Honegger als erster die Kirche. Er fuhr mit dem Wagen zum Hauptbahnhof, kaufte sich eine Zeitung und ging ins Erstklaßbuffet, um in aller Ruhe zu frühstücken.

Weil er plötzlich einen Mordsappetit hatte, bestellte er eine Doppelportion Spiegeleier mit Schinken, und als damit sein Hunger noch nicht gestillt war, verlangte er zwei gegrillte Schweinswürstchen, die ihm der launige Kellner ausdrücklich empfohlen hatte sowie ein paar Scheiben

knuspriges, ofenfrisches Bauernbrot, das noch warm war. Es ging ihm jetzt etwas besser.
Er mußte sich bloß zwingen, nicht immer an die vergangene Nacht zu denken. Einfach war das nicht. Sogar während der Frühmesse war diese Neidhard mit ihren überlangen Beinen wieder wie ein Gespenst vor ihm aufgetaucht und hatte ihn mit ihren Blicken bezirzt. Er verfluchte das Weib, das sich ungebeten in sein Leben gedrängt hatte, doch gleichzeitig redete er sich ein, daß er schließlich kein Schwächling sei und seine eigene Frau liebe. Er konnte sich, je länger er über diese fatale nächtliche Entgleisung nachdachte, den Ausrutscher eigentlich nur mit einer außergewöhnlich starken Triebstauung erklären, die plötzlich die Oberhand über seine Sinne gewonnen hatte, und für die man ihn, zumindest aus medizinischer Sicht, nicht verantwortlich machen konnte. Also brauchte er sich auch nichts vorzuwerfen, brauchte er sich keine unnötigen Skrupel zu machen.
Beim Verlassen des Bahnhofbuffets warf Honegger bei der Kleiderablage rasch einen Blick in den Spiegel. Mit Genugtuung stellte er fest, daß er eigentlich ganz stattlich aussah. Er war zwar ein paar Zentimeter zu groß und ein bißchen zu mager, aber er hatte ein markantes Gesicht, das ihn für das schwache Geschlecht interessant machte. Es war ihm hin und wieder schon aufgefallen, daß er auf manche Frauen anziehend wirkte, wahrscheinlich lag dies an seinem draufgängerischen Gesichtsausdruck. Und während er zu seinem Wagen ging, kam Honegger zu dem befriedigenden Schluß, daß es für ihn überhaupt keinen Grund gab, an sich selbst zu zweifeln.
Auf der Bahnhofbrücke begegneten ihm Lustenberger und Knaur, zwei uniformierte Kollegen von der Stadtpolizei, die ihn respektvoll grüßten. Er nickte den beiden mit einem wohlwollenden Lächeln zu. Vor über zwanzig Jahren war er auch einmal ein «Uniformierter» gewesen, und auch er, so ging es ihm durch den Kopf, hatte sich stets um ein gutes Einvernehmen mit seinen Vorgesetzten bemüht.
Honegger blieb stehen und lehnte sich ans Brückengeländer. Er sah belustigt einem Entenpaar auf der Limmat zu, das schnatternd aufeinander losging, und plötzlich mußte er schmunzeln. Irgendwie fühlte er sich in diesem Moment

so frei wie schon lange nicht mehr. Es gab keine Zwänge, die ihn einengten, die Straßen waren um diese Zeit noch fast menschenleer, kein Autohupen, kein Geschwätz und keine Hektik. Keine Hedwig, die ihn stumpfsinnig anhimmelte, als ob er ein Übermensch wäre, und kein Kommandant, der ihn abkanzelte, ohne daß er darauf etwas erwidern durfte. Noch nie hatte Honegger einen Sonntag so sehr als Sonntag empfunden wie diesen 30. November.
Wenige Minuten nach acht war er in der Staatsanwaltschaft. Er wunderte sich, daß er Zbinden und Bonsaver bereits im Büro antraf. Immerhin beruhigte es ihn, daß die beiden noch nicht bei der Arbeit waren. Sie tranken gemütlich Kaffee und unterhielten sich dabei so angeregt über einen stadtbekannten Wirtschaftskriminellen, daß sie von Honegger zunächst gar keine Notiz nahmen. Es tat dem Oberleutnant jetzt beinahe leid, daß er bei diesem Hundewetter so früh aus dem Bett gekrochen war.
Zbinden schien bester Laune zu sein. Während Bonsaver eher zugeknöpft wirkte und mürrisch an einem trockenen Knäckebrot kaute, erzählte der Staatsanwalt Honegger aufgeräumt, daß er heute nicht zur Frühmesse gekommen sei, weil er mit seiner Frau wieder mal einen Waldlauf gemacht habe. Trotz des scheußlichen Nieselregens seien sie über eine Stunde unterwegs gewesen, quer durch das Doldertal, natürlich in Turnschuhen und im Trainingsanzug. Zbindens wimpernlose Augen bekamen einen eigenartigen Glanz, als er dem Oberleutnant beinahe versponnen schilderte, wie er in einer Waldlichtung beim Tobelhof mehrere Rehkitze mit ihrer Mutter beobachtet hatte. Dies sei für ihn das erbaulichste Sonntagmorgenerlebnis seit langem gewesen, schloß er seine Erzählung und lächelte dabei zufrieden in sich hinein.
Bonsaver, der seinem Chef aufmerksam zugehört hatte, trank einen Schluck Kaffee, dann nickte er beipflichtend und sagte: «Es geht eben nichts über die freie Natur.»
Zbinden blicke überrascht hoch und meinte forsch: «Stimmt, Buster Keaton, stimmt.»
Dann nahm der Staatsanwalt andächtig die Glaskugel in die Hand, die vor ihm auf dem Schreibtisch lag und als Briefbeschwerer diente. Seine Frau hatte ihm die Kugel noch während ihrer Verlobungszeit aus Kandersteg mitge-

bracht. Seitdem hielt er das Ding in Ehren, auch wenn ihn Max Spalinger, der Erste Staatsanwalt, deswegen schon häufig verulkt hatte. Wenn man die Kugel nämlich schüttelte, fiel in ihrem Innern auf rätselhafte Weise Schnee auf eine Berglandschaft.

Zbinden stellte die Glaskugel wieder auf den Schreibtisch und setzte sich ruckartig auf. Er blickte neugierig zu Honegger.

«Und? Wie sieht's aus, Georg?» wollte er wissen.

«Was meinst du, Christian?» erkundigte sich der Oberleutnant verunsichert.

«Was gibt es Neues? Du hast doch sicher den ganzen Kram nochmals genau studiert?» Er zeigte mit der Hand auf Honeggers Aktentasche mit den Ermittlungsunterlagen.

«Ja, ja, natürlich», log Honegger, ohne sich dabei seine Verlegenheit anmerken zu lassen. In diesem Augenblick hätte er den gestrigen Abend mitsamt dem Käsefondue seiner Frau verfluchen können, doch er sagte mit überzeugter Stimme: «Für mich gibt es keinen Zweifel mehr, daß die beiden lesbischen Frauen in die ganze Sache verwickelt sind. Zu viele Einzelheiten weisen darauf hin, als daß alles nur Zufall sein könnte.»

Zbinden sah ihn verwundert an. «Das wußten wir gestern auch schon», meinte er ungeduldig. «Wir haben doch bis jetzt bloß Indizien. Was wir brauchen, sind stichhaltige Beweise, sonst zieht uns jeder auch nur mittelmäßige Anwalt den Stuhl unterm Arsch weg.»

«Ich will dir etwas sagen, Christian», fing der Oberleutnant in ganz neuem Tonfall an. «Wenn wir die beiden Weiber erst an der Kandare haben, kippen die von selbst um. Zwei, drei Tage Untersuchungshaft, Dauerverhör, Zigarettenentzug, falls sie rauchen, es gibt da einige ganz legale Kniffe, die sich problemlos anwenden lassen. Eine der beiden Lesben wird bestimmt hysterisch und fängt an zu singen. So spielt das Leben nun mal. Das Vorgehen der Täter war doch viel zu plump. Morgen früh kriegen wir den schriftlichen Bericht von der Spurensicherung, und ich wette jetzt schon mit dir, daß wir an der Vase, mit der Neidhard umgebracht wurde, Fingerabdrücke dieser Klugscheißerin von Lehrerin finden werden.»

Es klopfte an der Tür und Betschart betrat den Raum.

«Guten Morgen», sagte er höflich und blickte sich suchend nach einem Schirmständer um.
Bonsaver sprang beflissen auf und nahm dem Chef der Mordkommission Schirm und Mantel ab.
Betschart war unrasiert. Er sah übernächtigt aus. Seine Augen waren gerötet, und die darunterliegenden Tränensäcke fielen heute besonders auf. Im grellen Schein der Neonlampe wirkte sein Gesicht fahl und käsig.
«Fühlen Sie sich nicht wohl, Betschart?» fragte ihn der Staatsanwalt besorgt. «Sie sehen so krank aus.»
«Ich bin eben erst aus St. Gallen zurück», meinte Betschart und setzte sich. Weder Zbinden noch Honegger konnten sich erklären, was er damit sagen wollte. Vielleicht hatte Betschart in St. Gallen eine Geliebte, begann der Oberleutnant zu rätseln, oder er hatte von gestern auf heute an einer Gruppensex-Orgie teilgenommen. Nach Aramis roch er jedenfalls. Und Betschart war eigentlich alles zuzutrauen. Er war immer so auffallend ruhig und sprach nie über sein Privatleben. Also war er selbst schuld, wenn man sich darüber seine Gedanken machte.
«Fangen wir an», meinte Zbinden und spielte ungeduldig mit seiner Brille. «Wir müssen heute eine Entscheidung treffen, sonst ist morgen der Teufel los. Ihr habt gestern ja selber gehört, wie stur «Biss-Biss» reagierte, als ich die Festnahme der beiden verdächtigten Frauen auch nur andeutete.»
Honegger kramte die Akten aus seiner Mappe und breitete sie sorgfältig vor Zbinden aus. Bonsaver erkundigte sich bei Betschart, ob er auch einen Kaffee wolle, und als der Chef der Mordkommission ihm erfreut zunickte, machte er sich an der Kaffeemaschine zu schaffen.
«Doktor Graber hat mich gestern abend angerufen ...» fing der Staatsanwalt an, doch er wurde sogleich von Betschart unterbrochen.
«Welcher Doktor Graber?» wollte er wissen.
Zbindens Mundwinkel schnellten auseinander. Er schaute den Chef der Mordkommission vorwurfsvoll an. «Der städtische Schulvorsteher», sagte er messerscharf. «Er teilte mir mit, daß Gerda Roth am Samstagvormittag die Schule bereits während der Zehnuhrpause verließ. Angeblich, weil ihr unwohl war. Graber meinte, er fühle sich dazu ver-

pflichtet, uns dies mitzuteilen, nachdem die Lehrerin immerhin in einen Mordfall verwickelt sei und möglicherweise sogar als Täterin in Frage komme. Dann wollte er von mir wissen, ob mit einer baldigen Verhaftung von Gerda Roth zu rechnen sei, damit er sich über das Wochenende nach einer Ersatzkraft umsehen könne.»
«Und? Was haben Sie geantwortet?» erkundigte sich Betschart scheinbar interessiert.
In diesem Augenblick klingelte das Telefon.
Zbinden hob den Hörer ab. «Ach, Sie sind es?» sagte er. Seine Stimme klang enttäuscht. Doch dann sahen die Männer, wie der Staatsanwalt plötzlich aufhorchte und begann, sich Notizen zu machen. Nach knapp fünf Minuten knallte er den Hörer auf die Gabel und schlug mit der flachen Hand auf die Tischplatte. Dann meinte er: «Fossati vom MORGENEXPRESS war am Apparat. Wenn es tatsächlich stimmt, was der Kerl mir eben erzählt hat, können wir zuschlagen.»
«Ich bin ganz Ohr», sagte Betschart mit sanfter Stimme und nippte an seinem Kaffee.
Alle Anwesenden blickten gespannt auf Zbinden.
«Fossati konnte eine Zeugin ausfindig machen, die Neidhard kurz vor seiner Ermordung in Begleitung von Gerda Roth gesehen hat. Ein Mädchen aus Thorhofen.»
«Na bitte!» meinte Honegger und versuchte dabei, seinen Ärger über das Vorgehen des Reporters zu unterdrücken. Fossati war für ihn ein Schlitzohr, das der Polizei ständig ins Handwerk pfuschte und sich damit in seinem Schundblatt auch noch brüstete. Doch Honegger ließ sich seinen Mißmut nicht anmerken. Er sagte ruhig: «Das untermauert doch nur meine These! Ich habe keine Sekunde daran gezweifelt, daß diese Gerda Roth den Mord begangen hat. Ich gehe sogar noch weiter: Für mich ist die Lehrerin zwar die ausführende Person, aber die eigentliche Urheberin der Tat ist zweifellos ihre Freundin Ilona Neidhard.»
«Wie kommst du darauf?» erkundigte sich Betschart überrascht.
Der Oberleutnant fuhr sich mit dem Zeigefinger bedächtig über seine Unterlippe, dann meinte er: «Ich kenne die Akten praktisch auswendig. Ich darf euch gar nicht verraten,

wie wenig ich heute nacht geschlafen habe, sonst würdet ihr mich gleich ins Bett schicken.» Er kicherte selbstgefällig, dann fuhr er, weil keiner der Anwesenden lachte, mit übertriebenem Ernst in der Stimme fort: «Ich hatte mit der Frau des Ermordeten unmittelbar nach der Tat ein längeres Gespräch. Ich habe sie dabei genau beobachtet. Die Frau ist Jugoslawin. Sie hat Schlitzaugen, ihr Gesichtsausdruck zeugt von Hinterhältigkeit. Sie ist für mich der Prototyp jener Frau, die eiskalt einen Mord begehen läßt, wenn für sie dabei ein Vorteil herausspringt.»
«Ja, das ist richtig», brummte Bonsaver aus dem Hintergrund. «Auch ich habe die Frau gestern während ihrer Einvernahme beobachtet. Sie war unsicher und nervös. Wenn Sie mich fragen — die hatte ein schlechtes Gewissen.»
Betschart entnahm seiner Jackentasche eine Tablette und schluckte sie rasch hinunter. Als er bemerkte, daß Zbinden und Honegger seine Bewegungen erstaunt verfolgt hatten, sagte er zu Bonsaver: «Reden Sie ruhig weiter, mein Lieber. Was Sie erzählen, ist außerordentlich interessant. An Ihnen ist ein Kriminologe verloren gegangen.»
Der Sekretär blickte den Chef der Mordkommission nachdenklich an. «Vielleicht», meinte er ganz im Ernst. «Dann säße ich jetzt nämlich an Ihrem Platz und müßte Ihnen keinen Kaffee kochen.»
«Nun schnappen Sie doch nicht gleich ein, Buster Keaton!» rief Betschart betroffen. «Das war nicht böse gemeint.»
«Es war aber böse ausgedrückt», sagte Bonsaver stur. «Aber ich bin nicht der Trottel, für den Sie mich wahrscheinlich halten. Ich beschäftige mich schon seit vielen Jahren mit Physiognomie, das ist mein Hobby. Deshalb kann ich jedes Wort, das der Herr Oberleutnant vorhin gesagt hat, nur bestätigen. Die Neidhard hat Schlitzaugen. Und Schlitzaugen zeugen von Hinterhältigkeit, von Abgebrühtheit, mitunter sogar von Gemeingefährlichkeit.»
Zbinden lehnte sich in seinem Louis-Quinze-Sessel zurück und blickte belustigt auf seinen Sekretär. Er setzte seine Brille wieder auf und meinte gönnerhaft: «Das ist in der Tat aufschlußreich, was Sie uns da erzählt haben, Buster Keaton. Nur fürchte ich, daß Justizdirektor Bissegger we-

nig Verständnis dafür aufbringen wird, wenn ich Frau Neidhard aufgrund ihrer Schlitzaugen festnehmen lasse. Das leuchtet Ihnen sicher ein.»
Bonsaver nickte, doch man sah ihm an, daß er sich unverstanden vorkam.
Honegger rückte seine Krawatte zurecht, dann meinte er: «Es gibt für mich verschiedene Anhaltspunkte dafür, daß Gerda Roth ihrer Freundin verfallen ist. Sexuell, meine ich. Das kommt unter diesen Frauen recht häufig vor. Gehen wir also ruhig davon aus, daß Gerda Roth ihrer Freundin hörig ist und deshalb alles tut, was Ilona Neidhard von ihr verlangt, sogar vor einem Mord nicht zurückschreckt.»
«Diese These ist nicht von der Hand zu weisen», sagte Betschart. «Die Kriminalstatistik beweist, daß acht von zehn Gewaltverbrechen, die sich im Lesbenmilieu zutragen, aus sexueller Abhängigkeit heraus geschahen.»
«Also für mich steht fest», fuhr der Oberleutnant unbeirrt fort, obschon Betschart noch weiterreden wollte, «daß die Tat schon lange im voraus geplant war. Die beiden Frauen mußten nur einen günstigen Zeitpunkt abwarten, um ihren Plan auszuführen. Am Freitag war der Moment gekommen. Die Neidhard war beim Begräbnis ihres Vaters in Lublon ...»
«Ljubljana», kam ihm Betschart zu Hilfe.
Honegger warf seinem Chef einen giftigen Blick zu. «Meinetwegen», sagte er ungehalten. «Wichtig ist doch nur, daß Ilona Neidhard beim Begräbnis ihres Vaters war und deshalb ein einwandfreies Alibi besitzt. Nun wissen wir aber, daß ihre Freundin am Freitagnachmittag um drei mit Neidhard im Café Mandarin verabredet war. Mich würde jetzt interessieren, um welche Zeit die Zeugin Neidhard und Gerda Roth denn gesehen haben will?»
«Ungefähr um halb fünf», meinte der Staatswanwalt. «Immer vorausgesetzt, Fossati hat uns keinen Bären aufgebunden. Bei Zeitungsleuten weiß man ja nie.»
«Das wird sich überprüfen lassen», sagte Honegger und steckte sich eine Zigarillo an. Er war enttäuscht, daß niemand ihm Feuer gab. Dann fuhr er fort: «Nehmen wir an, daß Neidhard sich um drei Uhr mit Gerda Roth getroffen hat. Die beiden haben vielleicht etwas getrunken und sind dann mit dem Wagen des Architekten nach Thorhofen

gefahren. Zeitmäßig paßt doch alles wunderbar zusammen.»
«Wir brauchen ganz dringend ein Bild dieser Gerda Roth», sagte Betschart und stellte seine Kaffeetasse auf den Tisch. «Und ein Bild des Ermordeten. Vielleicht kann sich im Café Mandarin noch jemand vom Personal an die beiden erinnern.»
«Das hat Zeit bis morgen», meinte Zbinden und schnalzte siegesbewußt mit der Zunge. «Morgen knipsen wir bestimmt ein paar hübsche Bilder von Gerda Roth. Aber nicht fürs Familienalbum.» Er stand auf und ging zu Bonsaver. «Ich brauche Sie heute nicht mehr, Buster Keaton», sagte er gutgelaunt. «Gehen Sie nach Hause und widmen Sie sich Ihren Physiognomiestudien. Vielleicht können wir eines Tages wirklich davon profitieren.»
Dann fuhren die drei Beamten nach Thorhofen, wo ihnen Lisa Rüdisühli in Gegenwart ihres Vaters hoch und heilig versicherte, sie habe Gerda Roth am Freitagnachmittag um halb fünf zusammen mit Richard Neidhard vor dessen Haus gesehen.
«Und du bist ganz sicher, daß die Frau, die du gesehen hast, auch wirklich Gerda Roth war?» fragte der Staatsanwalt und blickte dem Mädchen dabei fest ins Gesicht.
«Todsicher!» erwiderte Lisa mit ernster Miene, worauf ihr der Oberleutnant ein Schokoladebonbon schenkte. «Du bist ein aufmerksames Mädchen», sagte er väterlich. «Deine Eltern können stolz auf dich sein.»

13

Am frühen Sonntagnachmittag bekamen Ilona und Gerda unverhofften Besuch.
Die beiden Frauen, die bis gegen Mittag geschlafen hatten, saßen gerade beim Frühstück. Ilona ließ sich von ihrer Freundin erläutern, daß es wohl klüger sei, ihren Sohn vorerst einmal gewähren zu lassen, als es an der Haustür klingelte.
Ilona zuckte zusammen.

«Wer kann das sein?» fragte sie ängstlich. «Doch nicht schon wieder die Polizei. Wenn das so weitergeht, kriege ich demnächst Verfolgungswahn.»
«Soll ich nachschauen?» erkundigte sich Gerda besorgt, doch Ilona schüttelte den Kopf. «Es ist besser, wenn ich selber aufmache», sagte sie und ging hinaus.
Vor der Haustür stand Edgar Zurkirchen, der Prokurist ihres verstorbenen Mannes. Er war in Begleitung von Neidhards Firmenanwalt Felix Amrein. Die beiden Männer waren gekommen, um Ilona ihr Beileid auszudrücken.
Während Ilona Zurkirchen und Amrein ins Wohnzimmer führte, meinte der Prokurist, er habe gestern abend die Nachricht von dem Verbrechen im Radio gehört. Zuerst hätte er es gar nicht glauben können, auch jetzt sei er noch immer fassungslos, trotzdem komme er leider nicht darum herum, mit Ilona ein Gespräch von grundlegender Bedeutung zu führen.
Ilona wußte, daß Zurkirchen sich immer so gestelzt ausdrückte. Er litt aus verschiedenen Gründen an einem Minderwertigkeitskomplex, den er durch überspitzte Formulierungen oder derbe Anzüglichkeiten wettzumachen versuchte.
Ilona stellte die beiden Besucher ihrer Freundin vor. Nachdem er Gerda Roth mit einem kurzen, unverbindlichen Kopfnicken begrüßt hatte, meinte Amrein, er wolle nicht unhöflich sein, aber die geplante Unterredung habe einen streng vertraulichen Charakter, deshalb könnte sich die Gegenwart einer außenstehenden Person für alle Parteien nachteilig auswirken.
Gerda wollte aufstehen und hinausgehen, doch Ilona hielt sie zurück. «Frau Roth ist meine beste Freundin. Wir haben keine Geheimnisse voreinander.»
«Meine liebe Frau Neidhard», begann Zurkirchen salbungsvoll und schob dabei sein Doppelkinn energisch nach vorn. «Unser Gespräch hat den Zweck, einige geschäftliche Angelegenheiten zu klären, die nicht für fremde Ohren bestimmt sind. Ich denke, daß dies auch die Meinung Ihres verstorbenen Gatten wäre, und diese Meinung sollten wir doch respektieren.»
Zurkirchen nahm unaufgefordert auf dem Sofa Platz, dann rülpste er diskret hinter vorgehaltener Hand. Amrein

setzte sich artig neben ihn. Erst jetzt fiel es Ilona auf, daß die beiden Männer schwarz gekleidet waren. Beide trugen einen dunklen Nadelstreifenanzug und eine Trauerkrawatte. Und beide hatten einen verschließbaren Aktenkoffer bei sich.

Gerda stellte das Frühstücksgeschirr auf ein Tablett und meinte: «Ich bringe inzwischen die Küche in Ordnung. Wenn du mich brauchen solltest, kannst du mich ja rufen.»

«Oh, wir kommen ganz bestimmt allein zurecht», belehrte sie Zurkirchen so laut, daß der Eindruck entstand, er spreche mit einer Schwerhörigen. Dann ging Gerda hinaus.

Kaum hatte sie das Zimmer verlassen, blickte Zurkirchen zu Amrein und hüstelte verlegen. Ilona hatte für den Prokuristen ihres Mannes nie viel Sympathie empfunden. Zwar wußte sie, daß Zurkirchen ungemein tüchtig war und über die Fähigkeit verfügte, sich unentbehrlich zu machen, gleichzeitig aber galt er als eiskalter und durchtriebener Geschäftsmann, der bei Neidhard & Kuser für die Aquisition verantwortlich war und mit oft fragwürdigen Mitteln um Bauaufträge kämpfte. Dabei kam es Zurkirchen zugute, daß er früher einmal in leitender Stellung beim städtischen Hochbauinspektorat beschäftigt gewesen war. In kluger Weitsicht hatte Neidhard ihn unmittelbar vor dem Ausbruch der Rezession im Baugewerbe abgeworben. Es war kein Zufall, daß Neidhard & Kuser ungewöhnlich viele Staatsaufträge erhielt, wobei Zurkirchen sich freilich gegen den stets wiederkehrenden Vorwurf, er bezahle seinen ehemaligen Mitarbeitern Schmiergelder, vehement zur Wehr setzte. Derartige Gerüchte, die meist von der Konkurrenz in Umlauf gebracht wurden, pflegte er mit großem rhetorischem Geschick als böswillige Unterstellung abzutun, und wenn auch das nichts half, drohte er seinen Widersachern solange mit Schadenersatzforderungen und Ehrverletzungsklagen, bis sie ihre Äußerungen zurücknahmen.

In der Firma war Zurkirchen ebenso beliebt wie verhaßt. Es haftete ihm der Ruf an, seinem Chef gegenüber ein Arschlecker und obendrein krankhaft ehrgeizig zu sein. Richard hatte Ilona einmal anvertraut, sein Prokurist würde ohne weiteres über Leichen gehen, wenn es einen lukrativen Bauauftrag zu erstreiten galt.

Nach außen hin gab sich Zurkirchen aber völlig anders. Er wirkte auf seine Gesprächspartner vom ersten Augenblick an vertrauenerweckend. Wenn er einen wichtigen Geschäftsabschluß mit leutseligen Sprüchen und einem kräftigen Handschlag zu besiegeln pflegte, wagte es niemand, an seiner Redlichkeit zu zweifeln. Zurkirchen war eben ein geselliger Mensch. Er lachte gern und häufig, für hellhörige Gesprächspartner vielleicht etwas zu laut, doch schrieb man dies seiner frohen Natur zu, obschon seine Umgänglichkeit nur Mittel zum hinterhältigen Zweck war. Richard Neidhard hatte seinen engsten Mitarbeiter natürlich längst durchschaut und ihn nur deshalb zu seiner rechten Hand gemacht, weil er selbst keine Lust hatte, sich mit administrativem Kleinkram herumzuschlagen. Neidhard saß lieber am Reißbrett und leistete kreative Arbeit. So nahm er Edgar Zurkirchen mit all seinen unangenehmen Eigenschaften gewissermaßen als notwendiges Übel in Kauf.
Ilona wich dem Prokuristen aus, so oft sie konnte, und wenn sie ihm doch begegnete, verhielt sie sich äußerst zurückhaltend. Zurkirchens Ruf war zu angeschlagen, als daß sie zu dem rotbackigen Glatzkopf mit dem wulstigen Doppelkinn und den listigen Schweinsäuglein noch hätte Vertrauen haben können.
Etwas anders lagen die Dinge bei Felix Amrein, den Ilona eigentlich kaum kannte. Sie wußte nur, daß er als Firmenanwalt ihres Mannes für die reibungslose Abwicklung sämtlicher Vertragsangelegenheiten verantwortlich war und als Spezialist auf diesem Gebiet galt. Er besaß eine gutgehende Anwaltskanzlei in einem Außenquartier der Stadt Zürich, war jedoch zur Hauptsache als Wirtschaftsberater, Notar und Verwaltungsrat mehrerer Großfirmen tätig. Ilona hatte vor langer Zeit gehört, Doktor Amrein sei ein Genie, wenn es darum gehe, für seine Klienten Steuern zu sparen, sonst aber hatte sie keine Ahnung, was für ein Mensch der Rechtsanwalt war und ob man ihm vertrauen durfte.
Amrein war ein unscheinbares, dürres Männchen, das seine Augen hinter dicken Brillengläsern verbarg und fast pausenlos Eukalyptus-Pastillen kaute. Sein Alter war nur schwer zu schätzen, es mußte irgendwo zwischen vierzig

und sechzig liegen. Amrein sprach selber nur wenig, er beschränkte sich aufs Zuhören, doch wenn er etwas sagte, war sein Rat ebenso gut wie teuer.
«Darf ich Ihnen etwas zu trinken anbieten?» erkundigte sich Ilona, weil sie merkte, daß sich die beiden Besucher noch nicht einig waren, wer das Gespräch beginnen sollte.
«Danke, ich bin mit dem Wagen hier», sagte Amrein schnell. In kleinen Dingen des Alltags pflegte er stets korrekt zu sein. Er zog ein blütenweißes Taschentuch hervor und schneuzte sich seine Hakennase, dann faltete er das Tuch sorgfältig zusammen und steckte es ebenso sorgfältig wieder in die Reverstasche seines Anzugs zurück.
«Ich sage nicht nein», meinte Zurkirchen und verzog sein pausbackiges Mondgesicht zu einem breiten Grinsen. «Vielleicht einen kleinen Schnaps aus Ihrer Heimat?»
Zurkirchen verstand es wie kein zweiter, mit winzigen psychologischen Kniffen die Gunst seiner Gesprächspartner zu gewinnen. Ilona schenkte ihm einen Slivowitz ein. Er prostete ihr mit einer Handbewegung zu, trank das Glas in einem Zug leer und wurde plötzlich ernst.
«Meine liebe Frau Neidhard», begann er mit bekümmerter Stimme. «Dies ist ein trauriger Augenblick in unserem Leben. Wir alle haben Ihren verehrten Gatten gemocht. Für uns war er mehr als ein Chef, er war ein herzensguter Mensch und für jeden seiner Mitarbeiter ein verläßlicher Freund.»
Ilona lief ein frostiger Schauer über den Rücken. Sie wußte nicht, was Zurkirchen mit seiner Trauerrede bezweckte. Er hielt abermals die Hand vor den Mund, rülpste erneut, diesmal etwas lauter und etwas unverhohlener, dafür entschuldigte er sich mit einem launigen Lachen: «Der tägliche Streß macht meinem Magen schwer zu schaffen. Daran war Ihr Mann nicht ganz unschuldig. Er hat mich von Sitzung zu Sitzung gejagt, von einem Arbeitsessen zum nächsten. Seit ich bei Neidhard & Kuser arbeite, habe ich über zwanzig Kilo zugenommen. Damals hätten Sie mich sehen sollen, meine Liebe, ein schlanker Beau war ich, und heute sehe ich aus wie ein vollgeschissener Strumpf. Es wird Zeit, daß ich mal richtig abspecke.»
Er klopfte sich mit der Hand auf den Oberschenkel und lachte dabei so laut und herzhaft über seine eigene Re-

densart, daß Amrein vor Unbehagen auf dem Sofa umherzurutschen begann.
«Aber gehen wir gleich in medias res», fuhr der Prokurist fort. «Dies ist nicht der Moment, um eine trauernde Witwe mit Banalitäten zu behelligen, das ist mir durchaus klar, aber das Leben geht weiter, und wir müssen in die Zukunft schauen, mag es uns auch noch so schmerzen.» Er ließ seine dicke Unterlippe herabfallen und blickte stumm vor sich hin, dann fiel er wieder in einen nüchternen Ton zurück: «Wir kommen nicht umhin, Kompetenzfragen zu regeln. Die Firma Ihres Gatten muß weiterbestehen. Wir tragen eine große Verantwortung unseren Mitarbeitern und unseren Kunden gegenüber. Das bitte ich Sie zu bedenken.»
Ilona fühlte sich vor den Kopf gestossen. «Hat das alles nicht ein paar Tage Zeit?» fragte sie irritiert. «Ich bin im Augenblick in keiner guten Verfassung.»
«Oh, dafür habe ich vollstes Verständnis, Frau Neidhard.» Zurkirchen warf einen raschen Blick auf Amrein, dann meinte er mit einem schmierigen Lächeln: «Deshalb sind Doktor Amrein und ich zu Ihnen gekommen. Wir wollen Ihnen all Ihre Probleme abnehmen, soweit dies in unseren Möglichkeiten liegt. In der Firma muß alles weiterlaufen, als ob unser guter Neidhard noch am Leben wäre. Ich bin Gott sei Dank über alle Pendenzen genau im Bild. Ihr Mann war so klug, daß er sämtliche wichtigen Entscheidungen mit uns abgesprochen hat. Deshalb möchte ich vorschlagen, daß ich bis auf weiteres die Geschäftsleitung übernehme, damit der reibungslose Ablauf unserer Firmentätigkeit in jeder Beziehung gewährleistet ist.»
Er machte sich an der Zahlenkombination seines Aktenkoffers zu schaffen, schloß ihn auf und holte eine Anzahl Formulare hervor, die bereits ausgefüllt waren. Dann fuhr er fort: «Doktor Amrein und ich haben uns die Mühe gemacht, einen Vertrag auszuarbeiten, der vorerst einmal sämtliche Kompetenzen regelt. Das ist natürlich eine reine Formsache, denn ich darf ja wohl annehmen, daß Sie nicht die Absicht haben, sich selber um die Belange der Firma Ihres Gatten zu kümmern. Es genügt Ihnen doch sicher, wenn Sie zum Monatsende jeweils über eine ausreichende Summe an Bargeld verfügen können. Dafür kann ich

selbstverständlich garantieren. Was ich jetzt noch von Ihnen brauche, meine Liebe, das sind ein paar Unterschriften, und dann ist bereits alles unter Dach und Fach.»
Ilona war über das Vorgehen der beiden Besucher so verblüfft, daß sie zunächst nicht wußte, wie sie reagieren sollte. Sie wußte nur, daß sie nichts unterschreiben würde, was ihr vielleicht in ein paar Tagen schon leid tun könnte.
Amrein steckte sich eine Eukalyptus-Pastille in den Mund und sagte leise: «Ich werde mich natürlich auch in Zukunft um die rechtlichen Belange der Firma kümmern. Herr Zurkirchen und ich sind gut aufeinander eingespielt.»
«Den Eindruck habe ich auch», meinte Ilona. «Aber ich wäre Ihnen doch dankbar, wenn Sie mich im Augenblick mit geschäftlichen Anliegen verschonen könnten. Ich habe meinen Mann verloren, und zwar nicht auf natürliche Weise, sondern durch ein furchtbares Verbrechen. Das scheint Sie überhaupt nicht zu beeindrucken. Im Augenblick ist für mich das Wichtigste, daß der Mörder meines Mannes gefunden wird, damit meine Freundin und ich keinen haltlosen Verdächtigungen mehr ausgesetzt sind.»
Zurkirchen ließ den Deckel seines Aktenkoffers zuklappen. «Was für Verdächtigungen?» fragte er überrascht. Ilona glaubte aus seiner Stimme ein starkes Interesse herauszuspüren. Der Prokurist hob den Kopf und strich sich mit seinen Fingern ein paarmal über das Doppelkinn.
Nach kurzem Nachdenken sagte Ilona: «Bis man den Täter ermittelt hat, gehört jeder, der meinen Mann gekannt hat, zu den Verdächtigten, auch ich.»
«Aber das ist doch lächerlich!» rief Zurkirchen mit gut gespielter Entrüstung. «Wer auf einen solchen Gedanken kommt, den müßte man gleich ...»
«So lächerlich ist das nun auch wieder nicht», meinte Amrein. Er zog seine Stirn in Falten und sah auf einmal uralt aus. «Als Anwalt weiß ich natürlich, daß es in der Juristerei nichts gibt, was es nicht gibt.» Er machte eine Pause und blickte Ilona ernst an, dann erkundigte er sich, ob man schon eine Untersuchung gegen sie eingeleitet habe.
Ilona zuckte die Achseln. «Das weiß ich nicht», meinte sie ratlos. «Ich kenne mich in solchen Dingen nicht aus. Gestern wurde ich vom Staatsanwalt verhört. Er sagte, ich müße mich zu seiner Verfügung halten.»

Der Rechtsanwalt fuhr sich mit einer fahrigen Handbewegung durch sein schütteres, graues Haar. «Das ist ja ungeheuerlich!» rief er aufgebracht. «Sie stehen gewissermaßen unter Mordverdacht, und Sie haben mich nicht angerufen! Sie hätten mich sofort verständigen müssen. Wenn ein Haus in Flammen steht, ruft man doch auch gleich die Feuerwehr.»
«Aber ich habe doch mit der ganzen Sache nichts zu tun», stammelte Ilona und sah den Anwalt verwundert an. «Ich bin völlig unschuldig.»
«Das ist unwichtig! Oder möchten Sie, daß ich Ihnen erzähle, wie viele Unschuldige bei uns im Gefängnis landen, bloß weil die Behörden die wirklich Schuldigen nicht ausfindig machen können?»
Amrein öffnete seinen Aktenkoffer und entnahm ihm ein vorgedrucktes Formular.
«Bitte unterschreiben Sie mir gleich jetzt diese Vollmacht», sagte er etwas freundlicher und reichte Ilona seinen Füllhalter. «Dann bin ich wenigstens in der Lage, einzugreifen, falls sich die Sache zuspitzen sollte.»
Ilona überflog den Zettel, aber sie hatte Mühe, sich zu konzentrieren. Jeder Satz, den sie zu Ende las, wurde sofort von einem anderen Gedanken verdrängt. So unterschrieb sie das Formular und reichte es dem Anwalt hinüber.
«Wer führt denn die Untersuchung?» wollte Amrein wissen.
«Staatsanwalt Zbinden. Kennen Sie ihn?»
«Ein Streber. Ich kenne ihn bloß vom Hörensagen. Will um jeden Preis Karriere machen, wie alle jungen Juristen, die beim Staat gestrandet sind. Aber wir werden schon mit ihm fertigwerden.»
«Also, meine liebe Frau Neidhard», schaltete sich Zurkirchen wieder ins Gespräch ein, «unter diesen Umständen ist es natürlich besonders dringlich, daß wir die Kompetenzfrage heute regeln. Stellen Sie sich vor, man würde Sie unverhofft festnehmen ...»
«Nun malen Sie bloß nicht den Teufel an die Wand!» unterbrach ihn Amrein gereizt.
«Ich dachte nur ... Jemand muß in der Firma doch die Verantwortung übernehmen, sonst geht alles drunter und drüber.»

Der Anwalt warf ihm einen unwirschen Blick zu. «Nicht jetzt! Sie sehen doch, daß meine Mandantin ganz andere Sorgen hat.»
Er beugte sich zu Ilona vor und sah sie starr an. Seine dikken Brillengläser funkelten, während er zu ihr sagte: «Nehmen Sie es mir nicht übel, aber eine wichtige Frage muß ich Ihnen noch stellen.»
Zurkirchen kratzte sich mit der Hand am Oberschenkel, er schien plötzlich nervös zu sein.
«Fragen Sie nur», sagte Ilona und schluckte leer. Der Blick des Anwalts verwirrte sie, weil sie seine Augen dabei nicht sehen konnte. «Sie haben mit der Ermordung Ihres Mannes wirklich nichts zu tun?»
Nun verlor Ilona, die sich schon die ganze Zeit über hatte beherrschen müssen, vollends die Fassung. Sie erhob sich und ging zur Tür. «Wenn Sie mir nicht trauen, so hat alles keinen Sinn. Bitte gehen Sie!»
Die beiden Männer sahen sich betroffen an. Amrein blickte auf den riesigen Brillantring an seiner rechten Hand, der gar nicht zu seinen dürren Fingern paßte, und sagte dann besänftigend: «Sie haben mich mißverstanden, Frau Neidhard. Ich kann Ihnen doch nur helfen, wenn ich die Wahrheit kenne. Sie haben überhaupt nichts zu befürchten, ich bin an mein Berufsgeheimnis gebunden. Also selbst wenn Sie mit dem Mord etwas zu tun hätten ...»
«Ich sagte Ihnen doch schon, daß ich unschuldig bin!» schrie Ilona ins Zimmer. Sie spürte, wie sie blaß wurde und ihre Hände zu zittern anfingen. Erschöpft ließ sie sich auf einen Sessel fallen.
«Bitte lassen Sie mich ausreden», meinte Amrein ganz ruhig. «Angenommen, Sie hätten Ihren Mann ... na ja, Sie wissen was ich meine ...... so bestünde für mich durchaus die Möglichkeit, Sie herauszupauken. Ein guter Anwalt schafft alles. Es werden nämlich in diesem Land nicht nur jeden Tag eine Anzahl unschuldige Menschen verurteilt, es werden mindestens ebenso viele Schuldige freigesprochen oder gar nicht erst vor Gericht gestellt. Alles nur eine Frage der Verteidigungsstrategie. Und natürlich auch der ... persönlichen Beziehungen.»
Er lächelte unmerklich und erhob sich. «Sie brauchen mir die Antwort auf meine Frage nicht jetzt zu geben. Aber Sie

werden nicht darum herumkommen, mir die volle Wahrheit zu sagen, falls ich Sie wirklich verteidigen muß.»
Er machte eine Pause und blickte an Ilona vorbei zum Fenster hinaus. Dann sagte er: «So wie die Dinge liegen, ist zumindest nicht auszuschließen, daß Sie mich brauchen werden.»
«Es ist bedenklich, daß Sie mir als mein eigener Anwalt nicht glauben», sagte Ilona leise. Ihre Stimme klang plötzlich resigniert. «Ich habe Ihnen die Wahrheit gesagt. Was erwarten Sie noch von mir?»
«Es besteht für Sie kein Anlaß, sich aufzuregen», meinte Amrein liebenswürdig. «Es war meine Pflicht, Sie auf Ihre Situation aufmerksam zu machen. Mein Beruf hat mich gelehrt, nichts zu glauben, wovon ich mich nicht mit eigenen Augen überzeugen kann. Ich bin kein Pfarrer, der seinem Glauben vertrauen darf, ich bin Anwalt. Für mich zählt nur, was ich sehe.»
«Wollen Sie damit vielleicht sagen . . .?»
Amrein nickte mit unbewegter Miene. «Genau! Ich war bei dem Mord nicht dabei, also kann ich nur darauf abstellen, was Sie mir erzählen und was mir möglicherweise der Staatsanwalt erzählen wird. Beides muß nicht unbedingt die Wahrheit sein.»
Er stand auf und ging zur Tür. Dort drehte er sich noch einmal um und fragte barsch: «Oder würden Sie es mir vielleicht erzählen, wenn Sie Ihren Mann getötet hätten? Egal, aus welchen Gründen auch immer. Würden Sie es mir anvertrauen?»
Ilona schwieg.
Erst nach einer Weile, als sie bemerkte, daß Amrein langsam auf sie zukam, meinte sie tonlos: «Ich weiß es nicht.»
«Auf jeden Fall brauchen Sie sich vorerst keine Sorgen zu machen. Ich habe ja Ihre Vollmacht. Wenn ich etwas für Sie tun kann, so rufen Sie mich einfach an.»
Auch Zurkirchen, der dem Gespräch zwischen den beiden aufmerksam gelauscht hatte, stand auf und zog im Stehen seine Hosen hoch, die ihm über den dicken Bauch hinuntergerutscht waren.
«Wir sehen uns wahrscheinlich beim Begräbnis Ihres Gatten wieder, Frau Neidhard», sagte er. «Und halten Sie mich bitte nicht für aufdringlich oder gar taktlos, weil ich

heute bei Ihnen vorbeigekommen bin. Es geschah nur im Interesse der Firma.»
Ilona versuchte zu lächeln. «Ich bin Ihnen dankbar, daß Sie sich die Mühe genommen haben, Herr Zurkirchen. Wir sehen uns in den nächsten Tagen und werden dann alles Geschäftliche besprechen.»
Sie führte die beiden Männer zur Tür.
«Wir sind ja beide daran interessiert, daß das Geschäft läuft. Die Kasse muß stimmen, das ist nun einmal so im Leben. Wir wollen doch alle, daß es uns gut geht, oder etwa nicht?»
Als Ilona nicht antwortete, fing er an, laut und herzhaft zu lachen. Ihre Zusicherung, mit ihm in den nächsten Tagen noch einmal zusammenzutreffen, schien ihn beruhigt zu haben. Er ging voraus in den Korridor, Ilona und der Rechtsanwalt folgten ihm. Auf dem Treppenabsatz, der zur Haustür hinunterführte, blieb Zurkirchen plötzlich stehen.
«Frau Neidhard», begann er umständlich. «Was ich noch fragen wollte: Beabsichtigt Ihr Sohn eigentlich, in unsere Firma einzutreten? Er scheint ein tüchtiger Junge zu sein.»
Zurkirchens Augen hatten sich zu zwei schmalen Schlitzen verengt. Sein Blick bekam plötzlich etwas Lauerndes.
«Ihre Frage ist verfrüht», meinte Ilona diplomatisch. «Mein Sohn und ich hatten noch keine Gelegenheit, uns darüber zu unterhalten. Leander ist ja auch erst sechzehn.»
Zurkirchen wischte sich mit dem Ärmel die Schweißperlen von der Stirn. «Vielen Dank für die Auskunft», sagte er, offensichtlich erleichtert, und ging die Treppe hinunter.
Amrein blieb dicht vor Ilona stehen. Er zögerte einen Moment, dann blickte er nachdenklich auf den Fußboden und meinte: «Wenn Sie mir einen Vorschuß zukommen lassen könnten, wäre ich Ihnen dankbar. Strafsachen sind sehr zeitraubend. Sagen wir ... sechstausend.»
Ilona ließ sich ihr Erstaunen nicht anmerken, weil sie sich keine Blöße geben wollte. Geldangelegenheiten waren nie ihre Stärke gewesen. Sie hatte sich noch nicht einmal darüber Gedanken gemacht, ob sie ermächtigt sein würde, vom Bankkonto ihres verstorbenen Mannes Geld abzuheben.

«Ich will sehen, was sich machen läßt», sagte sie unverbindlich. «Ich muß morgen ohnehin zur Bank, dann werde ich Ihnen das Geld anweisen lassen.»
«Oh, es eilt nicht, Frau Neidhard», entgegnete der Rechtsanwalt. «Ich bin nicht am Verhungern. Aber es muß alles seine Ordnung haben auf dieser Welt.»
Er ging die Treppe hinunter zur Haustür, wo Zurkirchen bereits auf ihn wartete. Der Prokurist wippte nervös mit dem Fuß. «Nun kommen Sie schon, Doktor Amrein», rief er ungeduldig. «Ich habe noch im Büro zu tun.»
Die beiden Männer stiegen in Amreins grünen Mercedes, der vor dem Hauseingang stand. Der Wagen trug kein Schweizer Nummernschild, sondern ein Kennzeichen von Liechtenstein.
Noch während der Wagen über den Kiesweg davonfuhr, dröhnte das schallende Gelächter von Zurkirchen in Ilonas Ohren.
«Was wollten denn diese gräßlichen Typen?» hörte sie plötzlich Gerdas Stimme. Die Freundin stand am offenen Küchenfenster und sah zum Hauseingang hinunter. Anscheinend hatte sie nur darauf gewartet, daß die beiden Männer wieder gehen würden.
Ilona wollte Gerda nicht unnötig beunruhigen.
«Geschäftlicher Kleinkram», sagte sie beiläufig und blickte zum Waldrand hinüber. Es war nicht mehr so kalt wie gestern. Die Föhnstimmung, die über dem ganzen Tal lag, ließ die kahlen Bäume so nah erscheinen, als gehörten sie zu Neidhards Grundstück.
«So?» meinte Gerda skeptisch. «Mir kamen die zwei Kerle wie Aasgeier vor.»
«Komm, wir machen einen Spaziergang», versuchte Ilona ihre Freundin abzulenken. «Ich will jetzt an nichts mehr denken, nur keine Probleme mehr. Ich möchte mit dir allein sein.»
Gerda mußte gegen ihren Willen lachen. «Das schaffst du ja doch nicht, Liebes. Es kommt immer wieder etwas dazwischen.»
Ilona schüttelte heftig den Kopf. Die langen Haare flatterten ihr wild um das Gesicht, sie sah jetzt aus wie eine Zigeunerin. «Diesmal kommt bestimmt nichts dazwischen, ich spüre es.»

«Hoffentlich irrst du dich nicht», sagte Gerda so leise, daß die Freundin sie nicht verstehen konnte.
Dann ging sie hinunter zu Ilona und küßte sie so lange und innig auf den Mund, daß beide Frauen erschöpft nach Atem ringen mußten.

14

Fossati hatte den ganzen Sonntagvormittag an seinem Artikel geschrieben und jede Zeile mehrmals überarbeitet, was er sonst eigentlich nie tat.
Stoff für eine brisante Story, wie Füllemann sie von ihm erwarten würde, besaß er genügend. Sein Problem bestand vielmehr darin, daß Kämpf ihm zwar am Samstagabend die Titelseite fest zugesichert, für den Innenteil jedoch nur neunzig Zeilen eingeräumt hatte. Das bedeutete für Fossati, daß er seinen Artikel stets von neuem zusammenstreichen, redigieren, wieder ergänzen und nochmals kürzen mußte — bis er schließlich, nach stundenlanger, konzentrierter Arbeit, die endgültige Druckfassung genau auf die vorgeschriebene Länge gebracht hatte. Das sollte ihm erst mal einer von seinen Kollegen nachmachen.
Kurz vor zwölf fuhr er zur Redaktion und nahm an der Mittagskonferenz teil, an der vorerst in groben Zügen das Konzept für den Inhalt und die Aufmachung der Montagausgabe besprochen wurde.
Wie jeden Sonntag um diese Zeit waren nur wenige Leute anwesend, knapp die Hälfte der Redaktionsmannschaft. Die restlichen Mitarbeiter waren noch unterwegs. Sie kamen meist erst nach dem Mittagessen, um an der Hauptkonferenz um drei Uhr ihre Berichte abzuliefern und Vorschläge für neue Themen in die Redaktionsrunde einzubringen.
Während der Zwölfuhrsitzung saß Kämpf am oberen Tischende und führte eher gelangweilt den Vorsitz.
Er trug einen schwarzen Rollkragenpullover, der seine ohnehin schon fahle Gesichtsfarbe noch blasser erscheinen ließ. Dennoch wirkte er ausgeruht und beinahe mun-

ter. Es war in der MORGENEXPRESS-Redaktion kein Geheimnis, daß Kämpf am Samstagabend immer zeitig zu Bett ging, wenn er über das Wochenende den Chef zu vertreten hatte, um etwaigen Strapazen, die am Sonntag auf ihn zukommen konnten, auch physisch gewachsen zu sein.
Martin Kämpf war bei seinen Kollegen weder beliebt noch unbeliebt. Er galt als farblose Persönlichkeit, als einer jener zahlreichen Journalisten, die es schwer hatten, sich bei einer Boulevardzeitung zu profilieren. In den Redaktionsräumen wurde sogar gemunkelt, Füllemann habe ihn nur deshalb zu seinem Stellvertreter ernannt, weil Kämpf viel zu phantasielos und zu wenig ehrgeizig sei, um ihm selber gefährlich zu werden. Er war, das mußte man ihm zubilligen, auch kein Intrigant, dazu fehlte ihm die Intelligenz, deshalb würde er wohl auch nie den Posten des Chefredakteurs für sich beanspruchen wollen.
Kämpfs ganze Leidenschaft gehörte dem Sport, und auf diesem Gebiet vollbrachte er auch überdurchschnittliche Leistungen. Füllemann hatte ihm deswegen sogar eine eigene Fußball-Kolumne mit dem Rubriktitel WENN DER BALL ROLLT übertragen, die — das hatten verschiedene Leserstatistiken ergeben — vielbeachtet und äußerst beliebt war.
So mutig und polemisch Kämpf mitunter sportliche Ereignisse zu kommentieren verstand, so ängstlich war er, wenn es um andere redaktionelle Belange ging. Deshalb hatte er noch am Samstagabend, unmittelbar nachdem er von Fossati über den Mordfall Neidhard informiert worden war, Isidor Bollag, den Rechtsberater des Verlags, angerufen und ihn gebeten, an der sonntäglichen Redaktionsbesprechung persönlich teilzunehmen, um den Beitrag über den Mordfall auch aus juristischer Sicht genauestens zu prüfen. Kämpf war nicht der Mann, der freiwillig Risiken eingehen wollte. Er kannte zu viele ehemalige Kollegen, die einer einzigen Fehlleistung wegen den Beruf hatten wechseln müssen. Dieser Gefahr, die gerade in der Boulevardpresse latent immer vorhanden war, wollte er sich nicht aussetzen, bloß damit einer seiner Kollegen mit einer Sensationsstory brillieren konnte.
Nachdem Bollag Fossatis Artikel zweimal durchgelesen hatte, gab es für ihn nur eine Kleinigkeit auszusetzen.

Fossati schlug nämlich vor, ein Foto von Gerda Roths Scheck mit folgendem Untertitel zu veröffentlichen: «Täterin versuchte vergeblich MORGENEXPRESS-Reporter zu bestechen.» Hier meldete der Anwalt Bedenken an. Er meinte, man dürfe Gerda Roth zum jetzigen Zeitpunkt keinesfalls als «Täterin» bezeichnen, weil sie noch nicht mit rechtsgenügender Sicherheit überführt worden sei. «Eine derart voreilige Äußerung könnte den Verlag in Teufels Küche bringen», warnte er den Reporter. «Diese Gerda Roth könnte mit einer mehrstelligen Schadenersatzforderung auf uns loskommen, falls sich nachträglich ihre Unschuld herausstellen sollte.»
«Diese Unschuld wird sich aber nicht herausstellen», wandte Fossati ein. «Gerda Roth hat Neidhard umgebracht. Daran besteht nicht der geringste Zweifel. Übrigens teilt auch der Staatsanwalt meine Auffassung. Ich habe noch gestern abend mit Zbinden ein längeres Telefongespräch geführt.»
«Dann würde mich interessieren, weshalb er die Frau noch nicht festnehmen ließ, wenn er doch von ihrer Schuld überzeugt ist?» wollte Bollag wissen. Er beugte sich so weit zu Fossati hinüber, daß dieser ganz unwillkürlich zurückwich, weil der Rechtsanwalt penetrant nach Knoblauch roch.
«Zbinden will ein paar zusätzliche Abklärungen vornehmen», sagte er beherrscht. Er wollte sich seine plötzliche Verunsicherung auf keinen Fall anmerken lassen. Heute durfte er sich von Bollag nicht unterkriegen lassen. Ein paar Monate zuvor hatte der Anwalt ihm nämlich mit seinen blödsinnigen juristischen Bedenken eine heiße Story gekippt. Isidor Bollags Grundsatz, für den Verleger Gottlieb Corrodi ihm natürlich dankbar war, lautete im Zweifelsfall immer: «Man muß einen Backstein unter Wasser gegen Feuer versichern, nur dann ist man gegen rechtliche Komplikationen wirklich gefeit.»
Diese überspitzte Formulierung hatte der Redaktion schon oft Kopfzerbrechen bereitet, und Chefredakteur Füllemann war längst dazu übergegangen, Bollag nur noch bei wirklich schwierigen Fällen zu konsultieren; für ihn hatte der Anwalt von Journalismus keine Ahnung.
Bollag begann den Artikel zum drittenmal durchzulesen,

dann meinte er: «Es erscheint mir fragwürdig, den Namen und das Bild dieser Ilona Neidhard zu veröffentlichen. Die Frau hat Einfluß.»
«Aber sie ist die Komplizin einer Mörderin», erwiderte Fossati spontan.
Seltsamerweise kam ausgerechnet Kämpf ihm zu Hilfe: «Wenn jemand einem Zeitungsreporter fünftausend Franken hinblättert, wie diese Gerda Roth es getan hat, so ist doch etwas faul. Für mich kommt dies schon fast einem Schuldgeständnis gleich. Und die Roth ist nun einmal die Intimfreundin dieser Neidhard, das ist unbestritten.»
Bollag schneuzte sich die Nase, und Fossati hoffte bereits, er würde sich mit Kämpfs Erklärung zufriedengeben, aber der Rechtswanwalt bohrte weiter: «Hat denn die Polizei seit gestern mittag ein neues Pressebulletin veröffentlicht, auf das wir uns abstützen können?»
«Bis jetzt ist nichts Neues reingekommen», meinte Lienhard, der als Volontär beim MORGENEXPRESS arbeitete und auch den Fernschreiber bediente.
«Das ist doch gut für uns!» frohlockte Fossati. «Die übrigen Zeitungen bringen morgen höchstens zehn Zeilen über den Mord an Neidhard, und wir liefern unseren Lesern zum Frühstück bereits den Täter.»
Er reichte dem Chef vom Dienst die Bilder hinüber, die er von den beiden Frauen geknipst hatte. «Das Foto von Gerda Roth bringen wir neben der Schlagzeile», sagte er. «Das Bild ihrer Freundin verlegen wir in den Innenteil. Der Scheck muß selbstverständlich als Blickfang nach vorn auf die Titelseite.»
Kämpf nickte, aber man sah ihm an, daß die Sache ihm nicht behagte. «Von mir aus», meinte er unschlüssig. «Aber dann schlage ich vor, daß wir nicht «Täterin» schreiben, sondern *mutmaßliche Täterin,* damit sind wir abgesichert.»
Er blickte fragend zu Bollag hinüber und fügte hinzu: «Oder was meinen Sie, Doktor?»
«Einverstanden», sagte der Rechtsanwalt. Er nahm das Manuskript nochmals in die Hand und zeichnete es unten rechts mit seinem Namen ab, dann erhob er sich.
«Wenn sich noch Unklarheiten ergeben sollten, könnt ihr mich zu Hause anrufen. Ich gehe jetzt. Meine Frau und ich

haben Verwandtenbesuch aus Kanada, da kann ich beim besten Willen nicht den ganzen Sonntag auf der Redaktion vertrödeln. Schon gar nicht wegen einer solchen Bagatellsache.»
Damit war die Mittagskonferenz beendet.
Als Fossati nach dem Essen in die Redaktion zurückkehrte, begegnete ihm im Fahrstuhl Füllemann, der zu seinem Büro im dritten Stock hinauffuhr.
«Oh, Sie sind im Haus, Chef? Ich dachte, Sie hätten heute frei», meinte der Reporter verwundert.
«Hab ich auch. Ich bin privat hier, weil ich ungestört eine neue Serie vorbereiten will. Bei mir zu Hause ist immer etwas los. Wenn man fünf Kinder hat, die ständig was von einem wollen, kann man nicht konzentriert arbeiten.»
Fossati pflichtete dem Chef durch Kopfnicken bei. Bevor er im zweiten Stock den Fahrstuhl verließ, klopfte ihm Füllemann auf die Schulter und meinte: «Kommen Sie doch nachher rasch in mein Büro, ich möchte gern etwas mit Ihnen besprechen.»
Es war jetzt zehn Minuten nach zwei. In den Redaktionsräumen herrschte Hochbetrieb. Die drei Fernschreiber ratterten ununterbrochen, fast alle Telefone waren besetzt. Die Redakteure schwirrten zwischen den Schreibtischen hin und her, suchten Unterlagen zusammen oder bemühten sich einen freien Telefonapparat zu ergattern.
Fossati nahm den Artikel über die beiden Frauen und ging die Treppe hinauf zum Büro des Chefredakteurs, der ihn bereits erwartete.
«Fossati, Sie Allround-Genie, können Sie mir einen Gefallen tun?» rief Füllemann ihm entgegen und forderte ihn mit einer Handbewegung auf, Platz zu nehmen.
«Immer!» antwortete der Reporter beflissen und blickte dabei gespannt auf Füllemann. «Worum geht's denn?»
Er machte sich bereits auf einen streng vertraulichen Auftrag gefasst, auf Recherchen, von denen keiner der anderen Redakteure etwas erfahren durfte. Für solche Aufgaben war er bis jetzt immer der richtige Mann gewesen.
Füllemann seufzte und verzog sein Gesicht zu einer leidvollen Miene. «Sonja Bamert fliegt morgen für drei Wochen nach Haiti. Auf Einladung der Saturn-Reisen AG. Die pfeifen aus dem letzten Loch und brauchen dringend ein

wenig Publicity, die inserieren doch schließlich immer bei uns.»
«Und was hat das mit mir zu tun?» erkundigte sich Fossati neugierig. «Soll ich vielleicht mit der Bamert nach Haiti fliegen?»
Füllemann schüttelte ungeduldig den Kopf. «Natürlich nicht! Die Sonja kommt ganz gut allein zurecht, die findet überall ihre Helfershelfer, auch auf Haiti.» Er zwinkerte Fossati listig zu, dann wurde er plötzlich wieder ernst und meinte: «Ich brauche jemand, der während Sonjas Abwesenheit das Leser-Horoskop schreibt.»
«Ach, du Scheiße», entfuhr es Fossati. «Warum denn ausgerechnet ich?»
Das Horoskop wurde sonst immer von blutigen Anfängern geschrieben. Es war dem Reporter unverständlich, weshalb Füllemann ihn für diese idiotische Aufgabe ausgesucht hatte.
«Das schaffen Sie doch spielend neben Ihrer übrigen Arbeit», munterte der Chefredakteur Fossati auf. «Bei Ihrer Phantasie kostet Sie das Horoskop keine zehn Minuten am Tag. Und wenn Ihnen gar nichts mehr einfällt, suchen Sie sich eine alte Frauenzeitschrift heraus und schreiben den Bockmist dort ab. Alles klar?»
«Na ja, wenn's unbedingt sein muß», meinte der Reporter mit einem Achselzucken. «Ihnen zuliebe!»
Füllemann streckte Fossati die Hand hin und wollte sich von ihm verabschieden, aber der Reporter blieb sitzen. «Ich hab' auch noch was, Chef», begann er umständlich und streckte Füllemann seinen Artikel über den Fall Neidhard hin. «Wir bringen die Geschichte morgen auf dem Titel. Kämpf hatte schon während der Mittagskonferenz die Hosen voll, er hat Bollag kommen lassen. Aber ich verspreche Ihnen: die Story wird ein Knüller!»
Füllemann setzte seine Brille auf. Er lehnte sich zurück und las den Bericht sorgfältig durch. Im Laufe der Zeit hatte er es sich zur Gewohnheit gemacht, ein Manuskript nie zu überfliegen, sondern Satz für Satz genau durchzulesen. Er wußte, daß seinem Vorgänger ein einziges Wort — der Name eines Großindustriellen — zum Verhängnis geworden war.
«Nicht schlecht», sagte er schließlich, nachdem er den Ar-

tikel zu Ende gelesen hatte. «Die Idee mit dem Scheck ist hervorragend. Dazu kann ich Ihnen nur gratulieren. Damit sind wir den Justizbehörden einmal mehr zuvorgekommen. Großartig! Wir bringen das Bild des Täters, bevor die Polizei ihn verhaftet hat.»
«Wetten, das gibt einen Riesenstunk?» meinte Fossati stolz. «Die Öffentlichkeit haben wir natürlich auf unserer Seite. Unsere Leser flippen doch jedesmal aus, wenn wir der Polizei eins auswischen.»
«Und die Konkurrenz wichst wieder mal in den Schnee!» meinte Füllemann mit einem triumphierenden Grinsen. Dann wollte er von Fossati wissen, ob Bollag den Artikel gelesen habe.
Der Reporter nickte. «Er hatte daran nichts auszusetzen. Warum auch, die Fakten stimmen, der Fall ist doch klar. Daran kann man überhaupt nichts aussetzen.»
Fossati wollte sich von Füllemann eben verabschieden, als dieser ihn noch einmal zurückrief.
«Die Geschichte mit den beiden lesbischen Weibern hat Pfiff», meinte er nachdenklich. «Wir werden den Fall nach Möglichkeit ein paar Tage durchziehen. Jeden Tag was Neues! Bleiben Sie am Ball, Fossati! Versuchen Sie rauszukriegen, wie und wo die beiden Frauen sich kennenlernten, das gibt eine rührende Love-Story mit umgekehrten Vorzeichen. Interessant wäre auch, zu erfahren, wie ihr Verhältnis zu dem Ermordeten war, was sie im Bett machen, und so weiter. Die intimen Einzelheiten können Sie ruhig erfinden, so was läßt sich ja nicht kontrollieren. Wichtig ist bloß, daß die Stellungen stimmen. Aber das können Sie in jedem Aufklärungsbuch nachschlagen.»
Fossati wurde plötzlich lebendig. Jedesmal, wenn Füllemann mit einem Vorschlag an ihn herantrat, spornte ihn dies zu eigenen Ideen an.
«Das wäre doch die Sensation!» rief er, ohne daß der Chefredakteur wußte, wovon er überhaupt sprach.
«Schießen Sie los!» forderte ihn Füllemann auf. «Ich sehe Ihnen doch an, daß Sie wieder mal einen verrückten Einfall haben. Spannen Sie mich nicht auf die Folter!»
Fossati blickte dem Chef ins Gesicht. Dann sagte er langsam, als würde er ihm ein Geheimnis anvertrauen: «Warum nehmen wir den Fall Neidhard nicht als Aufhän-

ger für eine neue Serie über das Sexleben der Lesbierinnen? Titel: Die unauffällige Liebe. Was halten Sie davon?»
Füllemann schüttelte den Kopf. «Mein Gott, Fossati, warum entwickeln Sie nicht endlich ein Gespür für publikumswirksame Titel? Die Idee mit der Serie finde ich phantastisch! Über Lesbierinnen haben wir noch nie etwas gebracht. Aber der Titel ... Lassen Sie mich mal nachdenken.»
Er stützte seine Ellbogen auf die Tischplatte und starrte Fossati so angestrengt an, als wollte er ihn hypnotisieren. Nach einer Weile rief er plötzlich: «Ich hab's! Der Titel muß heißen: ZÄRTLICHER SEX — GEFÄHRLICHE LEIDENSCHAFT. Und als Untertitel nehmen wir: WENN FRAUEN FRAUEN LIEBEN.»
Füllemann entnahm seinem Schreibtisch eine Cognacflasche und goß sich einen Rémy Martin ein.
«Trinken Sie einen Schluck mit, Fossati», meinte er gutgelaunt. Dann erteilte er dem Reporter den Auftrag, sich in den kommenden Tagen intensiv mit den Vorbereitungen für die soeben geborene Serie über lesbische Liebe zu beschäftigen.
Die Redaktionssitzung um drei verlief turbulenter als Fossati aufgrund der so gemächlich verlaufenen Mittagskonferenz angenommen hatte.
Es waren noch einige Berichte eingetroffen, die — nach Meinung der jeweiligen Verfasser — ebenfalls Anspruch auf eine erstklassige Plazierung hatten.
So brachte Marcel Coray, der heute gar nicht zu arbeiten brauchte, und den Fossati für einen unverbesserlichen Arschlecker hielt, fast ein Dutzend Exklusivbilder von einem Busunglück auf dem Berninapaß mit, das immerhin acht Todesopfer gefordert hatte. Zwei der verstümmelten Leichen waren in Großaufnahmen auf den Fotos zu sehen.
«Auf der Titelseite sind die Bilder zu abschreckend», meinte Kämpf zu Fossatis Beruhigung. «Aber wir bringen eines der Fotos ganz groß auf der Rückseite, dazu noch dreißig Zeilen Text, am liebsten die authentische Äußerung eines Hinterbliebenen.»
Dann rapportierte Herbert Zogg von der Berner Außenredaktion, er habe aus zuverlässiger Quelle vernommen, daß man tags zuvor auf dem Genfer Flughafen im Diplomaten-

gepäck eines ausländischen Botschafters zwei Kilogramm Kokain gefunden habe.
Es entging Fossati nicht, daß Kämpf aufhorchte. «Interessant», hörte er den Chef vom Dienst sagen. «Gibt es schon eine offizielle Stellungnahme? Bilder? Sind die Personalien des Botschafters bekannt?»
«Ich bin noch am Recherchieren», meinte Zogg und fügte rasch hinzu: «Erst heute habe ich durch eine Indiskretion von der ganzen Sache erfahren.»
«Wissen Sie denn wenigstens, welches Land dieser Diplomat vertritt?» erkundigte sich Kämpf und schnalzte dabei ungeduldig mit den Fingern.
Zogg schüttelte den Kopf. «In zwei Stunden kann ich es rausfinden. Dann kann die Geschichte morgen noch ins Blatt.»
Kämpf überlegte einen Moment, dann meinte er: «Wenn es sich um den Vertreter einer Großmacht handelt, bringen wir den Bericht auf der zweiten Seite. Wenn es jedoch irgendein Zulukaffer ist, bringen wir nur eine kurze Notiz, höchstens fünfzehn Zeilen.»
Nun meldete sich zu Fossatis Schrecken auch noch Alice Gegenschatz, die Briefkastentante beim MORGENEXPRESS, zu Wort. Sie war eine resolute, ältere Dame, die immer recht bekommen wollte und es meist auch bekam, weil sie eine entfernte Verwandte von Verleger Corrodi war. Die Gegenschatz berichtete ausführlich von einer 87jährigen Rentnerin, die während eines Waldspaziergangs ihr Gebiß verloren hatte und nun schon seit Wochen nur Brei und Süppchen essen konnte. Man müsse, verlangte die Briefkastentante energisch, in der Montagausgabe zu einer Sammlung aufrufen, damit die Alte endlich zu einem neuen Gebiß komme. Die Gegenschatz kramte ein zerknittertes Schwarzweißfoto aus ihrer Handtasche und hielt es Kämpf vor das Gesicht.
«Diese Ida Hämmerle ist eine Schande für unseren Sozialstaat!» rief sie mit aufgebrachter Stimme. «Aber wenn die verantwortlichen Behörden nicht in der Lage sind, für ein neues Gebiß zu sorgen, tun es eben unsere Leser. Auf die ist wenigstens Verlaß. Es wird soviel Geld eingehen, daß wir in vierundzwanzig Stunden ein ganzes Dorf mit neuen Zähnen versorgen können.»

«Wir schieben die Geschichte auf Dienstag oder Mittwoch», meinte Kämpf. «Wenn die Alte wochenlang ohne Gebiß ausgekommen ist, wird sie auch noch zwei Tage länger warten können. Wir sind schließlich eine Zeitung, die ihren Lesern aktuelle Informationen vermitteln muß, und kein Bettelorgan.»

«Sie vergessen, Herr Kämpf, daß meine Spalte die meistgelesene Rubrik unserer Zeitung ist», fuhr die Briefkastentante den Chef vom Dienst an. «Aber ich werde mich bei Herrn Corrodi beschweren. Ich wünsche Ihnen, daß Sie einmal ohne Zähne herumlaufen müssen, dann würden Sie nicht mehr so herzlos daherreden.» Sie packte ihre Sachen zusammen und verließ wutschnaubend den Raum.

Dann kam man noch einmal auf den Fall Neidhard zu reden. Zu Fossatis Verblüffung wagte ausgerechnet Benny Lienhard, der als Redaktionsvolontär überhaupt nicht stimmberechtigt war, einen geradezu unverschämten Einwand. Lienhard meinte nämlich: «Wenn diese Gerda Roth unserem Reporter fünftausend Franken gegeben hat, so heißt das noch lange nicht, daß sie eine Mörderin ist. Vielleicht hat sie wirklich bloß Angst davor, daß ihr Name in unserer Zeitung veröffentlicht wird. Vielleicht fürchtet sie sich vor Repressalien. Theoretisch wäre dies doch denkbar.»

«Theoretisch! Theoretisch! Halt die Klappe, kleiner Wichser!» rief Fossati wütend. «Du bist drei Monate bei uns und reißt schon das Maul auf wie ein Vollprofi.»

«Warum so impulsiv, Aldo?» erkundigte sich Kämpf erstaunt. «Laß doch den Jungen wenigstens ausreden.»

Fossati grinste abschätzig. «Müssen wir uns wirklich jeden Dilettantismus anhören? Bollag hat den Artikel abgezeichnet, Füllemann hat ihn auch gelesen, was wollt ihr eigentlich noch?»

«Schon gut», stammelte Benny mit hochrotem Kopf. «Ich dachte ja nur ...»

«Was dachtest du?» wollte Kämpf wissen. «Du brauchst dich nicht zu schämen. Du hast zwar kein Stimmrecht, aber du darfst dich jederzeit äußern.»

Fossati kochte vor Wut. Er hatte Kämpf schon immer für hinterhältig gehalten, nun fand er sich einmal mehr in seiner Meinung bestätigt.

«Ich bin seit Samstagvormittag unterwegs, renne von Pontius zu Pilatus, überführe eine Mörderin mitsamt ihrer Komplizin, und ihr ... was tut ihr? Ihr schießt mir in den Rücken!»
Er wollte aufstehen, doch Kämpf hielt ihn zurück.
«Reg dich nicht auf, Aldo, aber wir müssen auch den Jungen eine Chance geben, ihre Meinung zu äußern. Hast du das Redaktionsstatut noch nie gelesen?»
«Leck mich am Arsch!»
Fossati begann sich demonstrativ mit seinem Manuskript zu beschäftigen, während Kämpf den Volontär ermunterte, weiterzureden.
Lienhard netzte sich mit der Zunge die Lippen, dann zögerte er einen Moment und sagte schließlich: «Ich finde es ungerecht, wenn wir eine wehrlose Frau in unserem Blatt zur Mörderin stempeln, bevor wir die Gewißheit haben, daß sie auch tatsächlich eine Mörderin ist.»
«Nun kommen mir gleich die Tränen», meinte Zogg und grinste zu Fossati hinüber.
Kämpf spielte ungeduldig mit seinem Kugelschreiber und suchte vergeblich nach einer passenden Antwort.
«Nun hör mal gut zu, Benny», begann Fossati mit beherrschter Stimme. Er sprach so ruhig und geduldig, als unterhielte er sich mit einem Kindergartenschüler. *«Ich* habe die Geschichte recherchiert. *Ich* habe mit dem Staatsanwalt gesprochen. *Ich* habe Einsicht in die Ermittlungsakten gehabt. *Ich* habe von dieser Gerda Roth einen Scheck bekommen. Und *ich* ganz allein trage die Verantwortung für meinen Artikel. Deshalb nehme ich von dir keine Belehrungen entgegen. Mit deinen Humanitätsduseleien bist du bei uns auf dem falschen Dampfer! Damit kannst du dich gleich bei der Heilsarmee bewerben.»
Ein paar Mitarbeiter lachten verstohlen, andere blickten nachdenklich vor sich hin.
«Kinder, nun hört bloß auf zu streiten!» meinte Kämpf, der sich plötzlich auf seine Autorität besann. «Doktor Bollag hat den Artikel gelesen, und er hat ihn bedingungslos sanktioniert. Ich persönlich habe eigentlich auch keine Bedenken. Es gibt in meinen Augen zu viele Indizien, die gegen die beiden lesbischen Frauen sprechen.»
In diesem Augenblick stürmte Strickler ins Sitzungszim-

mer. Strickler war Fossatis gefährlichster Rivale, weil er nicht nur außergewöhnlich aktiv, sondern auch außergewöhnlich intelligent war.
«Leute, ich habe eine ganz irre Story!» rief er aufgeräumt und setzte sich neben Kämpf an den Konferenztisch.
Fossati wurde blaß.
Strickler hatte ihm gerade noch gefehlt. Der Kerl führte immer die teuflischsten Dinge im Schild. Dennoch war er in der Redaktion angesehen, weil er den Ruf genoß, ein Draufgänger zu sein, der trotzdem nie mit gezinkten Karten spielte und sich seinen Kollegen gegenüber stets fair verhielt.
«Spuck schon aus!» ermunterte ihn Kämpf. «Das Blatt ist zwar voll, und wenn nicht gerade der amerikanische Präsident umgebracht wird, nehmen wir auch nichts mehr raus. Aber wir brauchen ja auch am Dienstag noch ein paar heiße Sachen.»
Strickler entnahm seiner Mappe ein Manuskript und ein paar Bilder. Dann sagte er: «Nun hört mal schön zu, ihr Lieben. Wie findet ihr das: Katholischer Priester heiratet Nachtklubtänzerin! Ich hab die Hochzeitsbilder!»
Ein Raunen ging durch das Konferenzzimmer.
«Darf ich mal sehen?» fragte Kämpf und nahm die Fotos in die Hand.
«Natürlich handelt es sich nicht um einen Priester aus Honolulu», fuhr Strickler aufgekratzt fort. «Der Mann heißt Anton Gerstbacher und wohnt in Sägendorf, einem Kaff zwischen Zürich und Baden. Das wär doch ein Titel für die Montagausgabe!»
«Nein!» sagte Fossati entschlossen. «Der morgige Titel steht, daran wird nichts mehr geändert. Sonst könnt ihr mich wirklich am Arsch lecken.»
Fossati war zu wütend, als daß Kämpf ihm zu widersprechen wagte. Er wußte aus anderen, ähnlichen Fällen, daß der Reporter in Chefredakteur Füllemann einen Schutzengel besaß. Deshalb wandte er sich an Zogg und entschied: «Die Diplomatengeschichte wird auf Dienstag geschoben, dann haben wir auch für die Recherchen etwas mehr Zeit, das kann nicht schaden. Statt dessen nehmen wir die Priesterhochzeit morgen auf die zweite Seite; die Story hat Pfeffer.»

«Der Meinung bin ich auch», sagte Strickler und schnitt eine triumphierende Grimasse. Fossati streckte ihm als Antwort die Zunge heraus.
«Kinder, bleibt noch einen Moment ernst!» mahnte Kämpf und rückte seinen Notizblock zurecht. «Wir müssen uns jetzt über die Titel unterhalten. Wer von euch hat für die Mordgeschichte eine erstklassige Schlagzeile auf Lager.»
Die Redaktoren senkten wie auf ein Kommando ihre Köpfe, starrten auf die Tischplatte und schienen dabei angestrengt nachzudenken.
«Ich warte auf Vorschläge», sagte Kämpf in die Stille hinein. Dann griff er nach seinem Kugelschreiber und blickte erwartungsvoll in die stumme Runde.

15

Als Justizdirektor Bissegger am Montagmorgen ins Büro kam, war er nicht nur verärgert, er hatte es auch ungewöhnlich eilig.
Es war bereits zwanzig Minuten nach acht, und um neun Uhr mußte er vor dem Kantonsrat ein Referat über die geplanten Sicherheitsvorkehrungen in der Strafanstalt Hagelmoos halten, keine leichte Aufgabe. Seine Ausführungen wurden von der Lokalpresse mit einiger Spannung erwartet, deshalb hatte Bissegger, sehr zum Leidwesen seiner Frau, fast das ganze Wochenende daran gearbeitet. Nun kam er direkt aus Wildhaus.
Seine Frau war bei ihren Eltern im Toggenburg geblieben; sie vertrug das neblige Stadtklima nicht.
Kurz nach sechs war der Justizdirektor in Wildhaus losgefahren, hatte unterwegs kurz gefrühstückt und war, trotz des regen Montagmorgenverkehrs, eigentlich recht gut vorangekommen. Dennoch hatte er sich schließlich arg verspätet.
Kurz vor Zürich war er nämlich auf der Seestraße in eine Radarkontrolle geraten. Die Beamten — in Bisseggers Augen kleinkarierte Spießer — hatten sich stur gezeigt und hartnäckig auf Bezahlung der vierzigfränkigen Buße

bestanden, obschon er sich korrekt als Regierungsrat ausgewiesen und sich auf die gesetzlich verankerte parlamentarische Immunität berufen hatte. Selbst als Bissegger den beiden Beamten mit einer Aufsichtsbeschwerde drohte und sich ihre Namen notierte, ließen die beiden nicht mit sich reden, sondern wiesen ihn mit fast schon querulantisch anmutender Förmlichkeit auf das geltende Dienstreglement hin, das bei Gesetzesübertretungen im Straßenverkehr keine Sonderbehandlungen zulasse. Auch nicht bei einem Regierungsrat, wie einer der beiden Beamten mit unverhohlenem Sarkasmus hinzufügte. Derartige Unverschämtheiten mußte man sich offenbar auch als angesehener Politiker in einem demokratischen Rechtsstaat gefallen lassen, dazu noch an einem Montagmorgen.
Der Justizdirektor verstand die Welt nicht mehr.
Nur weil es ihm unter seiner Würde erschien, sich mit diesen engstirnigen Paragraphenreitern noch länger herumzustreiten, überwand er sich schließlich und bezahlte die Buße, doch durfte er während der Weiterfahrt gar nicht daran denken, daß er durch die lächerlichen Schikanen der beiden Beamten fast eine halbe Stunde Zeit verloren hatte.
Bissegger ging hastig durch das Vorzimmer seiner Sekretärin. Denise Sauter, die wie jeden Tag um diese Zeit Kaffee trank, war überrascht, daß ihr Chef, der sich sonst zum Wochenbeginn stets leutselig nach ihrem Befinden erkundigte, heute grußlos in seinem Büro verschwand und die violette Polstertür heftig hinter sich zuschlug.
Der Justizdirektor suchte im Wandschrank einige Unterlagen für sein Referat zusammen und verstaute sie nervös in seiner Aktenmappe. Dann warf er einen flüchtigen Blick aus dem Fenster. Wegen des dichten Nebels sah man nicht einmal bis zum Limmatufer hinüber. Mißmutig setzte er sich an seinen Schreibtisch und unterschrieb ein paar Verfügungen, alles dringende Fristangelegenheiten, die schon seit Freitag herumlagen. Er überflog gerade die Ablehnung des Begnadigungsgesuchs eines Sittlichkeitsdelinquenten, als seine Sekretärin das Zimmer betrat.
Der Justizdirektor hob geschäftig die Hand, als wolle er die Störung zum vornherein abwehren. «Keine Zeit!» rief er, ohne aufzublicken.

Während er rasch seine Unterschrift unter das Dokument setzte, nickte er selbstgefällig, weil die Begnadigungskommission einmal mehr seiner ablehnenden Empfehlung gefolgt war.
Als er aufstand, um sein Büro zu verlassen, bemerkte er, daß seine Sekretärin noch immer im Türrahmen stand.
Sie sagte: «Haben Sie den Artikel schon gelesen?»
Er sah, wie sie mit der Hand auf seinen Schreibtisch zeigte und trocken hinzufügte: «Der Bericht wird einigen Staub aufwirbeln.»
«Welcher Bericht?» fragte Bissegger unwirsch.
Erst jetzt fiel sein Blick auf die Montagausgabe des MORGENEXPRESS, die vor ihm auf dem Schreibtisch lag.
«Warum haben Sie mir das nicht früher gesagt?» rief er gereizt. Sein linkes Augenlid begann zu zucken.
Weil die Sauter mit unbewegter Miene stehenblieb und nichts mehr sagte, schlug Bissegger die Zeitung auf.
Die Schlagzeile auf der Titelseite war nicht zu übersehen.

POLITIKER ERMORDET —
EHEFRAU WAR LESBISCH!

Exklusivbericht von Aldo Fossati

THORHOFEN: Am späten Freitagnachmittag ereignete sich in Thorhofen eine fürchterliche Bluttat: Der bekannte Lokalpolitiker und Millionär Richard Neidhard (39) wurde auf brutale Weise in seinem eigenen Landhaus ermordet. Auf einen anonymen Hinweis rückte die Polizei nach Thorhofen aus und fand die Leiche des bekannten Architekten mit zertrümmertem Schädel auf dem Fußboden im Wohnzimmer seiner feudalen Villa.
Ein hoher Polizeibeamter zum MORGENEXPRESS: «Ich habe noch selten eine so schrecklich zugerichtete Leiche gesehen.»
Verläßlichen Informationen zufolge hatte der Politiker, der ein Vermögen von mehreren Millionen Franken hinterläßt, keine Feinde. Bei der Bevölkerung seines Wohnorts galt Neidhard als «freundlich», «großzügig» und «hilfsbereit». Seine Ermordung löste weit über Thorhofen hinaus Entsetzen und Erschütterung aus.
Obschon es eindeutige Hinweise auf eine ganz bestimmte Täterschaft gibt, tappen die zuständigen Ermittlungsbehörden bei ihren Untersuchungen angeblich noch im dunkeln. Der verantwortliche Staatsanwalt Dr. Ch. Zbinden zum MORGENEXPRESS: «Wir wissen noch nichts Konkretes, wir vermuten aber, daß es sich bei dem Mord um ein Beziehungsdelikt handelt.»
In mühsamer kriminalistischer Kleinarbeit ist es dem MORGENEX-

PRESS jedoch gelungen, Licht in diese zwielichtige Mordaffäre zu bringen und eine mutmaßliche Täterin sowie ihre Komplizin zu ermitteln.
Es handelt sich dabei um die Zürcher Sekundarlehrerin Gerda Roth (36), die nachweislich mit der Ehefrau des Ermordeten, der jugoslawischen Staatsangehörigen Ilona Neidhard (34), ein lesbisches Verhältnis hat.
Aus Kreisen der Bevölkerung von Thorhofen konnte man in Erfahrung bringen, daß die beiden lesbischen Frauen fast täglich zusammen gesehen wurden. Der Gemeindepräsident Gustav Mauch (58) zum MORGENEXPRESS: «Frau Neidhard ist eine unnahbare, überhebliche Person. Jeder hier im Dorf weiß, daß sie abartig veranlagt ist. Mich würde es nicht wundern, wenn sie ihren Mann kaltblütig umgebracht hätte.»
Ähnlich äußerten sich auch andere Nachbarn des ermordeten Architekten, die das intime Verhältnis seiner Frau zu ihrer lesbischen Freundin mit Mißbehagen und unheilvollen Ahnungen verfolgt hatten. So verriet die Ladenbesitzerin Emma Dürmüller (62) dem MORGENEXPRESS: «Diese Jugoslawin ist eine arrogante Modepuppe. Architekt Neidhard wurde von dieser Frau doch nur ausgenützt. Wer bei uns im Dorf die Augen offen hatte, sah dieses Unglück auf Neidhard zukommen.»
Der ermordete Architekt und angesehene Politiker galt in Thorhofen als einer der besten Steuerzahler und als integre Persönlichkeit. Wen wundert es da, daß die aufgebrachten Dorfbewohner den Mord an ihrem Mitbürger gesühnt wissen möchten. So meinte ein Thorhofer Bauer spontan, als er von der ruchlosen Bluttat erfuhr: «Wer dieses schändliche Verbrechen begangen hat, müßte auf der Stelle gelyncht werden.»
Während die zuständigen Untersuchungsbehörden sich im Hinblick auf eine mögliche Täterschaft noch am Sonntag in Stillschweigen hüllten, gelang es dem MORGENEXPRESS, eine Zeugin ausfindig zu machen, welche die lesbische Sekundarlehrerin Gerda Roth wenige Minuten vor der Tatzeit in Begleitung des Ermordeten vor dessen Haus in Thorhofen gesehen hat.
Durch diese verläßliche Zeugenaussage schnappte für die beiden Lesbierinnen, die ein Opfer ihrer Leidenschaft geworden sind, die Falle endgültig zu. Mit letzter Verzweiflung versuchte die Lehrerin, sich selber und ihre Freundin vor dem drohenden Unheil zu bewahren, indem sie den MORGENEXPRESS-Reporter Aldo Fossati mit einem Scheck über 5000 Franken (siehe Foto) zum Schweigen bringen wollte. Dieser Akt der Verzweiflung — zugleich auch eine Anmaßung an unsere Zeitung — hat die Lesbierin als mutmaßliche Täterin gekennzeichnet. Mit ihrer Festnahme ist stündlich zu rechnen. Die Hintergründe über dieses kaltblütige Milieuverbrechen lesen Sie morgen exklusiv im MORGENEXPRESS.

«Das ist doch ungeheuerlich!» rief Bissegger aufgebracht, nachdem er den Artikel zu Ende gelesen hatte. «Müssen wir uns denn als Idioten hinstellen lassen, nur weil wir sorgfältig ermitteln?»
Er knallte die Zeitung auf den Schreibtisch und befahl seiner Sekretärin: «Verbinden Sie mich sofort mit dem Ersten Staatsanwalt!»
Als Denise Sauter ihrem Chef kurz darauf mitteilte, daß Spalinger heute morgen, im Zusammenhang mit einem Auslieferungsbegehren, für zwei Tage nach Rom geflogen sei, verlangte der Justizdirektor wütend den Polizeikommandanten zu sprechen. Kaum hatte er Krummenacher schließlich am Apparat, fing er auch schon an zu toben: «Bei der Kantonspolizei herrschen wieder einmal Zustände wie im Wilden Westen! Sind wir bereits soweit, daß wir uns von einem dahergelaufenen Zeitungsfritzen vorschreiben lassen müssen, was wir zu tun haben? Es wäre eure verdammte Pflicht gewesen, die Täterin sofort festzunehmen, doch Sie setzen Ihre Leute für Geschwindigkeitskontrollen ein! Wie stehen wir denn jetzt da? Morgen können wir in den Zeitungen lesen: Die Zürcher Justiz läßt Mörderinnen frei herumlaufen! Und wer hat die ganze Schlappe in der Öffentlichkeit auszubaden? Natürlich ich! Immer ich! Was glauben Sie, was ich heute im Kantonsrat von den Sozis zu hören bekommen werde?»
Als Krummenacher endlich dazukam, den Justizdirektor mit Bestimmtheit darauf aufmerksam zu machen, daß er es ja gewesen sei, der am Samstagnachmittag während der Lagebesprechung von einer überstürzten Verhaftung der beiden Frauen abgeraten habe, unterbrach ihn Bissegger sogleich: «Damals gab es doch nur ein paar lausige Indizien, aber keine handfesten Beweise. Daß die Täterschaft der Lehrerin praktisch erwiesen ist, habe ich erst vor zwei Minuten aus der Zeitung erfahren.»
Bissegger rang empört nach Luft, und der Polizeikommandant nutzte die Gelegenheit, um dem Justizdirektor zu erläutern, daß die Ermittlungen im Fall Neidhard sich ordnungsgemäß abwickelten; die Mordkommission unter Staatsanwalt Zbinden und Hauptmann Betschart sei schon seit einigen Stunden unterwegs.
«Wenn alles so läuft, wie Zbinden es sich vorstellt, werden

wir noch heute abend eine Pressekonferenz abhalten und das Geständnis der Täterin bekanntgeben können.»
«So?» schnaubte Bissegger. «Und alles hinter meinem Rücken!»
«Sie sind doch übers Wochenende nie zu erreichen», meinte der Kommandant kühl. «Aber ich versichere Ihnen: Es besteht überhaupt kein Grund zur Aufregung.»
Krummenacher sprach so gemächlich, daß Bisseggers Mundwinkel unkontrolliert zu zucken begannen.
«Wer ist denn der Öffentlichkeit Rechenschaft schuldig?» brüllte er in den Apparat. «Sie oder ich? Wer wird denn vom Volk gewählt? Sie oder ich?»
Erst jetzt merkte er, daß Krummenacher den Hörer schon längst aufgelegt hatte.

16

Am Montagmorgen um Viertel vor sechs fuhr Staatsanwalt Zbinden in Begleitung von Detektiv Arnold Schlumpf zur Wohnung von Gerda Roth an der Waffenplatzstraße.
Zbinden wußte aus Erfahrung, daß kein Rechtsbrecher, wenn es um sechs Uhr früh an seiner Haustür klingelte, den Polizeibehörden freiwillig Einlaß gewährte. Weil der Staatsanwalt als rücksichtsvoller Beamter zu dieser frühen Morgenstunde nur ungern andere Mitbewohner wekken wollte, hatte er sich vorsichtshalber noch am Sonntagabend einen Hausschlüssel besorgt, so daß er ungehindert bis zur Wohnung der Lehrerin im achtzehnten Stock des Hochhauses vordringen konnte.
Zbindens Vorgehen galt zwar nicht unbedingt als legal, aber es hatte sich im Laufe der Zeit sowohl bei der Staatsanwaltschaft als auch bei der Kantonspolizei eingebürgert, weil die Beamten sich Zeit und Ärger ersparen wollten. Zudem existierte keine Vorschrift, nach der man mit Verbrechern allzu zimperlich umgehen mußte; schließlich gab es Ermittlungsmethoden, die, ob sie nun legal waren oder nicht, den zuständigen Behörden ganz einfach als taugliches Mittel zum gerechten Zweck dienten.

Im Falle von Gerda Roth war es übrigens gar nicht so einfach gewesen, an einen Hausschlüssel heranzukommen. Erstens besaß die Lehrerin eine Eigentumswohnung, und zweitens war am Sonntagabend bei der Liegenschaftsverwaltung, die für das besagte Haus zuständig war, niemand erreichbar. Mit viel Spitzfindigkeit und unter beachtlichem Zeitaufwand hatte Oberleutnant Honegger, der bei seinen Kollegen als «geborener Schnüffler» galt, tatsächlich einen leitenden Angestellten der Verwaltung ausfindig gemacht. Nachdem Honegger dem Mann hoch und heilig versichert hatte, es handle sich hier nicht um einen lächerlichen Taschendiebstahl, sondern um einen ganz perfiden Mord, bekam er — nach Vorzeigen des Haftbefehls natürlich — anstandslos einen Hausschlüssel ausgehändigt.
Staatsanwalt Zbinden rechnete eigentlich gar nicht damit, daß er die Lehrerin in ihrer Wohnung antreffen würde. Noch am späten Sonntagnachmittag hatte ihn nämlich Schulvorstand Graber telefonisch davon unterrichtet, daß Gerda Roth sich bei ihm für einige Tage krank gemeldet hatte. Eine schwere Grippe mit hohem Fieber, fügte Graber mit hörbarem Zynismus hinzu, hindere die Sekundarlehrerin — ihren eigenen Worten zufolge — am Aufstehen. Hocherfreut über diesen nützlichen Hinweis hatte sich der Staatsanwalt bei Doktor Graber herzlich bedankt, und insgeheim hatte er bedauert, daß es nicht mehr mitteilungsfreudige Leute wie diesen Graber gab; dies läge nämlich durchaus im Interesse einer wirksamen Verbrechensbekämpfung und käme, Denunziation hin oder her, letztlich ja der Gesamtbevölkerung zugute.
Als den beiden Beamten trotz mehrmaligem Klingeln an der Wohnungstür von Gerda Roth niemand öffnete, zeigte sich der Staatsanwalt keineswegs erstaunt, sondern gab sofort vom Wagen aus per Funk eine Meldung an Betschart und Honegger durch, die sich zur selben Zeit auf dem Weg nach Thorhofen befanden.
«Falls die Roth sich bei ihrer Freundin aufhält», ordnete Zbinden an, «nehmt sie auch fest und bringt sie zusammen mit der Neidhard an die Kasernenstraße.»
«Verstanden», antwortete Honegger, für den jede Verhaftung ein kleines Ereignis war, eine Art persönlicher Sieg.

der ihn jeweils über so manche Niederlage in seinem aufreibenden Beruf hinwegzutrösten vermochte.
Wenn der Oberleutnant frühmorgens vor einer fremden Wohnungstür seinen Polizeiausweis zückte und mit barschen Worten Einlaß begehrte, fühlte er sich jeweils so stark wie sonst nie, und seiner Macht schienen keine Grenzen gesetzt. Niemand auf der Welt, nicht einmal der amerikanische Präsident oder der Papst, konnten ihn in einem solchen Augenblick daran hindern, der Gerechtigkeit zu dienen: mutig, selbstlos und unbestechlich.
Wenn einige seiner Kollegen von der Kantonspolizei vermuteten, daß Honegger die Festnahme von Rechtsbrechern persönlich nie unter die Haut ging, sondern ihn ganz einfach kalt ließ, so traf dies natürlich nicht zu, im Gegenteil. Seine oft mühsame Tätigkeit als Ermittlungsbeamter hatte den Oberleutnant auch nach vielen Dienstjahren nicht abgestumpft. Während der Fahrt zu einer Festnahme bekam Honegger auch jetzt noch immer Herzklopfen, und meist empfand er sogar ein wenig Furcht, denn man konnte schließlich nie genau wissen, mit wem man es zu tun bekam. Manche Straftäter wirkten ungemein gefaßt, wenn er seinen Haftbefehl vorzeigte, lethargisch beinahe, andere wiederum waren aufgebracht und pflegten ihn mit verbalen Drohungen zu überschütten. Zu Beginn seiner Laufbahn hatte er gelegentlich noch einem Ganoven, der ihm allzu respektlos begegnet war, eine kräftige Ohrfeige verpaßt, um ihn auf den Boden der Realität zurückzuholen, heute jedoch konnte ihn selbst der renitenteste Verbrecher nicht mehr aus der Ruhe bringen. Nur vor etwas hatte der Oberleutnant, wie übrigens seine Kollegen auch, eine fast panische Angst: vor jenen besonders gefährlichen Kriminellen, die vor nichts zurückschreckten, weil sie nichts mehr zu verlieren hatten, und in deren Wohnung man, falls einem das eigene Leben lieb war, nur mit einer schußbereiten Pistole in der Hand vordringen durfte.
An diesem Montagmorgen hatte Honegger weder Herzklopfen noch Angst. Er war bloß neugierig, wie die beiden Lesbierinnen wohl reagieren würden, wenn er seinen Haftbefehl vorzeigte und, wie immer in solchen Fällen, sagte: «Wem die Stunde schlägt!»
Mit diesem Ausspruch, den die meisten seiner Kollegen als

witzig, manche Delinquenten jedoch als taktlos empfanden, gelang es ihm meist sehr schnell, die gespannte, oft sogar geradezu bedrückende Atmosphäre während einer Festnahme ein wenig aufzulockern. Nichts konnte eine Verhaftung mehr erschweren als tierischer Ernst. Und schließlich mußte man doch auch als hoher Polizeibeamter, das sagte sich Honegger stets von neuem, hin und wieder ein Späßchen riskieren.
Heute freilich wollte sich der Oberleutnant eher zugeknöpft geben; die Begegnung mit dieser Neidhard war ihm irgendwie zuwider, wahrscheinlich hing dies mit seinen verrückten Phantasien von Samstagnacht zusammen, die er sich auch jetzt noch nicht recht erklären konnte.
Der Chef der Mordkommission hatte Honegger an diesem Morgen mit seinem unauffälligen Dienstwagen, einem hellbraunen Audi, abgeholt. Noch immer herrschte unfreundliches Wetter, es war kalt, und über der ganzen Stadt lag dichter Nebel, die Häuser schienen in Watte verpackt.
Während er durch die Innenstadt fuhr, sprach Betschart kein Wort. Er war ein Morgenmuffel, kam selten vor neun Uhr ins Büro und wohnte nur in äußerst wichtigen Fällen persönlich einer frühmorgendlichen Festnahme bei.
Auf der Fahrt nach Thorhofen, während er bereits über die Autobahn raste, taute Betschart allmählich auf. Er begann dem Oberleutnant von seinen Ferienplänen zu erzählen, wurde plötzlich gesprächig. Im nächsten Sommer, schwärmte der Chef der Mordkommission, werde er an einer mehrwöchigen Südamerika-Expedition unter Führung des bekannten Vergangenheitsforschers Erich von Däniken teilnehmen, darauf freue er sich schon seit langem.
Honegger versuchte zunächst, die Vorfreude seines Chefs mit der Bemerkung etwas zu dämpfen, daß dieser von Däniken doch ein Scharlatan sei, der mit den Dummen das große Geschäft mache. Als er keine Antwort erhielt, fügte der Oberleutnant fast etwas neidisch hinzu, diese Exkursion sei doch bestimmt ein teurer Spaß, worauf Betschart erwiderte, als Junggeselle könne er sich eine so kostspielige und außergewöhnliche Reise eben leisten.
Jetzt fühlte sich Honegger angegriffen. Er lehnte sich gekränkt ins Polster zurück, schloß die Augen und schwieg.

Erst kurz vor der Autobahnausfahrt, als Zbinden über Funk durchgab, daß die Roth nicht in ihrer Wohnung sei, kamen die beiden Beamten auf den Fall Neidhard zu sprechen.
«Vermutlich überraschen wir die beiden Weiber noch im Bett; vielleicht lecken sie einander die Pfanne!» meinte der Oberleutnant mit einem schmierigen Lachen und blickte dabei zu Betschart hinüber, der auch heute übernächtigt aussah. Wegen des starken Nebels, der hier auf dem Land noch dichter war, mußte sich der Chef der Mordkommission auf die Straße konzentrieren, zumal plötzlich auch Gegenverkehr herrschte: Die Landbewohner fuhren zur Arbeit in die Stadt.
Wenige Kilometer vor Thorhofen bog Betschart von der Hauptstraße auf eine Nebenstraße ab, eine beträchtliche Abkürzung, wie er dem Oberleutnant erklärte. Er sah Honeggers erstauntes Gesicht und fügte mit einem Schmunzeln hinzu, daß er als Junge an schulfreien Nachmittagen hier oben geangelt hätte, im Thorhofener Dorfbach, der weitherum bekannt sei für seine prächtigen Schleien.
Plötzlich trat Betschart heftig auf die Bremse.
«Verflucht!» rief er erschrocken. «Jetzt hätte ich doch beinahe einen Hasen überfahren.»
Er schien mit einem Mal hellwach zu sein.
«Und wenn schon», brummte Honegger. «Dann hätten wir dich morgen zu uns zum Essen eingeladen. Meine Hedwig kocht ein Hasenragout, von dem du sonst nur träumen kannst.»
Betschart fuhr noch vorsichtiger als zuvor. Er sprach jetzt auch nicht mehr, sondern achtete nur noch auf die Straße, die ziemlich steil und kurvenreich hinauf zu dem winzigen Dorf führte. Kurz vor Thorhofen erkundigte er sich bei Honegger nach dem Weg zu Neidhards Haus.
Während Betschart langsam am Waldrand entlang auf das Haus zufuhr, bemühte sich Honegger von neuem, ein Gespräch anzufangen, indem er seinen Chef fragte, ob auch er von der Schuld dieser Gerda Roth überzeugt sei.
Betschart blickte Honegger verwundert an. «Absolut», sagte er dann. «Sonst hätte ich nämlich gegen die Festnahme der beiden Frauen opponiert. Ich darf mit gutem

Gewissen von mir behaupten, daß ich noch nie eine unschuldige Person verhaftet habe.»
Er hielt etwa zwanzig Meter vor dem Haus an, stellte den Motor ab und meinte, während er seine graumelierten Augenbrauen vielsagend in die Höhe zog: «Der Fall Neidhard ist für mich vollkommen klar. Lesbierinnen sind nun einmal zu allem fähig. Ich hab selber 'mal so ein Biest gekannt, das liegt Jahre zurück. Pöschl hieß sie, Waltraud Pöschl. Stammte aus Vorarlberg, war Stenotypistin in einer Konservenfabrik. Die hat mich aufs Kreuz gelegt, sag ich dir. Ich hatte damals keine Ahnung, daß sie andersrum war. Hat mir einen Heiratsantrag gemacht, das Luder. Und weißt du, warum? Weil sie Schweizerin werden wollte. Gott sei Dank hab ich den faulen Zauber noch rechtzeitig gerochen, aber mir braucht keiner mehr etwas über Lesbierinnen zu erzählen, ich bin bedient. Alles Ausbeuterinnen, primitive Weiber! Außerdem sind die meisten von ihnen hochgradig kriminell. Brauchst ja nur mal in der Kriminalstatistik nachzuschlagen.»
Honegger nickte zustimmend.
«Ich bin vollkommen deiner Meinung, Godi», sagte er. «Primitiv ist genau der richtige Ausdruck. Primitiv und tierisch. Sonst würden sie schließlich nicht die Natur vergewaltigen. Schau, Godi, ich bin ja weiß Gott nicht prüde. Ich sage immer: leben und leben lassen. Aber seien wir doch ganz ehrlich: Eine Frau gehört nun mal zum Mann, alles andere ist pervers.»
Betschart fuhr sich mit der Hand über seine dunklen, tiefgefurchten Tränensäcke und meinte: «Schau dir doch die Schwulen an, mit denen wir zu tun haben. Knülche, die unsere Jugend versauen. Ich war nicht umsonst jahrelang bei der Sitte. Natürlich sind auch arme Teufel darunter! Die wichsen sich von Toilette zu Toilette, erregen öffentliches Ärgernis und lassen sich von den Strichjungen ausnehmen. Und wenn sie mal alt sind, fünfzig und drüber, haben sie überhaupt keinen Halt mehr, dann pißt ihnen kein Hund mehr ans Bein, dann hängen sie sich auf. *C'est la vie!*»
Er senkte resigniert den Kopf, als wollte er seinem Mitarbeiter damit zu verstehen geben, daß dies eben der Lauf der Welt sei und man daran nichts ändern könne. Dann

stieg er aus dem Wagen und sah zum Haus hinüber, das im Morgengrauen nur als eine dunkle Silhouette erkennbar war. Die beiden Männer gingen auf den Eingang zu. Auf der Fußmatte vor der Haustür lag ein schwarzer Kater, der laut zu miauen begann, als er die beiden Beamten erblickte.
«Nun mach schon, Georg!» befahl Betschart ungeduldig, und der Oberleutnant drückte zweimal auf die Messingklingel.
Es blieb alles still. Auch die Fenster blieben dunkel. Nur der schwarze Kater, der offenbar Hunger hatte, wurde immer aufdringlicher; er versuchte an Betscharts Hosenbein emporzuklettern.
«Die Weiber sind doch nicht abgehauen?» sagte Honegger leise. Er sprach mehr zu sich selbst als zu seinem Chef. Dann drückte er erneut auf die Klingel, diesmal länger als zuvor. Fast eine Minute lang ließ er seinen Finger auf dem Messingknopf, bis endlich die schmiedeiserne Laterne über dem Hauseingang aufflackerte. Gleich darauf wurde die Haustür geöffnet.
Gerda Roths Stimme klang ungehalten, als sie fragte: «Wer sind Sie?» Sie trug einen gelben Morgenmantel und schwarze Hausschuhe aus Wildleder.
«Oberleutnant Honegger von der Kantonspolizei. Das ist mein Chef, Hauptmann Betschart.»
Diesen Satz konnte er längst auswendig wie das abendliche Gebet, das er vor dem Einschlafen an seinen Herrgott und die Mutter Maria richtete, ohne es auch nur ein einziges Mal zu vergessen.
Wenn er sich vorstellte, sprach Honegger langsam und höflich, immer auf größte Korrektheit bedacht. Er wußte, daß von der ersten Begegnung mit einem Verhafteten auch der weitere Verlauf der Ermittlung abhing. Zeigte man sich einem Straftäter gegenüber offen und zuvorkommend, so waren die Chancen auf ein rasches Geständnis schließlich um einiges größer. Und darauf kam es schließlich an, *nur* darauf.
Gerda Roths Gesicht wirkte seltsam starr.
«Was wollen Sie um diese Zeit hier?» fragte sie erstaunt. Ihre Verwunderung schien in Honeggers Augen sogar echt zu sein.

Der Oberleutnant war Gerda Roth zwar noch nie begegnet, doch er verfügte über ein gutes Personengedächtnis und erinnerte sich deshalb sogleich an ihr Bild, das er in der Brieftasche des Ermordeten entdeckt hatte. Und gleichzeitig fiel ihm wieder ein, daß Ilona Neidhard behauptet hatte, die Frau auf dem Foto nicht zu kennen.
«Verzeihen Sie die Störung, Frau Roth», sagte er ruhig. «Aber dürfen wir vielleicht hereinkommen?»
«Jetzt? Um diese Zeit?»
Gerda Roth sah die beiden Männer verwirrt an. Dann sagte sie plötzlich mit fester Stimme: «Ich wüßte nicht, was Sie hier zu tun hätten. Wir leben schließlich in einem Rechtsstaat ...»
«Deshalb sind wir auch hier», schnitt ihr Betschart das Wort ab. «Gerade weil wir in einem Rechtsstaat leben, ist es unsere Aufgabe, jedes Verbrechen so schnell wie möglich aufzuklären, ohne Ansehen der Person.» Er zog seine Brauen in die Höhe und fügte fast sanft hinzu: «Ich hoffe, wir haben uns verstanden, Frau Roth.»
Noch bevor sie etwas antworten konnte, schob er sie mit der Hand zur Seite und betrat gemeinsam mit Honegger den finsteren Hausflur. «Machen Sie Licht!» befahl er.
Gerda Roth knipste die Deckenlampe an.
«Würden Sie uns jetzt bitte zu Frau Neidhard führen», sagte der Oberleutnant und ging zur Treppe, die den Wohntrakt im Erdgeschoß mit den Schlafräumen im oberen Stockwerk verband.
Gerda Roth kreuzte ihre beiden Arme vor der Brust, als könnte sie sich dadurch vor der Zudringlichkeit der beiden Beamten schützen, dann sagte sie entschlossen: «Das geht nicht. Frau Neidhard schläft.»
Jetzt hatte Betschart genug. «Dann wecken Sie Ihre Freundin gefälligst auf!» brüllte er so laut, daß der Kater, der noch immer um seine Beine strich, erschrocken davonrannte.
Gerda blieb mit verschränkten Armen vor dem Chef der Mordkommission stehen und sah ihm trotzig ins Gesicht. «Wer gibt Ihnen das Recht, hier einfach einzudringen?» fragte sie so langsam, als müßte sie jedes einzelne Wort zuerst suchen.
Mit einer reflexartigen Handbewegung hielt Honegger ihr

den Haftbefehl so nah vor ihr Gesicht, daß die Buchstaben vor ihren Augen verschwammen.
«Können Sie lesen?» erkundigte er sich freundlich.
«Versuchen Sie nicht zynisch zu sein, das schaffen Sie bei Ihrer Intelligenz ja doch nicht.» Gerda Roth blickte den Oberleutnant lauernd an, dann fügte sie gefährlich leise hinzu: «Verschwinden Sie! Und zwar sofort!»
Nun verlor Betschart die Geduld. So hatte noch nie ein Angeschuldigter mit ihm gesprochen, und schon gar keine Frau. Er ging auf Gerda Roth zu, riß ihr die Arme herunter und sagte schroff: «Wir können auch anders, wenn Ihnen das lieber ist. Merken Sie sich gefälligst: Wir sind nicht zu unserem Vergnügen hier. Wir klären den Mord an Herrn Neidhard auf, und so wie die Dinge liegen, fürchte ich, daß wir noch viel miteinander zu tun haben werden. Es liegt deshalb durchaus in Ihrem Interesse, wenn Sie sich im Umgang mit uns etwas mäßigen, Frau Roth. Die Distanz zwischen Ihnen und mir bestimmen *Sie*. Alles hängt also davon ab, ob Sie jetzt endlich mit uns zusammenarbeiten oder ob Sie sich mit uns um jeden Preis auf Kriegsfuß stellen wollen.»
«Ist das eine Drohung?» fragte Gerda Roth ungerührt.
«Es ist nur ein freundschaftlicher Rat», versuchte Honegger einzulenken. «Und nun führen Sie uns bitte zu Frau Neidhard. Sonst sind wir gezwungen, den Weg alleine zu suchen. Finden werden wir ihn bestimmt.»
Er lächelte verbindlich und freute sich, daß Gerda Roth es ganz offensichtlich nicht auf eine Konfrontation ankommen lassen wollte. Sie ging wortlos die Treppe hinauf zum Obergeschoß, die beiden Beamten folgten ihr. Während sie das Schlafzimmer betrat, blieben Betschart und Honegger respektvoll unter der Tür stehen.
Sie vernahmen Gerdas aufgeregte Stimme: «Wach auf, Ilona! So wach doch schon auf! Die Polizei ist hier!»
Der Oberleutnant trat einen Schritt vor und spähte ins Zimmer. Er sah, wie Ilona Neidhard die Augen aufschlug und verwirrt zu ihrer Freundin hochblickte. Das Bett, in dem sie lag, war ein breites Doppelbett, und es war offensichtlich in dieser Nacht von zwei Personen benutzt worden: beide Kissen und die Bettdecke waren zerwühlt.
«Gehen Sie bitte hinaus!» wurde er von Gerda aufgefor-

dert. Sie hatte bemerkt, wie der Oberleutnant immer näher ans Bett herangetreten war.
Er blieb verdutzt stehen.
«Verschwinden Sie!» hörte er sie sagen und traute dabei seinen Ohren nicht. Die Lesbierin schien in ihrer Verblendung völlig zu übersehen, wer er war. «Frau Neidhard und ich möchten uns anziehen. Warten Sie bitte draußen.»
«Tut mir leid», sagte Betschart kühl und blieb im Türrahmen stehen. «Wir dürfen Sie nicht alleinlassen. Das ist Vorschrift.»
Gerda warf dem Chef der Mordkommission einen verächtlichen Blick zu. «Haben Sie Angst, daß wir türmen? Vielleicht durchs Fenster?»
«Ich bin Ihnen keine Rechenschaft schuldig», sagte Betschart und blieb beharrlich stehen. «Ich tue nur meine Pflicht.»
Er sah, wie Ilona sich im Bett aufsetzte und ungläubig zur Tür starrte. Dann schlug sie plötzlich die Hände vor ihr Gesicht und begann laut zu schluchzen.
Die beiden Männer blickten sich betreten an. Sie konnten beide Tränen nicht ausstehen.
«Ilona, bitte beruhige dich!» hörten sie Gerda ihrer Freundin zureden. «Es kann uns doch überhaupt nichts passieren. Das Ganze muß ein Mißverständnis sein, wir haben doch beide ein gutes Gewissen.»
«Ein Mißverständnis», brummte Honegger. «Immer ist es ein Mißverständnis. Können sich diese Leute nicht mal was Neues einfallen lassen?»
Er sah, wie Gerda Roth auf seinen Chef zuging und dicht vor ihm stehenblieb. «Verlassen Sie sofort dieses Zimmer!» sagte sie mit zusammengekniffenen Augen. «Oder ich werde mich über Sie beschweren.»
Betschart nickte ihr freundlich zu. «Das steht Ihnen frei», meinte er gelassen. «Nur würde ich an Ihrer Stelle den Mund nicht zu voll nehmen. Es gibt da nämlich auch ein paar Dinge, die *gegen* Sie sprechen. Das scheinen Sie zu vergessen. Doch darüber werden wir uns später unterhalten.»
Betschart sah, daß Gerda sich erneut zu ihrer Freundin auf den Bettrand setzte und Ilona zärtlich über das offene Haar strich.

«Zieh dich an», sagte sie leise. «Du brauchst keine Angst zu haben, ich bin ja bei dir.»
Sie preßte die Freundin fest an sich.
Die beiden Beamten blieben unter der geöffneten Schlafzimmertür stehen und blickten scheinbar gelangweilt zur Seite, bis die Frauen sich angezogen hatten. Betschart überlegte, was heute für ein Tag war. Montag. Nicht schlecht. Am Montag gab es im «Johanniter» glasierten Kalbskopf mit Rosenkohl, darauf hatte er plötzlich Lust. Er hatte kaum etwas gefrühstückt, bloß eine Tasse lauwarmen Nescafé. Mit Assugrin, seiner Linie wegen. In Südamerika gab es scharfe Miezen, da wollte er ohne Komplexe in der Badehose herumlaufen können.
Betschart blickte ungeduldig auf die beiden Frauen, die noch immer mit Anziehen beschäftigt waren.
«Nun beeilen Sie sich ein bißchen», hörte er Honegger sagen, der ebenfalls schon nervös wurde. Ilona ging an den beiden Männern vorbei zum Badezimmer, doch der Oberleutnant stellte sich ihr in den Weg.
«Ich komme mit Ihnen, Frau Neidhard» sagte er und ließ dabei seine Überlegenheit offen durchblicken.
«Aber doch nicht ins Badezimmer», rief Ilona entrüstet.
«Doch!» meinte Honegger freundlich. «Heute bin ich sozusagen Ihr Schatten. Dafür helfe ich Ihnen, Ihre Zahnbürste einzupacken. Die müssen Sie nämlich mitnehmen.»
Er sah, wie Ilona leer schluckte und sich dann mit der Hand über beide Augen fuhr, als ob sie die Wirklichkeit wie ein quälendes Hirngespinst verscheuchen wollte.
«Ich glaube, ich werde verrückt», sagte sie mit gebrochener Stimme. «Was wollen Sie denn überhaupt von uns? Wir können doch nichts dafür, daß mein Mann umgebracht wurde.»
Gerda ging auf ihre Freundin zu und legte ihr den Arm um die Schulter.
«Es wird sich alles aufklären, Liebes», sagte sie behutsam. «Wir dürfen jetzt bloß nicht die Nerven verlieren, damit schaden wir uns nur selbst.»
«Da haben Sie allerdings recht», meinte Betschart trokken. Seine Stimme klang eine Spur freundlicher.
«Was wirft man uns eigentlich vor?» wollte Gerda wissen.
«Das werden Sie noch früh genug erfahren.»

«Haben Sie den Auftrag, uns zu verhaften?»
«So ungefähr.»
«Und warum?» rief Ilona dazwischen. «Was haben wir denn getan? Geben Sie uns endlich Auskunft!» Sie sprach rasch und schrill, als würde sie jeden Augenblick die Kontrolle über sich verlieren.
«Wir bringen Sie jetzt in die Stadt. Alles weitere wird Ihnen der Staatsanwalt erklären.»
«Zbinden?» fragte Ilona schnell. «Hat er uns verhaften lassen?»
«Sie sind noch nicht verhaftet, Frau Neidhard», belehrte sie der Oberleutnant. «Wir werden Sie lediglich dem Staatsanwalt zum Verhör vorführen, das ist alles.»
«Wie lange wird das dauern?»
Honegger glaubte in Ilonas Augen einen Hoffnungsschimmer zu entdecken.
«Das weiß ich nicht», meinte er und blickte rasch weg.
«Länger als ... bis heute nachmittag?»
«Ich fürchte, ja.»
Betschart wurde erneut ungeduldig. «Nun hört endlich auf mit eurem Palaver», rief er wütend. «Das bringt doch alles nichts.» Als er Ilonas fragenden Gesichtsausdruck wahrnahm, fügte er etwas umgänglicher hinzu: «Packen Sie Ihre Sachen zusammen. Je rascher Sie mit uns kommen, um so rascher sind Sie vielleicht wieder zu Hause.»
Vor dem «vielleicht» machte er nur eine kurze Pause, um das Wort etwas abzuheben, denn er wollte sich später nicht dem Vorwurf ausgesetzt wissen, er hätte den beiden Lesbierinnen falsche Hoffnungen gemacht.
«Und was ist mit meinem Sohn?» fragte Ilona.
Betschart blickte sie überrascht an. «Sie haben einen Sohn?»
«Ja, ich muß ihn sofort verständigen.»
«Später, Frau Neidhard, später. Wir möchten jetzt endlich gehen. Wir haben schon genug Zeit verloren.»
Gerda holte aus dem Schlafzimmer eine Reisetasche und blieb unschlüssig neben den beiden Beamten stehen.
«Was soll ich einpacken?» fragte sie.
Mit Genugtuung stellte Betschart fest, daß wenigstens sie ihre Lage offenbar begriffen hatte.
«Zahnbürste, Zahnpasta», begann er aufzuzählen. «Viel-

leicht ein paar Kosmetiksachen, was ihr Frauen eben so braucht. Nur keine spitzen Gegenstände, keine Nagelfeilen und solche Dinge, sonst kommt ihr womöglich noch auf dumme Gedanken.»

Gerda verschwand im Badezimmer. Der Oberleutnant folgte ihr und ließ sie nicht aus den Augen. Sie schien ihn überhaupt nicht wahrzunehmen. Sie packte wahllos Toilettensachen ein, Haarbürsten, Kämme, Cremetöpfe und Parfümfläschchen, aber auch Dinge, die sie mit Sicherheit im Untersuchungsgefängnis nicht brauchen würde, Lockenwickler zum Beispiel.

Betschart blieb draußen im Korridor neben Ilona stehen und musterte sie kritisch. Die Frau sah blaß aus, kränklich, aber sie war hübsch, ungewöhnlich hübsch, das mußte er einräumen. Lesbierinnen sahen sonst selten gut aus, meistens trugen sie Männerfrisuren und hatten breite Hüften. Seine Pöschl damals war eine Ausnahme gewesen, und diese beiden Frauen hier waren es anscheinend auch.

Nach einer Weile kam Gerda aus dem Badezimmer, gefolgt von Honegger. Sie schien sich etwas gefaßt zu haben.

«Kleidungsstücke?» fragte sie sachlich.

Betschart zuckte die Achseln.

«Eine Bluse vielleicht, einen Pullover. Und ein Nachthemd natürlich.»

«Nein!» rief Ilona und schlug erneut die Hände vor das Gesicht. «Ich bleibe nicht über Nacht! Auf gar keinen Fall!»

Honegger vollführte mit der Hand eine ratlose Gebärde, während Gerda ihre Freundin in den Arm nahm und sie zu beruhigen suchte.

Es gelang ihr nicht. Ilona begann immer heftiger und immer lauter zu schluchzen, bis Betschart endgültig die Nerven verlor.

Er ging auf Ilona zu, packte sie an den Haaren und zerrte ihren Kopf nach hinten. «Nun werden Sie bloß nicht hysterisch», schrie er ihr ins Gesicht. «Was ihr zwei Süßen euch eingebrockt habt, das müßt ihr nun eben auslöffeln.»

Gerda war kreidebleich geworden.

«Ich verbitte mir Ihren Ton», rief sie aufgebracht. «Was fällt Ihnen ein, gegen meine Freundin tätlich zu werden?»

Betschart quälte sich ein müdes Lächeln ab.

«Tätlich nennen Sie das?» meinte er trocken. «Merken Sie sich, Frau Roth, ich bin nicht erst seit gestern bei der Polizei. Ich habe gelernt, mich meiner Umgebung anzupassen. Hysterische Weiber mag ich nicht, die gehen mir auf den Wecker.»
«Deshalb dürfen Sie meine Freundin noch lange nicht schlagen. Ich werde meinen Anwalt beauftragen ...»
«Beauftragen Sie, wen Sie wollen», fiel ihr Betschart ins Wort. Er hielt sich mit der rechten Hand am Türrahmen des Schlafzimmers fest. «Aber nehmen Sie gefälligst zur Kenntnis, daß ich Frau Neidhard nicht geschlagen habe. Ich habe sie lediglich zur Vernunft gebracht. Wenn Sie das eine Tätlichkeit nennen, so tun Sie mir leid. Es hindert Sie niemand daran, sich über mich zu beschweren. Dagegen ist unsereiner immun. Sie sollten mal den Schreibtisch unseres Beschwerdebeamten sehen: Überfüllt mit Eingaben von Mimosen und Psychopathen.»
Er wechselte abrupt den Tonfall und meinte schroff: «Wollen Sie nun ein paar Kleidungsstücke einpacken oder nicht?»
«Nein!» sagte Gerda entschlossen. «Ich wüßte nicht, weshalb.»
«Wie Sie wünschen, Frau Roth.» Betschart konnte über soviel Unverfrorenheit nur den Kopf schütteln, doch er setzte ein Lächeln auf und meinte sarkastisch: «Wir haben in der Polizeikaserne recht hübsche Flanellnachthemden, in allen Größen.»
Wortlos gingen die beiden Beamten mit den zwei Frauen die Treppe hinunter. Als Betschart bemerkte, wie Gerda sich hilfesuchend umsah, nahm er sie beim Arm und sagte: «Jetzt können Sie sich nur noch selbst helfen, Frau Roth. Indem Sie ehrlich zu uns sind.»
Dann verließen sie das Haus.
Nachdem Ilona die Haustür abgeschlossen hatte, nahm ihr der Oberleutnant den Schlüssel aus der Hand und steckte ihn ein.
«Zu gegebener Zeit bekommen Sie den Schlüssel selbstverständlich wieder zurück», meinte er freundlich und hüstelte dabei; seine Bronchitis machte ihm plötzlich wieder zu schaffen.
«Kommen Sie zum Wagen», befahl Betschart. Er bemerk-

te, daß der schwarze Kater schon wieder um seine Beine strich und dabei laut schnurrte.
«Gehört die Katze Ihnen, Frau Neidhard?» wollte er wissen.
Ilona nickte stumm. Ihre Augen glänzten, als hätte sie Fieber.
«Und wer sorgt während Ihrer Abwesenheit für das Tier?» bohrte Betschart weiter. Als er in den Gesichtern der beiden Frauen nur Ratlosigkeit entdeckte, fügte er rasch hinzu: «Wir bringen die Katze am besten dem Tierschutzverein. Dort ist sie gut aufgehoben.»
Gerda sah den Chef der Mordkommission so verblüfft an, als ob sie ihn nicht richtig verstanden hätte, dann wurde sie leichenblaß. Ihre Lippen zitterten, sie mußte nach Worten ringen.
«Was fällt Ihnen eigentlich ein?» rief sie dann empört. «Sie kommen hierher und spielen sich auf wie ein Feldmarschall! Wer sind Sie denn?»
Betschart packte die Frau erneut grob am Arm. «Mäßigen Sie sich gefälligst!» rief er aufgebracht. In diesem Ton ließ er nicht mit sich reden.
Doch Gerda ließ sich nicht bremsen. «Für mich sind Sie ein subalterner Beamter, der seinen Spaß daran hat, wenn er sich ins Privatleben anderer Leute einmischen kann. Aber wir werden uns Ihr Vorgehen nicht gefallen lassen, wir werden uns zur Wehr setzen.»
«Tun Sie, was Sie nicht lassen können!» meinte Betschart verächtlich. Einen Moment lang kam es ihm vor, als ob die Frau sogar auf ihn losgehen wollte. Er trat einen Schritt zurück und fügte gelassen hinzu: «Sie besitzen sehr viel Temperament, Frau Roth, das hätte ich Ihnen gar nicht zugetraut.»
Dann wechselte er abrupt den Tonfall. «Jetzt halten Sie aber gefälligst die Klappe», herrschte er sie an. «Der Staatsanwalt wartet nämlich schon auf uns.»
Nachdem die beiden Frauen im Fond des Wagens Platz genommen hatten, setzte sich Betschart ans Steuer und ließ den Motor an. «Wir sind spät dran», brummte er zu Honegger hinüber.
Bevor er losfuhr, drehte er sich noch einmal um und meinte spöttisch: «Hoffentlich haben Sie Ihre Grippe-

Tabletten nicht vergessen, Frau Roth. Es wäre schön, wenn Sie bald wieder gesund würden.»

17

In der Polizeikantine an der Kasernenstraße wartete Staatsanwalt Zbinden geduldig auf die Ankunft der beiden Frauen.

Es war um diese Zeit noch ruhig im Haus, nur ein paar Polizeibeamte, die um sieben zur Frühschicht antreten mußten, hockten vereinzelt an den kleinen Tischen, verschlangen gierig ein Brötchen und tranken dazu ihren Milchkaffee.

Zbinden trug an diesem Montagmorgen seinen dunkelblauen Anzug, den ihm seine Frau noch am Sonntagabend zu später Stunde frisch gebügelt hatte, dazu eine silberfarbene Krawatte. Insgeheim rechnete der Staatsanwalt nämlich damit, daß er noch im Laufe des Tages mit Pressevertretern zusammentreffen würde. Dann bestand die Möglichkeit, daß man ihn fotografierte, und er wollte natürlich einen gepflegten Eindruck machen. Für Staatsanwälte, die im Rollkragenpullover oder gar im offenen Hemd zu einer Pressekonferenz kamen, hatte er nie viel übrig gehabt.

Zbindens natürlicher Ehrgeiz und nicht zuletzt auch sein Verantwortungsbewußtsein hatten ihm vorgeschrieben, die Ermittlungen im Mordfall Neidhard, wie schwierig sie auch immer verlaufen mochten, noch heute zu einem befriedigenden Abschluß zu führen. Als Staatsanwalt wußte er nur zu gut, daß die Öffentlichkeit gerade bei Tötungsdelikten — zu Recht übrigens — auf eine rasche Aufklärung drängte, und weil er an seinen eigenen Fähigkeiten noch nie gezweifelt hatte, sah er sich durchaus in der Lage, diese Aufgabe zu erfüllen. Zbinden erinnerte sich an zwei viel kompliziertere Fälle, die er in noch kürzerer Zeit aufgeklärt hatte und dafür sogar von den linken Medien gelobt worden war.

Der Staatsanwalt frühstückte gemeinsam mit Schlumpf,

den er als Mensch zwar nicht ausstehen konnte, weil er ein Arschlecker und Opportunist war, einer der — wie Kommandant Krummenacher immer zu sagen pflegte — «zahlreichen Schleimscheißer an der Kasernenstraße», aber der Detektiv war ihm als Protokollführer zugeteilt, daran ließ sich jetzt nichts mehr ändern.

Schlumpf gehörte mit seinen knapp vierzig Jahren zu jenen Beamten, die durch ihr Halbwissen unangenehm auffallen. Er konnte kein Fachgebiet für sich beanspruchen, er fühlte sich bei der Verkehrsabteilung ebenso heimisch wie bei der Sitte oder beim Morddezernat. Er wußte über alles immer genauestens Bescheid und hatte im Grunde von nichts eine Ahnung.

Während des Frühstücks führte Zbinden mit Schlumpf eine eher einsilbige Konversation, die sich fast nur auf die schon seit Jahren dringend notwendige Renovation der Polizeikantine beschränkte, und erst als Norbert Hüppi, der Chef der Verkehrspolizei, dem Staatsanwalt mit einem selbstgefälligen Lächeln die neueste Ausgabe des MORGENEXPRESS überreichte, nahm das Gespräch eine Wendung.

Fossatis Berichterstattung, in der einmal mehr unbestätigte Vermutungen geschickt mit Tatsachen vermengt waren, erstaunte Zbinden in keiner Weise. Im Gegensatz zu Justizdirektor «Biss-Biss» ärgerte er sich auch nicht über den Artikel, selbst wenn man gewisse Äußerungen in dem Bericht durchaus als Angriff gegen die Staatsanwaltschaft auslegen konnte.

Allerdings war Zbinden nicht unglücklich darüber, daß er sich noch am Sonntag — übrigens gegen den Willen des Kommandanten — für die sofortige Festnahme der beiden Lesbierinnen entschlossen hatte. Sonst wäre er sich jetzt ziemlich tölpelhaft vorgekommen, nachdem der MORGENEXPRESS bereits die Täterschaft dieser Gerda Roth proklamierte, und wahrscheinlich hätte er sich sogar auf die üblichen Vorwürfe aus dem Lager der Sozialdemokraten gefaßt machen müssen, die ihm bei jeder nur denkbaren Gelegenheit «Begünstigung» oder sogar «Amtswillkür» zu unterstellen versuchten. Zbinden hatte also allen Grund, dafür dankbar zu sein, daß ihn sein Instinkt wieder einmal vor einem bösen Schlamassel bewahrt hatte.

Dies war übrigens, wenn man gerecht sein wollte, nicht zuletzt auch Fossatis Verdienst, denn schließlich war er es gewesen, der dem Staatsanwalt — nach der bewährten Devise: Eine Hand wäscht die andere — die Zeugin Lisa Rüdisühli sozusagen ins Haus geliefert hatte. Von der Verläßlichkeit des Mädchens würde letztlich die Möglichkeit der formellen Anklage abhängen, falls die beiden Frauen wider Erwarten kein Geständnis ablegten. Zbinden pflegte sich nämlich, wenn er mit einem Täter vor Gericht ging, stets bis ins letzte abzusichern, um dadurch gegen allfällige Niederlagen gefeit zu sein; er wußte, daß es in Zürich viele Strafverteidiger gab, die mit allen Wassern gewaschen waren. So durfte der Staatsanwalt sich damit brüsten, daß noch keine seiner Anklageschriften vom zuständigen Gericht als unbegründet oder auch nur als unvollständig zurückgewiesen worden war. Wenn Zbinden gegen jemanden Anklage erhob, tat er dies aus vollster Überzeugung, und er konnte seinen Schritt bis in alle Einzelheiten begründen, sei es auch nur durch eine lückenlose und gut konstruierte Kette von Indizien.

Es ärgerte den Staatsanwalt ein wenig, daß er von der Sache mit dem Scheck erst aus der Zeitung erfuhr. Bezeichnenderweise hatte Fossati davon am Telefon nichts erzählt, er hatte wohl den üblen Trick nicht vorzeitig preisgeben wollen. Zbinden fand Fossatis Machenschaften zwar nicht unbedingt korrekt, sie kamen ihm sogar ziemlich hinterhältig vor. Der im MORGENEXPRESS groß abgebildete Bankscheck war aber doch ein ganz gewichtiges Indiz für die Schuld der Lehrerin; daran gab es nichts zu rütteln.

Kurz vor halb acht kam Franz Mangold, der Pressesprecher der Kantonspolizei, mit dem MORGENEXPRESS in der Hand zu Zbinden an den Tisch und erkundigte sich, ob er im Fall Neidhard einen Telex an die Lokalredaktionen der einzelnen Zeitungen schicken solle. Der Polizeireporter der «Tages-Nachrichten», berichtete Mangold dem Staatsanwalt, habe sich am Telefon bereits darüber empört, daß der MORGENEXPRESS wieder einmal bevorzugt behandelt worden sei.

«Bernasconi von der Lokalredaktion hat mir gedroht, er werde in der Dienstagausgabe unter der Überschrift ‹Behördlicher Januskopf› eine Glosse über die undurchschau-

bare Informationspolitik der Zürcher Justizbehörden veröffentlichen», klagte der Pressesprecher und fuhr sich dabei mit einer nervösen Handbewegung durch das frisch ondulierte Haar.
Zum erstenmal an diesem Montagmorgen schnellten Zbindens Mundwinkel auseinander. Entgegen seinen Gewohnheiten steckte er sich zu dieser frühen Stunde bereits eine Zigarette an und meinte dann nach kurzem Überlegen: «Berufen Sie auf fünf Uhr nachmittags eine Pressekonferenz ein.»
«Unmöglich», sagte Mangold. «Damit jagen wir die Zeitungsfritzen erst recht auf die Palme. Die wollen morgen ausführlich über den Fall Neidhard berichten, und dafür ist doch die Zeit viel zu knapp, wenn die Pressekonferenz erst um fünf stattfindet. Können wir die Konferenz nicht auf drei Uhr vorverlegen?»
«Das würde bedeuten, daß ich bis um drei ein Geständnis der beiden Lesbierinnen haben muß, verdammt knapp.» Zbinden stützte seinen Kopf auf die linke Hand und rieb sich dabei sein glattrasiertes Kinn.
«Wir sollten auch ein wenig an unser Prestige denken», ermahnte ihn Mangold. «Das Ansehen der Polizei ist durch die Jugendkrawalle ohnehin schon stark angeschlagen.»
«Von mir aus um drei», antwortete Zbinden nachdenklich. Er sagte sich, daß es lediglich eine Frage der Taktik sein würde, die Frauen vorzeitig mürbe zu machen. Zwar hatte er sich vorgenommen, eher subtil vorzugehen, um die beiden nicht gleich kopfscheu zu machen. Nun mußte er eben umdisponieren und eine direktere Methode anwenden. Im Zweifelsfall hatte der Informationsanspruch der Öffentlichkeit immer Priorität; dieser Grundsatz kam für Zbinden einem ungeschriebenen Gesetz gleich.
Er sah auf die Uhr, es war jetzt genau zehn Minuten nach acht. «Rufen Sie in Thorhofen bei einem gewissen Rüdisühli an», befahl er Schlumpf, der in den Sportteil des MORGENGEXPRESS vertieft war. «Die Nummer finden Sie im Telefonverzeichnis. Bestellen Sie ihm, daß wir seine Tochter Lisa um halb elf abholen werden. Falls die Lehrerin der Kleinen Schwierigkeiten macht, soll sie mich anrufen.»

Der Detektiv hatte mit den knappen Ausführungen des Staatsanwalts über eine halbe Seite seines Notizblocks vollgekritzelt, dann machte er sich beflissen auf den Weg zur Telefonzentrale.
Zbinden wollte sich gerade bei Mangold erkundigen, ob dieser ihm während der ersten Februarwoche seine Ferienwohnung in Davos vermieten würde, als ein junger Uniformierter an seinen Tisch trat und ihn fragte, ob er Staatsanwalt Zbinden sei.
«Doktor Zbinden», korrigierte er den Polizisten in forschem Ton. Er tat es nicht etwa, weil er ein Pedant oder gar titelsüchtig war, sondern allein deswegen, weil man den Beamtennachwuchs zu korrekten Umgangsformen anhalten mußte. Dies kam ja auch der Zivilbevölkerung zugute.
«Hauptmann Betschart und Oberleutnant Honegger sind soeben eingetroffen», meldete der Uniformierte kleinlaut und mit hochrotem Kopf.
«Höchste Zeit!» rief Zbinden und sprang auf. Er pfiff munter durch die Zähne, als wollte er sich damit selber das Startzeichen zum Arbeitsbeginn geben.
Auf der Treppe, die zur Eingangshalle hinaufführte, begegnete ihm Schlumpf, der ihm militärisch knapp rapportierte, daß Rüdisühlis Tochter punkt halb elf bereit sein werde.
«Kommen Sie mit!» befahl ihm Zbinden. «Es kann losgehen, die beiden Frauen sind hier.» Der Staatsanwalt hatte es plötzlich so eilig, daß er immer zwei Treppenstufen auf einmal zurücklegte.
In der düsteren Halle, wo Beamte, Festgenommene und Ratsuchende herumstanden und um diese Zeit bereits Hochbetrieb herrschte, entdeckte Zbinden zunächst nur den Chef der Mordkommission, der neben Gerda Roth an einer Säule lehnte und offensichtlich auf den Staatsanwalt wartete.
Auf der gegenüberliegenden Seite der Empfangshalle saß Oberleutnant Honegger auf einer Holzbank, vor ihm ging Ilona Neidhard nervös auf und ab. Als Honegger den Staatsanwalt erblickte, erhob er sich sogleich. Zbinden ging auf die beiden zu.
«Tag, Frau Neidhard», sagte er freundlich und streckte der Frau seine Hand hin. Ilona sah ihn nur verdutzt an.

«Frau Neidhard ist etwas durcheinander», meinte Honegger rasch. «Sie fühlte sich von uns überrumpelt.»
Er trat ganz nahe an Zbinden heran und flüsterte ihm ins Ohr: «Die Roth benahm sich wie eine Furie. Die Frau hat Haare auf den Zähnen. Sie hat Betschart bereits mit einer Aufsichtsbeschwerde gedroht.»
«Angriff ist eben die beste Verteidigung». Dann wandte er sich an Ilona und sagte in zuvorkommendem Tonfall: «Frau Neidhard, Sie können sich jetzt ein wenig ausruhen. Wir beide unterhalten uns später. Im Augenblick interessiere ich mich mehr für Ihre Freundin.»
«Gerda ist unschuldig. Ich schwöre Ihnen, sie hat mit dem Mord nichts zu tun.»
Ilona sprach leise und abgehackt. In ihren weit aufgerissenen Augen glaubte der Staatsanwalt nicht nur Entsetzen, sondern auch Angst und Unsicherheit zu entdecken.
«Wenn Ihre Freundin wirklich unschuldig ist», antwortete er mechanisch, «so hat sie von uns nichts zu befürchten.»
«Darf ich bei dem Gespräch mit Gerda dabeisein?» erkundigte sich Ilona mit fast schon unverzeihlicher Naivität.
«Nein, das dürfen Sie nicht», sagte Zbinden schnippisch. «Dafür stellen wir Ihnen ein eigenes kleines Zimmer zur Verfügung, wo niemand Sie stören wird und wo Sie sich in der Zwischenzeit erholen können. Sie machen einen erschöpften Eindruck.»
«Soll ich Frau Neidhard erkennungsdienstlich behandeln lassen?» mischte sich Honegger ein. «Dadurch könnten wir Zeit sparen.»
«Das ist eine gute Idee», sagte der Staatsanwalt und wandte sich erneut an Ilona. «Erschrecken Sie bitte nicht, Frau Neidhard, wenn wir ein paar Fotos von Ihnen machen und Ihre Fingerabdrücke nehmen, aber das ist eine reine Formsache. Wir müssen uns eben an unsere Vorschriften halten, und letztlich geschieht ja alles nur im Interesse der Wahrheitsfindung. Ich sage immer: Wer ein gutes Gewissen hat, der braucht nichts zu befürchten. Der kann sich getrost fotografieren und Fingerabdrücke nehmen lassen.»
Ilona biß sich auf die Lippen und sagte unvermittelt: «Ich möchte meinen Anwalt anrufen. Er hat mich gebeten, ihn zu verständigen. Wo kann ich telefonieren?»

Der Staatsanwalt sah sie belustigt an. «Was hat Sie denn um Himmels willen veranlaßt, mit einem Anwalt Verbindung aufzunehmen? Das tun doch nur Leute, die etwas zu befürchten haben.»
«Doktor Amrein ist der Anwalt meines Mannes.»
«Ihr Mann ist tot.»
«Er war der Anwalt meines Mannes. Er hat mir versprochen, daß er mich verteidigen wird.»
Zbinden horchte auf. Er nahm seine Brille ab und trat ganz nahe an Ilona heran. «Verteidigen?» sagte er erstaunt. «Wozu? Ich dachte, Sie und Ihre Freundin hätten mit dem Mord an Ihrem Mann nichts zu tun?»
«Das haben wir auch nicht!» rief Ilona plötzlich verwirrt.
«Wozu wollen Sie sich denn verteidigen lassen?» fuhr Zbinden sie an. «Es ist doch recht sonderbar, daß Sie einen Anwalt in Trab setzen, bevor Sie überhaupt angeklagt sind. Äußerst seltsam ist das, da werden Sie mir doch recht geben.»
Er bemerkte, daß Ilona einen hilflosen Blick zu ihrer Freundin hinüberwarf und plötzlich den Versuch unternahm, sich durch ein Handzeichen mit Gerda zu verständigen.
«Lassen Sie das!» befahl ihr der Staatsanwalt und setzte seine Brille wieder auf. «Wenn Sie unsere Ermittlungen nicht unnötig erschweren wollen, so rate ich Ihnen, ab sofort jeden Kontakt zu Ihrer Freundin zu unterlassen. Merken Sie sich, Frau Neidhard: Sie dürfen erst wieder mit Frau Roth verkehren, wenn ich Ihnen dies ausdrücklich bewilligt habe. Kapiert?»
Er spürte sogleich, daß sein forscher Ton Ilona eingeschüchtert hatte, denn sie wagte es nicht, ihm zu widersprechen. Jetzt hatte er die Frau so weit, wie er sie haben wollte. Wenn er sie jetzt noch zwei bis drei Stunden einsperren ließ, würde sie mit ihren ohnehin schon stark angegriffenen Nerven so sehr am Ende sein, daß sie nicht einmal mehr die Kraft haben würde, ihn anzulügen oder ihm etwas zu verschweigen.
Als Zbinden bemerkte, wie Ilonas Lippen zu zucken begannen, wandte er sich an den Oberleutnant: «Du kannst Frau Neidhard jetzt abführen, Georg. Ich brauche sie nicht mehr.»

Schluchzende Weiber waren für den Staatsanwalt schon immer ein Greuel gewesen, weil sie stets mit dem Mitleid ihrer Umgebung rechnen durften, auch wenn sie noch so abgebrüht und kriminell waren. Ein rührseliger Auftritt der Lesbierin hier in der Empfangshalle käme ihm deshalb nicht unbedingt gelegen. Seine Kollegen von der Polizei würden womöglich denken, er hätte die Frau psychisch unter Druck gesetzt, obschon er so etwas nie tun würde, weil er viel zu viel Respekt vor der geltenden Rechtsordnung hatte.
«Lassen Sie den Kopf nicht hängen, Frau Neidhard, wir sprechen uns später, und dann sehen wir vielleicht alles schon viel klarer.»
Er sah, daß Ilonas Augen feucht waren. Er gab dem Oberleutnant mit einer raschen Kopfbewegung zu verstehen, daß er die Frau nun endlich abführen solle.
Zbinden blieb stehen, bis Honegger mit Ilona am Ende des Korridors, der zum Zellentrakt führte, angelangt war, dann erst drehte er sich um und ging auf Betschart und Gerda Roth zu, die noch immer neben einer Säule unweit der Pförtnerloge auf ihn warteten.
«Ich bin Staatsanwalt Zbinden», stellte er sich vor und streckte Gerda Roth seine Hand hin.
Statt ihm die Hand zu reichen, blickte sie ihn herausfordernd an und meinte: «Ich will sofort meinen Anwalt anrufen.»
«So? Wollen Sie?» Der Staatsanwalt lächelte freundlich. «Das dürfen Sie aber nicht.»
«Warum?» fragte sie schroff. Ihr Gesicht wirkte kalt und verbittert.
Dieser Frau, schoß es Zbinden sogleich durch den Kopf, würde er jedes noch so skrupellose Verbrechen zutrauen. Um zu dieser Erkenntnis zu gelangen, benötigte man nicht einmal physiognomische Kenntnisse; Bonsaver würde ihm dies bestätigen können.
«Jeder Mensch, der einer Straftat verdächtigt wird, hat das Recht auf einen Anwalt», hörte er die Frau sagen. «Und ich bestehe auf diesem Recht.»
«Sie mögen eine gute Lehrerin sein, Frau Roth», sagte Zbinden höflich, «doch unsere Strafprozeßordnung scheinen Sie ebensowenig zu kennen wie Ihre Freundin. Bevor

ich Sie verhört habe und meine Ermittlungen abgeschlossen sind, dürfen Sie keinen Anwalt beiziehen.
«Das ist doch unmöglich», stammelte Gerda und warf einen hilfesuchenden Blick auf Betschart, der ihr einen höhnischen Blick zuwarf und dabei mit dem Kopf nickte.
«Doch, das ist möglich. Wir sind nicht in England oder in Amerika, wo jeder Bandit sofort nach einem Rechtsanwalt rufen kann.»
«Ich verwahre mich gegen den Ausdruck Bandit», fauchte Gerda den Chef der Mordkommission an. «Ich habe Ihnen schon einmal klar und deutlich gesagt, daß ich mir nichts vorzuwerfen habe.»
«Frau Roth», sagte Zbinden förmlich, «ich halte mich strikte an unser Gesetz, und dieses Gesetz gestattet Ihnen nicht, einen Anwalt beizuziehen. Nehmen Sie das bitte zur Kenntnis.»
«Das ist eine ganz große Schweinerei!» protestierte Gerda, doch der Staatsanwalt fiel ihr sogleich ins Wort: «Ich habe das Gesetz nicht gemacht.»
Mit Genugtuung stellte er fest, daß es ihm offenbar bereits gelungen war, die Lehrerin trotz ihrer Kaltblütigkeit aus der Ruhe zu bringen. Sie rang vergeblich nach Worten und starrte ihn schließlich nur noch ungläubig an.
Zbinden wandte sich an Betschart. «Wir fahren um halb zehn hier los. Ich nehme jetzt die Personalien von Frau Roth auf, du kannst inzwischen den Festnahme-Rapport schreiben. Besondere Vorfälle?»
Betschart schüttelte den Kopf.
«Frau Roth hat zunächst etwas aufgemuckt», sagte er dann. «Sie wurde recht ausfallend gegen mich, doch ich nehme ihr das nicht übel.»
Er drehte sich zu Gerda um und fügte versöhnlich hinzu: «In unserem Beruf bekommt man Elefantenhaut, da nimmt man nichts mehr persönlich. Aber ich will Ihnen was sagen, Frau Roth: Unsere Erfahrungen im Umgang mit Delinquenten zeigen, daß gerade jene Leute, die sich am lautesten zur Wehr setzen und ständig auf unsere Rechtsstaatlichkeit pochen, am meisten Dreck am Stecken haben. Das sollten Sie sich mal merken.»
Zbinden ging mit Gerda Roth zum Verhörzimmer im ersten Stock der Polizeikaserne. Schlumpf folgte den beiden im

Abstand von einem Meter, so daß er sich Gerda sogleich in den Weg stellen konnte, falls sie einen Fluchtversuch unternehmen sollte.
Zbinden wählte absichtlich das Zimmer 212, das erst vor kurzem umgebaut und neu möbliert worden war und zudem keine vergitterten Fenster besaß. Vielleicht würde es ihm in dem freundlich möblierten Zimmer mit den roten Polstersesseln sogar gelingen, die längst nicht mehr so selbstsicher scheinende Lehrerin zum Sprechen zu bringen.
Beim Versuch, einen Straftäter zu einem umfassenden Geständnis zu bewegen, spielten oft winzige Kleinigkeiten eine große Rolle. Als erfolgreicher Untersuchungsrichter mußte man gute Menschenkennnis besitzen und sogleich erkennen, worauf es im Gespräch mit einem Angeschuldigten ankam. Dann mußte man alle zur Verfügung stehenden Mittel — von leeren Versprechungen bis hin zur massiven Drohung — psychologisch geschickt einsetzen, nur so konnte man rasch zum Ziel kommen.
Die einzige Sorge des Staatsanwalts war die Tatsache, daß er bisher als Untersuchungsrichter höchst selten mit weiblichen Angeschuldigten zu tun gehabt hatte. Es fehlte ihm, wenn er ganz ehrlich zu sich selber war, ein wenig die praktische Erfahrung im Umgang mit dem anderen Geschlecht. Doch dies brauchte er sich beim Verhör nicht anmerken lassen. Zudem war diese Gerda Roth ja gar keine richtige Frau, sondern eine Lesbierin, die, wie Zbinden annahm, gefühlsmäßig eher wie ein männlicher Täter reagieren würde.
Während Schlumpf sich an die Schreibmaschine setzte und das Protokoll sowie drei Durchschläge einspannte, entschied Zbinden, sich mit Gerda Roth auf keine Diskussionen einzulassen.
«Warum haben Sie uns verhaftet?» wollte Gerda Roth von ihm wissen, nachdem sie sich gesetzt hatte.
«Sie sind nicht verhaftet», klärte Zbinden die Lehrerin auf, «ich habe Sie lediglich polizeilich vorführen lassen, um unsere Ermittlungen zu beschleunigen. Ob ich einen Haftbefehl gegen Sie ausstellen werde, kann ich erst in ein paar Stunden entscheiden.»
Dann begann der Staatsanwalt, Gerda Roth zu ihrer Per-

son zu befragen. Er ließ, wie es die Strafprozeßordnung vorschrieb, ihren Namen, ihr Alter sowie alle näheren Angaben über ihre Familienverhältnisse genau protokollieren, und er wunderte sich insgeheim, daß die Lehrerin ihm so bereitwillig Auskunft erteilte, hatte er sich doch auf ihren Widerstand gefaßt gemacht. Selbst als er ihr die entscheidende Frage stellte, ob sie lesbisch veranlagt sei, antwortete Gerda Roth ohne zu zögern mit einem unmißverständlichen «Ja». Zbinden, der selber viel von Zurückhaltung in sexuellen Belangen hielt, wertete dies beinahe schon als exhibitionistischen Charakterzug. Immerhin bekam er im Gespräch mit Gerda nichts von jenem renitenten Verhalten zu spüren, auf das ihn der Chef der Mordkommission ausdrücklich hingewiesen hatte. Höchstwahrscheinlich, so folgerte der Staatsanwalt, war er der Frau von seiner äußeren Erscheinung her sympathischer als Betschart mit seinen gräßlichen Tränensäcken unter den Augen.

Aufgrund dieser Vermutung, die sicherlich nicht abwegig war, wähnte sich der Staatsanwalt seinem Sieg bereits etwas näher.

Nachdem sämtliche Angaben zur Person protokolliert waren, machte Zbinden Gerda Roth darauf aufmerksam, daß sie verpflichtet sei, ihm die volle Wahrheit zu sagen, was in Wirklichkeit natürlich nicht zutraf, denn die Lehrerin wurde ja nicht als Zeugin, sondern als Angeschuldigte einvernommen. Deshalb stand ihr eigentlich das Recht zu, jede Aussage zu verweigern, sie dürfte ihn sogar ungestraft belügen und könnte dadurch die Ermittlungen bis an die Grenze des Zumutbaren erschweren. Auf diese ohnehin fragwürdigen Rechte eines Angeschuldigten wollte er Gerda Roth jedoch nicht ausdrücklich hinweisen, zumal er sich unter Zeitdruck befand und die Frau, wie er sie einschätzte, ihn vermutlich auch so brandschwarz anlügen würde.

«Wollen Sie rauchen?» erkundigte er sich mit einem freundlichen Lächeln, und als Gerda Roth nickte, reichte er ihr bereitwillig eine Camel Filter und gab ihr sogar Feuer. Als die Lehrerin ihn kurz danach auch noch um eine Tasse Kaffee bat, weil sie noch nicht gefrühstückt hätte, schickte er Schlumpf sogleich in die Kantine. Gerda

Roth sollte den Eindruck gewinnen, daß er, auch wenn er als ihr Gegner auftrat, ein Mensch war, der alle Regeln der Fairneß und — in vertretbarem Rahmen natürlich — auch die Gebote der Menschlichkeit respektierte.
Während der Staatsanwalt mit Gerda Roth allein im Zimmer war, entnahm er den Ermittlungsakten jenes Polizeifoto, das den zertrümmerten Schädel des Ermordeten in einer Großaufnahme zeigte.
«Sehen Sie sich dieses Bild doch einmal genau an», sagte er und reichte das Foto der Lehrerin hinüber.
Auf ihrem Gesicht entdeckte er weder Abscheu noch Entsetzen, nur Teilnahmslosigkeit, als ob sie die abgebildete Person nicht gekannt hätte. Daraus folgerte Zbinden, daß Gerda Roth der Anblick des ermordeten Architekten nicht fremd war, daß sie den Toten in diesem fürchterlichen Zustand bereits einmal gesehen haben mußte.
Er nahm ihr das Bild wieder aus der Hand und legte es zurück zu den Akten.
«Wie geht es Ihnen gesundheitlich?» erkundigte er sich scheinbar besorgt. «Ich habe kürzlich gehört, daß Sie krank sind.»
«Eine leichte Erkältung.»
«Und deshalb haben Sie sich krank gemeldet? Oder gibt es vielleicht auch noch andere Gründe, warum Sie heute nicht zur Arbeit gehen wollten?»
Zu seiner Verwunderung nickte Gerda und sagte: «Ja, ich machte mir Sorgen um Ilona. Richards Tod hat sie stark mitgenommen. Deshalb wollte ich sie nicht alleinlassen.»
Schlumpf brachte einen Papierbecher mit Kaffee und stellte ihn vor Gerda auf den Tisch. Sie trank den Becher in einem Zug leer, dann lehnte sie sich zurück und meinte: «Sie nehmen wohl an, daß ich mit Richards Ermordung etwas zu tun habe?»
«Es gibt einige Gründe, die — ich will mich mal vorsichtig ausdrücken — Ihre Täterschaft zumindest nicht ausschließen.»
Zbinden wartete auch diesmal vergeblich auf eine Reaktion. Er befahl Schlumpf, sich wieder an die Schreibmaschine zu setzen, dann nahm er seine Brille ab und legte sie vor sich hin auf die Tischplatte. Er fuhr sich mit der Hand nachdenklich über die Augen und sagte, den Blick unent-

wegt auf Gerda gerichtet: «Sie kennen den Zeitungsreporter Aldo Fossati?»
«Ja», sagte sie spontan. «Ich habe ihn am Samstagnachmittag kennengelernt.»
«Haben Sie den Artikel im heutigen MORGENEXPRESS schon gelesen?»
«Nein, wie sollte ich auch. Ihre Leute haben uns doch aus dem Bett geholt.»
Auch jetzt ließ sich die Lehrerin nicht anmerken, was in ihr vorging. Ihr Gesicht blieb starr und unbeweglich.
«Ach so», meinte Zbinden beiläufig. «Dann wissen Sie wohl noch nicht, daß Sie Fossati auf den Leim gekrochen sind?»
Sie zog ihre Brauen hoch und musterte Zbinden spöttisch. «So? Bin ich das? Und weshalb?»
«Sie haben ihm am Samstag einen Bankscheck über fünftausend Franken gegeben. So etwas ist recht ungewöhnlich, zumal Sie den Mann, wie Sie ja selbst zugaben, erst am Samstag kennengelernt haben.»
Gerda sah dem Staatsanwalt mit ihren wachen Augen fest ins Gesicht. Erst jetzt fiel ihm das ungewöhnlich strahlende Blau dieser Augen auf, die ihn jedoch als Mann kaum zu beeindrucken vermochten; Zbinden war in allen Situationen Herr über sich selber.
«Wollen Sie mir nicht erklären, weshalb Sie Fossati das Geld gegeben haben?» doppelte er nach.
«Ich bin Ihnen keine Rechenschaft schuldig.»
«Wenn Sie meine Frage nicht beantworten, verschlimmern Sie nur Ihre eigene Lage.»
Gerda Roth trommelte mit zwei Fingern ihrer rechten Hand auf die Tischplatte. Zbinden schloß daraus, daß sie innerlich aufgewühlt war, auch wenn sie nach außen eine fast beängstigende Ruhe ausstrahlte.
«Fossati hat mich erpreßt», sagte sie dann.
«Oh? Das ist aber wirklich interessant! Eine ganz neue Version.»
Zbinden lehnte sich in seinem Sessel zurück. Er entnahm den Akten die MORGENEXPRESS-Ausgabe und reichte die Zeitung Gerda hinüber. «Da! Lesen Sie mal! Vielleicht tischen sie mir dann keine so rührenden Märchen mehr auf.»

Noch während Gerda den Bericht überflog, wurde sie kreideweiß im Gesicht. Einen Moment lang fürchtete Zbinden, sie könnte ohnmächtig werden, doch dann hatte sie sich bereits wieder in der Gewalt.

«Diese Behauptungen sind ungeheuerlich!» sagte sie entschlossen. «Der Mann will mich fertigmachen. Kein Wort an der Geschichte ist wahr!»

«Sie sagten vorhin, Fossati hätte Sie erpreßt? Wollen Sie mir auch sagen, warum? Vielleicht weil er wußte, daß Sie ... reden wir doch ganz offen miteinander ... weil er wußte, daß Sie Richard Neidhard umgebracht haben?»

Gerda Roth begann nervös an ihrer Unterlippe zu kauen. Auf ihren Wangen bildeten sich kleine rote Flecken, was der Staatsanwalt als Symptom ihrer inneren Erregung deutete. Mit Genugtuung stellte er fest, daß es sich nur noch um Sekunden handeln konnte, bis die Lehrerin ihre Fassung verlieren würde. Deshalb doppelte er nach: «Was Sie getan haben, Frau Roth, war entweder sträflicher Leichtsinn oder aber eine Verzweiflungstat. Indem Sie Fossati diesen Scheck überreichten, haben Sie sich Ihr eigenes Grab geschaufelt.»

Gerda nickte gedankenverloren, dann verschränkte sie die Arme vor ihrer Brust und sah dem Staatsanwalt erneut ins Gesicht.

«Ihre Impertinenz ist grenzenlos!» sagte sie leise. Ihre Stimme klang auf einmal nicht mehr aggressiv, sondern nur noch unendlich traurig. «Sie unterstellen mir Dinge, von denen Sie genau wissen, daß ich sie im Moment nicht widerlegen kann. Sie tun so, als ob ich Ihnen meine Unschuld beweisen müßte, dabei weiß heutzutage jedes Kind, daß es Sache der Polizei ist, die Schuld eines möglichen Täters zu beweisen.»

«Das haben Sie aber schön gesagt», meinte Zbinden ironisch. «Aber wer spricht denn von Schuld oder Unschuld? Im Augenblick möchte ich von Ihnen lediglich wissen, warum Sie Fossati Geld gegeben haben?»

«Der Reporter hat sich bei mir darüber beklagt, wie wenig er verdiene.»

«Und dann haben Sie ihm sozusagen hilfreich unter die Arme gegriffen?» Der Staatsanwalt lachte abschätzig. «Sie sind offenbar recht großzügig. Würden Sie auch mir

einen mehrstelligen Scheck überreichen, bloß weil ich zufällig kein Krösus bin?»
Schlumpf blickte überrascht auf. «Soll ich den letzten Satz ins Protokoll nehmen?» fragte er zögernd.
Zbinden nickte. «Ja, ja, schreiben Sie nur!»
Gerda hob plötzlich den Kopf und schloß dabei die Augen. Sie schien angestrengt nachzudenken. Erst nach einer Weile sagte sie: «Fossati hatte mir damit gedroht, meinen Namen in seiner Zeitung zu veröffentlichen.»
«Und wenn schon!» meinte der Staatsanwalt kühl. «Dann hätten Sie immer noch die Möglichkeit gehabt, gegen den MORGENEXPRESS vorzugehen, wo Sie doch unschuldig sind. Auch der Reporter einer Boulevardzeitung darf nur veröffentlichen, was er beweisen kann, sonst kann man ihn rechtlich belangen. Das war Ihnen sicher bekannt. Um so unbegreiflicher ist mir deshalb Ihr Verhalten.»
«Ich bin Lehrerin. Mir kann es nicht gleichgültig sein, wenn mein Name mit einem Mord in Zusammenhang gebracht wird. Es ist schon schlimm genug für mich, daß ich meine ... »
Gerda machte eine Pause und biß sich auf die Lippen. Sie blickte verunsichert zu Zbinden hinüber.
«Reden Sie weiter!» forderte sie der Staatsanwalt auf.
«... es ist schlimm genug, daß ich meine geschlechtlichen Neigungen geheimhalten muß.»
«Wieso müssen Sie das? Lesbische Liebe ist meines Wissens nicht strafbar. Solange Sie sich nicht an kleine Mädchen heranmachen, haben Sie nichts zu befürchten.»
«Sie kennen die Volksmeinung nicht. Für den Mann von der Straße ist jede Lesbierin eine potentielle Kinderschänderin. Falls Sie nicht vollkommen weltfremd sind, müssen Sie zugeben, daß eine lesbische Lehrerin in unserer Gesellschaft keine Chance hat. Keine *wirkliche* Chance.»
Statt wie sonst seine Mundwinkel auseinanderschnellen zu lassen, formte der Staatsanwalt die Lippen zu einer kleinen Rundung und meinte spöttisch: «Jetzt kommen mir gleich die Tränen. Nun übertreiben Sie mal nicht! Sie machen auf mich einen recht emanzipierten Eindruck. Sie gehören nicht zu jenen armseligen Frauenzimmern, die sich um jeden Preis der Gesellschaft anpassen wollen und sich für ihre abartigen ...»

«Sehen Sie», fuhr Gerda dazwischen. «Sie brauchen das Wort ‹abartig›. Damit widersprechen Sie sich doch selbst. Damit beweisen Sie Ihre Vorurteile.»
Zbinden musterte Gerda spöttisch, dann beugte er sich über seinen Schreibtisch und meinte ernst: «Sie scheinen mich zu verkennen, Frau Roth, ich habe keine Vorurteile. Für mich ist gleichgeschlechtliche Liebe nun einmal in Gottes Namen abartig, sie entspricht nicht der Norm, im Gegenteil: Die Mehrheit der Bevölkerung und sämtliche christlichen Religionsgemeinschaften lehnen gleichgeschlechtliche Sexualpraktiken grundsätzlich ab. Dies ist meine ganz persönliche Meinung, es ist aber auch die Meinung all jener Leute, die wie ich nach ethischen Grundsätzen leben.»
Zbinden lehnte sich wieder in seinen Sessel zurück. Er wandte sich an Schlumpf und bat ihn, die nun folgenden Sätze nicht ins Protokoll aufzunehmen, weil sie mit dem Fall Neidhard nicht direkt zu tun hätten.
«Ich bin ausgesprochen tolerant», fuhr er mit gespielter Liebenswürdigkeit fort. «Auch wenn gleichgeschlechtliche Liebe für mich ein Phänomen ist, mit dem ich nichts anzufangen weiß, weil es meiner persönlichen Weltanschauung zuwiderläuft. Aber deswegen habe ich noch lange keine Vorurteile gegen Sie. Wollen Sie noch eine Zigarette?»
Er streckte Gerda unaufgefordert seine Zigarettenpakkung hin, und als er sah, wie sie fast gierig eine Camel herausklaubte, gab er ihr bereitwillig Feuer.
«Frau Roth», meinte er dann mit ernster Miene und ohne seinen Blick auch nur für einen Moment von Gerda abzuwenden. «Ich habe leider Grund zur Annahme, daß Sie, aus was für Motiven auch immer, Richard Neidhard getötet haben.»
«Das ist nicht wahr!»
Sie schrie den Satz so laut, daß Schlumpf nicht mehr weitertippte, sondern verstört aufsah.
Zbinden blickte der Lehrerin schweigend ins Gesicht. Er nahm sich vor, die Frau solange herauszufordern, bis sie — das war nur eine Frage der Zeit und der nervlichen Stabilität — die Herrschaft über ihren Verstand verlieren und sich zu einer unkontrollierten Aussage hinreißen lassen würde.

«Sie bestreiten also, Richard Neidhard getötet zu haben», fuhr er endlich fort, nachdem er hatte feststellen müssen, daß auch sein Gegenüber beharrlich schwieg.
«Ja, ich bestreite es. Und ich werde es immer wieder bestreiten, weil ich es nicht getan habe.»
«Ich mache Ihnen einen Vorschlag», begann der Staatsanwalt in ganz neuem Tonfall, denn er hatte sich soeben eine andere Taktik einfallen lassen. «Es gibt Augenblicke im Leben, in denen wir unsere Selbstkontrolle verlieren, weil wir von einer ganz bestimmten Person oder von einer ganz bestimmten Situation überfordert werden. So geschieht es immer wieder, daß intelligente Menschen sich zu einer Tat hinreißen lassen, die sie schon ein paar Sekunden später selbst nicht mehr verstehen können, die sie sogar bereuen. Nur ist es dann eben meistens zu spät.»
Zbinden gab sich Mühe, ruhig und sachlich zu bleiben, um einen möglichst vertrauenerweckenden Eindruck auf sein Gegenüber zu machen. Es fiel ihm selber auf, daß sein Tonfall beinahe einen seelsorgerischen Klang bekam.
Gerda blickte den Staatsanwalt prüfend an, als ob sie herausfinden wollte, wie ehrlich er es mit ihr meinte. Er schob ihr den Aschenbecher hin und sagte: «Menschen, die sich durch einen Gefühlsausbruch zu einer Straftat hinreißen lassen, die sie hinterher bereuen, sind für mich nicht im eigentlichen Sinne kriminell. Deshalb hat der Gesetzgeber für diese Sorte von Delinquenten auch ganz erhebliche Strafmilderungsmöglichkeiten vorgesehen. Wir Kriminalisten nennen diese Täter ‹Affekttäter›, weil sie ihre Tat im Affekt begingen. Übrigens handelt es sich dabei fast ausschließlich um Tötungsdelikte.»
«Was wollen Sie damit sagen?» Gerda drückte hastig ihre Zigarette aus. Sie sah dem Staatsanwalt gespannt ins Gesicht.
«Lassen Sie mich zuerst ausreden», meinte er freundlich. «Schauen Sie, Frau Roth, wir sind keine Unmenschen. Auch ein Staatsanwalt vermag bei der menschlichen Beurteilung eines Täters zwischen Spreu und Weizen zu unterscheiden. Da gibt es auf der einen Seite den sogenannten Abschaum: hartgesottene Ganoven, die vor nichts zurückschrecken, und die stets aufs neue gegen das Gesetz verstoßen. Ihnen ist die Gesellschaft ausgeliefert, deshalb ist es

unsere Pflicht, die Gesellschaft vor diesen Menschen zu schützen. Dann gibt es aber auch Leute, die sich nie im Leben etwas zuschulden kommen ließen und einen tadellosen Leumund besitzen, die aber plötzlich zum Opfer ihrer eigenen Emotionen werden. Dazu braucht es eigentlich sehr wenig: Etwas veränderter Stoffwechsel, Triebstauung, vielleicht auch bloß eine starke Anfälligkeit gegen Föhn — und der Mensch ist kein Mensch mehr. So könnte ich mir zum Beispiel gut vorstellen, daß es zwischen Ihnen und Herrn Neidhard am vergangenen Freitagnachmittag aus irgendeinem Grund zu einer heftigen Kontroverse kam, in deren Verlauf Sie plötzlich die Nerven verloren ... und dann ... na ja, dann passierte es eben.»
Gerda blickte ihn entsetzt an. «Was? Was passierte dann?» rief sie aufgebracht.
Es war einen Augenblick ganz still im Raum, und in diese Stille hinein sagte der Staatsanwalt beinahe feierlich: «Dann haben Sie Richard Neidhard getötet.»
«Sie sind verrückt! Sie halten mich also tatsächlich für eine kaltblütige Mörderin?»
«Ich halte Sie für eine Frau, die in einem sehr entscheidenden Augenblick die Herrschaft über ihr Handeln verloren hat. Zu solchen Konfrontationen zwischen zwei Menschen kommt es jeden Tag, ohne daß jede dieser Auseinandersetzungen tödlich enden muß. Ihnen ist nun eben mal die Sicherung durchgebrannt, das schmälert auch Ihre Verantwortung. Deshalb würde ich Sie im Moment weder als ‹kaltblütig› noch als ‹Mörderin› bezeichnen, zumindest solange bis ich die näheren Umstände kenne, die zu der Bluttat geführt haben. Nehmen wir einmal an, Sie wurden von Herrn Neidhard in irgendeiner Weise herausgefordert, immer wieder aufs neue provoziert, bis sie schließlich die Beherrschung verloren und ihm die Blumenvase an den Kopf warfen, so würde ich dies ... immer vorausgesetzt, daß Sie die Tat gestehen und eine gewisse Reue zeigen ... als Totschlag im Sinne von Artikel 113 unseres Strafgesetzbuches werten. In diesem Falle würde ich durch einen Psychiater Ihren Gemütszustand zur Zeit der Tat genau abklären lassen, und es ist anzunehmen, daß man Ihnen eine stark verminderte Zurechnungsfähigkeit zubilligen wird. Mit anderen Worten: Es kann Ihnen gar nicht viel passieren.

Unterm Strich werden Sie mit zwei bis drei Jahren Gefängnis davonkommen.»
«Hören Sie auf!» schrie ihm Gerda ins Gesicht. «Hören Sie sofort auf! Sie wollen mich doch bloß hereinlegen! Ich sage Ihnen zum letzten Mal: Ich habe mit dem Mord nichts zu tun.»
«Gut», sagte Zbinden schnippisch. «Wenn Sie sich nicht helfen lassen wollen, kann ich es nicht ändern. Ich habe es nur gut gemeint mit Ihnen.»
Er wechselte abermals den Tonfall.
«Wo waren Sie am Freitagnachmittag?» fragte er frostig.
«Zu Hause.»
«In Ihrer Wohnung?»
«Ja.»
«Von wann bis wann?»
«Den ganzen Nachmittag.»
Der Staatsanwalt nahm seine Brille ab und begann damit zu spielen. «So», meinte er mit unverhohlenem Triumph in der Stimme. «Sie waren also den ganzen Freitagnachmittag zu Hause?»
«Ja. Glauben Sie mir vielleicht nicht?»
Zbinden legte seine Brille auf die Ermittlungsakten und sagte: «Wir wissen, daß Sie um drei mit Richard Neidhard eine Verabredung hatten, und wir wissen sogar wo: im Café Mandarin.»
«Ach so», erwiderte Gerda offensichtlich erleichtert. «Ja, das ist richtig. Wir waren ursprünglich miteinander verabredet, doch dann kam etwas dazwischen ...»
«Was kam dazwischen?» unterbrach sie der Staatsanwalt verärgert. Man hörte seiner Stimme an, daß er ihre Aussage im vornherein als Lüge abtat.
Gerda warf ihren Kopf nach hinten, als hätte sie in diesem Augenblick ihren bereits verloren geglaubten Stolz zurückgewonnen. Sie sagte: «Herr Neidhard rief am Mittag an und teilte mir mit, daß wir unser Treffen verschieben müßten. Es sei etwas Dringendes dazwischengekommen.»
«So? Das haben Sie sich aber fein ausgedacht. Und nun verlangen Sie wohl von mir, daß ich Ihnen glaube?»
Zbinden war plötzlich wütend. Die Frau schien um einiges abgebrühter zu sein, als er zunächst angenommen hatte, doch er würde mit ihr schon fertig werden. Er war zwar, so

lobte er sich stets im Kreise seiner Kollegen, ein Mann, der viel von Fair play hielt, doch hier wurde er ja förmlich gezwungen, seine Ermittlungsmethoden den miesen Mätzchen der Roth anzupassen.
In diesem Moment betraten Honegger und Betschart das Zimmer. Die beiden blieben an der Tür stehen.
«Wir sind gleich soweit!» rief ihnen der Staatsanwalt zu. Seine Stimme klang plötzlich aufgekratzt. Er sah auf die Uhr. Es war kurz nach neun. Ein paar Minuten hatte er also noch Zeit. Und diese Zeit galt es zu nutzen.
«Frau Roth», sagte er rasch, «wenn Sie den ganzen Freitagnachmittag zu Hause waren, so gibt es doch sicher jemanden, der das bezeugen kann.»
«Ich war allein. Ich bin zu Hause ... immer allein. Am Freitagnachmittag habe ich Hefte korrigiert und zwei Prüfungen vorbereitet.»
«Ach, das wissen Sie noch genau?»
«Ich habe in meinem Beruf einen ganz bestimmten Arbeitsrhythmus. Am Freitagnachmittag korrigiere ich immer Hefte.»
Der Staatsanwalt verzog keine Miene. «Hat Sie vielleicht jemand angerufen? Denken Sie doch einmal genau nach: ein Schüler vielleicht? Der Vater eines Schülers? Irgend jemand, der bestätigen kann, daß Sie am Freitagnachmittag zwischen drei und fünf zu Hause waren?»
Er machte eine Pause und fügte selbstgefällig hinzu: «Sie sehen, Frau Roth, ich bin durchaus bereit, Sie zu entlasten, falls Sie mir dabei behilflich sein können.»
Sie schüttelte nachdenklich den Kopf. «Ich weiß nicht ... es fällt mir im Augenblick niemand ein.»
«Schade.» Zbinden blickte zu seinen beiden Kollegen hinüber, die noch immer neben der Tür standen, dann meinte er: «Sie werden es uns bestimmt nicht verargen, Frau Roth, daß wir Ihr sogenanntes Alibi gerne von dritter Seite bestätigt hätten. Das ist bei uns so üblich. Schließlich können wir nicht allein auf Ihre Aussage abstellen, das leuchtet Ihnen sicher ein.»
«Moment mal!» rief Gerda plötzlich dazwischen. «Ich glaube, ich habe am Freitagnachmittag mit der Firma Seiden-Treichler telefoniert. Wegen eines Hosenanzugs, den ich mir dort habe anfertigen lassen.»

«Na sehen Sie! Jetzt ist Ihnen doch noch etwas eingefallen. Um welche Zeit haben Sie mit der Firma telefoniert?»
«Ich schätze um drei, es kann aber auch halb vier gewesen sein.»
«Mit wem haben Sie gesprochen?»
«Mit Herrn Humbel. Das ist der Chef der Maßabteilung.»
«Schön!» meinte Zbinden und schnalzte mit der Zunge. «Dann werden wir diesen Herrn Humbel gleich mal anrufen.»
Er wollte sich zu Honegger umdrehen, doch bevor er überhaupt dazukam, den Oberleutnant mit der Überprüfung des Alibis zu beauftragen, meinte dieser beflissen: «Ich mach das schon!» und eilte aus dem Zimmer.
Falls dieser Humbel den Anruf von Gerda Roth tatsächlich bestätigen würde, schoß es dem Statsanwalt durch den Kopf, so hieß dies natürlich noch lange nichts. Es wäre durchaus denkbar, daß die Frau von unterwegs bei der Firma angerufen hatte, zum Beispiel vom Café Mandarin aus.
Zbinden ließ sich nichts von seiner Skepsis anmerken. Er wandte sich erneut an Gerda.
«Tragen Sie gelegentlich Jeans, Frau Roth?» wollte er wissen.
«Ja, in meiner Freizeit. Manchmal auch im Unterricht, allerdings höchst selten. Einige meiner älteren Kollegen haben etwas gegen Jeans.»
«Besitzen Sie Blue-Jeans?»
«Sicher. Warum interessiert Sie das?»
«Sind diese Blue-Jeans verwaschen? Heutzutage ist das ja Mode.»
«Kann sein, ich weiß das nicht so genau.»
«Haben Sie auch eine grüne Stoffjacke?»
Gerda sah den Staatsanwalt verwundert an. «Nein», sagte sie mit einem Anflug von Ironie. «Damit kann ich Ihnen leider nicht dienen. Eine grüne Stoffjacke besitze ich nicht.»
Der Staatsanwalt ließ sich nicht aus dem Konzept bringen. Mit unbeweglicher Miene blickte er auf Gerda und meinte: «Vielleicht besitzen Sie etwas Ähnliches?»
«Grün sagen Sie?» Gerda dachte angestrengt nach. «Ja», meinte sie nach einer Weile. «Eine Reporterjacke, eigent-

lich mehr ein Mantel. Halblang, aus dunkelgrünem Segeltuch.»
Zbinden stand auf und ging um den Schreibtisch herum. Dicht neben Gerdas Stuhl blieb er stehen. Er sah, wie die Frau abwartend zu ihm hochblickte und merkte plötzlich, daß er vergessen hatte, seine Brille aufzusetzen. Weil er sich keine Blöße geben wollte, blieb er neben Gerda stehen und versuchte, ihrem kritischen Blick standzuhalten. Erst als ihm dies nicht mehr gelang, meinte er trocken: «Wir fahren jetzt zu Ihnen, Frau Roth. Dort werden Sie sich erst einmal umziehen.»
«Umziehen? Weshalb?»
«Sie werden Ihre verwaschenen Jeans und die Reporterjacke anziehen. Dann unternehmen wir eine kleine Spritzfahrt.»
«Wohin?» Gerda blickte den Staatsanwalt an, als würde sie ernsthaft an seinem Verstand zweifeln.
«Nach Thorhofen. Mehr kann ich im Moment nicht sagen. Nur etwas will ich Ihnen verraten: Spätestens in zwei Stunden werden die Würfel gefallen sein. Alea iacta est. Sie können doch lateinisch? Oder nicht?»
Der Oberleutnant kam zurück. Er blieb unter der Tür stehen, steckte beide Hände in die Hosentaschen und meinte mit einem verächtlichen Unterton: «Entweder haben Sie ein verdammt schlechtes Gedächtnis, Frau Roth, oder Sie halten uns für blöd.»
Er ging auf Gerda zu und schüttelte den Kopf. «Oder haben Sie am Ende darauf spekuliert, daß Ihr Herr Humbel ein schlechtes Gedächtnis hat?»
Er beugte sich zu Gerda hinunter, und seine Stimme nahm plötzlich einen drohenden Ton an: «Sie haben nicht, wie Sie behaupten, am Freitag, sondern am späten Donnerstagnachmittag mit Humbel telefoniert. Er weiß das noch so genau, weil er auf Ihrer Auftragskarte das Datum seiner telefonischen Unterredung mit Ihnen vermerkte; außerdem hatte er am Freitag frei. Was sagen Sie nun?»
«Ich muß mich geirrt haben», meinte Gerda und blickte verunsichert auf den Staatsanwalt, der sich am Kopf kratzte.
«Es sieht so aus, als ob Sie sich geirrt hätten», meinte er nur.

«Hoffentlich bleibt es bei diesem einen Irrtum, sonst sehe ich schwarz für Sie.»
Er ging zur Tür und wandte sich von dort aus an Schlumpf. «Sie bleiben hier und schließen das Protokoll ab. Wir unterschreiben es, wenn wir von unserem Betriebsausflug zurück sind. Und bringen Sie doch Frau Neidhard einen Becher Kaffee in ihre Zelle.»
«Rührend von unserem Chef, wie er sich um Ihre Herzallerliebste kümmert», grinste Betschart und nahm Gerda am Arm. Er wollte mit ihr das Zimmer verlassen, aber sie drehte sich noch einmal um und sagte zum Staatsanwalt: «Wann darf ich Ilona sehen?»
«Warum fragen Sie mich?» antwortete Zbinden. «Das entscheide nicht ich, das entscheiden Sie ganz allein.»
In Gerdas Augen lag plötzlich wieder ein Schimmer Hoffnung.
Während der Staatsanwalt draußen auf dem Flur in der Toilette verschwand, begleiteten Honegger und Betschart die Frau zum Erkennungsdienst, wo man ihre Fingerabdrücke nahm und sie von drei Seiten fotografierte. Als Gerda dagegen protestieren wollte, legte ihr Betschart behutsam seinen Zeigefinger auf den Mund und sagte spöttisch: «Falls Sie uns während der Fahrt nach Thorhofen abhauen, müssen wir doch ein hübsches Bild von Ihnen haben, damit wir Sie in der Sendung «XY-UNGELÖST» suchen lassen können.»
«Sie können mich nicht verletzen», sagte Gerda leise. « *Sie* nicht.»
Zu viert fuhr man in einem alten Volkswagen an die Waffenplatzstraße.
Während Gerda im Fond Platz nehmen und sich von Betschart unentwegt anstarren lassen mußte, erklärte Zbinden dem Oberleutnant, daß es beim FBI in den Vereinigten Staaten keinen Polizeiwagen mehr gebe, der nicht kugelsicher sei. Dann fügte er noch hinzu: «Die tun eben etwas für ihre Leute. Bis wir hier soweit sind, müssen zuerst noch zwei Dutzend Polizisten abgeknallt werden.»
Als der Volkswagen vor dem Hochhaus an der Waffenplatzstraße anhielt und die Beamten so unauffällig ausstiegen, daß sie dadurch erst recht auffielen, bildete sich vor der gegenüberliegenden Bäckerei Streuli eine kleine An-

sammlung von neugierigen Männern und Frauen, die zuerst stumm zu dem Polizeifahrzeug hinübergafften und dann miteinander zu tuscheln begannen.
«Bitte bringen Sie mich ins Haus», bat Gerda.
Man sah ihr an, daß sie verlegen war. Betschart und Honegger nahmen die Frau in ihre Mitte; der Staatsanwalt stellte sich hinter sie, damit sie wenigstens vor den aufdringlichen Blicken der Anwohner geschützt war.
Man hörte zwar nicht, was die Leute miteinander sprachen, doch im Rücken spürte man förmlich, daß sie sich über die Lehrerin unterhielten. Schon seit fast zwei Stunden war der Fall Neidhard hier in der Umgebung Tagesgespräch; am nahegelegenen Kiosk war der MORGENEXPRESS bereits ausverkauft.
Ein älterer Mann, den Gerda bis anhin bloß vom Sehen kannte, humpelte über die Straße und kam auf die Lehrerin zu. Auf seinem verrunzelten Gesicht spiegelten sich aufgestaute Wut und Empörung.
«Gehen Sie bitte weiter!» forderte Honegger den Alten auf, doch der Mann blieb nun erst recht stehen und zeigte mit der ausgestreckten Hand auf Gerda.
«Sie ... Sie ...» begann er, doch die richtigen Worte ließen ihn im Stich. Erst nachdem die Beamten den Hausflur erreicht hatten, vernahmen sie hinter sich eine entrüstete Männerstimme «Mörderin!» rufen.
Im Fahrstuhl wurde Gerda ohnmächtig.
Sie kam erst wieder zu sich, als sie in ihrer Wohnung auf dem Sofa lag und der Oberleutnant ihr Cognac einflößte.
Aus dem Nebenzimmer hörte sie den Staatsanwalt sagen: «Geschmackvoll eingerichtet hat sie ihre Wohnung, richtig gemütlich. Genauso habe ich mir das Liebesnest einer Lesbierin vorgestellt.»

18

Als Staatsanwalt Zbinden gegen halb eins in die Polizeikaserne zurückkehrte, erwarteten ihn keine guten Nachrichten.
Der Pförtner richtete ihm aus, daß er sich unverzüglich beim Kommandanten melden müße; Krummenacher sei, was er sonst nie tue, mindestens dreimal persönlich in der Eingangshalle aufgetaucht, um sich nach dem Verbleib des Staatsanwalts zu erkundigen. Im ganzen Haus sei der Teufel los. Auch Justizdirektor Bissegger habe ein paar Mal angerufen und sei verärgert gewesen, daß er Zbinden nirgendwo erreichen könne. Um die internen Aufregungen schließlich auf die Spitze zu treiben, sei dann vor knapp einer halben Stunde auch noch Schlumpf an der Pforte erschienen und habe dringend nach einem Notfallarzt verlangt, weil die inhaftierte Lesbierin in ihrer Zelle einen Zusammenbruch erlitten habe. Im Augenblick sei Doktor Haas, ein aus der Nachbarschaft herbeigeeilter Arzt, bei ihr und kümmere sich um sie.
«Ein bißchen viel auf einmal», meinte Zbinden, doch er ließ sich nicht aus der Ruhe bringen. Er kannte die Grenzen seiner Belastbarkeit, und die waren noch lange nicht erreicht. Ursprünglich hatte er vorgehabt, den Chef der Mordkommission in den «Johanniter» zu begleiten und den glasierten Kalbskopf, von dem er schon so manchen Polizeibeamten schwärmen gehört hatte, einmal selber probieren, doch daraus wurde jetzt nichts.
Mit Befremden nahm der Staatsanwalt zur Kenntnis, daß Betschart sich von den Ereignissen im Haus anscheinend nicht beeindrucken ließ. Der Chef der Mordkommission wünschte seinen Kollegen einen guten Appetit und meinte beim Hinausgehen lediglich, daß er spätestens um zwei wieder zurück sein würde.
Auch der Oberleutnant, mit dem Zbinden fest gerechnet hatte, verschwand in der Kantine, um, wie er sagte, rasch ein Salamisandwich zu verschlingen. Immerhin ließ Honegger durchblicken, daß er in einer Viertelstunde wieder zur Verfügung stehen würde. Zbinden fühlte sich von seinen engsten Mitarbeitern im Stich gelassen.

Während er die Treppe zum Büro des Kommandanten hochging, wurde ihm mit einem Mal bewußt, daß er allen Grund hatte, mit sich selbst zufrieden zu sein. Lisa Rüdisühli hatte, wie nicht anders erwartet, bei der Konfrontation mit Gerda Roth noch einmal hoch und heilig versichert, daß die Lehrerin mit der von ihr am Freitag gesehenen Person identisch sei; sogar an die verwaschenen Jeans und die grüne Reporterjacke vermochte sich das Mädchen noch genau zu erinnern. Die Kleine beharrte selbst dann noch auf ihrer Aussage, als Gerda Roth sie plötzlich als «verlogenes Biest» betitelte und auf so unflätige Weise beschimpfte, daß der alte Rüdisühli gegen die völlig außer sich geratene Lehrerin beinahe tätlich geworden wäre, wenn sich Betschart ihm nicht — sozusagen in letzter Sekunde — mutig in den Weg gestellt hätte. Der Chef der Mordkommission war schon immer ein vehementer Gegner der Selbstjustiz gewesen, und er hatte zu diesem interessanten Thema vor Jahren einen brisanten Bericht für die «Schweizerische Polizeizeitung» verfaßt, der landesweit heftige Polemiken auslöste.
Während der Rückfahrt von Thorhofen nach Zürich hatte Gerda Roth den Beamten erneut mit Beschwerden gedroht. Dem Staatsanwalt hatte sie sogar in Aussicht gestellt, daß man ihn spätestens nach ihrer Freilassung absetzen würde, was Zbinden mit einem zweideutigen Kopfnicken quittierte, worauf ihm die Roth auch noch ihre «guten Beziehungen zu hohen Politikern» unter die Nase reiben mußte. Erst kurz bevor der Wagen wieder in den Hof der Polizeikaserne einbog, wurde die Lesbierin wieder still. Sie schien sich endlich beruhigt zu haben und protestierte nicht einmal, als der Oberleutnant sie in eine Zelle sperrte und ihr erklärte, daß sie hier die Mittagspause verbringen müsse. Als er ihr dann ein paar Minuten später einen Teller Nudelsuppe und ein Stück Brot brachte, lehnte sie es freilich entschieden ab, in diesem Haus etwas zu essen, worauf Honegger ihr den guten Rat gab, sich diese Haltung noch einmal durch den Kopf gehen zu lassen, sie könnte sonst nämlich mit der Zeit verhungern.
Der Staatsanwalt hatte in Gegenwart von Honegger die kleine Rüdisühli mindestens dreimal auf die Bedeutung ihrer Aussage aufmerksam gemacht und, um ganz sicher zu

gehen, sich von Lisa und ihrem Vater ein vorgefertigtes Zeugenprotokoll unterschreiben lassen, das er nun dem Kommandanten vorlegen wollte. Zbinden machte sich innerlich auf einigen Ärger gefaßt, doch selbst wenn man ihm hier an der Kasernenstraße wieder einmal selbstherrliches Handeln vorhalten würde, konnte ihn dieser Vorwurf nicht davon abhalten, sein entschlossenes Vorgehen als gerechtfertigt anzusehen. Zudem durfte er nach dem geltenden Kollegialprinzip die Rückendeckung des Ersten Staatsanwalts für sich in Anspruch nehmen; in dieser Beziehung konnte man sich auf Spalinger verlassen.
Zbinden traf Krummenacher in seinem Büro an, das wie ein gutbürgerliches Wohnzimmer möbliert war und, im Gegensatz zu den übrigen Büroräumen in der Polizeikaserne, sogar Vorhänge an den Fenstern hatte.
Der Kommandant war gerade damit beschäftigt, sich ein paar Notizen zu machen, die er unauffällig in seinem Schreibtisch verschwinden ließ, als der Staatsanwalt das Zimmer betrat.
«Diese Wildsau von Fossati hat uns was Schönes eingebrockt», polterte der Alte sogleich los und wies Zbinden an, auf dem Besucherstuhl — einem breiten Renaissance-Polstersessel — Platz zu nehmen.
«Wollen Sie Kaffee und ein Wurstbrot?» fragte er dann schroff, und als der Staatsanwalt den Kopf schüttelte, meinte er etwas freundlicher: «Können wir die Presse wie abgesprochen um drei Uhr über den Fall Neidhard informieren?»
Zbinden nickte selbstgefällig. «Aber sicher können wir das», meinte er. «Ich mache keine leeren Versprechungen. Außerdem ist es uns bereits gelungen, die Lehrerin zu überführen.»
Er sah, wie der Kommandant aufhorchte und fuhr deshalb in unbeschwertem Plauderton fort: «Ich räume ein, daß es nicht allein unser Verdienst war, wenn wir so rasch ans Ziel gekommen sind. Verschiedene Umstände haben uns die Arbeit erleichtert, doch das ist jetzt nicht mehr entscheidend, letztlich zählt nur das Ergebnis, und darauf können wir alle stolz sein.»
«So?» meinte der Kommandant, und die Skepsis in seiner Stimme war unüberhörbar. Er runzelte die Stirn. Sein

breiter Schädel mit den zahllosen Furchen und Falten, die an das Relief einer Landkarte erinnerten, erschien dem Staatsanwalt röter und aufgedunsener als sonst. Weil Zbinden wußte, daß es für den Kommandanten kein Prestigedenken gab, auch dann nicht, wenn es seinen eigenen Arbeitgeber, die Kantonspolizei, betraf, vermutete er stark, daß es die menschlichen Hintergründe im Falle Neidhard waren, die dem Alten das Blut hatten in den Kopf schießen lassen.
«Hat die Lehrerin ein Geständnis abgelegt?» wollte er vom Staatsanwalt wissen.
«Noch nicht, jedenfalls nicht direkt», meinte Zbinden etwas verlegen. «Aber ihre Schuld darf aufgrund einer verläßlichen Zeugenaussage als erwiesen betrachtet werden.»
«Um was für einen Zeugen handelt es sich?» erkundigte sich Krummenacher.
«Ein Mädchen aus der Nachbarschaft des Ermordeten, absolut integer.»
«Wie alt?»
«Dreizehn. Die Kleine hat Gerda Roth wenige Minuten vor dem Mord in Begleitung des Opfers gesehen und hat dies uns gegenüber mehrfach und überzeugend bestätigt.»
«So?» Der Kommandant schlug mit der Hand auf die Tischplatte. «Und was ist, wenn die Kleine lügt? Kinder neigen mitunter dazu, sich aufzuspielen, sie wollen sich wichtig machen und pseudologisieren, daß sich die Balken biegen.»
Zbinden quälte sich ein überlegenes Lächeln ab. «Das halte ich für ausgeschlossen. Wir haben die Aussage natürlich schriftlich festgehalten.»
Er streckte dem Kommandanten das von Rüdisühli und seiner Tochter unterzeichnete Protokoll hin, und er wunderte sich, daß Krummenacher das wichtige Papier nicht einmal überflog, sondern unbeachtet in den altmodischen Briefablagekorb auf seinem Schreibtisch legte.
«Ist die Witwe des Ermordeten, diese . . .»
«Sie meinen Ilona Neidhard . . .?» kam ihm der Staatsanwalt zu Hilfe.
«Ja, diese Neidhard, ist die auch in den Fall verwickelt?»
«Höchstwahrscheinlich. Ich bin noch nicht dazugekommen, die Frau einzuvernehmen.»

«Das wird jetzt auch schlecht möglich sein, die Neidhard kriegte einen Nervenzusammenbruch. Wir mußten einen Arzt kommen lassen.»
Zbinden nickte. «Ich bin orientiert», meinte er. «Aber wir haben Grund zur Annahme, daß Ilona Neidhard über die Tötungsabsichten ihrer Freundin genau im Bild war. Die ganze Geschichte riecht nach einem Komplott, bei dem es einzig und allein darum ging, den Architekten Neidhard aus dem Weg zu räumen. Eifersucht, Leidenschaft, möglicherweise auch finanzielle Interessen kommen für mich als Tatmotiv in Frage.»
«Also ein Beziehungsdelikt, wie wir von Anfang an vermutet haben?»
«Wie *ich* vermutet habe», widersprach der Staatsanwalt mit einem selbstgefälligen Lächeln. «Sie hielten mein Vorgehen gestern noch für voreilig.»
Krummenacher erhob sich und ging zum Fenster. Er blickte zur Sihl hinüber. Über dem Fluß kreisten bereits die ersten Möwen. «Es wird Winter», sagte er langsam. Dann drehte er sich um, sah Zbinden ins Gesicht und meinte: «Ich halte Ihr Vorgehen auch jetzt noch für überstürzt. Sie erzählten mir doch selbst, daß Sie noch kein Geständnis haben.»
«Für mich steht die Schuldfrage nicht mehr zur Debatte», antwortete der Staatsanwalt und ließ sich seine Verärgerung anmerken. «Die Beweislage ist für mich eindeutig. Außerdem ist dies nicht der erste Fall, der sich auf Indizien abstützt.»
«Auf die Zeugenaussage einer Dreizehnjährigen?»
«Nicht nur. Es gibt eine geradezu erdrückende Vielzahl von Indizien, die, wenn man sie aneinanderreiht, nicht den geringsten Zweifel an der Schuld dieser Gerda Roth aufkommen lassen. Ich werde die Frau natürlich noch ins Dauerverhör nehmen, aber bereits im jetzigen Stadium würde das Geschworenengericht aufgrund der Beweislage die Anklage zulassen.»
«Daran zweifle ich nicht im geringsten», brummte der Kommandant und setzte sich wieder an seinen Schreibtisch. «Wenn Oberrichter Vetsch den Fall in die Hände kriegt, können Sie die Lehrerin bereits heute für die nächsten fünfzehn Jahre aus dem Verkehr ziehen.»

«Vetsch ist äußerst korrekt. Ich habe mit ihm nur gute Erfahrungen gemacht.»
«Das glaube ich Ihnen sofort. Vetsch ist immer auf der Seite der Anklage.»
Krummenachers Sarkasmus ging dem Staatsanwalt auf die Nerven. Auch der speckige Anzug des Alten und die schiefhängende Samtfliege machten auf ihn einen erbärmlichen Eindruck. Zbinden spürte, daß er sich für den Kommandanten und dessen schäbige Aufmachung fast ein wenig schämte. Mochten in Krummenachers Privatbibliothek, wie die Fama behauptete, noch so viele Klassiker stehen: Kellers Novelle «Kleider machen Leute» schien der Alte nie gelesen zu haben, sonst würde er nicht in diesem ungepflegten Aufzug zur Arbeit erscheinen, wahrscheinlich roch er sogar nach Schweiß. Kein Wunder, daß der Kommandant von niemandem ernst genommen wurde; die Staatsanwälte machten sich über ihn im Kollegenkreis bloß noch lustig, und einzelne unter ihnen bezeichneten ihn mit einem Anflug von Mitleid und Spott als «einfältigen Narren».
«Was wollen Sie denn der Presse erzählen?» erkundigte sich Krummenacher. «Vielleicht, daß die Lehrerin kein Geständnis abgelegt hat?» Doch bevor Zbinden antworten konnte, klingelte das Telefon. Der Kommandant hob den Hörer ab, dann reichte er ihn dem Staatsanwalt hinüber.
«Für Sie, Zbinden. Ihr Freund, der Justizdirektor.»
Über das zerfurchte Gesicht des Alten huschte ein flüchtiges Lächeln.
Noch bevor Zbinden sich richtig gemeldet hatte, wurde er von Bissegger auch schon angepöbelt: «Sie sind schwieriger zu erreichen als der Papst, mein Lieber. Seit Stunden jage ich hinter Ihnen her. Sie hätten hören sollen, wie man mir im Kantonsparlament heute morgen eingeheizt hat. Die eigene Partei machte mir zum Vorwurf, wir hätten voreilig das Ansehen der Neidhards beschmutzt, während die Linken sich darüber aufregten, daß wir angesichts der erdrückenden Beweislage die beiden Lesbierinnen nicht bereits am Samstag festgenommen haben.»
«Und? Wie haben Sie reagiert?»
«Ich habe wie stets in solchen Situationen geantwortet, daß es mir nicht ansteht, in ein hängiges Verfahren einzu-

greifen. Und ich habe natürlich betont, daß die zuständigen Ermittlungsbehörden mein volles Vertrauen besitzen.»
«Vielen Dank für die Blumen.»
«Sagen Sie, mein lieber Zbinden», fuhr der Justizdirektor aufgeregt fort, «wie sieht es denn nun aus? Die Fakten, die vom MORGENEXPRESS breitgeschlagen wurden, existieren die wirklich oder sind das nur journalistische Auswüchse? Ich hoffe nicht, daß Sie eigenmächtig zwei unschuldige Personen festgenommen haben. Das hätten Sie ohne mein Einverständnis getan, das möchte ich ausdrücklich betonen.»
Zbinden räusperte sich, um seiner Stimme einen etwas sicheren Klang zu verleihen, dann meinte er: «Die Freundin der Neidhard hat praktisch ein Geständnis abgelegt.»
«Was heißt hier: praktisch?» fuhr ihn «Biss-Biss» an. «Das sind ja ganz neue Zwischentöne! Hat sie oder hat sie nicht?»
«Noch nicht», sagte der Staatsanwalt kleinlaut. «Aber es kann sich bloß noch um Stunden handeln. Die Beweislast ist, wie Sie ja selber auch sagten, geradezu erdrückend und reicht durchaus für eine Anklage. Wenn ich der Lehrerin erst einmal sämtliche Indizien, die gegen sie sprechen, vorgehalten habe, wird sie umfallen, davon bin ich fest überzeugt. Sie hat doch gar keine andere Wahl, als ein Geständnis abzulegen. Nur damit hat sie vor Gericht noch eine winzige Chance, einigermaßen glimpflich davonzukommen. Übrigens ist die Frau gar nicht so stabil, wie ich zunächst befürchtet hatte. Sie ist im Augenblick völlig verunsichert. Kein Wunder, wenn man eine solche Tat begangen hat.»
«Machen Sie endlich die Leitung frei», brummte der Kommandant und gab dem Staatsanwalt mit einer Handbewegung zu verstehen, daß er endlich den Hörer auflegen solle, was Zbinden als reinste Zumutung empfand. Immerhin unterhielt er sich mit seinem obersten Vorgesetzten, der zugleich auch der Vorgesetzte von Krummenacher war.
«Stimmt es, daß die Neidhard einen Kollaps erlitten hat?» erkundigte sich Bissegger besorgt. «Der Mann von der Telefonzentrale hat so etwas durchblicken lassen.»
Zbinden versuchte diplomatisch zu sein. «Ich werde mich

gleich um Frau Neidhard kümmern», meinte er mit scheinheiliger Anteilnahme. «Allerdings bezweifle ich sehr, daß wir sie heute noch auf freien Fuß setzen können. Selbst wenn die Frau wider Erwarten nicht direkt in den Fall verwickelt ist, muß ich sie doch eingehend verhören und genauestens abklären, ob sie als Mittäterin in Betracht kommt. Es wäre zumindest denkbar, daß sie es war, die ihre Freundin zu der Tat angestiftet hat. Theoretisch wäre das möglich.»
Krummenacher, der den Staatsanwalt während des ganzen Telefongesprächs unentwegt im Auge behielt, tippte mit dem Finger an seine Stirn. «Theoretisch ist es auch möglich, daß Sie den Mord begangen haben», knurrte er leise und fügte hinzu: «Legen Sie endlich den Hörer auf, Sie blockieren meine Leitung.»
Es war nur gut, daß Zbinden den alten Kauz nie so ganz ernstgenommen hatte, sonst wäre er in diesem Moment wohl der Versuchung erlegen, sich über das unbotmäßige Verhalten des Kommandanten ernsthaft aufzuregen. Seinen Magennerven zuliebe tat er es nicht.
Bisseggers Redeschwall war anscheinend nicht aufzuhalten. Er ließ sich von Zbinden die einzelnen Indizien der Reihe nach noch einmal aufzählen, obschon man den Großteil der Beweise bereits an der Kadersitzung vom Samstag ausführlich erörtert hatte. Nachdem der Staatsanwalt mit seiner Schilderung zu Ende war, meinte der Justizdirektor: «Ich hätte eine Bitte an Sie, mein lieber Zbinden.» Bissegger wurde plötzlich auffallend kollegial. «Für den Fall, daß Sie Frau Neidhard heute nicht mehr auf freien Fuß setzen können, wünsche ich, daß sie ins Bezirksgefängnis nach Grünberg überführt wird. Dort geht's einigermaßen human zu. Sie wissen doch selbst: Verwalter Mosimann ist ein gutmütiger Tolpatsch, der naiv genug ist zu glauben, daß man selbst hochkarätige Kriminelle durch Zureden und Verständnis wieder auf den Pfad der Tugend zurückbringen kann. Für die Neidhard ist er genau der richtige Mann.»
«Wieso ausgerechnet dorthin?» rätselte Zbinden. Es kam ihm plötzlich so vor, als wollte der Justizdirektor seine Entscheidungsfreiheit beeinträchtigen. «Wenn ich Frau Neidhard nach Grünberg überführen lasse, werden meine

Ermittlungen in fast unzumutbarem Maße erschwert, ich verliere dadurch unendlich viel Zeit.»
«Begreifen Sie doch, Zbinden», fuhr Bissegger mit der routinierten Beharrlichkeit des geübten Politikers fort. «Wir müssen zum jetzigen Zeitpunkt immer noch davon ausgehen, daß Frau Neidhard mit dem Mord nichts zu tun hat und daß wir sie wohl oder übel wieder freilassen müssen. Immerhin leben wir in einem Rechtsstaat. Deshalb lege ich allergrößten Wert darauf, daß die Frau möglichst korrekt und human behandelt wird. Das ist nur in Grünberg möglich. Sie kennen doch selbst die rauhen Sitten, die im Bezirksgefängnis von Zürich herrschen, von der Polizeikaserne ganz zu schweigen. Wenn die Neidhard nach ihrer Freilassung auspackt und dazu ein bißchen übertreibt, weil sie ihren Haftkoller noch nicht überwunden hat, so bringt mich das unweigerlich in Schwierigkeiten. Ich sagte Ihnen doch schon, die Neidhards haben politischen Einfluß, nicht zuletzt auch in meiner eigenen Partei. Der Ermordete war ein Duzfreund von Parteipräsident Pellaton, und der stiftet mit seinen liberalen Ansichten ohnehin schon genug Verwirrung. Wir kennen doch alle die miesen Methoden gewisser Winkeljournalisten, die bei jeder Gelegenheit auf unserem Strafvollzug herumhacken und angebliche Mißstände großkotzig aufspielen, als ob es in unserem Land keine anderen Probleme gäbe. Wenn die Neidhard wirklich unschuldig sein sollte, so wird sie — das leuchtet Ihnen sicher ein, Zbinden — nach ihrer Freilassung Himmel und Hölle in Bewegung setzen, um uns eins auszuwischen. Nun ist mir jedoch so kurz vor den Regierungsratswahlen nicht unbedingt an einem Skandal gelegen. Muß ich noch deutlicher werden?»
«Ich verstehe.» Zbinden nickte ergeben mit dem Kopf, als ob ihm der Justizdirektor gegenübersäße. Dann fügte er noch hinzu: «Ich werde selbstverständlich veranlassen, daß Frau Neidhard heute noch nach Grünberg verlegt wird.»
«Wünscht unser verehrter Herr Bissegger mal wieder 'ne Extrawurst?» mokierte sich der Kommandant, nachdem Zbinden den Hörer aufgelegt hatte. «Soll er die Neidhard doch gleich im Grand Hotel Dolder einquartieren, wenn er schon unbedingt mit dem Knast renommieren will. Merken

Sie jetzt endlich, Zbinden, wie schizophren unser Boß ist: Auf der einen Seite erteilt er uns ständig Weisungen, wie streng unsere Untersuchungshäftlinge gehalten werden müssen, auf der anderen Seite kackt er gleich in die Hosen, wenn ein politisch einflußreicher Gefangener hier übernachten muß. Ich wußte doch von Anfang an, daß Bissegger sich für den Neubau von Grünberg nur stark gemacht hat, um sein angeschlagenes Image in Sachen Strafvollzug aufzupolieren.»
Der Staatsanwalt hatte keine Lust, mit Krummenacher über den Justizdirektor zu sprechen. Schließlich wußte er, daß die beiden Männer verfeindet waren, und außerdem hatte er mit seinem Vorgesetzten häufiger zu tun als mit dem senilen Kommandanten der Kantonspolizei.
Zbinden beschloß, das Thema zu wechseln und wollte den Alten gerade über die weiteren Einzelheiten seines Vorgehens informieren, als erneut das Telefon klingelte.
«Natürlich für Sie», meinte Krummenacher und reichte ihm den Hörer wieder hinüber, die Muschel war noch warm.
«Hier ist Rechtsanwalt Speck», meldete sich eine Männerstimme. «Ich möchte mit Staatsanwalt Zbinden sprechen.»
Zbinden hatte den Namen noch nie gehört. Er nahm an, es handle sich beim Anrufer um eines jener linken Würstchen vom Anwaltskollektiv, die unentgeltliche Mandate übernahmen und vor allem dafür bekannt waren, den verantwortlichen Justizbehörden bei jeder Gelegenheit in den Rücken zu fallen. Der Staatsanwalt auferlegte sich deshalb äußerste Zurückhaltung.
«Worum handelt es sich?» fragte er kühl. «Ich habe nicht viel Zeit.»
Die Stimme am anderen Ende der Leitung wurde eine Spur forscher. «Herr Kollege, ich bin der Anwalt von Frau Gerda Roth. Ich las heute früh den Bericht im MORGENEXPRESS und versuchte sogleich, meine Mandantin zu erreichen. Auf Umwegen erfuhr ich, daß Sie Frau Roth bereits festgenommen haben. Ich möchte nun einen Besuchstermin vereinbaren.»
«So?» Der Staatsanwalt konnte es nicht unterlassen, kurz und beinahe höhnisch zu lachen. «Wen wollen Sie denn besuchen? Mich?»

«Meine Mandantin natürlich. Ich kann Frau Roth doch in ihrer jetzigen Situation nicht im Stich lassen.»
«Sind Sie denn im Besitz einer Vollmacht?» erkundigte sich der Staatsanwalt förmlich.
«Noch nicht. Aber gerade deswegen möchte ich mich mit Frau Roth unterhalten. Ihre Interessen müssen in irgendeiner Weise wahrgenommen werden.»
«Alles zu seiner Zeit, Herr Kollege», meinte Zbinden kühl. «Ich sehe leider im Augenblick keine Möglichkeit, Ihnen eine Besuchserlaubnis zu erteilen. Die Ermittlungen laufen auf Volltouren, und es besteht noch in hohem Maße Verdunkelungsgefahr.»
«Was wird meiner Mandantin eigentlich vorgeworfen. Ganz konkret, meine ich?» wollte der Rechtsanwalt wissen. Zbinden ging auf die Frage gar nicht erst ein. Er sagte: «Falls sich der Verdacht gegen Frau Roth nicht weiter erhärtet, besteht vielleicht die Chance, daß wir sie bald schon freilassen.»
«Ach?» meinte der Anwalt überrascht. «Sie besitzen demnach noch gar keine konkreten Anhaltspunkte für eine Schuld meiner Mandantin?»
«Doch, die besitzen wir zur Genüge. Sonst hätten wir Frau Roth und ihre Freundin nicht festgenommen. Wir kennen die Strafprozeßordnung, Herr Kollege.»
Wenn Zbinden sich angegriffen fühlte, schlug er meist unverhältnismäßig heftig zurück.
«Beruhen Ihre Vorwürfe gegen meine Mandantin auf dem Bericht im MORGENEXPRESS?» erkundigte sich der Anwalt sachlich. Er ließ sich offenbar nicht aus der Ruhe bringen.
«Tut mir leid, ich darf Ihnen beim jetzigen Stand der Ermittlungen keine Auskünfte erteilen.»
«Ach so?» stellte der Anwalt resigniert fest. Seine Stimme klang plötzlich ratlos, jedenfalls kam es dem Staatsanwalt so vor. «Es geht nämlich auch um die Testamentsvollstreckung», fuhr der Anrufer unvermittelt fort. «Auch in diesem Zusammenhang muß ein Termin vereinbart werden.»
«Um welche Testamentsvollstreckung?» fragte Zbinden verwundert.
«Herr Neidhard wurde getötet, Ihre Mandantin lebt noch.»

«Herr Kollege, ich finde Ihre Bemerkung geschmacklos», wurde der Staatsanwalt belehrt. «Ich bin nämlich nicht nur der Anwalt von Gerda Roth, sondern gleichzeitig auch der Testamentsvollstrecker von Richard Neidhard.»
«Oh? Das ist aber interessant», entfuhr es dem Ankläger. «Hier laufen die Fäden also wieder zusammen.»
Zbinden wurde plötzlich etwas freundlicher und meinte beinahe schon kollegial: «Wenn ich Sie richtig verstanden habe, wurde Neidhards Testament von Ihnen aufgesetzt und liegt bei Ihnen in Verwahrung.»
«So ist es», sagte der Anwalt und schwieg.
«Herr Neidhard war meines Wissens ziemlich wohlhabend», fuhr Zbinden fort. Er war mit einem Mal hellhörig geworden. «Mich würde natürlich interessieren, wer in seinem Testament begünstigt wurde.»
Er wartete gespannt auf eine Antwort, doch der Anwalt meinte nur: «Darüber kann ich Ihnen im Augenblick keinerlei Auskünfte erteilen.»
«Vielleicht würden mich Ihre Ausführungen bei meinen Ermittlungen in ganz andere Bahnen lenken», doppelte der Staatsanwalt nach, um Speck doch noch zum Reden zu bringen.
Als der Anwalt jedoch weiterhin schwieg, wurde Zbinden massiv: «Nötigenfalls werde ich mir im Rahmen der Strafuntersuchung Einsicht in das Testament verschaffen.»
«Könnt Ihr Staatsanwälte wirklich nur drohen?» hörte er den Rechtsanwalt sagen. Dann lenkte Speck ein. «Von mir aus, das Testament ist ja kein Geheimnis, alle Begünstigten wissen über den Inhalt Bescheid. Es wird bei der Testamentseröffnung keine Überraschungen geben. Wenn es Ihnen also hilft ...»
«Es hilft mir sogar sehr», meinte Zbinden rasch und gab dem Kommandanten durch ein Handzeichen zu verstehen, daß er die Zweitmuschel zum Mithören einschalten solle. Doch der Alte lehnte sich demonstrativ in seinen Ohrensessel zurück und schloß ebenso demonstrativ die Augen, als ob er ausgerechnet jetzt ein Nickerchen machen wollte.
«Die Sache ist ganz einfach», hörte Zbinden den Anwalt sagen. «Die Gattin des Ermordeten sowie der gemeinsame Adoptivsohn wurden beide auf ihren Pflichtteil gesetzt, das restliche Erbe fällt Gerda Roth zu.»

«Wie interessant», meinte der Staatsanwalt, doch er wurde von Speck in seinen Vermutungen sogleich wieder gebremst.
«Damit Sie gar nicht erst auf den Gedanken kommen, meine Mandantin könnte aus materiellen Erwägungen in den Mordfall verwickelt sein, möchte ich Ihnen gleich sagen, daß Frau Roth von Haus aus vermögend ist. Sie ist auf das Erbe von Herrn Neidhard in keiner Weise angewiesen.»
«Na, sehen Sie», sagte Zbinden, und seine Enttäuschung war nicht zu überhören. «Der Teufel scheißt eben immer auf denselben Haufen. Oder etwas vornehmer ausgedrückt: Wo Tauben sind, da fliegen Tauben hin.»
«Herr Kollege», nahm Speck einen neuen Anlauf, «nachdem ich Ihnen entgegengekommen bin, wäre ich Ihnen meinerseits dankbar, wenn ich mich ein paar Minuten mit meiner Mandantin unterhalten könnte.»
«Selbstverständlich können Sie das», meinte der Staatsanwalt zuvorkommend.
«Wann kann ich vorbeikommen?» wollte der Anwalt wissen.
«Sobald die Ermittlungen abgeschlossen sind.»
«Wann wird dies der Fall sein?»
«In ein paar Tagen, vielleicht auch erst in ein paar Wochen. Das liegt allein daran, wie geständnisfreudig Ihre Mandantin ist.»
«Sie gehen also wirklich davon aus, daß sie schuldig ist?»
«Ja, davon gehe ich aus. Mit gutem Grund natürlich.»
«Kann ich mit Frau Roth brieflich Kontakt aufnehmen?»
«Selbstverständlich», sagte der Staatsanwalt mit fast aufdringlicher Zuvorkommenheit. «Nur muß ich Sie bitten, in Ihrem Schreiben keine Anspielungen auf das hängige Strafverfahren zu machen, sonst müßte ich den Brief leider zurückbehalten.»
Zbinden legte den Hörer auf; einmal mehr fühlte er sich als Sieger.
«Was wollte eigentlich dieser Kerl?» erkundigte sich der Kommandant.
«Ein gewisser Speck. Gibt sich als Verteidiger von Gerda Roth aus. Wollte die Lehrerin unbedingt besuchen. Wahrscheinlich ein Bubi, der frisch von der Uni kommt und das

geltende Recht entweder noch nicht genügend kennt oder aber maßlos unterschätzt.»
Der Kommandant zog seine buschigen Augenbrauen hoch. «Recht? Was ist schon unser Recht?» begann er zu sinnieren. «Recht ist doch immer nur, was gerade gilt. Das hat schon Brecht gesagt, und ich kann nur hoffen, daß dies auch in Zukunft immer aufs neue erkannt wird von diesen Bubis, die frisch von der Uni kommen, wie Sie sich so überheblich ausdrückten, mein guter Zbinden. Auch Sie waren mal ein solcher Bubi, und ich erinnere mich noch gut, wie verunsichert Sie zwischen den Gesetzbüchern und der herrschenden Praxis hin und her tappten. Damals wäre es keinem von uns eingefallen, Sie auszulachen, im Gegenteil: Wir bemühten uns, Ihnen zu helfen, sich in dem Dickicht von Recht und vermeintlichem Recht zurechtzufinden.»
«Entschuldigen Sie, Kommandant, aber Sie haben mich offenbar mißverstanden.»
«Das sollte auch kein Vorwurf sein, Zbinden, das ist bloß eine Erkenntnis, die Sie sich merken müssen. Auch die Richter, die im Dritten Reich ihre Todesurteile fällten, beriefen sich auf das geltende Recht. Man darf den Begriff ‹Recht› nicht überbewerten. Was heute Recht ist, kann morgen Unrecht sein, und was heute noch als Unrecht verschrien ist, kann bereits morgen als Recht eingestuft werden.»
Obschon Zbinden nie an seinem gesunden Rechtsempfinden gezweifelt hatte, machten ihn die Ausführungen des Kommandanten verlegen. Der Alte besaß eine starke Überzeugungskraft und war ein guter Rhetoriker. Nicht umsonst hatte man ihm in früheren Jahren eine erfolgreiche Karriere als Politiker vorausgesagt, zu der es nur deshalb nicht gekommen war, weil Krummenacher sich zeit seines Lebens standhaft geweigert hatte, in eine Partei einzutreten.
Nachdem der Staatsanwalt dem Kommandanten versprochen hatte, ihn über alle weiteren Untersuchungsergebnisse im Fall Neidhard zu informieren, begab er sich in den Zellentrakt.
Neben der Gittertür, die das übrige Polizeigebäude vom Untersuchungsgefängnis trennte, entdeckte er Honegger und Schlumpf, die auf einer Holzbank saßen und sich mit

gedämpfter Stimme unterhielten. Als der Oberleutnant den Staatsanwalt sah, stand er sogleich auf und ging seinem Vorgesetzten ein paar Schritte entgegen.
«Der Arzt ist noch immer bei der Neidhard. Ein junger Kerl, nicht besonders vertrauenerweckend. Habe den Mann noch nie hier gesehen. Man ließ ihn nur kommen, weil der Amtsarzt gerade nicht erreichbar war.»
Honegger zeigte auf eine Zelle und meinte: «Du kannst hineingehen, Christian. Die Tür ist bloß angelehnt.»
Zbinden öffnete die Zellentür einen Spalt weit.
Er sah, wie ein junger Mann in beigem Rollkragenpullover Ilonas Arm festhielt und der Frau eine Injektion gab. Ilona lag mit geschlossenen Augen auf der Pritsche; Beine und Unterkörper waren in eine Wolldecke gehüllt.
Der Staatsanwalt stellte sich dem Arzt vor. Dieser schien jedoch ausgesprochen schlechte Manieren zu haben, denn er nickte dem Ankläger nur zu, sagte kein Wort und gab nicht einmal eine Erklärung über Ilonas Zustand ab. Er warf die Plastikspritze in die Pappschachtel, die unter dem Zellentisch stand und den Häftlingen als Papierkorb diente, dann begann er, noch immer wortlos, seine Sachen zusammenzupacken und in einer schwarzen Ledertasche zu verstauen.
Erst nachdem er bereits unter der Zellentür stand, meinte er: «Die Frau ist nicht hafterstehungsfähig. Sie hatte einen Kreislaufkollaps, Komplikationen sind nicht auszuschließen.»
«Was wollen Sie damit sagen?» erkundigte sich der Staatsanwalt irritiert. Er war sich an andere Umgangsformen gewöhnt.
«Ich habe Ihnen nur meine Diagnose bekanntgegeben, alles weitere darf mich nicht interessieren. Ich weiß, daß für euch nur die Meinung des Amtsarztes gilt. Aber der stellt ja gottlob auch gleich die Totenscheine aus.»
Zbinden verschlug es zunächst die Sprache. Er sah, wie der Arzt noch einmal in die Zelle zurückging und seine Wildlederjacke anzog; die er über die Stuhllehne gelegt hatte. Als er die Zelle verlassen wollte, stellte sich ihm der Staatsanwalt in den Weg. «Schenken Sie sich Ihre saublöden Anspielungen», sagte er mit schneidender Stimme. «Wir lassen uns hier von Ihnen keine Vorschriften machen.»

«Alles klar», gab ihm der Arzt zur Antwort und sah Zbinden dabei herausfordernd an. «Ich habe der Patientin Valium injiziert. Geben Sie diesen Zettel dem Amtsarzt, damit er Bescheid weiß. Und noch einmal, auch wenn sie's nicht gerne hören: Die Frau hier ist nicht hafterstehungsfähig, sie gehört ins Krankenhaus.»
«Das müssen Sie schon uns überlassen», sagte Zbinden frostig. «Ihre Patientin, mit der Sie soviel Mitleid haben, war immerhin Komplizin bei einem kaltblütigen Mord.»
«Was die Frau getan hat, interessiert mich nicht», meinte der Arzt und fuhr sich mit der Hand durch sein kurzgeschnittenes, krauses Haar, das wie gebleicht aussah und ihm vorn in die Stirn fiel. «Mich interessiert nur ihr Zustand, aus medizinischer Sicht. Vorerst wird sie ein paar Stunden tief schlafen.»
«Sie sind nicht bei Sinnen», entfuhr es dem Staatsanwalt. «Ich muß die Frau heute noch ins Verhör nehmen.»
Der Arzt blickte ihn spöttisch an. «Das wird schlecht möglich sein», meinte er dann. «Die Patientin braucht Ruhe. Sie werden frühestens morgen abend mit ihr sprechen können.»
«Wie heißen Sie?» fuhr Zbinden den Mann an. Er war nicht mehr gewillt, sich dieses unverschämte Verhalten länger gefallen zu lassen.
«Haas. Markus Haas. Meine Praxis ist nur zweihundert Meter von hier entfernt. Ich habe mich nicht aufgedrängt, man hat mich gerufen.»
«Sie werden dieses Haus hier nie wieder betreten, dafür werde ich besorgt sein», sagte Zbinden leise und trat einen Schritt beiseite, damit der Arzt an ihm vorbeigehen konnte.
«Dafür bin ich Ihnen dankbar», gab ihm der Doktor zur Antwort. Er warf dem Staatsanwalt einen kurzen, verächtlichen Blick zu, dann nahm er seine Tasche und ging hinaus.
Zbinden rief nach einem Gefängniswärter. Er befahl dem Mann, die Zellentür wieder zu verriegeln und alle zwei Stunden nach der inhaftierten Frau zu sehen.
«Vermutlich simuliert sie, wir kennen das», meinte er mürrisch.
«Wenn sie aufwacht, verständigen Sie sofort den Amtsarzt.

Er soll mir Bescheid geben, sobald die Frau einvernahmefähig ist. Wenn möglich noch heute abend.»
Dann ließ er Gerda Roth aus ihrer Zelle holen und ins Verhörzimmer bringen.
«Ich hoffe, Sie konnten sich ein wenig ausruhen», meinte er mit gespielter Freundlichkeit und streckte ihr seine Zigarettenpackung hin. Gerda sah ungewöhnlich blaß aus. Sie hatte dunkle Schatten unter den Augen, die tief in ihren Höhlen lagen und ihr strahlendes Blau über Mittag verloren hatten.
«Nehmen Sie bitte Platz», sagte Zbinden und gab der Frau Feuer.
Er setzte sich an seinen Schreibtisch, und bevor er zu sprechen begann, schnellten seine Mundwinkel auseinander.
«Meine liebe Frau Roth», begann er mit sanfter Stimme. «Ich habe viel Geduld mit Ihnen, sehr viel Geduld. Sie sollten meine Gutmütigkeit nicht strapazieren, denn eines sage ich Ihnen: Um die Wahrheit werden Sie nicht herumkommen. Sie können mich belügen, soviel Sie wollen: Für mich sind Sie im Augenblick nur noch ein Wurm unter meiner Schuhsohle. Je mehr Sie sich winden und drehen, um so eher werden Sie von meinem Schuh zermalmt. Sie wissen doch: Wer sich nicht helfen lassen will, muß fühlen. So, und nun fangen wir endlich an! Spannen Sie das Protokoll ein, Schlumpf!»

19

Entgegen seiner Zusicherung kehrte Betschart erst kurz vor halb drei wieder in die Polizeikaserne zurück.
Er hatte wie geplant im «Johanniter» seinen glasierten Kalbskopf gegessen, dazu einen halben Liter Merlot getrunken und sein Leibblatt, die «Neue Zürcher Zeitung», gelesen, die dem Mordfall Neidhard ganze sechs Zeilen widmete, was Betschart nicht weiter verwunderte. Dafür stellte das Blatt für die Dienstagausgabe eine «ausführliche Würdigung des bekannten Architekten und FDP-Politikers» in Aussicht.

Nach dem Mittagessen hatte der Chef der Mordkommission seine Freundin Madelaine Gygax in St. Gallen angerufen, mit der er seit einigen Jahren zusammenlebte. Nach der Scheidung von ihrem Mann hatte Betschart seiner Freundin vor fünf Jahren mit seinen Ersparnissen ein kleines Blumengeschäft eingerichtet, weil Madelaine in ihren ursprünglich erlernten Beruf als Floristin zurückkehren wollte. Vor zweieinhalb Jahren war Chantal auf die Welt gekommen, die Betscharts ganzer Stolz war und durch die er zum ersten Mal in seinem Leben Vaterfreuden erleben durfte.

Er pendelte fast täglich zwischen seinem Arbeitsort, wo er offiziell ein Appartement an der Weinbergstraße bewohnte, und der Ostschweiz hin und her; die Nächte verbrachte er eigentlich immer bei seiner Geliebten in St. Gallen. In der Polizeikaserne ahnte niemand etwas; Betschart gab sich, was sein Privatleben anging, äußerst zurückhaltend. Er wußte eigentlich selbst nicht recht, weshalb er niemandem von seiner Beziehung zu Madelaine Gygax erzählte, nicht einmal seinen besten Kollegen. Wahrscheinlich fürchtete er sich vor Gerüchten, die bekanntlich an der Kasernenstraße besonders schnell in Umlauf kamen, vielleicht scheute er auch die Vorurteile seiner Mitarbeiter, von denen ja die meisten verheiratet waren und ein Verhältnis zwischen Mann und Frau nur guthießen, wenn es vom Staat — und nach Möglichkeit auch von der Kirche — sanktioniert wurde.

Betschart kannte die Intrigenküche in der Polizeikaserne nur allzugut. Als Chef der Mordkommission war er beruflich in besonderem Masse exponiert, deshalb versuchte er alles, was mit seinem Privatleben zu tun hatte, geheimzuhalten. Dafür nahm er sogar in Kauf, daß ihn im Kollegenkreis vereinzelte Neider als «verschrobenen Junggesellen» bezeichneten oder ihn sogar für einen «verklemmten Schwulen» hielten; seinem Selbstbewußtsein tat das Gerede hinter seinem Rücken keinen Abbruch. Solange seine Beziehung zu Madelaine klappte, brauchte es ihn wenig zu kümmern, was andere an seiner Lebensweise auszusetzen hatten.

In der Nacht vom Samstag auf den Sonntag war es zwischen Betschart und seiner Freundin erstmals zu einem

handfesten Streit gekommen. Madelaine hatte plötzlich den Wunsch geäußert, ihrem Freund das vorgestreckte Geld für den Kauf des Blumengeschäfts zurückzuzahlen, obschon eine derartige Vereinbarung zwischen den beiden Partnern nie getroffen worden war.
Als Kriminalist war Betschart beinahe verpflichtet, hinter dieser Absicht etwas zu wittern, und tatsächlich hatte ihm Madelaine im Verlauf des immer heftiger werdenden Disputs schließlich unter Tränen gestanden, daß sie schon seit mehreren Wochen ein Verhältnis mit einem Textilfabrikanten aus Kreuzlingen habe.
Für Betschart war diese unerwartete Offenbarung ein schwerer Schlag gewesen. Am liebsten wäre er sofort nach Zürich zurückgefahren, aber weil er schon fast zwei Flaschen Wein getrunken hatte, wollte er nicht seinen Führerschein aufs Spiel setzen, und so wurde bis zum Morgengrauen weitergestritten. Auch als er am späten Sonntagabend nach St. Gallen zurückkehrte, hatte sich Madelaine noch nicht beruhigt: Sie fing erneut an, ihm Vorwürfe zu machen, nannte ihn einen «eifersüchtigen Gigolo» und drohte ihm schließlich sogar, sie würde ihm im Falle einer Trennung seine Tochter mit allen Mitteln vorenthalten.
So war der Chef der Mordkommission mit einem unguten Gefühl zur Arbeit nach Zürich gefahren. Er hing an Madelaine, die gemeinsamen Jahre mit ihr verbanden ihn mit seiner Freundin stärker als er zunächst angenommen hatte, auch wenn es ihm schwerfiel, seine Gefühle zur Schau zu stellen. Als Polizeibeamter entwickelte man mit der Zeit auch um die Herzgegend Elefantenhaut.
Während des ganzen Vormittags hatte er versucht, seine eigenen Konflikte zu vergessen, und nachdem ihm dies nicht gelungen war, hatte er nach dem Mittagessen fast eine Stunde lang mit seiner Freundin telefoniert. Aber Madelaine zeigte sich immer noch unnachgiebig. Sie hatte sogar den Vorschlag gemacht, man solle sich vorübergehend trennen, um zu allem etwas Abstand zu gewinnen. Für sie war so etwas natürlich leicht gesagt, sie hatte gewissermaßen einen Partner in «Reserve», für Betschart dagegen würde eine Trennung bedeuten, daß er allein in seinem Appartement vor dem Fernseher hocken und Trübsal blasen mußte. Dieser Gedanke war ihm fast unerträg-

lich. Plötzlich bekam er Angst vor dem kommenden Abend, denn er hatte Madelaine versprochen, diese Woche nicht zu ihr nach St. Gallen zu fahren.
Obgleich Betschart wußte, daß Zbinden ihn wahrscheinlich längst in der Kaserne zurückerwartete, machte er nach dem Gespräch mit seiner Freundin noch einen Abstecher in «Bobby's Spielsalon» an der Langstraße. Zusammen mit zwei halbwüchsigen Burschen stand er zwanzig Minuten lang vor einem Flipperkasten und reagierte dabei seine Aggressionen ab. Als er sich kurz vor halb drei auf den Weg zur Arbeit machte, ging es ihm schon bedeutend besser. Er faßte den Vorsatz, sich auf keinen Fall unterkriegen zu lassen; notfalls würde er um seine Freundin kämpfen. Er war nicht bereit, sich Madelaine vom erstbesten Kapitalistenschwein ausspannen zu lassen, das stand für ihn fest.
Wenn diese Mordsache Neidhard nicht wäre, würde er gleich ein paar Tage unbezahlten Urlaub nehmen und mit Madelaine und Chantal für eine Woche in den Süden fahren, vielleicht auf die Kanarischen Inseln. Ein paar gemeinsame Ferientage in Teneriffa würden vielleicht alle Probleme lösen, aber er konnte ja unmöglich wegfahren, weil dieser Scheißmord zuerst aufgeklärt werden mußte. Auf jeden Fall würde er Zbinden bitten, die Sache ein wenig zu beschleunigen und beim Verhör Dampf aufzusetzen, damit die beiden Lesbierinnen nicht mehr länger Katz und Maus mit ihm spielen konnten.
In der Polizeikaserne erfuhr Betschart, daß Zbinden und Honegger noch immer mit dem Verhör der Lehrerin beschäftigt waren, deshalb ließ er sich beim Kommandanten melden. Vorsorglicherweise wollte er sich erkundigen, ob er nächste Woche freinehmen könne; ein intaktes Privatleben an der Seite von Madelaine war ihm lieber als der Ruf, ein pflichtbewußter Beamter zu sein.
Zu seinem großen Erstaunen wurde er von Krummenacher mit den Worten empfangen: «Auf Sie habe ich gerade gewartet, Betschart.» Der Alte kam ihm sogar fast bis zur Tür entgegen, er drückte ihm kräftig die Hand und bat ihn, Platz zu nehmen. Dann setzte er sich wieder in seinen Ohrensessel hinter dem Schreibtisch und meinte: «Wie beurteilen Sie eigentlich den Fall Neidhard? Ihre Meinung

als Fachmann und langjähriges Mitglied der Mordkommission interessiert mich.»
Betschart fühlte sich geehrt. Er hatte beinahe den Eindruck, als ob der Kommandant zu ihm mehr Vertrauen hätte als zu Zbinden, der an der Kasernenstraße im Ruf stand, ein rücksichtsloser Draufgänger zu sein. Dennoch konnte er dem Staatsanwalt natürlich nicht in den Rücken fallen. Er meinte deshalb bescheiden: «Wir stehen erst am Anfang unserer Ermittlungen.»
Als er jedoch bemerkte, wie erstaunt ihn der Kommandant daraufhin ansah, fügte er selbstsicher hinzu: «Die Täter sind allerdings so gut wie überführt.»
«Sie teilen also die Auffassung von Zbinden, daß die beiden Frauen den Mord planmäßig ausgeführt haben?»
Betschart setzte ein verbindliches Lächeln auf.
«Wenn Sie mich so direkt fragen, Kommandant, will ich Ihnen auch direkt antworten: Für mich besteht nicht der geringste Zweifel, daß die Lehrerin den Architekten Neidhard umgebracht hat. Und zwar keineswegs im Affekt, sondern planmäßig.»
Krummenacher zog ein Taschentuch hervor und begann sich umständlich zu schneuzen, dann beugte er sich über den Schreibtisch und meinte: «Vorsätzlicher Mord also, wenn ich Sie richtig verstanden habe?»
Betschart nickte. «Neidhard war den beiden Lesben im Weg», sagte er dann entschlossen. «Die Kriminalstatistik beweist klipp und klar, daß abartige Weiber zu den brutalsten Verbrechen fähig sind. Es braucht nur ein wenig Eifersucht, eine winzige Enttäuschung — und schon laufen sie Amok.»
«Interessant», meinte der Kommandant nachdenklich. «Dann sind also auch Sie von der Schuld dieser Gerda Roth felsenfest überzeugt?»
«Das bin ich, auch wenn das Geständnis der beiden Frauen unter Umständen noch eine Weile auf sich warten läßt. Die Lehrerin zum Beispiel lügt das Blaue vom Himmel herunter, die Frau kennt keine Skrupel, sie will uns für blöd verkaufen. Außerdem wird sie sehr schnell ausfällig. Was denken Sie, welche Unverschämtheiten ich mir von dieser perversen Schlitzgeige an den Kopf werfen lassen mußte.»
«Hoppla, Betschart», ermahnte ihn Krummenacher mit

väterlicher Stimme. «Nun schießen Sie aber übers Ziel hinaus. Auch Straftäter sind nur Menschen. Ich weiß nicht, wie Sie reagieren würden, wenn man Sie frühmorgens aus dem Bett holen und in einen Polizeiwagen verfrachten würde.»
«Aber das ist doch etwas ganz anderes, Kommandant. Ich habe schließlich keinen Mord begangen.»
«Lassen wir das!» Der Alte nahm aus seinem Briefablagekorb das Zeugenprotokoll mit der Aussage von Lisa Rüdisühli und ihrem Vater. Er schwenkte den Zettel nachdenklich hin und her, dann meinte er: «Dieser Wisch hier ist mir nicht ganz geheuer, Betschart. Wenn dieses Schulmädchen die Wahrheit sagt, ist alles in Ordnung. Dann werden wir die Roth eben soweit bringen müssen, daß sie ein Geständnis ablegt. Aber was ist, wenn das Mädchen lügt?»
Betschart schüttelte entschieden den Kopf.
«Dafür kann ich mich verbürgen, Kommandant. Die kleine Rüdisühli ist sauber, ich war bei der Befragung dabei. Außerdem hätte das Mädchen ja auch gar keinen Grund, die Lesbierin anzuschwärzen.»
Der Kommandant schloß einen Moment lang die Augen und dachte nach, dann sagte er ruhig: «Vielleicht will sie sich wichtig machen. Bei Kindern ist alles möglich, gerade wenn sie in der Pubertät sind. Wir sollten uns hüten, allzusehr auf die Aussage des Mädchens abzustellen.»
«Das tun wir auch nicht. Es gibt eine ganze Reihe anderer Indizien, die mindestens ebenso schwerwiegend sind. Immerhin ist diese Lisa Rüdisühli eine wichtige Zeugin. Sie hat Neidhard kurze Zeit vor seiner Ermordung in Begleitung von Gerda Roth gesehen.»
«Verstehen Sie mich richtig, Betschart. Ich habe an eurer Arbeit nichts auszusetzen. Mag sein, daß die Lehrerin Neidhard umgebracht hat, dann ist alles in Ordnung, dann wird sie im Gerichtssaal schmoren, vor allem, wenn Oberrichter Vetsch sie in seine Klauen bekommt.»
Der Kommandant beugte sich etwas vor und fuhr mit sarkastischem Lächeln fort: «Vor Vetsch hätte sogar *ich* Angst. Wer dem in die Hände fällt, ist für alle Zeiten geliefert. Dabei ist Vetsch privat ein ganz netter Kerl, wir haben früher oft Billard zusammen gespielt, im Hotel Savoy. Aber lassen wir das! Im Gerichtssaal ist er nun eben mal ein Sa-

tan, daran können wir beide nichts ändern, nur finde ich, wir sollten ihm nicht unbedingt ein unschuldiges Opfer ans Messer liefern. Oder was meinen Sie?»
«Wir können nichts anderes tun, als ein Indiz sorgfältig an das andere zu reihen, bis die Beweiskette sich lückenlos schließt. Das war schon immer unser Vorgehen.»
«Richtig!» Krummenacher schlug mit der flachen Hand auf die Tischplatte. Dann dämpfte er seine Stimme und sagte in gutmütigem Plauderton: «Tun Sie mir den Gefallen, Betschart, und klären Sie die Glaubwürdigkeit dieses Mädchens etwas genauer ab.»
«Wie?» fragte Betschart erstaunt. «Ich sagte Ihnen doch schon, die Kleine ist völlig astrein. Wir haben sie ein paarmal darauf aufmerksam gemacht, daß sie uns nicht anschwindeln darf. Was sollen wir denn noch tun?»
«Sprechen Sie mit der Lehrerin des Mädchens. Sie kennt diese Lisa Rüdisühli besser als wir. Vielleicht kann sie uns weiterhelfen.»
Betschart zuckte unschlüssig die Achseln. «Ich sehe zwar nicht ganz ein, was dabei herausschauen soll, aber wenn es Sie beruhigt, Kommandant, werde ich die Lehrerin der Kleinen befragen lassen.»
«Es würde mich *sehr* beruhigen», sagte Krummenacher freundlich und stand auf. Er ging auf Betschart zu und klopfte ihm auf die Schulter. Dann meinte er: «Wenn es darum geht, die Wahrheit herauszufinden, darf einem kein Zeitaufwand zu groß und kein Weg zu weit sein. Das hat der gute Zbinden offensichtlich immer noch nicht begriffen.»
Er begleitete Betschart zur Tür und drückte ihm zum Abschied noch einmal kräftig die Hand.
Als der Chef der Mordkommission bereits unterwegs zum Verhörzimmer war, fiel ihm plötzlich ein, daß er nicht einmal dazugekommen war, den Kommandanten um Urlaub zu bitten. Er nahm sich vor, ein schriftliches Gesuch einzureichen, sobald der Fall Neidhard abgeschlossen sein würde. Bei der jetzigen Beweislage konnte dies ohnehin nicht mehr lange dauern.
Betschart betrat leise das Verhörzimmer. Die Luft war voller Zigarettenqualm. Sogar der Staatsanwalt rauchte. Er ging vor dem Schreibtisch auf und ab, während Honegger

sich gelangweilt an die Wand lehnte und zuhörte. Schlumpf schrieb eifrig das Protokoll.
Merkwürdigerweise saß die Lehrerin noch immer aufrecht auf ihrem Stuhl. Betschart vermochte sich nicht zu erinnern, jemals einen Angeschuldigten erlebt zu haben, der nach dem ersten Verhör durch die Mordkommission noch so beherrscht dagesessen hatte. Dies bewies einmal mehr, wie abgebrüht diese Roth war, sonst hätte sie weder die Nerven noch die Dreistigkeit, auf sämtliche Vorhaltungen des Staatsanwalts, die ja schließlich nicht aus der Luft gegriffen waren, entweder mit einer plumpen Ausrede oder mit einer krassen Lüge zu antworten. Zbinden schien nervös. Die Finger, die seine Zigarette hielten, zitterten. Betschart hatte den Staatsanwalt noch nie so hastig inhalieren gesehen.
«Frau Roth, ich habe vor einer Stunde den Laborbericht der Spurensicherung erhalten. Wie erklären Sie sich, daß man auf den Scherben der Tonvase, mit der Architekt Neidhard erschlagen wurde, Ihre Fingerabdrücke fand?» Zbinden lehnte sich an seinen Schreibtisch und blickte gespannt auf Gerda.
«Das ist gut möglich», sagte sie gelassen. «Ich habe die Vase selbst gekauft und Ilona Neidhard geschenkt.»
«Wann war das genau?»
«Vor drei oder vier Jahren. Ich habe die Tonvase aus Singapur mitgebracht.»
«Und nun glauben Sie im Ernst, daß Ihre Fingerabdrücke nach drei oder vier Jahren immer noch an der Vase sind? Wurde im Hause Neidhard nie abgestaubt?»
«Doch. Aber ich habe die Vase später noch oft in die Hand genommen. Es war ein selten schönes Stück.»
Zbinden drückte nervös seine Zigarette aus und steckte sich sogleich eine neue an, das tat er sonst nie. Er drehte sich zu Schlumpf um und fragte: «Haben Sie alles mitgeschrieben?»
Der Beamte nickte stumm, Zbinden wandte sich erneut an die Lehrerin.
«Wie erklären Sie sich, Frau Roth, daß Ihre Freundin mir am Samstag erzählt hat, sie sei in der Nacht von Freitag auf Samstag noch einmal in ihr Haus nach Thorhofen zurückgekehrt. Dort habe sie festgestellt, daß einige wert-

volle Schmuckstücke verschwunden seien. Nun wissen wir jedoch, daß Frau Neidhard die Nacht von Freitag auf Samstag bei Ihnen verbracht hat. Sie hat uns also angelogen. Warum?»

Gerda dachte einen Augenblick angestrengt nach, dann meinte sie: «Soll ich Ihnen die volle Wahrheit sagen?»

«Ich bitte darum.»

Gerda schwieg und starrte regungslos vor sich hin. Man sah ihr an, daß sie Mühe hatte, sich zu konzentrieren. Endlich sagte sie: «Ilona und ich ... wir hatten ganz einfach Angst.»

«Vor wem?» fragte der Staatsanwalt unwirsch. Er blickte auf seine Armbanduhr. «Nun reden Sie schon!» fuhr er Gerda an.

«Wir befürchteten beide, daß man uns verdächtigen könnte. Immerhin sprach einiges gegen uns, unsere intime Beziehung zum Beispiel.»

«Da haben Sie allerdings recht.»

«Deshalb kamen wir auf die Idee mit dem gestohlenen Schmuck. Wir dachten, wir könnten uns dadurch entlasten.»

«Sie geben also zu, daß Sie uns ganz bewußt auf eine falsche Spur führen wollten?»

«Ja, das gebe ich zu», sagte Gerda gedehnt. «Aber es geschah nicht in böser Absicht. Wir wollten nur nicht in eine Sache hineinschlittern, mit der wir nichts zu tun haben.»

«Aber die Justizbehörden an der Nase herumführen, das machte Ihnen anscheinend nichts aus? Es dürfte Ihnen klar sein, daß Sie sich durch Ihr Verhalten strafbar gemacht haben. Irreführung der Rechtspflege nennen wir das.»

«Von mir aus. Für uns war es eben das kleinere Übel.»

«Das wage ich zu bezweifeln. Sie sehen jetzt hoffentlich ein, daß Sie bis zum Hals im Dreck stecken. Wollen Sie wirklich noch länger alles bestreiten?»

Gerdas Gesichtsmuskeln zuckten. «Ich kann doch nicht etwas gestehen, was ich nicht getan habe!» rief sie aufgebracht.

«Das verlangt auch niemand von Ihnen», meinte der Staatsanwalt kühl. «Ich will nur, daß Sie mir die Wahrheit sagen. Sie haben doch selber zugegeben, daß wir von Ihrer

Freundin an der Nase herumgeführt wurden. Wie soll ich Ihnen da noch etwas glauben?»
Die Lehrerin ließ resigniert den Kopf sinken.
«Ich habe Ihnen alles zu erklären versucht.»
Zbinden nahm seine Brille ab und schwenkte sie vor Gerdas Gesicht hin und her. «Ich habe viel Zeit», sagte er genüßlich. «Wir machen jetzt eine Pause, damit Sie sich alles noch einmal in Ruhe durch den Kopf gehen lassen können. Und bitte denken Sie daran: Lügen ist zwecklos geworden. Dadurch verschlimmern Sie Ihre Lage bloß noch. Das einzige, was Ihnen jetzt noch helfen kann, ist ein umfassendes Geständnis.»
«Ich werde überhaupt nichts mehr aussagen, Sie glauben mir ja doch nicht.»
Der Staatsanwalt setzte seine Brille wieder auf und blickte Gerda Roth ernst ins Gesicht: «Sind Sie sich eigentlich bewußt, daß Ihr hartnäckiges Lügen sich vor Gericht in hohem Maße strafverschärfend auswirken wird? Deshalb rate ich Ihnen noch einmal: Legen Sie ein Geständnis ab! In Ihrem eigenen Interesse. Sie wollen doch Ihre Freundin wiedersehen? Oder etwa nicht?» Er warf Gerda seine Zigarettenpackung und ein Briefchen Streichhölzer hin. «Damit Sie in der Zelle etwas zu rauchen haben. Es läßt sich dann besser nachdenken.»
Schlumpf führte die Lehrerin hinaus. Betschart hatte plötzlich den Eindruck, als könnte sie sich kaum mehr aufrecht halten. Sie wirkte völlig lethargisch und schwankte leicht. Der Beamte mußte sie beim Gehen stützen.
«Frau Roth!» rief ihr der Staatsanwalt nach, als sie schon unter der Tür stand. «Wir haben in der Schweiz nur ein einziges Frauengefängnis, die Strafanstalt Hindelbank. Wenn Sie also ein Geständnis ablegen, werden Sie Ihre Freundin schon bald wiedersehen.»
«Du bist ganz schön aufs Ganze gegangen, Christian!» meinte Honegger bewundernd, nachdem Schlumpf die Lehrerin hinausgebracht hatte. «Wenn du mich fragst: Die hält bestimmt nicht mehr lange durch.»
Zbinden sammelte seine Akten zusammen.
«Noch vor Mitternacht habe ich sie soweit», sagte er siegesbewußt. «Wer von euch beiden leistet mir heute abend Gesellschaft? Es kann spät werden.»

Betschart blickte zu Honegger, dann meinte er rasch: «Ich bleibe hier. Ich möchte ganz gerne dabei sein, wenn aus unserem stummen Täubchen ein Singvogel wird.»
Im Grunde genommen war er dankbar, daß er heute nacht arbeiten konnte, dann würde er nicht auf melancholische Gedanken kommen; Madelaine ging ihm nämlich nicht aus dem Sinn.
«Drückt mir die Daumen!» sagte der Staatsanwalt beim Hinausgehen. «Lieber zehn Mordprozesse als eine Pressekonferenz.»
Nachdem Zbinden das Zimmer verlassen hatte, erzählte Betschart dem Oberleutnant von seinem Gespräch mit dem Kommandanten. Weil er selber bei der Pressekonferenz dabeisein wollte, bat er Honegger, die Lehrerin der kleinen Rüdisühli nach Möglichkeit heute noch zu befragen.
«Sonst kommt dem Alten die Galle hoch», fügte er grinsend hinzu. «Und dann sind wir daran schuld, wenn er sich heute nacht nicht auf seine Kleist-Biographie konzentrieren kann.»
So kam es, daß der Oberleutnant an diesem Montag zum drittenmal nach Thorhofen fuhr, diesmal allein und mit seinem Privatwagen, denn dafür erhielt er Kilometergeld. Eigentlich war er froh, daß er aus der stickigen Kaserne herauskam. Er fühlte sich schlapp und müde, immerhin war er schon seit fünf Uhr früh auf den Beinen und hatte nur ein belegtes Brot zu Mittag gegessen. Er beschloß, sich für den Ausflug nach Thorhofen Zeit zu lassen, gehetzt hatte er heute schon mehr als genug.
Inzwischen hatte sich der Nebel fast aufgelöst, es war nur noch leicht dunstig, vereinzelte Sonnenstrahlen drangen grell durch die Wolken; Föhn lag über der Stadt.
Wenige Kilometer nach der Stadtgrenze hatte sich auf der Autobahn ein schwerer Unfall ereignet, in den ein Lastwagen mit Anhänger sowie ein Personenfahrzeug verwickelt waren. Offenbar hatte es Tote gegeben, denn die Ambulanz und ein Leichenwagen aus Zürich waren bereits an der Unfallstelle. Der Oberleutnant hielt an und erkundigte sich bei den Kollegen von der Verkehrspolizei, ob er ihnen behilflich sein könne, was die beiden Beamten in fast überheblichem Ton verneinten.
Weil die Autobahn wegen des Unfalls auf einer Teilstrecke

gesperrt war, mußte Honegger einen zeitraubenden Umweg machen. Heute geht wirklich alles schief, dachte er, doch dann fiel ihm die Abkürzung ein, auf die ihn Betschart heute früh aufmerksam gemacht hatte, und er fuhr die letzten paar Kilometer durch den Wald. Dabei fragte er sich, weshalb der Kommandant wohl soviel Wert auf eine Befragung von Lisa Rüdisühlis Lehrerin legte. Das Mädchen hatte sowohl auf ihn als auch auf seine Kollegen einen vertrauenswürdigen Eindruck gemacht. Es gab für ihn keinen zwingenden Grund, weshalb die Schülerin die Polizei hätte anlügen sollen. Weder sie selbst noch ihr Vater kannten die Beschuldigte näher. Der Oberleutnant kam zum Schluß, daß der Kommandant eben immer dazu neigte, die Ermittlungsarbeiten seiner Beamten bis an die Grenzen des Zumutbaren zu strapazieren, dies war wohl auch jetzt der Fall. Honegger hielt es sogar für möglich, daß Krummenacher sich jedesmal im Verborgenen freute, wenn es seinen Untergebenen nicht gelang, einen mutmaßlichen Täter beweiskräftig zu überführen. Für derartige Marotten konnte Honegger nur wenig Verständnis aufbringen, zumal der Kommandant häufig Einwände vorbrachte oder Beweisergänzungen verlangte, die, wie gerade im vorliegenden Fall, niemandem nützten, sondern reine Zeitverschwendung waren.
Das Schulhaus von Thorhofen lag mitten im Dorf und war von uralten Bauernhäusern umgeben, die vermutlich unter Heimatschutz standen. Es war ein schlichter, viereckiger Kalksteinbau mit einem dunkelroten Giebeldach, unter dem sich die Wohnung der Lehrerin befand.
Ellen Spahr war ein ältliches Fräulein mit einem grauen Haarknoten und unreiner Gesichtshaut. Die Augen der Frau waren unruhig und ängstlich.
Honegger traf die Lehrerin beim Aufräumen des Schulzimmers an. Sie wischte sich verlegen die Hände an ihrer violetten Schürze ab und erklärte dem Oberleutnant, nachdem dieser ihr seinen Polizeiausweis vorgezeigt hatte, daß die Schüler um diese Zeit alle im Pfarrhaus seien, wo Pfarrer Schäuble jeden Montagnachmittag eine Diskussionsstunde abhalte. Er sei eben ein fortschrittlicher Geistlicher.
Honegger spürte auf Anhieb, daß die Frau Respekt vor ihm

hatte. Sie gehörte zu jener Sorte ehrbarer Bürger, deren ganzer Stolz darin gipfelt, nie im Leben mit der Polizei in Berührung zu kommen. Um so entsetzter war das Fräulein jetzt, als plötzlich ein Beamter der Mordkommission vor ihr stand. Die Lehrerin spielte verlegen mit einem Stück Kreide, das sie vom Fußboden aufgehoben hatte, dann blickte sie Honegger ratlos ins Gesicht.
«Ich weiß nicht, was ich sagen soll», begann sie zögernd, nachdem der Oberleutnant sich nach dem Wesen von Lisa Rüdisühli erkundigt hatte. «Lisa ist ein liebes Kind. Wollen Sie ihre Zeugnisnoten sehen?»
Die Lehrerin öffnete ihre Pultschublade, doch der Oberleutnant unterbrach sie sogleich: «Mich interessieren weniger die schulischen Leistungen des Mädchens, mich interessiert viel eher ihr Charakter. Vor allem möchte ich wissen, wie genau es die Kleine mit der Wahrheit nimmt.»
Fräulein Spahr, deren spitzes Gesicht den Beamten an eine Maus erinnerte, schloß die Pultschublade wieder und fuhr sich mit der rechten Hand an ihren Haarknoten.
«Rüdisühlis haben elf Kinder», sagte sie mit ihrer Piepsstimme und ließ ihren Blick unruhig durchs Schulzimmer schweifen. «Vier von ihnen kommen noch zu mir in die Schule, drei Buben und Lisa. Alle sind wohlerzogen, alle mittelmäßige Schüler. Nur Lisa ist im Vergleich zu ihren Altersgenossinnen ... wie soll ich sagen ... geistig vielleicht etwas zurückgeblieben.»
Mit dieser Antwort hatte der Oberleutnant nicht gerechnet. Der Adamsapfel an seinem dürren Hals begann auf und ab zu turnen. «Sie wollen doch nicht etwa andeuten, daß das Mädchen schwachsinnig ist?» meinte er zögernd.
Die Lehrerin schüttelte den Kopf. «Nein, natürlich nicht. Lisa ist geistig vielleicht etwas schwerfällig, manche Dinge muß man ihr zweimal erklären, aber sonst ist das Mädchen folgsam und anständig. Es ist auch wahrheitsliebend, mehr als alle anderen Schüler meiner Klasse. Ich kann mit gutem Gewissen behaupten, daß Lisa mich noch nie angeschwindelt hat.»
«Genau diesen Eindruck hatte ich auch», stimmte Honegger der Lehrerin zu. «Würden Sie dem Mädchen zutrauen, daß es einen anderen Menschen wissentlich falsch beschuldigt? Ich meine, daß es eine Zeugenaussage macht,

von der es im vornherein weiß, daß sie nicht der Wahrheit entspricht?»
«Das halte ich für ausgeschlossen. Von den Rüdisühli-Kindern ist Lisa das anhänglichste und liebste. Das Mädchen hat einen ausgeprägten Gerechtigkeitssinn und ist ungewöhnlich tierliebend.»
Die Aussagen der Lehrerin deckten sich weitgehend mit Honeggers eigenen Beobachtungen. Er hielt die kleine Rüdisühli für durchschnittlich intelligent, für harmlos und ehrlich, und auf seine Menschenkenntnis hatte er sich bis jetzt immer verlassen können. Er überlegte einen Moment, ob er sich die Aussagen von Fräulein Spahr schriftlich bestätigen lassen sollte, doch dann beschloß er, die Unterredung lediglich in einer kurzen Aktennotiz festzuhalten, schließlich hatte das Gespräch keine neuen Anhaltspunkte ergeben.
Der Oberleutnant bedankte sich höflich und wollte eben das Schulzimmer verlassen, als die Lehrerin ihn bat, noch einen Augenblick zu bleiben. Sie rieb sich nervös die Hände und brachte es offenbar nicht über sich, Honegger in die Augen zu sehen. Sie blickte auf einen häßlichen Korpus aus Plexiglas, auf dem mindestens drei Dutzend verschiedene Kakteen standen.
«Mögen Sie Kakteen?» fragte sie zaghaft. Ihre Nasenspitze war kränklich blaß und vermutlich eiskalt.
«Ich habe mich nie damit beschäftigt», gestand Honegger und wollte gehen, doch die Lehrerin hielt ihn zurück. «Bitte sagen Sie mir, weshalb Sie hierhergekommen sind? Im Dorf wird soviel geredet, und von mir erwartet man immer, daß ich über alles im Bilde bin. Dabei lebe ich sehr zurückgezogen. Ich besitze übrigens eine der schönsten Kakteensammlungen weit und breit. In meiner Wohnung habe ich über zweihundert verschiedene Kakteen.»
Dem Oberleutnant kam die Lehrerin plötzlich ziemlich verschroben vor. Kunststück, sagte er sich, wenn man so mickrig aussah und obendrein in einem Kaff wie Thorhofen lebte. Dennoch nahm er sich vor, ihre Frage zu beantworten.
«Sie haben bestimmt von der Ermordung des Architekten Neidhard gehört?» meinte er in gönnerhaftem Ton. «Deshalb bin ich hier.»

«Das habe ich mir gleich gedacht», piepste die Lehrerin und griff sich erneut mit einer reflexartigen Bewegung an ihren Haarknoten. «Bei den Neidhards ging stets alles drunter und drüber, ich weiß da ziemlich gut Bescheid, der Sohn kam eine Zeitlang zu mir in die Schule. Seit ich in Thorhofen unterrichte, hatte ich nie einen aufsässigeren und frecheren Schüler als Leander Neidhard.»
Der Oberleutnant wurde plötzlich neugierig. «Hatten Sie mit der Mutter des Jungen auch Kontakt?» erkundigte er sich interessiert. Immerhin bestand die Möglichkeit, daß er aus der alten Jungfer doch noch eine Neuigkeit herausquetschen konnte.
«Frau Neidhard war gar nicht Leanders Mutter», sagte die Lehrerin so leise, als befürchte sie, es könnte sie jemand belauschen. «Der Junge war adoptiert. Im Dorf wurde viel gemunkelt über die Neidhards, die Frau soll krankhaft veranlagt sein.»
«Wie darf ich das verstehen?» fragte Honegger naiv.
«Oh, ich will mich nicht einmischen, aber ich habe von verschiedenen Seiten gehört, daß Frau Neidhard nicht normal ist. Sie ließ auch nie mit sich reden, sondern nahm ihren Sohn ständig in Schutz. Einmal hatte sie sogar die Frechheit, unsere Dorfschule als hinterwäldlerisch zu bezeichnen. Dabei habe ich mir mit Leander die größte Mühe gegeben, der Junge tat mir stets leid, weil er ein Adoptivkind war. An seiner Intelligenz fehlte es übrigens nicht, nur an seinem Willen.»
«Vielen Dank für die Auskunft, Fräulein Spahr», meinte Honegger freundlich. «Aber jetzt muß ich gehen. Es gilt nämlich einen Mord aufzuklären.»
«Wie interessant!» rief die Lehrerin entzückt und streckte dem Oberleutnant ihre dünne Hand hin. «Wir sind alle sehr erleichtert, daß man Frau Neidhard und ihre Freundin verhaftet hat. Wer weiß, was die beiden Frauen vielleicht sonst noch alles angerichtet hätten.»
«Sie scheinen gut informiert zu sein.»
«Wir sind eben ein kleines Dorf. Jeder kennt den andern. Bei uns nimmt man noch Anteil am Schicksal des Nachbarn.»
Die Lehrerin begleitete Honegger bis hinaus auf den Pausenplatz. Sie wartete, bis er in seinen Wagen gestiegen war

und losfuhr. Sie blieb wie angewurzelt stehen und starrte dem Wagen nach, der in die Hauptstraße einbog und schließlich zwischen den verwinkelten Bauernhäusern verschwand.
Honegger überlegte, ob er zur Post fahren und von dort aus den Kommandanten anrufen sollte, aber dann ließ er es bleiben, weil sich aus dem Gespräch mit der Lehrerin keine neuen Anhaltspunkte ergeben hatten. Die Befragung war genauso verlaufen, wie er es hätte voraussagen können, wenn jemand auf den Gedanken gekommen wäre, ihn zu konsultieren. Sowohl er als auch Staatsanwalt Zbinden hatten an der Ehrlichkeit der Zeugin Rüdisühli nicht einen Moment gezweifelt, nur der Kommandant hatte in seinem fast schon notorischen Drang nach Wahrheitsfindung wieder mal tüchtig danebengehauen.
Während der Oberleutnant durch das menschenleere Dorf fuhr, überkam ihn mit einem Mal ein verwegener Gedanke, den er jedoch sogleich wieder verwarf. Er besann sich darauf, daß er noch immer den Hausschlüssel der Neidhards in seiner Manteltasche mit sich herumtrug. Er hätte also die Möglichkeit, unter irgendeinem Vorwand noch einmal zu dem Landhaus zurückzukehren, wo sich jetzt mit Sicherheit niemand aufhielt. Heute früh, ging es Honegger durch den Kopf, hatten die beiden Lesbierinnen das Haus überstürzt verlassen, demnach würde sich ihr Bett noch in ungemachtem Zustand befinden. Es reizte ihn ungemein, sich in dieses zerwühlte Bett zu legen und den Körpergeruch der beiden Frauen einzuatmen, der sicherlich noch an den Kopfkissen und Leintüchern haften würde. Die Vorstellung, sich im selben Bett auf die Schnelle einen abzuwichsen, auf den gleichen Laken, in denen sich die beiden Lesbierinnen wohl unzählige Male geliebt hatten, vielleicht noch während der vergangenen Nacht, diese schier grenzenlosen Phantasien ließen den Oberleutnant am Steuer seines Wagens eine Erektion bekommen. Es kostete ihn einige Selbstüberwindung, nicht in den Waldweg einzubiegen, der zum Landhaus der Neidhards hinaufführte, sondern gleich wieder die Heimfahrt anzutreten.
Honegger wußte, daß es einem Polizeibeamten strengstens untersagt war, ohne Begleitung und ohne Haussuchungsbefehl in ein fremdes Haus einzudringen. Auch wenn die

Wahrscheinlichkeit, daß man ihn im Schlafzimmer der beiden Frauen entdecken könnte, auch sehr gering war, so würde er eben doch ein Risiko eingehen, das ihn unter Umständen seine Stellung kosten konnte. Trotz der starken Verlockung war ihm dies das kurze Vergnügen doch nicht wert.

Am Dorfrand von Thorhofen standen zwei Anhalter, junge Burschen mit langen Haaren und in Jeans. Honegger fuhr an den beiden vorbei. Er konnte diese Aussteigertypen nicht leiden, außerdem nahm er grundsätzlich keine Anhalter mit. Er vertrat die Meinung, daß Eltern ihre Sprößlinge beizeiten dazu anhalten sollten, ihr Taschengeld zu sparen, um sich ein Fahrrad oder ein Moped kaufen zu können, anstatt fremde Leute zu behelligen. Am Ende furzten diese Typen noch und verstanken ihm seinen Wagen, oder sie besaßen die Frechheit und wollten Pop-Musik hören.

Der Oberleutnant fühlte plötzlich Mißmut in sich hochsteigen. Er stellte das Autoradio ein, um Ablenkung zu finden, aber es lief nur ein Hörspiel, das ihn langweilte. Er schaltete das Gerät aus und ließ seinen erotischen Gedanken erst recht die Zügel schießen. Während er durch den Wald fuhr, hatte er ständig die beiden Lesbierinnen vor Augen. Er rutschte auf dem Kunstlederpolster seines Wagens hin und her und war geradezu erleichtert, als er an der Station «Drollhöhe» vorbeikam, einem winzigen Dorfbahnhof, wo höchstens alle zwei Stunden ein Vorortszug hielt.

Honegger bog in den Parkplatz neben dem Stationsgebäude ein und stieg aus dem Wagen. Er sah sich nach einem Kiosk um, wo er zum Schein eine Schachtel Zigarillos hätte kaufen können, doch in diesem traurigen Nest gab es nicht einmal einen Fahrkartenschalter, geschweige denn einen Kiosk.

So kundschaftete er die Gegend aus, bis er, nur wenige Meter vom Stationsgebäude entfernt, die Bahnhoftoilette entdeckte, in der er unauffällig verschwand und im Stehen rasch onanierte. Dabei starrte er geradeaus an die graue Toilettenwand. Er spürte die Zungen der beiden Lesbierinnen, die sich mit sanfter Entschlossenheit in seine Ohrmuscheln hineinbohrten.

Es dauerte keine Minute, bis sein Samen in die Kloschüssel spritzte.
Dann mußte sich Honegger, sozusagen als nachträglichen Tribut für den ihm bereits lächerlich erscheinenden Spaß, sogleich wieder ärgern. Er fand nämlich in der Bahnhoftoilette kein Papier, so daß er sich seinen verschleimten Riemen mit dem Taschentuch abwischen mußte, was ihn furchtbar ekelte.
Beim Verlassen des Toilettenhäuschens schaute er sich vorsichtig um, und als er weit und breit keine Menschenseele entdeckte, nicht einmal einen Bahnbeamten, fühlte er sich sogleich etwas erleichtert und stieg rasch in seinen Wagen.
Die nun mit einem Mal über ihn hereinbrechende Erkenntnis, daß er sich in diesem Augenblick selbst nicht mehr verstand, machte ihm zwar ein paar Sekunden lang zu schaffen. Doch dann versuchte er sich mit dem Gedanken zu trösten, daß es den meisten Leuten genau gleich ergehen würde, bloß pflegte man über solche Dinge eben nicht zu reden, und das war in seinen Augen gut so.
Wenige hundert Meter vor der Autobahneinfahrt fiel sein Blick auf eine riesige Plakatwand mit der Aufschrift: 365 TAGE SONNE IM JAHR — FERIEN IN FLORIDA!
Honegger fühlte sich plötzlich niedergeschlagen.
Mit seiner gelähmten Frau würde er nie in seinem Leben nach Florida reisen können, nicht einmal nach Mallorca. Dafür durfte er Hedwig morgen abend zu ihrem Modellierkurs für Körperbehinderte ins Kirchgemeindehaus Hottingen chauffieren, das war immerhin etwas.
Wozu lebte er eigentlich?
4256 Franken brutto im Monat, ein dreizehntes Monatsgehalt. Zwei Sparbücher bei der Schweizerischen Kreditanstalt, eines davon auf den Namen seiner Frau.
Wozu das alles? Wozu?
Scheißplanet, sagte er sich und raste mit hundertsiebzig über die Autobahn. Allmählich setzte der Vorabendverkehr ein, jedoch nur in der Gegenrichtung. Die Unfallstelle von vorhin war jetzt geräumt, auch die hochnäsigen Kollegen von der Verkehrsabteilung waren nirgends mehr zu sehen.
Es gab Kollegen, die sich mit Nutten vergnügten, umsonst

sogar, doch so was lag ihm nicht, dafür war er sich selbst zu schade. In Zürich konnte er es sich auch nicht leisten, eine Nutte zu besuchen, und in anderen Städten hatte er kaum je zu tun. Er ging jeden Abend brav nach Hause.
Wenn Hedwig manchmal zu ihm sagte, er sei ein erfolgreicher Polizeibeamter, so irrte sie sich. Die Verbrechensquote war nämlich in stetigem Steigen begriffen, daran vermochte auch er nichts zu ändern. Schuld daran waren wohl die Jungen, die nicht mehr arbeiten wollten, die bloß noch in den Kneipen herumhockten und sich an einem völlig verzerrten Weltbild festklammerten. Er kannte diese Typen zur Genüge. Sie schwärmten von Indien und lebten in Zürich, meist von der Fürsorge oder von Einbrüchen. Exemplarische Gerichtsurteile für Haschischkonsumenten und Dealer waren längst überfällig.
Vielleicht würde er sich doch einmal eine Nutte leisten, ein einziges Mal nur, eine Blonde mit Strapsen. Hedwig brauchte davon nichts zu erfahren, sie durfte sich nicht unnötig aufregen.
Zbinden war vermutlich glücklich. Nicht bloß, weil er fast doppelt soviel verdiente, sondern weil er Kinder hatte und eine attraktive Frau, die er wahrscheinlich jeden Abend ficken konnte.
Der Oberleutnant drückte aufs Gaspedal. Er war überrascht, daß sich aus seiner alten Kiste noch soviel herausholen ließ.
Wenn er nach Hause kam, stand auf dem Küchentisch eine Flasche Wädenswiler Bier und ein Glas für ihn bereit.
Das war sein Feierabend.
Hedwig war gut zu ihm, er liebte Hedwig.
Die Nachtcreme in ihrem Gesicht störte ihn längst nicht mehr. Er liebte Hedwig wirklich.
Aber sie genügte ihm nicht.
Alles ließ sich ändern, alles, man mußte nur wollen.
Verbrecher hatten keinen Willen. Das war ein Satz des Kommandanten.
Jetzt saßen die Neidhard und ihre Freundin in der Falle.
Ob der Architekt für seine Frau eine Lebensversicherung abgeschlossen hatte?
Wenn ihm etwas zustieß, würde Hedwig hunderttausend Franken bekommen, das war viel Geld.

Gerda Roth war vermutlich die Anstifterin. Sie war ein geiles Frettchen, das sah man schon ihren Augen an. Er hatte eigentlich nie so recht geglaubt, daß Frauen viel perverser sein konnten als Männer, jetzt wußte er es.
Hundertfünfzig mußte man heutzutage schon bezahlen.
Pfarrer Kalbermatten würde ihm die Beichte abnehmen, am Donnerstagabend. Er würde ihn wahrscheinlich verstehen können.
Ob Kalbermatten manchmal auch vom Ficken träumte?
In spätestens zwanzig Jahren würde alles vorüber sein.
Was hatte er dann von seinen zwei Sparheften bei der Schweizerischen Kreditanstalt? Vielleicht würde ihn Hedwig sogar überleben. Sie war schließlich nur gelähmt, sonst war sie kerngesund.
Er aber hatte chronische Bronchitis.
Wenn er Reiseprospekte kommen ließ, würde Hedwig ihn für verrückt erklären.
Warum stellte sie ihm immer nur Wädenswiler Bier hin, nie eine andere Marke? Ein ausländisches zur Abwechslung, auch wenn es etwas teurer war. Münchner Kindl oder Tuborg. Vielleicht war Hedwig geizig. Es gab einige Anzeichen dafür.
Wenn Zbinden es von ihm verlangte, würde er heute nacht durcharbeiten, dafür konnte er später mal zwei freie Tage einziehen. Zusammen mit Betschart würde er die beiden Weiber bestimmt zum Reden bringen. Ihm sollte es nur recht sein, wenn er in der Kaserne bleiben mußte, dann blieb ihm heute wenigstens der Anblick der Bierflasche auf dem Küchentisch erspart.
Am Montagabend lief im Fernsehen auch nichts Gescheites.
Konnte es sein, daß er Hedwig haßte, ohne es zu wissen?
Zweihundert konnte er notfalls auch springen lassen.
Eine Geschlechtskrankheit durfte er natürlich nicht auflesen, das wäre eine Katastrophe.
Er hatte noch nie einen Tripper gehabt, nicht einmal Filzläuse. Und er hatte noch nie einen Roman zu Ende gelesen. Doch, *Doktor Schiwago.* Aber das war schon lange her. Damals hatten sie im Schlafzimmer noch keinen Spiegelschrank gehabt, und die Wände waren rosarot tapeziert gewesen.

Betschart war vermutlich seriös. Er riß niemals Zoten. Vielleicht war dies der Grund, daß er es zum Chef der Mordkommission gebracht hatte.
Betschart könnte ein verkappter Schwuler sein. Er würde nicht mit ihm tauschen wollen, auf gar keinen Fall!
Zbinden hatte ihn schon lange zu einem Risotto-Essen eingeladen, aber Hedwig wollte nicht, Hedwig wollte nie. Wahrscheinlich schämte sie sich wegen ihres Rollstuhls.
Der Rollstuhl war ihr im Weg.
Der Rollstuhl war ihrem Leben im Weg.
Vielleicht war Hedwig *ihm* im Weg.
Er müßte sich einmal darüber Rechenschaft ablegen.
Vermutlich war er sich selbst gegenüber blind.
Zbindens Frau trug keinen Büstenhalter. Beim letzten Personalfest hatte er es gesehen, er hatte sogar mit Monique Zbinden getanzt. Warum sollte ein Oberleutnant der Kantonspolizei nicht mit der Frau eines Staatsanwalts tanzen?
Das Rotlicht an der Straßenkreuzung war grün geworden, hinter ihm hupte jemand, Honegger gab Gas. Er bemühte sich, seine wirren Gedanken zu ordnen. Erneut schaltete er das Autoradio ein. Weil noch immer das Hörspiel von vorhin lief, drehte er es wieder aus und pfiff während der ganzen Heimfahrt den «Sechseläutenmarsch» vor sich hin.
Als der Oberleutnant kurz vor fünf in den Hof der Polizeikaserne einbog und seinen Wagen neben dem Portal abstellte, sah er gerade noch, wie eine Gruppe von Zeitungsreportern das Gebäude verließ.
Er kannte sie fast alle, auch wenn er leider nie mit ihnen zu tun hatte. Einige trugen eine Kamera bei sich. Wahrscheinlich hatten sie Zbinden fotografiert, und morgen würde das Bild des Staatsanwalts in einigen Zeitungen zu sehen sein. Er selbst hatte es nie soweit gebracht.
Honegger wurde plötzlich wieder melancholisch.
Er blieb minutenlang am Steuer seines Wagens sitzen und schaute den Zeitungsleuten zu, die in kleinen Gruppen auf dem Kasernenvorplatz herumstanden und sich angeregt unterhielten. Aldo Fossati vom MORGENEXPRESS war auch dabei.

20

Zbinden hatte sich wieder einmal tapfer geschlagen.
Gleich nach der Pressekonferenz ging der Staatsanwalt ins Büro des Kommandanten und berichtete dem Alten, daß die Zusammenkunft mit den Journalisten im großen und ganzen friedlich verlaufen sei. Zwar hätten ihn zunächst einige Reporter — allen voran natürlich der linkslastige Bernasconi von den liberalen «Tages-Nachrichten» — arg in die Zange genommen, doch hätte ihn keine der zahlreichen und zum Teil fast schon persönlichen Fragen aus der Ruhe bringen können.
Krummenacher nickte zufrieden. Auf ein gutes Einvernehmen mit der Lokalpresse hatte er stets Wert gelegt.
Der Staatsanwalt berichtete weiter, daß einige Reporter sich zuvor abgesprochen haben mußten, denn sowohl Bamert vom «Volksblatt» als auch Eberhardt von der «Neuen Zürcher Zeitung» hätten an der Konferenz den Vorwurf erhoben, die Justizbehörden würden bei ihrer Informationspolitik die Boulevardpresse bevorzugt behandeln, was natürlich nicht stimme.
Polizeisprecher Mangold war diesen Vorwürfen denn auch in aller Entschiedenheit entgegengetreten. Er hatte die anwesenden Zeitungsleute darauf hingewiesen, daß es jedem Journalisten freistehe, auf eigene Faust zu recherchieren und das Ergebnis dieser Recherchen in seinem Blatt zu veröffentlichen, so wie Fossati dies getan habe. Gerade in solch minuziöser Kleinarbeit, meinte Mangold mit einem entwaffnenden Lächeln, lägen letztlich ein gesunder Ansporn zum Konkurrenzkampf und der Reiz der Exklusivität.
Fossati hatte sich während der ganzen Konferenz zurückgehalten und nur zum Schluß ein paar Fragen an Zbinden gerichtet, die ihm vom Staatsanwalt unter vier Augen und in kollegialer Atmosphäre recht ausführlich beantwortet wurden.
Alles in allem hatten sich Zbindens ursprüngliche Befürchtungen, die Pressekonferenz könnte für ihn zu einem Bumerang werden, in keiner Weise bestätigt. Bernasconi, dem man ja weiß Gott keine Behördenfreundlichkeit nach-

sagen konnte, hatte sich zum Schluß sogar bereit erklärt, vorläufig auf die beabsichtigte Glosse gegen die, wie er sich ausdrückte, «lausige Öffentlichkeitsarbeit» der Kantonspolizei zu verzichten.
Etwas freilich verschwieg Zbinden dem Kommandanten: Er hatte nämlich den Zeitungsleuten gegenüber nicht ganz mit offenen Karten gespielt. Nachdem einige der Reporter ihn mit tendenziösen Fragen in die Enge getrieben und offenbar nur darauf gewartet hatten, ihn in Verlegenheit zu bringen, hatte er sich kurzerhand zu einem Überraschungscoup entschlossen: Er gab öffentlich bekannt, daß die Lehrerin Gerda Roth geständig sei.
Diese Information war von den meisten Journalisten mit Interesse aufgenommen worden, weil dadurch der Fall Neidhard als aufgeklärt gelten konnte. Zwar war sich der Staatsanwalt durchaus bewußt, daß er mit dieser vielleicht etwas voreiligen Information ein gewisses Risiko eingegangen war. Er hielt es aber nur noch für eine Frage der Zeit, bis die Sekundarlehrerin ihm gegenüber ein umfassendes Geständnis ablegen würde; an ihrer Schuld gab es für ihn angesichts der vorliegenden Indizien nicht mehr zu rütteln. Nur weil er dies wußte, konnte er seine Äußerungen gegenüber den Zeitungsleuten vor sich selbst rechtfertigen, und er war fest davon überzeugt, daß morgen in keiner Zeitung etwas zu lesen sein würde, was nicht den Tatsachen entsprach. Denn Zbinden hatte sich vorgenommen, zusammen mit Betschart die Roth heute abend so lange zu bearbeiten, bis das Geständnis, mit dem er bereits geprahlt hatte, unterschrieben war.
Nachdem Fossati in seinem Bericht die Lehrerin bereits als Täterin hingestellt hatte, war dem Staatsanwalt gar keine andere Wahl mehr geblieben, als die «heiße Spur» des MORGENEXPRESS-Reporters auch den anderen Zeitungen gegenüber offiziell zu bestätigen. Ganz nüchtern betrachtet, hieß dies nichts anderes, als daß er den Lokalblättern einen winzigen Informationsvorsprung gegenüber der Wirklichkeit gegeben hatte, was jedoch kein Mensch erfahren würde.
Als während seiner Unterredung mit dem Kommandanten auch noch Oberleutnant Honegger auftauchte und von seinem Gespräch mit der Lehrerin von Lisa Rüdisühli berich-

tete, fühlte sich der Staatsanwalt erst recht in seiner Meinung bestärkt. Er war entschlossen, mit eisernem Willen die Flucht nach vorn anzutreten.
Als erstes befahl er Honegger, sich im Zellentrakt nach dem Befinden von Ilona Neidhard zu erkundigen. Falls die Lesbierin bereits aufgewacht sei und ein ärztliches Attest über ihre Transportfähigkeit beschafft werden könne, solle er die Frau noch heute abend ins Bezirksgefängnis Grünberg transportieren. Als der Oberleutnant ihn verwundert ansah, fügte er rasch hinzu: «Dies ist eine ausdrückliche Weisung von ‹Biss-Biss›. Er wünscht, daß Frau Neidhard auch im Gefängnis als ‹Very Important Person› behandelt wird. Immerhin war ihr verstorbener Mann ein Parteifreund des Justizdirektors, das dürfen wir nicht vergessen.»
«Sie sind recht zynisch heute», meinte der Kommandant und erhob sich mühsam aus seinem Ohrensessel. «Diesen Zug kenne ich gar nicht an Ihnen. Wenn es nach mir ginge, würde ich Frau Neidhard nicht nach Grünberg überführen. Erstens kompliziert dies unsere Ermittlungen, und zweitens verletzt es den Grundsatz der rechtsgleichen Behandlung. Aber bitte, ich will Ihnen nicht ins Handwerk pfuschen.»
«Vielleicht kann Frau Neidhard im Bezirksgefängnis von Grünberg tatsächlich etwas individueller betreut werden», meinte Zbinden verunsichert. «Ich bin schon froh, wenn sie nicht ins Krankenhaus muß. Sie hätten den Arzt hören sollen! Der tat, als läge die Neidhard bereits im Koma.»
«Ich könnte die Frau auch in Grünberg ins Verhör nehmen», schlug Honegger vor. «Natürlich nur, wenn ihr Gesundheitszustand es erlaubt.»
Der Staatsanwalt überlegte einen Moment. Honeggers Vorschlag kam ihm gar nicht so ungelegen. Wenn der Oberleutnant die Neidhard, die psychisch ohnehin um einiges angeschlagener war als ihre Freundin, heute nacht zu einem Geständnis bewegen konnte, so wäre dies eine Art Rückversicherung für den — allerdings höchst unwahrscheinlichen — Fall, daß Gerda Roth weiterhin alles abstreiten würde. Bei der notorischen Kaltblütigkeit und Verstocktheit der Sekundarlehrerin war dies zumindest nicht auszuschließen.

«Schau erst mal nach, wie es der Frau geht, Georg», sagte er zu Honegger. «Wenn der Amtsarzt in den Transport nach Grünberg einwilligt, würde ich sie ins Dauerverhör nehmen. Dadurch können wir Zeit gewinnen.»
Der Kommandant sah auf die Uhr. Es war punkt halb sechs. Er gab den beiden Mitarbeitern die Hand und meinte: «Ich wünsche Ihnen viel Erfolg bei Ihrem Vorhaben. Halten Sie mich bitte auf dem laufenden.»
Er verließ mit den beiden Beamten das Büro. Es gab kein dienstliches Ereignis, das Krummenacher hätte dazu bewegen können, auch nur eine Minute länger als vorgeschrieben in der Polizeikaserne zu bleiben.
«Jetzt geht er nach Hause zu seinem Freund Kleist», spöttelte Zbinden, dann begleitete er den Oberleutnant zu dessen Büro im ersten Stock. Von dort aus versuchte er Betschart zu erreichen. Er mußte den Chef der Mordkommission im ganzen Haus suchen lassen, bis er ihn schließlich in der Kantine aufstöberte.
«Sie sind schwieriger zu erreichen als der Papst», fauchte er Betschart an. Dann fügte er etwas freundlicher hinzu: «Ich gehe jetzt essen. Wir fangen pünktlich um halb sieben mit dem Verhör an.»
«Wie lange wird es dauern?» wollte Betschart wissen.
«Bis die Lehrerin ein Geständnis abgelegt hat», antwortete der Staatsanwalt. «Von mir aus die ganze Nacht.»
Dann ging er zu Fuß durch den Feierabendverkehr zum Du Nord am Bahnhofplatz. Er suchte sich einen ruhigen Platz in der hintersten Ecke aus und bestellte eine Portion Geschnetzeltes mit Rösti, dazu ein Mineralwasser ohne Kohlensäure, weil ihm die Kohlensäure sonst beim Verhör ständig aufstieß. Noch während er auf das Essen warten mußte, ging er zum Telefon und rief Monique, seine Frau, an. Er sagte ihr, daß er vermutlich die ganze Nacht über wegbleiben müsse, ein dringendes Verhör in einer Mordsache. Sie brauche sich um ihn keine Sorgen zu machen, er sei weder hungrig noch müde, sondern fühle sich trotz des anstrengenden Arbeitstages in bester Verfassung. Als Zbinden im Hintergrund die Stimme seiner Tochter vernahm, verlangte er auch sie an den Apparat, um ihr wenigstens eine gute Nacht zu wünschen. Marisa erzählte ihm, sie habe heute fast zwei Stunden lang auf der Hausorgel

ein schwieriges Präludium von Händel geübt, die Finger täten ihr jetzt noch weh. Dann gab sie ihrem Vater durchs Telefon einen lauten Kuß, und Zbinden freute sich, daß er eine so anhängliche und musikalische Tochter hatte. Wer von seinen Kollegen konnte dies schon von sich behaupten? Wo er auch hinhörte und hinsah, wurde er mit Erziehungsproblemen konfrontiert, klagten seine Kollegen über die Schwierigkeiten mit ihren Kindern.
Nach dem Essen trank der Staatsanwalt zur Stärkung einen doppelten Espresso, dann kaufte er vorsorglicherweise noch eine Schachtel Camel Filter und ging in die Kaserne zurück.
Betschart saß schon im Verhörzimmer. Er war damit beschäftigt, seiner Freundin einen Brief zu schreiben und blickte kaum auf, als Zbinden den Raum betrat.
Der Staatsanwalt legte seinen Mantel ab, dann klatschte er in die Hände und rief: «So, können wir anfangen?»
«Ich habe die Lehrerin vorführen lassen», meinte Betschart und faltete seinen Brief zusammen. «Sie muß jeden Augenblick hier sein.»
«Was glauben Sie, werden wir die Frau weichkriegen?» fragte Zbinden den Chef der Mordkommission.
Betschart sah den Staatsanwalt einen Moment an, dann meinte er mit einem hintergründigen Lächeln: «Das müssen wir wohl, nachdem Sie der Presse gegenüber das Untersuchungsergebnis bereits vorweggenommen haben. Ich muß schon sagen, das war recht mutig von Ihnen.»
Es war Betschart nicht anzumerken, ob er sich mit dieser Anspielung über den Staatsanwalt lustig machen wollte oder ob seine Anerkennung tatsächlich ernst gemeint war.
«Sie sind doch auch von der Schuld der beiden Lesbierinnen überzeugt?» erkundigte sich Zbinden nach einem kurzen Zögern.
«Absolut», antwortete ihm Betschart. «Je länger ich über den Fall nachdenke, um so klarer wird mir, daß es eigentlich nichts gibt, was für die *Unschuld* der beiden Frauen spricht.»
«Genau! Auch das ist eine Perspektive, an der man nicht vorbeisehen darf. Auch mir fällt kein einziges Entlastungsmoment ein. Offen ist für mich eigentlich nur noch die Frage, wie weit diese Ilona Neidhard in die Sache verwickelt

ist. Theoretisch wäre es denkbar, daß Gerda Roth den Mord allein geplant und ausgeführt hat.»
«Ich neige eher zur Ansicht, daß die Neidhard den Mord mitgeplant hat und ihn dann während ihrer Auslandsabwesenheit ausführen ließ. Ich möchte fast wetten, daß die beiden Weiber sich im Gerichtssaal in die Haare geraten werden. Beide werden einander beschuldigen, und die armen Richter werden dann herausfinden müssen, wer von ihnen die Wahrheit sagt.»
«Wenn Oberrichter Vetsch den Fall bekommt, wird er sie alle beide verurteilen. Für ihn gilt der Grundsatz: Mitgegangen, mitgehangen.»
Zbinden begann die Ermittlungsakten auf dem Schreibtisch auszubreiten, Betschart setzte sich an die Schreibmaschine.
«Wo die Frau nur bleibt?» meinte er ungeduldig. «Übrigens kam vor etwa einer Stunde ein Lehrling vom Schulamt hier vorbei. Er gab einen Brief für Gerda Roth ab. Der Pförtner mußte den Empfang quittieren.»
«Zeigen Sie her», sagte Zbinden. Der Chef der Mordkommission entnahm der Innentasche seines Zweireihers ein Schreiben und reichte es dem Staatsanwalt hinüber.
Zbinden riß den Umschlag auf. «Vermutlich von Graber», sagte er. Er überflog den Brief, dann legte er ihn zu den Akten und meinte trocken: «Da wird sich die gute Frau Roth aber freuen.»
Zwei uniformierte Beamte führten die Lehrerin ins Zimmer. Sie sah noch blasser aus als vorher. Ihr Gesicht war verschwitzt, die Augen gerötet, vermutlich hatte sie geweint.
«Nehmen Sie Platz, Frau Roth», begann der Staatsanwalt und machte eine einladende Handbewegung. «Wir haben uns lange nicht gesehen.»
Gerda setzte sich. Sie legte ihre Hände in den Schoß und schwieg.
Zbinden sah, daß ihre Fingernägel abgekaut waren.
«Haben Sie schon gegessen?» fragte er freundlich.
«Ich habe keinen Hunger.»
«Möchten Sie einen Kaffee?»
«Nein.»
«Es kann eine lange Nacht werden», sagte Zbinden und

nahm seine Brille ab. Während er damit spielte, meinte er: «Sie sollen sich bei uns wohlfühlen, Frau Roth, es soll Ihnen an nichts fehlen. Wollen Sie nicht vielleicht doch einen Kaffee? Mit Pflaumenkuchen? In der Polizeikantine gibt es den besten Pflaumenkuchen von ganz Zürich.»
Gerda schüttelte den Kopf. «Nein», wiederholte sie abwesend. Dann wollte sie wissen, wo ihre Freundin sei und wie es ihr gehe.
Die Mundwinkel des Staatsanwalts schnellten auseinander.
«Ihre Freundin ist krank», meinte er kurz und bündig. Er wollte die Lehrerin auf die Folter spannen. Nichts war für eine angeschuldigte Person schlimmer als die Ungewißheit über das Schicksal eines nahestehenden Menschen.
Der Staatsanwalt stand auf und ging zum Lichtschalter an der Tür. «Wir wollen es uns gemütlich machen», sagte er und löschte die Neonlampe an der Decke aus. Der Raum wurde jetzt nur noch durch die Schreibtischlampe erhellt. «Tja, Sie wollen also wissen, wie es Ihrer Freundin geht?» begann er langsam und gab sich den Anschein, als müßte er seine Antwort besonders vorsichtig formulieren. Jede Verzögerung, so sagte er sich, würde für die Lehrerin eine um so unerträglichere Belastung bedeuten.
«Soll ich Ihnen nicht doch ein Nachtessen aus der Kantine kommen lassen?» fragte er scheinbar besorgt. «Wiener Schnitzel mit Pommes frites zum Beispiel? Sie müssen doch etwas im Magen haben.»
Er setzte seine Brille wieder auf und ließ die Augen solange auf dem Gesicht der Lehrerin ruhen, bis sie ihren Blick von sich aus von ihm abwandte.
«Was ist mit Ilona? Nun reden Sie endlich!»
«Es geht ihr leider nicht gut. Sie hatte einen Zusammenbruch. Ihre Freundin wurde ganz offensichtlich von den Ereignissen der vergangenen Tage überfordert».
Die Lehrerin starrte den Staatsanwalt aus dunkeln Augenhöhlen an.
«Wo ist Ilona?» fragte sie so leise, daß Zbinden Mühe hatte, sie zu verstehen.
«Frau Neidhard steht unter ärztlicher Kontrolle. Mehr kann ich Ihnen im Moment nicht verraten.»
«Darf ich Sie besuchen? Ich möchte sofort zu Ihr.»

«Frau Roth, Sie scheinen Ihre Situation zu verkennen. Ihre Freundin befindet sich in Polizeigewahrsam, wie Sie auch.»
«Hat Ilona mir etwas ausrichten lassen?»
«Nein!» sagte Zbinden grob. «Aber sie hat uns gegenüber durchblicken lassen, daß ihr all das, was in den vergangenen Tagen geschehen ist, heute leid tut. Es sieht beinahe so aus, als würde Frau Neidhard die schreckliche Tat bereuen.»
«Wovon sprechen Sie?» erkundigte sich Gerda verwirrt. «Was für eine schreckliche Tat? Denken Sie wirklich, Sie könnten mich auf so plumpe Weise überlisten?»
«Danach ist uns nicht zumute, Frau Roth!» fuhr Betschart die Lehrerin an. «Wir würden nämlich lieber nach Hause gehen, statt uns mit Ihnen hier rumzuschlagen.»
Er mußte plötzlich wieder an Madelaine denken. Die Vorstellung, daß sie in diesem Augenblick vielleicht mit ihrem Fabrikanten zusammensein könnte, bereitete ihm Magenschmerzen, die um so heftiger wurden, je mehr seine Gedanken um Madelaine kreisten. Er war deshalb froh, als Zbinden endlich sagte: «Wir fangen jetzt mit dem Verhör an». Nun brauchte er sich nur noch auf das Protokoll zu konzentrieren.
«Meine liebe Frau Roth», begann der Staatsanwalt in ganz neuem Tonfall, «ich gebe Ihnen eine letzte Chance, und ich hoffe sehr, daß Sie mein Entgegenkommen zu würdigen wissen.»
Er machte eine Pause und beugte sich über den Schreibtisch, dann fuhr er fort: «Alles spricht gegen Sie. Und dennoch leugnen Sie, etwas mit dem Mord an Richard Neidhard zu tun zu haben. Ich weiß nicht, was in Ihnen vorgeht, aber ich könnte mir vorstellen, daß Sie glauben, mit Ihrem hartnäckigen Lügen am Ende doch noch den Kopf aus der Schlinge ziehen zu können. Aber genau das Gegenteil ist der Fall.»
Der Staatsanwalt blickte zu Betschart hinüber, dann meinte er fast beiläufig: «Frau Neidhard hat uns gegenüber zugegeben, daß Sie die Tat begangen haben.»
«Das ist nicht wahr!» rief die Lehrerin aufgebracht. «Das kann Ilona niemals gesagt haben.»
«Warum?» fragte Zbinden mit schneidender Stimme.

«Warum kann Frau Neidhard das nicht gesagt haben? Weil Ihre Freundin Sie nicht verraten würde? Das denken *Sie!* Sie überschätzen den körperlichen Zustand von Frau Neidhard. Sie ist nämlich gar nicht mehr imstande, zu lügen. Dazu fehlt ihr die Kraft.»
Er lehnte sich wieder in seinen Stuhl zurück, wartete einen Moment, bis Betschart das Protokoll nachgeführt hatte, dann faltete er die Hände und sagte: «Ich habe das Tagebuch Ihrer Freundin genau gelesen. Aus den handschriftlichen Aufzeichnungen von Frau Neidhard geht unmißverständlich hervor, daß Sie beide viel zu leiden hatten. Nicht zuletzt durch Herrn Neidhard.»
«Weshalb erzählen Sie mir das?» rief Gerda verzweifelt. Sie vergrub ihr Gesicht in den Händen und schwieg.
Der Staatsanwalt blickte zu Betschart hinüber, der ratlos mit den Achseln zuckte.
«Geben Sie mir eine Zigarette», murmelte die Lehrerin nach einer Weile.
Zbinden schob ihr die Packung über den Tisch. Sie klaubte nervös eine Zigarette aus der Schachtel, dann bat sie den Staatsanwalt um Feuer. Er warf ihr das Streichholzbriefchen hin. «Sie scheinen heute schon viel geraucht zu haben?» meinte er dann mit einem besorgten Ausdruck im Gesicht. «Sie sind sehr nervös. Woran mag das wohl liegen? Sie behaupten doch, ein gutes Gewissen zu haben.»
Gerda sah ihn mit verschleierten Augen an.
«Würden Sie etwa nicht nervös, wenn man Ihnen einen Mord unterstellte, den Sie nicht begangen haben?»
«Sachte, sachte, Frau Roth», meinte der Staatsanwalt freundlich. «Jetzt werden Sie ungerecht. Ich hüte mich davor, Ihnen etwas zu unterstellen. Ich zähle Ihnen lediglich die Fakten auf, die *gegen* sie sprechen, und diese Fakten sind leider sehr zahlreich, das wissen Sie selber auch. Können Sie mir zum Beispiel eine plausible Erklärung dafür geben, weshalb Lisa Rüdisühli behauptet, Sie wenige Minuten vor dem Mord in Begleitung des Opfers gesehen zu haben? Ein Kind behauptet doch nicht einfach so etwas.»
«Das Mädchen ist verrückt.»
«Keineswegs. Die Lehrerin von Lisa hat uns bestätigt, daß die Kleine äußerst wahrheitsliebend ist.»
«Dann wurde Lisa von jemandem gegen mich aufgehetzt.»

«Von wem?» Zbinden blickte fragend zu der Lehrerin hinüber. «Wer könnte im Ernst ein Interesse daran haben, Sie auf derart infame Weise zu belasten?»
Gerda kaute nervös an ihrer Oberlippe.
«Ich weiß nicht», meinte sie schließlich. «Ich habe keine Ahnung. Man muß sich gegen mich verschworen haben. Es muß sich um ein Komplott handeln. So glauben Sie mir doch.»
«Das würde ich von Herzen gern tun», log Zbinden mit einem scheinheiligen Lächeln. «Aber die Tatsachen sprechen nun einmal gegen Sie. Sie und Ihre Freundin haben mich zu oft angelogen, als daß ich Ihnen auch nur ein Wort glauben könnte.»
Er nahm den Brief, den Betschart ihm zuvor überreicht hatte, aus den Akten hervor und legte ihn vor Gerda auf die Tischplatte. «Lesen Sie», sagte er kühl. «Dann merken Sie vielleicht, daß wir nicht die einzigen sind, die von Ihrer Schuld überzeugt sind. Sie tun immer so, als ob wir etwas gegen Sie hätten. Dem ist gar nicht so. Wir haben die Bekanntschaft mit Ihnen nicht gesucht.»
Die Lehrerin starrte auf den Umschlag. Erst nachdem der Staatsanwalt sie zum zweitenmal aufforderte, den Brief zu lesen, nahm sie das Schreiben in die Hand und begann zu lesen. Sie verzog keine Miene, ihr Gesicht glich einer Totenmaske.

DER SCHULVORSTAND DER STADT ZÜRICH
Parkring 4
8002 Zürich

Zürich, den 2. Dezember 1980

Frau
Gerda Roth
c/o Untersuchungsgefängnis
der Kantonspolizei Zürich
Kasernenstraße 29
DURCH BOTEN *8004 Zürich*

Sehr geehrte Frau Roth
Gestützt auf die uns vorliegenden Informationen sind Sie heute vormittag mit der Begründung, Sie seien an

Grippe erkrankt und hätten hohes Fieber, dem Schulunterricht ferngeblieben. Ein ärztliches Zeugnis wurde uns von Ihnen bis jetzt nicht eingereicht.
Inzwischen haben wir — nicht zuletzt durch einen Bericht in der heutigen Ausgabe der Zeitung MORGENEXPRESS — davon Kenntnis erhalten, daß die von Ihnen erwähnten Gründe für Ihr Fernbleiben vom Unterricht nicht den Tatsachen entsprechen.
Nach den uns von behördlicher Seite zugegangenen Informationen wurden Sie wegen des dringenden Tatverdachts, in ein Tötungsdelikt verwickelt zu sein, in Strafuntersuchung gezogen und vorläufig in Untersuchungshaft gesetzt.
Ohne dem Ergebnis der gegen Sie eingeleiteten Ermittlungen in irgendeiner Weise vorgreifen zu wollen, sehen wir uns aufgrund der gegebenen Umstände leider gezwungen, das zwischen uns bestehende Arbeitsverhältnis fristlos aufzulösen.
Diese Maßnahme drängt sich nicht zuletzt auch deshalb auf, weil bereits heute aus dem Elternkreis Ihrer Schüler, jedoch auch von seiten Ihrer Kollegen mehrere Beschwerden gegen Sie bei uns eingegangen sind, die in engem Zusammenhang mit Ihrem — uns bis anhin nicht bekannten — anstößigen Lebenswandel zu sehen sind.
Ohne Anerkennung einer Rechtspflicht wird Ihnen Ihr Gehalt noch bis Ende Jahr ausbezahlt. Zu diesem Zeitpunkt erhalten Sie von der Besoldungsabteilung eine genaue Abrechnung über Ihre Ansprüche aus der städtischen Pensionskasse.
Gegen die mit diesem Schreiben ausgesprochene Kündigung kann innerhalb von zehn Tagen nach erfolgter Zustellung Rekurs beim Gesamtstadtrat eingelegt werden.

Mit vorzüglicher Hochachtung
DER SCHULVORSTAND
Dr. Th. Graber

Nachdem die Lehrerin den Brief zu Ende gelesen hatte, steckte sie ihn wieder in den Umschlag und meinte verächtlich: «Nun haben es diese Schweine doch noch ge-

schafft.» Dann zerknüllte sie den Briefumschlag und warf ihn in den Papierkorb.
«Wollen Sie gegen die Kündigung nicht rekurrieren?» fragte Zbinden erstaunt. Die Tatsache, daß die Lehrerin den Inhalt des Briefes so gleichmütig aufgenommen hatte, war für den Staatsanwalt ein weiteres Indiz für ihre Schuld. Offenbar rechnete die Frau schon gar nicht mehr damit, in absehbarer Zeit wieder auf freien Fuß gesetzt zu werden. So reagierte nur jemand, der sich schuldig fühlte. Weil die Frau ihm nicht sogleich antwortete, wiederholte er seine Frage, ob sie denn die Kündigung einfach so hinnehmen wolle, ohne sich dagegen zur Wehr zu setzen.
«Ich suche mir meine Gegner aus», sagte Gerda und warf stolz den Kopf zurück. «Vor Graber gehe ich nicht auf die Knie, er hat mir das Leben oft genug schwer gemacht.»
«Sie waren bei Ihrer vorgesetzten Behörde nicht sehr beliebt?»
«Graber und ich hatten oft Meinungsverschiedenheiten. Er ist ein Konservativer; unsere Ansichten über den Aufgabenbereich einer Lehrerin klaffen weit auseinander.»
Zbinden setzte ein unverbindliches Lächeln auf.
«Ich habe nicht die Absicht, Frau Roth, mich mit Ihnen über Doktor Graber zu unterhalten. Der Mann ist mir als äußerst korrekt und loyal bekannt. Von Ihnen habe ich gehört, daß Sie Ihre unkonventionellen Ansichten mitunter auf ziemlich radikale Weise durchzusetzen versuchen.»
Gerda blickte ihn überrascht an. «Wer sagt so etwas?» fragte sie verwundert.
«Das tut nichts zur Sache. Gehören Sie einer Partei an?»
«Nein.»
«Aber Sie sind politisch doch eher links orientiert?»
«Weshalb interessiert Sie das?»
«Sie wollen mir also keine Auskunft geben?»
«Nein.»
«Gut, lassen wir das», meinte Zbinden rasch und nahm aus den Akten das Tagebuch von Ilona Neidhard. Er blätterte eine Weile darin, dann blickte er unvermittelt hoch und meinte schroff: «Wollen Sie nun zur Stärkung eine Tasse Kaffee oder nicht?» Ohne Gerdas Antwort abzuwarten, griff er zum Telefonhörer und bestellte in der Kantine einige Portionen Kaffee sowie ein Stück Pflaumenkuchen.

«Vielleicht bekommen Sie mit der Zeit doch noch Hunger», meinte er zu Gerda. «Frau Lüdin, die Chefin unserer Kantine, backt den Kuchen jeden Tag frisch, er schmeckt wirklich ausgezeichnet.»
Dann wandte er sich wieder an Betschart.
«Schreiben Sie alles mit», befahl er und nahm erneut das Tagebuch in die Hand. Er öffnete es an einer ganz bestimmten Stelle und begann im gemächlichen Plauderton eines Märchenonkels daraus vorzulesen:

9. April 1980
Gerda und ich müßten lernen, vor uns selbst zu bestehen. Statt dessen gehen wir Tag für Tag Kompromisse ein, durch die wir uns erniedrigen und den kläglichen Rest unserer Selbstachtung auch noch verlieren.
Die Hoffnung, immer mit dem geliebten Menschen zusammen sein zu können, nie mehr teilen zu müssen, habe ich aufgegeben. Ich habe diese Hoffnung zwölf Jahre vor mir hergeschoben, doch im Lauf der Zeit wurde sie zu einem Koloß, dem meine Kräfte sich kaum mehr gewachsen fühlen.
Über die Macht der Liebe habe ich oft nachgedacht.
Jetzt denke ich über ihre Ohnmacht nach.
Richard verbietet mir nichts, und doch gibt er mir unentwegt zu verstehen, daß er auf Gerda eifersüchtig ist.
Gerdas Zärtlichkeiten fehlen mir. Auch wenn wir alleine sind, fühlen wir uns gestört, finden wir nicht die Ruhe, die wir brauchten, um füreinander dazusein.
Heute riet Gerda mir, mich von Richard scheiden zu lassen. Nach dem geltenden Gesetz würde ich Schweizerin bleiben und dürfte auch nach der Scheidung hier leben.
Ich zweifle nicht an unserer Liebe, aber Gerda und ich sind nicht allein auf der Welt. Es gibt auch noch Leander und die Menschen um uns herum, die nichts ahnen von den Wirrnissen, denen wir ausgeliefert sind und mit denen wir leben müssen.
Und dann gibt es noch Richard, dem ich dankbar sein muß. Dankbarkeit kann zur Sucht werden.
Er sagt zwar, daß er von mir keine Dankbarkeit erwartet, doch damit werde ich noch lange nicht von meinen Schuldgefühlen ihm gegenüber befreit.
In jüngster Zeit nützt er meine Abhängigkeit nicht mehr so

häufig aus wie früher, er besucht Gerda immer seltener, und wenn er sie besucht, erzählt er mir nichts davon, meist erfahre ich es erst viel später von Gerda. Der Schmerz ist dann nicht mehr so stark, aber er ist nachhaltig und lebt in mir weiter, oft wochenlang.
Der Gedanke, daß wir Richard auf Lebzeiten verpflichtet sind, läßt mich die schlimmsten Vorsätze fassen. Der Urtrieb des Menschen, gut zu sein, ist in mir längst abgestorben.
Gerda ergeht es ähnlich. Wir sind zusammen — und sind machtlos.
Der Mut, zu handeln, fehlt uns im Augenblick noch.
Das muß sich ändern, bald.

Der Staatsanwalt klappte das Tagebuch zu und legte es wieder zu den Akten.
Er blickte zu Gerda hinüber. Ihre Augen waren auf den Fußboden gerichtet. Sie schwieg beharrlich, kein Wort der Rechtfertigung kam über ihre Lippen, keine Erklärung, nichts.
Zbinden sah der Frau an, daß sie sich in die Enge getrieben fühlte.
Betschart trommelte ungeduldig mit der Hand auf seine Schreibmaschine. Zwischendurch blickte er demonstrativ auf die Uhr, als bereue er plötzlich seinen Entschluß, die Nacht durchzuarbeiten. Es fiel ihm schwer, sich auf das Protokoll zu konzentrieren. Manchmal wollte er nach dem Telefonhörer greifen, um sich davon zu überzeugen, ob Madelaine zu Hause war, doch seine Intuition stellte sich ihm in den Weg: Er fühlte sich jetzt nicht stark genug, um eine Niederlage zu verkraften. Er tröstete sich mit dem Gedanken, daß die Lesbierin sicher bald geständig sein würde, dann konnte er seine Koffer packen und mit Madelaine und Chantal in den Süden fahren.
«Nun erzählen Sie mir doch einmal, Frau Roth, warum Ihre Freundin von Herrn Neidhard abhängig war?» hörte Betschart den Staatsanwalt in die Stille hinein fragen.
Gerda blickte auf. Ihre Augen wirkten verstört. Sie bat Zbinden erneut um eine Zigarette. Sie rauchte ungewöhnlich hastig. Man sah ihr an, wie sie nach Worten rang.
«Richard hat Ilona nur mir zuliebe geheiratet», fing sie

endlich an zu erzählen. Sie mußte jedes Wort aus sich herauspressen. Der Staatsanwalt war ihr zutiefst unsympathisch, er war ihr zu glatt, zu selbstsicher; sie zweifelte nicht an seiner festen Absicht, sie ans Messer zu liefern. Deshalb fiel es ihr schwer, mit dem Mann über ihre Beziehung zu Ilona zu sprechen.

«Richard knüpfte an diese Heirat gewisse Bedingungen», fuhr sie nach einer Weile fort. «Er liebte mich, und er verlangte von mir, daß ich mich ihm gegenüber erkenntlich zeigte.»

Zbinden blickte die Frau mißtrauisch an.

«Wie konnten Sie sich erkenntlich zeigen?» wollte er wissen.

«Indem ich mit ihm schlief.»

«Ich denke, Sie sind lesbisch?» fragte Zbinden schnell. «Wie können Sie dann mit einem Mann schlafen?»

«Auch für eine lesbische Frau ist dies kein Problem», meinte Gerda gelassen. «Es ist ein rein technischer Vorgang.»

«So? Sie geben also zu, daß es Ihnen nur wenig Spaß gemacht hat, mit Neidhard zu schlafen?»

«Es hat mir überhaupt keinen Spaß gemacht. Ich habe es nur getan, weil ich mußte.»

Gerda drückte ihre Zigarette aus. Den Filter behielt sie in der Hand und begann ihn zwischen dem Daumen und dem Zeigefinger zu zerkrümeln.

«Mit andern Worten: Sie spielten mit den Gefühlen von Herrn Neidhard, Sie gaukelten ihm etwas vor, was in Wirklichkeit nicht zutraf? Ist es nicht so?»

«Nein!» rief Gerda empört. «Warum drehen Sie mir jedes Wort im Mund um? Richard wußte genau, daß ich nur aus Mitleid mit ihm schlief. Aus Mitleid und Dankbarkeit.»

Zbinden beugte sich über den Schreibtisch und lächelte. Er schien sich darüber königlich zu amüsieren, daß Gerda sich aufregte.

«Ich glaube jetzt kommen wir der Sache schon etwas näher», meinte er plötzlich wieder ernst. «Nun müssen Sie nur noch den Mut aufbringen, mir die volle Wahrheit zu sagen. Ich bin schließlich kein Unmensch, ich werde alles tun, um Ihnen das Geständnis zu erleichtern. Wenn Sie Neidhard getötet haben ...»

«Ich habe ihn aber nicht getötet», unterbrach Gerda den Staatsanwalt. «Kapieren Sie das doch endlich!»
Er ging auf ihren Einwand erst gar nicht ein, sondern sprach unbeirrt weiter: «Ich gehe davon aus, daß Sie Neidhard getötet haben, weil er sexuelle Anforderungen an Sie stellte, denen Sie auf die Dauer nicht gewachsen waren. Das erklärt mir Ihr Verhalten. Wenn eine so intelligente Frau wie Sie einen Menschen tötet, dann spielen dabei meist ganz gewichtige Gründe mit. Sie werden im Gerichtssaal mit meiner Nachsicht rechnen können.»
Zbinden schlug das vor ihm liegende Strafgesetzbuch auf. «Ich werde auf Totschlag erkennen», meinte er und nickte Gerda dabei wohlwollend zu. «Die Mindeststrafe für Totschlag ist ein Jahr Gefängnis. Sie werden also mit Bewährung davonkommen, denn Sie sind ja nicht vorbestraft und haben einen ausgezeichneten Leumund.
Hören Sie selber.»
Er nahm das Gesetzbuch in die Hand und las ihr vor: «Artikel 113 lautet: ‹Tötet der Täter in einer nach den Umständen entschuldbaren, heftigen Gemütsbewegung, so wird er mit Zuchthaus bis zu zehn Jahren oder mit Gefängnis von einem bis fünf Jahren bestraft›».
Er stand auf und ging nachdenklich um den Schreibtisch herum. Vor Gerdas Stuhl blieb er stehen. Ich kann Ihnen nicht weiter entgegenkommen, Frau Roth», sagte er freundlich. «Aber ich gebe Ihnen mein Ehrenwort: Wenn sich alles so abgespielt hat, wie ich es Ihnen eben geschildert habe, so werde ich dafür eintreten, daß Sie auf freien Fuß gesetzt werden, sobald Sie ein ausführliches Geständnis abgelegt haben.»
Der Staatsanwalt wußte genau, daß dies nicht möglich sein würde. Bis zur Gerichtsverhandlung würde die Frau auf jeden Fall in Untersuchungshaft bleiben. Auch die in Aussicht gestellte Freiheitsstrafe von einem Jahr mit Bewährung hielt er natürlich für illusorisch, aber irgendwie mußte er die Lesbierin ja weichkriegen, sonst konnte er noch lange auf ihr Geständnis warten.
«So», meinte er entschlossen. «Und nun erzählen Sie mir offen und ehrlich, was sich am letzten Freitag in Thorhofen zugetragen hat. Umsonst haben Sie ja nicht unmittelbar nach dem Mord die Polizei verständigt.»

Gerda starrte den Staatsanwalt fassungslos an.
«Was hab ich?» fragte sie verwundert.
«Stellen Sie sich bloß nicht dumm. Sie haben genau um siebzehn Uhr zweiunddreißig bei der Notfallzentrale der Kantonspolizei angerufen ...»
«Das ist nicht wahr!» unterbrach ihn Gerda aufgeregt. «Wie können Sie mir so etwas unterstellen.»
«Es war eine Frauenstimme, und die Stimme Ihrer Freundin kann es nicht gewesen sein, weil Frau Neidhard zu diesem Zeitpunkt von dem Mord noch gar keine Kenntnis hatte. Wenn Sie also bestreiten, die anonyme Anruferin gewesen zu sein, so haben Sie doch sicher eine Erklärung, um wen sonst es sich dabei gehandelt haben könnte.»
Während Zbinden seinen Blick abwartend auf Gerdas Gesicht richtete, zuckte sie resigniert die Schultern.
Ein Polizeibeamter kam ins Zimmer. Er stellte eine Thermosflasche mit Kaffee auf den Schreibtisch. Den Teller mit dem Pflaumenkuchen wollte er dem Staatsanwalt reichen, doch dieser befahl ihm, den Kuchen ebenfalls auf den Schreibtisch zu stellen.
«Essen Sie!» forderte er Gerda auf. «Vielleicht haben Sie mit vollem Magen etwas mehr Mut.»
Die Lehrerin schüttelte lethargisch den Kopf. «Ich bin müde», sagte sie leise. «Ich kann schon gar nicht mehr klar denken. Bitte lassen Sie mich schlafen.»
«Das geht leider nicht, Frau Roth. Wir müssen schließlich weiterkommen. Auch wir sind müde. Auch wir würden gerne nach Hause gehen. Wir warten bloß noch auf Ihr Geständnis.»
Zbinden sah zu Betschart hinüber, der wieder einmal auf seine Armbanduhr blickte und dabei gähnte. Es war zwanzig Minuten nach elf.
Der Staatsanwalt erhob sich und verließ das Zimmer. Er mußte auf die Toilette.
Betschart nahm seinen Stuhl und stellte ihn neben Gerda, allerdings verkehrt herum, so daß er beim Sitzen seine Arme auf die Rückenlehne aufstützen konnte.
«Hören Sie mir mal gut zu», begann er auf die Frau einzureden. «Ich sehe Ihnen an, daß Sie verzweifelt sind. Das spricht nur für Sie. Wer eine so scheußliche Tat begeht, muß unweigerlich erschrecken, wenn er wieder zu sich

kommt. Wir wissen das, und deshalb wollen wir Ihnen helfen, reinen Tisch zu machen.»
Gerda wandte ihren Blick von ihm ab, sie starrte wieder auf den Fußboden.
Betschart nahm einen neuen Anlauf. «Versuchen Sie doch den ganzen Fall einmal aus unserer Sicht zu sehen: Ein Mord geschieht, ein unschuldiger Mensch wird auf gräßliche Weise umgebracht, ein Mensch, der bestimmt noch gern gelebt hätte. Nun ist es doch unsere Aufgabe, den Täter zu finden, oder sind Sie vielleicht anderer Meinung?»
Er faßte Gerda behutsam bei der Schulter, so daß sie ihren Kopf hob und ihn anblickte.
«Teilen Sie meine Auffassung, daß wir verpflichtet sind, den Täter zu finden?» doppelte er nach. Mit dieser Methode hatte er vor einigen Jahren einem Sittlichkeitsverbrecher ein Geständnis entlockt.
Gerda nickte stumm.
«Gut», fuhr der Chef der Mordkommision fort. «Um den Täter zu finden, müssen wir zuerst das Tatmotiv kennen. Sind Sie noch immer mit mir einverstanden?»
Gerda nickte abermals.
«Wenn wir das Tatmotiv gefunden haben, ist der Weg zum Täter in der Regel nicht mehr weit. Wenn dieser Täter jedoch die Tat bestreitet, müssen wir in mühsamer Kleinarbeit Beweise zusammentragen, mit denen wir ihn zum Schluß überführen können.»
Er machte eine Pause. Gerda blickte wieder auf den Fußboden.
«Schauen Sie mir in die Augen», fuhr er die Frau plötzlich an. «In Ihrem Fall kennen wir das Tatmotiv, und wir haben genügend Beweise, um Sie als Täterin zu überführen. Warum bestreiten Sie noch? Sie haben nicht die geringste Chance, uns zu entkommen. Sie können Ihre Lage nur noch verschlechtern.»
Zbinden kam zurück und setzte sich wieder an seinen Schreibtisch.
«Ich hab's auch versucht», meinte Betschart mürrisch. «Aber es hat wohl alles keinen Sinn. Am besten sperren wir sie eine Woche lang ein, vielleicht wird sie dann vernünftig.»
Der Chef der Mordkommission nahm seinen Stuhl und

ging damit zu seinem Platz an der Schreibmaschine zurück.
«Frau Roth, ich mache Ihnen einen Vorschlag zur Güte», sagte der Staatsanwalt freundlich. «Sie sind müde, und wir sind auch müde. Legen Sie jetzt ein kurzes Geständnis ab, ein oder zwei Sätze nur, und alle weiteren Einzelheiten sparen wir uns auf morgen. Na?» Er sah sie aufmunternd an. «Ist das ein Wort?»
«Geben Sie mir ein Blatt Papier.»
«Wozu? Wollen Sie das Geständnis formulieren? Das nehmen wir Ihnen gerne ab.»
«Ich will meinem Anwalt schreiben. Ich muß unbedingt mit ihm sprechen.»
«Weshalb? Handelt es sich um Ihr Geständnis?»
«Hören Sie endlich auf mit Ihrem blödsinnigen Geständnis», rief Gerda wütend. «Ich habe allmählich die Nase voll von Ihren primitiven Erpressungsmanövern. Geben Sie mir jetzt bitte Papier und lassen Sie mich in meine Zelle zurückbringen.»
«Sie scheinen sich bei uns bereits zu Hause zu fühlen», meinte der Staatsanwalt sarkastisch. «Wollen wir nicht zuerst zusammen den Fall Neidhard aufklären?»
«Ich werde kein Wort mehr aussagen, bevor ich mit meinem Anwalt gesprochen habe.»
Zbinden nahm seine Brille ab und legte sie vor sich auf den Schreibtisch. Er musterte die Frau so verächtlich, daß sie ihren Blick rasch wieder von ihm abwandte. Er mußte sich zusammennehmen, um seine Beherrschung nicht zu verlieren. Am liebsten hätte er die Lesbierin angebrüllt und ihr mit ein paar Tagen Arrest gedroht, doch das würde ihn vermutlich auch nicht weiterbringen. Was er brauchte, war ein Geständnis, und zwar noch heute nacht, bevor die Morgenzeitungen erschienen. Also nahm er sich zusammen und begann noch einmal von vorn mit seinen Fragen. Er kam erneut auf die Fingerabdrücke zu sprechen und auf Gerdas Verabredung mit Neidhard am Tag seiner Ermordung. Er legte der Frau die schriftliche Zeugenaussage von Lisa Rüdisühli vor und versuchte sie durch die Behauptung gefügig zu machen, daß ihre Freundin bereits ein oberflächliches Geständnis abgelegt hätte, doch es half alles nichts: Die Lehrerin schüttelte bloß noch stumm ihren

Kopf, manchmal nickte sie, je nachdem, was er sie gefragt hatte, aber konkrete Angaben waren aus ihr nicht mehr herauszuholen.
Auch Betschart schien langsam die Nerven zu verlieren, er vertippte sich beinahe in jedem Satz. Während der Staatsanwalt geduldig eine neue Frage formulierte, sprang der Chef der Mordkommission plötzlich mit einem Fluch von seinem Stuhl hoch und machte die Deckenbeleuchtung wieder an.
«Mir flimmert's schon vor den Augen», schimpfte er. «Wir sind hier doch nicht in einer Bar, Herrgott noch mal.»
Dann setzte er sich wieder, wenn auch widerwillig, an seine Schreibmaschine.
Gegen halb zwei Uhr früh entschied sich Zbinden schließlich für eine Methode, die er eigentlich nur ungern anwandte, doch blieb ihm gar keine andere Möglichkeit, wenn er die völlig verstockte Frau noch zum Reden bringen wollte.
Er befahl Gerda, aufzustehen und sich kerzengerade vor seinen Schreibtisch zu stellen.
«Ich habe endgültig genug von Ihren Lügen», meinte er entschlossen. «Sie bleiben jetzt solange stehen, bis sie sich dazu überwunden haben, mir die Wahrheit zu sagen. Ich bin nämlich kein Hampelmann.»
Die Lehrerin schien am Ende ihrer Kräfte zu sein.
«Lassen Sie mich bitte in Ruhe», stammelte sie leise und wollte sich wieder auf ihren Stuhl fallen lassen, doch der Staatsanwalt ging zu ihr hin und zerrte sie wieder hoch.
«Bleiben Sie gefälligst stehen», drohte er. «Sonst werden Sie mich kennenlernen. Auch meiner Geduld sind Grenzen gesetzt.»
Er fing wieder an Fragen zu stellen, doch Gerdas Antworten fielen immer kürzer und immer eintöniger aus.
Sie stand vor dem Schreibtisch, von Zeit zu Zeit schwankte sie leicht, dann herrschte Zbinden sie an, sie solle wieder gerade stehen, sonst werde er ihr das Fürchten beibringen, er verstehe jetzt keinen Spaß mehr.
Das Gesicht der Lehrerin war jetzt noch blasser als zuvor, sie wirkte plötzlich um Jahre älter. Der starre Ausdruck in ihren Augen hatte etwas Greisenhaftes, ihre Hände zitterten, als stünde sie unter Drogeneinfluß.

So wurde es schließlich halb drei, und Gerda, die sich kaum mehr auf den Beinen zu halten vermochte, begann den Staatsanwalt anzuflehen, er solle sie endlich schlafen lassen, doch Zbinden blieb unerbittlich. Er ließ für sich und Betschart noch einmal Kaffee aus der Kantine kommen. Mit schier unerschöpflicher Ausdauer machte er der Lehrerin immer neue Vorhaltungen, die sich freilich nur äußerlich von seinen früheren Fragen unterschieden.
Als der Zeitabstand, in welchem er Gerda von ihrem Stuhl hochzerren und wieder auf die Beine stellen mußte, von Mal zu Mal kürzer wurde, wurde ihm gegen vier Uhr früh endlich klar, daß er sein Ziel in dieser Nacht nicht mehr erreichen konnte. Er setzte sich wieder an seinen Schreibtisch und sagte: «Sie haben Ihre letzte Chance verspielt, Frau Roth. Aber ich will fair bleiben und Ihnen nicht vorenthalten, daß meine Anklage nicht auf Totschlag, sondern auf vorsätzlichen Mord lauten wird.»
Er steckte sich eine Zigarette an. Betschart gab ihm Feuer. «Ich bin mit meinen Anklagen vor dem Geschworenengericht noch stets durchgedrungen», fuhr er langsam fort und blies dabei den Rauch seiner Zigarette auf den Schreibtisch, so daß der Qualm direkt vor Gerdas Gesicht in die Höhe stieg. «Der Vorsitzende des Geschworenengerichts ist ein Mann, der mit den Angeklagten kein Federlesens macht. Bei Oberrichter Vetsch bleibt keine Straftat ungesühnt. Wenn ich fünfzehn Jahre Zuchthaus für Sie beantrage, so garantiere ich Ihnen, daß Sie bei Vetsch auch fünfzehn Jahre Zuchthaus *bekommen* werden. Zum letzten Mal, Frau Roth: Möchten Sie nicht ein Geständnis ablegen? In Ihrem eigenen Interesse.»
Die Lehrerin ließ sich auf ihren Stuhl sinken, und Zbinden unternahm jetzt nichts mehr, um sie daran zu hindern.
«Verlangen Sie wirklich, daß ich etwas gestehe, was ich nicht getan habe?»
«Nein. Ich will nur die Wahrheit hören. Sie wissen doch selbst am besten, wie oft Sie mich angelogen haben.»
«Ich schwöre Ihnen ...»
«Lassen Sie das!» fuhr Zbinden dazwischen. Er konnte es nicht ausstehen, wenn jemand in seiner Gegenwart den heiligen Schwur mißbrauchte.
«Sie haben doch zugegeben, daß Sie Neidhard haßten.»

«Ja, ja, ja!» schrie Gerda aufgebracht. «Aber ich habe ihn nicht umgebracht.»
Betschart drehte sich um und meinte mit einem Kopfschütteln: «Sie sind für mich ein Phänomen, Frau Roth. Ich habe oft mit Mördern zu tun gehabt, sehr oft auch mit Leuten, die sozusagen nur aus Versehen zu Mördern wurden. Aber Ihre Hartnäckigkeit ist einmalig. So etwas habe ich noch nie erlebt.»
Zbinden stand auf und ging zu Gerda hinüber. Er sagte: «Natürlich gibt es auch Zufälle im Leben, aber ich wäre wohl der größte Dilettant in diesem Haus, wenn ich mir von Ihnen weismachen ließe, daß sämtliche Fakten, die gegen Sie sprechen, reiner Zufall sind.»
«Es gibt auch Justizirrtümer», begann Gerda sich zu ereifern. «Es gibt Fehlurteile . . .»
«Im Fernsehen vielleicht, Frau Roth, nicht bei uns. Bei uns haben Sie die Möglichkeit, ein Urteil durch mehrere Instanzen hindurch weiterzuziehen. Ich halte es jedoch für ausgeschlossen, daß sich in ein und derselben Sache mehr als ein Dutzend Richter irren können. Das sollte Ihnen eigentlich einleuchten.»
Im Türrahmen stand plötzlich Honegger. Er war ohne anzuklopfen ins Zimmer getreten.
«Ich bin wieder zurück», sagte er mit heiserer Stimme. Er sah übernächtigt aus, sein hageres Gesicht war fahl.
«Kann ich dich unter vier Augen sprechen, Christian?» fragte er müde, und der Staatsanwalt folgte ihm auf den Korridor.
Honegger nahm eine Zigarillo zwischen die Lippen, aber er steckte sie nicht in Brand.
«Wir werden vermutlich Ärger bekommen», meinte er dann. «Vielleicht war es ein Fehler von mir, aber ich wollte dir doch nur helfen.»
«Was?» fragte Zbinden gereizt. «Nun red schon!»
«Der Amtsarzt hat mir verboten, Ilona Neidhard zu verhören, aber ich habe es trotzdem getan. Du kennst ja den alten Obrist, der hat doch mit allen Gefangenen Mitleid, der unterstützt sie, wo er nur kann. Also habe ich die Neidhard ins Verhör genommen, anständig, völlig korrekt. Ich hab nicht den geringsten Druck auf sie ausgeübt, da ist die Frau plötzlich hysterisch geworden. Schlumpf kann es be-

zeugen. Sie kam auf mich los, fing mich an zu beschimpfen ... na ja, und dann ... dann hab ich ihr eine gelangt.»
«Du hast sie geschlagen?»
«Eine Ohrfeige habe ich ihr gegeben.»
«Wer hat es gesehen?» erkundigte sich Zbinden beunruhigt.
«Schlumpf natürlich, aber der hält bestimmt dicht.»
«Sonst niemand?»
«Etwas später kam Gefängnisverwalter Mosimann dazu. Die Neidhard hat geschrien wie am Spieß, den ganzen Knast hat sie aufgeweckt. Mosimann hat ihr schließlich ein Beruhigungsmittel gegeben. Er war stinksauer, weil wir die Frau solange verhört haben.»
Zbinden ging im Korridor auf und ab.
«Wir haben einen Fehler gemacht», meinte er nachdenklich. «Wir hätten die beiden Frauen bereits am Samstag festnehmen sollen. So hatten sie noch genügend Zeit, um sich miteinander abzusprechen, und das haben sie ganz offensichtlich auch getan.»
«Du bist also nicht weitergekommen mit der Lehrerin?» erkundigte sich Honegger fast ein wenig überrascht.
«Die Frau ist hart wie Granit. An der werden sich auch die Richter die Zähne ausbeißen.»
Dann gingen die beiden Männer ins Verhörzimmer zurück.
«Machen wir Schluß für heute», stöhnte Betschart. Er hatte seinen Kopf aufgestützt und mußte gegen den Schlaf ankämpfen.
Gerda Roth war auf ihrem Stuhl eingenickt.
Der Staatsanwalt rüttelte sie wach.
«Lassen Sie mich schlafen», wimmerte sie leise. «Ich kann nicht mehr.»
«Die hast du aber ganz schön durch den Wolf gedreht», meinte der Oberleutnant mit Bewunderung in der Stimme. Er ging zu Betschart und begann das Protokoll zu lesen.
«Schreiben Sie noch einen Nachsatz», meinte der Staatsanwalt, dann begann er in beiläufigem Tonfall zu diktieren: «Ich bitte mir noch etwas Bedenkzeit aus und behalte mir vor, in den nächsten Tagen ein ausführliches Geständnis abzulegen.»
«Was bezweckst du damit?» fragte Honegger erstaunt.
Der Staatsanwalt bat Betschart, ihm das Protokoll her-

überzureichen, dann ging er damit zu Gerda. Er faßte die Frau an der Schulter und sagte: «Wir wollen nichts übers Knie brechen, Frau Roth.»
Seine Stimme klang mit einem Mal verständnisvoll. Er legte das Protokoll auf den Schreibtisch und streckte Gerda seinen Kugelschreiber hin.
«Da! Unterschreiben Sie.»
Er hatte nicht damit gerechnet, daß die Lehrerin das eng beschriebene Blatt Wort für Wort durchlesen würde.
«Warum schreiben Sie Dinge, die ich nicht gesagt habe?» fragte sie verwundert und blickte zum Staatsanwalt auf. «Das sind doch Unterstellungen.»
«Reden Sie keinen Unsinn», fuhr ihr Zbinden ins Wort. «Ich habe Ihre Querelen satt. Wenn Sie unbedingt wollen, können wir mit dem Verhör fortfahren. *Ich* bin noch nicht müde. *Ich* habe noch viel Zeit.»
«Seien Sie still», hörte er Gerda stammeln. «Ich verliere sonst jeden Moment den Verstand.»
Der Staatsanwalt drückte ihr den Kugelschreiber in die Hand. «Unterschreiben Sie, Frau Roth. Sie vergeben sich damit nichts.»
«Nein», sagte sie mit tonloser Stimme. «Auf gar keinen Fall.»
«Wie Sie meinen.» Zbinden wandte sich an Betschart. «Wir machen weiter. Spannen Sie ein neues Einvernahmeprotokoll ein.»
«Hören Sie auf, mich zu quälen», flehte Gerda mit letzter Kraft. «Ich bin am Ende, ich möchte schlafen, nur schlafen. Bitte!»
«Unterschreiben Sie, dann bringen wir Sie in Ihre Zelle und lassen Sie erst einmal ausschlafen.»
Während die Lehrerin ihre Unterschrift unter das Protokoll setzte, verzog der Staatsanwalt keine Miene.
Er lehnte sich gegen seinen Schreibtisch und meinte gelassen: «Sie können die Frau jetzt abführen, Betschart.»
Der Chef der Mordkommission nahm Gerda am Arm und begleitete sie hinaus. Unter der Tür drehte sich die Lehrerin noch einmal um; sie konnte sich kaum mehr aufrechthalten. Sie sah den Staatsanwalt verächtlich an und sagte mit gepreßter Stimme: «Ich hätte nie für möglich gehalten, daß es so etwas gibt.»

Zbinden gab der Frau keine Antwort. Er begann seine Akten zusammenzupacken.
«Das war ganze Arbeit», hörte er Honegger sagen, der ihm wieder einmal in den Arsch kroch. Zum erstenmal wurde es dem Staatsanwalt in diesem Augenblick bewußt, daß er den Oberleutnant im Grunde nicht ausstehen konnte.
«Ich fürchte, daß die Roth ihr Geständnis morgen widerrufen wird», meinte Honegger weiter. Er kratzte sich am Hinterkopf, doch es war ihm nicht anzusehen, ob der Ausdruck von Besorgnis in seinem Gesicht echt war oder nicht.
«Morgen wird sie dazu keine Gelegenheit haben», erwiderte Zbinden kühl. «Ich lasse die Frau nämlich erst mal zwei Tage schmoren. Umsonst hat sie mit mir nicht eine ganze Nacht Katz und Maus gespielt. Die Einzelhaft wird sich auf ihre Gemütsverfassung auswirken, im Grunde ist die Frau nämlich eine Mimose. Keine Besuchserlaubnis. Kein Mensch, bei dem sie sich aussprechen kann. Die Trennung von ihrer Freundin. Die Ungewißheit, was noch alles auf sie zukommen könnte. Das alles wird die Lehrerin zermürben, wir kennen das von anderen Fällen. Und spätestens am Donnerstag — was wollen wir wetten, Georg? — wird sie ein umfassendes Geständnis ablegen.»
«Brauchst du mich heute?» wollte der Oberleutnant wissen. «Ich habe am Nachmittag eine Schießübung, daran würde ich ganz gern teilnehmen.»
Zbinden sagte ihm, daß er ihn den ganzen Tag nicht benötigen würde, er wolle sich jetzt die Neidhard persönlich vorknöpfen.
Es war genau Viertel nach fünf, als der Staatsanwalt die Polizeikaserne verließ. Während er zu seinem Wagen ging, den er aus Furcht vor Beschädigungen durch Krawallisten nie auf dem Areal der Kaserne abstellte, schlug er den Mantelkragen hoch. Es war kalt und neblig, die Windschutzscheibe seines Wagens war mit einer Frostschicht bedeckt.
Zbinden spürte mit einem Mal, wie die Müdigkeit über ihn hereinbrach, er sehnte sich nach einem warmen Bett.
Auf den Straßen war kein Mensch zu sehen, die Stadt lag noch im Dunkeln. Als der Staatsanwalt am Hauptbahnhof vorbeifuhr, sah er, wie zwei Nachtwächter das breite Gittertor am Eingang öffneten. Vor dem Portal standen ein

paar Taxifahrer. Sie hatten die Hände in den Taschen ihrer Lederjacken vergraben und schienen auf den ersten Schnellzug zu warten.
Zbinden stellte die Wagenheizung an. Er fror plötzlich, und vor seinen Augen begann es zu flimmern. Hoffentlich würde er keine Grippe bekommen, dachte er, das hätte ihm gerade noch gefehlt. Er mußte sich zusammenreißen, um nicht am Steuer einzuschlafen.
Vor seiner Haustür an der Susenbergstraße begegnete ihm eine ältere Frau, die er noch nie gesehen hatte. Sie war gerade damit beschäftigt, die neueste Ausgabe der «Tages-Nachrichten» in seinen Briefkasten zu stecken.
Er nahm ihr die Zeitung aus der Hand.
Rechts unten auf der Titelseite las er die Ankündigung: MORDFALL NEIDHARD AUFGEKLÄRT. Darunter stand etwas kleingedruckter: «Die mutmaßliche Täterin G. R., eine Zürcher Sekundarlehrerin, soll angeblich ein Geständnis abgelegt haben. Lesen Sie dazu den Bericht auf Seite 14.»
Zbindens Mundwinkel gerieten in Bewegung.
«Soll angeblich ein Geständnis abgelegt haben.»
Diese niederträchtige Formulierung war typisch für Bernasconi, der ihm damit eins auswischen wollte. Der Reporter konnte offenbar nicht verkraften, daß der MORGEN-EXPRESS bereits tags zuvor ausführlich über den Fall Neidhard und seine Hintergründe berichtet hatte.
Zbinden beschloß, sich über diesen linken Zeilenschinder nicht länger aufzuregen, auch wenn er sich insgeheim natürlich darüber ärgerte, daß man als Staatsbeamter in gehobener Position einem dahergelaufenen Zeitungsreporter so willkürlich ausgeliefert war. Der Staatsanwalt galt zwar im Kollegenkreis als Verfechter sämtlicher demokratischer Spielregeln, aber wenn er sich als wehrloses Opfer der Pressefreiheit fühlte, wünschte er manchmal doch, in einem totalitären Staat mit einer rigorosen Pressezensur zu leben.
Zbinden zog bereits im Hausflur die Schuhe aus und schlich sich auf Zehenspitzen in seine Wohnung im zweiten Stock. Er wollte Monique und seine Tochter auf keinen Fall wecken. Seine Familie sollte nicht auch noch darunter leiden, daß er einen so anstrengenden Beruf hatte.

Er ging in die Küche und öffnete den Kühlschrank. Er trank einen Schluck Milch, direkt aus der Kartonpackung, weil er zu müde war, um ein Glas aus dem Schrank zu holen.
Als er ein wenig später das Schlafzimmer betrat, hörte er Monique im Halbschlaf murmeln: «Wie spät ist es?»
Er trat zu ihr ans Bett, bückte sich und gab seiner Frau einen Kuß auf die Wange. «Schlaf weiter, Schnäggli», sagte er zärtlich. «Es ist gleich halb sechs.»
«Schnäggli» war ein Kosename, den er seiner Frau vor langer Zeit verliehen hatte.
Er schlüpfte zu Monique unter die Decke und tastete im Finstern nach ihrer Hand.
«Geht's dir gut?» erkundigte er sich liebevoll. Niemand, der während des nächtlichen Verhörs in der Polizeikaserne dabeigewesen war, hätte den Tonfall des Staatsanwalts wiedererkannt.
Monique schlug die Augen auf.
«War's schlimm?» hörte er sie fragen.
«Es war wie immer. Du glaubst nicht, was für hartnäckige Lügner es gibt. Das ist eben unser Beruf. Ich bin richtig geschafft.»
«Wann soll ich dich wecken?» fragte Monique besorgt.
«Nicht vor zehn, Schnäggli. Dann frühstücken wir in Ruhe miteinander.»
Monique umklammerte seine Hand.
«Du hast es hoffentlich nicht vergessen», sagte sie leise.
«Was soll ich vergessen haben?» murmelte er, während er bereits dahindämmerte. Er war so müde, daß er kaum noch zu sprechen vermochte. Es schmerzte ihn richtiggehend, die Augen noch länger offen zu halten. Er wühlte seinen Kopf ins Kissen und versuchte an nichts mehr zu denken.
«Wir wollten doch heute abend in die Oper gehen. Schwanensee mit Nurejew. Du hast es mir fest versprochen. Wehe, wenn du mich im Stich läßt.»
Sie wollte noch etwas sagen, doch dann merkte sie, daß ihr Mann bereits eingeschlafen war.

21

Adrian Mosimann hatte die Leitung des Bezirksgefängnisses von Grünberg zu einer Zeit übernommen, als das Gefängnis noch längst keine neuzeitliche Anstalt mit fortschrittlichen Haftbedingungen war, sondern ein baufälliges Kastell mit mittelalterlichen Zellen, in denen bei naßkaltem Wetter das Wasser von den Wänden tropfte. Zusammen mit seiner Frau Ruth, einer ehemaligen Sozialarbeiterin, hatte Mosimann sich jahrelang für den dringend notwendigen Gefängnisneubau eingesetzt, und schließlich war es ihm gelungen, Regierungsrat Bissegger für seine Reformpläne zu gewinnen, obschon der Justizdirektor bekanntlich alles andere als ein Verfechter des humanen Strafvollzugs war.
Daß es Gerhard Bissegger bei der Verwirklichung des kostspieligen Gefängnisneubaus weniger um die Interessen der Häftlinge als um sein eigenes Ansehen als Politiker ging, hatte Mosimann sehr schnell durchschaut, doch kümmerte ihn dies eigentlich nur wenig. Ihm ging es vor allem um die Lebensbedingungen der Gefangenen. Für Mosimann war entscheidend, daß es auf sämtlichen Zellen sanitäre Einrichtungen gab und daß endlich ein Gemeinschaftsraum geschaffen wurde, damit die Häftlinge nicht rund um die Uhr in ihren winzigen Zellen eingesperrt bleiben mußten. Menschenwürdige Gebäulichkeiten waren nach Auffassung des Verwalters die äußeren Voraussetzungen die er brauchte, um seine ehrgeizigen Pläne eines sinnvolleren Strafvollzugs verwirklichen zu können.
Bei seinen Vorgesetzten in der Chefetage der Justizdirektion galt Adrian Mosimann als «harmloser Spinner», den man, solange er niemandem schadete, gewähren lassen konnte. Bei den Häftlingen war der Gefängnisverwalter beliebt, auch wenn es natürlich auf der Hand lag, daß ein Mensch wie Mosimann, dessen Großmut kaum Grenzen gesetzt waren, sich leicht ausnützen ließ. Oft geschah dies auf recht schäbige Weise, doch Mosimann ließ sich durch solche Enttäuschungen nie von seinem Grundsatz abbringen, jenen Insassen zu helfen, die bereit waren, seinen Beistand anzunehmen.

Mosimann war klein und rundlich. Er hatte ein gutmütiges Gesicht mit offenen Augen und einer stets glänzenden Stirnglatze. Seine Ehrlichkeit war ihm auf den ersten Blick anzusehen.

Außer seinem stetigen Vorsatz, dem nicht zu verleugnenden Unsinn des Strafvollzugs letztlich doch noch ein Quentchen Sinn abzugewinnen, kannte Mosimann keine Prinzipien. Er war offen nach allen Seiten, flexibel in allen Situationen. Seine Bemühungen gingen dahin, den ihm zwangsweise anvertrauten Menschen mit all ihren vielfältigen Problemen möglichst unbefangen gegenüberzutreten.

Wenn ein Gefangener Probleme hatte, nahm der Verwalter sich die nötige Zeit, mit ihm darüber zu sprechen und nach einer Lösung zu suchen. Oft bediente er sich unkonventioneller Mittel, indem er ab und zu die Ehefrau eines inhaftierten Gefangenen nach Grünberg kommen ließ und ihr Gelegenheit gab, sich mit ihrem Mann unter vier Augen auszusprechen, ohne daß er der Begegnung zeitliche Grenzen setzte.

Streng genommen war dies natürlich untersagt, doch Mosimann pflegte sich nur wenig um Vorschriften zu kümmern. Er hatte während rund zwölf Jahren, in denen er im Strafvollzug arbeitete, viel praktische Erfahrungen gesammelt und im Gefängnisalltag auszuwerten versucht. So verging kaum ein Tag, an dem er nicht etwas riskierte, das ihn unter Umständen hätte in Schwierigkeiten bringen können. Der Gefängnisverwalter verließ sich im Umgang mit den Gefangenen auf seine Menschenkenntnis, die ihn noch nie im Stich gelassen hatte. Wenn er an Zusammenkünften mit anderen Gefängnisverwaltern zu sagen pflegte, es gebe für ihn eigentlich keine «hoffnungslosen Fälle», so nahm er es mit Gelassenheit hin, daß seine Kollegen ihn deswegen als verblendeten Idealisten bezeichneten oder ihn einen Narren nannten, der zuerst mal eins auf den Schädel kriegen müsse, um aus seinen weltfremden Träumereien zu erwachen.

Weil jedoch in Grünberg kaum je ein Häftling einen Fluchtversuch unternahm und die Anstalt auch sonst nie durch einen Skandal in der Öffentlichkeit von sich reden machte, ließ der Justizdirektor den Gefängnisverwalter

stillschweigend gewähren, auch wenn einzelne der von Mosimann eigenmächtig eingeführten Praktiken ihm offensichtlich mißfielen.
Dennoch hielt Bissegger sich mit Kritik an den fortschrittlichen Methoden, wie sie in Grünberg angewandt wurden, nach Möglichkeit zurück. Der Justizdirektor schätzte es nämlich, wenn er Gäste aus dem Ausland oder interessierte Studenten zu einer Führung nach Grünberg einladen und ihnen dabei erklären konnte, wie schwer es für ihn gewesen sei, die Verwirklichung einer so modernen Haftanstalt im Kantonsparlament durchzusetzen. Diese stereotyp wiederkehrende Äußerung brachte dem Justizdirektor von den überraschten Besuchern denn auch stets Komplimente ein, für die er sich jeweils mit einem bescheidenen Kopfnicken zu bedanken pflegte.

In der Nacht von Montag auf Dienstag hatte Adrian Mosimann nur wenig geschlafen.
Am späten Montagabend waren zwei Beamte der Kantonspolizei mit einer Untersuchungsgefangenen hereingeschneit, und einer der beiden Beamten, ein gewisser Oberleutnant Honegger, hatte doch die Frechheit besessen, die kränkelnde Frau bis in alle Herrgottsfrühe im Besuchszimmer zu verhören. Kein Wunder, daß die völlig verstörte Gefangene gegen vier Uhr früh zusammenbrach, so daß Mosimann gar keine andere Wahl blieb, als den Dorfarzt von Grünberg, den alten Doktor Manz, aus dem Bett zu klingeln und ins Gefängnis kommen zu lassen. Erst um halb sechs war es im Haus wieder ruhig geworden, doch weil um halb sieben bereits Tagwache war, verzichteten Mosimann und seine Frau darauf, sich nochmals hinzulegen. Sie gingen in die Anstaltsküche, wo sie gemeinsam das Frühstück für die 28 Gefangenen herzurichten begannen, das dann um punkt sieben von zwei Häftlingen verteilt wurde.
Wie an jedem Morgen ging der Gefängnisverwalter auch an diesem Dienstag von Zelle zu Zelle, um die Insassen persönlich zu wecken und mit jedem einzelnen ein paar Worte zu wechseln. Mosimann wußte, daß manche Gefangene während der Nacht oft Alpträume hatten oder sich Gedanken machten, über die sie am darauffolgenden Morgen

gern mit jemandem sprachen. «Privattherapie» nannte er dieses morgendliche Ritual, und er nahm es durchaus in Kauf, daß die Tagwache in Grünberg nicht — wie in anderen Gefängnissen — eine Minute, sondern fast immer eine halbe Stunde dauerte.
Vor zwei Jahren hatte Luzius Ott, der Sekretär der Justizdirektion, dem völlig perplexen Mosimann den Vorschlag gemacht, er solle auf Staatskosten in seinem Gefängnis eine vollelektronische Weckglocke installieren lassen, dies sei kein Luxus und würde im Jahresbudget durchaus unterzubringen sein, aber Mosimann hatte den guten Ott nur ausgelacht. Im Bezirksgefängnis von Grünberg waren die Zellentüren nämlich nicht mit Nummern, sondern mit Namensschildern der betreffenden Insassen versehen.
Als Mosimann an diesem Dienstagmorgen die Zelle von Ilona Neidhard betrat, erschrak er. Die Frau lag zusammengekrümmt auf dem Bett, die Decke hatte sie halb über sich gezogen. Sie hielt mit beiden Händen das Kopfkissen umschlungen, wie einen Menschen, zu dem man sich hingezogen fühlt, und von dem man unter keinen Umständen getrennt werden möchte. Ihr Gesicht war blaß und verkrampft.
Kaum hatte Mosimann die Zelle betreten, wachte Ilona auch schon auf.
«Wer sind Sie?» fragte sie erstaunt. Doch bevor der Verwalter antworten konnte, schien sie sich ihrer Lage plötzlich bewußt zu werden, denn sie rief: «Ich will sofort meinen Anwalt sprechen.»
Auf Ilonas Stirn perlten Schweißtropfen.
«Wollen Sie im Bett bleiben?» fragte Mosimann behutsam. Er war sich nicht einmal darüber im klaren, ob er den Anwalt der Frau verständigen durfte, denn der arrogante Oberleutnant, der das zerbrechliche Wesen bis zum Morgengrauen ausgequetscht hatte, war weggefahren, ohne den Gefängnisverwalter über den Stand der Ermittlungen ins Bild zu setzen.
Die Frau starrte Mosimann mißtrauisch an.
«Sie sehen mitgenommen aus», meinte er ruhig. «Ist Ihnen nicht gut?»
«Mir ist etwas schwindlig. Ich fühle mich ziemlich schwach.»

«Also bleiben Sie liegen. Meine Frau wird Ihnen nachher das Frühstück bringen und sich ein wenig um Sie kümmern.»
«Ich will meinen Anwalt sprechen.»
Sie sprach plötzlich sehr bestimmt.
«Ja, ja», erwiderte Mosimann unschlüssig. «Ich will sehen, was wir machen können.»
«Sie sind so nett zu mir», wunderte sich Ilona und versuchte zu lächeln. «Warum?»
«Warum sollte ich nicht nett zu Ihnen sein? Sie haben mir doch nichts zuleide getan.»
Ilona setzte sich auf. Sie stützte sich mühsam auf das Kopfkissen, doch sie fiel gleich wieder zurück.
«Diese Typen sind alle so grausam», sagte sie tonlos. Es hörte sich an, als führte sie Selbstgespräch. «Sie quälen mich, wo sie nur können. Wissen Sie wo Gerda ist?»
«Wer ist Gerda?»
«Meine Freundin. Man hat sie verhaftet. Ich kann ohne Gerda nicht leben.»
Ilona fing an zu schluchzen. Mosimann setzte sich zu ihr auf den Bettrand. Es fiel ihm schwer, die Frau nicht bei der Schulter zu fassen und sie zu trösten, doch er unterließ es, sie hätte die Berührung als Anzüglichkeit auslegen können.
«Ich schicke Ihnen meine Frau vorbei», sagte er. «Zu ihr können Sie Vertrauen haben, ihr können Sie auch erzählen, was Sie bedrückt. Wenn wir beide Ihnen in irgendeiner Weise behilflich sein können, tun wir das selbstverständlich. Nur dürfen Sie nicht zuviel von uns erwarten. Im Entscheidenden sind auch uns die Hände gebunden. Aber jetzt muß ich mich um die anderen Gefangenen kümmern. Die haben nämlich alle einen Mordshunger und warten auf ihr Frühstück.»
Er ging zur Zellentür, dann drehte er sich noch einmal um: «Wenn es Ihnen nach dem Frühstück besser geht, können Sie in den Aufenthaltsraum kommen. Sie können um halb zehn an Fräulein Mausers Batikkurs teilnehmen. Sie können aber auch Weihnachtsgeschenke basteln, wenn Ihnen das lieber ist. Vielleicht Käseschachteln bemalen oder einen Pullover stricken?»
Als er sah, daß Ilona überhaupt nicht reagierte, ging er

rasch hinaus. Obschon es eine Weisung der Justizdirektion gab, wonach Zellen von Untersuchungshäftlingen grundsätzlich abzuschließen waren, ließ er die Tür unverriegelt. Er konnte es vor sich selbst verantworten. Schon oft hatte er sich vorgestellt, wie das wohl wäre, wenn man Justizdirektor Bissegger einmal in eine verschlossene Zelle einsperren würde? Ob «Biss-Biss» auch Platzangst bekäme, ob er am Ende auch anfangen würde zu toben?
Mosimann mußte über sich selber lächeln. Das waren eben Vorstellungen, die man nur denken, aber nicht aussprechen durfte. Dennoch war er fest davon überzeugt, daß der Justizdirektor manche von ihm erlassene Vorschrift zurückziehen würde, wenn er selbst einmal ein paar Tage im Knast verbringen müßte.
Während der Verwalter die restlichen Gefangenen weckte, fiel es ihm schwer, ein Lachen zu unterdrücken. Er stellte sich in Gedanken «Biss-Biss» vor, wie er in einer Sechsquadratmeter-Zelle unruhig auf und ab ging oder im Gemeinschaftsraum einen Wandteppich webte.
Mitunter fühlte sich Mosimann fast ein wenig als Opportunist, weil er mit Bissegger auszukommen versuchte, obwohl er den Kerl im Innersten verachtete. Dann wiederum tröstete er sich mit der Erkenntnis, daß sein ungetrübtes Verhältnis zum Justizdirektor letztlich ja nur seinen Häftlingen zugute kam.
Nach dem Frühstück berichtete Ruth Mosimann ihrem Gatten, daß Ilona Neidhard sich nach wie vor in schlechter Verfassung befinde. Die Frau habe kaum etwas zu sich genommen, sie habe nur immer wieder ihre Unschuld beteuert und nach einem gewissen Doktor Amrein gerufen.
«Das ist vermutlich ihr Anwalt», meinte Mosimann nachdenklich. Dann rief er den Arzt an.
Nach wenigen Minuten traf Doktor Manz im Bezirksgefängnis ein und untersuchte Ilona zum zweitenmal. Er vermochte keine neuen Komplikationen festzustellen, befand aber, die Gefangene sei sowohl körperlich als auch seelisch ein Wrack und deshalb nicht hafterstehungsfähig.
Während der Arzt die Patientin untersuchte, hörte Mosimann das Schluchzen der Frau bis in sein Büro. Er ging in die Zelle zurück, wo Manz seinen Arzneikoffer zusammenpackte.

«Ich habe ihr ein Beruhigungsmittel gegeben, Haldol. Damit kommt sie vielleicht noch am ehesten über die Runden. Was hat denn die Frau eigentlich verbrochen?»
«Angeblich soll sie Komplizin in einer Mordsache sein. Genaues weiß ich noch nicht.»
«Komplizin bei einem Mord?» Der Arzt schüttelte den Kopf und fuhr sich mit der Hand durch das schlohweiße Haar. «Schwer zu glauben. Was die Frau sagt, und wie sie es sagt: Eine Komplizin ist sie nicht.»
«Das können wir nicht entscheiden, Doktor Manz», sagte Mosimann und gab dem Arzt die Hand. «Erstens kennen wir den Fall nicht, und zweitens hat die Polizei bei uns immer recht.»
Dann ging er in sein Büro.
Er rief bei der Kantonspolizei an, um wenigstens den Stand der Ermittlungen zu erfahren. Schließlich konnte man ihm nicht einfach eine kranke Frau ins Haus bringen und sie dann ihrem Schicksal überlassen.
Als Mosimann nach zweiminütigem Warten endlich jemanden an der Leitung hatte, der den Fall kannte, erfuhr er, daß im Augenblick niemand im Haus zuständig sei, die Herren von der Mordkommission seien alle dienstlich unterwegs. Mosimann verlangte den Kommandanten zu sprechen, mit dem er sich früher einmal in einer ähnlichen Angelegenheit unterhalten hatte. Krummenacher verwies ihn ziemlich barsch an Staatsanwalt Zbinden, ohne auf sein Anliegen auch nur einzugehen. Bei der Staatsanwaltschaft wiederum teilte man dem Gefängnisverwalter in ungewöhnlich schnippischem Tonfall mit, daß Herr Doktor Zbinden sich vermutlich noch zu Hause aufhalte, immerhin habe er die ganze Nacht durchgearbeitet und dürfe deshalb nicht gestört werden. Mosimann, allmählich ungeduldig geworden, verlangte daraufhin die Privatnummer des Staatsanwalts, doch man lachte ihn bloß aus und meinte, da könnte schließlich jeder anrufen, die Privatnummern der Staatsanwälte dürften außenstehenden Personen grundsätzlich nicht bekanntgegeben werden.
Als Ilona Neidhard so gegen neun Uhr bereits wieder unruhig wurde und schließlich erneut anfing zu schreien, blieb Mosimann keine andere Wahl, als Doktor Manz zum drittenmal ins Gefängnis kommen zu lassen und ihn zu bitten,

der aufgebrachten Patientin ein noch stärkeres Beruhigungsmittel zu verabreichen, damit die übrigen, durch den Lärm bereits aufgeschreckten Häftlinge nicht auch noch hysterisch würden.
In der Tat hatten einige der sonst friedlichen Insassen damit begonnen, gegen ihre Zellentüren zu poltern und um Ruhe zu brüllen. Gegen zehn Uhr vormittags hatte Doktor Manz die Patientin mit drei Rohypnol-Tabletten und einer Langzeitinjektion soweit gebracht, daß sie wieder einschlafen konnte. Nun dämmerte sie auf ihrer Pritsche vor sich hin. Von Zeit zu Zeit zuckte ihr rechtes Augenlid; ihr Atem ging schwer, aber gleichmäßig. Im Haus war es wieder ruhig geworden.
Mit fast einer Stunde Verspätung durften die Häftlinge sich schließlich in den Gemeinschaftsraum begeben, wo Fräulein Mauser vor Beginn des Batikkurses zuerst ein paar Traktätchen mit der hilfreichen Aufschrift JESUS LIEBT AUCH DICH verteilte.
Noch vor dem Mittagessen rief Justizdirektor Bissegger in Grünberg an, um sich — der Gefängnisverwalter traute seinen Ohren nicht — persönlich nach dem Befinden von Ilona Neidhard zu erkundigen. Erst im Verlauf der Unterredung und nachdem er von Mosimann über den kritischen Zustand der Gefangenen ausführlich ins Bild gesetzt worden war, ließ Bissegger den eigentlichen Grund für seine menschliche Anteilnahme durchschimmern: Er wolle sich, so betonte er stets von neuem, noch vor dem Begräbnis seines Parteikollegen Neidhard vergewissern, ob die Frau des Ermordeten, die er selber vor ein paar Jahren flüchtig kennengelernt habe, tatsächlich eine gemeine Mordkomplizin sei, wie heute alle Zeitungen berichteten. Das Geständnis dieser Lehrerin, meinte der Justizdirektor ganz am Schluß des Gesprächs, habe ihn eigentlich gar nicht verwundert, die Frau sei ohnehin als linkslastig bekannt, dies habe ihm heute morgen sogar Kollege Stoffel von der Erziehungsdirektion ausdrücklich bestätigt, indessen sei er selbst von der Mittäterschaft der Neidhard noch lange nicht überzeugt.
Zu Mosimanns großer Verwunderung bat ihn der Justizdirektor, er möge die kranke Frau doch um Himmels willen gut behandeln. Derartige Anweisungen waren für den

Gefängnisverwalter eher ungewohnt. Bis jetzt war er vom Justizdirektor meist wegen seiner humanen Praktiken zurechtgewiesen und manchmal sogar abgekanzelt worden. Um so mehr überraschte ihn nun Bisseggers radikaler Gesinnungswandel.
Als Adrian Mosimann nach dem Essen einen Blick in Ilonas Zelle warf, schlief die Gefangene noch immer tief. Er war beruhigt und hoffte, ihr Zustand könnte sich vielleicht, auch wenn ihm dies eher unwahrscheinlich erschien, durch die Psychopharmaka während des Schlafs verbessern.
Am frühen Nachmittag erschien Ruth Mosimann bei ihrem Mann im Büro und berichtete ihm ziemlich aufgeregt, an der Gefängnispforte stehe ein Bursche, der um jeden Preis mit Ilona Neidhard zu sprechen wünsche. Er lasse sich nicht abwimmeln und behaupte sogar, er sei der Sohn von Frau Neidhard.
Mosimann ging hinaus zum Portal.
Leander Neidhard machte einen ziemlich verwirrten Eindruck. Er verbarg seine Hände verlegen in den Hosentaschen und blickte unruhig umher. Der Gefängnisverwalter ließ den Jungen eintreten und bat ihn zu sich in sein Büro.
Leander begann ihm stockend zu erzählen, daß er erst vor knapp einer Stunde in der Polizeikaserne den Aufenthaltsort seiner Mutter erfahren hätte, und auch dies keineswegs offiziell, sondern eher zufällig durch ein Telefonat, das der Pförtner in seiner Gegenwart mit einer Journalistin geführt hatte. Deshalb sei er auf dem schnellsten Weg nach Grünberg gekommen, jetzt wolle er sofort mit seiner Mutter sprechen.
Mosimann hörte dem Jungen aufmerksam zu.
Der Sechzehnjährige schien noch außer Atem zu sein; vermutlich war er das letzte Wegstück von der Hauptstraße bis hinauf zum Bezirksgefängnis gerannt.
«Ich kann dich unmöglich zu deiner Mutter lassen», meinte er besänftigend. Der Bursche tat ihm leid.
«Warum? Ich bin doch ihr Sohn. Wollen Sie meinen Ausweis sehen?» Leander klaubte aus seiner Hosentasche eine zerknitterte Identitätskarte und streckte sie Mosimann hin.

«Ich glaube dir schon, aber deine Mutter schläft. Der Arzt hat ihr eine Spritze gegeben.»
Leander sah ihn beunruhigt an. «Ist sie krank?» wollte er wissen. «Dann möchte ich erst recht zu ihr.»
Es fiel Mosimann schwer, dem Jungen die Besuchserlaubnis zu verweigern, aber es ging nun einmal nicht anders.
«Auch wenn deine Mutter nicht schlafen würde», sagte er ruhig, «könnte ich dich nicht zu ihr lassen. Du müßtest beim Staatsanwalt zuerst eine Besuchserlaubnis beantragen.»
Leander zog seine Stirn in Falten. «Wie lange dauert das?»
Der Gefängnisverwalter zuckte mit den Achseln.
«Drei bis fünf Tage. Aber es ist noch lange nicht sicher, daß du die Besuchsbewilligung auch tatsächlich bekommst.»
«Möchtest du eine Tasse Tee?» erkundigte sich Frau Mosimann, die verlegen neben ihrem Mann stand.
Leander gab ihr keine Antwort. Er starrte regungslos vor sich hin. Nach einer Weile meinte er trotzig: «Meine Mutter ist unschuldig.»
«Kann sein», antwortete Mosimann. Seine Stimme klang ratlos. «Aber das ändert nichts an der Situation. Deine Mutter befindet sich lediglich in unserer Obhut. Über ihre Schuld oder Unschuld wird hier kein Urteil gefällt.»
Leander nagte an seiner Unterlippe. Er dachte angestrengt nach. «Die Leute in Thorhofen machen uns fertig», brach es plötzlich aus ihm hervor. «Gestern nacht haben sie unseren Kater umgebracht. Sie haben Tarzan ein Brotmesser in den Bauch gesteckt, dann haben sie das Tier vor unsere Haustür auf die Fußmatte gelegt und ihm einen Zettel ans Halsband gehängt, auf dem zu lesen stand: ‹Gemeine Mörderin! Wir können auch töten!› Und auf den Wagen meines Vaters haben sie mit roter Farbe geschrieben: ‹LESBENSAU VERRECKE!›»
Mosimann blickte bekümmert zu seiner Frau hinüber, dann sagte er: «Du hast doch hoffentlich Anzeige erstattet.»
Leander lachte. Er meinte bitter: «Ich ging zur Polizei, aber dort wollte man nichts unternehmen. Hausheer, unser Gemeindepolizist sagte bloß, es gebe überhaupt keine Anhaltspunkte, wer der Täter sei, und außerdem sei meine

Mutter selber schuld, sie habe die Thorhofener durch ihr Verhalten eben herausgefordert.»
Noch während der Junge sprach, war Frau Mosimann hinausgegangen. Nun kam sie mit einem Krug Lindenblütentee zurück. Sie stellte eine Tasse vor Leander auf den Schreibtisch und schenkte ihm ein. «Es tut dir gut, wenn du dich ein wenig aufwärmst. Du siehst ganz durchfroren aus.»
Leander trank den Tee und sah sich unruhig im Zimmer um. Sein Blick blieb an einem Spruch haften, den Mosimann erst vor kurzem im «Schweizerischen Beobachter» gelesen und als Vergrößerung in einem Glasrahmen an seine Bürowand gehängt hatte. Es handelte sich dabei um die Äußerung eines Schweizer Politikers, die dieser vor nicht allzulanger Zeit im Parlament gemacht hatte:

> «Es gehört zur Aufgabe und Größe eines Menschen, sich auch mit einem Fehlurteil abfinden zu können.»
> H. P. Fischer, Nationalrat

Das Zitat war dem Gefängnisverwalter damals beim Lesen derart in die Knochen gefahren, daß er den erschreckenden Satz in seiner ganzen entwürdigenden Scheinheiligkeit den Insassen seines Gefängnisses nicht vorenthalten wollte.
«Unsere Häftlinge sollen der Wirklichkeit ins Gesicht blikken», hatte er seiner Frau geantwortet, als sie ihn bat, den gräßlichen Spruch wieder zu entfernen, weil damit doch im wahrsten Sinne des Wortes der Teufel an die Wand gemalt würde.
Doch Mosimann hatte nur gelacht, und der Glasrahmen mit Zitat blieb an seiner Bürowand hängen.
«Stimmt dieser Satz?» wollte Leander von ihm wissen.
Der Gefängnisverwalter holte tief Luft, dann meinte er ausweichend:
«Es gibt in diesem Land eben Leute, denen man die unsinnigsten Phrasen abkauft, weil man ihnen aufgrund ihrer gesellschaftlichen Machtposition nicht zu widersprechen wagt.»
Der Bursche blickte Mosimann skeptisch an.
«Kennen Sie jemand, der sich mit einem Fehlurteil abfin-

den konnte?» fragte er dann. Man sah ihm an, wie er förmlich auf eine Antwort lauerte.
Mosimann blickte zu seiner Frau hinüber, als sei es an ihr, dem Jungen eine passende Antwort auf seine Frage zu geben. Statt etwas zu sagen, schenkte sie aber Leander noch eine Tasse Tee ein.
Der Gefängnisverwalter erwiderte: «Wir erfahren hier nur die Urteile. Ob es Fehlurteile sind, wissen wir nicht. Mindestens die Hälfte aller Gefangenen im Haus behauptet, unschuldig zu sein. Wie soll ich beurteilen können, ob dem so ist? Das ist allein Sache des Gerichts.»
«Und was geschieht, wenn ein Gericht sich irrt?»
«Richter sind auch bloß Menschen», sagte Mosimann. «Man darf von ihnen nichts Unmögliches verlangen. Sicher werden bei uns keine Menschen verurteilt, von deren Unschuld die Richter überzeugt sind, aber es gibt bestimmt Angeklagte, denen die Möglichkeiten fehlen, um sich genügend zur Wehr zu setzen. Wer sich zum Beispiel keinen guten Anwalt leisten kann, steht bei uns unter Umständen zum vornherein auf verlorenem Posten. Wer glaubt denn schon einem vermeintlichen Verbrecher, wenn er immer wieder beteuert, er sei unschuldig?»
«Hör endlich auf, dem Jungen den Kopf vollzuschwatzen», fiel Frau Mosimann ihrem Gatten ins Wort. «Ungerechtigkeiten gibt es überall auf der Welt, aber man muß ja nicht immer gleich mit dem Schlimmsten rechnen.»
«Doch, das muß man», sagte Leander entschlossen. «Ich rechne immer mit dem Schlimmsten. Nur so kann man es vielleicht noch verhindern.»
«Es ist nicht unsere Aufgabe, über die Justiz den Stab zu brechen», antwortete Frau Mosimann dem Jungen und warf dabei ihrem Mann einen vorwurfsvollen Blick zu. «Du verwirrst doch den armen Kerl vollkommen mit deinem Gerede, anstatt ihn moralisch zu unterstützen», meinte sie und verließ erbost das Zimmer.
«Ich will jetzt sofort zu meiner Mutter», sagte Leander. «Sie können mich nicht einfach abwimmeln. Ich muß wissen, was tatsächlich geschehen ist. Es wird soviel geredet und geschrieben, die wildesten Gerüchte sind im Umlauf. Am Ende weiß man selbst nicht mehr, was man glauben darf und was nicht.»

Mosimann stand auf. Er ging im Büro auf und ab und rieb sich dabei nachdenklich das Kinn.
«Junge, nun paß mal auf», begann er auf Leander einzureden. «Im Augenblick kann ich dich wirklich nicht zu deiner Mutter lassen, es wäre dir damit auch nicht geholfen. Aber ich verspreche dir, daß ich für dich beim Staatsanwalt eine Besuchserlaubnis beantragen werde. Einverstanden?»
«Geben Sie mir Ihr Ehrenwort», sagte Leander.
Der Gefängnisverwalter streckte ihm seine Hand hin. Er wollte etwas sagen, doch in diesem Augenblick kehrte seine Frau ins Zimmer zurück, deshalb schwieg er. Sie stellte einen Glasteller mit einem Stück Kuchen auf den Schreibtisch und ermunterte den Jungen, zuzugreifen.
«Den Haselnußkeks hat Renato gebacken. Er ist nicht viel älter als du, aber er ist ein armer Teufel, total drogensüchtig. Niemand vermag ihm zu helfen, auch wir nicht. Er kommt einfach nicht los von dem Gift. Bei uns arbeitet er in der Küche, wir haben nicht die geringsten Probleme mit ihm, doch sobald er wieder in Freiheit ist, hängt er gleich am nächsten Tag an der Spritze.»
Leander brach ein Stück von dem Kuchen ab und steckte es in den Mund. «Schmeckt gut», meinte er höflich, aber man sah ihm an, daß er in Gedanken ganz woanders war.
«Warum sind Sie bloß so stur?» meinte er schließlich und blickte trotzig zu Mosimann hinüber. «Können Sie wirklich nicht verstehen, daß ich wissen möchte, ob meine Mutter mit dem Mord etwas zu tun hat. Ich kann es einfach nicht glauben. Aber in Thorhofen ist man fest davon überzeugt.»
Er zog aus seiner Jeansjacke eine Ausgabe des MORGENEXPRESS und reichte die Zeitung dem Gefängnisverwalter über den Tisch.
«Da! Lesen Sie mal, was über meine Mutter geschrieben wird. Wenn das alles tatsächlich stimmt, so ist sie verloren, dann kann ihr keiner mehr helfen.»
Frau Mosimann trat hinter ihren Mann und blickte ihm neugierig über die Schulter. Er hatte die Zeitung vor sich auf dem Schreibtisch ausgebreitet. Auf der Titelseite war ein Foto von Gerda Roth abgebildet, darunter stand in riesigen Buchstaben:

GESTÄNDNIS IM MORDFALL NEIDHARD: LESBIERINNEN ZUSAMMENGEBROCHEN

Exklusivbericht von Aldo Fossati

THORHOFEN/ZÜRICH: Aufgrund der in der gestrigen Ausgabe des MORGENEXPRESS veröffentlichten Beweise gegen die beiden tatverdächtigten Lesbierinnen Gerda Roth (36) und Ilona Neidhard (34) konnte die grauenvolle Bluttat von Thorhofen bereits am Montag aufgeklärt werden. Das Verbrechen hat in der ganzen Schweiz die Gemüter bewegt und unter der Bevölkerung des Kantons Zürich tiefe Erschütterung ausgelöst.

Am vergangenen Freitagnachmittag wurde der bekannte Architekt und FDP-Politiker Richard Neidhard (39) in seiner Millionenvilla in Thorhofen mit zertrümmertem Schädel aufgefunden. Die sofort eingeleiteten Ermittlungen der Polizei verliefen zunächst ohne konkretes Ergebnis. Erst die vom MORGENEXPRESS auf eigene Faust angestellten Nachforschungen brachten die zuständigen Untersuchungsbehörden auf die richtige Spur: Am Montagmorgen wurden die Zürcher Sekundarlehrerin Gerda Roth und ihre lesbische Freundin Ilona Neidhard verhaftet. Bereits wenige Stunden nach ihrer Festnahme legte die Lehrerin, die den MORGENEXPRESS-Reporter Aldo Fossati tags zuvor noch mit einem 5000-Franken-Scheck hatte zum Schweigen bringen wollen, unter dem Druck der Beweislast ein Geständnis ab. Ob die Witwe des Ermordeten, die ehemals jugoslawische Staatsangehörige Ilona Neidhard, bei dem Verbrechen an ihrem Mann als Komplizin mitwirkte, stand bis zum Redaktionsschluß noch nicht mit Sicherheit fest. Es gibt jedoch Anhaltspunkte, daß die beiden lesbischen Frauen den Mord an Neidhard bereits seit längerer Zeit geplant hatten. Vertraulichen Informationen zufolge war das Verhältnis zwischen dem ermordeten Architekten und den beiden Lesbierinnen äußerst gespannt: So soll es in der Villa während der vergangenen Wochen oft zu lautstarken Auseinandersetzungen gekommen sein. Eine Dorfbewohnerin von Thorhofen, die aus Furcht vor möglichen Repressalien ungenannt bleiben möchte, berichtete dem MORGENEXPRESS: «Die abartige Lehrerin kam fast jeden Tag hierher. Dann wurden in der Villa die Rolläden heruntergelassen, und Herr Neidhard verließ das Haus, so daß die beiden Frauen allein waren.»

Nach der unverhofft raschen Aufklärung der ruchlosen Bluttat atmete die Bevölkerung von Thorhofen erleichtert auf. Gemeindepräsident Gustav Mauch (58) zum MORGENEXPRESS: «Wir danken der Polizei für die geleistete Arbeit, und wir hoffen, daß diese schreckliche Tat nicht ungesühnt bleiben wird.»

Am Montag gingen bei der MORGENEXPRESS-Redaktion zahlreiche Protestanrufe von Eltern ein, die ihre Empörung darüber zum Ausdruck brachten, daß ihre Kinder zu einer lesbischen Lehrerin in die Schule gehen mußten. Hans Mumenthaler, Bankprokurist und Vater der 13jährigen Schülerin Monika: «Mir fiel schon lange auf, daß Frau Roth zu unserer Tochter besonders nett war.»

Auf Anfrage erklärte der städtische Schulvorstand, Dr. Theodor Graber (48), dem MORGENEXPRESS: «Die im Zusammenhang mit der Ermordung von Richard Neidhard erhobenen Vorwürfe haben uns veranlaßt, unser Arbeitsverhältnis mit Frau Roth fristlos aufzulösen. Von den abartigen Neigungen der Lehrerin hatten die Schulbehörden bis jetzt keine Kenntnis. Soweit uns bekannt ist, ließ sich jedoch Frau Roth ihren Schülerinnen gegenüber keine sittlichen Verfehlungen zuschulden kommen. Diesbezügliche Abklärungen sind zurzeit noch im Gange.»
Unmittelbar nach der Trennung von ihrer Freundin soll Ilona Neidhard einen schweren Zusammenbruch erlitten haben. Beim Abschied soll sie der Lehrerin weinend zugerufen haben: «Ich werde immer auf dich warten, Gerda! Wenn es sein muß, ein Leben lang!»
Ilona Neidhard wurde aus Sicherheitsgründen von der Polizeikaserne an einen unbekannten Ort verbracht. Der zuständige Staatsanwalt Dr. Christian Zbinden wollte sich zu dem erwähnten Zusammenbruch an der gestrigen Pressekonferenz nicht äußern. Er hat den Vorfall weder bestätigt noch dementiert. Er sagte jedoch wörtlich, daß der Gesundheitszustand von Frau Neidhard «keineswegs besorgniserregend» sei. Weiter erklärte der Staatsanwalt, die Ermittlungen würden mit großer Eile vorangetrieben. Lesen Sie in der Mittwochausgabe des MORGENEXPRESS über die Hintergründe dieser menschlichen Tragödie.

Mosimann faltete die Zeitung wortlos zusammen und gab sie dem Jungen zurück.
«Du darfst nicht alles glauben, was in dem Blatt steht», meinte er dann. «Zeitungen übertreiben manchmal auch.»
Es klang nicht sehr überzeugend, was der Gefängnisverwalter sagte. In seinem Innern war er sich tatsächlich unschlüssig. Wenn die Lehrerin bereits ein Geständnis abgelegt hatte, so folgerte er, dann war ihre Freundin wahrscheinlich auch in die Geschichte verwickelt. Die Nachricht vom Geständnis dieser Gerda Roth kam immerhin von behördlicher Seite und war deshalb mit Sicherheit keine Erfindung des MORGENEXPRESS.
Der Gefängnisverwalter war ratlos. Er sah sich vor die undankbare Aufgabe gestellt, den Burschen, der doch fast noch ein Kind war, abzuwimmeln. Er konnte Leander unmöglich zu seiner Mutter lassen, schon gar nicht, nachdem er aus der Zeitung erfahren hatte, daß die Ermittlungen noch in vollem Gange waren, denn somit bestand auch noch Verdunkelungsgefahr.
«Ich will sehen, was ich für dich tun kann», versprach er dem Jungen, aber er fühlte sich dabei ziemlich machtlos.

Dann beruhigte ihn jedoch der Gedanke, daß es eben zu den unerfreulichen Seiten seines Berufes gehörte, von Zeit zu Zeit gegen seinen Willen und vor allem auch gegen sein Gewissen Entscheidungen treffen zu müssen. Daran ließ sich nichts ändern.
Weil Ruth Mosimann an diesem Dienstagnachmittag ohnehin nach Zürich fahren wollte, um Einkäufe zu tätigen, schlug sie vor, Leander in ihrem Wagen in die Stadt mitzunehmen. Der Junge zeigte sich darüber nur wenig erfreut, doch als Mosimann ihm nochmals versicherte, daß er ihn so rasch als möglich telefonisch benachrichtigen würde, verließ Leander Neidhard das Bezirksgefängnis von Grünberg zwar nachdenklich, aber dennoch in ruhigerer Verfassung als bei seiner Ankunft.
Gegen vier Uhr nachmittags — seine Frau war längst mit Leander unterwegs in die Stadt — erreichte den Gefängnisverwalter ein merkwürdiger Telefonanruf.
Oberleutnant Honegger war am Apparat und verlangte dringend Staatsanwalt Zbinden zu sprechen.
«Der ist nicht hier», sagte Mosimann und wollte den Hörer wieder auflegen; die Begegnung mit dem Oberleutnant während der vergangenen Nacht hatte ihm gereicht. Aber Honegger gab nicht auf. «Staatsanwalt Zbinden *muß* bei Ihnen sein», doppelte er nach. «Er fuhr zusammen mit Hauptmann Betschart bereits um zwei von hier weg, um Frau Neidhard zu verhören. Rufen Sie den Staatsanwalt bitte sofort an den Apparat, es ist dringend.»
«Moment», brummte Mosimann. Die Stimme des Oberleutnants ging ihm auf die Nerven. Honeggers leicht näselnder, stets überheblich klingender Tonfall war eine Herausforderung, auf die man nur mit Zurückhaltung oder aber mit verletzender Heftigkeit reagieren konnte.
Mosimann ging in den Gefängnistrakt hinüber.
Weil die meisten Häftlinge sich um diese Zeit im Gemeinschaftsraum oder im Hof aufhielten, waren die Zellentüren bloß angelehnt. Die Tür zu Ilona Neidhards Zelle stand jedoch offen. Der Gefängnisverwalter hörte eine rauhe Männerstimme: «Glauben Sie ja nicht, Sie könnten durch Simulieren Ihren Hals aus der Schlinge ziehen, Frau Neidhard, das haben schon ganz andere Leute versucht, und auch die hatten damit keinen Erfolg.»

Mosimann blieb neben der Zellentür stehen, so daß man ihn von drinnen nicht sehen konnte. Er fragte sich, wie die Beamten hier hereingekommen waren; er konnte sich ihre Anwesenheit eigentlich nur damit erklären, daß ihnen einer der Wärter Zutritt zum Gefängnis verschafft hatte. Einige Aufseher waren so naiv, daß sie beim Anblick eines Polizeiausweises bereits in die Knie gingen.
Der Besuch der Beamten war völlig unzulässig. Doktor Manz hatte der Patientin Ruhe verordnet und ihr jede Aufregung untersagt. Aus seiner langjährigen Erfahrung im Umgang mit den Polizeibehörden wußte der Gefängnisverwalter nur allzugut, daß sich die meisten Kriminalbeamten über ärztliche Anordnungen grundsätzlich hinwegzusetzen pflegten. Die Behauptung, Frau Neidhard simuliere bloß, hielt Mosimann für eine Zumutung.
Er trat einen Schritt näher gegen die Tür und blieb stehen. Es interessierte ihn plötzlich, was in der Zelle gesprochen wurde.
«Nun machen Sie keine Fisimatenten», hörte er eine andere Männerstimme sagen. «Lügen ist zwecklos. Ihre Freundin hat doch alles bereits gestanden, das haben wir schwarz auf weiß.»
Der Gefängnisverwalter hörte, wie die Frau zu schluchzen begann. Er empörte sich zutiefst über das Vorgehen der beiden Beamten. Wahrscheinlich spekulierten diese Typen damit, daß der miserable Zustand der Gefangenen ihre Geständnisbereitschaft fördern würde.
Mosimann betrat die Zelle und blieb unter der Tür stehen. Betschart saß neben der Gefangenen auf dem Bettrand. Er hielt einen Block in der Hand und machte sich eifrig Notizen.
Der Staatsanwalt lehnte sich an die Wand und spielte mit seiner Brille.
«Wie sind Sie hier reingekommen?» fragte Mosimann ungehalten.
«Durch die Tür natürlich», sagte Zbinden und musterte dabei den Gefängnisverwalter vom Scheitel bis zur Sohle. «Aber ich bezweifle, daß wir Ihnen darüber Rechenschaft ablegen müssen. Wir sind nämlich dienstlich hier, falls Sie das noch nicht begriffen haben sollten.»
Mosimann war dieser überhebliche Tonfall zur Genüge

vertraut. Er kannte keinen einzigen Staatsanwalt und keinen Kaderbeamten der Kantonspolizei, der *nicht* so sprach, sobald jemand es wagte, sich seinen Anordnungen entgegenzustellen.
Ilona lag mit geschlossenen Augen auf dem Bett. Sie war zwar wach, schien aber nicht die Kraft zu haben, die Augen über längere Zeit hinweg offenzuhalten. Ihr Atem hörte sich an wie ein schweres Röcheln, er ging jetzt unregelmäßig.
«Bitte gehen Sie sofort!» befahl Mosimann den beiden Beamten, deren Aufdringlichkeit ihn anwiderte. «Frau Neidhards Zustand ist kritisch. Sie darf sich auf gar keinen Fall aufregen. Der Arzt hat ihr Ruhe verordnet.»
«So? Hat er?» meinte der Staatsanwalt spöttisch. Dann stauchte er den Gefängnisverwalter zusammen: «Nun hören Sie aber gefälligst auf mit Ihren Belehrungen! Für wen halten Sie uns eigentlich? Bestellen Sie Ihrem Doktor schöne Grüße, aber wir sind hier nicht in einem Sanatorium. Wenn hier jemand etwas verordnet, dann sind *wir* es. Wir haben nämlich einen Mord aufzuklären. Kapiert?»
Mosimann mußte einsehen, daß es zwecklos war, sich mit den beiden Männern auf eine Diskussion einzulassen.
Er sagte deshalb nur: «Doktor Zbinden wird am Telefon verlangt.» Dann verließ er die Zelle.
Der Staatsanwalt kam ihm nach. Auf dem engen Korridor überholte er den Gefängnisverwalter mit raschen Schritten und stellte sich ihm in den Weg.
«Merken Sie denn nicht, daß ich beschäftigt bin?» fragte er gereizt. Er blickte Mosimann mißtrauisch ins Gesicht. «Wer will mich denn sprechen?»
«Oberleutnant Honegger.»
«Sagen Sie, daß ich unabkömmlich sei. Ich rufe zurück.»
«Es soll aber dringend sein.»
Der Staatsanwalt schüttelte verärgert den Kopf. Er ging zur Zelle zurück und rief dem Chef der Mordkommission zu, er solle inzwischen mit dem Verhör fortfahren, sonst würde die Frau am Ende wieder einschlafen. Dann folgte er Mosimann ins Büro.
Er griff zum Telefonhörer, der neben dem Apparat auf dem Schreibtisch lag, und meldete sich. Ein paar Sekunden lang hörte er nur zu, dann sah der Gefängnisverwalter, wie

der Staatsanwalt plötzlich blaß wurde und sich mit der rechten Hand auf die Tischplatte stützte.
«Komm bitte sofort in die Kaserne zurück, Christian», hörte Zbinden den Oberleutnant am anderen Ende der Leitung sagen. «Gerda Roth hat sich in ihrer Zelle erhängt.»

22

Auf der Heimfahrt sprachen die beiden Männer nur wenig. Während der Staatsanwalt, was er sonst eigentlich nie tat, wie ein verrückter Rowdy über die Autobahn raste und einige gefährliche Überholmanöver riskierte, lehnte sich Betschart mit geschlossenen Augen ins Polster zurück und schwieg. Er dachte über eine ganz persönliche und schwere Entscheidung nach, zu der er sich am heutigen Morgen durchgerungen hatte.
Erst kurz vor der Stadtgrenze meinte er schließlich, der Selbstmord der Sekundarlehrerin erstaune ihn keineswegs. Lesbierinnen seien nun einmal von Natur aus feige, das könne man, falls man es noch nicht wisse, sogar im «Praktischen Handbuch für Kriminalisten» nachlesen.
Er selber, so versuchte der Chef der Mordkommission seine Haltung zu rechtfertigen, habe damals mit seiner lesbischen Verlobten Waltraud Pöschl ganz ähnliche Erfahrungen gemacht. Nachdem er ihren abartigen Neigungen auf die Schliche gekommen sei, habe sich das feige Frauenzimmer bei Nacht und Nebel aus dem Staub gemacht und ihn ganz einfach im Stich gelassen.
Weil der Staatsanwalt nichts dazu sagte, sondern seinen Blick stur geradeaus auf die Fahrbahn richtete, fügte Betschart nach einer Weile selbstgefällig hinzu, er sei der Ansicht, daß Gerda Roth eigentlich nur die logische Konsequenz aus ihrem eigenen Verhalten gezogen habe. Mit weniger als fünfzehn Jahren wäre sie wohl kaum davongekommen, deshalb sei die von ihr gewählte Lösung durchaus zu begreifen. Er selber, meinte er mit einem trockenen Hüsteln, würde es keinen Tag im Knast aushalten.
Der Staatsanwalt schwieg beharrlich.

Betschart sah, wie seine Hände sich ins Lenkrad verkrampften. Dabei gab er sich den Anschein, als müßte er sich auf den Verkehr konzentrieren, doch dem Chef der Mordkommission entging nicht, daß Zbinden in Gedanken ganz woanders war. Offenbar machte ihm der unerwartete Freitod der Lesbierin doch mehr zu schaffen, als er zugeben wollte.
Betschart wechselte brüsk das Thema.
In belanglosem Plauderton begann er dem Staatsanwalt zu erzählen, daß er heute im «Polizeianzeiger» ein Inserat gelesen habe, wonach in St. Gallen bei der Kriminalpolizei eine hochdotierte Kaderstelle zu vergeben sei. Um diesen Posten wolle er sich bewerben.
Als Zbinden daraufhin für einen Augenblick zu ihm hinübersah, als wollte er sich davon überzeugen, daß es dem Chef der Mordkommission mit seiner Äußerung doch nicht ernst sein konnte, fügte Betschart gelassen hinzu, das Arbeitsklima an der Kasernenstraße hänge ihm allmählich zum Hals heraus. Außerdem sei für ihn eine berufliche Veränderung in seinem Alter gerade noch möglich, in ein paar Jahren würde es dazu endgültig zu spät sein.
Von der Existenz seiner Freundin erzählte er Zbinden natürlich nichts, denn dies war schließlich seine Privatsache.
Heute früh um fünf, unmittelbar nach dem enervierenden Dauerverhör mit der Lehrerin, hatte sich Betschart doch noch in seinen Wagen gesetzt und war einem seltsamen Instinkt folgend, nach St. Gallen gefahren. Während der Fahrt hatte er sich bereits darauf eingestellt, seine Freundin in den Armen ihres Fabrikanten zu überraschen, und sich fest vorgenommen, dieser Situation gefaßt ins Auge zu blicken. Es gab ja auch noch andere Frauen als Madelaine, aber er mußte endlich wissen, woran er war.
Zu seiner großen Verblüffung fand er die Freundin allein vor. Sie freute sich über sein Erscheinen und begann sofort, ein gemeinsames Frühstück zuzubereiten. Beim Frühstück gestand sie ihm, daß sie die Sache mit dem Fabrikanten eigentlich nur als flüchtiges Abenteuer empfunden und deshalb am Montagabend gleich den Schlußstrich unter dieses Verhältnis gezogen habe. Betschart fühlte sich plötzlich wieder stark, und es kam zwischen ihm und Ma-

delaine zu einer langen und intensiven Aussprache, die mit einem kurzen, jedoch ungemein versöhnlichen Höpperchen auf dem Wohnzimmersofa endete. In der darauffolgenden Euphorie versprach Betschart, sich ab sofort vermehrt um sie und das Kind zu kümmern. Um sich selbst zu beweisen, daß es ihm mit diesem Versprechen ernst war, vertiefte er sich, noch bevor er nach Zürich zurückfuhr, fast eine Stunde lang in den «Polizeianzeiger» und stieß dabei — das konnte kein bloßer Zufall sein — auf die freigewordene Kaderstelle.
«An Ihrer Stelle würde ich mir diesen Schritt gut überlegen», hörte Betschart den Staatsanwalt sagen. «Bei uns sind Sie wer, in St. Gallen müssen Sie sich erst wieder einarbeiten. Außerdem arbeiten die Polizeibehörden in der Ostschweiz mit ganz anderen Methoden.»
«Mordfälle gibt's überall», antwortete ihm Betschart mit einem heimlichen Lächeln auf den Lippen. «Vielleicht gelingt es mir, die Kripo in St. Gallen zu reorganisieren. Sie wissen doch selber, Zbinden, wie das in unserem Beruf aussieht: Mittelmäßige Beamte gibt es in Hülle und Fülle. Aber wirklich gute Leute, die sind selten, die muß man fast mit der Lupe suchen.»
Der Staatsanwalt schwieg wieder.
Als die beiden Beamten kurz darauf in der Polizeikaserne eintrafen, hatte man die Leiche der Lehrerin bereits abtransportiert. In der Eingangshalle kam ihnen der Kommandant entgegen. Er trug wie immer seinen speckigen Anzug und machte einen gefaßten Eindruck. Er ging auf den Staatsanwalt zu und drückte ihm fest die Hand.
«Nehmen Sie's nicht zu persönlich, Zbinden», meinte er freundlich. Aus seiner Stimme war Wohlwollen herauszuhören. «Gegen solche Ereignisse sind wir machtlos, das ist eben Schicksal. Der Selbstmord der Lehrerin kommt für mich einem Geständnis gleich. Damit wäre der Fall Neidhard wohl abgeschlossen.»
Auf die etwas verunsicherte Frage des Staatsanwalts, ob man die Presse noch heute über den Vorfall informieren solle, erwiderte Krummenacher, er sei grundsätzlich nicht dagegen, doch wäre es ihm lieber, wenn man die Nachricht bis morgen zurückhalten könnte. Trotz intensiver Bemühungen sei es ihm nämlich noch nicht gelungen, den

Justizdirektor zu verständigen, und Bissegger würde es bestimmt als persönlichen Affront empfinden, wenn er aus den Zeitungen von dem tragischen Selbstmord erfahren müßte.
Zbinden war erstaunt, daß der Kommandant plötzlich Rücksicht auf den Justizdirektor nahm, das war beinahe ein Kuriosum. Er folgerte daraus, daß Krummenacher sich bei «Biss-Biss» absichern wollte, weil der Tod der Lehrerin in der Presse vermutlich viel Staub aufwirbeln würde. Immerhin war dies bereits der sechste Selbstmord innerhalb weniger Monate.
Als die Beamten jedoch kurze Zeit später Aldo Fossati entdeckten, der sich in der Eingangshalle herumtrieb und offensichtlich von Gerda Roths Selbstmord bereits Wind bekommen hatte, entschloß sich Zbinden im Einvernehmen mit dem Kommandanten für die Flucht nach vorn. Er verabschiedete sich von Krummenacher und Betschart, dann ging er auf Fossati zu.
Auf die spontane Frage des Reporters, wie die Lehrerin sich denn umgebracht habe, antwortete der Staatsanwalt ausweichend, daß er dazu im Moment noch keine Erklärungen abgeben könne, doch würde die Presse noch heute im Verlauf des Tages informiert.
«Immer wenn's brenzlig wird, greift ihr zum Fernschreiber», frotzelte Fossati. «Dann fehlt euch nämlich der Mut, uns Journalisten in die Augen zu schauen und Rede und Antwort zu stehen.»
«Wir müssen zuerst die genauen Umstände abklären», versuchte Zbinden dem Reporter seine Zurückhaltung zu erläutern. «Der Tod der Lehrerin hat uns alle sehr überrascht.»
«Soviel ich weiß, handelt es sich dabei nicht um den ersten Selbstmord hier in der Polizeikaserne», bohrte der Reporter weiter. «Macht ihr es den Häftlingen absichtlich so leicht, sich in euren heiligen Hallen umzubringen?»
«Lassen Sie Ihre pietätlosen Scherze», konterte Zbinden. «Die Gefahr, daß ein Straftäter unmittelbar nach seinem Geständnis die Nerven verliert und eine Kurzschlußhandlung begeht, ist latent immer vorhanden. Diese Gefahr ist besonders groß, wenn der Täter eine empfindliche Freiheitsstrafe zu erwarten hat. Im Falle von Frau Roth wäre

diese Strafe mit Sicherheit nicht unter fünfzehn Jahren ausgefallen.»
«Auch mit einem guten Verteidiger?» wollte der Reporter wissen. «Ich habe in der Zwischenzeit nämlich herausbekommen, daß die Lehrerin stinkreich war.»
«Unsere Gerichte urteilen ohne Ansehen der Person.»
Fossati grinste spöttisch. «Das ist eine Neuigkeit, die wir direkt veröffentlichen müßten. Sie wollen mir doch nicht im Ernst weismachen, daß das Bankkonto eines Delinquenten sein Strafmaß nicht beeinflußt. Soll ich Ihnen vielleicht ein paar konkrete Beispiele nennen?»
Zbinden blickte Fossati ins Gesicht. Seine Lippen wurden schmal wie ein Strich. «Ich kenne Ihre Einstellung den Justizbehörden gegenüber», sagte er mit eisiger Stimme. «Mit dieser pseudo-progressiven Haltung buhlt ihr um die Gunst eurer Leser. Aber warten wir doch ab, Fossati, bis Sie selber mal eins auf den Deckel kriegen. Dann sind Sie nämlich der erste, der nach Vergeltung schreit und dem es scheißegal ist, wenn der Täter sich in der Untersuchungshaft die Pulsadern aufschneidet.»
«Hat die Roth sich die Pulsadern aufgeschnitten?» fragte Fossati interessiert und hielt dabei dem Staatsanwalt sein Diktiergerät vor das Gesicht.
«Nein, sie hat sich aus dem Fenster gestürzt», sagte Zbinden und ließ den Reporter in der Eingangshalle stehen. Er ging hinauf in den ersten Stock zu Honeggers Büro. Der Oberleutnant erwartete ihn bereits voller Ungeduld.
«Hast du Fossati vom MORGENEXPRESS etwas von dem Selbstmord erzählt?» fuhr ihn der Staatsanwalt an.
«Ich? Wieso ausgerechnet ich?» Honegger sah Zbinden irritiert an. «Hör mal, Christian, du weißt doch selbst, daß der MORGENEXPRESS hier im Haus mindestens zwei Dutzend Spitzel hat, die ihn ständig mit Informationen versorgen.»
Der Staatsanwalt ging im Zimmer auf und ab. «Wie ist es passiert?» fragte er den Oberleutnant.
«Mit dem Handtuch, wie immer.»
«Am Fenster?»
«Wo denn sonst?»
Honegger kam auf Zbinden zu und blieb dicht vor ihm stehen. Sein Adamsapfel begann lebhaft auf und ab zu turnen,

dann sagte er: «Du kannst Gott danken, daß *ich* die Tote gefunden habe und nicht irgendein Wärter.»
Er ging zum Schreibtisch und holte ein Blatt Papier, das mit winziger Handschrift vollgekritzelt war.
Er reichte das Blatt dem Staatsanwalt.
«Das ist der Abschiedsbrief der Roth. Er dürfte dich interessieren, Christian. Obschon er nicht an dich, sondern an ihre Freundin gerichtet ist.»
Noch bevor Zbinden den Brief zu lesen begann, steckte er sich eine Zigarette an.
«Ich bin nach wie vor von der Schuld der Lehrerin überzeugt», hörte er den Oberleutnant sagen.
«Wieso?» fragte er gereizt. «Behauptet vielleicht jemand das Gegenteil?»
«Lies doch zuerst mal den Brief», riet ihm Honegger und setzte sich an seinen Schreibtisch. Während Zbinden das Blatt Papier überflog, das er selbst der Lehrerin gegeben hatte, damit sie ihrem Anwalt schreiben konnte, setzte sich der Oberleutnant genüßlich eine Villiger Kiel in Brand.

2. Dezember 1980, 11.40 Uhr

Ilona, Liebes!
Was haben sie bloß mit uns gemacht?
Ich komme mir vor wie in einem schrecklichen Traum, den Kafka sich ausgedacht hat, doch dann zerre ich an meinem Haar und merke, daß alles Realität ist. Ich bin eingesperrt.
Die Leute, mit denen ich zu tun habe, erzählen mir nichts, sie stellen nur Fragen, immer wieder Fragen, oder man droht mir und versucht, mich gefügig zu machen. So habe ich zum Beispiel keine Ahnung, wo Du Dich zurzeit aufhältst. Ich weiß nicht, ob Du auch im Gefängnis bist, vielleicht sogar in der angrenzenden Zelle. Dann könnten wir uns wenigstens durch Klopfzeichen verständigen. Vielleicht hat man Dich auch längst wieder freigelassen. Rätsel über Rätsel, Irrsinn. Man verlangt von mir, daß ich einen Mord gestehe, den ich nicht begangen habe.
Gestern nacht oder heute — ich fange allmählich schon an, das Zeitgefühl zu verlieren — hat man mich mehrere Stunden lang verhört. Die Mittel, die man dabei an-

wandte, verletzten alle Gebote der Fairneß. Der Staatsanwalt ist ein ehrgeiziges Frettchen, das Karriere machen will. Ich habe den Mann auf den ersten Blick durchschaut. Während er mit mir spricht, klettert er gleichzeitig in Gedanken eine Leiter hoch.
In meiner Klasse habe ich zwei Schüler, die später einmal genauso werden wie dieser Zbinden: Kleine Streber, die nächtelang über ihren Schularbeiten hocken und während des Unterrichts wichtigtuerisch mit ihrer Brille spielen.
Aber was soll ich tun?
Ich frage Dich: Was *kann* ich tun?
Meine Ohnmacht ist grenzenlos. Ich befinde mich in einer Zelle, die keine acht Quadratmeter groß ist. Die Heizung funktioniert nicht, vielleicht will man mich auf diese Weise zum Sprechen bringen. Im Verlauf der letzten zwei Tage habe ich gelernt, alles für möglich zu halten. Ich bin mit meinen Kräften am Ende.
Ich fühle mich einer Handvoll Menschen ausgeliefert, denen ich draußen in der Freiheit nicht einmal vor die Füße spucken würde, weil sie so primitiv und sadistisch sind.
Ich vermag nicht einmal mehr zu weinen.
Es bereitet mir Mühe, meine Gedanken zu ordnen.
Das schlimmste Geräusch, das man sich vorstellen kann, kenne ich erst seit gestern: Schlüsselgerassel.
Alle paar Stunden kommt eine Matrone in die Zelle und bringt etwas zu essen, das aussieht, als hätte man es gekotzt: Milchreis. Dazu Zwetschgenkompott.
Die Matrone, die mir das Essen bringt, spricht kein Wort. Sie hat faule Zähne und fettiges Haar. Draußen auf dem Gang hört man sie sprechen. Ihre Stimme ist schrill.
Zwischendurch wird es plötzlich dunkel. Das Licht kann von irgendwoher ausgelöscht werden. Will man Strom sparen? Will man mich schikanieren? Quälen?
Ich habe nie Angst gekannt. Jetzt habe ich Angst.
Ich versuche mir vorzustellen, daß ich einmal glücklich war. Es gelingt mir nicht.
Du warst mein Glück. Jetzt werden wir uns beide zum Verhängnis.

Es gab manchmal Träume, Ahnungen, die mir diese Demütigung voraussagten. Ich war so leichtsinnig und habe diese Gedanken verworfen, ich habe mich sogar darüber lustig gemacht.
Alles wirklich Entscheidende im Leben kann sich nur aus der Beziehung zweier Menschen ergeben.
Zweier Menschen, die sich lieben.
Dann wird alles andere nebensächlich. Zu zweit verfügt man plötzlich über gigantische Kräfte, über die man selber erstaunt ist, weil man sie sich zuvor nie zugetraut hätte: Man lebt. Und man überlebt.
Allein ist alles ausradiert.
Zu dritt hätten wir es vielleicht geschafft.
Richards Fluch war, daß er mich geliebt hat. Und unser Fluch war, daß wir Richard nicht *lieben konnten.*
Aber ich schwöre Dir, daß ich ihn nicht umgebracht habe, auch wenn sich alles gegen mich verschworen zu haben scheint. Es würde mich selbst nicht mehr erstaunen, wenn jemand käme und behauptete, er hätte gesehen, wie ich Richard tötete.
Du mußt mir glauben.
Die Tragweite unserer gegenseitigen Abhängigkeit wird mir erst jetzt bewußt.
Der Wille, zu leben, hat mich von dem Augenblick unserer Trennung an verlassen. Es fehlt mir die Kraft, mich länger aufzulehnen.
Der Staatsanwalt drohte mir mit lebenslänglichem Gefängnis. Er ist überzeugt, daß ich den Mord begangen habe. Ich zweifle nicht im entferntesten daran, daß er alles in Bewegung setzen würde, um mich unter Anklage zu stellen. Das Gesetz und die Volksmeinung sind auf seiner Seite. Zbindens Vorurteil ist längst zum Urteil geworden.
Es ist alles zu spät.
Ich bin jetzt eine Mörderin.
Ich habe Richard umgebracht, auch wenn ich ihn nicht umgebracht habe.
Ich vermisse Deine Zärtlichkeiten.
Ich weiß erst jetzt, was die vergangenen dreizehn Jahre für mich bedeuteten.
Die Zigarette danach, auch sie vermisse ich.

Dann das Gespräch, das der körperlichen Berührung folgte: die Berührung des Geistes und unserer Seelen, an deren Zusammengehörigkeit ich auch jetzt noch glaube. Sie haben uns zwar gewaltsam getrennt, aber sie konnten uns nicht auseinanderreißen.
Das Blatt ist fast voll. Vielleicht haben wir beide Richard getötet, weil es uns für ihn gab? Umgebracht habe ich ihn nicht.
Du bist lieb.
Ich glaube, daß es Menschen gibt, die über die Liebe noch nie nachgedacht haben.

Gerda

Zbinden drückte seine Zigarette aus, obwohl er sie nicht einmal bis zur Hälfte fertiggeraucht hatte. Dann faltete er den Brief zusammen und steckte ihn ein.
«Natürlich hat die Lehrerin den Mann umgebracht», meinte er rasch, als wollte er sich damit selber beschwichtigen. «Wer soll Neidhard sonst umgebracht haben? Wo kein Motiv ist, ist bekanntlich auch kein Täter! Und dann all diese Indizien! Das kann doch kein Zufall sein! Oder bist du vielleicht anderer Meinung?»
Er blickte gespannt auf den Oberleutnant, der noch immer am Schreibtisch saß und nachdenklich seine Zigarillo rauchte.
«Ist doch logisch, daß die Frau vor ihrer Freundin gut dastehen wollte», meinte er nach einer Weile. «Also ich würde mir an deiner Stelle keine Gewissensbisse machen.»
Zbinden blickte erstaunt zu Honegger hinüber.
«Gewissensbisse? Weshalb sollte ich mir Gewissensbisse machen? Ich habe diese Gerda Roth völlig korrekt behandelt. Sie hätte mir ja die Wahrheit sagen können, dann wäre ihr das Dauerverhör erspart geblieben. Oder denkst du vielleicht, die Lehrerin hätte sich umgebracht, wenn sie ein gutes Gewissen gehabt hätte? Bestimmt nicht! Jemand, der wirklich unschuldig ist, braucht sich doch nicht umzubringen, das wäre ja gelacht.»
Er nahm einen Stuhl und setzte sich. Dann fuhr er sich nervös mit der Zunge über die Oberlippe und meinte: «Ich begreife bloß nicht, warum ihr im Gefängnis nicht besser auf die Leute aufpaßt. Jetzt wird man natürlich versuchen,

mir den Schwarzen Peter zuzuschieben. Jetzt bin ich der böse Mann, der die arme, unschuldige Lehrerin in den Tod getrieben hat.»
Während des letzten Satzes hatte der Staatsanwalt seine Brille abgenommen und damit herumzufuchteln begonnen. Man merkte ihm an, daß ihm in seiner Haut nicht sonderlich wohl war.
«Es braucht doch keiner was von dem Brief zu erfahren», sagte Honegger so gelassen, als wäre es die selbstverständlichste Sache der Welt, den Abschiedsbrief der Toten zu unterschlagen.
«Nun paß mal auf, Georg», begann der Staatsanwalt in gänzlich verändertem Tonfall. Seine Stimme klang plötzlich ruhig und besonnen. Auch seine Brille hatte er wieder aufgesetzt. «Ganz unter uns gesagt: Dieser Abschiedsbrief ist eine echte Schweinerei. Das Weib will uns doch damit nur in die Pfanne hauen. Sie will sich an uns rächen, weil es uns sozusagen gelungen ist, sie zu überführen. Das Risiko, in übelster Weise beschimpft und verleumdet zu werden, gehen wir in unserem Beruf natürlich ein. Umsonst sind die Leute, mit denen wir zu tun haben, ja nicht kriminell. Nur ...»
Er machte eine lange Pause und schien angestrengt darüber nachzudenken, wie er den nun folgenden Satz am geschicktesten formulieren konnte, dann fuhr er fort: «Die Öffentlichkeit wird natürlich nicht uns glauben, sondern der Toten. Nehmen wir mal an, ich würde den Abschiedsbrief der Empfängerin aushändigen, so ist doch ganz klar, daß die Frau damit den größten Klamauk anstellen wird. Ein Typ wie Fossati wird ihr den Brief aus der Hand reißen und auf der Titelseite abdrucken, damit seine Leser mal wieder tüchtig Grund zum Schluchzen haben. Und Bernasconi von den «Tages-Nachrichten», diese linke Sau, wird wieder einmal eine «neutrale Disziplinaruntersuchung» gegen mich fordern, das kann ich dir jetzt schon prophezeien. Also ich sehe da allerhand auf uns zukommen, Georg. Und nur, weil ich so großzügig war und dieser verdammten Lesbierin Briefpapier gegeben habe.»
Der Staatsanwalt beugte sich etwas vor und sagte mit gedämpfter Stimme: «Hat außer dir sonst noch jemand diesen Abschiedsbrief gesehen?»

Honegger schüttelte entschieden den Kopf. «Für was hältst du mich eigentlich, Christian?» meinte er beinahe entrüstet. «Ich bin doch nicht blöd. Natürlich habe ich den Brief gelesen und ihn dann sofort verschwinden lassen.»
«Was wolltest du überhaupt von der Roth?» fragte Zbinden den Oberleutnant.
«Ich wollte dir helfen, wenn du's ganz genau wissen willst. Ich dachte, ich könnte vielleicht doch noch ein brauchbares Geständnis aus ihr herauskriegen, nachdem die Zeitungen heute schon so ausführlich darüber berichtet haben.»
Zbinden rang sich ein gequältes Lächeln ab.
«Du kennst mich gut genug, Georg, um zu wissen, daß die perfiden Anschuldigungen der Lehrerin mich persönlich völlig kalt lassen. Mir geht es einzig und allein um das Vertrauen der Öffentlichkeit in unsere Justiz. Dieses Vertrauen darf auf gar keinen Fall erschüttert werden. Die Jugendunruhen im vergangenen Sommer haben uns schon genug zu schaffen gemacht. Ich frage mich wirklich, ob es einen Sinn hat, mit diesem sentimentalen Wisch noch unnötig Öl ins Feuer zu gießen?»
Honegger spuckte einen Tabakkrümel aus, der ihm versehentlich in den Mund geraten war.
«Ich rate dir, Christian: Laß den Brief verschwinden!» meinte er in anbiederndem Tonfall. «Du hast es doch gar nicht nötig, dich von so einer abartigen Ziege beleidigen zu lassen.»
Das Telefon klingelte.
Justizdirektor Bissegger war am Apparat. Er wollte den Staatsanwalt sprechen.
«Mein lieber Zbinden», legte er sogleich los, «nun haben wir also den Salat! Soeben hat mich Fossati angerufen. Er will den Selbstmord dieser Lesbe natürlich groß ausschlachten, und *ich* muß dann im Kantonsparlament den ganzen Schlamassel ausbaden. Sechs Selbstmorde innerhalb eines Jahres! Da soll noch jemand bestreiten, daß dieser senile Trottel von Krummenacher unfähig ist! Aus dem Blickwinkel der liberalen Presse ist unser Polizeigefängnis doch das reinste Konzentrationslager!»
Es fiel dem Staatsanwalt schwer, zu begreifen, was der Justizdirektor mit seiner emotionsgeladenen Attacke gegen den Polizeikommandanten letzten Endes bezwecken

wollte, schließlich hatte Krummenacher mit dem Selbstmord der Lehrerin überhaupt nichts zu tun. Solange man die Gefangenen in ihren Zellen nicht rund um die Uhr überwachte, mußte man in Gottes Namen mit Suizidversuchen rechnen, vor allem bei psychopathischen Häftlingen. Zbinden vermutete stark, daß der Justizdirektor ganz einfach das Bedürfnis hatte, sich abzureagieren, deshalb ließ er ihn weitertoben.
«Nun fehlt mir bloß noch, daß diese Ilona Neidhard sich auch noch umbringt», brüllte er in den Hörer. «Hat man die Frau schon vom Selbstmord ihrer Freundin in Kenntnis gesetzt?»
«Nein», versuchte Zbinden den Justizdirektor zu beschwichtigen. «Aber ich werde morgen früh persönlich nach Grünberg fahren und ihr den Sachverhalt so schonend wie möglich beibringen.»
«Gibt es denn überhaupt einen konkreten Anhaltspunkt dafür, daß Frau Neidhard von den Mordplänen ihrer Freundin etwas gewußt hat?»
«Nein. Bis jetzt hat sie jede Mittäterschaft entschieden bestritten.»
«Dann schlage ich vor, daß Sie die Frau schleunigst auf freien Fuß setzen.»
«Es bleibt uns wohl kaum etwas anderes übrig. Selbst wenn Frau Neidhard an dem Verbrechen beteiligt war, werden wir nach dem Tod ihrer Freundin kaum mehr ein Geständnis aus ihr herauskriegen.»
«Eben», meinte der Justizdirektor entschlossen. «Da bin ich ganz Ihrer Ansicht, Zbinden. Wenn wir die Neidhard noch länger in Untersuchungshaft behalten, schaffen wir uns nur zusätzliche Komplikationen. Ich bin sicher, daß die Frau zurückschlagen wird, sie ist keineswegs hilflos. Sie verfügt über die nötigen Mittel, um gegen uns vorzugehen. Sie braucht sich doch bloß den richtigen Anwalt zu suchen, und schon können wir uns auf einen handfesten Skandal gefaßt machen. Sie wissen doch selbst, wie viele Anwälte es gibt, die nur darauf warten, bis sie uns ein Bein stellen können. Wenn die Mandantin zudem eine Melkkuh ist, die das Honorar im voraus entrichtet, können Sie sich vorstellen, mit welcher Vehemenz man gegen uns vorgehen wird. Nein, nein, das möchte ich mir gern ersparen.»

Der Justizdirektor seufzte besorgt, dann wollte er wissen, ob die Presse über den Selbstmord bereits informiert worden sei.
Als der Staatsanwalt dies verneinte, meinte Bissegger: «Geben Sie nur eine kurze Information durch, zwei oder drei Zeilen, und bitte keine Einzelheiten. Wir müssen verhindern, daß der Fall aufgebauscht wird. Mir reicht es, wenn dieser Fossati morgen seinen Lesern eine rührselige Geschichte über die barbarischen Verhältnisse in unseren Gefängnissen auftischen wird.»
«Wir werden uns streng an die Fakten halten», beruhigte Zbinden den Justizdirektor. «Suizid durch Strangulation in der Zelle, und damit basta.»
Nachdem der Staatsanwalt den Hörer aufgelegt hatte, meinte er zu Honegger: «Ich hätte dich gern heute abend zum Essen eingeladen, Georg, aber leider geht das nicht. Ich muß mit meiner Frau wieder einmal in die Oper. Schwanensee von Tschaikowsky. Darum komme ich beim besten Willen nicht herum. Ist ja auch immer wieder ein Erlebnis.»
«Heute abend ginge es ohnehin nicht», wandte der Oberleutnant sogleich ein, ohne dem Staatsanwalt freilich den Grund für seine Unabkömmlichkeit zu nennen. Er mußte Hedwig zu ihrem Modellierkurs im Kirchgemeindehaus fahren und über solche Privatangelegenheiten sprach er nur ungern. Honegger ertappte sich immer wieder dabei, daß er sich im Kollegenkreis für seine gelähmte Frau schämte. Das gab ihm zwar oft zu denken, aber er vermochte daran nichts zu ändern.
Zbinden nahm den Abschiedsbrief der Lehrerin aus der Innentasche seines Anzugs. Er zerriß den Brief in winzige Papierschnitzel, die er vorsichtshalber wieder einsteckte, damit sie nicht in falsche Hände gerieten. Bei sich zu Hause würde er sie dann durchs Klo hinunterspülen.
Er blickte verlegen zu Honegger hinüber und meinte dann: «Ich kann mich doch auf dich verlassen, Georg?»
Dabei kratzte er sich hinter dem rechten Ohr, das tat er immer, wenn ihm bei einer Sache nicht ganz wohl war.
Mit Genugtuung nahm er zur Kenntnis, wie ihm der Oberleutnant kumpelhaft zunickte. Er ging zur Tür, doch dann drehte er sich noch einmal um.

«Übrigens habe ich eine interessante Neuigkeit für dich», meinte er mit einem vielversprechenden Lächeln. Er zwinkerte Honegger zu und sagte: «Betschart will uns verlassen.»
Der Oberleutnant blickte überrascht hoch. «Mach keine Witze! Der will doch nicht etwa in die Privatwirtschaft?»
«Ganz im Ernst, Georg! Betschart hat einen Kaderjob bei der Kriminalpolizei St. Gallen in Aussicht. Offenbar zieht es ihn in die Ostschweiz.»
«Ja, ja», meinte Honegger spöttisch. «Daran kann schon was Wahres sein. Mir ist aufgefallen, daß Betschart in letzter Zeit verdammt oft in St. Gallen war. Wahrscheinlich hat er dort irgendein Eisen im Feuer, Betschart ist ja bestimmt kein Eunuch.»
Der Oberleutnant kicherte leutselig vor sich hin.
Er sah, wie Zbinden auf ihn zukam und dicht neben dem Schreibtisch stehenblieb.
«Wenn Betschart uns verläßt, brauchen wir einen würdigen Nachfolger für ihn.»
Er schwieg, doch als er bemerkte, daß der Oberleutnant ihn bloß ungläubig anstarrte, fügte er mit einem aufmunternden Kopfnicken hinzu: «Vielleicht kommst du diesmal endlich zum Zug, Georg. Ich würde es dir von Herzen gönnen.»
«Das geht nicht», stotterte Honegger verlegen. «Ich habe doch kein Staatsexamen. Ich mußte damals mein Studium abbrechen ...»
«Ich weiß», fiel ihm der Staatsanwalt beschwichtigend ins Wort. «Aber du bist seit neun Jahren bei der Mordkommission, du hast dich bewährt. Das zählt viel mehr als ein Fetzen Papier, der in deinem Büro an der Wand hängt.»
Während er mit seiner rechten Hand mit den Papierschnitzeln in seiner Anzugtasche spielte, meinte er mit einem zuversichtlichen Lächeln: «Ich bin sicher, daß wir keinen besseren Mann finden werden, Georg. Deshalb werde ich mich beim Justizdirektor für dich einsetzen.»
Honegger war so perplex, daß er sich bei Zbinden nicht einmal bedanken konnte. Zwar glaubte er noch nicht so recht daran, daß sein Traum von der Beförderung zum Chef der Mordkommission tatsächlich in Erfüllung gehen könnte, anderseits wußte er jedoch, daß der Staatsanwalt bei wich-

tigen personellen Entscheidungen auf den Justizdirektor einen großen Einfluß ausübte. Aussichtslos war seine Situation demnach bestimmt nicht. Norbert Hüppi, der Chef der Verkehrsabteilung, besaß auch kein abgeschlossenes Studium, der hatte früher bei einer Versicherungsgesellschaft gearbeitet und war schließlich durch undurchsichtige Beziehungen im Kader der Kantonspolizei gelandet. Warum sollte er, der er doch sonst immer ein Pechvogel war, nicht ausnahmsweise auch einmal Glück haben?
Der Oberleutnant blieb lange Zeit in Gedanken versunken, und er kam erst wieder richtig zu sich, als er Zbinden mit entschlossener Stimme sagen hörte: «So, nun wollen wir noch rasch eine Pressemitteilung über den Selbstmord der Lehrerin entwerfen, damit alles seine Ordnung hat.»
Honegger sah auf und nickte dem Staatsanwalt untertänig zu.

22

Vinzenz Füllemann fuhr sich mit einer ungeduldigen Handbewegung durch seinen Vollbart, der schon vereinzelte graue Stellen aufwies. An dieser Geste erkannte man, daß der Chefredakteur ein Problem vom Tisch wischen wollte.
«Ihren Ehrgeiz in Ehren, Fossati», sagte er und versuchte sich dabei zu beherrschen. «Aber wenn bei einem Zugsunglück vierzehn Personen ums Leben kommen, bloß weil der Lokomotivführer besoffen war, so hat diese Meldung für unsere Leser mehr Gewicht, als wenn eine Mörderin sich im Untersuchungsgefängnis das Leben nimmt. Das müssen Sie in Gottes Namen einsehen.»
Fossati blickte wütend vor sich hin auf den Konferenztisch. Er malte mit seinem dicken Filzstift kleine Robotermännchen auf die letzte Seite seines druckfertigen Manuskriptes über den Selbstmord der Lehrerin. Hundertzwanzig Zeilen hatte ihm Füllemann fest zugesichert, bevor dieser blödsinnige Schnellzug im Lötschbergtunnel ent-

gleist war und Strickler es wieder einmal verstanden hatte, innerhalb von zwei Stunden jede Menge Exklusivbilder von dem Zugsunglück zu beschaffen.
Weil keiner der anwesenden Redakteure etwas sagte, fuhr Füllemann nach einer kurzen Pause fort: «Wir bringen die Selbstmordgeschichte zwar nicht auf dem Titel, dafür nehmen wir sie ganz groß auf die Rückseite.»
Der Chefredakteur wollte seinen fleißigsten Mitarbeiter nicht verärgern, außerdem war ihm bekannt, daß Fossati schon seit Samstag jeden Tag mindestens zehn Stunden in der Sache Neidhard unterwegs war.
«Einverstanden?» fragte er deshalb den Reporter, der ihm zuvor einen bösen Blick zugeworfen hatte.
Fossati nickte. «Macht, was ihr wollt», meinte er niedergeschlagen. Er hätte gern an drei aufeinanderfolgenden Tagen die Titelstory für sich gehabt. Finanziell brachte ihm dies zwar keinen Franken mehr ein, aber es galt ja auch noch den beruflichen Ehrgeiz zu stillen, den er während seiner jahrelangen Tätigkeit beim MORGENEXPRESS entwickelt hatte.
Conny Nievergelt meldete sich zu Wort.
«Ich hätte ein paar geradezu einmalige Zuschriften zum Mordfall Neidhard», kicherte er. «Die Briefe hauen unsere Leser vom Stuhl. Wenn man das Zeug durchliest, könnte man glauben, daß wir nicht in der Schweiz, sondern am Arsch der Welt leben.»
«Vielleicht *ist* die Schweiz der Arsch der Welt und wir wissen es bloß nicht», grinste Benny Lienhard, der Redaktionsvolontär.
Conny Nievergelt schüttelte verärgert den Kopf. Wenn er sich selbst beim Sprechen zuhörte, schätzte er es überhaupt nicht, wenn ihm jemand dazwischenfuhr. Nievergelt galt unter seinen Redaktionskollegen als gescheiterte Existenz. Wirklich ernst genommen hatte ihn eigentlich nie jemand. Er war weit über fünfzig, und weil er ständig betrunken war, nannten ihn alle nur den «feuchten Conny». Im Laufe seines Lebens hatte Nievergelt so ziemlich bei allen Zeitungsredaktionen gearbeitet, freilich nirgends länger als ein halbes Jahr. Vor Jahren wäre er, weil er an sich nicht untalentiert war, beinahe zum stellvertretenden Chefredakteur einer Familienzeitschrift ernannt worden,

doch dann hatte er in seiner Freude eine Flasche Whisky geleert und sich gegenüber seinem zukünftigen Verleger noch während der Vertragsverhandlungen derart daneben benommen, daß man ihn die Erfolgsleiter bereits wieder herunterpurzeln ließ, bevor er sie richtig erklommen hatte. Ende der siebziger Jahre hatte sich der «feuchte Conny», der damals gerade wieder in einer Entziehungskur steckte, mit einem herzerweichenden Bittbrief an den Chefredakteur des MORGENEXPRESS gewandt und um eine «allerletzte Chance» gefleht, worauf Füllemann den abgehalfterten Zeitungsmenschen in die Leserbriefredaktion des MORGENEXPRESS holte, wo er nur wenig Unheil anrichten und sich notfalls auch mal einen kräftigen Schluck hinter die Binde gießen konnte, ohne daß dies gleich mit ernsthaften Folgen für die Gestaltung der Zeitung verbunden war.
Der «feuchte Conny», dessen rötliche Äuglein immer ein wenig wäßrig waren, schob Füllemann eine Klarsichtmappe mit Leserzuschriften hin, die er bereits in mehrstündiger Arbeit zu einer, wie er sich auszudrücken pflegte, «ausgewogenen Dokumentation» zusammengestellt hatte.
«Ich habe die Briefe auch gelesen», schaltete sich Alice Gegenschatz, die resolute Briefkastentante, in das Gespräch ein. «Die Volksmeinung zur gleichgeschlechtlichen Liebe ist in der Tat äußerst aufschlußreich.»
«Sie halten doch nicht etwa im Ernst die Meinung der MORGENEXPRESS-Leser für so repräsentativ, daß man sie als Volksmeinung bezeichnen könnte?» spöttelte Benny Lienhard, was ihm einen Verweis des Chefredakteurs eintrug. Füllemann brachte wenig Verständnis dafür auf, wenn sich jemand über Alice Gegenschatz lustig machte. Immerhin war sie, wenn auch nur entfernt, mit der Verlegerfamilie Corrodi verwandt.
«Die Leserzuschriften gehören auf die Witzseite», meinte Fossati und grinste vor sich hin. Auch er hatte die Briefe gelesen und dabei vor Vergnügen gewiehert.
«Also gut», meinte Füllemann ungeduldig, denn er wollte allmählich zum Schluß kommen. «Wenn nichts Aufregendes mehr hereinschneit, bringen wir auf Seite fünf ein paar Leserbriefe und knallen noch ein deftiges Archivbild von zwei Frauen dazu.»

Fossati entnahm seiner Aktenmappe einen Stoß Bilder und reichte sie dem Chefredakteur über den Tisch.
«Alles Fotos von Lesben, zum Teil gewagte Aufnahmen.»
«Wo haben Sie die Bilder her?» erkundigte sich Füllemann mit einem Schmunzeln.
«Von einer Agentur. Die Bastion-Press GmbH ist auf solche Aufnahmen spezialisiert.»
Während der Chefredakteur die Fotos kritisch musterte, streckte Benny Lienhard bereits seine Hand nach den Bildern aus und meinte: «Darf ich auch einmal sehen?»
«Nichts für kleine Jungen», grinste Fossati dem Volontär ins Gesicht. «Sonst rennst du nämlich schnurstracks aufs Klo, Kleiner.»
Nachdem die Redaktionsbesprechung zu Ende war, erkundigte sich Füllemann bei Fossati: «Wann können wir mit der Lesben-Serie starten? Ich möchte aus Aktualitätsgründen so rasch wie möglich damit anfangen. Die Serie muß lanciert werden, solange der Fall Neidhard den Leuten noch in den Ohren liegt.»
«Ich habe mich bereits mit einschlägiger Literatur eingedeckt», versicherte Fossati dem Chef. «Aufklärungsbücher und Lebensbeichten von Lesbierinnen gibt es in rauhen Mengen. Ich lese alles mal durch und fange dann sofort an zu schreiben. Übrigens hätte ich in diesem Zusammenhang noch eine Idee ...»
«Schießen Sie los, mein Lieber, auf Ihre Ideen bin ich immer gespannt.»
«Zu Recht», grinste Fossati bescheiden. Dann meinte er: «Wir könnten doch ein paar authentische Geständnisse von lesbischen Frauen in die Serie einbauen. Das gibt der Sache ein bißchen Pfeffer und nimmt der Serie den strengen Aufklärungscharakter. Als Titel würde ich vorschlagen: LESBIERINNEN PACKEN AUS.»
«Damit liegen Sie diesmal gar nicht so schlecht», meinte Füllemann anerkennend. «Obschon Sie sonst für publikumswirksame Titel überhaupt kein Flair haben.»
Dann wurde er plötzlich ernst und fragte: «Wie wollen Sie an die Weiber rankommen? Man sieht's denen doch nicht an.»
Fossatis Idee gefiel dem Chefredakteur.
«Ach, das ist kein Problem», antwortete der Reporter fast

gelangweilt. «Ich schau mich ein wenig in den Schwulenkneipen um, dort verkehren zum Teil auch Lesben. Wenn ich so einem Mädchen ’nen Hunderter in die Hand drücke, schnattert die mir ihre ganze Lebensgeschichte herunter.» Insgeheim rechnete Fossati natürlich damit, daß er bei dieser Gelegenheit vielleicht doch noch zu seinem langersehnten Abenteuer mit einer Lesbierin kommen würde. Zeit dazu war es.
«Ausgezeichnet», meinte Füllemann und nickte zufrieden. «Bis wann kann ich mit den ersten drei Folgen rechnen?»
Fossati überlegte.
«Ich vermute, daß der Fall Neidhard jetzt für uns gestorben ist», meinte er nach einer Weile. «Nach dem Selbstmord der Lehrerin ist da wohl nicht mehr viel Neues drin. Ich werde also in den nächsten Tagen genügend Zeit haben, um mich mit der neuen Serie zu beschäftigen. Ich denke, daß wir am kommenden Montag mit dem Abdruck beginnen können.»
«Ausgezeichnet», lobte ihn der Chefredakteur bereits zum zweiten Mal. «Und sehen Sie zu, daß in jede Folge ein bißchen Würze hineinkommt, in Form von Schlüssellochinformationen, so was zieht immer. Die Fotos müssen wir aber besonders sorgfältig auswählen, die könnten sonst bei den weiblichen Lesern einen Sturm der Entrüstung auslösen, vor allem auf dem Land und in der katholischen Innerschweiz.»
Füllemann nahm dem Reporter die Mappe mit den Fotos wieder aus der Hand und meinte: «Um die Bilder kümmere ich mich am besten selbst, ich trage ja schließlich auch die Verantwortung dafür. Und Sie, mein lieber Fossati, Sie schreiben mir eine knackige Serie, damit unseren männlichen Lesern der Saft in den Schwanz schießt und ihre Weiber uns mit empörten Zuschriften überschütten. Die Briefe drucken wir dann natürlich ab.»
Der Chefredakteur klopfte seinem Mitarbeiter väterlich auf die Schulter, dann verschwand er in seinem Büro.
Am darauffolgenden Tag erschien im MORGENEXPRESS auf der Rückseite wiederum ein großaufgemachter Artikel in der Mordsache Neidhard, der durch ein schwarz eingerahmtes Bild der aus dem Leben geschiedenen Lehrerin ergänzt wurde.

LESBISCHE MÖRDERIN ERHÄNGTE SICH IN IHRER ZELLE

Exklusivbericht von Aldo Fossati

ZÜRICH/THORHOFEN: Nur wenige Stunden, nachdem die lesbisch veranlagte Lehrerin Gerda Roth (36) den zuständigen Ermittlungsbehörden gegenüber zugegeben hatte, den bekannten Architekten und Politiker Richard Neidhard (39) getötet zu haben, wurde die Täterin in ihrer Zelle im Zürcher Polizeigefängnis tot aufgefunden.
Dies ist bereits der sechste Selbstmord im Zürcher Untersuchungsgefängnis seit Beginn dieses Jahres. Wurde vielleicht deswegen die Presse von den Justizbehörden über den Selbstmord nur mit äußerster Zurückhaltung informiert? Die zuständigen Justizbehörden begnügten sich nämlich mit der lapidaren Feststellung: «Die Lehrerin Gerda Roth ist freiwillig aus dem Leben geschieden.»
Aus zuverlässiger Quelle konnte der MORGENEXPRESS jedoch in Erfahrung bringen, daß die lesbische Frau sich gestern nach dem Mittagessen mit einem in schmale Streifen zerschnittenen Handtuch an ihrem Zellenfenster erhängt hat.
Einen Abschiedsbrief konnte die Selbstmörderin nicht hinterlassen, weil sie nach Angaben der Staatsanwaltschaft in ihrer Zelle über keinerlei Schreibutensilien verfügte. Das Tatmotiv bleibt der Öffentlichkeit dennoch nicht verborgen: Wie Staatsanwalt Dr. Christian Zbinden gegenüber dem MORGENEXPRESS verlauten ließ, hätte die Mörderin mit einer Zuchthausstrafe von 15 Jahren rechnen müssen.
Nach wie vor unklar ist zurzeit, ob die lesbische Freundin der Selbstmörderin und Gattin des ermordeten Architekten, Ilona Neidhard (34), von den Behörden weiterhin in Untersuchungshaft behalten wird. Staatsanwalt Zbinden wollte sich dazu nicht äußern. Aus den bereits vorliegenden Untersuchungsergebnissen darf man jedoch mit einiger Sicherheit schließen, daß die bildhübsche Lesbierin von den grausamen Mordplänen ihrer Freundin Kenntnis hatte. Die beiden Frauen waren bereits seit vielen Jahren eng miteinander befreundet. Die Lehrerin Gerda Roth ging in der Villa des millionenschweren Architekten und FDP-Politikers fast täglich ein und aus.
Der MORGENEXPRESS befragte den bekannten Psychiater Dr. med. Hans-Rudolf Wiget, Privatdozent an der Universität Zürich, über seine Meinung zu dem ungewöhnlichen Mordfall. Professor Wiget zum MORGENEXPRESS: «Lesbisch veranlagte Frauen haben in unserer heterosexuell orientierten Gesellschaft noch immer einen schweren Stand. Diese Frauen werden in der Regel durch gesellschaftliche Vorurteile in eine soziale Randposition gedrängt, wodurch sich unter den Lesbierinnen eine Art Subkultur entwickelt. Erfahrungsgemäß sehen lesbisch veranlagte Frauen in jedem Mann einen potentiellen Rivalen, deshalb sind sie in starkem Maße anfällig auf Eifersuchtsreaktionen, die sich bis zu einem Tötungsdelikt steigern können. Nach meiner Auffassung sollten Lesbierinnen, die mit ihren Problemen allein nicht fertig werden, den Rat eines erfahrenen Psychiaters beanspruchen. Nur so können Konfliktstauungen und, als Folge davon, Kurzschlußhandlungen vermieden werden.»

Zum Selbstmord der Sekundarlehrerin, die viele Jahre im Zürcher Schulhaus Gießhübel unterrichtete, äußerte sich der städtische Schulvorstand Dr. Th. Graber: «Ich habe mit großer Bestürzung vom Freitod unserer ehemaligen Mitarbeiterin Kenntnis genommen. Ich kann nur bedauern, daß Frau Roth nicht rechtzeitig den Mut aufbrachte, sich einem ihrer Vorgesetzten anzuvertrauen. Durch ein offenes Gespräch über ihre schwierige Lebenssituation hätte möglicherweise dieses schlimme Ende verhindert werden können.»
Wie man in der 200-Seelen-Gemeinde Thorhofen den Selbstmord der Sekundarlehrerin beurteilt, geht deutlich aus dem Kommentar des Dorfbauern Willi Rüdisühli hervor, der zum MORGENEXPRESS meinte: «Wer Wind sät, wird Sturm ernten! Das steht schon in der Bibel.»
Lesen Sie mehr über das Liebesleben lesbischer Frauen in der Serie, die unter dem Titel ZÄRTLICHER SEX — GEFÄHRLICHE LEIDENSCHAFT am kommenden Montag beginnt.

In der Rubrik «Leserbriefe» waren einige Zuschriften zum Mordfall Neidhard abgedruckt, die man, um die Seite grafisch etwas aufzulockern, mit einem uralten Foto von Lilli Palmer und Romy Schneider aus dem Film «Mädchen in Uniform» illustriert hatte. Das Bild zeigte die beiden Frauen in enger Umarmung.

«Solange man solch schweinische Leute wie Schwule und Lesbierinnen frei herumlaufen läßt, darf man sich nicht wundern, wenn es zu solchen Schandtaten kommt.»

Frau Sophie Suter-Lanz
Untersiggenthal

«Kompliment zu Ihrem mutigen Bericht, der gleichzeitig eine großartige journalistische Leistung darstellt. Wenn unsere Polizeibehörden nicht mehr in der Lage sind, eine Mörderin zu überführen, sind wir auf die Arbeit Ihrer Reporter doppelt angewiesen. Der MORGENEXPRESS hat wieder einmal den Beweis erbracht, daß es ihm nicht nur um Sensationen geht, sondern daß er auch das Allgemeinwohl im Auge hat und bereit ist, seine Kapazitäten in den Dienst des Staates zu stellen. Herzliche Gratulation!»

Erich S. Vogler
Schaffhausen

«Haben Sie es wirklich nötig, derart miese Sherlock-Holmes-Methoden anzuwenden, so wie Sie es mit dem der Sekundarlehrerin Gerda Roth entlockten Bankscheck getan haben? Sie sollten den staatlichen Strafverfolgungsbehörden nicht auf so dilettantische Weise ins Handwerk pfuschen.»

Roland Tanner, stud. iur.
Bern

Anmerkung der Redaktion: MORGENEXPRESS-Leser Roland Tanner irrt sich. Wir haben den in unserem Bericht erwähnten und abgebildeten Bankscheck der Täterin keineswegs «entlockt», vielmehr hat diese den Scheck unserem Mitarbeiter Aldo Fossati geradezu aufgedrängt, um eine Berichterstattung über das von ihr begangene Verbrechen zu verhindern.

«In Ihrem Bericht über die fürchterliche Bluttat von Thorhofen wird einmal mehr der Beweis erbracht, wohin die von uns stets bekämpften sexuellen Auswüchse führen können. Unser Verein bekämpft seit Jahren alle Formen der abartigen Sexualität, und ebenfalls seit Jahren treten wir für eine Erhaltung der religiösen Lebensgrundsätze, von Sitte und Ordnung, ein. Erlauben Sie uns dazu eine Bemerkung: Die in Mode gekommene Sexualerziehung in den Schulen tut das Übrige dazu, die Unzucht salonfähig zu machen, indem sie den Kindern jegliche Scham raubt. Die Lehrpläne zu diesem umstrittenen Schulfach sehen im Kanton Zürich zum Beispiel vor, daß Homosexualität eine normale Lebensweise ist. Die Homosexualität ist mit nichts zu entschuldigen. Sie ist eine Perversion, eine widernatürliche Unzucht, eine Greuelsünde. Keine Argumentation und kein Beschönigungsversuch kann dies ändern. — Damit aber die grenzenlose Verbreitung nicht stattfinden kann, ist es unsere Pflicht, jegliche Enttabuisierung (durch Presseerzeugnisse, Fernsehfilme, Lockerung der Gesetze) zu unterbinden zu versuchen.»*

Verein für Sitte und Ordnung
Der Präsident: U. Haslimeier
Affoltern am Albis

«Wenn wir unsere Kinder richtig aufklären und rechtzeitig vor solch gefährlichen Praktiken warnen würden, gäbe es gar keine Lesbierinnen und Schwule. Suchen wir die Schuld auch ein wenig bei uns.»

Martha Gubler-Schiess
Lenzburg

«Ich finde, man sollte diese beiden Frauen nackt ausziehen und am Hals und an den Füßen mit einem Seil solange zusammenbinden, bis sie voneinander genug bekommen. Umsonst hat der Herrgott nämlich nicht Mann und Frau geschaffen. ER hat sich schon etwas dabei gedacht, ganz gewiß. Es ist mir unverständlich, wie eine so schamlose Person an einer staatlichen Schule unterrichten darf. Wie kann man nur unsere Kinder einer Frau ausliefern, die nicht einmal vor einem kaltblütigen Mord zurückschreckt?»

Mario Caduff
Sedrun

* Anmerkung des Verfassers: Die hier zitierten Äußerungen wurden (ohne freundliche Genehmigung) im Originalwortlaut der Broschüre «Gesunde Gesellschaft» entnommen, welche vom «Aktionskomitee für Sitte und Moral» in Langenthal/Schweiz herausgegeben und propagiert wird.

«Ich bin selber lesbisch und verwahre mich in aller Form gegen Ihre tendenziöse Berichterstattung. Wenn man Ihren Artikel liest, kann man den Eindruck gewinnen, wir Lesbierinnen seien allesamt Mörderinnen. Daß die überwiegende Mehrheit von uns ein unauffälliges und durchaus gesellschaftskonformes Leben führt, wird in Ihrem Bericht mit keinem Wort erwähnt. Dagegen protestiere ich im Namen aller Lesbierinnen, die sich durch Ihren Artikel in ihrer Ehre verletzt fühlen.

Agnes U.
Baden

«Früher hat man mit Leuten dieser Gattung kurzen Prozeß gemacht. Das war eben noch in der «guten alten Zeit» — Warum heute nicht mehr?»

Jakob Eggenberger-Moser
Küsnacht

In der Nacht vom Dienstag auf den Mittwoch fiel der erste Schnee. Bereits am frühen Morgen kam es auf den Straßen zu Stauungen, die Unfälle häuften sich, und der Verkehr wurde teilweise lahmgelegt; sogar in der Stadt, wo die Schneepflüge schon seit Stunden im Einsatz waren.
Zbinden hatte ursprünglich die Absicht gehabt, am Mittwochmorgen nach Grünberg hinauszufahren, um Ilona Neidhard noch einmal zu verhören, auch wenn er sich von diesem Vorhaben eigentlich nur wenig versprach. Er war fest davon überzeugt, daß die Frau nach wie vor jede Mittäterschaft an dem Mord bestreiten würde, er mußte sie also wohl oder übel auf freien Fuß setzen. Dennoch war er von Amtes wegen verpflichtet, ein Schlußverhör durchzuführen. Immerhin war es ja auch nicht ganz auszuschließen — und mit dieser Möglichkeit rechnete Zbinden sogar im stillen —, daß Ilona Neidhard auf die Nachricht vom Selbstmord ihrer Freundin mit einem Nervenzusammenbruch reagieren und vielleicht doch noch ein Geständnis ablegen würde.
Die schlechten Witterungsverhältnisse bewogen jedoch den Staatsanwalt, seinen Wagen zu Hause in der Garage zu lassen und mit der Straßenbahn in die Stadt zu fahren. Er fühlte sich ohnehin körperlich etwas angeschlagen, es war am Abend zuvor recht spät geworden. In der Oper hatte er einen alten Studienfreund, Bezirksrichter Gottlieb Schaad, getroffen, dessen Frau — wie seine Monique —

eine leidenschaftliche Ballettliebhaberin war, und so hatte man sich denn in der Pause zum anschließenden Schlummertrunk im «Falkenschloß» verabredet. Während die beiden Frauen von Nurejew schwärmten, hatte Schaad ihm bei einem guten Tropfen Weißen zu seinem Erfolg im Fall Neidhard gratuliert und erzählt, die Mordsache sei das Tagesgespräch bei den Kollegen am Bezirksgericht. So wurde es schließlich fast halb drei, bis Zbinden ins Bett kam. Jetzt hatte er zum erstenmal seit langer Zeit einen Kater, er fühlte sich ausgelaugt und hatte heftige Kopfschmerzen.
Nachdem die wesentlichen Ermittlungen im Fall Neidhard abgeschlossen waren, konnte er auf die Mitarbeit von Betschart und Honegger verzichten. Er fuhr deshalb an diesem Morgen nicht mehr an die Kasernenstraße, sondern ging in sein Büro in der Florhofgasse. Von dort aus rief er im Bezirksgefängnis von Grünberg an und erkundigte sich nach dem Zustand von Ilona Neidhard. Nachdem Mosimann ihm versichert hatte, daß es der Gefangenen heute schon bedeutend besser gehe — sie habe eine ruhige Nacht verbracht und nehme jetzt im Gemeinschaftsraum das Frühstück ein —, ersuchte der Staatsanwalt telefonisch die Kommandozentrale der Kantonspolizei, einen Wagen nach Grünberg zu entsenden und ihm die Untersuchungsgefangene polizeilich vorzuführen.
Gegen halb neun erschien Bonsaver, der müde und zerknittert aussah und noch ernster dreinblickte als sonst. Er schleppte sich buchstäblich ins Büro, klagte über heftige Magenschmerzen und betonte, daß er nur dem Herrn Staatsanwalt zuliebe zur Arbeit erschienen sei. Zbinden bat den Sekretär, er solle ihm zuerst einmal einen starken Kaffee kochen. Als Bonsaver zögerte, fügte der Staatsanwalt giftig hinzu, weshalb er sich eigentlich nicht vorzeitig pensionieren lasse, wo er doch ständig kränkle und andere Leute mit seinem Gejammer behellige, worauf Buster Keaton eine Entschuldigung stammelte und rasch aus dem Zimmer ging.
Noch bevor der Staatsanwalt die Morgenzeitungen durchsehen konnte — die Stellungnahme der verschiedenen Blätter über den Selbstmord von Gerda Roth interessierte ihn natürlich —, trat Adele Scharf, die Sekretärin des Er-

sten Staatsanwalts, in sein Büro und brachte eine Tüte mit frischen Butterhörnchen.
Adele Scharf war eine ältere, rührige Dame mit viel Temperament. Von Haus aus wohlhabend, hätte sie es gar nicht nötig gehabt, zu arbeiten, doch sie war seit Jahren verwitwet und obendrein kinderlos. Ihr verstorbener Mann war Obergerichtspräsident gewesen, und man hatte ihn nicht nur wegen seines Namens «den Scharfrichter» genannt. Nachdem er im Gerichtssaal von einem Herzinfarkt dahingerafft worden war, hatte Adele Scharf ihre frühere Tätigkeit als Sekretärin bei der Staatsanwaltschaft wieder aufgenommen. Dort fühlte sie sich zu Hause und dort hatte sie auch vor genau einem Vierteljahrhundert ihren seligen Gatten kennengelernt, als dieser noch Staatsanwalt war.
Nach ein paar Minuten brachte Bonsaver den Kaffee, und Frau Scharf verteilte ihre Butterhörnchen, die sie jeden Morgen tütenweise von der nahen Konditorei Zschokke anschleppte, um die Staatsanwälte bei guter Laune zu halten.
Während die beiden Männer mit der alten Scharf Kaffee tranken, schwatzte die Sekretärin pausenlos auf den Staatsanwalt ein, so daß er beim besten Willen nicht dazukam, die Morgenzeitungen zu lesen. So erzählte ihm Adele Scharf, daß ihr Chef, der sich noch immer in Rom aufhalte, vermutlich einen ganz dicken Fang gemacht hätte, allerdings werde sich das Auslieferungsverfahren gegen die beiden international gesuchten Terroristen noch um einige Tage verzögern, was ja kein Wunder sei bei der Ineffizienz der italienischen Justiz. Während sie munter drauflosredete, verdrückte sie ein Butterhörnchen nach dem anderen, und Zbinden wartete eigentlich bloß darauf, daß die Sekretärin ihn über den aktuellen Stand der Dinge im Fall Neidhard ausquetschen würde. Doch seltsamerweise blieb ihm dies erspart. Offenbar wußte die Scharf gar nicht, daß er den Mordfall bearbeitete, sonst hätte sie sich unweigerlich danach erkundigt, um dann beim Kaffeeplausch im Kreise ihrer Freundinnen mit Exklusivitäten aufwarten zu können.
Bonsaver schluckte nacheinander vier verschiedene Tabletten, und der Staatsanwalt zog bereits ernsthaft in Erwägung, den Sekretär wieder nach Hause ins Bett zu

schicken, als Adele Scharf dem Alten empfahl, er solle doch für ein paar Wochen nach Mariazorn zu einer Kneippkur fahren, dann wäre er mit einem Schlag sämtliche Beschwerden los. Bonsaver hörte aufmerksam zu, und noch während die Scharf auf ihn einschwatzte, begann er plötzlich aufzublühen. Seine fahlen Wangen färbten sich rosarot, und Zbinden war mit einem Mal überzeugt, daß sein kränkelnder Sekretär nur ein Hypochonder war, der mit seinen zahlreichen Leiden bloß die Aufmerksamkeit seiner Umwelt auf sich zu ziehen suchte.
Es schneite noch immer, stärker sogar als am Morgen, und der Staatsanwalt stellte sich bereits darauf ein, daß die Untersuchungsgefangene bei diesem Wetter nicht vor Mittag in der Stadt eintreffen würde. Bis jetzt waren mindestens zwanzig Zentimeter Schnee gefallen, dagegen war auch ein Polizeiwagen nicht gewappnet.
Als Adele Scharf sich gegen zehn Uhr mit den restlichen Butterhörnchen ins Büro von Staatsanwalt Wisniewski begab und Bonsaver sich ins Archiv zurückzog, um Akten auszusortieren, beschloß Zbinden, Rechtsanwalt Amrein anzurufen und ihn vorsorglicherweise darauf vorzubereiten, daß er seine Mandantin wahrscheinlich noch heute bei der Staatsanwaltschaft abholen könne. Für den Staatsanwalt war dieser Anruf ein geschickter Schachzug, weil er auf diese Weise Ilona Neidhards Anwalt vielleicht für sich gewinnen konnte, bevor Amrein von seiner Mandantin gegen ihn aufgehetzt wurde.
In der Tat zeigte sich Amrein über den Anruf des Staatsanwalts hocherfreut. Er schilderte Zbinden des langen und breiten, er habe in den vergangenen Tagen mehrmals versucht, ihn telefonisch zu erreichen, doch sei ihm dies leider nicht gelungen. Natürlich brachte Amrein Verständnis dafür auf: «Sie waren ja während der letzten Tage stark beschäftigt, das weiß ich aus den Zeitungen.»
Als Zbinden ihm schließlich versicherte, daß er seine Mandantin, falls nichts Unvorhergesehenes mehr dazwischenkomme, so gegen halb zwei Uhr bei der Staatsanwaltschaft abholen könne, bedankte sich Amrein überschwenglich und fügte hinzu: «Wir benötigen meine Mandantin ganz dringend. Herr Zurkirchen, der Geschäftsführer von Neidhard & Kuser, besitzt nämlich keine Kompetenzen. Stellen

Sie sich vor, er konnte zum Monatsende nicht einmal die Gehälter der Angestellten auszahlen, weil er keine Bankvollmacht hat. Ein völlig unhaltbarer Zustand! Also ich bin Ihnen sehr zu Dank verpflichtet, daß Sie mich über die bevorstehende Freilassung von Frau Neidhard rechtzeitig verständigt haben. Ich werde, gemeinsam mit Herrn Zurkirchen, punkt halb zwei bei Ihnen sein.»
Nach dem Stand der Ermittlungen gegen seine Mandantin erkundigte sich der Anwalt mit keinem Wort.
Noch während Zbinden sich mit Amrein unterhielt, kam Bonsaver ins Zimmer und flüsterte ihm zu, daß der Kommandant an der anderen Leitung sei und sofort mit dem Staatsanwalt verbunden zu werden wünsche.
Zbinden legte den Hörer auf. Er fühlte sich erleichtert. Nun wußte er mit Bestimmtheit, daß er den Anwalt der Neidhard für sich gewonnen hatte, Amrein würde ihm mit Sicherheit nicht in den Rücken fallen.
Dann hatte der Staatsanwalt auch bereits Krummenacher am Apparat. Die Stimme des Kommandanten klang aufgekratzt.
«Mein lieber Zbinden», begann er leutselig, «nun stellen Sie sich doch einmal vor, was mir heute morgen passiert ist.»
Er machte eine Pause, vermutlich um die Neugierde des Staatsanwalts noch zu wecken, dann fuhr er fort: «Ich bin mit der Straßenbahn in diesem scheußlichen Schneegestöber steckengeblieben, fast eine halbe Stunde lang. Und wissen Sie, was ich in dieser Zeit getan habe? Die ‹Tages-Nachrichten› habe ich gelesen.»
«So?» meinte Zbinden ruhig. «Das ist aber hochinteressant.»
Er wußte natürlich genau, wo Krummenacher hinauswollte. Anscheinend hatten jene Leute doch recht, die behaupteten, der Kommandant werde von Woche zu Woche bösartiger und verletzender. Er selber hatte den Alten bis jetzt lediglich für verkalkt gehalten, nun spürte er jedoch, daß Krummenacher tatsächlich perfid sein konnte. Anscheinend bereitete es ihm eine geradezu sadistische Freude, ihm telefonisch die Berichterstattung der «Tages-Nachrichten» über den Fall Neidhard unter die Nase zu reiben.
«Bernasconi scheint etwas gegen Sie zu haben», hörte er

den Alten genüßlich weitersprechen. «Er bezeichnet Sie in seinem Artikel als fanatischen Ankläger, der in seinem Eifer leicht einmal übers Ziel hinausschießen könnte. Wie finden Sie das?»
«Viel Feind, viel Ehr», antwortete Zbinden mit gespieltem Gleichmut. «In Sachen Fanatismus brauche ich mir von einem Mann wie Bernasconi wohl kaum etwas vorwerfen zu lassen. Im übrigen fühle ich mich allein der Wahrheitsfindung verpflichtet und nicht der Redaktion der ‹Tages-Nachrichten›. Oder sind Sie vielleicht anderer Meinung?»
«Ja, das bin ich», hörte er Krummenacher sagen. In Gedanken sah er das rot-feiste Affenarschgesicht des Kommandanten vor sich, wie es sich zu einem hämischen Grinsen verzog. «Sie sind ein heilloser Draufgänger, Zbinden», fuhr der Alte fort. «Und so was kann in unserem Beruf leicht ins Auge gehen. Sie brauchen doch nur an die Französische Revolution zu denken. Es ist keine Kunst für einen Staatsanwalt, übers Ziel hinauszuschießen, es ist vielmehr eine Kunst, Maß zu halten und den Beruf nie zum Selbstzweck werden zu lassen.»
Der Kommandant schwieg.
«Ist das der Grund Ihres Anrufes?» fragte Zbinden pikiert. «Ich bin nicht bereit, von Ihnen Weisungen entgegenzunehmen. Ich bin allein dem Ersten Staatsanwalt und dem Justizdirektor unterstellt. Deshalb verbitte ich mir derartige Einmischungen.»
«Sehen Sie, nun bin ich Ihnen auf den Schwanz getreten», hörte er Krummenacher sagen. «Dabei wollte ich Ihnen doch nur meine ganz persönliche Meinung über Ihre Arbeitsmethoden mitteilen. Ich bin weit davon entfernt, Ihnen Weisungen zu erteilen. Offen gestanden würde ich mir davon auch keinen Erfolg versprechen.»
Dann wünschte er dem Staatsanwalt einen schönen Tag und legte den Hörer auf.
Der Kommandant mußte übergeschnappt sein, ging es Zbinden durch den Kopf, sonst würde er sich nicht ununterbrochen in fremde Angelegenheiten einmischen. Wenn es jedoch darum ging, in seinem Haus für Ordnung zu sorgen, versagte der Alte kläglich. Wie wäre es sonst möglich, daß sich in der Polizeikaserne innerhalb von wenigen Monaten sechs Häftlinge das Leben nehmen konnten.

Der Blick des Staatsanwalts fiel auf das Tagebuch von Ilona Neidhard, das vor ihm bei den Akten lag. Bis jetzt hatte er darin immer nur geblättert. Während er nun auf das Eintreffen der Gefangenen wartete, begann er, plötzlich neugierig geworden, in den Aufzeichnungen zu lesen.

8. April 1968, Zürich
Ich brenne vor Ungeduld, doch es fällt keine Entscheidung. Warten habe ich nie gelernt, auch als Kind nicht, obschon dies wahrscheinlich das Wichtigste ist, um bestehen zu können. Mir gelingt es nicht. Warten können ist keine Übungssache.
Ich kenne Gerda noch keine fünf Monate, und doch spüre ich, daß wir zusammenbleiben werden, weil wir uns lieben.
Gerda: Zunächst war es ein fremdklingender Name, an den ich mich gewöhnen mußte, nun ist er mir vertraut, und er bestimmt mein Leben.
Der Versuch, für mich in der Schweiz eine Aufenthaltsgenehmigung zu bekommen, scheint aussichtslos zu sein.
Gerda freilich behauptet, daß es kein aussichtsloses Unterfangen sei, man müsse sich nur entsprechend einsetzen. Und so rennt sie nach der Schule von Behörde zu Behörde, und sie telefoniert stundenlang mit Ämtern, von denen sie bis jetzt nicht einmal wußte, daß es sie gibt. Wo auch immer Gerda vorspricht, man erzählt ihr, man sei für ihr Anliegen eigentlich gar nicht zuständig, werde sich aber trotzdem bemühen.
Die Beamten sind unterschiedlich nett, manche von ihnen sogar menschlich. Es sind meist jene, die bedauernd mit der Schulter zucken und glaubhaft versichern, daß es keinen Sinn hätte, sich weiter zu bemühen.
Einige versuchen zu lächeln.
Aber auch sie holen dicke Gesetzbücher aus dem Regal, blättern lange darin und fangen schließlich an, irgendwelche Bestimmungen zu zitieren, die schwarz auf weiß beweisen, wie unsinnig unser Anliegen ist.
Sie suchen eine Lösung, Fräulein, die es nicht gibt. Sagte ein Mann bei der Zürcher Fremdenpolizei zu Gerda, kein typischer Beamter, nicht einmal stur, sondern freundlich und hilfsbereit: aber dennoch machtlos.
Gerda meint, wir dürfen nicht aufgeben.

Vielleicht sagt sie dies nur, um mir Mut zu machen.
Man gibt mir täglich zu spüren, daß man in diesem Land keine Menschen erträgt, die eine andere Sprache sprechen, oder die in einem anderen Land als der Schweiz aufgewachsen sind. Man weicht diesen Menschen aus.
Gäbe es unsere Liebe nicht, an der wir uns festkrallen, hätten wir längst kapituliert vor der Bürokratie eines Landes, das auf der ganzen Welt den Ruf genießt, ein Hort der Menschlichkeit und ein Hort der Freiheit zu sein.
Wenn kein Wunder geschieht, muß ich in knapp einer Woche nach Jugoslawien zurückreisen, weil dann nämlich mein Touristenvisum abläuft.
Gerda glaubt an Wunder, und dieser Glaube wirkt immer wieder ansteckend auf mich. Doch der Stempel in meinem Paß ist unwiderruflich. Er zwingt mich, dieses Land am 14. April wieder zu verlassen.
Ich schrieb heute einen Bittbrief an den jugoslawischen Generalkonsul Rajko Nikitovic. Ich kenne ihn nicht persönlich, aber immerhin ist er ein Landsmann von mir, und als Diplomat verfügt er sicher über mehr Beziehungen als ich.
Als ich Gerda von dem Brief erzählte, meinte sie: Nun können wir wieder hoffen, bis die Antwort eintrifft.

11. April 1968
Gerda ist nun auch niedergeschlagen. Sie versucht zwar, sich nichts oder nur wenig anmerken zu lassen, aber nach fast fünf Monaten kenne ich sie, spüre ich, wenn es ihr schlecht geht. Die Möglichkeit, daß wir auf legale Weise zusammenbleiben dürfen, wird von Tag zu Tag geringer.
Der Gedanke, eines Morgens nicht mehr neben Gerda aufzuwachen, sondern in meinem Bett in Ljubljana, ist für mich schon fast unvorstellbar geworden. Dennoch sehe ich mich bereits wieder als Reiseleiterin in Jugoslawien.
Gerda tönte irgendwann mal an, daß sie ihren Beruf als Lehrerin aufgeben und mit mir in meine Heimat reisen könnte. Vermutlich wäre es für sie in Ljubljana nicht so schwierig, eine Aufenthaltserlaubnis zu bekommen, aber ich kann dieses Opfer von Gerda nicht verlangen. Ich weiß, wie sehr sie an ihrem Beruf hängt. Eines Tages könnte ihr diese Entscheidung leid tun, dann würde sie mir Vorwürfe machen.

Ich weiß nicht, ob ich jetzt die Trennung von Gerda noch verkraften könnte. Jetzt sicher besser als in einem Monat oder in einem Jahr. Dann haben wir uns noch stärker aneinander gewöhnt, dann müßte man uns wahrscheinlich mit Gewalt trennen.
Gestern nachmittag waren wir erneut bei der Fremdenpolizei im Zürcher Kaspar-Escher-Haus.
Gerda hatte einen Besprechungstermin beim obersten Chef, einem energischen Beamten, der Dr. Willibald Giger heißt, und gute Manieren hat: Er wies uns einen Stuhl zu und blieb stehen, bis wir uns gesetzt hatten. Dann sagte er, daß er leider keine Möglichkeit sehe, uns zu helfen. Die Schweiz sei nun einmal ein kleines Land, deshalb könne man die strengen Ausländerbestimmungen nicht mit den liberaleren Gesetzen in anderen Ländern vergleichen. Zum Schluß meinte er noch, die geltende Ausländerregelung hätte auch gute Seiten: Schließlich komme viel Abschaum über die Grenzen.
Der Beamte Dr. Willibald Giger wörtlich: «Sie glauben nicht, wie es in unseren Büroräumlichkeiten manchmal stinkt. Das sind eben die Türken und Griechen, Gesindel, das bei uns wirklich nichts zu suchen hat. Darin gehen Sie sicherlich mit mir einig?»
Wenn ich nicht dabeigewesen wäre, so hätte er bestimmt auch die Jugoslawen erwähnt.

12. April 1968
Noch immer keine Antwort vom Generalkonsul.
Ich beginne langsam meine Sachen zu packen. Gerda wird von Tag zu Tag aggressiver. Gestern hörte ich sie zum erstenmal fluchen. Sie lästerte über ihre Heimat. Aus jedem ihrer Worte spüre ich Verzweiflung heraus.
Gerda liebt mich.
Ich liebe sie auch.
Ich weiß nicht, wer wen mehr liebt, doch das ist ja unwichtig.
Es fiel mir auf, daß es keinen Menschen interessiert, ob wir uns lieben. Das scheint eine Nebensächlichkeit zu sein.
Manchmal stoßen wir auf Mitleid.
Es gibt in Gerdas Bekanntenkreis Leute, die uns «nett» finden. Wirkliche Anteilnahme ist selten. Helfen kann uns niemand.

Gestern hörte ich Gerda eine Andeutung von Selbstmord machen. Wem ist damit geholfen?
Ob es einen Sinn hat, zusammen zu sterben, wenn man zusammen nicht leben darf?
Es macht tatsächlich den Anschein, als ob es in diesem Land mit seinen fast sechs Millionen Einwohnern nicht einen einzigen Menschen gibt, der uns helfen könnte.
Immer wieder die Alibi-Ausrede: Wenn jeder käme ... Wir sind nur ein winziges Land ... Wir müssen an uns selber denken ... Nein, Ausnahmen können wir nicht machen ... prinzipiell nicht ...

13. April 1968
Wer in der Schweiz lebt, hat sich den hiesigen Gepflogenheiten anzupassen, mögen diese auch noch so barbarisch, mögen sie noch so unsinnig sein. Dies schließe ich aus dem Antwortschreiben des jugoslawischen Generalkonsulats, das heute hier eingetroffen ist:

JUGOSLAVENSKI GENERALNI KONZULAT

11. 4. 1968

Sehr geehrte Frau Srbinovic,
Im Auftrag des Herrn Generalkonsul R. Nikitovic müssen wir Ihnen leider mitteilen, daß wir keine Möglichkeit sehen, Ihnen im Zusammenhang mit der Erteilung einer Aufenthaltsgenehmigung behilflich zu sein. Die Schweizer Landesbehörden würden eine solche Intervention unseres Generalkonsuls als Einmischung in ihre Angelegenheiten betrachten. Die Schweizer Fremdenpolizei erteilt nach unseren Erfahrungen aus menschlichen Erwägungen grundsätzlich keine Ausnahmebewilligungen.

Mit freundlichen Grüßen
JUGOSLAWISCHES GENERALKONSULAT

Nun scheint meine Ausreise besiegelt zu sein.
Ich habe vom diplomatischen Vertreter meiner Heimat nicht unbedingt Hilfe erwartet, doch hatte ich mit einer persönlichen Antwort und vielleicht auch mit einem Ratschlag gerechnet.
Wäre ich ein Mann, so könnte ich Gerda heiraten, auch als Ausländer, egal welcher Herkunft, und die Schweizer Behörden würden diese Heirat gutheißen.
Nun bin ich jedoch eine Frau, die eine Frau liebt, und dafür hat man hierzulande wenig Verständnis.

Einer der zahlreichen Beamten, mit denen wir während unserer Odyssee durch die helvetische Bürokratie zu tun hatten, meinte: Diese Situation ist mir neu, die gibt es gar nicht. Im Gesetz ist nirgendwo verankert, daß zwei Frauen zusammenleben dürfen. Das sagte Herr Bertschinger von der Kantonalen Fremdenpolizei. Seiner Meinung nach kann man nicht etwas bewilligen, was es gar nicht gibt. Seine Logik ist nicht sehr logisch.
Wir waren schließlich bei ihm in seinem Büro. Zu zweit haben wir eine Viertelstunde lang auf ihn eingeredet und ihm bewiesen, daß es uns gibt.
Gerda meinte, daß nach der Schweizerischen Bundesverfassung jedem Bürger dieses Landes die gleichen Rechte zustünden. Wenn ein heterosexuell veranlagter Mann eine Indonesierin heiraten dürfe und diese durch die Heirat Schweizerin werde, so sollte Gerda als Lesbierin auch mit einer ausländischen Partnerin in der Schweiz zusammenleben dürfen. Deshalb schrieb Gerda heute einen Expreßbrief an den Schweizerischen Bundespräsidenten Dr. Karl Muggler in Bern.
Sie schrieb ihm nur, daß sie mit mir zusammenleben möchte, und daß dies durch das geltende Gesetz verhindert würde.
Am Nachmittag gingen wir zu Gerdas Hausarzt in die Praxis. Dr. von Allmen untersuchte mich und kam zum Schluß, daß ich völlig gesund sei, doch Gerda konnte ihm unsere Lage ganz offen schildern, so daß wir die Praxis mit einem Zeugnis verließen, aus dem hervorging, daß ich an einer schweren Darminfektion erkrankt und deshalb für mindestens eine Woche nicht reisefähig sei.
Noch kurz vor Schalterschluß sprach Gerda mit dem Zeugnis bei der Fremdenpolizei vor. Meine Aufenthaltsgenehmigung wurde um eine Woche verlängert. Ausnahmsweise, soll der Beamte betont haben. Und: «Wir kennen diese Mätzchen. Das nächste Mal wird Frau Srbinovic von unserem Amtsarzt untersucht.»
Trotzdem: Für eine Woche lohnt es sich, den Koffer noch einmal auszupacken.

14. April 1968
Gerda hatte heute keine Schule. Wir schliefen wieder einmal aus, dann tranken wir Champagner, bereits zum Früh-

stück. Es ist der 14. April, und wir sind noch immer zusammen. Wir empfinden etwas Selbstverständliches bereits als Wunder.
Es gehört sich nicht, daß zwei Frauen sich lieben. So äußerte sich ein Beamter, als Gerda bei ihm vorsprach. Wir können darüber nicht lachen, weil es uns angeht.
Gerda setzt ihre ganze Hoffnung auf Bundespräsident Muggler. Er ist zwar ein Christdemokrat und konservativ, doch er hat den Ruf, ein menschlicher Politiker zu sein.
Ich weiß nicht, was ich davon halten soll.
Papa genießt in Ljubljana den Ruf, ein menschlicher Hochschulprofessor zu sein, und trotzdem könnte ich mir einen strengeren und intoleranteren Vater nicht vorstellen.
Der Schein trügt, heißt es.
Der Schein lügt, müßte es heißen.

15. April 1968
Noch immer keine Antwort aus Bern.
Wenn der Bundespräsident ahnen könnte, wieviel von seiner Antwort für mich abhängt, hätte er Gerda wahrscheinlich längst geschrieben.
Ich bange, doch ertappe ich mich gleichzeitig dabei, daß ich noch immer hoffe.
Vielleicht liest der Bundespräsident Gerdas Brief gar nicht persönlich. Muggler ist schließlich ein vielbeschäftigter Mann.
Es ist nicht jedermanns Sache, sich in die Lage eines anderen Menschen zu versetzen.
Gerda ist sehr still geworden.
Wenn ich sie umarmen will, versucht sie mir auszuweichen.
Ihre Antworten wirken beinahe schroff. Vielleicht möchte sie sich aus dem Zwang ihrer inneren Abhängigkeit von mir loslösen. Das wäre eine Erklärung für ihre zögernde Haltung.
Wenn ich sie frage, ob sie mich nach wie vor liebe, schaut sie mich bloß an und sagt: Ja.
Mehr sagt sie nicht, kein Wort.
Ich sehe die Schweiz jetzt mit anderen Augen.
Die Macht der Mächtigen ist stärker, viel stärker, als ich zu glauben wagte.
Der Ausdruck von Sattheit auf den meisten Gesichtern ist

für mich zum Ausdruck der Gleichgültigkeit gegenüber dem Nächsten geworden. Ich habe während der vergangenen Wochen fast täglich zu spüren bekommen, daß es den Schweizer unberührt läßt, wenn ein Ausländer mit seinen Problemen allein nicht mehr fertig wird.
Das ist nun einmal so.
Diesen Satz bekam ich nicht nur einmal zu hören.
Sehr oft auch von intelligenten Leuten.
Das ist nun einmal so.
Der Schweizer akzeptiert so manches, ohne zu prüfen, was er überhaupt akzeptiert. Sein Vertrauen in die Obrigkeit ist blind. Dieses Vertrauen ist wohl die logische Folge seiner Bequemlichkeit.
Das ist nun einmal so.
Oft hieß es auch: Lernt euch abfinden.
Und nicht ein einziges Mal stellte man uns die Frage: Wie geht es denn nun weiter mit euch?
Vielleicht müßte ich die Kraft aufbringen, mich freiwillig von Gerda zu trennen; uns beiden zuliebe.
Aber wie?
Die Trennung von Gerda ist längst keine Vernunftentscheidung mehr. Vor ein paar Monaten wäre sie es wahrscheinlich noch gewesen.
Man kennt sich. Man liebt sich. Man trennt sich.
Auch wenn man sich nicht vergißt.
Jetzt ist es anders: Jetzt steht mir die Barriere meines eigenen Unvermögens, meiner eigenen Schwäche im Weg.
Das Schlimmste, denke ich, ist die Unmöglichkeit, von einem Menschen loszukommen, den man noch immer liebt, und den man eigentlich nicht mehr lieben dürfte.
Keine Krankheit, kein Verlust und keine Enttäuschung vermögen stärkere Qualen auszulösen: Man entscheidet sich in ein und derselben Sekunde dafür und *dagegen. Man will sich losreißen, und manchmal hat man sogar den Mut dazu, vielleicht sogar auch die Kraft, doch dann spürt man schon beim ersten Schritt, daß die Füße am Boden haften bleiben, als wären sie mit Araldit angeklebt: Es gibt keine Fluchtmöglichkeit aus der Liebe, keine.*

16. April 1968
Gerda fragte mich heute morgen: Wer hat uns eigentlich versprochen, daß wir glücklich sein dürfen?

17. April 1968
Post aus dem Bundeshaus.
Ein grauer Briefumschlag. Amtlich. Pauschalfrankiert. Uneingeschrieben.
Er hätte unterwegs auch verlorengehen können. Dem Absender lag nicht unbedingt etwas daran, daß der Brief den Empfänger auch tatsächlich erreicht.
Der Brief kommt gegen halb zehn mit der Morgenpost. Ich bin allein zu Hause, Gerda ist in der Schule, der Brief ist an sie adressiert, ich öffne ihn trotzdem, schließlich geht er uns beide an.

> SCHWEIZERISCHE EIDGENOSSENSCHAFT
> Der Bundespräsident
>
> *Bern, 15. 4. 68*
>
> *Sehr geehrte Frau Roth*
> *In Beantwortung Ihres Schreibens vom 13. April 1968 beehre ich mich, Ihnen im Namen von Herrn Bundespräsident Muggler mitzuteilen, daß die geltenden Ausländerbestimmungen unseres Landes keine Ausnahmeregelungen zulassen. Im Einzelfall mögen unsere Ausländergesetze den Betroffenen als hart erscheinen, doch dienen sie letztlich dem Wohl der Gesamtbevölkerung.*
> *Ich bedaure, Ihnen keinen besseren Bescheid geben zu können und zeichne mit dem Ausdruck meiner vorzüglichen Hochachtung.*
>
> *Sekretariat des Bundespräsidenten*
> *Dr. iur. Matthias Sponagel*

Ein Herr Sponagel aus Bern, den ich nicht kenne und der mich nicht kennt, hat im Namen des Bundespräsidenten Schicksal gespielt.
Amtlich. Pauschalfrankiert.
Nun wissen wir endgültig Bescheid: Wir dürfen in diesem Land nicht zusammenleben.
Ich frage mich, wie Bundespräsident Muggler wohl reagieren würde, wenn man ihn — amtlich, pauschalfrankiert — von seiner Frau trennen würde.
Ist unsere Situation denn so schwer zu verstehen?
Mit dem Ausdruck seiner vorzüglichen Hochachtung läßt

mich Herr Sponagel wissen, daß ich den Menschen, den ich liebe, nicht lieben darf.
Ist die Schweiz wirklich ein Land, in dem man immer nur akzeptieren muß?
Es kostet mich einige Überwindung, gegen die in mir hochsteigende Verbitterung anzukämpfen.
Gerda hat über den Brief aus dem Bundeshaus nur gelacht. Allerdings lauter als sonst, verzerrter.
Dann meinte sie: Vielleicht ist nun der Moment gekommen, wo ich meinen Beruf an den Nagel hängen muß? Darf ich überhaupt noch mit ruhigem Gewissen vor meine Klasse treten?
Gerda liest zurzeit mit ihren Schülern den Wilhelm Tell.

19. April 1968
Ich bin auf der Fahrt zurück nach Jugoslawien, ich hielt es in der Schweiz nicht mehr aus.
Ich bin vierundzwanzig Stunden früher abgereist, als ich eigentlich gemußt hätte. Freiwillig bin ich abgereist.
Gestern abend ein allerletzter Versuch, unsere Beziehung doch noch zu retten: Gerda telefonierte mit Ulrich Odermatt, einem Zürcher Rechtsanwalt, der dem Vernehmen nach viel Einfluß auf das politische Geschehen in der Schweiz haben soll und der auch als Ständerat im Parlament sitzt.
Odermatt winkte sogleich ab.
Unser Anliegen, fand er, sei grundsätzlich indiskutabel. Das Ausländergesetz sei eines jener wenigen Gesetze, bei denen es keine Schlupflöcher gebe und dies sei gut so. Er selber hätte an den entsprechenden Bestimmungen mitgearbeitet, zwei Jahre lang sei er sogar Mitglied der Ausländerkommission gewesen.
Er schlug Gerda vor, mit einem Gastwirt oder einem Hotelbesitzer Kontakt aufzunehmen, in dieser Branche bestünde noch am ehesten die Möglichkeit, mir eine Anstellung auf legale Weise zu beschaffen.
Gerda versuchte Odermatt klarzumachen, daß es uns nicht um eine Beschäftigung geht, sondern um eine Aufenthaltsgenehmigung, die niemandem eine Arbeit wegnimmt und keinem anderen Menschen wehtut, auch keinem Schweizer.
Zum Schluß drohte der Anwalt Gerda, daß ich mich strafbar

machen würde, falls ich über die Visumsfrist hinaus in der Schweiz bliebe. Dafür könne man mit Gefängnis bestraft werden, sagte er und warnte davor, mich zur Märtyrerin werden zu lassen.
Bevor er den Hörer auflegte, meinte er noch: Ich habe natürlich nichts gegen Lesbierinnen, das sind Menschen wie andere auch, nur kann man sich mit gutem Recht fragen, ob man diese Veranlagung durch entsprechende Liberalisierung der Gesetze noch fördern soll. Als Politiker haben wir schließlich die Aufgabe, die Interessen der Allgemeinheit zu vertreten.
Wir waren die ganze Nacht zärtlich miteinander, und heute morgen bin ich abgereist.
Ohne Gerda etwas zu sagen. Ich habe ihr nur einen Brief hinterlassen.
Nun war es eben doch eine Entscheidung der Vernunft. Und wahrscheinlich auch Selbstschutz.
Ich frage mich, wem es wohl nützt, daß ich mich von Gerda trennen mußte?
Ist ein einziger Schweizer deshalb reicher oder glücklicher als zuvor?
Die Schweiz ist ein Land, in dem es keine Gewalt gibt.
Doch es gibt einen schleichenden Gesinnungsterror, zu dem jeder Schweizer bereits in der Schule angestiftet wird und der sich gegen alle Minoritäten richtet.
Der Kampf findet im stillen statt. Keine Zeitung berichtet darüber, die Fassaden sind dicht.
Bundespräsident Muggler hält auch in Zukunft markige Reden, in denen er die Freiheit und die Neutralität der Schweiz lobt und die Bevölkerung aufruft zu Einigkeit und Brüderlichkeit. Niemand fällt ihm ins Wort.
Seit Stunden sitze ich im Speisewagen und trinke Cognac. Hennessy Fünfstern.
Sonst trinke ich nie.
Fast nur Jugoslawen sitzen im Zug. Die meisten von ihnen arbeiten in der Schweiz, sie fahren nach Hause in die Ferien.
Trieste.
Es kommen noch viele Zwischenstationen bis Zagreb.
In Zagreb muß ich umsteigen.
Jetzt hat Gerda meinen Brief gelesen.

Sie weint nicht. Sie beugt sich über ihre Schulhefte, sie wird versuchen zu lächeln.
Ich liebe sie.
Noch einen Hennessy Fünfstern, weil es keinen Sechsstern gibt.
Der Kellner ist scharf auf mich. Er ließ ein Glas fallen, damit er sich bücken konnte, um die Scherben unter meinem Tisch zusammenzulesen.
Vielleicht wäre Bundespräsident Muggler auch scharf auf mich geworden, wenn ich persönlich bei ihm vorgesprochen hätte? Ein verklemmtes Lächeln, ein feuchter Händedruck. Phantasien. Erotische Phantasien. Noch ein Händedruck. Noch feuchter als zuvor. Dann die Unterschrift unter ein Dokument. Eine Aufenthaltsgenehmigung für eine jugoslawische Staatsangehörige aus Ljubljana.
Bundespräsidenten der Schweizerischen Eidgenossenschaft sind nie scharf.
Es gibt keine Ausnahmeregelungen, merken Sie sich das endlich, Fräulein Srbinovic. Sie sind doch ein Fräulein, oder etwa nicht?
Ja, ja, ja.
Meine Geschwister baten mich, Ansichtskarten mitzubringen. Sie träumen alle von der Schweiz. Ich habe auch einmal davon geträumt.
Sieben Cognac. Darf ich einkassieren? Ich steige in Trieste aus. Achtundzwanzig Franken. Sie können auch in Lire bezahlen.
Nein, ich habe noch genug Schweizer Franken. Ich bin froh, wenn ich das Geld loswerde.
Bitte noch einen Hennessy Achtstern.
Bis Trieste müssen Sie sich gedulden, Madame.
Der Kellner ist plötzlich unverbindlich geworden, er ist scheinbar nicht mehr scharf auf mich. Die Scherben hat er zusammengewischt. Zwischendurch machte er eine Pause.
Papa wird sagen: Schön, daß du wieder bei uns bist, Kind.
Und Mama wird weinen vor Freude.
Mein Bruder Zdenko wird fragen: Was hast du eigentlich solange in der Schweiz gemacht?
Ich werde ihn anlügen.
Und Milan wird traurig sein, weil ich ihm keine Toblerone mitgebracht habe.

Es war nicht Absicht. Es war Vergeßlichkeit.
Zdenko vermutet wahrscheinlich, daß ich mich in der Schweiz verliebt habe. Er wird wissen wollen, ob er reich sei, und ich werde ihn abermals anlügen.
Obschon ich ihn liebe.
Alle paar Minuten fährt der Zug über eine Eisenbahnschwelle, dann zucke ich zusammen, und gleich darauf frage ich mich, warum der Zug nicht entgleist ist?
Ob der Cognac-Vorrat bis Zagreb reicht?
Am Sonntag werde ich mein schwarzes Seidenkleid anziehen müssen, damit Mama beim Kirchgang zu ihren Freundinnen sagen kann: Ist Ilona nicht hübsch geworden im Ausland? Sie ist eine gute Tochter, wir haben sie alle gern.
Bis Sonntag wird Milan seine Toblerone verschmerzt haben.
Bis Sonntag wird vielleicht schon ein Brief gekommen sein.
Oder ein Telegramm.
Der neue Kellner, der in Trieste zugestiegen ist, hat ein Lausbubengesicht, er ist höchstens achtzehn und spricht perfekt jugoslawisch.
Tut mir leid, wir haben keinen Cognac mehr. Die Flasche ist leer. Kann es vielleicht ein Whisky sein? Black Label ist genug da.
Draußen dämmert es bereits.
Der Eisenbahnwagen stammt aus der Schweiz. Schindler-Werke Luzern. Gastarbeiter haben ihn hergestellt. Ein winziges Metallschild oberhalb der Tür weist diskret auf die Herkunft des Wagens hin.
Kein Zug entgleist, weil eine kaputte Seele mit ihm ins Ungewisse fährt.

27. April 1968 Ljubljana
Ich habe meine Stelle als Reiseleiterin bei den SLAWIA-TOURS INTERNATIONAL wieder bekommen. In nächster Zeit werde ich vermutlich oft unterwegs sein.
Jeden Montag ein Tagesausflug nach Split.
Schweizer sind nur selten dabei. Viele Deutsche. Ältere Ehepaare. Das Museum von Dubrovnik besuchen wir jeden Donnerstagnachmittag. Im Sommer finden wöchentliche Ausflüge auf die FKK-Insel Rab statt. Daran nehmen junge Leute teil, meist Pärchen.

Devisen. Heftpflaster. Slivowitz.
Nein, Bordelle gibt es bei uns nicht.
Viel Sonne, natürlich. Der Bus nach Dubrovnik fährt viermal am Tag. Sie sollten Ihren Platz unbedingt reservieren.
Ich habe von Gerda noch nichts gehört.
Wie wird sie *mit unserer Trennung fertigwerden?*
Davon hängt wohl alles ab.
Kann sie ohne mich leben?
Man darf sich nichts einreden. Vielleicht müßte ich fragen: Will *sie ohne mich leben?*
Verlieben Sie sich doch in eine Schweizerin, riet ihr ein Beamter im Zürcher Stadthaus. Er arbeitet am Schalter der Einwohnerkontrolle, hat viel mit Menschen zu tun. Viel mit Ausländern. Es gibt doch so viele hübsche Mädchen bei uns. Warum ausgerechnet eine Jugoslawin?
Beamtenlogik? Oder Logik des Schweizers?
Natürlich gibt es in der Schweiz viele Lesbierinnen. Mehr als in Jugoslawien. Bei uns spielt sich alles im Verborgenen ab. Dafür gibt es keine Witze, in denen man sich über Schwule oder Lesbierinnen lustig macht.
Früher einmal gab es an der Oblicev Venec eine Hinterhofkneipe, das war vor gut einem Jahr, dort trafen sich jeden Mittwochabend lesbische Frauen und Mädchen aus der Umgebung von Ljubljana. Doch bald schon erfuhr die Polizei von dem Lokal, und die Kneipe wurde geschlossen. Jetzt ist dort eine Zoohandlung, in der man Papageien und Goldhamster kaufen kann.
Ich merke, wie schwierig es ist, sich abzulenken, wenn man nur einen Gedanken, nur eine Sehnsucht hat: Das Verlangen nach einem Menschen, der nicht austauschbar ist.
Ich hoffe, daß ich Gerda bald wiedersehen werde, und gleichzeitig wünsche ich mir, daß ich sie vergessen kann.

28. April 1968
Ich habe nie jemanden gekannt, der so weiche Lippen hatte wie Gerda.
Gestern vor fünf Monaten sind wir uns zum erstenmal begegnet.
Gerda ist anders, als die meisten Menschen vermuten, die beruflich mit ihr zu tun haben. Durch ihre Gegenwart wurde ich stets zuversichtlich, selbst dann noch, wenn ich längst

keinen Grund mehr dazu hatte. Sie verstand es, alle Bedenken, alle Zweifel und Ängste fortzuwischen, und in solchen Momenten wurde ich mir immer des eigentlichen Ursprungs ihrer Liebenswürdigkeit bewußt. So wie es Früchte gibt, die man von ihrer Schale trennen muß, um sie überhaupt genießbar zu machen, so hat man sich bei Gerda zu gedulden, bis sie sich freiwillig öffnet und jene äußerliche Kaltschnäuzigkeit ablegt, die sie in den Augen fremder Leute so leicht als Ekel erscheinen läßt. Ich habe Gerda eigentlich nie über sich selbst sprechen gehört. Sie konnte stundenlang zuhören und schweigen.

Wenn ich von Gerda träume, sehe ich meist nur ihr Gesicht, das ich, wenn ich mit ihr schlief, eigentlich nie sah, sondern immer bloß spürte. Es war dann entspannt und unverkrampft, ruhig und ausgeglichen: schön war es.

Ein paar Tage, bevor ich nach Jugoslawien zurückreiste, haben Gerda und ich darüber gesprochen, daß man beim Onanieren nicht an Menschen denken kann, die man liebt.

Als junges Mädchen träumte ich immer denselben Traum: Ich ging in einem Pinienwald spazieren, dann begegnete mir eine Frau, die mindestens zehn oder fünfzehn Jahre älter war als ich. Sie kam auf mich zu, zog mir, ohne ein Wort zu sprechen, meine Kleider aus, und dann liebten wir uns auf der Wiese in einer Waldlichtung bis zum Einbruch der Dunkelheit.

Diesen Traum erlebte ich während Jahren, immer wieder und immer übereinstimmend bis in alle Einzelheiten. Die Frau, die mich verführte, trug stets ein violettes Kleid, und ich war stets barfuß.

An einen Menschen, den ich liebte, dachte ich beim Onanieren nie. Jetzt ist es anders. Es geschieht in jüngster Zeit oft, daß ich mitten in der Nacht aufwache, einsam und erregt, und dann verhält es sich genau umgekehrt: Ich muß *an Gerda denken, und nur an sie.*

Ihr Geschlechtsteil und ihre Brüste sind dabei zunächst unwichtig. Ich sehe nur ihre Augen und spüre nur ihre Lippen. Später erst steigern sich meine Gedanken bis zur völligen Hemmungslosigkeit, doch das hängt wohl weniger mit meiner Erregtheit als mit meiner Einsamkeit zusammen.

Der Schrei nach Zärtlichkeit ist so laut, daß die herabfallende Zimmerdecke ihn nicht zu ersticken vermag.

29. April 1968
Zwei Wochen blieb Gerda damals in Jugoslawien.
Sie schwärmte von meiner Heimat, von der Natürlichkeit meiner Landsleute, von ihrer Bescheidenheit.
Ich schwärmte von der Schweiz.
Nach unserem ersten intimen Zusammensein in ihrem Hotelzimmer wurde mir bewußt, daß wir uns nicht wiedersehen durften. Ich sagte zu Gerda: Ich möchte jetzt gehen.
Sie schrie mir ins Gesicht: Ich bin auch nur ein Mensch!
Sie schrie es so leise, daß meine Ohren nicht schmerzten, sondern das Herz, und später, als ich wieder allein war, auch der Verstand.
Sie zeigte nur selten Schwäche.
Ihre Eltern hatten von ihr stets Beherrschung verlangt, Selbstbeherrschung wurde ihr von Kindheit an eingetrichtert. Diese Selbstbeherrschung grenzte für mich oft schon an Selbstverleugnung.
Gerdas Glanz und ihre Unwiderstehlichkeit sind in dem Geheimnis zu suchen, das sie umgibt. Es fiel Gerda stets schwer, mit anderen Leuten über uns zu sprechen.
Sie kann alles für sich behalten, im Gegensatz zu mir. Sie kann nicht teilen, im Guten nicht und nicht im Verworrenen.
Sie nimmt es anscheinend in Kauf, allein verkraften zu müssen, was sie beschäftigt und quält, um dann auch für sich behalten zu dürfen, was sie beglückt.
Gerda zählt nie auf andere Menschen, sie verläßt sich nur auf sich selbst.
Demut ist für sie Schwäche.
Ihr hat man Selbstbeherrschung beigebracht, aber auch Standhaftigkeit. Ihr Vater war Offizier bei der Schweizer Armee, ihre Mutter sammelte Ölgemälde von Albert Anker und Erstdrucke von Adalbert Stifter.
Selbstbeherrschung und Standhaftigkeit bedeuten für Gerda mehr als Offenbarung. Dafür zahlt sie ihren Preis, so wie ich meinen Preis dafür zahle, um sie lieben zu dürfen: Warten.
Natürlich warte ich noch immer auf sie.
Sie hat mir nicht geschrieben, sie hat auch nicht telefoniert.
Ich weiß nicht, wie freiwillig ich mich durch meine Liebe zu ihr hindurchquäle. Die Sehnsucht nach Morphium kann nicht aufwühlender und schmerzhafter sein als meine Sehn-

sucht nach ihr. Mit dem Unterschied vielleicht, daß es für mich keine therapeutischen oder medikamentösen Behandlungsmethoden gibt, um meine Entzugserscheinungen wirksam zu bekämpfen.
Der Schmerz ist permanent. Bleibt permanent.
Schlafen kann ich trotzdem, nur träume ich jede Nacht von Gerda.
Über den Gedanken, daß ich ausgelebt habe, wenn es Gerda für mich nicht mehr geben wird, muß ich lächeln. Ich glaube fest daran, und dennoch weiß ich, daß ich mir bloß etwas einrede: Man lebt weiter, auch wenn man dabei stirbt.
Ich bin eifersüchtig auf sie.
Lange bevor wir uns kannten, war sie einmal in Rio de Janeiro. Dort war sie glücklich, und sie erzählte mir von ihrem Glück. Es hieß Marguerita Gonçalves da Santa Cruz, die Tochter eines Farmers. Beinahe wäre Gerda in Brasilien geblieben.
Dann würde ich jetzt nicht von ihr träumen.
Müßte nicht jeden Abend neben dem Telefon sitzen.
Würde die Begegnung mit dem Briefträger in mir kein Herzklopfen auslösen.
Von Marguerita Gonçalves da Santa Cruz bekam Gerda eine Kette aus winzigen, hellbraunen Muscheln, die sie auch dann noch trug, als wir uns längst kannten und liebten.
Vielleicht ist sie nach Rio de Janeiro geflogen?
Marguerita Gonçalves da Santa Cruz.
Auch eine Ausländerin. Doch ihr Vater ist so reich, daß er ein mittleres Schweizer Dorf kaufen könnte. Er gehört zum brasilianischen Adel. Zur brasilianischen Hochfinanz auch. Er müßte nur mit dem Schweizer Botschafter in Rio Kaffee trinken und seine Tochter wäre im Besitz einer Aufenthaltsbewilligung für die Schweiz.
Der Schweizer Botschafter in Jugoslawien heißt Möckli und spricht kein Wort jugoslawisch. Ich wollte zweimal mit ihm sprechen, doch er empfängt keine Besucher. Seine Sekretärin ist nett und machtlos. Sie stellt keine Pässe aus. Das besorgt der Botschafter selbst.
Ich habe keine Möglichkeit zu prüfen, ob Botschafter Möckli unbestechlich ist.
Marguerita Gonçalves da Santa Cruz.

Nein, es ist keine Eifersucht, die ich empfinde. Es ist nur Traurigkeit und so etwas wie Ohnmacht.
Gerda und ich duschten oft zusammen.
Während ich ihr den Rücken trocknete und dabei mit ihrer Muschelkette spielte, sagte sie: Die Menschen sollten sich nicht besitzen wollen, dann wären sie alle glücklicher. Jede Form von Besitzgier macht unglücklich.
Sie ist zwei Jahre älter als ich und zwanzig Jahre jünger.
Es ist doch Eifersucht. Einmal mehr nehme ich Rache an mir selbst. Weil ich sie liebe.
Warum schweigt sie?
Ich habe meine Heimat noch nie so trostlos empfunden. Es sind nicht meine Landsleute, die sich verändert haben.
Früher hatte ich nie Selbstmordabsichten.
Jetzt weckt in mir der Blick ins Schaufenster eines Waffengeschäfts wohltuende Assoziationen. Wenn ich das Meer vor mir sehe, fühle ich in mir den Wunsch nach Befreiung hochkommen, und ich ertappe mich oft dabei, wie ich von der Straße her die Stockwerke eines Bürohauses zähle.
Ich weiß, daß das höchste Hotel von Ljubljana dreiundzwanzig Stockwerke hat. Das Hotel ist selten ausgebucht.
Am Samstag ließ ich mir von einem Bahnbeamten erklären, daß sich in Jugoslawien jedes Jahr neun Menschen unter einen fahrenden Zug werfen, weil dies die sicherste Selbstmordvariante ist.
Ich muß gegen Depressionen ankämpfen, die wie eine riesige Welle auf mich loskommen und mich überwältigen. Ich zerbreche an der Last meiner Gedanken.

1. Mai 1968
Gerda ist bei mir.
Sie kam gestern nacht mit einer Linienmaschine der JAT.
Zdenko öffnete ihr die Tür; er begleitete sie ins Wohnzimmer.
Sie lächelte mich an und sagte: Ich wollte wissen, ob es ohne dich weitergeht. Es geht nicht.
Im EDEN-Hotel, wo wir seinerzeit die erste gemeinsame Nacht verbrachten, mieteten wir uns ein Zimmer.
Ich stellte ihr keine Fragen.
Wenn ich mit ihr schlafe, bekommt das Bild, das ich mir von ihr mache, einen Rahmen.

Wir erleben unser Zusammensein intensiver als noch vor zwei Wochen. Oft bis an den äußersten Rand des Wahnsinns, den ich fürchte und fast im selben Atemzug herbeisehne. Fürchte, weil ich nicht weiß, wo dann die Grenzen gezogen sein werden, und herbeisehne, weil ich vermute, daß es dann gar keine Grenzen mehr geben wird: Man wird sich frei bewegen können in einem uferlosen Becken der Irrealität, die zur Wirklichkeit geworden ist.
Ich würde Gerda meinen Eltern gern vorstellen, doch das geht nicht. Papa wäre überfordert, Mama hilflos.
Papa kämpfte im Zweiten Weltkrieg mit den Partisanen. Er liebt Mama auf eine stille, einfache Art. Über seine Ehe spricht er nie. Ich denke, daß er glücklich ist, auch wenn seinem Glück wahrscheinlich enge Grenzen gesetzt sind. Grenzen, die Gerda und ich nicht respektieren wollen.
Ich fürchte, daß Papa nicht einmal ahnt, daß zwei Frauen miteinander zärtlich sein können. Ich stelle ihm Gerda als «gute Bekannte» aus der Schweiz vor.
Zdenko versuchte mit Gerda zu flirten. Er schwärmte von ihren Augen. Er ist nur drei Jahre jünger als Gerda.
Sie verriet mir nicht, wie lange sie in Ljubljana bleiben will.

2. Mai 1968
Vierundzwanzig Stunden lang behielt Gerda ihr Geheimnis für sich. Erst heute nachmittag, als wir uns in einem Straßencafé an der Frühlingssonne wärmten, erzählte sie mir von einem Studienfreund aus Zürich, der schon seit Jahren in sie verliebt ist. Richard Neidhard heißt er.
Gerda sagte: Richard sieht gut aus, er ist tüchtig, ein ehrlicher Mensch mit vielen Fähigkeiten, Architekt von Beruf. Ich habe ihm finanziell unter die Arme gegriffen, damit er sich beruflich selbständig machen konnte.
Ich begriff lange Zeit nicht, warum mir Gerda von einem Mann erzählte.
Dann meinte sie ohne Umschweife: Richard wäre bereit, dich zu heiraten, Liebes.
Erst jetzt verstand ich: Ich muß einen Mann heiraten, um Schweizerin zu werden.
Einen Mann, den ich nicht kenne?
Du wirst ihn kennenlernen, sagte Gerda. Wir fliegen morgen zusammen in die Schweiz zurück.

6. Mai 1968
Wieder in Zürich.
Ich muß meine negative Haltung den Schweizern gegenüber rasch wieder ändern; ich merke, wie ich Vorurteile in mir abbauen muß.
Ich bin nicht besser als die Schweizer. Genauso intolerant.
Richard Neidhard ist scheu und verlegen. Er vermochte nicht einmal meinen Nachnamen Srbinovic auszusprechen.
Ich fragte ihn, ob er durch seine Heirat mit mir nicht auf manches verzichen müsse, worauf ein so gutaussehender Mann in seinem Alter nicht gern verzichte, doch er sagte nur: Ich habe Gerda sehr gern.
Gerdas Optimismus ist erneut ansteckend.
Sie meint, daß ich mich später mühelos wieder scheiden lassen könne. Hauptsache sei, daß ich einen Schweizer Paß bekomme.
Dieser Neidhard muß ein Masochist sein, sagte ich zu Gerda.
Er ist bloß verliebt, antwortete sie.

8. Mai 1968
Bereits in den ersten Junitagen werden wir heiraten.
Gerda hat einen Ehevertrag entworfen, den sie mir zuerst nicht zeigen wollte. Doch dann wurde ihr bewußt, daß ich den Vertrag mitunterzeichnen muß. Sie wird ihn mir also nicht vorenthalten können.
Ich finde den Vertrag verrückt.
Gerda muß zweimal im Monat mit meinem Mann schlafen.
Über meine Eifersucht lacht sie.
Du bist kindisch, sagte sie.
Für mich gibt es Opfer, die man niemandem zumuten darf.
Ich befürchte Komplikationen.
Ich habe erst einmal ein längeres Gespräch mit Neidhard geführt. Er macht einen kühlen Eindruck, wirkt intellektuell.
Er glaubt fest daran, daß unsere Ehe funktionieren wird, er meinte: Freundschaft ist Liebe, und Liebe ist immer auch Freundschaft. Drei Menschen sind mehr als zwei. Wenn du dich daran gewöhnen kannst, wird alles klappen.
Es ist ein Geschäft, auf das wir uns einlassen, alle drei, und ich glaube nicht, daß es ein gutes Geschäft ist.
Gestern abend hat Gerda Richard in sein Appartement be-

gleitet. Ich wollte mitgehen, doch sie bat mich, zu Hause zu bleiben.
Ich lag noch wach, als sie zurückkam.
Was denkst du? fragte sie mich.
Es sind wohl jene Gedanken, die jeder Mensch denkt, wenn der Mensch, den er liebt, ihn betrügt. Vielleicht bin ich altmodisch, aber modern sein kann man nicht lernen.
Richard ist ein lieber Kerl, sagte Gerda und schmiegte sich an mich. Er ist ein großer Junge, der mich nun eben mal liebt. Ich gebe ihm, was ich ihm geben kann, viel ist das ohnehin nicht.
Einzelheiten wollte ich nicht wissen.
Gerda meint, eines Tages würde es mir kaum mehr zu schaffen machen, wenn sie mit Richard zusammen ist.
Natürlich sind wir beide öfter zusammen, und wir lieben uns bestimmt inniger, aber dennoch schmerzt mich der Gedanke, daß sie neben Richard liegt und ihr Körper ihm ausgeliefert ist. Ich glaube auch nicht, daß ich mich daran werde gewöhnen können.
Zweimal im Monat ist nicht oft.
Ich fragte Gerda, wie sie reagieren würde, wenn ich sie betrügen würde.
Wenn es dir Spaß macht, meinte sie.
Dann ergänzte sie: Ich tue es nur für uns. Mir macht es keinen Spaß. Ich lasse es einfach über mich ergehen.
Ich habe plötzlich Angst, aber ich will mir nichts anmerken lassen. Ich möchte Gerda nicht verunsichern. Ich bin überzeugt, daß auch sie in ihrem Innersten Bedenken verspürt.
Nun müssen wir die Hochzeitsvorbereitungen hinter uns bringen.
Meine Papiere mußte ich am Schalter 14 bei der Kantonalen Fremdenpolizei deponieren. Zwecks Überprüfung, sagte man mir, dies sei eine reine Formsache.
Der Beamte streckte mir die Hand hin und gratulierte mir.
Dann wollte er noch von mir wissen, ob ich vorbestraft sei, was ich mit gutem Gewissen verneinen konnte.
Spielt keine Rolle, meinte er. Wir werden über unsere Botschaft in Zagreb ohnehin noch Erkundigungen einholen, aber auch das ist eine reine Formsache.
Es gibt ein paar Eigenschaften, die mir an meinem zukünftigen Mann imponieren: Er ist immer guter Laune. Im Ge-

gensatz zu mir ist er pünktlich, man kann sich stets auf ihn verlassen.
Wenn ich nicht lesbisch wäre, würde er mir vermutlich auch als Mann gefallen.
Richard macht auf mich einen stabilen Eindruck.
Seine einzige Schwäche scheint Gerda zu sein.
Wenn die beiden sich gegenübersitzen, himmelt er sie an, und sein Blick kommt nicht mehr von ihr los.
Es gibt Augenblicke, in denen ich vermute, daß Richard sich der Tragweite seines Handelns überhaupt nicht bewußt ist.
Ob er sich im Glauben wähnt, daß Gerda eines Tages vielleicht doch ganz zu ihm finden könnte?
Dann wäre er ein Narr.
Oder ich eine Närrin.
Richard ist ein Kindernarr. Er spürte anscheinend meine unausgesprochene Furcht vor möglichen Absichten. Er sagte: Vielleicht adoptieren wir ein Mädchen.
Oder einen Jungen, meinte ich.
Oder beides, lachte er.
Ich glaube, er ist ein guter Kumpel.
Vielleicht gelingt es mir, meine Eifersucht in Grenzen zu halten. Zähmen werde ich sie wohl nie ganz können.
Richard ist bienenfleißig. Sein kleines Architekturbüro scheint zu florieren. Gerda ist von seiner Tüchtigkeit beeindruckt. Daran erkennt man, daß sie Schweizerin ist und aus einer wohlhabenden Familie stammt. Im Grunde ihres Herzens ist sie Kapitalistin. Das hindert mich nicht daran, sie zu lieben.
Ich weiß nicht, ob ich Gerda hörig bin. Ich möchte im Augenblick auch nicht darüber nachdenken. Es muß mir genügen, daß ich sie liebe und sie diese Liebe erwidert.

Noch während der Staatsanwalt in die Tagebuchaufzeichnungen vertieft war, vernahm er aus dem Korridor eine erregte Frauenstimme, und gleich darauf wurde die Tür zu seinem Büro aufgerissen. Zwei uniformierte Beamte führten Ilona Neidhard ins Zimmer. Die Frau trug Handschellen und wurde von den Polizisten an beiden Armen festgehalten.
«Lassen Sie mich sofort los», rief sie aufgebracht und versuchte sich dabei loszureißen.

«Nehmen Sie ihr die Handschellen ab», forderte Zbinden die beiden Beamten auf. Der Anblick der verstörten Frau war ihm peinlich. Er konnte den Beamten allerdings keinen Vorwurf machen, sie hatten sich völlig korrekt verhalten. Es gab nämlich eine Gesetzesbestimmung, die — übrigens zu Recht — zwingend vorschrieb, daß mutmaßliche Gewaltverbrecher in Handschellen vorzuführen seien. Es hätte also an Zbinden gelegen, das Polizeikommando im voraus darauf aufmerksam zu machen, daß Ilona Neidhard nicht fluchtgefährlich war, und dies hatte er, ohne jede böse Absicht, vergessen. Nur gut, so sagte sich der Staatsanwalt nun, daß Justizdirektor Bissegger die Frau in diesem Zustand nicht zu sehen bekam, er wäre vermutlich außer sich geraten.
Zbinden erhob sich von seinem Schreibtisch und ging auf Ilona zu. Ihre Augen glänzten fiebrig. Sie war noch immer blaß und machte einen verwirrten Eindruck. Das lange, dunkle Haar, das vor kurzem noch so gepflegt ausgesehen hatte, hing ihr in fettigen Strähnen vom Kopf.
«Nehmen Sie bitte Platz, Frau Neidhard», sagte der Staatsanwalt freundlich und schob der Frau einen Stuhl hin.
Sie setzte sich sofort.
«Sollen wir warten?» erkundigte sich einer der Polizisten.
Zbinden schüttelte den Kopf.
«Nein», meinte er. «Ich brauche Sie nicht mehr.»
Noch bevor die beiden das Zimmer verlassen konnten, sprang Ilona von ihrem Stuhl hoch und stellte sich ihnen in den Weg.
«Geben Sie sofort meine Zeitung her», sagte sie mit drohender Stimme, worauf ihr einer der Beamten den MORGENEXPRESS in die Hand drückte, den er in seiner Uniformjacke bei sich trug.
Ilona setzte sich. Sie lächelte versonnen vor sich hin.
«Wie kommt Frau Neidhard zu dieser Zeitung?» fragte der Staatsanwalt verärgert. Es bestand ein striktes Verbot, Untersuchungshäftlingen Publikationen auszuhändigen, in denen etwas über sie veröffentlicht war.
«Gefängnisverwalter Mosimann hat ihr die Zeitung mitgegeben», meinte einer der Beamten verunsichert. «Wir dachten . . .»

«Schon gut», fiel Zbinden ihm ins Wort. «Sie können gehen.»
Die beiden Polizisten verließen grußlos den Raum.
Der Staatsanwalt beschloß, sich noch heute bei der Justizdirektion über Mosimann zu beschweren. Dann wandte er sich wieder an Ilona, die ihn noch immer mit gläsernem Blick anstarrte.
Er wartete darauf, daß sie ihm Vorwürfe machen oder ihn beschimpfen würde, denn zweifellos hatte sie im MORGENEXPRESS vom Selbstmord ihrer Freundin gelesen. Aber die Frau saß nur da und schwieg ihn an.
Er mußte sich zusammennehmen, um seine Mundwinkel zu kontrollieren. Deshalb sagte er rasch: «Wir bedauern außerordentlich, daß es soweit gekommen ist, Frau Neidhard. Aber offenbar neigte Frau Roth zu Kurzschlußhandlungen.»
Ilona schwieg noch immer.
Der Staatsanwalt faltete seine Hände und blickte nachdenklich vor sich hin. Dann griff er nach der Glaskugel vor ihm auf dem Schreibtisch und ließ die darin verborgenen Schneeflocken aufwirbeln. Es war ihm plötzlich nicht mehr wohl in seiner Haut. In den Augen der Frau, die unablässig zu ihm herüberstarrte, lag abgrundtiefer Haß. Ihr Schweigen kam ihm unheimlich vor.
Er meinte scheinheilig: «Wenn wir nur die leiseste Ahnung gehabt hätten, daß Ihre Freundin suizidgefährdet war, hätten wir sie selbstverständlich in eine Klinik verlegen lassen.»
Ilonas Lippen begannen sich zu bewegen, doch sie zitterten nur, und erst nach einer Weile sagte sie leise: «In der Zeitung steht, daß Gerda ein Geständnis abgelegt haben soll.»
Zbinden nickte. «So ist es», meinte er ernst und zog seine Stirn in Falten.
«Unmöglich, das ist ausgeschlossen», stammelte Ilona. «Ich kann es einfach nicht glauben. Gerda hatte doch überhaupt keinen Grund, Richard umzubringen. Sie war eng mit ihm befreundet.»
«So? War sie das?»
Die Stimme des Staatsanwalts klang plötzlich messerscharf. Er formte seine Lippen zu einer spitzen Rundung,

die, vom Gesicht losgelöst, unweigerlich Assoziationen an einen Hühnerpopo weckte.
«Was Sie mir da erzählen, Frau Neidhard», fuhr er fort, «das ist schlicht und einfach nicht wahr. Sie lügen mich bereits wieder an. Weshalb? Das haben Sie doch gar nicht nötig. Sie könnten durchaus Vertrauen zu mir haben. Ich weiß inzwischen, daß es zwischen Ihnen und Ihrem Mann Probleme gab. Ich würde sogar sagen: unlösbare Probleme.»
«Woher wollen Sie das wissen?» Ilona blickte den Staatsanwalt erstaunt an, dann fügte sie hinzu: «Hat Gerda so etwas gesagt?»
Zbinden setzte ein überlegenes Lächeln auf.
«Ich habe Ihr Tagebuch gelesen, Frau Neidhard. Nicht ganz, dazu fehlte mir leider die Zeit, aber ich muß gestehen, daß auch die ersten Seiten für mich schon sehr aufschlußreich waren. Immerhin weiß ich jetzt, weshalb Sie Richard Neidhard geheiratet haben.»
Bonsaver kam ins Zimmer. Er blieb bei der Tür stehen und sah zu Ilona hinüber. Er blickte ihr lange ins Gesicht, als ob er dadurch seine physiognomischen Kenntnisse vervollständigen wollte, dann fragte er zögernd: «Brauchen Sie mich für das Protokoll? Es ist nämlich gleich Mittag, und Sie wissen ja, wie schwierig es ist, im Neumarkt einen Tisch zu bekommen.»
«Sie können ruhig gehen», meinte Zbinden. «Frau Neidhard und ich kommen auch allein ganz gut miteinander zurecht.»
Er war froh, daß die Unterhaltung nicht in Gegenwart von Zeugen stattfand. Immerhin mußte er darauf gefaßt sein, daß die Neidhard gegen ihn ausfällig wurde. Solche Auseinandersetzungen waren ihm stets unangenehm, er kam sich dann bloßgestellt vor und konnte auf etwaige Unterstellungen oder Anwürfe viel ungezwungener reagieren, wenn keine Drittperson zugegen war. Er nahm sich deshalb vor, ohne protokollarische Formalitäten mit Frau Neidhard zu reden und von dem Gespräch lediglich eine Aktennotiz anzufertigen.
Nachdem Bonsaver das Zimmer verlassen hatte, wandte Zbinden sich wieder zu Ilona: «Wenn Sie mir jetzt sagen, daß Sie von den Tötungsabsichten Ihrer Freundin nichts

gewußt haben, so will ich Ihnen glauben, ich bin ja kein Unmensch.»
«So? Auf einmal glauben Sie mir? Als Sie mich gestern im Gefängnis besuchten, tönte es noch ganz anders.»
Ilonas Stimme klang aggressiv. Die Frau wußte ganz offensichtlich seine versöhnliche Einstellung nicht zu schätzen, ging es Zbinden durch den Kopf, doch er ließ sich von ihrer ablehnenden Haltung nur wenig beeindrucken.
«Meine liebe Frau Neidhard», begann er salbungsvoll und beugte sich über den Schreibtisch, «ich habe mir nach dem Selbstmord von Gerda Roth den ganzen Fall noch einmal durch den Kopf gehen lassen. Ich muß betonen, daß ich mir dabei die Entscheidung nicht leicht gemacht habe.»
Er seufzte und blickte bekümmert vor sich hin, dann fuhr er fort: «Wir wissen beide nicht, was in Ihrer Freundin vorging, als sie, möglicherweise in einem Anflug von geistiger Umnachtung, vielleicht aber auch im Affekt, die Bluttat an Ihrem Mann beging. Es gibt da eine Vielzahl von Möglichkeiten. Unter Umständen wurde Gerda Roth von Ihrem Mann herausgefordert, gedemütigt, in irgendeiner Weise unter Druck gesetzt.»
Zbinden zuckte ratlos mit den Schultern und meinte abschließend: «Nachdem die Täterin tot ist, werden wir die Hintergründe, die zu diesem Verbrechen geführt haben, wohl nie ganz erfahren.»
Der Staatsanwalt bemühte sich, ganz ruhig zu sprechen, gleichzeitig jedoch seiner Stimme die Überzeugungskraft eines Priesters zu verleihen, der einer Sterbenden die letzte Ölung gibt. Mit Genugtuung stellte er fest, daß es ihm anscheinend gelungen war, der Frau die Geschichte von dem Geständnis ihrer Freundin glaubhaft zu machen. Die Verkrampfung in Ilonas Gesichtszügen begann sich zu lockern. Ihre großen, dunklen Augen, eben noch hinter zwei schmalen Schlitzen verborgen, blickten ihn erwartungsvoll an. Auch ihre Mundpartie mit den krampfhaft zusammengepreßten Lippen wirkte jetzt entspannter.
«Warum hat Gerda mir bloß nichts erzählt? Wir hatten nie Geheimnisse voreinander», sagte Ilona so leise vor sich hin, als führe sie ein Selbstgespräch.
«Auch zwischen Liebenden gibt es Dinge, über die man sich nicht aussprechen kann», meinte der Staatsanwalt fei-

erlich und kam sich dabei unwahrscheinlich weise vor. «Denken Sie doch bloß an die griechischen Tragödien, an die Leiden einer Medea zum Beispiel. An Antigone. Dann können Sie die Handlungsweise Ihrer Freundin vielleicht im nachhinein verstehen.»
Zbinden fuhr zusammen, als Ilona ihm plötzlich ins Wort fiel: «Ich zweifle daran, daß Sie ein ehrlicher Mensch sind. Gerda hat mich vor Ihnen gewarnt, wahrscheinlich hatte sie recht damit. Sie können mir doch erzählen, was Sie wollen, ich kann Ihnen nicht das Gegenteil beweisen, weil meine Freundin tot ist.»
Nun begannen die Mundwinkel des Staatsanwalts heftig zu zucken, und gleich darauf schnellten sie auseinander. Er nahm seine Brille ab und begann damit zu spielen. Er war sprachlos. Erst nach einer Weile hatte er sich wieder soweit aufgefangen, daß er seinerseits zum Angriff übergehen konnte.
«Was wollen Sie damit sagen?» fragte er ungehalten. «Wollen Sie mir vielleicht unterstellen ...?»
Er hielt plötzlich inne, denn er hatte nicht die Absicht, der Frau auch noch Argumente gegen sich selber zu liefern, und genau dies hätte er um ein Haar getan. Er hoffte, daß Ilona ihm etwas erwidern würde, doch sie sah ihn nur an und schwieg.
«So reden Sie doch endlich!» fuhr er die Frau schließlich an. «Ich kann meine Zeit nicht stundenlang mit Ihnen vertrödeln.»
«Ich werde die Umstände, die zum Selbstmord meiner Freundin führten, ganz genau überprüfen lassen.»
Sie sprach laut und deutlich und sah dem Staatsanwalt dabei fest ins Gesicht.
Zbinden hatte Mühe, seine Beherrschung nicht zu verlieren.
«Das steht Ihnen selbstverständlich frei», sagte er gelassen. «Wir sind uns an derartige Begehren gewöhnt. Querulanten gibt es immer und überall. Aber wir wissen uns gegen Schikanen zur Wehr zu setzen, das kann ich Ihnen versichern.»
«Das glaube ich Ihnen sofort.»
Der Staatsanwalt setzte seine Brille wieder auf und beugte sich erneut über den Schreibtisch. Dann meinte er ver-

söhnlich: «Ich werde das Strafverfahren gegen Sie einstellen, allerdings — das möchte ich Ihnen doch in aller Offenheit sagen — lediglich mangels Beweisen und nicht etwa in Ermangelung eines Tatbestandes. Ich kann schließlich nicht mit Sicherheit sagen, daß Sie von den Tötungsabsichten Ihrer Freundin tatsächlich keine Kenntnis hatten. Es gibt zumindest einige Anhaltspunkte, die darauf hinweisen, daß Sie über die Mordpläne von Gerda Roth sehr genau im Bild waren. Ihre seltsame Lebensweise zum Beispiel, die Scheinehe, die Sie führten ...»
«Wenn Sie in diesem Ton mit Gerda gesprochen haben, so wundert es mich nicht, daß sie sich das Leben nahm.»
«Sie sind unverschämt, Frau Neidhard. Sie scheinen zu vergessen, daß es meine Pflicht ist, die Wahrheit herauszufinden.»
«Für mich sind Sie ein Mörder», sagte Ilona ruhig. Daß sie innerlich aufgewühlt war, merkte man nur an ihren fest ineinander verkrallten Fingern.
«Sie sollten sich hüten, mir Dinge zu unterstellen, mit denen Sie sich doch nur lächerlich machen», meinte Zbinden. Er hatte sich wieder völlig unter Kontrolle. Wenn man in Betracht zog, daß Ilona Neidhard mit an Sicherheit grenzender Wahrscheinlichkeit eine hinterhältige Mordkomplizin war, so legte die Frau eine beachtliche Selbstbeherrschung an den Tag. Als weiteren Beweis für ihre Kaltblütigkeit wertete Zbinden die Tatsache, daß Ilona nicht einmal weinte, sondern ihm mit versteinertem Gesicht gegenübersaß. Die Nachricht vom Tod ihrer Freundin schien sie nicht in besonderem Maße erschüttert zu haben, sonst wäre sie sicher in Tränen ausgebrochen. Wahrscheinlich ging es der Frau nur noch darum, ihre eigene Haut zu retten. So schätzte er die Neidhard ein: eiskalt und berechnend. Das Tragische an der ganzen Geschichte war, daß der Tatverdacht allein nicht genügte, um die Frau zu überführen. Angesichts der kläglichen Beweislage würde er mit einer Anklage niemals durchkommen, selbst bei Oberrichter Vetsch nicht, der ja keineswegs zimperlich war und dessen Rechtsgrundsatz «Im Zweifel *gegen* den Angeklagten» sich in der Praxis durchaus bewährte.
«Sie sollten unsere Geduld nicht allzusehr strapazieren, Frau Neidhard», fuhr Zbinden entschlossen fort. «Ich

habe auf Sie weiß Gott viel Rücksicht genommen. Aber irgendwo sind auch uns Grenzen gesetzt.»
Er verschränkte die Arme über der Brust und lehnte sich in seinen Louis-Quinze-Sessel zurück. Er sah, wie Ilona lauernd zu ihm herüberblickte, als erwarte sie von ihm jeden Moment eine unberechenbare Reaktion. Diese Erwartung wollte er nicht enttäuschen.
«Danken Sie dem Herrgott», meinte er freundlich, «daß ich nicht der ‹Nationalen Aktion› angehöre und kein Fremdenhasser bin. Ich verzichte darauf, fremdenpolizeiliche Maßnahmen gegen Sie in die Wege zu leiten, obschon ich streng genommen dazu verpflichtet wäre.»
Er nahm Ilonas Tagebuch aus den Akten und schwenkte es nachdenklich vor sich hin und her. Die Furcht, die ihm aus dem Gesicht der Frau entgegenblickte, verlieh ihm plötzlich wieder Selbstsicherheit und half ihm, die passenden Worte zu finden.
«Dieses Tagebuch ist das *corpus delicti,* daß Sie sich das schweizerische Bürgerrecht gesetzeswidrig angeeignet haben. Aus Ihren handschriftlichen Aufzeichnungen geht eindeutig hervor, daß Sie die Ehe mit Richard Neidhard bloß zum Schein eingegangen sind, um in unserem Land leben zu können. Oder wollen Sie das vielleicht auch bestreiten?»
Als er bemerkte, daß Ilonas Gesicht immer blasser wurde und ihre Hände anfingen zu zittern, steigerte er sich in jenen pathetischen Tonfall hinein, den er sonst nur im Gerichtssaal gegen den Schluß eines Plädoyers anzuwenden pflegte.
«Sie haben sich das Bürgerrecht unseres Landes auf ganz perfide Weise erschlichen. Deshalb wäre es für mich ein Leichtes, bei der zuständigen Fremdenpolizei ein Administrativverfahren gegen Sie einleiten zu lassen, damit Ihnen das Schweizer Bürgerrecht wieder aberkannt wird. Wenn ich auf diese Maßnahme verzichte, so verletze ich dadurch nicht nur meine Bürgerpflicht, sondern auch das Prinzip der Rechtsgleichheit. Aufgrund Ihres Tagebuches hätte ich die Möglichkeit, Ihre Ehe mit Neidhard im nachhinein für ungültig erklären zu lassen, aber ich tue es nicht, weil ich von Natur aus ein großzügig denkender Mensch bin. Ich finde, daß Sie durch den Tod Ihrer Freundin bereits

genügend bestraft sind. Aber ich rate Ihnen ganz dringend: Spielen Sie nicht Katz und Maus mit mir. Das bringt Ihnen nichts. *Sie* wären nämlich in jedem Fall die Maus.»
Ilona holte tief Atem, dann stand sie unvermittelt auf.
«Kann ich jetzt gehen?» fragte sie kühl.
«Nein.»
Der Staatsanwalt sah auf seine Uhr und meinte: «In einer halben Stunde kommt Ihr Anwalt und holt Sie hier ab. Ich habe ihn bereits von Ihrer bevorstehenden Freilassung in Kenntnis gesetzt. Er war sehr erleichtert, denn er muß mit Ihnen und Ihrem Geschäftsführer ein paar dringende Angelegenheiten besprechen. Die beiden Herren werden um halb zwei hier sein.»
«Das Telefongespräch mit meinem Anwalt hätten Sie sich sparen können. Ich will Amrein jetzt nicht sehen, und Zurkirchen schon gar nicht. Ich will nur allein sein.»
«Sie haben Ihren Angestellten gegenüber Verpflichtungen», meinte Zbinden etwas verwundert. «Sie scheinen sich darüber nicht im klaren zu sein.»
«Ich werde das Geschäft meines Mannes verkaufen. Ich habe nicht die Absicht, länger in diesem Land zu bleiben.»
«Bis das Verfahren gegen Sie eingestellt ist, haben Sie sich zu meiner Verfügung zu halten.»
«Sie wissen, wo ich wohne. Kann ich jetzt bitte gehen? Ich möchte endlich allein sein.»
«Wie Sie meinen». Zbinden erhob sich und ging um seinen Schreibtisch herum auf Ilona zu. Er streckte ihr seine Hand hin. Als er bemerkte, wie die Frau über seine versöhnliche Geste ganz bewußt hinwegsah, vermochte er gerade noch rechtzeitig, ohne sich dadurch eine Blöße zu geben, seine rechte Hand wieder zu heben, um sich hastig am Hinterkopf zu kratzen, als wäre dies von Anfang an seine Absicht gewesen.
Er sagte noch: «Ich wünsche Ihnen alles Gute, Frau Neidhard», doch Ilona antwortete ihm nicht. Sie ging mit raschen Schritten zum Hauseingang, wo Zbinden sie einholte und ihr nachblickte, wie sie durch den Schnee stapfte.
Pünktlich um halb zwei, genau eine halbe Stunde zu spät, erschienen im Büro des Staatsanwalts Amrein und Zurkirchen. Als Zbinden den beiden Männern mit einem Aus-

druck von Bedauern erläuterte, daß es ihm leider nicht möglich gewesen sei, Frau Neidhard länger hier zu behalten, fiel ihm sogleich auf, wie der Prokurist, dem trotz der beißenden Kälte der Schweiß ausbrach, mit einem riesigen Taschentuch über sein fettes Gesicht wischte.
«Wie soll unsereiner unter solchen Voraussetzungen ein Geschäft führen?» zeterte er los. «Was bildet Frau Neidhard sich denn eigentlich ein?»
«Nehmen Sie doch bitte Platz, meine Herren», sagte Zbinden liebenswürdig, doch die beiden Besucher blieben stehen.
Amrein schob sich bedächtig eine Eukalyptuspastille in den Mund, dann meinte er: «Wie geht es meiner Mandantin gesundheitlich? Als ich gestern nachmittag in der Polizeikaserne anrief und mich nach dem Befinden von Frau Neidhard erkundigte, sagte mir ein gewisser Oberleutnant Holliger ...»
«Sie meinen Oberleutnant Honegger?» unterbrach Zbinden den Anwalt.
«Ja, ja, richtig. Also dieser Honegger sagte mir, daß meine Mandantin psychisch stark angeschlagen sei. Ist daran etwas Wahres?»
«Da hatte Honegger leider nicht ganz unrecht», antwortete der Staatsanwalt und gab sich den Anschein größter Besorgnis. Er setzte sich wieder an seinen Schreibtisch, von dem er sich nur erhoben hatte, um die beiden Männer würdig zu begrüßen, dann meinte er: «Als Laie vermag ich natürlich nur schlecht zu beurteilen, wie weit Frau Neidhard simulierte, so etwas erleben wir häufig, aber gestern sah es eine Zeitlang so aus, als müßten wir sie in eine psychiatrische Klinik einweisen lassen. Der Arzt in Grünberg bezeichnete ihren Zustand als äußerst bedenklich.»
«So? Interessant, das ist ausgesprochen interessant.»
Der Rechtsanwalt blickte durch die dicken Gläser seiner Hornbrille zu Zurkirchen hinüber, der sich mit der Hand nervös über seinen Mantel strich, als wenn er ihn aufbügeln wollte.
«Ich muß jetzt endlich meine Unterschriften haben», sagte er ungeduldig. «Sonst kann mich die feine Dame bald am Arsch lecken. Ich bin nämlich nicht der Typ, an dem man seine Launen abreagieren kann.» Er hob rasch die Hand

vor den Mund, dann rülpste er diskret, doch er konnte nicht verhindern, daß sich ein würziger Geruch von Knoblauch und Salbei im Raum zu verbreiten begann.
Amrein fuhr sich mit seinem langen, dürren Zeigefinger über die blutleeren Lippen und meinte zögernd: «Ganz unter uns, Herr Kollege, halten Sie meine Mandantin im gegenwärtigen Zeitpunkt überhaupt für handlungsfähig?»
Während der Staatsanwalt noch am Überlegen war, was Amrein mit seiner Frage wohl bezwecken wollte, massierte Zurkirchen sein Doppelkinn und fügte erläuternd hinzu: «Offen gestanden, wir befinden uns in einer ganz prekären Lage. Das Architekturbüro von Herrn Neidhard hatte einen ausgezeichneten Ruf ...»
«Ich weiß», unterbrach Zbinden den Prokuristen mit einem sonnigen Lächeln. «Mein Schwager ließ von Neidhard & Kuser sein Einfamilienhaus in Bonstetten bauen. 1974, mitten in der Rezession. Vorzügliche Arbeit, schlicht und praktisch. Und über den Preis kann man heute nur noch den Kopf schütteln.»
«Unser Ansehen wurde in den letzten Tagen durch diesen unnötigen Pressewirbel stark in Mitleidenschaft gezogen», fuhr Zurkirchen fort, ohne auf die lobenden Äußerungen des Staatsanwalts auch nur einzugehen. «Zwei unserer besten Kunden, mit denen wir zurzeit in Vertragsverhandlungen stehen, sind sich aufgrund der jüngsten Vorkommnisse plötzlich nicht mehr schlüssig, ob sie mit unserer Firma überhaupt noch zusammenarbeiten wollen. Bei einem der Aufträge handelt es sich um die Renovation der Liebfrauenkirche, ein Bauvorhaben der römisch-katholischen Kirchgemeinde St. Georg. Ein Millionenprojekt, das wegen dieser idiotischen Mordsache wahrscheinlich flötengeht. Wie soll unsereiner da noch die Nerven behalten? Wir müssen handeln, bevor es zu spät ist. Deshalb haben wir ...»
Er blickte zu Amrein, der ihm gönnerhaft zunickte. «Wir möchten die Firma Neidhard & Kuser so rasch wie möglich in eine Aktiengesellschaft umwandeln», fuhr Zurkirchen fort und sah dabei dem Staatsanwalt vertrauensvoll ins Gesicht, als ob er ihn als Geldgeber gewinnen wollte. «Neidhard war ein hervorragender Architekt, das muß man ihm lassen, doch von Gelddingen verstand er so gut

wie nichts. *Ich* habe seinen Laden geschmissen, und ich werde das auch in Zukunft tun müssen, denn seine Frau hat ja wohl nur eines im Kopf: Geldausgeben. Und sein Adoptivsohn, ganz unter uns gesagt, hat das Arbeiten auch nicht gerade erfunden, der ist ein vergammelter Taugenichts. So bleibt letzten Endes alles an mir hängen.»
«Sie sollten den Herrn Staatsanwalt nicht mit unseren geschäftlichen Problemen behelligen», unterbrach Amrein den plötzlich in Fahrt gekommenen Prokuristen. Der Anwalt fuhr sich mit der Hand durch sein schütteres Haar, das an der Stirnseite sorgfältig über eine fast schon kahle Stelle gekämmt war.
Er meinte zu Zbinden: «Als Firmenanwalt fühle ich mich natürlich für das Wohlergehen unserer Angestellten mitverantwortlich, und ich kann es selbstverständlich nicht zulassen, wenn leichtfertig Arbeitsplätze aufs Spiel gesetzt werden, bloß weil Frau Neidhard ganz offensichtlich aus psychischen Gründen nicht in der Lage ist, sich um ihr Geschäft zu kümmern. Ich will mit offenen Karten spielen, Sie tun es uns gegenüber ja auch.»
Er machte eine Denkpause und fuhr dann in etwas sachlicherem Tonfall fort: «Nachdem Herr Zurkirchen in seiner Verwandtschaft beträchtliche Mittel flüssig machen konnte, wäre auch ich nicht abgeneigt, mit einer größeren Summe bei Neidhard & Kuser einzusteigen. Dies müßte jedoch bald geschehen. Noch bevor uns die potentesten Kunden davonschwimmen. Und dies würde vor allem auch das Einverständnis meiner Mandantin voraussetzen.»
«Frau Neidhard hat mir gegenüber angedeutet, daß sie das Geschäft ihres Mannes verkaufen will», meinte Zbinden rasch. Er war froh, daß er den beiden Besuchern wenigstens eine kleine Information geben konnte, die ihnen vielleicht dienlich sein würde.
Zurkirchen zuckte zusammen. «Was?» rief er erregt. «Verkaufen will sie? Das hat mir gerade noch gefehlt. Aber doch nicht an Bloch & Bloch, die wollten nämlich schon lange mit uns fusionieren. Das wäre die reinste Katastrophe, überhaupt nicht auszudenken.»
Der Prokurist trat ungeduldig von einem Bein auf das andere, als müßte er ganz dringend zur Toilette.
«Hat Frau Neidhard konkrete Andeutungen über ihre Ver-

kaufsabsichten gemacht?» wollte er dann vom Staatsanwalt wissen.
«Leider nein», bedauerte Zbinden. Er hätte dem Mann, auf dem eine solche Verantwortung lastete, gern geholfen.
Amrein setzte sich und stellte sich seinen schwarzen Aktenkoffer auf die Knie. Er öffnete behutsam das Zahlenschloß und entnahm dem Koffer eine Anzahl zusammengehefteter und zum Teil bereits eingebundener Blätter, denen man auf den ersten Blick ansah, daß es sich um wichtige Dokumente handelte.
«Wir haben bereits die wesentlichsten Verträge in allen Einzelheiten vorbereitet», sagte der Rechtsanwalt. «Wir hatten nämlich die feste Absicht, noch heute mit Frau Neidhard aufs Notariat zu gehen. Wir dürfen, wie gesagt, keine Zeit mehr verlieren, die Sache eilt. Deshalb meine Frage an Sie: Ist meine Mandantin in ihrem jetzigen Zustand überhaupt handlungsfähig?»
Der Staatsanwalt überlegte lange. Es ehrte ihn, daß zwei so erfolgreiche Geschäftsleute — Amrein galt immerhin als einer der führenden Wirtschaftsberater Zürichs — seinen Rat in Anspruch nehmen wollten.
«Also wenn Sie mich so direkt fragen», meinte er schließlich, «so will ich aus meiner ehrlichen Meinung keinen Hehl machen: Ich persönlich halte Frau Neidhard zurzeit für völlig konfus. Es würde mich nicht wundern, wenn sie jetzt irgendwo in der Stadt umherirren würde. Der Selbstmord ihrer Freundin hat ihr schwer zugesetzt, obschon ich — ganz im Vertrauen — letztlich nicht davon überzeugt bin, daß sie mit der Ermordung ihres Mannes nichts zu tun hat. Auch gegen mich wurde Frau Neidhard höchst ausfallend. Ich nehme ihr dies natürlich nicht übel, für mich ist sie gesundheitlich stark angeschlagen.»
Amrein horchte auf. «Das ist alles sehr interessant, äußerst interessant. Ich war im Glauben, daß meine Mandantin, was den Mord an ihrem Gatten angeht, entlastet sei.»
Zbinden setzte ein Lächeln auf, dem man freilich anmerkte, daß es nur eine Maske war.
«Nach meinem Dafürhalten ist Frau Neidhard eher *belastet* als entlastet, jedoch nicht in rechtsgenügender Weise. Ich werde nicht darum herumkommen, das Verfahren ge-

gen sie einzustellen. Immer vorausgesetzt natürlich, daß nicht noch neue schwerwiegende Belastungsmomente zum Vorschein kommen. In unserem Beruf sind wir ja leider oft auf die Mitarbeit des Zufalls angewiesen.»
«Bedauerlicherweise», meinte Amrein. Man sah ihm an, wie er angestrengt nachdachte.
«Das ist ja alles fatal, äußerst fatal», begann Zurkirchen zu jammern. Er watschelte auf seinen dicken, kurzen Beinen ununterbrochen im Zimmer auf und ab, dabei verwarf er die Hände.
Der Mann tat dem Staatsanwalt leid. Zbinden fragte sich, wie jemand bloß so dick werden konnte. Vermutlich war der Kerl drüsenkrank, oder er fraß ganz einfach zuviel, das gab es natürlich auch. Der alte Staatsanwalt Schramm war genauso dick gewesen, der hatte jeweils über Mittag im «Wienerwald» zwei Brathähnchen verzehrt, und eines Tages war er tot umgefallen, Herzschlag, noch während er seiner Sekretärin die Anklageschrift gegen einen notorischen Unzüchtler diktierte. Wahrscheinlich war die Körperfülle Veranlagung. Er selber, stellte Zbinden beruhigt fest, neigte gewiß nicht zu Fettleibigkeit. Er war schließlich Sportler.
Der Staatsanwalt spürte plötzlich, daß er Hunger hatte. Er beschloß, das Gespräch mit den beiden Männern abzubrechen und im nahegelegenen «Mövenpick» beim Schauspielhaus eine Gulaschsuppe zu essen. Mit leerem Magen ließ sich nur schlecht arbeiten. Er hatte an diesem Nachmittag noch ein gutes Dutzend Einstellungsbeschlüsse zu sanktionieren.
Amrein stellte seinen Aktenkoffer neben sich auf den Fußboden. «Nun verlieren Sie nicht gleich die Nerven, Zurkirchen», begann er auf den Prokuristen einzureden. Seine Stimme klang vorwurfsvoll. «Ein Manager muß heutzutage gewisse Belastungen verkraften können, sonst ist er am falschen Platz. Schließlich sind Sie kein altes Weib, sondern ein Mann in den besten Jahren.»
Dann fragte er Zbinden: «Darf ich schnell telefonieren?»
«Selbstverständlich.»
Der Staatsanwalt schob Amrein den Apparat hin. «Leider können Sie bei uns nicht direkt wählen. Wir sind eben ein Staatsbetrieb, wir müssen sparen.» Er lachte verschämt,

und während er hilfreich auf eine Taste drückte, fügte er rasch hinzu: «Unsere Zentrale wird Sie sofort mit der gewünschten Nummer verbinden.»
Gleich darauf meldete sich die Telefonistin der kantonalen Verwaltung.
«Ja, Fräulein», sagte Amrein mit entschlossener Stimme. «Verbinden Sie mich bitte mit Dr. med. Donat de Vries, Facharzt für Psychiatrie in Zürich.»

24

Als Ilona mit dem Taxi in Thorhofen ankam, mußte sie durch das eingeschlagene Küchenfenster ins Haus einsteigen; Honegger hatte ihr den Schlüssel nicht zurückgegeben, und Leander war nicht zu Hause.
Nach längerem Suchen fand sie im Schreibtisch ihres Mannes eine Hundertfrankennote, mit der sie das Taxi bezahlen konnte.
Im Zimmer ihres Sohnes herrschte Unordnung. Das Bett war nicht gemacht, und auf dem Teppich lag zwischen Schallplatten und verstreuten Räucherstäbchen ein Damenslip; Leander mußte sich also während ihrer Abwesenheit mit seiner Freundin hier aufgehalten haben. Ilona nahm ihm dies nicht übel. Sie hatte jetzt ganz andere Probleme, als sich in das Privatleben ihres heranwachsenden Sohnes einzumischen. Sie hatte sich im Gefängnis vorgenommen, den Jungen seinen eigenen Weg gehen zu lassen, wenn er dies unbedingt wollte. Bemuttern, so wie sie dies früher getan hatte, würde sie ihn in Zukunft auf gar keinen Fall mehr.
Gleich nach ihrer Ankunft hatte Ilona den verunstalteten Wagen ihres Mannes gesehen, und die mit roter Farbe darauf geschmierten Buchstaben LESBENSAU VERRECKE! hatten sie entsetzt. Dann mußte sie feststellen, daß man auch den Hausverputz verschmiert hatte: Neben einem Hakenkreuz stand in riesigen Lettern: ADOLF LEBT!
In der Diele lag auf der Kommode ein Stapel ungeöffneter Briefe; Trauerpost. Geschäftsfreunde ihres verstorbenen

Mannes, die sie größtenteils nicht einmal dem Namen nach kannte, kondolierten ihr mit überschwenglichen Worten, heuchelten Anteilnahme.
In der Post befand sich auch ein in Rorschach aufgegebenes Schreiben mit folgendem Inhalt:

> AUGE UM AUGE, ZAHN UM ZAHN!
> GOTT WIRD DAFÜR BESORGT SEIN, DASS DIE MENSCHEN DIR DAS LEBEN SCHWER MACHEN, SO WIE DU ES VERDIENT HAST, ABARTIGE KREATUR!

Der Brief war mit der Maschine getippt und enthielt weder Absender noch Unterschrift.
Ilona, die sich sonst nur wenig um das Urteil anderer Leute zu kümmern pflegte, fühlte sich zutiefst betroffen; sie bekam ganz unerwartet einen Heulkrampf, ohne daß sie dagegen etwas tun konnte, sie besaß keine Widerstandskraft mehr und war völlig erschöpft.
Unter den Briefen befand sich auch eine Rechnung der Kadaververbrennungsanstalt: *Fr. 39.50, Abholen einer toten Katze. 30 Tage netto, kein Skontoabzug.*
Ilona war noch keine Viertelstunde im Haus, als bereits das Telefon klingelte. Zuerst wollte sie nicht an den Apparat gehen, doch dann kam ihr in den Sinn, daß es ihr Sohn sein könnte und sie hob rasch den Hörer ab.
Eine krächzende Männerstimme sagte: «Schätzchen, soll ich vorbeikommen und dir die Pfanne lecken?» Sie hörte noch ein Röcheln, ein kurzes, heiseres Lachen, dann wurde der Hörer aufgelegt.
Ilona mußte nach Luft ringen, sie hatte plötzlich Atembeschwerden. Sie ließ sich in einen Sessel fallen und preßte sich die Hand vor den Mund, um vor Verzweiflung nicht laut herauszuheulen. Nun war sie an einem Punkt angelangt, an dem sie nicht mehr weiter wußte.
Sie starrte gedankenverloren auf die zahllosen Bücher an der Wand, unter denen sich einige kostbare Erstausgaben und viele Klassiker befanden, die ihr Mann während der letzten Jahre gesammelt hatte. Oft hatte er auch, bevor er ins Bett ging, im Arbeitszimmer gesessen und in einem der Bücher gelesen.

Lessing, Thomas Wolfe, Hemingway und Joyce waren seine Lieblingsautoren gewesen.
Keiner von ihnen vermochte Ilona jetzt zu helfen.
Sie besaß nicht einmal die Kraft, aufzustehen und eines der Bücher aus dem Regal zu ziehen. Sie saß einfach da und zitterte am ganzen Leib.
Daß Gerda tot war und sie sich nie mehr wiedersehen würden, hatte sie noch gar nicht richtig begriffen; im Schlafzimmer roch es noch nach ihrem Körperpuder.
Mit einem Mal begann Ilona ihren Mann zu vermissen.
Sie hatte Richard zwar nicht geliebt, aber sie hatte ihn gern gehabt, aufrichtig gern, und zwar über all die Jahre hinweg, in denen sie gezwungenermaßen mit ihm zusammenleben mußte. Vergessen waren die Auseinandersetzungen zwischen Richard und ihr, zu denen es manchmal gekommen war, in jüngster Zeit kaum mehr wegen ihrer Beziehung zu Gerda, die längst zu etwas Selbstverständlichem geworden war, sondern vor allem wegen Leander, für dessen eigenwillige Ansichten ihr Mann so wenig Verständnis aufbrachte.
Der Gedanke, daß ihre Freundin Richard tatsächlich umgebracht haben könnte, so wie dies der Staatsanwalt behauptet hatte, war für Ilona eigentlich unvorstellbar. Sie war fest davon überzeugt, daß Zbinden sie aus irgendeinem Grund angelogen hatte, und sie war ebenso fest entschlossen, eine Untersuchung gegen den Staatsanwalt einzuleiten, um die von ihm gegen Gerda Roth erhobenen Vorwürfe genauestens abklären zu lassen.
Nach etwa einer Stunde, während der Ilona regungslos im Arbeitszimmer saß und vergeblich versuchte, an nichts mehr denken zu müssen, schluckte sie zwei Valium und legte sich auf das Sofa. Sie wollte eigentlich gar nicht schlafen, bloß abschalten wollte sie und die grausamen Ereignisse der letzten Tage für ein paar Stunden vergessen. Doch auch jetzt jagten sich die Gedanken in ihrem Kopf, zwischendurch vernahm sie plötzlich Honeggers Stimme oder sie sah den Staatsanwalt vor sich, wie er mit seiner Brille spielte und sie dabei zynisch anlächelte.
Erst nach und nach fing Ilona an zu begreifen, daß sie alles verloren hatte. Sie war noch nicht alt, sagte sie sich, mit vierunddreißig war es durchaus möglich, noch einmal neu

zu beginnen, mit anderen Menschen in anderer Umgebung, doch dazu fehlte ihr ganz einfach die Kraft.
Ilona litt darunter, daß es zwischen Gerda und ihr oft Spannungen gegeben hatte, daß ihr gemeinsames Glück nie ganz vollkommen gewesen war, obschon es dies, ohne die äußeren Widerstände, durchaus hätte sein können.
Jetzt gab es für sie nur noch ihre Mutter und die Geschwister, mit denen sie kaum mehr etwas verband, und es gab Leander, der sich allmählich von ihr loslösen wollte. Sie wußte zwar, daß sie mit Leander jederzeit rechnen konnte, wenn es ihr schlecht ging, und doch durfte sie ihn nicht daran hindern, seinen eigenen Weg zu gehen; schließlich war er ja beinahe schon erwachsen.
Es kam ihr in den Sinn, daß sie ihren Sohn eigentlich anrufen könnte. Sie suchte im Telefonbuch die Nummer der Metzgerei Zahnd heraus.
Es meldete sich eine zaghafte Frauenstimme. Ilona erkannte sogleich, daß es sich dabei um Gudruns Mutter handelte, sie hatte mit der Frau schon früher ein paar Mal telefoniert. Agnes Zahnd war ganz anders, als man sich eine Metzgersgattin vorstellte: Sie machte einen leicht verunsicherten Eindruck, war scheu und ängstlich. Alles in ihr schien sich gegen die hautnahe Konfrontation mit anderen Menschen zu sträuben.
Als Ilona ihren Sohn an den Apparat verlangte, war es zunächst eine ganze Weile still, dann bekam sie zur Antwort: «Leander ist nicht hier. Er ist mit meinem Mann im Schlachthof.»
«Und Gudrun? Kann ich vielleicht mit Gudrun sprechen?»
«Gudrun ist krank. Sie schläft. — Sind Sie wirklich Frau Neidhard?» fragte die Frauenstimme plötzlich voller Mißtrauen. «Ich dachte, Sie sind im Gefängnis.»
«Ich wurde heute freigelassen.»
«So?» Frau Zahnd schien sich zu wundern.
«Ich habe mit der Ermordung meines Mannes nichts zu tun.»
«Ach? In der Zeitung stand es ganz anders, dort hieß es doch ... Nun, lassen wir das, es geht mich ja nichts an.»
«Wie geht es meinem Sohn?» wollte Ilona wissen.
«Er ist tüchtig und gibt sich Mühe. Mein Mann ist mit ihm zufrieden. Er könnte ein guter Metzger werden.»

«Das meine ich nicht, ich wollte wissen, wie es ihm sonst geht? Seelisch, meine ich.»
«Wir haben große Probleme mit Gudrun», sagte Frau Zahnd. Ihre Stimme klang besorgt. «Vielleicht hat es damit zu tun, daß sie jetzt ständig mit Leander zusammen ist. Sie hat sich in den letzten Tagen verändert. Sie liegt bloß herum, schwänzt die Schule. Also ich weiß nicht, was wir falsch gemacht haben, mein Mann und ich. Wir sind doch so großzügig zu dem Mädchen, noch nie haben wir ihr einen Wunsch abgeschlagen.
Leander haben wir ja auch sofort bei uns aufgenommen, als sie uns darum bat. Andere Eltern hätten das bestimmt nicht getan. Schon gar nicht nach all dem, was in den vergangenen Tagen ...»
Es klingelte an der Haustür. Ilona schrak zusammen.
«Entschuldigen Sie, Frau Zahnd», sagte sie rasch. «Ich muß jetzt auflegen. Richten Sie bitte meinem Sohn aus, daß ich zu Hause auf ihn warte.»
Ilona ging die Treppe hinunter und wollte die Haustür öffnen, dann merkte sie, daß sie ja gar keinen Schlüssel besaß. Es fiel ihr ein, daß sich im Schreibtisch ihres Mannes noch ein Ersatzschlüssel befand. Sie eilte rasch wieder die Treppe hoch. Als sie das Arbeitszimmer betrat, klingelte es zum zweitenmal, diesmal etwas länger.
Ilona begann erneut am ganzen Körper zu zittern. Die Beruhigungstabletten hatten überhaupt nicht gewirkt, sie fühlte sich körperlich eher noch schwächer als zuvor, und es war ihr schwindlig.
Als es zum drittenmal klingelte, begannen sich ihre Hände plötzlich zu verkrampfen. Das kann nur die Polizei sein, schoß es ihr durch den Kopf, so klingelt nur die Polizei: Jetzt holen sie mich wieder. So wie sie Gerda und mich am Montagmorgen aus dem Bett holten. Das Klingeln ist dasselbe.
Vor der Haustür standen Amrein und Zurkirchen.
Der Prokurist hatte einen riesigen Strauß Hortensien in der Hand, die er um diese Jahreszeit für teures Geld gekauft haben mußte. Als er Ilona im Türrahmen erblickte, rief er überschwenglich: «Wie gut, Sie wiederzusehen, Frau Neidhard! Wir sind glücklich, daß man Sie endlich aus der Haft entlassen hat! Wir wußten von Anfang an, daß

alles ein gräßlicher Irrtum sein mußte, weiter nichts. Dürfen wir eintreten?»
Erst jetzt bemerkte Ilona, daß sich die beiden Besucher in Begleitung eines dritten Mannes befanden, der zwei Schritte hinter ihnen stand.
«Meine liebe Frau Neidhard», begann Amrein leutselig, als er sah, wie erstaunt Ilona den unbekannten Besucher anstarrte. «Wir hörten, daß es Ihnen gesundheitlich schlecht geht, und da dachten wir uns: Bringen wir doch gleich einen Arzt mit, der unsere liebe Frau Neidhard kuriert. Darf ich Sie mit Herrn Doktor de Vries bekanntmachen?»
Der Arzt trat zwei Schritte vor und streckte Ilona seine Hand hin. «Ich freue mich, Sie kennenzulernen», meinte er aufgeräumt. Dann faßte er Ilona am Kinn, hob ihren Kopf an und blickte ihr kritisch ins Gesicht. «Haben Sie Drogen genommen?» fragte er rasch.
Ilona kniff die Augen zusammen, der Mann weckte Mißtrauen in ihr. «Wie kommen Sie darauf?» fragte sie verwundert. «Ich habe zwei Valium geschluckt, das ist alles.»
«Schon gut», sagte der Arzt und blinzelte Ilona dabei schelmisch zu. Er machte auf sie den Eindruck eines Schwerenöters.
Donat de Vries war seit vielen Jahren mit Amrein befreundet. Sein Alter war, wie dasjenige des Rechtsanwalts, nur schwer zu schätzen, er mochte vielleicht Mitte vierzig sein. De Vries war groß und schlank. Er hatte einen durchtrainierten Körper und dichtes, schwarzes Haar, das vermutlich gefärbt war und den Arzt um einiges jugendlicher erscheinen ließ, als er in Wirklichkeit war. Wenn er lachte, sah man seine makellosen weißen Zähne, die ihm viel Selbstbewußtsein zu verleihen schienen. Sein kantiges Gesicht war stets braungebrannt, als wenn er soeben von einem Urlaub in der Karibik zurückgekommen wäre, in Wirklichkeit war dies nur das Resultet der Höhensonne: Jeden Morgen verbrachte er zehn Minuten in seinem eigenen Solarium.
Donat de Vries besaß in Zürich eine gutgehende Psychiatriepraxis. Seine Patienten waren fast ausschließlich unbefriedigte und neurotische Frauen, die den gutaussehenden und obendrein unverheirateten Psychiater anhimmelten,

obschon de Vries sich eigentlich bloß in Begleitung von jungen, hübschen Männern in hautengen Lederhosen wirklich wohlfühlte. Er hatte einen ausgeprägten Mutterkomplex, den er freilich geschickt zu verdrängen verstand, indem er seine homosexuellen Neigungen vehement in Abrede stellte und zu allen Prominenten-Partys in attraktiver weiblicher Begleitung erschien. Niemand, nicht einmal Amrein, wußte, daß der Psychiater seine Begleiterinnen bei einer Modellagentur anheuerte und für ihre Repräsentationsdienste einen horrenden Stundenlohn zahlte.
Das war nun eben einmal de Vries' Geheimnis.
Im Kollegenkreis galt der Arzt als umstritten, er hatte nicht unbedingt einen seriösen Ruf, was ihm selbst allerdings kaum zu schaffen machte. Donat de Vries war, wie man sich in Medizinerkreisen ausdrückte, ein typischer «Konversationspsychiater», der nach der Ablieferung seiner Doktorarbeit kaum mehr ein Fachbuch gelesen hatte, um über den neuesten Wissensstand, der ja gerade auf dem Gebiet der Psychiatrie steten Veränderungen unterworfen ist, auf dem laufenden zu bleiben. De Vries beschränkte sich mit Erfolg darauf, seinen Patientinnen zuzuhören und ihnen rechtzugeben. Nur damit ließ sich wirklich Geld machen.
Amrein war der Steuerberater von de Vries. Er wußte, daß der Psychiater weit über eine halbe Million im Jahr verdiente, jedoch nur einen Bruchteil davon als Einkommen versteuerte. Forderungen des Fiskus hielt er für eine unzumutbare Bevormundung des Bürgers, der er sich freilich gekonnt zu widersetzen verstand.
Aus einer fast panischen Furcht vor Mundgeruch hatte de Vries stets einen Kaugummi im Mund, der ihm einen lässigen Anstrich verlieh und ihn bei der Ausübung seines Berufes in keiner Weise behinderte, weil er, außer einem gelegentlichen Kompliment, zu seinen Patientinnen kaum etwas sagte.
Jetzt nahm der Arzt Ilona am Arm und ging mit ihr ins Haus, ohne daß sie ihn dazu aufgeforderte hätte. Amrein und Zurkirchen folgten den beiden, sie blieben in der Diele stehen und sahen verlegen auf den Fußboden.
«Ich würde Sie jetzt gern untersuchen, Frau Neidhard», meinte der Psychiater und nickte Ilona dabei aufmunternd

zu. «Schließlich sind wir Ärzte ja dazu da, den Patienten zu helfen.»
«Ich bin nicht Ihre Patientin. Wenn ich einen Arzt brauche, so suche ich ihn mir selber aus.»
«Nicht so kratzbürstig, meine Gute», erwiderte de Vries gelassen. Er legte ihr seinen Arm um die Schulter. «Nun sagen Sie mir zuerst einmal, wo ich Sie ungestört untersuchen kann? Irgendwo in diesem schönen Haus wird es für uns zwei doch eine freie Ecke geben?»
«Machen Sie, daß Sie rauskommen», befahl ihm Ilona. «Alle drei! Ich habe Sie nicht gerufen. Ich will jetzt allein sein.»
Als die drei Männer sich nur erstaunt ansahen, jedoch keine Anstalten machten, das Haus wieder zu verlassen, schrie ihnen Ilona ins Gesicht: «Merkt ihr denn eigentlich nicht, wie rücksichtslos ihr seid? Könnt ihr mich nicht endlich in Ruhe lassen?»
«Es geht ums Geschäft, Frau Neidhard», wagte Zurkirchen einzuwenden, doch Ilona fiel ihm sogleich ins Wort: «Eure Geschäfte interessieren mich nicht! Schert euch jetzt endlich zum Teufel, oder ich rufe die Polizei!»
Der Psychiater blickte mit ernster Miene zu Amrein hinüber, der ihm unauffällig zunickte.
«Frau Neidhard, Sie befinden sich in einer viel schlimmeren Verfassung, als ich zunächst angenommen habe», sagte de Vries mit bekümmertem Gesichtsausdruck. «Wir müssen sofort Maßnahmen ergreifen.»
Er wandte sich von Ilona ab und flüsterte dem Rechtsanwalt zu: «Eindeutig ein schizophrener Schub. Du hast recht gehabt, Felix, die Frau weiß gar nicht mehr, was sie tut.»
Der Arzt faßte Ilona am Arm, diesmal freilich nicht mehr so behutsam wie zuvor, und führte sie ins Wohnzimmer. Dort setzte er Ilona auf das Sofa und blieb dicht neben ihr stehen.
Sie begann plötzlich zu weinen.
De Vries unternahm jetzt keine Anstrengungen mehr, sich mit der Frau zu unterhalten. Er versuchte noch einmal, ihren Kopf leicht anzuheben, um ihr in die Augen zu sehen, doch als sie seine Hand mit einer heftigen Kopfbewegung abschüttelte, beschloß er, auf weitere Untersuchungen zu

verzichten. Die psychische Verfassung der Patientin ließ dies im Augenblick nicht zu.
Er ging zurück in den Korridor, wo die beiden Männer ihm erwartungsvoll entgegenblickten.
«Und? Habe ich etwa übertrieben?» fragte Amrein beinahe triumphierend. «Wir dürfen Frau Neidhard doch in diesem Zustand nicht einfach sich selbst überlassen. Am Ende bringt sie sich auch noch um, und dann macht man uns dafür verantwortlich.»
Daß diese Möglichkeit ihm gar nicht so ungelegen käme, verschwieg er.
Ilona saß noch immer auf dem Sofa und weinte noch immer still vor sich hin.
Als der Arzt das Zimmer betrat, blickte sie auf. «Bitte, lassen Sie mich allein!» flehte sie leise. «Sie können mir nicht helfen! Niemand kann mir helfen!»
«Es ist unsere Pflicht, Ihnen beizustehen», sagte de Vries energisch. «Sie sind im Moment gar nicht imstande, Entscheidungen zu treffen, dafür sind Sie viel zu erregt. Ihr Zustand wurde vermutlich durch die Ereignisse der vergangenen Tage ausgelöst. Aber ich kann Ihnen versichern: Wir Ärzte sind heutzutage gegen solche Stimmungen längst nicht mehr machtlos.»
Während er auf Ilona einredete, um sie abzulenken, faßte er sie bei der Hand und begann ihren rechten Ärmel hochzukrempeln. Sie leistete keinen Widerstand, sondern blickte dem Arzt nur fragend ins Gesicht.
Der Psychiater desinfizierte mit einem Wattebausch die Nadel an seiner Injektionsspritze, dann holte er eine Ampulle aus der Tasche, brach sie auf und ließ die gelbliche Flüssigkeit in das durchsichtige Injektionsglas tropfen.
«So», meinte er geduldig. «Nun werden Sie sich gleich wie im Paradies fühlen.»
Er nahm ihre Finger und ballte sie zu einer Faust. Die Venen an ihrem rechten Arm schwollen an.
«Bitte nicht», begann Ilona zu wimmern.
Dann stach de Vries ihr die Nadel unter die Haut. Es dauerte höchstens dreißig Sekunden, bis die Frau auf dem Sofa eingeschlafen war.
Der Arzt rief Amrein und Zurkirchen ins Zimmer.
«Sie wird jetzt mindestens drei Stunden lang schlafen»,

sagte er und setzte sich an den Tisch. Er entnahm seiner Tasche den Rezeptblock und kritzelte mit dem Kugelschreiber ein paar Sätze auf das oberste Blatt.
«So, meine Herren», meinte er dann, «nun müssen Sie mir helfen.» Er reichte Amrein den Zettel.
Mit vereinten Kräften trugen die drei Männer die schlafende Frau zu Amreins Mercedes und betteten sie auf den Rücksitz. Zurkirchen zwängte sich neben sie, was bei seinem Körperumfang gar nicht so einfach war. Der Psychiater nahm neben dem Anwalt auf dem Vordersitz Platz.
«Fahren wir los!» sagte er schnell. «Ich habe nicht mehr viel Zeit.»
Bei der Post von Thorhofen bat de Vries den Rechtsanwalt, anzuhalten, weil er rasch telefonieren müsse. Er verschwand in der Telefonzelle und wählte die Nummer der psychiatrischen Klinik Sonnmatt. Er ließ sich mit Professor Simon Markwalder verbinden, dem ärztlichen Direktor der Klinik. Er war mit Markwalder im gleichen Tennisclub. Die Telefonistin bat de Vries, sich etwas zu gedulden, weil sie den Professor zuerst suchen müsse, er sei irgendwo auf dem Klinikareal unterwegs.
«Ich habe einen Notfall», sagte de Vries, als er den Direktor endlich am Apparat hatte. «Eine Lesbierin, schwer neurotisch und allem Anschein nach manisch-depressiv. Ilona Neidhard, du hast über den Fall sicher gelesen. Ja, genau, die Witwe des ermordeten Architekten. Ach? Hast ihn gekannt? Also, paß auf, Simon, die Frau gehört sofort unter ärztliche Kontrolle, sie ist suizidgefährdet und hat Wahnvorstellungen. Ihre Reaktionen sind völlig unberechenbar, sie weiß überhaupt nicht mehr, was sie tut.»
Professor Markwalder, der gerade auf Visite und deshalb in Eile war, gab seinem Kollegen die Zusicherung, daß er Ilona Neidhard selbstverständlich aufnehmen werde, allerdings in der allgemeinen Abteilung, wo man die Frau besser beobachten könne, worauf sich de Vries aufgeräumt bedankte und noch rasch hinzufügte, er habe das Einweisungszeugnis bereits geschrieben und bringe die Patientin gleich selber vorbei.
Als de Vries zum Wagen zurückkehrte, berichtete ihm Zurkirchen, daß Ilona bereits unruhig werde. Sie habe sich im Schlaf bewegt und leise gestöhnt.

«Ich habe Professor Markwalder versprochen, daß wir in einer halben Stunde bei ihm sind», sagte der Arzt. «Also, avanti!»
Über dem hohen Portal der psychiatrischen Klinik Sonnmatt, zu deren Eingang eine breite Sandsteintreppe hinaufführte, war ein Bibelspruch in die Mauer gemeißelt:

DER HERR IST TREU
ER WIRD EUCH STÄRKEN
UND BEWAHREN VOR DEM ARGEN.
2. Thessalonicher 3,3

Nachdem die Männer in der Klinik angekommen waren, hatte es de Vries mit einem Mal eilig. Er bat die Schwester an der Pförtnerloge, ihm sofort ein Taxi kommen zu lassen, weil er um fünf zur Gruppentherapie in seiner Praxis sein müsse.
Amrein und Zurkirchen hatten Ilona auf eine Holzbank neben dem Eingang gebettet und mit dem Mantel des Prokuristen zugedeckt, damit sie nicht fror. Sie war jetzt nicht mehr unruhig, sondern schlief fest.
Als Amrein sich bei de Vries erkundigte, was er ihm für seine Bemühungen schuldig sei, blickte der Arzt rasch auf die goldene Cartier-Uhr an seinem Handgelenk und meinte: «Unter Freunden soll man großzügig sein. Fünfhundert.»
Amrein blätterte aus seiner Brieftasche aus Krokodilleder sechs Hundertfrankenscheine heraus und streckte das Geld dem Psychiater hin. «Das Taxi in die Stadt mußt du ja auch noch bezahlen», sagte er gönnerhaft. «Außerdem hast du der Patientin einen ganz großen Dienst erwiesen. Wer weiß, was sonst noch alles mit ihr geschehen wäre.»
Gleich darauf kamen zwei junge Pfleger mit einer Tragbahre. «Ist das hier Frau Neidhard?» wollte einer von ihnen wissen. Er hatte auf der Nasenspitze einen großen Furunkel, der vom ständig ausgesonderten Eiter gelblich verkrustet war.
Als der Anwalt wortlos nickte, legten sie Ilona auf die Bahre und verschwanden mit ihr im Fahrstuhl der Klinik. Kurz darauf klopfte die Schwester beim Empfang ans Glasfenster der Pförtnerloge und gab dem Psychiater durch ein Handzeichen zu verstehen, daß sein Taxi vorgefahren sei. De Vries drückte den beiden respektvoll zu ihm

aufblickenden Männern rasch die Hand und bat sie, den Professor ganz herzlich von ihm zu grüßen. Dann eilte er die Treppe hinunter zu seinem Taxi.
Zurkirchen und der Rechtsanwalt warteten beinahe eine Stunde auf den Professor, und als schließlich ein Hilfspfleger erschien und den beiden erklärte, daß der Chef in einer wichtigen Sitzung sei und es einige Zeit dauern könne, bis er frei werde, gab Amrein das Einweisungszeugnis für Ilona an der Pförtnerloge ab, worauf die beiden Männer ebenfalls in die Stadt zurückfuhren, ohne sich mit dem Klinikdirektor unterhalten zu haben.
Als Ilona wieder zu sich kam, war es bereits Nacht.
Sie lag in einem schmalen Metallbett und war sowohl an den Füßen als auch an den Handgelenken mit Gummibändern angeschnallt.
Sie befand sich in einem riesigen, einer Turnhalle ähnlichen Saal, in welchem zwei Dutzend Betten standen. Es war düster, jedoch nicht dunkel. Über der Eingangstür brannte eine kleine, runde Lampe, deren Glas durch einen Gitterschirm geschützt war.
Ilona hatte keine Ahnung, wo sie sich befand.
Ihr Kopf war schwer, vor ihren Augen bewegten sich Nebelstreifen, durch die sie nur mühsam hindurchblicken konnte.
Sie drehte den Kopf auf dem Kissen und sah neben sich, in knapp einem Meter Entfernung, eine alte Frau liegen, die ihren zahnlosen Mund geöffnet hatte und vor sich hinröchelte. Irgendwo im Saal furzte jemand, und gleich darauf brach eine Frauenstimme in ein hysterisches Gelächter aus.
«Ruhe!» befahl jemand von weither. «Sonst rufe ich meinem Mann, und der wird euch alle verprügeln, so wie er mich immer verprügelt hat.»
Dann war es wieder still.
Ilona hörte nur noch das Röcheln der Alten von nebenan.
Nach einer Weile drangen Schritte an ihr Ohr.
Ilona vernahm, wie die Tür von außen her aufgeriegelt wurde. Sie drehte den Kopf auf die andere Seite. Dabei verspürte sie in der Stirnhöhle einen stechenden Schmerz. Sie fühlte sich plötzlich wieder schwindlig.
Zunächst nahm sie lediglich die schattenhaften Umrisse

einer weißen Gestalt wahr, die sich mit raschen Schritten ihrem Bett näherte. Eine ganz junge Schwester mit schulterlangem, rotblondem Haar und Grübchen in den Wangen kam auf sie zu.
«So, sind Sie endlich aufgewacht», sagte sie leise. «Soll ich Ihnen etwas zu trinken bringen?»
Ilona merke erst jetzt, daß ihr Hals wie ausgetrocknet war.
«Wo bin ich?» wollte sie wissen. Ihre Stimme klang schleppend, es fiel ihr schwer, zu sprechen. Sie mußte jedes Wort mühsam aus sich herauspressen.
Die Schwester setzte sich zu ihr auf den Bettrand und löste wenigstens eine der beiden Handfesseln. Dann fühlte sie Ilonas Puls.
«Sie sind im Krankenhaus, aber darüber sollten Sie jetzt nicht nachdenken.»
«Warum kann ich mich nicht bewegen?» Ilona spürte, daß sie ihre Beine nicht anziehen konnte, weil die Gummifesseln sie am unteren Bettende festhielten.
«Wir mußten Sie leider anschnallen», sagte die Schwester. «Zu Ihrer eigenen Sicherheit, damit Sie im Schlaf keine Dummheiten machen.»
«Schnallen Sie mich bitte los. Mein Arm tut weh.»
«Das geht nicht, ich darf die Fesseln ohne Einwilligung des Arztes nicht lösen. Vorschrift ist nun mal Vorschrift. Aber es ist sicher besser für Sie, wenn Sie weiterhin angeschnallt bleiben.»
Die Schwester ging zu einer Nische und kam gleich darauf mit einem Becher Tee zurück. «Trinken Sie einen Schluck Lindenblütentee, das wird Ihnen guttun.»
Sie flößte Ilona den Tee ein, indem sie ihr den Becher an die Lippen hielt und mit der anderen Hand den Kopf der Patientin festhielt. Dann steckte sie Ilona zwei kleine, runde Kapseln in den Mund und sagte: «Die Tabletten müssen Sie runterschlucken, damit Sie gleich wieder einschlafen können.»
Ilona schluckte die Tabletten, dann versuchte sie sich krampfhaft daran zu erinnern, was eigentlich geschehen war. Sie wußte lediglich noch, daß der Staatsanwalt sie aus der Untersuchungshaft entlassen hatte, an die Begegnung mit de Vries konnte sie sich nicht mehr erinnern.
Von weither rief eine schrille Frauenstimme: «Erich hat

zweiundfünfzig Hasen geschossen. Wenn Sie mir nicht glauben wollen, erstatte ich Anzeige.»
Die Schwester sprang auf und eilte ans andere Saalende.
«Seien Sie still, Frau Zollinger!» flüsterte sie. «Sonst muß ich Ihnen eine Spritze geben. Sie wecken mir doch die anderen Patientinnen auf.»
«Ich erstatte Anzeige!» rief die Frau unbeirrt weiter. «Dann wird man euch alle an die Wand stellen. Erschießen wird man euch, so wie mein Erich zweiundfünfzig Hasen erschossen hat.»
«Wollen Sie vielleicht ein Lexotanil?» fragte die Schwester.
«Anzeige erstatten will ich! Bevor man den nächsen Hasen erschießt. Das Gold glänzt solange im Brunnen, bis es vom Baum fällt. Haben sie verstanden!»
Dann hörte man nur noch ein dumpfes Gurgeln, und es war wieder ruhig.
Am frühen Morgen, als es draußen noch finster war, ging plötzlich das Licht an, und Ilona wurde von einer Schwester wachgerüttelt, die klein und mollig war und ein schwammiges Gesicht hatte.
«Stehen Sie auf! Wir gehen ins Bad!» hörte Ilona die Schwester sagen.
Sie hatte Mühe, die Augen zu öffnen, und ihr Hals war so starr, daß sie sich kaum bewegen konnte.
Während sie Ilonas Fesseln mit einem einzigen geübten Handgriff löste, sagte die Matrone: «Sie legen doch Wert darauf, daß Sie sauber sind, wenn Sie dem Professor vorgestellt werden, oder etwa nicht?»
Dann fügte sie noch hinzu: «Übrigens, ich bin Oberschwester Helene. Die Aufnahmeabteilung, auf der Sie sich zurzeit befinden, ist mir unterstellt. Wenn Sie etwas brauchen sollten, wenden Sie sich bitte direkt an mich.»
Die Alte im Nebenbett kicherte und flüsterte zu Ilona hinüber: «Mit der frommen Helene mußt du dich gut stellen, Kind, sonst bist du hier schlimm dran.»
«Sei nicht so vorlaut, Marie!» herrschte die Oberschwester die Alte an. «Sonst hol ich dich gleich aus dem Bett!»
Die greise Patientin kicherte munter weiter und ließ dabei ihre Zunge so weit heraushängen, daß sie damit das Kissen berührte und ihr der Geifer aus dem Mund tropfte.

Die Oberschwester half Ilona beim Aufstehen.
Als sie bemerkte, wie die Patientin schwankte und jeden Moment umzufallen schien, meinte sie energisch: «Sie müssen sich ein wenig zusammennehmen, ich habe noch andere Patientinnen zu versorgen.»
Sie führte Ilona in ein geräumiges Badezimmer, dessen Fensterfront vergittert war, und in dem vier Wannen standen. Der ganze Raum war grün gekachelt, und an jeder Wanne war eine Alarmglocke befestigt.
Die Schwester zog Ilona das Barchentnachthemd über den Kopf und überflog mit einem kritischen Blick den nackten Körper der Patientin. Dann sagte sie: «Sie sind lesbisch, habe ich gehört. Mir ist das egal, aber ich will auf meiner Abteilung keine Schmusereien und solches Zeug. Das lassen Sie also gefälligst bleiben.»
Dann mußte sich Ilona auf einen viereckigen Holzhocker setzen und warten, bis eine der Wannen mit Wasser gefüllt war.
«Punkt zehn Uhr kommt der Professor auf die Abteilung», sagte Oberschwester Helene, während sie Ilona mit einem Frottierlappen von Kopf bis Fuß abschrubbte und nicht davor zurückschreckte, ihr auch das Geschlechtsteil mit Seifenwasser auszuwaschen. «Der Professor wünscht, daß die Patienten sauber sind und ihre Medikamente pünktlich einnehmen. Haben Sie mich verstanden?»
Ilona nickte zögernd. Bevor sie etwas sagen konnte, fuhr die Schwester bereits fort: «Wir haben zurzeit auf unserer Abteilung viel Lernpersonal, alles junge Leute, die im Umgang mit den Patientinnen eben noch Fehler machen. Entscheidungen werden einzig und allein von mir getroffen. Übrigens rate ich Ihnen, sich nicht zu verstellen, wenn der Professor Sie untersucht. Er würde Sie in jedem Fall durchschauen. Der Chef ist ein Menschenkenner. Er hat sogar einmal einen Vortrag an der Universität von Toronto gehalten.»
Gleich nach dem Frühstück, das nur aus einer weichen Brotmasse und Kneipp-Kaffee bestand, und das Ilona, zusammen mit sieben anderen Patientinnen, an einem Tisch im Gemeinschaftsraum einnehmen mußte, befahl ihr die Oberschwester, sie solle jetzt wieder ihre Privatkleider anziehen.

Ein bärtiger Pfleger mit einer runden Nickelbrille führte Ilona dann über einen langen Korridor, auf dem zahlreiche Patienten herumstanden, und befahl ihr, in einem winzigen Zimmer zu warten. Er fragte Ilona, ob sie eine Zigarette möchte, und als sie den Kopf schüttelte, blinzelte er ihr zu und meinte: «Ich dachte bloß. Vielleicht hätte ich Ihnen damit helfen können. Manche Patienten flippen aus, wenn sie nichts zu rauchen haben.»
In dem Zimmer gab es lediglich einen niedrigen Holztisch und zwei Stühle. In der Ecke neben der Tür stand eine Klosettschüssel. Auch hier war das Fenster vergittert.
Weil man Ilona nach ihrer Einlieferung die Armbanduhr weggenommen und zu ihren Effekten gelegt hatte, wußte sie nicht, wie spät es war. Draußen dämmerte schon der Morgen.
Der Pfleger fragte, ob Ilona noch einen Wunsch habe, dann ging er hinaus und schloß die Tür von außen ab.
Ilona ließ sich auf einen Stuhl fallen. Sie fühlte sich bereits wieder erschöpft. Sie war so müde, daß sie sofort hätte einschlafen können, aber es gab kein Bett im Zimmer. So stützte sie die Ellbogen auf die Tischplatte und starrte auf das Holz, in das jemand das Vaterunser eingeritzt hatte. Daneben stand in kindlichen Buchstaben: WER HOFFT, STIRBT LANGSAMER.
Es schien Ilona, als seien Stunden vergangen, bis die Tür wieder aufgeschlossen wurde und Oberschwester Helene sie aufforderte, ihr zu folgen. Sie war jetzt freundlicher als am Morgen, einmal lächelte sie sogar kurz. Während sie den langen Korridor zurückgingen, auf dem noch immer dieselben Patienten wie zuvor herumstanden, sagte die Schwester: «Versuchen Sie dem Professor ganz offen zu schildern, was Sie bedrückt, nur dann kann er Ihnen wirklich helfen.»
Sie führte Ilona in ein enges Büro, in dem lediglich zwei weißgestrichene Korbsessel und ein kleines Tischchen standen, auf dem einige Papiere und ein Bleistift lagen. Auch hier waren die Fenster vergittert.
«Sie können sich jetzt setzen!» meinte die Oberschwester, während sie die Papiere auf dem Tisch ordentlich aufeinanderlegte. «Wenn der Professor kommt, stehen Sie aber bitte wieder auf, das gehört sich so.»

Sie wollte hinausgehen, doch dann drehte sie sich unter der Tür noch einmal um und sagte: «Sie brauchen keine Angst zu haben. Sie werden schnell wieder gesund sein, wenn Sie selber den Willen aufbringen und sich jeden Tag sagen, daß Sie auch wirklich gesund werden *wollen.*»
Dann ließ sie Ilona wieder allein.
Kurze Zeit später betrat ein schlaksiger Mann mit einem Vogelgesicht und rötlichem Haar das Zimmer. Er hatte einen wippenden Gang und trug einen weißen Arztkittel.
«Ich bin Professor Markwalder», sagte er, ohne Ilona dabei anzusehen. «Sie kommen von de Vries, nicht wahr?»
Er setzte sich und legte das Einweisungszeugnis vor sich auf den Tisch. An seiner rechten Hand, die mit Sommersprossen übersät war, funkelte ein wuchtiger Brillantring.
Erst jetzt blickte der Professor Ilona ins Gesicht.
«Wie geht es Ihnen, Frau Neidhard?» fragte er und nahm dabei den Bleistift in die Hand. An seinem stereotypen Tonfall merkte man sogleich, daß er die gleiche Frage jeden Tag ein paar Dutzend Mal stellte.
«Ich weiß nicht», antwortete Ilona verdattert. Es fiel ihr noch immer schwer, zu sprechen. Ihr Mund war trocken und die Zunge wie gelähmt.
«Ach?» meinte der Professor erstaunt. «Sie wissen nicht, wie es Ihnen geht?»
Er machte sich eine kurze Notiz, dann stand er auf und kam auf Ilona zu.
«Sie haben Ihren Mann umgebracht, habe ich gehört.»
«Nein. Wer sagt so etwas?»
«Man hat es mir erzählt. Wenn ich mich recht erinnere, stand das auch in den Zeitungen.»
«Das stimmt nicht.»
Der Professor fuhr sich mit der Hand über sein Kinn und setzte sich wieder. «Es stand also nicht in den Zeitungen», meinte er nachdenklich und machte sich erneut eine Notiz.
Dann frage er: «Sie wissen, wo Sie sich befinden, Frau Neidhard?»
Er blickte Ilona dabei gespannt an.
«Nein», sagte sie.
«Ach? Sie wissen nicht, ist ja interessant. Sind Sie vergeßlich?»
«Nein, aber man hat es mir nicht gesagt.»

«Erinnern Sie sich noch daran, was gestern nachmittag geschehen ist?»
«Was meinen Sie?»
«Ihren Anfall. Erinnern Sie sich noch daran? Sie sollen getobt und mit Selbstmord gedroht haben.»
«Das stimmt nicht.»
Der Professor blickte auf. «Sie haben also nicht getobt und haben auch nicht mit Selbstmord gedroht?»
«Ich weiß es nicht mehr.»
«Nun müssen Sie sich aber langsam für etwas entscheiden, Frau Neidhard.»
Die Stimme des Professors klang fast schon etwas ungehalten. «Sie behaupten, daß etwas nicht stimmt, und schon im nächsten Augenblick widerrufen Sie Ihre eigene Aussage. Fällt Ihnen das nicht selbst auf?»
«Das ist doch gar nicht wahr! Sie drehen mir die Worte im Mund um.»
«Nicht aufregen, Frau Neidhard, bloß nicht aufregen. Ist ja schon gut.»
Er legte den Bleistift wieder auf den Tisch und beugte sich zu Ilona vor. «Sie sind zurzeit in einem kritischen Zustand, Frau Neidhard, dafür haben wir Verständnis. Ist ja auch kein Wunder, nach allem, was Sie erlebt haben. Sie sind bestimmt oft niedergeschlagen, grübeln über irgend etwas nach, oder Sie sind traurig, ohne genau zu wissen, warum. Hab ich recht?»
Ilona nickte mit dem Kopf. «Ja, das stimmt», sagte sie.
Markwalder lächelte. Er fuhr sich mit der Hand an den Kopf. Erst jetzt sah Ilona, daß er ein Toupet trug. «Na, sehen Sie! Wie gut ich Sie doch schon kenne!» sagte er und stand auf. Er ging zum Fenster. Nach einer Weile drehte er sich zu Ilona um.
«Ist es richtig, daß Sie lesbisch sind?» fragte er an ihr vorbei.
Ilona nickte.
«Warum antworten Sie mir nicht?» fragte er schroff. «Sie werden doch wohl noch wissen, ob Sie lesbisch sind oder nicht?»
«Ja.»
«Kann ich mich mit Ihrer Freundin unterhalten?»
«Nein.»

«Haben Sie Streit mit Ihrer Freundin? Sexuelle Konflikte?»
«Sie ist tot.»
«Ach ja, richtig!» sagte Markwalder und setzte sich wieder. «Sie wurde umgebracht, wenn ich mich nicht irre. So etwas stand doch, glaube ich, in den Zeitungen.»
Er machte sich wieder eine Notiz.
«Das stimmt nicht», sagte Ilona leise. Sie hatte nicht mehr den Mut, dem Professor laut zu widersprechen.
«Nun sagen Sie nicht immer: Das stimmt nicht. Oder haben Sie wirklich solche Mühe, die Dinge so zu sehen, wie sie nun einmal sind?»
«Nein, ich bin nur etwas durcheinander.»
«Na also! Sie sind sich über Ihren Zustand nun doch im klaren, das ist bereits ein Fortschritt! Wir müssen behutsam vorgehen, Frau Neidhard, bloß nichts überstürzen! Zunächst einmal werden Sie sich ausruhen. Eine Woche, zwei Wochen, ganz wie Sie wollen. Jedes Gespräch ist im Augenblick für Sie eine Strapaze, der Sie nicht gewachsen sind. Wenn Sie sich erholt haben, kommen wir wieder zusammen und dann werden wir uns noch einmal in aller Ruhe unterhalten.»
«Ich will nach Hause», sagte Ilona und sah den Professor dabei an. «Ich bin nicht krank, ich bin nur müde.»
«Das sagen alle unsere Patienten, Frau Neidhard, und subjektiv gesehen haben Sie sogar recht. Sie spüren nämlich im Moment nur, daß es Ihnen nicht gut geht, und wir Ärzte sind dafür da, die Krankheitssymptome zu erkennen und die Krankheitsursache zu bekämpfen. Sagen Sie, waren Sie bei Doktor de Vries in der Therapie?»
«Wer ist das?»
«Sie wollen doch nicht etwa behaupten, daß Sie sich an Doktor de Vries nicht mehr erinnern?»
«Ich weiß nicht ... ich ...» Ilona fühlte sich gänzlich verwirrt.
«Schon gut», sagte der Professor. «Beruhigen Sie sich. Darauf kommen wir später noch zu sprechen. Wir haben ja Zeit.»
«Wie lange muß ich hierbleiben?» erkundigte sich Ilona zaghaft. Es war ihr plötzlich wieder schwindlig geworden, sie mußte sich am Stuhl festhalten.

«Bevor wir ganz genau wissen, was Ihnen fehlt, kann ich das nicht sagen. Ich möchte Sie ja nicht anlügen, denn wir müssen in jedem Fall Vertrauen zueinander haben. Fürs erste brauchen Sie Geduld, viel Geduld. Vor allem mit sich selbst!»
Der Professor schüttelte ihr lange die Hand, dann verließ er das Zimmer. Oberschwester Helene brachte Ilona in den Schlafsaal zurück. Sie mußte sich wieder ausziehen und ins Bett legen. Die zahnlose Alte im Nebenbett röchelte noch immer, und die Zunge hing ihr noch immer aus dem Mund.
«Der Professor hat Ihnen Bettruhe verordnet», sagte die Oberschwester, als sie bemerkte, daß Ilona sich nicht ausziehen wollte. «Und an die Anordnungen des Professors haben wir uns strikte zu halten.»
Sie griff nach den Handfesseln und wollte Ilona ans Bett schnallen.
«Sie können mich nicht zwingen, hierzubleiben!» schrie Ilona plötzlich aufgebracht. «Ich bin ein freier Mensch! Ich habe niemandem etwas getan!»
«Das behauptet doch auch keiner», redete die Oberschwester auf sie ein. «Wir wollen nur, daß Sie bald wieder gesund werden.»
«Ich will jetzt sofort nach Hause! Sonst rufe ich meinen Anwalt an!»
«Reden Sie keinen Unsinn, Frau Neidhard!»
Dann sagte die Schwester eine Spur freundlicher: «Sie bekommen von mir jetzt ein Nozinan, dann können Sie gut schlafen.»
«Ich will aber nicht schlafen! Ich will nach Hause!»
Ilona schrie so laut, daß die Alte im Nebenbett aufwachte und sogleich anfing zu kichern.
Oberschwester Helene wollte Ilona am Handgelenk festhalten, doch sie riß sich los und rief: «Hören Sie doch endlich auf, mich zu quälen, sonst werde ich am Ende wirklich verrückt.»
Zwei Lernschwestern und der bärtige Pfleger eilten herbei. Sie halfen der Oberschwester, die mit letzter Kraft um sich schlagende Ilona wieder ins Bett zu legen. Während ihr der Pfleger die Fußfesseln an den Beingelenken befestigte, sagte er: «Wenn Sie so toben, Frau Neidhard, dürfen Sie

sich auch nicht darüber beklagen, daß wir Sie ans Bett gurten. Das geschieht nämlich nur zu Ihrer eigenen Sicherheit.»
Dann mußte Ilona zwei Tabletten schlucken, und der Pfleger blieb neben ihrem Bett stehen, bis sie eingeschlafen war.

25

Nachdem Aldo Fossati in der Freitagausgabe des MORGENEXPRESS einen kurzen Bericht über Ilonas Einweisung in die psychiatrische Klinik Sonnmatt verfaßt hatte — die Information war ihm tags zuvor von anonymer Seite zugespielt worden —, kam es zwischen dem Reporter und seiner Freundin über Mittag zu einem heftigen Wortwechsel.
Susanne Korber, die ausnahmsweise nicht nur das Bumsen im Kopf hatte, sondern, wie es Fossati schien, ganz plötzlich einen fanatischen Gerechtigkeitssinn entwickelte, warf ihrem Freund leichtsinnige Berichterstattung vor und machte ihn für das tragische Schicksal der beiden Lesbierinnen verantwortlich. Ein Wort gab das andere. Fossati verteidigte sich natürlich, wobei es ihm keineswegs an Argumenten mangelte, doch Susanne blieb stur und ließ sich nicht überzeugen. Je länger ihr Freund auf sie einzureden versuchte, desto wütender und gereizter wurde sie, und desto mehr versteifte sie sich auf ihre Behauptung, daß Fossati die Schuld am Selbstmord von Gerda Roth trage.
Als Susanne dem Reporter schließlich auch noch an den Kopf warf, er sei ein verkappter Mörder, hatte er endgültig genug. So etwas mußte er sich von einem alternden Frauenzimmer nicht vorwerfen lassen, das hatte er nun wirklich nicht nötig.
Er grinste Susanne frech ins Gesicht, zog seine Lederjacke wieder an — eigentlich hatte er sich bereits auf das mittägliche Schlafzimmerritual eingestellt —, und sagte herablassend: «Ich gehe. Falls du wieder normal wirst und die

Dinge etwas realistischer siehst, kannst du mich ja anrufen.»
Er war nicht wenig erstaunt, als seine Freundin ihm antwortete: «Das wird kaum nötig sein, ich mache nämlich Schluß. Für mich bist du ein Versager, ein kleiner, windiger Hochstapler, der wehrlose Menschen opfert, um seinem lädierten Ego wieder auf die Beine zu helfen. Ich hab dich längst durchschaut, Aldo . . .»
Nun verlor auch Fossati die Beherrschung.
«Begreif doch endlich», fiel er seiner Freundin ins Wort, «daß der MORGENEXPRESS keine Kirchenpostille ist, sondern ein Blatt, das von Sensationen lebt. Wie oft muß ich dir das noch in dein Hühnerhirn zwitschern?»
Er ging auf Susanne zu und wollte sie an den Schultern packen, um sie vielleicht doch noch zur Vernunft zu bringen, aber die Frau wich ihm aus.
«Mach, daß du rauskommst», befahl sie ihm. «Ich will dich hier nicht wiedersehen. Du hast mich lange genug gedemütigt. Ich habe einsehen müssen, daß du ein kleiner Windhund bist, ein Niemand. Für mich ist es endgültig aus.»
«Solange, bis dich das nächste Mal die Votze juckt», erwiderte Fossati und ging zur Tür. Es konnte ihm bloß recht sein, wenn Susanne den Schlußstrich zog, dann würde es ihm erspart bleiben, die längst geplante Trennung von sich aus in die Wege zu leiten.
«Du bist ein Waschlappen, ein hinterhältiger Feigling!» hörte er Susanne ihm nachrufen, doch das kümmerte ihn nicht mehr. Er hatte diese hysterische Frau mit ihrer krankhaften Eifersucht bis zum Hals hinauf satt. Selbst ihre theatralischen Auftritte, während denen sie ihn jeweils mit den unflätigsten Ausdrücken bedachte, um anschließend in einen Heulkrampf auszubrechen, waren für ihn langweilig geworden. Er kannte alle ihre Reaktionen längst im voraus, nichts an ihr vermochte ihn mehr zu überraschen. Auch jetzt war er fest davon überzeugt, daß Susanne ihn in spätestens drei Tagen anrufen und um Verzeihung bitten würde, dann nämlich, wenn sie einen Schwanz zwischen den Beinen brauchte, weil sich ihre Geilheit nicht mehr von ihrem kläglichen Verstand unterdrücken ließ.
Doch diesmal irrte sich Fossati.

Während er zum Fahrstuhl ging und sich dabei sein Halstuch zurechtrückte, hörte er hinter sich Schritte. Er drehte sich um und sah, daß Susanne ihm gefolgt war. Sie schien noch immer wütend zu sein. Ihre Nasenflügel vibrierten vor Erregung, und auf ihrer Stirn perlten Schweißtropfen.
«Gib mir die Wagenschlüssel zurück!» befahl sie. Ihre Stimme klang auf einmal gefährlich. «Für einen Kerl wie dich zahle ich nicht noch drei Jahre lang einen Kredit ab.»
Fossati spürte, wie sein Herz anfing zu hämmern. Nun wollte sie auch noch den Porsche zurück, den sie ihm damals in ihrer lächerlichen Euphorie ganz von sich aus gekauft hatte. Der Wagen war das einzige gewesen, was ihn noch mit seiner Freundin verbunden hatte, aber sie sollte ihn haben. Er war nicht der Typ, der sich seine Schwäche anmerken ließ.
Er nahm die Wagenschlüssel aus seiner Jackentasche, hielt sie Susanne vors Gesicht und ließ sie mit einem spöttischen Grinsen auf den Fußboden fallen.
«Zufrieden?» fragte er mit gespielter Ruhe. «Nimm deine Schlüssel und steck sie dir in deine ausgefranste Votze, damit du wenigstens was zum Ficken hast. Einen solchen Trottel wie mich wirst du ja kaum so schnell wieder finden.»
Susanne hatte ihre Lippen zu einem schmalen Strich zusammengepreßt, aber sie sagte nichts. Sie schwieg Fossati nur an, und ihre grauen Augen blickten ihm verächtlich ins Gesicht.
«Eines Tages bin ich Chefredaktor», sagte er leise, und man merkte seiner Stimme an, wie schwer es ihm fiel, sich zu beherrschen. «Und dann werde ich mich bestimmt an dich erinnern. Dann bringe ich eine Serie über die Liebespraktiken frustrierter Weiber, die das Älterwerden nicht verkraften können und sich deshalb junge Männer kaufen. Etwa nach dem Motto: Geiler Schwanz gegen schnellen Wagen! Recherchiert hab ich die Story ja bereits zur Genüge.»
Er ließ Susanne einfach stehen und ging zum Fahrstuhl.
Während er auf den Liftknopf drückte, hörte er, wie sie hinter ihm den Schlüsselbund aufhob. Einen Augenblick lang hoffte er, daß sie ihn vielleicht doch noch zurückhalten und sich wieder mit ihm aussöhnen würde. Dann ver-

nahm er, wie sie die Wohnungstür hinter sich wütend ins Schloß knallte.
Troppo tardi, murmelte er und biß sich auf die Lippen. Im selben Augenblick kam auch schon der Fahrstuhl.
Fossati fühlte sich plötzlich erleichtert. Pfeifend verließ er das Haus, in das er so bald nicht wieder zurückkehren würde. Die halbe Minute Fahrzeit vom fünften Stock bis zum Ausgang hatte ihm genügt, um den festen Vorsatz zu fassen, sich diesmal von Susanne nicht mehr weichkriegen zu lassen, auch wenn sie ihm, weil sie gerade mal wieder feucht zwischen den Schenkeln war, einen ganzen Wagenpark vor seine Haustür stellte. Er hatte endgültig genug von der ständigen Verpflichtung, dankbar sein zu müssen.
Während der Reporter auf die Straßenbahn wartete, wurde ihm bewußt, daß er sich in den vergangenen Monaten eigentlich nur noch von Susanne hatte beherrschen und erniedrigen lassen; seine Freundin hatte es auf listige und heimtückische Weise verstanden, seinen gesunden Willen zu brechen und ihn zu ihrem Hampelmann zu machen. Es wurde ihm jetzt erst klar, wie sehr er unter diesem Zustand gelitten hatte.
Zu einem schnellen Wagen, sagte er sich, würde er auch ohne die alternde Schlitzgeige wieder kommen, es mußte ja nicht unbedingt ein Porsche Turbo sein. Dafür gab es für ihn jetzt keine moralischen Verpflichtungen mehr, jetzt durfte er endlich tun, was er wollte, und brauchte nicht mehr auf die mimosenhafte Empfindlichkeit seiner Freundin Rücksicht zu nehmen.
In der Straßenbahn sah er ein Plakat, das für den traditionellen Niklaus-Ball im Hotel Elite warb. Dort konnte man bestimmt geile Miezen in Hülle und Fülle aufreißen. Auch ganz junge Mädchen wahrscheinlich, die sich, bevor man ins Bett hüpfte, nicht zuerst eine halbe Stunde lang vor dem Spiegel zurechtmachen mußten.
Fossati kam es mit einem Mal vor, als wäre er innerhalb weniger Minuten von den Schmerzen einer jahrelangen Krankheit befreit worden.
Es ging ihm plötzlich sehr gut.
Auf der Redaktion wurde der Reporter von Conny Nievergelt erwartet, der ihm einen «heißen Tip» geben wollte.
«Soeben ist ein Telex von der Basler Kriminalpolizei her-

eingekommen», begann der «feuchte Conny» auf Fossati einzureden. «In Kanderwil hat man die Leiterin eines Altersheimes festgenommen. Die Frau hat in den vergangenen Jahren mehrere Heiminsassen ins Jenseits befördert, um an deren Vermögen heranzukommen. Wär das nicht eine irre Story für dich?»
Fossati schüttelte den Kopf.
«Lieb von dir, Conny, daß du an mich gedacht hast, aber heute geht's für mich wirklich nicht. Ich muß noch meine Lesben-Serie fertigschreiben, und ich bin auch sonst nicht ganz auf dem Damm.»
Er ging in sein Büro.
Es fiel ihm schwer, sich zu konzentrieren.
Immerhin war er ein paar Jahre mit Susanne zusammengewesen. Man hatte sich eben aneinander gewöhnt. Vielleicht, sagte er sich, würde sie ihn doch wieder anrufen, aber dann würde er nicht sogleich zu ihr rennen, sondern sie ein paar Tage lang zappeln lassen.
Er fing an, einen Tatsachenbericht zu bearbeiten, der vor einigen Jahren in einer deutschen Zeitschrift erschienen war und in welchem das Intimleben zweier Lesbierinnen — pikanterweise war eine von ihnen ebenfalls Lehrerin — auf recht spannende Weise beschrieben wurde. Die Geschichte würde bei den MORGENEXPRESS-Lesern bestimmt gut ankommen: viel Privates, viel Sex, und alles mit ein bißchen Sozialkritik gekoppelt.
Schon nach wenigen Minuten ließ ihn Füllemann zu sich ins Büro kommen.
Neben dem Schreibtisch des Chefredakteurs stand ein Bursche, den Fossati noch nie zuvor gesehen hatte.
«Das ist Leander Neidhard», stellte ihm Füllemann den Jungen vor. «Er hat eine interessante Neuigkeit für uns. Das wird Sie gleich umwerfen, Fossati! Wir sind mit unserem Bericht über Frau Neidhard und ihre Freundin ganz schön in die Scheiße getreten.»
«Wieso?» fragte der Reporter verblüfft. «Wir haben doch bloß die Informationen verarbeitet, die uns von der Polizei geliefert wurden.»
Der Chefredakteur bat den Jungen, Platz zu nehmen, dann erst schob er auch Fossati einen Stuhl hin.
Er wandte sich an Leander: «Du kannst ganz offen mit

Herrn Fossati sprechen, er ist einer unserer besten Mitarbeiter.»
Leander blickte auf und sah dem Reporter fest ins Gesicht.
«Wissen Sie eigentlich, was Sie angerichtet haben?» fragte er vorwurfsvoll.
«Du darfst Herrn Fossati keine Vorwürfe machen», schaltete sich Füllemann wieder ein. «Schuld an der ganzen Tragödie sind einzig und allein die Justizbehörden, nicht wir. Wir haben bloß unsere Informationspflicht gegenüber unseren Lesern erfüllt. Nicht mehr und nicht weniger.»
«Darf ich vielleicht erfahren, was los ist?» erkundigte sich Fossati gereizt.
Ein disziplinarisches Nachspiel im Fall Neidhard hatte ihm gerade noch gefehlt.
«Meine Mutter ist unschuldig», sagte Leander, ohne den Reporter anzusehen. «Meine Mutter hat mit dem Mord an meinem Vater nicht das geringste zu tun. Ebensowenig wie Gerda Roth. Auch sie war unschuldig.»
«Unmöglich», stammelte Fossati. «Frau Roth hat mich zu bestechen versucht.»
«Weil sie nicht wollte, daß ihr Name in der Zeitung steht», fuhr ihn der Bursche an. «Aber schuldig war sie deshalb noch lange nicht.»
«Frau Roth hat gegenüber der Staatsanwaltschaft ein Geständnis abgelegt», sagte der Reporter nach kurzem Nachdenken. «Das wurde offiziell bekanntgegeben. Darauf konnten wir uns bei unserer Berichterstattung abstützen.»
«Darum geht es doch gar nicht», meinte Füllemann mit einem Kopfschütteln. «Wir haben die Familie Neidhard durch unseren Artikel in Mißkredit gebracht. Sie kennen doch unsere Leser! Die üblichen Reaktionen: Anonyme Briefe, Telefonanrufe, Drohungen.»
«Jetzt ist meine Mutter im Irrenhaus», fuhr Leander mit gequälter Stimme fort. Er machte einen völlig geknickten Eindruck. «Sie schläft ununterbrochen. Man läßt mich nicht einmal zu ihr. Was ihr gemacht habt, ist einfach Wahnsinn.»
«Ich verspreche dir, wir werden die Sache irgendwie ausbügeln», versuchte Füllemann den Jungen zu beruhigen. «Wir sind selber ein Opfer von Falschinformationen geworden. Wenn wir uns auf die Polizei nicht mehr verlassen

können, Himmel noch mal, auf wen sollen wir uns dann überhaupt noch verlassen?»
«Ich verlange von Ihnen, daß alles richtiggestellt wird, sonst geschieht etwas», sagte Leander entschlossen.
Fossati wunderte sich, daß ein Bursche in seinem Alter in diesem Ton mit dem Chefredakteur des MORGENEXPRESS zu sprechen wagte. Natürlich hatte er Verständnis dafür, daß der Junge seine Mutter zu verteidigen suchte, trotzdem hielt er es angesichts der zahlreichen Beweise für ausgeschlossen, daß jemand anders als die beiden Frauen den Mord begangen hatten.
Weil er von der Schuld der beiden Lesbierinnen nach wie vor überzeugt war, fragte er fast ein wenig zynisch: «Wer soll denn nun deinen Vater wirklich umgebracht haben?»
Er wollte noch weitersprechen, doch er bemerkte, wie ihm der Chefredakteur einen grimmigen Blick zuwarf, deshalb verstummte er und sah erwartungsvoll zu Füllemann hinüber.
Er hatte seinen Chef noch nie mit so ernster Miene gesehen.
«Die Freundin von Leander Neidhard war es», sagte Füllemann in die Stille hinein. «Gudrun Zahnd heißt sie. Das Mädchen wurde vor einer Stunde festgenommen. Die Kantonspolizei hat mir dies bestätigt.»
Der Reporter starrte den Chefredakteur fassungslos an. «Das darf nicht wahr sein», stammelte er.
«Doch, es ist wahr», doppelte Füllemann nach und stand auf. «Gudrun wollte sich bei Architekt Neidhard für ihren Freund einsetzen. Sie wollte erreichen, daß Leander nicht mehr länger gegen seinen Willen im Internat bleiben mußte, sondern daß er irgend etwas tun konnte, was ihm Freude machte. Aber Neidhard ließ nicht mit sich reden. Es kam zwischen den beiden zu einer heftigen Auseinandersetzung, in deren Verlauf der Architekt das Mädchen als drogensüchtige Gammlerin beschimpft haben soll.»
«Gudrun hörte sich alles geduldig an», unterbrach Leander den Chefredakteur. «Erst als mein Vater auch über mich herzuziehen begann und mich als Taugenichts bezeichnete, meinte sie zu ihm: ‹Lieber ein ganzer Taugenichts als ein halber Neidhard›. Mein Vater schrie sie an, sie solle sofort sein Haus verlassen, und als sie ihm nicht

sogleich gehorchte, wollte er auf sie losgehen. Jetzt verlor Gudrun die Nerven und schmiß ihm die Vase an den Kopf. Als sie merkte, was sie getan hatte, rief sie die Polizei an, um sich zu stellen, aber dann verlor sie plötzlich den Mut. Sie sagte nur, daß im Haus von Neidhard jemand umgebracht worden sei, und legte wieder auf.»

Fossati senkte den Kopf und blickte auf den Spannteppich. «Deshalb steht in den Polizeiakten, daß eine Frauenstimme den Mord gemeldet hat», sagte er leise. «Zbinden war fest davon überzeugt, daß es sich bei der Anruferin um Gerda Roth handelte.»

Dann war es wieder still im Raum. Nur von nebenan hörte man aus dem Großraumbüro der MORGENEXPRESS-Redaktion das gedämpfte Geräusch der ratternden Fernschreiber.

Nach einer Weile sagte der Reporter zu Leander: «Und warum hast du nicht sofort nach der Verhaftung der beiden Frauen etwas unternommen? Damit hättest du doch deine Mutter entlasten können. Und Gerda Roth hättest du wahrscheinlich das Leben gerettet.»

«Ich weiß alles erst seit heute morgen», sagte Leander ruhig. «Mir war lediglich aufgefallen, daß Gudrun sich in den letzten Tagen verändert hatte, aber ich kannte den Grund nicht. Obschon sie wußte, daß es auch mir nicht gut ging, wich sie mir aus und sprach kaum ein Wort mit mir. Sie paffte einen Joint nach dem anderen, war ständig verladen, und gestern hat sie zum erstenmal gekickt.»

Fossati blickte zu Füllemann hinüber, der dem Jungen mit ernster Miene zuhörte.

«Als ich Gudruns Zimmer betrat», fuhr Leander fort, «sah ich gerade noch, wie sie die Heroinspritze verstecken wollte. Ich fragte sie: ‹Wo hast du das Zeug her? Den Kerl bring ich um!› Aber sie war schon weit weg und sagte nur: ‹Das darfst du nicht tun, *ein* Mord genügt. Ich hab deinen Vater umgebracht.›»

Füllemann merkte, wie der Junge gegen die Tränen ankämpfen mußte. Er wandte sich rasch zu Fossati und sagte: «Wir bringen morgen auf der Titelseite eine Richtigstellung. Die ganze Sache ist verdammt schief gelaufen.»

«Wer hat deine Freundin angezeigt?» wollte Fossati von dem Jungen wissen.

«Ich», sagte Leander mit fester Stimme. «Ich bin heute morgen gleich zur Polizei gegangen.»
«Ich begreife. Weil dir deine Mutter nähersteht als deine Freundin?»
Der Bursche schüttelte den Kopf und schwieg. Der Reporter getraute sich nicht, ihn noch weiter auszufragen, doch nach einer Weile sagte Leander von sich aus: «Ich wollte verhindern, daß Gudrun heroinsüchtig wird. Im Knast kommt sie nicht an den Stoff heran. Im Knast sein ist für sie das kleinere Übel. Ich werde auf sie warten. Ich will sie nicht verlieren, ich hab sie doch lieb.»
Jetzt konnte sich Leander nicht mehr länger beherrschen, er fing plötzlich an zu schluchzen.
Fossati blickte ratlos zu Füllemann hinüber. Es war ihm jetzt klar, daß Susanne mit ihren Vorwürfen recht gehabt hatte. Dennoch war er sich keiner Schuld bewußt.
«Hast du vielleicht ein Foto von deiner Freundin?» fragte er den Jungen.
Leander blickte verwundert auf. «Sind Sie übergeschnappt? Ich will nicht, daß ein Bild von Gudrun in die Zeitung kommt.»
«Natürlich nicht. Ich möchte es bloß anschauen. Hast du ein Foto bei dir?»
Leander reichte ihm ein Automatenbild von Gudrun Zahnd hinüber.
Das Mädchen auf dem Foto hatte kurze, blonde Haare, genau wie Gerda Roth.
Jetzt fing der Reporter an zu begreifen.
«Trägt deine Freundin verwaschene Jeans und eine grüne Stoffjacke?» fragte er unwillkürlich.
Der Junge nickte stumm. Es war erneut still im Raum.
Die kleine Rüdisühli hatte also nicht gelogen, schoß es dem Reporter durch den Kopf, sie hatte Gerda Roth nur verwechselt.
«Wie lange kommt meine Freundin ins Gefängnis?» fragte Leander den Chefredakteur.
«Nicht sehr lange», versuchte dieser den Jungen zu trösten. «So wie die Dinge liegen, hat sie aus Notwehr gehandelt, und ganz sicher im Affekt. Wir werden uns im MORGENEXPRESS für deine Freundin einsetzen. Wir sind ja Gott sei Dank in der glücklichen Lage, daß wir die Stim-

mung in der Öffentlichkeit beeinflussen können. Und die Stimmung in der Öffentlichkeit wiederum ist für die meisten Gerichte ein Maßstab für ihr Urteil. Wenn du willst, so stellen wir Gudrun auf unsere Kosten einen Anwalt zur Verfügung.»
Als Leander nicht sogleich reagierte, wandte sich Füllemann wieder an Fossati.
«Also, wie gesagt, wir rollen die Geschichte morgen neu auf! Am besten fangen Sie gleich an zu recherchieren. Der Fall liegt übrigens nach wie vor bei Zbinden.»
Fossati überlegte einen Moment.
«Und was ist mit der Lesben-Serie? Die wäre startklar. Wollen Sie die Serie stoppen?»
«Um Gottes willen, wo denken Sie hin!» winkte Füllemann sogleich ab. «Die Thematik wird durch die neuen Ereignisse nur noch brisanter. Einen aktuelleren Aufhänger als diese unverhoffte Wendung im Fall Neidhard könnten wir gar nicht finden. Nein, nein, die Serie starten wir am Montag wie geplant.»
Dann bat Füllemann den Reporter, Leander nach Hause zu fahren.
«Das ... geht leider nicht», begann Fossati plötzlich zu stottern. «Ich hatte heute früh eine Panne ... der Motor ist im Eimer ... aber das macht nichts, ich hatte ohnehin nur Ärger mit dem Schlitten. Ich werde mir einen neuen Wagen kaufen, diesmal was Praktisches.»
Er war froh, daß der Chefredakteur darüber hinwegging und ihn nicht weiter ausfragte.
Den Nachmittag verbrachte der Reporter in der Polizeikaserne mit Warten.
Als man ihn gegen halb fünf endlich ins Büro von Betschart vorließ, weigerte sich der Chef der Mordkommission beharrlich, ihm auch nur eine einzige Auskunft zu erteilen.
«Tut mir leid», sagte er unbeirrt. «Ich kann keine Ausnahme machen. Wir haben strikte Weisung von oben. Bevor die offizielle Presseinformation hinausgeht, muß sie dem Justizdirektor vorgelegt werden. Er ist über die Ereignisse tief bestürzt.»
Fossati blieb nichts anderes übrig, als mit der Straßenbahn quer durch die Stadt bis zum Kunsthaus zu fahren.

Zu Fuß erreichte er die Staatsanwaltschaft in drei Minuten.
«Auf Sie habe ich gerade noch gewartet», stöhnte Zbinden beim Anblick des Reporters und ließ dabei seine Mundwinkel auseinanderschnellen. «Verlangen Sie um Himmels willen keine Erklärung von mir. Wir werden die Presse noch heute abend in einem Communiqué informieren.»
Fossati war es gewohnt, daß sich der Staatsanwalt von ihm manchmal überrumpelt fühlte, doch deswegen gab er noch lange nicht auf.
«Nun seien Sie nicht so zugeknöpft», sagte er zu Zbinden. «Viel Neues könnte ich von Ihnen wahrscheinlich ohnehin nicht erfahren. Ich bin nämlich über den Fall sozusagen aus erster Hand informiert, von Leander Neidhard, wenn Sie's ganz genau wissen wollen.»
Der Staatsanwalt zuckte gleichgültig mit den Achseln. «Diesmal kann ich Ihnen wirklich nicht helfen, Fossati», meinte er dann versöhnlich. «Sonst kriege ich Ärger. Bei uns ist im Moment ziemlich dicke Luft.»
«Nur eine einzige Frage», bohrte der Reporter weiter. «Wie war es möglich, daß die Lehrerin einen Mord gestehen konnte, den sie gar nicht begangen hat? Das würde unsere Leser bestimmt interessieren. Haben Sie dafür eine Erklärung?»
«Aber sicher», antwortete der Staatsanwalt beflissen. «Solche Fälle erleben wir leider in der Praxis nur allzu häufig. Den psychischen Strapazen eines Verhörs ist leider nicht jedermann gewachsen. Frau Roth war offenbar nervlich überfordert, obwohl wir sie, das möchte ich betonen, mit großer Zuvorkommenheit und größter Rücksichtsnahme behandelten. Wir servierten ihr sogar Kaffee und Kuchen. Die Frau war eben labil. Deshalb legte sie ein Geständnis ab, vermutlich bloß um zur Ruhe zu kommen. Ich machte sie übrigens ausdrücklich darauf aufmerksam — Oberleutnant Honegger kann Ihnen dies jederzeit bestätigen —, daß sie die Möglichkeit habe, dieses Geständnis jederzeit zu widerrufen.»
Zbinden sah ungeduldig auf die Uhr. «Sie müssen mich jetzt entschuldigen, Fossati», meinte er rasch. «Es ist Freitagabend, und ich muß noch Einkäufe für meine Kinder machen. Sie wissen doch, morgen ist Niklaustag.»